TANJA KINKEL

Die Puppenspieler

Buch

Im Jahre 1484 gibt der Papst das Signal zur Hexenverfolgung. Und mitten in Deutschland muß ein Zwölfjähriger zusehen, wie seine Mutter auf dem Scheiterhaufen endet. Richard, Sohn eines schwäbischen Kaufmanns und einer schönen Sarazenin, werden die unmenschlichen Bilder für immer verfolgen. Bis ins Haus des reichen Jakob Fugger, der den Neffen seiner Frau aufnimmt und in seinem Hause erziehen läßt. Und später nach Florenz und Rom, wo er für Jakob Fugger arbeiten wird. Im Italien der Medici und Borgia, der Bußpredigten eines Savonarola und der grenzensprengenden Kunst eines Michelangelo wird Richard gegen das Erbe seines eigenen Blutes kämpfen. Und er muß sich endgültig entscheiden: zwischen Freundschaft und Liebe, zwischen dem Wunsch nach Rache und einem ungebundenen, vorurteilsfreien Leben.

Autorin

Tanja Kinkel, geb. 1969, wuchs in Bamberg auf. Sie schreibt seit ihrem zehnten Lebensjahr und hat schon während der Schulzeit in Anthologien Kurzgeschichten und Gedichte veröffentlicht. Tanja Kinkel hat soeben ihr Studium der Germanistik, Theater- und Kommunikationswissenschaften mit Auszeichnung abgeschlossen und beschäftigt sich im Rahmen ihrer Promotion mit den historischen Romanen Lion Feuchtwangers.
1991 erhielt sie ein Stipendium für die Drehbuch-Werkstatt der Hochschule für Film und Fernsehen in München. 1992 wurde sie für ihre ersten beiden Romane mit dem Bayerischen Staatsförderpreis für junge Schriftsteller ausgezeichnet. 1995 verbrachte sie einen mehrmonatigen Förderaufenthalt für junge Künstler in der Casa Baldi in Olevano Romano bei Rom und 1996 einen solchen in Lion Feuchtwangers Villa Aurora in Los Angeles.

Von Tanja Kinkel sind bisher folgende Bücher erschienen:

Die Löwin von Aquitanien. Roman (Goldmann TB 41158)
Wahnsinn, der das Herz zerfrißt. Roman (Goldmann TB 9729)
Mondlaub. Roman (Blanvalet, gebundene Ausgabe 2532,
Goldmann TB 42233)
Die Schatten von La Rochelle. Roman (Blanvalet, gebundene
Ausgabe 2557, Goldmann TB 44084)
Unter dem Zwillingsstern. Roman (Blanvalet, gebundene
Ausgabe 2559)

TANJA KINKEL

Die Puppenspieler

Roman

GOLDMANN

Umwelthinweis:
Alle bedruckten Materialien dieses Taschenbuches
sind chlorfrei und umweltschonend.

Der Goldmann Verlag
ist ein Unternehmen der Verlagsgruppe Bertelsmann GmbH

Ungekürzte Taschenbuchausgabe November 1995
© 1993 by Blanvalet Verlag GmbH, München,
in der Verlagsgruppe Bertelsmann GmbH
Umschlaggestaltung: Design Team München
Umschlagmotiv: Stadtansicht Florenz,
Archiv für Kunst und Geschichte, Berlin
Druck: Elsnerdruck, Berlin
Verlagsnummer: 42955
CN · Herstellung: Heidrun Nawrot
Made in Germany
ISBN 3-442-42955-2

15 17 19 20 18 16

Für meinen Vater,
der die Geschichte mit zur Welt brachte,
und meine Mutter,
die Richard sofort adoptierte.

I

Der Alptraum

1

DIE FRÜHLINGSSONNE schien hell durch das verglaste Fenster auf den Tisch, hinter dem der Abt des Klosters St. Georg zu Wandlingen saß und ein Dokument, das vor ihm lag, studierte. Die tanzenden Strahlen ließen einzelne Buchstaben wie dunkle Flecke hervortreten. Satzbruchteile fingen seinen Blick auf:

»Innozenz, Diener der Diener Gottes... Es sind uns große Beschwerden zu Ohren gekommen, daß in einigen Teilen Oberdeutschlands, wie auch... sehr viele Personen beiderlei Geschlechts, ihre eigene Seligkeit vergessend... die geliebten Söhne Heinrichs Institoris... Jakob Sprenger..., daß diesen Inquisitoren das Amt solcher Inquisition erlaubt sei und sie zur Besserung, Inhaftierung und Bestrafung solcher Personen...«

Ein leises Hüsteln lenkte ihn von seiner Lektüre, der Bulle »Summis desiderantes« des neuen Papstes Innozenz VIII., ab. Der Abt seufzte. Die neue Bulle war von höchster Wichtigkeit, und er hätte sich ihr gern ausführlicher gewidmet. Doch noch andere Aufgaben warteten auf ihn. Dieses Kloster beherbergte nicht nur Angehörige des Benediktinerordens, sondern auch eine Menge Schüler. Mit einem solchen befand sich Bruder Ludwig jetzt hier; der Abt hatte die beiden eintreten lassen, konnte sich jedoch nicht sofort von seinem Dokument losreißen. In dem Begleitschreiben, das von einem befreundeten Würdenträger der Kirche stammte, wurde die Bulle als Meilenstein bezeichnet. Und so warteten der Lehrer und sein Schüler schon an die fünf Minuten. Die Bulle mußte ein wenig zurückgestellt werden.

»Was gibt es, Frater?« fragte der Abt freundlich, doch mit ein wenig ungeduldigem Unterton. Bruder Ludwig zählte noch nicht lange zu seinen Mönchen. Vor einem halben Jahr war er aus Speyer gekommen und hatte nun den alten Bruder Andreas als Geographie- und Geschichtslehrer abgelöst. Die Schüler hatten, soweit der Abt wußte, bisher nicht allzu begeistert darauf reagiert, und er hegte den Verdacht, daß der neue Bruder aus diesem Grund zu ihm gekommen war.

Bruder Ludwig räusperte sich erneut. Er war ein mittelgroßer, unauffälliger Mann, ein wenig gedrungen, noch keine dreißig, doch sein Haar wäre auch ohne die Tonsur bereits schütter gewesen. Er blickte von dem Abt zu seinem Schüler und sagte schließlich unbehaglich: »Es handelt sich um diesen Schüler hier, ehrwürdiger Abt, Richard Artzt.«

In den Augen des Abts leuchtete erstmals so etwas wie Interesse auf. »Das dachte ich mir, Bruder Ludwig«, erwiderte er trocken, »doch was hat er getan?«

Der Mönch, der in der schwarzen Kutte der Benediktiner unnatürlich bleich aussah, trat verlegen von einem Fuß auf den anderen. Er war kein begnadeter Redner, und er wußte, daß es dem Abt nicht gefallen würde, wenn er jetzt schon Schwierigkeiten mit den Jungen, die ihm anvertraut waren, nicht allein lösen konnte. Bruder Andreas hatte es immer verstanden, sich durchzusetzen, das hielt man ihm jedenfalls ständig vor, und dieser Junge war, wie es hieß, einer seiner Vorzugsschüler gewesen. Ludwig versuchte energisch zu wirken und straffte die Brust.

»Er schenkt dem Unterricht wenig oder überhaupt keine Aufmerksamkeit und widerspricht seinem Lehrer«, sagte er, und seine Stimme klang dünn und abwehrend zugleich.

Der Abt zwinkerte. »Nun, Richard«, sagte er, immer noch freundlich, »weißt du nicht, daß ein Schüler seinem Lehrer mit Gehorsam und Ehrfurcht begegnen muß?«

Der Junge verzog das Gesicht. »Ich gehorche doch… ich lerne jede meiner Lektionen. Wenn Bruder Ludwig mich im Unterricht aufruft, kann ich ihm jederzeit den Inhalt der Stunde wiederholen. Das ist doch wahr, oder?« wandte er sich herausfordernd an Ludwig. Dieser errötete. Der Abt griff ein.

»Richard«, sagte er streng, »dies ist nicht die Art, mit einem Erwachsenen zu sprechen, von einem Priester ganz zu schweigen.« Er schwieg einen Moment und musterte den Jungen. Richard war zwölf Jahre alt, doch eher klein für sein Alter, und seine leicht bräunliche Haut stach gegen die Blässe Bruder Ludwigs ab. Auch seine Haare waren braun, doch von einer satten, üppigen Farbe, die an Herbstlaub erinnerte und manchmal ins Rötliche, zu anderen Zeiten ins Schwarze überzugehen schien. Seine Augen funkelten tiefschwarz und gaben dem Jungen zusammen mit seinen hohen Wangenknochen einen fremdartigen Ausdruck. Richard hatte gerade, dichte Augenbrauen und einen feingeschnittenen Mund, der im Ärger schmal und hart wirkte. Wenn jemand Grund dazu hat, ärgerlich zu sein, dachte der Abt verdrießlich, dann bin ich es. Wo käme ich hin, wenn ich mich um jede kleine Unstimmigkeit zwischen Schülern und Lehrern kümmern müßte?

»Wenn Richard gelernt hat, was er lernen soll«, sagte er ein wenig müde, »dann sehe ich nicht, wo die Schwierigkeit liegt.«

Die Röte auf Bruder Ludwigs Wangen vertiefte sich noch weiter, was bei seiner sonstigen Blässe und dem korpulenten Körperbau äußerst unvorteilhaft wirkte.

»Er widerspricht mir«, sagte er hastig, »und das auf die abscheulichste und ketzerischste Weise. Das schadet meinem Ansehen bei den übrigen Schülern, ganz abgesehen davon, daß es sie zum Lachen bringt, wenn…«

Er verstummte. Richard vollendete unbekümmert: »Wenn Bruder Ludwig glaubt, ich hätte nicht auf seine langweiligen Lektionen geachtet, weil ich gezeichnet habe, und mich deswegen aufruft.« Er hielt ein wenig inne, dann fuhr er mit genügendem Respekt fort, um jeden zu täuschen, der nicht so erfahren war wie der Abt: »Ehrwürdiger Vater, ich liebe die Wissenschaften und schätze Bruder Ludwigs Unterricht, doch was soll ich machen? Wenn ich schweige, denkt er, ich sei unaufmerksam, und wenn ich also spreche und etwas zu dem sage, was er vorträgt, ist er auch unzufrieden. Ich möchte ein gehorsamer Schüler sein, aber wie?«

Der Abt bemerkte den Unterton von Ironie sehr wohl, anders als Bruder Ludwig, der durch diese zerknirscht wirkende Rede ein wenig besänftigt schien.

»Es sind nur deine ketzerischen Ansichten, Richard«, sagte er kompromißbereit. »Es ziemt sich einfach nicht, zu behaupten, die Kreuzritter seien manchmal wahre Schlächter gewesen, oder die Erde könne unmöglich flach sein. So etwas ist unchristlich und...«

»Aber Bruder Ludwig«, rief Richard, plötzlich wieder ohne jede Demut, »schon der berühmte Venezianer Marco Polo hat behauptet, daß die Erde gekrümmt sein müsse, Bruder Andreas hat davon erzählt. Und die Araber sind sich sogar ganz sicher, daß es so ist. Und es ist eine Tatsache, daß bei der Eroberung von Jerusalem die gesamte Bevölkerung niedergemetzelt wurde.«

Ludwig entgegnete unwillig: »Die Araber sind Heiden, und die Bevölkerung von Jerusalem bestand aus Arabern und Juden, also...«

»Aber Bruder Ludwig«, sagte der Abt tadelnd, »Ihr werdet Euch doch nicht mit einem Kind streiten, noch dazu mit einem Eurer Schüler?«

Er fragte sich langsam, ob Bruder Ludwig überhaupt schon geeignet war, Jungen in diesem Alter zu unterrichten. Am besten, man machte dieser Szene ein Ende, bevor der Mönch noch mehr von seiner Autorität verlor. Der Abt wandte stirnrunzelnd seine Aufmerksamkeit Richard zu.

»Du kannst gehen, Richard«, sagte er, doch bevor sich ein Lächeln auf Richards Gesicht breit machen konnte, fügte er hinzu, »doch wenn mir noch einmal zu Ohren kommt, daß du Bruder Ludwig gegenüber nicht gehorsam bist, bleibst du die nächsten Monate Samstag und Sonntag hier. Nun verschwinde schon.«

Richard kniete hastig nieder, um den Ring des Abtes zu küssen, und eilte davon. Der Abt schaute ihm nach und schüttelte den Kopf.

»Frater«, sagte er, »was habt Ihr Euch nur dabei gedacht?«

Bruder Ludwig fühlte das dringende Bedürfnis, sich zu rechtfertigen. Er gestand sich ein, daß er gleich ohne den Jungen hierher hätte kommen sollen.

»Ehrwürdiger Abt«, stieß er hervor, »dieses Kind ist mir einfach unheimlich. Ich könnte schwören, daß er mir nicht die geringste Aufmerksamkeit schenkt, und dennoch muß man ihm nie etwas wiederholen. Es ist, als begriffe er alles beim ersten Mal. Wie soll man so einen Schüler behandeln? Und dann diese ketzerische Redeweise...«

»Ja«, entgegnete der Abt abwesend, »jeder sagt mir, daß er ein hervorragendes Gedächtnis hat, besonders für Sprachen. Aber, Bruder«, er richtete die Augen wieder auf Ludwig, »wenn seine Argumente ketzerisch sind, so müßt Ihr ihn belehren, wie es einem Lehrer zukommt. Was Ihr eben getan habt, war einen Streit mit ihm anzufangen, als sei er in Eurem Alter! Das untergräbt die Disziplin!«

Sie schwiegen beide. »Richard kann schwierig sein«, murmelte der Abt schließlich, »gerade wegen seiner Begabung. Doch das hängt natürlich damit zusammen, daß seine Mutter eine Sarazenin ist.«

Ludwig verschluckte sich und mußte husten. »Seine Mutter«, ächzte er, als er wieder zu Atem kam, »ist eine Heidin?«

»Eine Bekehrte«, antwortete der Abt hastig. »Sie versteht mit Kräutern umzugehen und gilt als die beste Hebamme und Heilerin hier in Wandlingen. Manche sagen sogar offen, sie gingen lieber zu ihr als zu einem Bader oder zu einem Medicus. Da sie hier lebt, hat Richard die Erlaubnis, sie regelmäßig zu besuchen. Eine erstaunliche Frau, aber wie ich schon sagte, eine Bekehrte, und bei diesen Bekehrten weiß man nie, ob sie nicht manchmal, gewiß ohne Absicht, in ihren früheren Irrglauben zurückfallen oder Kleinigkeiten von ihm übernehmen. Ich wollte schon längst einmal jemanden zu ihr schicken, um die Stärke ihres Glaubens zu prüfen.«

Bruder Ludwig sah nachdenklich aus. »Mit Eurer Erlaubnis werde ich vielleicht auch allen zukünftigen Schwierigkeiten mit Richard aus dem Weg gehen können.«

Der Abt lächelte zufrieden. Eben dies hatte er beabsichtigt. Jeder rühmte ihm Richard als einen der ungewöhnlichsten Schüler, den das Kloster je gehabt hatte, und er hoffte, ihn für den Orden gewinnen zu können. Huldvoll streckte er die Hand zum Kuß aus, verabschiedete den Bruder und wandte sich dann wieder der Bulle zu, die er demnächst im Kloster vorlesen lassen mußte.

».. . die Personen selbst, nachdem sie in obigem für schuldig befunden... nach ihrem Verbrechen zu strafen... an Leib und an Vermögen zu strafen... Gegeben in Rom zu St. Peter, im Jahr der Menschwerdung des Herrn 1484... im ersten Jahr unserer päpstlichen Regierung.«

Die Sonnenstrahlen tanzten über das Blatt, während der Abt sich mit zusammengezogenen Brauen daran machte, die Bulle des Papstes noch einmal von vorne zu lesen.

Das kleine Haus, in dem Zobeida Artzt und ihr Sohn Richard wohnten, lag nahe der Stadtmauer, in einer nicht sehr vorteilhaften Gegend, da viele Wandlinger ihren Abfall in dieser Umgebung liegen ließen. Doch eine andere Möglichkeit hatte es für Zobeida, die immer noch mit Mißtrauen betrachtete Fremde, nach dem Tod ihres Gemahls nicht gegeben. Daß man ihr überhaupt gestattete, innerhalb der Stadtmauern zu leben, lag nur an ihrem überragenden Können als Hebamme, mit dem sie sich auch mit der Zeit eine geachtete Position in der Gemeinde verschafft hatte. Mittlerweile hätte sie wahrscheinlich ein besser gelegenes Haus erwerben können, vielleicht sogar wieder den großen Kaufmannshof, in dem sie mit Markus Artzt gelebt hatte, doch Zobeida hielt an ihrem Heim unter den ärmeren Bürgern Wandlingens fest, aus purem Eigensinn und Stolz, wie viele meinten.

Richard war froh darüber. Als er an diesem Freitag spätnachmittags nach Hause kam, blieb er einen Augenblick auf der Schwelle stehen, denn seine Augen mußten sich erst an das Dämmerlicht im Inneren gewöhnen. Er atmete tief ein. Es roch vertraut nach Gewürzen, nach Wärme, nach Kräutern, Düfte, die er immer mit seiner Mutter in Verbindung bringen würde. Sie war nicht da, doch sie hatte ihm die Nachricht hinterlassen, sie sei von Emmerich Kühn geholt worden, weil seine Frau in den Wehen lag.

Richard liebte dieses Haus, und jedesmal, wenn er eine Woche Klosterleben hinter sich hatte, wanderte er hier ein wenig ziellos umher, nur um alle vertrauten Gegenstände wieder zu begrüßen, die so sehr von der Kargheit des Klosters abstachen. Sein Vater, Markus Artzt, war ein erfolgreicher Kaufmann gewesen, und überall standen Dinge, die er von seinen Reisen mitgebracht hatte – bunte, edle Stoffe, von denen seine Mutter einige zu Kissen verarbeitet hatte, die sie der Sitte ihres Volkes gemäß auf dem Boden ausbreitete; andere Stoffballen jedoch behielt sie nur, um sich an ihrer Schönheit zu erfreuen.

Da gab es ein Schachbrett aus Persien mit feingeschnitzten Elfenbeinfiguren, die sogar von einem noch ferneren Land, dem legendären Cathay, stammen sollten. Richard kannte nicht viele Gegenstände, die aus Elfenbein waren, eigentlich überhaupt keine, außer den Figuren und einer Schnitzerei im Kloster, die eine Reliquie umschloß, und er strich liebkosend über ihre warme, glatte Oberfläche. Richard wünschte, er könnte sie benützen, doch seine Mutter beherrschte dieses Spiel nicht, und sonst gab es niemanden in Wandlingen, der es ihm hätte beibringen können.

Neben dem Schachspiel galt seine Liebe den weichen Teppichen mit ihren verschlungenen Mustern, die jedoch, wie seine Mutter ihm erklärt hatte, niemals etwas Bestimmtes abbilden durften, denn der Koran verbot jede bildliche Darstellung. Einer der Punkte, dachte Richard, wo das Christentum vernünftiger ist. Die Gemme mit dem Profil einer Frau, kunstvoll aus einem Halbedelstein geschnitten, die sein Vater aus Italien mitgebracht hatte, genügte schon, um ihm ein derartiges Verbot als völlig unsinnig erscheinen zu lassen.

Er bemühte sich, nicht auf das kleine goldene Kreuz zu sehen, das neben der Gemme lag; längst nicht so zart gearbeitet, hatte es dennoch eine gewisse Schönheit; es stammte aus Augsburg. Es handelte sich um das einzige Erinnerungsstück an die Familie seines Vaters in diesem Haus. Jene Familie, die seine Mutter haßte. Was Richard von ihr wußte, erfüllte ihn mit tiefer Abneigung: die Artzt' waren Angehörige des Augsburger Stadtpatriziats, seit Generationen schon, stellten Bürgermeister und Stadtschreiber, besaßen viele Häuser in dieser schwäbischen Stadt, die wegen ihres Reichtums in aller Munde war – und sie hatten Markus aus der Familie verstoßen, weil er die Sarazenensklavin geheiratet hatte, die er auf dem Sklavenmarkt in Venedig erworben hatte.

Nach einem erbitterten Streit mit seinen Eltern hatte Markus Augsburg für immer verlassen, was wohl für alle die beste Lösung war. In Augsburg erfuhr niemand, daß ein Mitglied der Familie Artzt eine Heidin zu seiner Gemahlin gemacht hatte, und Markus und Zobeida, die damals schon schwanger war, zogen nach Wandlingen. Richard hatte sich diese Geschichte Stück für Stück aus gelegentlichen Äußerungen seiner Mutter zusammenreimen müssen, denn Zobeida sprach nicht häufig von der Familie ihres Gemahls, und an seinen Vater hatte er nur ein paar vage, verschwommene Erinnerungen. Früher hatte er sich manchmal gewünscht, wie Perseus ein Held zu werden. Perseus, dessen Mutter von ihrem Vater verstoßen worden war. Dann würde er wie Perseus siegreich zu dem großmächtigen, arroganten Großvater gehen, ihm nur einen vernichtenden Blick zuwerfen – und dann im Jubel der Menge weiterziehen. Doch das waren kindische Träume, und langsam wurde er zu alt dafür.

Er schürte das Feuer unter einem großen Kessel mit heißem Wasser, den seine Mutter bereitgestellt hatte. Baden galt unter Christen abwechselnd als teuflisch und wohltuend. Zur Zeit sah man es wieder einmal als wohltuend an, und für die reichen Patrizier der großen Städte war es selbstverständlich, eine Badestube im Haus zu haben. Im kleinen, etwas rückständigen Wandlingen jedoch war man noch immer mißtrauisch und hielt sich, wenn überhaupt, an den Fluß. Richard hingegen nahm bei seiner Heimkehr immer als erstes ein Bad; seine Mutter hatte ihn mit dieser Gewohnheit der arabischen Völker großgezogen.

Die Feuerstelle war so gebaut, daß er mit einigem Geschick das erhitzte Wasser leicht in den hölzernen Badezuber kippen konnte, den er geholt hatte. Richard zog sich hastig aus und ließ sich dann zufrieden in der nassen Wärme nieder, die ihn angenehm schläfrig machte. Was wohl die anderen sagen würden, wenn sie ihn jetzt sähen? Er konnte es sich vorstellen.

Er war nicht eigentlich unbeliebt in der Klosterschule, aber er hatte auch keine wirklichen Freunde, und das Bewußtsein, daß seine Mutter eine Fremde war, hatte ihn für die anderen Schüler, die entweder dem reicheren Bürgertum oder dem Landadel der Umgebung entstammten, immer schon andersartig erscheinen lassen. Dabei war ihm die offen feindselige Haltung, welche die Nachbarn früher an den Tag gelegt hatten, immer noch lieber als die Seitenblicke und das versteckte Getuschel, das ihm bisweilen im Kloster begegnete.

Nicht, daß Richard sich je sehr um die Freundschaft der anderen Kinder bemüht hätte. Er hielt einen großen Teil seiner Altersgenossen für stumpfsinnige Jasager und zog die Gesellschaft seiner Mutter der ihren bei weitem vor. Und er liebte die Erzählungen ihrer weichen, musikalischen Stimme, die meist viel interessanter waren als die albernen

Streiche, mit denen sich Thomas oder Kuno die Zeit vertrieben.

Er hatte sich gerade abgetrocknet und war in ein frisches Hemd und eine Hose geschlüpft, als seine Mutter zurückkehrte. Schnell lief er auf sie zu, küßte sie auf die Wange und sagte auf arabisch: »Herrin, warum verschwendet Ihr Euren Glanz nur an diese unwürdige Hütte!«

Zobeida lachte. Sie sah etwas müde und erschöpft aus. »Was ist heute geschehen?« fragte sie zurück. »Hast du etwas angestellt? Ich hatte schon auf dich gewartet, als Emmerich Kühn kam.«

Richard erzählte ihr von der Unterredung mit dem Abt und brachte sie noch einmal zum Lachen, als er heftig gestikulierend Bruder Ludwig parodierte.

»*Diese* Ketzerei kann ich nicht dulden, Richard! Was fällt dir ein, zu behaupten, ein Apfel sei rund? Er ist mitnichten rund, denn Hieronymus von Nirgendwo bezeichnet ihn als grünen Schlag, und daraus geht eindeutig hervor, daß er flach ist! Du wagst es doch hoffentlich nicht, an Hieronymus zu zweifeln! Du Ungläubiger, du Ketzer, du Nichts, du...«

Während sie mit ihrem Sohn lachte, entspannte sich Zobeida von den Anstrengungen der Wehen, bei denen sie geholfen hatte. Mathilde Kühn hatte eine weitere Fehlgeburt gehabt. Ihr Mann schlug sie so regelmäßig, wie er ihr Bett teilte, und behandelte sie nicht besser als einen Packesel. Er hatte die Nachricht mit einem Fluch entgegengenommen und war ins nächste Wirtshaus verschwunden, während Mathilde mühsam den Trank zu sich nahm, den Zobeida ihr bereitet hatte, um ihre Schmerzen etwas zu lindern.

»Gott haßt mich«, flüsterte sie, als Zobeida ihren Kopf hielt, und Trude, Mathildes ältere Schwester, hatte ihr sofort widersprochen und versichert, daß Gott sie liebe und das nächste Kind bestimmt lebend zur Welt käme.

Später, während sie Zobeida aus dem Haus begleitete, hatte Trude ängstlich gefragt: »Sie wird doch einmal ein gesundes Kind gebären, oder?«

Zobeida hatte in einem Anflug von Bitterkeit geantwortet: »Nicht, solange man sie bei ihrem Gemahl läßt. Ich habe Euch schon vor ein paar Wochen gesagt, daß sie wieder eine Fehlgeburt haben wird. Ihr solltet sie zu Euch nach Hause nehmen.«

Doch beide Frauen wußten, daß dies unmöglich war. Der Mann war der Gebieter, und Zobeida wie Trude, so sehr sie sich sonst auch unterscheiden mochten, waren mit dieser Ansicht großgeworden. In der Tat, dachte Zobeida, besaß Mathilde Kühn als Gemahlin eines freien Stadtbürgers nicht mehr Schutz als sie, Zobeida, in ihrer Zeit als Sklavin gehabt hatte.

Sie aßen zu Abend, und Zobeida ertappte sich einmal dabei, wie sie, als ihr Sohn ihr von seinen Schulabenteuern erzählte, mehr dem Klang seiner Stimme als seinen Worten lauschte. Es war schon nicht mehr eine richtige Kinderstimme, sondern erinnerte sie mehr und mehr an seinen Vater. Sie warf Richard einen liebevollen Blick zu. Bis auf die Haare glich er Markus überhaupt nicht; merkwürdigerweise wirkte sie noch abendländischer als er.

Zobeida hatte ihre Mutter nicht gekannt, wußte aber, daß sie eine Tscherkessensklavin gewesen war, und daß sie, Zobeida, von ihr das üppige blonde Haar und die hohen slawischen Wangenknochen geerbt haben mußte. Zobeidas Augen waren schwarz wie die ihres Sohnes, sie besaß einen großzügigen Mund und eine Gestalt, die sie zu einer der Hauptattraktionen jener Versteigerung in Venedig gemacht hatte, bei der Markus ihr begegnet war.

»Das Schicksal geht seltsame Wege«, sagte sie in Gedanken daran, »wäre mein Vater, Ibn Zaydun, nicht gestorben und hätte mich sein Neffe nicht verkauft, dann wäre ich nie nach Venedig gekommen. Und doch dachte ich am Tage des Verkaufs, mein Leben sei zu Ende.«

Zobeida war das Lieblingskind ihres Vaters, des Arztes Ibn Zaydun, gewesen, ihres blonden Haares und ihrer lebhaften Auffassungsgabe wegen, beides eine Seltenheit, die er zu würdigen verstand, denn er hatte keinen Sohn. Er lehrte seine kleine Tochter vieles über Arzneien, brachte ihr sogar Lesen und Schreiben bei, was fast ein Skandal war, und empfand die Freude eines Lehrers und Sammlers über ein seltenes Stück.

Zu wärmeren Gefühlen war er nicht fähig, und die anderen Töchter, die ihm Sklavinnen geboren hatten, interessierten ihn überhaupt nicht, obwohl er sie versorgte. Zobeida war sein Geschöpf, etwas noch viel Besseres als der sprechende Papagei oder der gelehrige Affe, den er besaß, und ihre Eigenwilligkeit entzückte ihn wie die eines Falken, den er aufsteigen ließ. Da diese distanzierte Freundlichkeit die einzige Art von Zuneigung war, die Zobeida in ihrer Kindheit kennenlernte, brachte sie ihrem Vater leidenschaftliche Liebe entgegen und war untröstlich, als er starb.

Bald sollte sie entdecken, daß es ihm nie in den Sinn gekommen war, dafür zu sorgen, das von einer Sklavin geborene Mädchen nach seinem Tod freizugeben, und so war Zobeida im Erbe seines Neffen inbegriffen. Der Neffe Ibn Zayduns war ein gutaussehender, heißblütiger junger Mann; er nahm die anziehende Halbtscherkessin sofort in sein Bett, und Zobeida machte in ihrer Trauer zum zweiten Mal den Fehler, jemandem ihre Liebe zu schenken, der diese längst nicht im selben Umfang erwiderte.

Als ihr neuer Herr in Geldschwierigkeiten geriet, wurde auch diese Illusion einer Liebe zerstört, denn er wollte sie kurzerhand an einen seiner Freunde verkaufen, und als er seine Geliebte daraufhin zum ersten Mal aufsässig und wütend erlebte, war er eher entsetzt als erzürnt. Er verkaufte sie auf dem Sklavenmarkt, was ihm als Strafe für ihre Unverfrorenheit zu genügen schien, wünschte ihr im übrigen Glück und vergaß sie.

Der Sklavenhändler, der Zobeida gekauft hatte, brachte sie mit einer Reihe weiterer Sklaven nach Venedig, denn die Kaufleute vom Rialto, die sich rühmten, eine der bedeutendsten Reliquien der Christenheit zu besitzen, und sich infolgedessen auch für eine der frömmsten Städte auf Erden hielten, fanden durchaus nichts dabei, gleichzeitig auch einen der größten Umschlagplätze für Sklaven aus aller Herren Länder zu unterhalten.

Der Sklavenmarkt war eine hervorragende Schule in der Kunst zu überleben. Schlage, bevor du geschlagen wirst, räche alles, was man dir zufügt, im selben Maß, denn sonst wird man es dir noch einmal antun – es sei denn, dein Herr tut es dir an. Als Zobeida an den Franken mit dem harten, schwer auszusprechenden Namen Markus Artzt verkauft wurde, war sie entschlossen gewesen, nur noch auf sich selbst zu achten. Auf dieser Welt sollte man keinem Menschen trauen und ganz gewiß keinen lieben.

Es hatte lange gedauert, bis sie glauben konnte, daß Markus sie mit all der Liebe und Zärtlichkeit überschüttete, nach der sie ihr ganzes Leben lang gehungert hatte, und bis sie sich auch in ihn verliebte. Es wurde von ihrer Seite aus allerdings eher eine zärtliche Freundschaft und Achtung als Liebe. Ihren Vater hatte sie angebetet, seinem nichtsnutzigen Neffen ihre ganze Leidenschaft geschenkt, und sie fühlte sich bisweilen schuldig, weil sie ausgerechnet diesem einen Mann, der ihretwegen seine Familie aufgegeben hatte, kein ebenso großes Maß an Zuneigung entgegenbringen konnte.

Als er auf einer seiner Reisen verscholl und die Nachricht kam, er sei wahrscheinlich von Straßenräubern erschlagen worden, trauerte sie aufrichtig um ihn. Aber es brach ihr nicht das Herz. Sie hatte ihre Aufgaben, die der eines Arztes gleichkamen, und sie hatte ihren Sohn. Richard gehörte ihr, er war ihr Fleisch und Blut, er würde sie niemals verraten, und für ihn empfand sie die leidenschaftliche Liebe, die sie für seinen Vater nicht hatte aufbringen können. Er war alles für sie, und sie sorgte dafür, daß sie auch alles für ihn wurde – Mutter, Vater, Spielkamerad, Lehrerin, Freundin. Zobeida wäre es nie in den Sinn gekommen, noch einmal zu heiraten, sie war glücklich nur mit ihrem Kind.

»Und wenn mein Vater sich in Augsburg nicht mit seinen

Eltern zu Tode gelangweilt hätte, wäre er auch nicht nach Venedig gekommen«, sagte Richard jetzt und kniff ein Auge zusammen. »Was ist mit Euch, Mama? Ich dachte, man dürfte nicht zu oft ›wenn‹ sagen?«

Zobeida zwang ihre Gedanken in die Gegenwart zurück. »Das muß dir eine sehr kluge Frau beigebracht haben«, neckte sie. »Übrigens hatte Markus nicht nur seine Eltern, er hatte auch eine Schwester, die jedoch viel jünger war als er. Aber du hast recht – man soll nicht zuviel in der Vergangenheit stöbern.«

Sie sprach nicht gerne über die Familie Artzt. Denn Markus hatte ihr sehr viel mehr erzählt, als sie jemals an seinen Sohn weitergegeben hatte; sie fürchtete instinktiv, daß die stolzen Patrizier sich eines Tages überwinden und ihr Richard wegnehmen würden. Also verschwieg sie vieles und beschwichtigte ihr Gewissen damit, daß sie Richard getreu Markus' Wünschen als Christ erzog, daß sie sogar selbst vorgab, diesen Glauben zu teilen, obwohl sie ihn insgeheim für lächerlich hielt.

»Sehen wir lieber in die Zukunft«, sagte Zobeida leichthin. »Du solltest nicht absichtlich deinen Lehrer ärgern, mein Sohn, das ziemt sich nicht in deinem Alter.«

»Aber Mama«, protestierte Richard, »er ist so ein Esel, und Ihr habt doch selbst darüber gelacht.«

Zobeida versuchte, streng auszusehen. »*Mea culpa*«, sagte sie, einer der wenigen lateinischen Ausdrücke, die sie kannte. »Trotzdem, wenn du eines Tages eine Universität besuchen willst, brauchst du Empfehlungen von allen deinen Lehrern, so sagte man mir jedenfalls.«

»Aber er ist so langweilig – jeder findet das. Das einzige Mal, daß wir nicht alle in seiner Gegenwart fast eingeschlafen sind, war, als er an die Reihe kam, mit uns ins Badehaus des Klosters zu gehen. Er zierte sich entsetzlich, und schließlich kam heraus, daß er ein riesiges feuerrotes Muttermal am Rücken hat.«

»Armer Mann. Ich hoffe nur«, sagte Zobeida streng, »du

hast nicht über ihn gelacht. Es gehört nicht viel dazu, sich über schüchterne Leute lustig zu machen.«

Richard machte ein reuiges Gesicht, konnte aber nicht widerstehen, hinzuzufügen: »Trotzdem bin ich froh, wenn ich erst eine Universität besuchen kann und nicht mehr das Kloster, wo jederzeit ein Bruder Ludwig als Lehrer droht.«

»Der vielleicht deine künftigen Doctores kennt.«

Richard zog eine Grimasse. »Ich werde doch nicht hier im Reich studieren«, widersprach er. »Ich werde überall hinreisen, in alle Länder, auch in Eure Heimat, Mama, und studieren werde ich dort oder in Italien. Es heißt, daß es in Italien die gelehrtesten Schulen gibt, seit die arabischen Universitäten in Spanien für Christen nicht mehr zugänglich sind.«

Es war eine von Richards Lieblingsbeschäftigungen, sich zukünftige Reisen auszumalen, und er zweifelte nicht einen Augenblick daran, daß seine Mutter mit ihm kommen würde. Schließlich konnte sie ihre Heilkünste überall anwenden – was also sollte sie in Wandlingen?

Er holte sich Feder und Papier, um die Umrisse der Länder zu zeichnen, in die sie ziehen würden, und sie träumten gemeinsam von den fremden Städten, Landschaften und Tieren. Richard würde die Sprachen der Länder bald beherrschen, wie er auch nicht lange gebraucht hatte, um Lateinisch, Griechisch, Arabisch zu lernen, und Zobeida bedauerte, wenn sie an Italien dachte, ihm nicht mehr als ein paar mundartliche venezianische Ausdrücke vermitteln zu können – denn daß dieses Land am Anfang ihrer großen Reise stehen würde, hatten sie längst beschlossen.

Richard zeichnete schließlich auch die Gesichter einiger Menschen, die sie kannten, wofür er ein ausgesprochenes Talent besaß. Seine Darstellungen übertrieben, doch sie erfaßten das Wesentliche, und sie lachten beide über den trunksüchtigen Emmerich Kühn oder die keifende Lieselotte Schmidt. Dann wurde Zobeida wieder ernst.

»Dieser Mann ist böse«, sagte sie und deutete auf Emmerich Kühns Konterfei. »Es wäre ein Segen für seine arme

Frau gewesen, wenn nicht das Kind, sondern er gestorben wäre. Wenn ich nicht Angst gehabt hätte, daß sie verblutet, hätte ich mich diesmal geweigert, Emmerich zu Hilfe zu kommen.«

Sie seufzte.

»Sowie sie einigermaßen gesund ist, wird er sie wieder schwängern und wieder schlagen, und sie wird noch eine Fehlgeburt erleiden, denn sie ist nicht sehr stark. Und eines Tages werde ich sie sterben sehen. So ungerecht ist das alles, mein Sohn, und so sinnlos.«

Um sie abzulenken, malte Richard hastig einen grotesken Bruder Ludwig, stellte ihn als Giftpilz dar, der sich drohend über eine Ameise beugte. Er fand ohnehin, daß Bruder Ludwig Ähnlichkeit mit einem Pilz hatte. Ludwig war nicht eigentlich dick, doch auch nicht schlank, und seine in Aufregung zitternden Wangen verliehen ihm einen schwammigen Gesamteindruck. Zobeida warf einen Blick auf sein Kunstwerk und lächelte wieder. »Ist das dein neuer Lehrer? Oh, Richard!«

Es wurde ein wunderbarer, von warmer Heiterkeit erfüllter Abend, und als Richard schließlich zu Bett ging, dachte er, daß er wahrhaftig ein gesegnetes Schicksal hatte. Sie würden für immer und ewig glücklich sein. Eine Welt voller Wissen und Abenteuer wartete. Wie herrlich war es doch zu leben!

Bruder Ludwig keuchte, als er schließlich vor dem Haus Artzt stand. Lange Fußmärsche waren nichts für ihn, und seine Erhitzung mochte daran schuld sein, daß er, ohne anzuklopfen, durch die angelehnte Tür trat. Er hatte sich einen Wochentag ausgesucht, um mit Richards Mutter zu sprechen, und schon einige würdevolle Sätze für die Sarazenin zurechtgelegt, die er sich dunkel, klein und üppig vorstellte, wie Heidenweiber eben sein sollten. Doch nun blieb er auf der Schwelle stehen und erstarrte, sich sofort bewußt, welchen Höflichkeitsfehler er gemacht hatte.

Die Frau, die ihm ihren Rücken zuwandte, war bereits

angekleidet, und dafür dankte er jetzt Gott. Doch ihr Haar fiel ihr noch frei über die Schultern, und er konnte die Augen nicht davon abwenden – es war nicht dunkel, sondern blond, ein reiches, üppiges Silber, wie er es noch nie gesehen hatte. Es erweckte in ihm das Verlangen, es zu berühren, nur um festzustellen, ob es wirklich so weich war, wie es schien, und er bekreuzigte sich hastig.

»Frau Artzt?« fragte er unsicher. Das konnte doch nicht die Sarazenin sein!

Sie drehte sich um, ohne zu erschrecken. »Ihr hättet anklopfen sollen, Bruder«, sagte sie leicht vorwurfsvoll, aber freundlich. »Wartet einen Augenblick.«

Mit ein paar geübten Griffen steckte sie ihr Haar fest und verbarg es unter einer Haube. Nun gab es nichts mehr, um ihn zu verstören, nichts, außer diesem Gesicht, das bis auf die Brauen so dem ihres Sohnes glich, doch bei ihr in Schönheit gemildert war, nichts außer den dunklen Augen, in denen man ertrinken konnte, der berückenden Gestalt, die ihn beträchtlich verwirrte ...

Ludwig wies seine Gedanken zurück. Was hatte er nur? Er hatte doch, weiß Gott, schon hübsche oder sogar schöne Frauen gesehen! Es lag gewiß nur daran, daß sie so anders aussah, als er sich eine Heidin aus dem Morgenland vorgestellt hatte, nur das konnte es sein.

Zobeida betrachtete ihn prüfend. »Fehlt Euch etwas, Bruder Ludwig?« fragte sie. »Habt Ihr vielleicht Schmerzen?«

»Woher kennt Ihr meinen Namen?« stammelte er töricht.

»Mein Sohn hat mir von Euch erzählt«, meinte sie leichthin, und bot ihm an, sich doch zu setzen, was er dankbar tat.

Seine Knie zitterten. »Euer Sohn«, murmelt er. »Frau Artzt, ich will mit Euch über Euren Sohn sprechen.«

Ihr Gesichtsausdruck veränderte sich jäh. »Hat er etwas getan?« fragte sie besorgt.

»Ja ..., vielmehr, nein, eigentlich nicht. Seht, Frau Artzt«, er fand allmählich zu der kleinen Rede zurück, die er vorbereitet hatte, »Richard äußert Zweifel, wo er keine haben sollte, und widerspricht bei Dingen, die als heilige Wahrheit gelten. Nun frage ich mich, ob er hier von Euch auch wahrhaft christlich erzogen wird, Ihr seid doch getauft?«

»Gewiß«, erwiderte sie spürbar erleichtert, was ihn etwas aufbrachte, denn er ahnte, daß die gesenkten Lider einen spöttischen Blick verbargen. Streng fragte er sie nach ihrem Katechismus, prüfte das Glaubensbekenntnis, die Zehn Gebote, erkundigte sich nach regelmäßigen Messebesuchen und fand alles zu seiner Zufriedenheit. Eine gottesfürchtige Frau, die ihr Leben nur in Wandlingen verbracht hatte, hätte nicht besser antworten können. Warum nur das Gefühl, daß sie sich leise über ihn lustig machte? Immer schon hatten die Mädchen und Frauen über ihn gespottet, und wie gut war es gewesen, der Gegenwart dieser Geschöpfe zu entrinnen, die ihm nur das Gefühl der Unbeholfenheit vermittelten. Ihm war heiß, er schwitzte, und die Luft flirrte vor seinen Augen.

Plötzlich fühlte er die kühle, leichte Hand der Sarazenin auf seiner Stirn. »Es geht Euch nicht gut, Bruder Ludwig«, stellte Zobeida sachlich fest, »wartet, ich hole Euch etwas zu trinken.« Ihre Haut war zart und roch ein wenig nach Kräutern. Warum hatte sie ihn nur berührt!

Er trank widerspruchslos, was sie ihm in die Hand drückte, und während sie ihm Ratschläge erteilte, hörte er ihr nicht zu, sondern beobachtete die Bewegungen ihres Mundes, weich und doch fest geformt.

Ludwig geriet von einer Verwirrung in die andere und beschloß, in den nächsten Tagen zu fasten. Wie gut, daß die Ankunft eines bedeutenden Mannes erwartet wurde, so daß man im Kloster viel zu aufgeregt war, um seinen Zustand bemerken zu können.

Er würde dem Abt über seinen Besuch berichten müssen, und der Abt besaß scharfe Augen, doch auch er war beunruhigt durch den angekündigten Besuch des Bruders Heinrich von den Dominikanern, jenes Heinrich Institoris, der in der Bulle des Papstes ausdrücklich genannt worden war. Niemand würde Zeit und Lust haben, das Verhalten des Bruder

Ludwig zu untersuchen, und wenn Bruder Ludwig sich entschlossen hatte, zu fasten, warum nicht?

»Ich danke Euch, Frau Artzt«, sagte er abrupt und stand auf, noch ein wenig schwankend. »Doch jetzt muß ich gehen. Gehabt Euch wohl, achtet auf das Christentum Eures Sohnes und seid nochmals bedankt für Eure Hilfe!«

Er flüchtete geradezu aus dem Haus, und Zobeida sah ihm verwundert nach. Sie erzählte Richard nichts von Bruder Ludwigs Untersuchung, weil sie es für unwichtig hielt und ihn nicht gegen seinen Lehrer aufbringen wollte.

2

ALS ZOBEIDA AM folgenden Sonntag mit Richard die Messe im Kloster St. Georg besuchte, hatte sie den Mönch bereits wieder vergessen. An diesem Sonntag würde ein Gast des Klosters predigen, und es wurde erwartet, daß die Eltern der Schüler, die in oder um Wandlingen lebten, vollzählig in St. Georg erschienen. Man tuschelte bereits allerlei über den Dominikaner in seiner schwarzweißen Kutte, der gemeinsam mit dem Abt die Messe las. Er wirkte gütig und ehrfurchtgebietend mit seinem weißen Bart und sehr selbstbewußt.

Man sagte, er sei ein sehr wichtiger Mann, einer der beiden Inquisitoren, denen der Papst die heilige Inquisition in deutschen Landen übertragen hatte, zusammen mit einem dritten, Johannes Gremper, der ihnen jedoch untergeordnet war. Unter den Mönchen des Klosters gab es jedoch einige, die weniger beeindruckt waren.

»*Domini canes*«, flüsterte Bruder Albert, der Latein und Griechisch unterrichtete, dem neben ihm sitzenden Bruder Franz spöttisch zu. Zwischen Dominikanern und Benediktinern herrschte seit alters her Mißtrauen, und man wußte im Kloster, daß der Abt alles andere als begeistert über diesen Besuch gewesen war. Während man die Benediktiner wegen ihrer Lehrtätigkeit und ihres Reichtums rühmte, hatte der Orden der Dominikaner die Inquisition zu seinem Privileg gemacht.

Die Dominikaner nannten sich beileibe nicht nur nach dem heiligen Dominikus, sondern wiesen auch ständig stolz auf die Nebenbedeutung ihres Namens hin – *domini canes*, die Hunde des Herrn, die Hunde, welche die Herde schützten vor allem Fremden, welche die schwarzen Schafe aussonderten.

Wie erwartet, hatte Bruder Heinrich das Hexenwesen zum Gegenstand seiner Predigt gemacht. Er begann damit, daß ihm und seinem Mitbruder Jakob, der zur Zeit im Rheinländischen weilte, durch die Bulle des Papstes die Ausrottung dieser Unmenschen besonders ans Herz gelegt worden war, und zitierte aus dem Alten Testament: »Hexen und Zauberer sollst du nicht leben lassen!«

Es gebe natürlich überhaupt keinen Zweifel an der Existenz von Hexenkunst an sich, doch es habe sich gezeigt, daß die Frauen in viel höherem Maße für dieses Übel anfällig seien als die Männer, was kaum verwunderlich wäre.

»Steht nicht in der Heiligen Schrift«, fragte Bruder Heinrich, »klein ist jede Bosheit neben der Bosheit des Weibes? Und Chrysostomus sagt: Was ist das Weib anderes als die Feindin der Freundschaft, eine unentrinnbare Strafe, ein notwendiges Übel, eine natürliche Versuchung, ein wünschenswertes Unglück, eine häusliche Gefahr, ein Mangel der Natur, mit schöner Farbe gemalt. Auch Vincentius meint: Ich fand das Weib bitterer als den Tod, und selbst ein gutes Weib ist unterlegen der Begehrlichkeit des Fleisches.«

Richard bewegte sich unruhig auf seiner Bank. In St. Georg wurde auch Rhetorik unterrichtet, und gemessen an dem, was von den Schülern verlangt wurde, fand er diesen berühmten Dominikaner eher mittelmäßig. Außerdem schien Heinrich Institoris seine Beispiele direkt aus einem Handbuch für Prediger zu nehmen, das sich auch in der Klosterbibliothek befand. Richard unterdrückte ein Gähnen. Seine Gedanken schweiften ab, er fragte sich, wie eine Hexe ihren Zauber wohl bewerkstelligen würde – wenn es denn Hexen gab. Er hatte vage Vorstellungen von Zaubersprüchen, plötzlich aufwallenden Nebeln und dergleichen. Plötzlich spürte er eine leichte Berührung an der Schulter. Seine Mutter schüttelte lächelnd den Kopf, Richard errötete und versuchte, sich wieder auf die Predigt zu konzentrieren.

Bisher hatte der Dominikaner eher zurückhaltend gesprochen. Doch nun wurde seine Stimme drängend, donnerte über die Köpfe der Gemeinde hinweg.

»Ist es ein Wunder, daß dieses schwache, schuldbeladene Geschlecht, das seit Eva immer wieder der Verführung des Bösen erlegen ist, einen Pakt mit dem Satan eingeht, dem Satan, der sich auf die Schlingen der Wollust versteht? Kein Mann kann so anfällig dafür sein, wie ein Weib, denn die Weiber sind von Natur aus unersättlich gierig nach den Versuchungen des Fleisches, die Männer dagegen selbstbeherrscht. Eva wurde aus einer Brustrippe geschaffen, das heißt, eine jede Frau ist von Natur aus gekrümmt und dem Manne zugeneigt. Aus diesem Mangel geht auch hervor, daß, da das Weib nur ein unvollkommenes Tier ist, es immer täuscht. Es heißt nicht umsonst: Wenn ein Weib weint, es den Mann zu täuschen meint.«

Er holte tief Atem und fuhr höhnisch fort: »Wenn es auch den Frauen an höherem Verstand fehlt, um die Listen des Bösen zu durchschauen, so besitzen sie eine niedere Tücke und Leidenschaft und Gemütserregung im Übermaß. Das Weib schäumt infolge seiner Natur vor Zorn und Unduldsamkeit, wenn es den haßt, den es vorher geliebt; und wie die Meeresflut immer brandet und wogt, so ist eine solche Frau unduldsam. Prediger 25: Es ist kein Groll über dem Groll des Weibes. Und wahrlich, die Hauptursache, die der Vermehrung der Hexen dient, ist der ständige Zwist zwischen verheirateten und nicht verheirateten Frauen und Männern; ja auch unter den heiligen Frauen, wie man im Buch Genesis sieht: Wie soll es dann erst bei den übrigen sein. Und wenn die Frauen es schon so unter sich treiben, wieviel mehr gegenüber den Männern! Und wie sie aus dem ersten Mangel, dem des Verstandes, leichter als Männer den Glauben ableugnen, so suchen, ersinnen und vollführen sie infolge des zweiten Punktes, der außergewöhnlichen Leidenschaften, verschiedene Rache, sei es durch Hexerei, sei es durch andere Mittel. Daher ist es kein Wunder, daß es eine solche

Menge Hexen in diesem Geschlecht gibt; es ist geradezu dafür bestimmt.«

Richard blickte auf den sich ereifernden weißbärtigen Dominikaner auf der Kanzel und langweilte sich. Hexen waren ein Thema für Abende, an denen man sich gegenseitig einschüchtern wollte, und die Tirade gegen die Frauen war mit ihren ständigen Wiederholungen einfach ermüdend. Was für ein Unsinn! Er war bereit, zu wetten, daß der Dominikaner in seinem Leben noch nie eine Frau näher kennengelernt hatte. Er sah sich um und bemerkte erstaunt, daß die übrige Gemeinde gebannt den Worten des Predigers lauschte. Auf den Gesichtern der Menschen lag ein schwer deutbarer Ausdruck. Was war es? Befriedigung? Sehnsucht? Vielleicht auch Selbstgefälligkeit, und ganz sicher Angst. Es erschreckte ihn etwas, und er zog es vor, wieder zu Bruder Heinrich zu sehen.

»Apokalypse 6: Ihr Name ist Tod. Doch eine Frau ist noch schlimmer als der Tod. Bitterer als der Tod, weil dieser natürlich ist und nur den Leib vernichtet; aber die Sünde, vom Weibe begonnen, tötet die Seele durch Beraubung der Gnade und ebenso den Leib zur Strafe der Sünde. Nochmals bitterer als der Tod, weil der Tod des Körpers ein offener, schrecklicher Feind ist, das Weib aber ein heimlicher, schmeichelnder Feind. Ein Netz heißt ihr Herz, und die Hände sind Fesseln zum Festhalten. Wenn sie die Hand anlegen zur Behexung einer Kreatur, dann bewirken sie, was sie erstreben, mit Hilfe des Teufels.

Schließen wir: Alles geschieht aus fleischlicher Begierde, die bei ihnen unersättlich ist. Sprüche am Vorletzten: Dreierlei ist unersättlich und das vierte, das niemals spricht: Es ist genug, nämlich die Öffnung der Gebärmutter.«

Wäre Richard älter gewesen, dann hätte er den Ausdruck der Gemeinde zu deuten gewußt, als Bruder Heinrich daran ging, die Praktiken zu schildern, nach denen die Frauen gierten, dann hätte er das leise Stöhnen, das sich breitmachte, erkannt. Er stellte selbst fest, daß ihm heiß wurde.

Die weihrauchgeschwängerte Luft, die sich mit dem Geruch ungelüfteter, schweißdurchtränkter Kleider und dem Atem der Gemeinde mischte, schien sich ihm plötzlich würgend wie eine Schlinge um den Hals zu legen.

Das Gesicht des Predigers war gerötet und glänzte, als er die Arme hochwarf und rief: »Darum haben sie auch mit den Dämonen zu schaffen, um ihre Begierden zu stillen. Daher ist es auch folgerichtig, die Ketzerei nicht die der Hexer zu nennen, sondern der Hexen, damit sie den Namen bekomme *a potiori*; und gepriesen sei der Höchste, der das männliche Geschlecht vor solcher Schändlichkeit bis heute so wohl bewahrte; da er in demselben für uns geboren werden und leiden wollte, hat er es deshalb auch so bevorzugt. Gelobt sei Jesus Christus!«

»In Ewigkeit, Amen«, murmelte die erschauernde Gemeinde.

Richard war froh, aus der erhitzten Atmosphäre der Kirche herauszukommen, und er bemerkte überrascht, daß seine Mutter zitterte. War sie zornig, oder hatte der alte Graubart ihr Furcht eingejagt? Doch es war immer noch Frühling, das schöne Wetter hatte angehalten, und der »Hund des Herrn« ließ sich leicht vergessen. Wie unsinnig doch seine Worte gewesen waren! Noch zwei Wochen, dann reiste er ab, nach Brixen, wie man hörte, und in einem Monat würde niemand mehr an den Inquisitor denken.

Für Bruder Ludwig hatte die Predigt, von der er sich Beruhigung erhofft hatte, ungeahnte Folgen. Er war nicht imstande, der gelehrten Diskussion zwischen den Confratres Franz und Albert zu folgen, die über die einzelnen Argumente des Dominikaners sprachen.

»Er ist zweifelsohne ein Eiferer«, meinte Albert, »die *domini canes* waren das immer. Früher haben sie Ketzer verbrannt, und jetzt scheinen sie die Hexen für sich entdeckt zu haben. Was, glaubt Ihr, wird...«

Ludwig hörte nicht zu. In ihm hallten noch die Worte des

Inquisitors wider, als seien sie für ihn gesprochen: »Ihr Anblick ist schön... Sie sticht und ergötzt zugleich; daher wird auch ihre Stimme dem Gesang der Sirenen verglichen, welche durch ihre süße Melodie die Vorübersegelnden anlokken... Die Blume der Liebe ist die Rose, weil unter ihrem Purpur viele Dornen verborgen sind.« Bei den ausführlichen Beschreibungen der Laster des Weibes gaukelte ihm seine Phantasie das Bild der Sarazenin vor, und das Wort »unersättlich« begleitete ihn überallhin. Das Fasten hatte nicht geholfen, nicht im geringsten. Am Nachmittag schließlich verließ er heimlich das Kloster und machte sich erneut auf den Weg zu ihrem Haus.

Er wurde von einem leicht verwunderten Richard willkommen geheißen, und der Gruß, den Zobeida aussprach, klang auch nicht sehr begeistert. Sie waren freundlich zu ihm, doch mit jeder Geste schienen sie auszudrücken, daß sie lieber alleingelassen werden wollten, daß er ihre Vertrautheit störte.

»Frau Artzt«, stammelte er, »Frau Artzt, Ihr müßt mir helfen. Ich... ich brauche noch etwas von dem Trank, den Ihr mir neulich gabt.«

»Ihr braucht eher etwas kühles Wasser«, erwiderte Zobeida.

Bruder Ludwig wurde hinauskomplimentiert, und als er sich auf dem Rückweg zu seinem Kloster befand, verwünschte er seine eigene Schwäche. Wenn Fasten nicht half, dann würde er zu dem noch stärkeren Mittel der Flagellation greifen.

Im Gegensatz zu Bruder Ludwig kam Bruder Albert mit seinen Schülern ausgezeichnet zurecht. Nicht nur für Richard war sein Griechischunterricht einer der Höhepunkte des Tages, um so mehr, da sie zur Zeit die Odyssee lasen. Bruder Albert hatte eine Art, die Abenteuer des Odysseus so wirklichkeitsnah wie die des Marco Polo erscheinen zu lassen. Die Frage nach den heidnischen Göttern umging er

dabei elegant, indem er von der »wunderbaren Einbildungskraft der Griechen« sprach.

»Wir waren bei der Zauberin Kirke stehengeblieben«,
sagte Bruder Albert mit seiner sonoren Stimme, »die Odysseus' Männer in Schweine verwandelt hatte. Ich konnte ja
nicht ahnen, daß dieses Thema auf einmal so beliebt wird.«

Durch die Schülerreihen ging ein leises Gelächter. Albert
fuhr fort: »Hermes sagte zu Odysseus: ›Alle verderblichen
Künste der Zauberin will ich dir nennen.‹ Ich bin sicher,
unsere geschätzten Confratres von den Dominikanern würden so ein Angebot zu würdigen wissen. Aber das Folgende
zeigt, daß sich ihre, ich meine, unsere christliche Behand-
lungsweise von Zauberinnen doch wesentlich von denen
der Heiden unterscheidet. Richard, übersetze bitte.«

Richard konnte nicht widerstehen; er imitierte den Tonfall
des Dominikaners am letzten Sonntag und deklamierte mit
tiefer Stimme: »Spring auf die Zauberin los und drohe sie
gleich zu erwürgen. Diese wird in der Angst zu ihrem Lager
dich rufen. Und nun weigre dich nicht und besteige das
Lager der Göttin...«

»Das genügt«, unterbrach Bruder Albert und hüstelte. »Ich
denke, die Verderbnis der Griechen ist nun jedem klar. Kein
Wunder, daß die Römer sie schließlich besiegten. Sie konnten einfach nicht mit ihren Zauberinnen umgehen.«

Diesmal dauerte es einige Zeit, bis die Schüler sich wieder
beruhigt hatten. Richard stellte sich eine Diskussion zwischen dem Inquisitor und Bruder Albert vor. Er sah förmlich,
wie Albert mit seiner geschliffenen Rhetorik diesen lächerlichen Dominikaner auf Treibsand setzte.

Kuno Hilpert, der Sohn eines der reichsten Bürger der
Stadt, meldete sich und fragte: »Aber ich habe immer gehört,
daß der Glaube der Heiden ein Beweis dafür ist, daß es
Hexen und Zauberer schon immer gegeben hat.«

Bruder Albert verschränkte die Arme ineinander. »Möchte
vielleicht einer von euch darauf antworten?«

Richard wartete nicht, bis er aufgerufen wurde, er platzte

heraus: »Die Heiden haben auch an Götter, Titanen und die Medusa geglaubt. Ist das vielleicht ein Beweis?«

Kuno fiel offensichtlich nichts mehr ein, doch Bruder Albert, der bei sich dachte, es könne Richard nicht schaden, etwas von seiner Selbstsicherheit zu verlieren, schüttelte den Kopf.

»Richard, du enttäuschst mich. Das war ein Gegenargument, das noch nicht einmal die Sophisten gelten lassen würden. Überlege, und wenn du darauf kommst, wo dein Fehler liegt, veranschauliche uns das an einem weiteren Beispiel.«

Richard spürte, wie alle Augen auf ihn gerichtet waren. Er haßte es, zu versagen, und biß sich auf die Lippen. Sicher meinte sein Lehrer nicht einfach, daß Kuno im Einklang mit den Lehren der Kirche stand? Er überdachte ihren raschen Wortwechsel noch einmal, starrte auf Bruder Albert, der ihn ungerührt musterte, und hatte auf einmal eine Erleuchtung.

»Selbstverständlich kenne ich meinen Fehler«, entgegnete er so lässig wie möglich. »Wenn Alexander zu Bethos sagt: ›Es wird heute regnen‹, ist das eine Aussage. Wenn Alexander außerdem sagt: ›Heute werde ich auf einer Wolke reiten‹, ist das eine andere. Die zweite Aussage ist offenkundig unwahr, aber daraus folgt nicht, daß auch die erste Aussage unwahr ist.«

Einige der Schüler schauten ein wenig verwirrt drein, doch Bruder Albert nickte befriedigt. »Ausgezeichnet. Aber«, er zwinkerte Richard zu, »ich will doch nicht hoffen, daß du mit deinem Beispiel sagen willst, daß du die Aussage, es gäbe Hexen, für unwahr hältst?«

»Niemals«, versicherte Richard im Brustton der Überzeugung.

Auch die Geißelungen bescherten Bruder Ludwigs Nächten keinen Frieden. Er verschwieg dem alten Bruder Hermann, bei dem er beichtete, seine sündigen Gedanken, und wurde darauf von noch heftigeren Gewissensbissen gequält, denn so empfing er den Leib des Herrn in Sünde. Trotzdem befand er sich bald darauf wieder im Städtchen und folgte Zobeida heimlich, während sie von einem Haus zum anderen ging, um ihre Kranken zu versorgen.

Doch wenn sie ihn nicht bemerkte, ein anderer tat es. Ludwig beobachtete, wie sie sich gewaltsam aus dem Griff eines Mannes losmachte, den er als Emmerich Kühn zu erkennen glaubte, und wollte ihr schon zur Hilfe eilen. Nichts hätte ihm größere Freude bereitet, doch Emmerich Kühn machte keine Anstalten, Zobeida weiter zu belästigen, sondern sah ihr nur nach. Als sie außer Hörweite war, rief er höhnisch: »He, Ihr da, Mönchlein! Ihr könnt aus dem Schatten kommen!«

Ludwig erschrak und suchte Zuflucht in der Autorität des Priestertums. Er trat hervor und versuchte, gelassen zu wirken. »Was habt Ihr mit dieser Frau zu schaffen, Kühn?« fragte er harsch. Der Schreiner spuckte aus.

»Die da ist ein übles Weib. Sie hetzt meine Frau gegen mich auf, und irgend etwas hat sie auch gemacht, so daß ich seit Tagen mein eigenes Weib nicht mehr besteigen kann. Könnt Ihr Euch das vorstellen? Aber versucht mal, aus der etwas herauszukriegen. Frech wird sie, das ist alles. Heidenweib! Ungläubige, verdammte!«

»Sie ist getauft«, murmelte Ludwig und wollte weitergehen. Die Gesellschaft des Schreiners war ihm widerwärtig, und er verlor Zobeida aus den Augen.

Kühn grinste höhnisch. »Getauft, wie? Das glaubt Ihr doch selbst nicht, Pater, daß die eine Christin ist! Aber ich wette«, sein Grinsen wurde breit, »im Bett wäre sie nicht schlecht. Man sagt, diese Art Weiber verstünde sich besonders gut darauf. Was meint Ihr, Pater?«

»Ihr seid betrunken, Meister Kühn, und solltet drei Ave Maria beten, weil Ihr in meiner Gegenwart solche Reden geführt habt«, sagte Ludwig, doch selbst in seinen eigenen Ohren klang es falsch und heuchlerisch. Er wandte sich um und floh, vom schneidenden Gelächter des Schreiners begleitet.

»Ihr seid mir immer wieder gefolgt«, sagte Zobeida, und blickte auf den Mann hinab, der unglücklich an ihrem Tisch saß. »Warum tut Ihr das, Bruder Ludwig?« Natürlich kannte sie den Grund. Es hatten sich schon mehrmals Männer in sie verliebt, obwohl sie versuchte, es gar nicht erst dazu kommen zu lassen, und sich so streng und zurückhaltend kleidete wie sonst nur eine alte Frau. Doch wenn die Männer so direkt herausgefordert wurden, es auszusprechen, drückten sie sich gewöhnlich, flohen und beendeten ihre Vernarrtheit, zumindest die Schüchternen, zu denen sie Bruder Ludwig zählte.

Ludwig indessen war an einem Punkt angelangt, wo er nicht mehr fliehen konnte. Wie schon einmal sagte er mit zitternder Stimme: »Ihr müßt mir helfen, Frau Zobeida...« Es war das erste Mal, daß er ihren Namen laut aussprach, den er durch Fragen erfahren und seitdem tausendmal leise gewispert hatte. Zobeida. Zobeida Zobeida Zobeida...

»Wie kann ich Euch helfen«, sagte Zobeida kopfschüttelnd, »wenn Ihr mir nicht sagt, was Euch fehlt, und statt dessen Euer Übel verschlimmert? Geht zurück in Euer Kloster, Bruder Ludwig, und nehmt ein kaltes Bad.«

Diese Abfuhr brachte ihn auf die Beine. Mit mehr Energie, als er sich selbst zugetraut hatte, griff er nach ihr und zog sie an sich, preßte sie gegen seinen Körper, über den Schauer liefen. »Ich liebe Euch!«

Zobeida blieb völlig ruhig. Sie sträubte sich nicht, sondern versteifte sich und sagte kalt: »Ihr liebt mich nicht, Pater, Ihr begehrt mich. Doch sei es, wie es will, ich kann Euch nur raten, schleunigst in Euer Kloster zurückzukehren und ein wenig über Euer Gelübde nachzudenken.«

Doch sie hatte sich wieder verschätzt. Ludwig hielt ihre mangelnde körperliche Gegenwehr für Zustimmung, hörte kaum, was sie sagte, sondern versuchte, ihr Kleid aufzureißen. Zobeida stieß ihn zurück, doch der korpulente Mönch, aufgestachelt von seiner Begierde, verfügte über erstaunliche Kräfte. Seine Hände, sein saurer Atem waren überall. Andererseits unterschätzte er eine Frau, die durch die harte Schule eines Sklavenmarktes gegangen war. Zobeida befreite sich schließlich durch einen gezielten Kniestoß, griff nach einem Holzscheit und betrachtete den sich krümmenden Ludwig verächtlich.

»Kommt noch einmal hierher«, stieß sie zwischen den Zähnen hervor, »und ich richte Euch so zu, daß Ihr niemals mehr vor den Augen Eures Abts erscheinen könnt!«

Die Augen des Mönchs flackerten, und sie hörte ihn mit sich überschlagender Stimme schreien: »Das wird Euch noch leid tun!«, bevor er aus dem Haus stürzte.

Bruder Ludwig hatte nichts Bestimmtes im Sinn, er spürte nur den Schmerz der Zurückweisung und das Begehren, das sich allmählich in Galle verwandelte. Schließlich endete er in den Gassen von Wandlingen, taumelte in eine Schenke und begann dort, sich zu betrinken. Wie konnte er sich nur so vergessen! Das war nicht mit rechten Dingen geschehen. Sie hatte ihn dazu gebracht, sie hatte ihn gereizt. Weiß Gott, wenn er ein schmucker Kerl wie Bruder Albert gewesen wäre, hätte sie sich geradezu auf ihn gestürzt!

Nur daran konnte es liegen; sagte Bruder Heinrich nicht, daß die Frauen voller Wollust waren? Schlechtes Weib. Hure. Alles war ihre Schuld. »Ich würde Euch raten, in Euer Kloster...« Wie konnte sie es wagen?

»Von Grund auf schlecht«, schrie er plötzlich, so daß sich die anderen Gäste in der Schenke nach ihm umsahen. Ein betrunkener Mönch, nun ja, das kam vor. Einer jedoch erkannte ihn und gesellte sich zu ihm.

»Bruder Ludwig... Ihr seid doch Bruder Ludwig?«

Ludwig rülpste, als er Emmerich Kühn ausmachte. »Ihr hattet recht«, murmelte er undeutlich, »vollkommen recht. Böses Weib. Ungläubige. Böse.«

Kühn nickte mitfühlend. »Die Sarazenin, wie? Ich habe ihr schon immer mißtraut. Sie hat Augen wie der Teufel, habt Ihr das schon bemerkt? Sie könnte direkt eine Hexe sein, so wie sie... Was habt Ihr, Pater?«

Ludwig starrte ihn an. Mit einem Mal war die Trunkenheit aus seinen Augen verschwunden. »Sagt das noch einmal.«

»Sie könnte direkt eine Hexe sein... Mein Gott, Pater, meint Ihr etwa...«

Ludwig ließ eine Hand auf die Schulter des Schreiners sinken.

»Das erklärt alles«, sagte er fieberhaft, »jede Kleinigkeit. Denkt nach, sind Euch nicht auch Merkwürdigkeiten an ihr aufgefallen?« Angefeuert vom Wein, stimmte Emmerich Kühn eifrig zu. »Stimmt schon, Bruder Ludwig, stimmt schon. Ich hab's Euch doch erzählt, meine Frau...«

Es dauerte lange, bis Ludwig die Schenke wieder verließ, und noch länger, bis er St. Georg erreichte. Der Bruder Pförtner betrachtete ihn mißbilligend.

»Wo wart Ihr nur, Bruder, daß Ihr erst jetzt zurückkehrt?«

Er hörte Bruder Ludwig lachen, zum ersten Mal, seit dieser aus Speyer gekommen war. »Bei einer Hexe, Bruder. Bei einer Hexe.«

»Ihr seid wirklich betrunken und solltet Euch schämen. Das wird Euch einen Verweis des Abtes einbringen.«

Ludwig hatte ursprünglich vorgehabt, den Inquisitor sofort aufzusuchen, doch mit dem Rest von klarem Verstand, der ihm geblieben war, erkannte er, daß ihn Bruder Heinrich vielleicht für nicht weniger betrunken halten würde als der Pförtner. Er verbrachte die verbleibenden Stunden einer unruhigen Nacht in seiner Zelle und fand sich noch vor der Morgenmesse bei Bruder Heinrich ein.

Der Dominikaner war hellwach; er machte sich gerade einige Notizen. Bücherstaub hing in der Luft. Bei Ludwigs Eintreten hob er den Kopf.

»Verzeiht, Frater«, sagte Ludwig heiser, »aber ich möchte

etwas von Euch wissen. Wie erkennt man Eurer Meinung nach eine Hexe?«

»Da gibt es Verschiedenes«, erwiderte Heinrich Institoris und stand auf. »Warum fragt Ihr?«

»Weil ich glaube...« An seiner Schläfe pochte hämmernd eine Ader. Ludwig fuhr mit der Zunge über die Lippen und begann von neuem: »Weil ich glaube, daß sich hier in Wandlingen ein Hexenweib befindet. Ich habe sie selbst gesehen.«

»Setzt Euch doch«, sagte der Inquisitor teilnehmend, »und erzählt mir mehr davon. Ich hatte, ehrlich gesagt, nicht gehofft, in Eurem Kloster solche Mitarbeit zu finden. Einige Klöster und Pfarreien gelten als verantwortungslos dem Hexenwesen gegenüber, und deswegen haben Bruder Jakob und ich beschlossen, gleichsam als Missionare durch das Reich zu ziehen, da uns der Heilige Vater dazu die Befugnis verliehen hat. Also, was ist nun mit Eurer Hexe? Warum haltet Ihr sie für eine solche, und wie heißt sie?«

»Ihr Name«, erwiderte Bruder Ludwig stockend, »ist Zobeida Artzt. Sie ist von Geburt Sarazenin, doch gibt sie vor, nunmehr an unseren Herrn Jesus zu glauben.«

»Hinter bekehrten Heiden verbergen sich oft die Schliche des Teufels«, stimmte der Dominikaner beifällig zu.

Ludwig versuchte, möglichst gelassen fortzufahren, doch es brach aus ihm heraus: »Sie hat mich behext, Frater. Sie hat in meinem Herzen die Begierde nach ihr geweckt, und ich war fast bereit, mein Gelübde zu brechen.« Er barg sein Gesicht in den Händen.

»Nun«, hörte er Bruder Heinrich sagen, »wie Ihr wißt, sind die Weiber von Natur aus schlecht. Woher kommt Euch der Gedanke, daß es sich um einen teuflischen und keinen menschlichen Verführungsversuch handelt? Hat sie in Eurer Gegenwart etwas getan, das nach Zauberei aussah?« Ludwig zögerte.

»Als ich sie zum ersten Mal sah, mischte sie mir einen Trank, der...«

»Das ist eindeutig«, unterbrach ihn der Inquisitor erfreut,

»Hexen verwenden immer Zaubertränke. Doch fahrt fort, Bruder.«

In Ludwigs Augen fügte sich nun alles zu einer Kette, und er fühlte selbst fast die Freude des Entdeckers.

»Sie kannte auch meinen Namen, obwohl ich ihn nicht genannt hatte. Ich sah sie nie beten oder das Kreuz schlagen, wie eine gottesfürchtige Christin es tun sollte.«

»Ist sie verheiratet?« fragte der Inquisitor.

»Verwitwet. Sie betätigt sich als Hebamme, und man ruft sie, wenn Pflege...«

»Mann«, fiel ihm der Dominikaner ins Wort, »wißt Ihr nicht, was Ihr da sagt? Unter den Hebammen sind die Hexen am häufigsten, denn sie kommen immer wieder mit den unreinen Säften in Berührung, die beim Weib die Dämonen anziehen. Niemand gefährdet den Glauben mehr als die Hebammen. Sie opfern kleine Kinder, sorgen für Fehlgeburten... *deo gratias*, Euer Fall scheint unzweifelhaft zu sein.«

Er dachte eine Weile nach. »Es gibt drei Möglichkeiten, einen Hexenprozeß zu beginnen. In diesem Fall ist ein Denunziantenprozeß wohl am angebrachtesten. Ihr müßt mit mir zu dem Richter dieser Stadt gehen und einen Notar und zwei als ehrenwert geltende Personen mitbringen. Vor diesen wiederholt Ihr dann Eure Anzeige, schwört auf die vier Evangelien und betont, daß Ihr nicht als Ankläger, sondern als Denunziant handelt.«

»Wo ist da der Unterschied?« fragte Ludwig verwirrt.

»Oh, diese armen Unwissenden«, seufzte Heinrich Instituris. »Gerade wegen solcher braver Mönche wie Euch, Bruder, haben Bruder Jakob und ich beschlossen, über unsere Erfahrungen ein Buch zu verfassen. Nun, wäret Ihr ein Ankläger, so müßtet Ihr dem Gesetz nach Eure Klage mit Indizien oder dergleichen beweisen. Als Denunziant jedoch braucht Ihr das nicht, sondern müßt lediglich erklären, Ihr handeltet aus Gottesfurcht.«

»Ah«, entgegnete Bruder Ludwig nicht eben lebhaft.

Doch der Dominikaner war in seinem Element und belehrte ihn: »Ihr schwört dann, alles geheimzuhalten, was sich wohl von selbst versteht. Doch muß noch eine zweite Denunziation eingehen, die einen anderen Gegenstand als den Euren betrifft, bevor der Richter oder ich handeln können. Glaubt Ihr, es findet sich jemand, der ebenfalls willig ist, gegen diese Person auszusagen?«

»Doch«, entgegnete Ludwig gehorsam, »doch, ja, das glaube ich.«

»Gut«, sagte der Inquisitor befriedigt. »Dann werden wir weitersehen.«

3

RAINER WASSERMANN, seines Zeichens Richter der Stadt Wandlingen, machte nicht nur auf den äußerst angespannten und nervösen Bruder Ludwig einen unmutigen und unwilligen Eindruck. Wassermann war bald sechzig, und er hatte in seinem Leben noch keinen Hexenprozeß geführt. Eigentlich hatte er gehofft, seine Amtszeit in Ruhe beschließen zu können. Hexenprozesse waren ungewöhnlich, es gab keine festen Regeln, an die man sich halten konnte, und die neue Bulle des Papstes half in dieser Beziehung auch nicht viel weiter. Ach, die ganze Angelegenheit war so gänzlich unerfreulich, dachte Wassermann verärgert.

Der Inquisitor, mit dem er nun zu tun hatte, schien ihn außerdem für einen rückständigen Narren zu halten. Auf Wassermanns Einwand, man müsse für Hexen- oder Ketzereiprozesse doch erst die Genehmigung des Bischofs einholen, hatte Heinrich Institoris mit einer hochmütigen Geste geantwortet, als einer der beiden Inquisitoren für die deutschen Lande könne er den Bischof selbstverständlich übergehen.

Bruder Ludwig und Emmerich Kühn, der Schreiner, hatten ihre Klagen vorgebracht, und die Feinheit der Unterscheidung zwischen Ankläger und Denunziant, die beide als Zeugen galten, hatten ihm weiteres Kopfzerbrechen verursacht. In normalen Verleumdungsprozessen gab es so etwas nicht. Er war erleichtert gewesen, dem Notar schließlich nach Aufzeichnung der Anzeigen diktieren zu können: »Das ist verhandelt worden in Wandlingen, am dreiundzwanzigsten Tag des Monats April im Jahre des Herrn 1484, in meiner und des Notars Baumgärtels Gegenwart, unter Hinzuziehung eines anderen zur Stärkung des Amtes des Schriftführers, und der hierzu gerufenen und gebetenen Zeugen Frater Ludwig Maaßen, Bruder des Benediktinerordens, und Meister Emmerich Kühn, Schreiner zu Wandlingen.«

Nach Meinung des Richters war die Angelegenheit jetzt so gut wie erledigt. Man mußte nur noch Frau Artzt vorladen und sie befragen. Natürlich würde sie die Anschuldigung abstreiten, und damit würde das ganze unangenehme Geschäft im Sand verlaufen. Frau Artzt war eine Fremde, gewiß, doch hatte sie nicht viele Kranke geheilt, auch aus seiner eigenen Familie? Und besuchte sie nicht gottesfürchtig die Messe? Doch schon wieder gingen sein Rechtsempfinden und das des Inquisitors auseinander. Dieser forderte nämlich, daß Frau Artzt nicht nur vorgeladen, sondern daß auch sofort ihr Haus nach Zaubermitteln durchsucht werden sollte.

»Aber«, sagte Rainer Wassermann fassungslos, »bis jetzt haben wir doch noch überhaupt nicht festgestellt, ob der Verdacht gerechtfertigt ist. Wir müssen sie doch erst anhören, bevor wir ihr Haus durchsuchen lassen können. Bis jetzt haben wir nur zwei Denunzianten, keine Ankläger. Ich bin sicher, wenn Frau Artzt erst den beiden Zeugen gegenübersteht, wird sie sich rechtfertigen...«

»Mann!« donnerte Bruder Heinrich. »Ihr wollt diese beiden ehrlichen Männer in ihrer Gegenwart belassen?«

»Das ist bei Verleumdungsprozessen so üblich. Handelt es sich nur um üble Nachrede, so brechen die...«

»Dies«, schnitt ihm der Dominikaner das Wort ab, »ist kein Verleumdungsprozeß. Wir haben es mit einer mutmaßlichen Hexe zu tun. Wenn sie die beiden Zeugen zu Gesicht bekommt, könnte sie ihren Bann erneuern. Ja, Ihr dürft diesem Weib noch nicht einmal die Namen der Zeugen nennen, sonst würdet Ihr zwei gute Christen in tödliche Gefahr bringen!«

Der Richter machte einen immer verwirrteren Eindruck.

Dies widersprach jeglicher Rechtspraxis. »Doch wenn sie nicht weiß, wen sie verhext haben soll, welches Ereignis gemeint ist, wie soll sie sich da rechtfertigen können?«

Bruder Heinrich schüttelte mitleidig den Kopf. »Man sieht, daß Ihr keine Ahnung von der Tücke der Weiber habt. Ist sie unschuldig, so wird sie sich schon erinnern an so merkwürdige Dinge, ohne Namen zu kennen. Ein Weib kennt tausenderlei Schliche, und ihr werden im Gegenteil viel zuviel Rechtfertigungsgründe einfallen!«

Wassermann klammerte sich an einen Strohhalm. »Aber des Kaisers eigenes Gesetz besagt doch, daß der Beschuldigte das Recht hat, seine Ankläger zu...«

»Es gibt keine Ankläger«, erwiderte der Dominikaner geschmeidig, »sondern nur Denunzianten. Denunzianten brauchen nicht genannt zu werden.«

Wassermann fuhr sich mit der Hand über die Stirn. »Gut und schön. Ihr seid der Inquisitor und habt Erfahrung mit solchen Prozessen. Aber ich werde sie dennoch erst vorladen und anhören, und wenn sie sich als unschuldig erweist, besteht kein Grund, ihr Haus zu durchsuchen.«

Bruder Heinrich schwieg einen Moment. »Nun gut«, sagte er schließlich mit einem unergründlichen Unterton. »Doch da Ihr, wie Ihr selbst bemerktet, keine Erfahrung mit Hexen habt, gestattet mir, an Eurer Stelle die Fragen zu stellen.«

Die Bitte war höflich formuliert, doch Wassermann wurde sich jäh wieder bewußt, daß er ein Mitglied der heiligen Inquisition vor sich hatte, und er verzichtete lieber darauf, noch einmal zu widersprechen. Schließlich, so tröstete er sich, war er der Richter, und bei ihm lag die Entscheidung. Mochte Bruder Heinrich nur die Fragen stellen. Außerdem hatte der Dominikaner recht. Er hatte wirklich noch kein derartiges Verhör geführt.

Der Knecht, der Zobeida die Vorladung überbrachte, fiel ihr durch seine neugierigen und unruhigen Blicke auf. Sie war ein wenig ärgerlich, denn an diesem Samstag warteten keine

Patienten auf sie, und sie hätte ihn ganz mit ihrem Sohn verbringen können; überdies wußte sie noch nicht einmal, was der Richter von ihr wollte. Sie zerbrach sich den Kopf, doch ihr fiel auch kein Mensch ein, den sie pflegte und der vielleicht einen Prozeß am Hals hatte.

»Worum geht es eigentlich?« fragte sie den Mann, den der Richter zu ihr geschickt hatte.

»Weiß nich«, murmelte er undeutlich. »Geheime Sache. Darf nich drüber reden und weiß auch nich viel.«

Zobeida zuckte die Achseln, legte sich einen Umhang um die Schulter und folgte ihm.

Des Richters Amtszimmer war klein, in der Ecke loderte ein gemütliches Feuer, und die ganze Stube strahlte Ordnung und Sauberkeit aus. Selbst die Papiere auf Rainer Wassermanns Tisch, auf denen die noch kaum getrocknete Tinte glänzte, waren sorgsam gestapelt.

Der Richter selbst zerrte allerdings unbehaglich am Kragen seines Wamses, die zwei Männer vom Stadtrat, die neben ihm saßen, blickten sie mit demselben merkwürdigen Gesichtsausdruck an wie der Knecht, und der Stadtschreiber, der gleichzeitig auch den Beruf des Notars versah, räusperte sich bei ihrem Eintreten. Die Gestalt des Inquisitors löste sich aus einer dunklen Ecke des Raumes. Unbewußt ballte Zobeida die Hände zusammen. Der Frater wirkte freundlich und gütig, wie vor seiner Predigt, der sie beigewohnt hatte, doch sie hatte nicht vergessen, wie schnell er sich zu einem feuerspeienden Geißler der Menschheit verwandelt hatte. Nein, berichtigte sie sich in Gedanken, nicht der Menschheit, der Frauen. Überdies löste die Kutte der Dominikaner bei ihr instinktive Furcht aus.

In ihrer Kindheit hatte man sie gelehrt, daß von allen christlichen Orden die Dominikaner die Schlimmsten waren. Ein Vetter ihres Vaters, der aus Granada stammte, dem letzten spanischen Emirat, hatte in ihrem Beisein einmal düster erklärt: »Früher gab es die Tempelritter, gut und schön. Das waren wenigstens Kämpfer. Und diese Mönche in den braunen Kutten, die Franziskaner, das sind ein Häufchen rührender Narren. Aber hütet euch vor den Teufeln in den schwarzen und weißen Gewändern!«

Zobeida biß sich auf die Lippen und zwang sich, den Inquisitor anzulächeln. Ein Dominikaner konnte nicht schlimmer sein als der Sklavenaufseher, und sie war nicht länger eine Sklavin. Was es an Schrecken auch geben mochte, hatte sie hinter sich. Jetzt war sie eine freie und geachtete Bürgerin.

»Nun, Frau Artzt, seid gegrüßt«, sagte der Richter hastig und sah hilfesuchend den Inquisitor an.

Bruder Heinrich wandte sich an Zobeida. »Setzt Euch dort auf den Schemel, meine Tochter.« Zobeida kam der Aufforderung nach und erkundigte sich dann, weswegen man sie hergeholt habe.

»Um ein paar Fragen zu beantworten«, sagte Heinrich Institoris höflich. »Doch«, er trat näher und reichte ihr ein schweres Buch, »schwört zuerst auf die vier Evangelien, die Wahrheit für Euch und andere zu sagen.«

Das war ein üblicher Eid, und sie wiederholte ihren Schwur noch dreimal, jeweils mit der Hand auf einem der Evangelien.

»Woher kommt Ihr, wo seid Ihr geboren, wer sind Eure Eltern und wo befinden sie sich?«

Die Antworten, die Zobeida gab, beunruhigten alle Anwesenden, denn es fielen einige fremdartige Namen. Der einzige, der vertraut klang, war ihr Taufort. Der Notar gab sich redlich Mühe, die arabischen Namen niederzuschreiben, und mußte sich schließlich von dem etwas ungehaltenen Inquisitor helfen lassen.

Doch Bruder Heinrich war wieder die Freundlichkeit selbst, als er sich an Zobeida wandte: »Ist irgend jemand in Eurer Verwandtschaft je verbrannt worden?«

»Der Vater meines Vaters starb an der Pest«, entgegnete Zobeida verwundert, »und natürlich wurde er verbrannt.«

Der Inquisitor machte eine ungeduldige Handbewegung. »Keine Leichenverbrennungen«, sagte er kurz. »Habt Ihr in

Eurer Heimat je von Hexenkunst sprechen hören, von Gewitterbeschwörung oder daß Vieh verhext wurde, daß den Männern ihre Manneskraft genommen oder sie im Gegenteil übermäßig erweckt wurde?«

Zwischen Zobeidas Augenbrauen stand eine steile Falte. Sie war argwöhnisch geworden, spürte Gefahr, doch worauf der Inquisitor hinauswollte, war noch nicht eindeutig.

»In meiner Jugend«, erwiderte sie vorsichtig, »lehrte mich mein Vater, daß all diese Dinge natürliche Ursachen haben, doch seit ich den wahren Glauben angenommen habe, hörte ich von einigen solchen Zaubereien.« Sie konnte nicht widerstehen, hinzuzufügen: »Aber noch nie hörte ich in solcher Ausführlichkeit davon wie bei Eurer Predigt im Kloster St. Georg, Pater.«

Heinrich Institoris erstarrte ein wenig. Er hatte die Doppeldeutigkeit verstanden, die in der Stimme mit dem leichten Akzent mitschwang, doch dies war nichts, was man näher ausforschen konnte. Dem Weib würde ihr Spott ohnehin bald vergehen.

»Glaubt Ihr, daß es Hexen gibt?« fragte er ein wenig unfreundlicher.

Zobeida faltete die Hände und sagte fromm: »Zu entscheiden, ob es Hexen gibt oder ob es keine gibt, überlasse ich Höheren.«

»Was meint Ihr damit?«

»Oh, Pater, eine einfache Frau wie ich, ohne den klaren Verstand eines Mannes, kann eine so schwierige Frage nicht entscheiden.«

»Wenn es keine Hexen gäbe«, forschte Bruder Heinrich, »dann hieße das doch, daß Menschen unschuldig verbrannt werden?« Er fragte das bei jedem seiner Prozesse, warum, wußte er nicht, vielleicht nur, um sich das Vergnügen zu gönnen, bei einer Zustimmung auf die Angeklagten einzureden, daß ihnen Hören und Sehen vergingen. Doch diese Frau war wahrhaftig mit den Listen ihres Geschlechts gewappnet.

Die schwarzen Augen weiteten sich, und mit unschuldiger

Stimme fragte sie: »Wie kann das sein, wenn doch so weise Männer wie Ihr die Entscheidung treffen, Hexer und Hexen auf den Scheiterhaufen zu schicken?«

Der Dominikaner entschloß sich, zum direkten Angriff überzugehen. »Wißt Ihr, daß Ihr verhaßt seid, daß Ihr im schlechten Ruf steht, daß man Euch sogar fürchtet?« Es bereitete ihm Vergnügen, sie zusammenzucken zu sehen.

»Das ist nicht wahr!« protestierte sie heftig. Es schien, als wolle sie sich zur Bestätigung an den Richter wenden, doch der Mönch sprach schnell weiter: »Warum sind dann zwei Anzeigen wegen Hexerei gegen Euch ergangen?«

Das traf sie. Sie sah ihn ungläubig an. »Wer hat mich angezeigt?« fragte sie, durch die Eröffnung eher verwundert als entsetzt.

»Das braucht uns jetzt nicht zu kümmern«, entgegnete der Dominikaner streng. »Ihr solltet es selbst am besten wissen. Habt Ihr nicht einem Mann Liebestränke eingeflößt und einem anderen gedroht, er würde seine Manneskraft verlieren, was in der Folge auch passierte? Mir scheint dies eindeutig eine Verwünschung zu sein.«

Alle Männer im Raum beobachteten Zobeida aufmerksam. Sie hatten keinen Grund, ihr Böses zu wünschen, doch lag in ihren Blicken etwas von einem Jäger, der einem Wild nachstellt. Zobeida brauchte nicht lange, um zu begreifen.

»Wenn Emmerich Kühn«, sagte sie durch zusammengebissene Zähne hindurch, »nicht mehr bei seiner Gemahlin liegen kann, so ist das für die arme Frau ein Segen, für den ich leider nichts kann. Es steht nicht in meiner Macht, diese...«

»Aha«, unterbrach Bruder Heinrich lauernd, »Ihr gebt also zu, daß Ihr Macht besitzt?«

»Die Macht, die einem Heiler zu eigen ist«, antwortete Zobeida unbeeindruckt, »oder einer Hebamme. Die Macht zu pflegen und die Menschen gesund zu machen, so Gott es will. Was Eure andere Beschuldigung betrifft – nie in meinem Leben habe ich einen Trank mit anderen als heilenden oder erfrischenden Kräutern zubereitet. Ich weiß, daß es Kräuter gibt, die die Begierde erwecken, doch ich habe sie nie benutzt. Wenn also jemand behauptet, in mich verliebt zu sein, so solltet Ihr lieber die Schuld bei ihm suchen!«

»Und warum?« Der Inquisitor war ihr inzwischen so nahe, daß er sie hätte berühren können, und er spürte ihren warmen Atem. »Hört, Weib, der Euch beschuldigt, ist gottefürchtig und hat von jeher als fromm gegolten, während Ihr Euch, wie Ihr selbst gesteht, auf das Zubereiten von Kräutern versteht und als Frau voller wollüstiger Gedanken seid. Überdies kommt Ihr ständig mit den üblen Säften in Berührung, die Dämonen anziehen, und mischt Euch in Bereiche der Heilkunst, die nur Männer etwas angehen, wie man mir berichtet.«

Zobeida konnte nur mühsam ihren Zorn beherrschen. »Laßt diesen frommen, gottesfürchtigen Mann holen«, sagte sie scharf, »damit er mir ins Gesicht sagt, daß ich beschuldigt werde, ihn verführen zu wollen!«

»Damit Ihr Euren Zauber erneuern könnt?« schlug Heinrich Institoris zurück.

»Ich bin keine Hexe. Außerdem wüßte ich nicht, daß Verführungskünste aus einer Frau schon eine Hexe machen. Wenn dem nämlich so ist, dann sollte das Umgekehrte auch für den Mann gelten – damit wären Eure beiden Zeugen schon Hexer!«

Das Gesicht des Inquisitors verdunkelte sich. »Weib, wagt es nicht, Euch über mich lustig zu machen!« Er atmete schwer auf und rang um Ruhe. Dies war nicht der richtige Weg. Der Inquisitor hatte immer der Überlegene, Gelassene, Ruhige bei einem Verhör zu sein, das wußte er schon sehr lange.

»Es ist nicht so«, sagte er langsam und kalt, »als ob der Liebestrank der einzige Beweis für Eure zauberischen Kräfte wäre. Ihr wußtet auch den Namen des Mannes, ehe er ihn Euch genannt hatte. Doch zweifellos werdet Ihr auch dafür eine Erklärung haben. So kommen wir nicht weiter.

Ihr schwört also, keine Hexe zu sein und niemals zauberische Handlungen begangen zu haben?«

Zobeida war ein wenig erschüttert über den plötzlichen Tonwechsel. Wenn er nur das hören wollte, warum hatte er ihr diese Frage nicht gleich gestellt, sondern erst all diese albernen Sachen vorgebracht? »Natürlich«, sagte sie mit fester Stimme. »Ich schwöre es.«

Der Inquisitor wies mit dem Kinn zur Tür. »Ihr könnt gehen, Frau.«

Die Männer schauten ihr nach, dann starrte der Richter Bruder Heinrich an. Dieser wandte sich an den Notar. »Habt Ihr ihre Aussage aufgeschrieben und das ›verhandelt wurde etcetera‹ daruntergesetzt?«

Der Angesprochene nickte, während er noch hastig die letzten Zeilen kritzelte. »Was ... was nun?« fragte der Richter unschlüssig. Er wußte nicht, was er von diesem plötzlichen Ende halten sollte. »Meint Ihr, daß sie sich gerechtfertigt ...« Ein Blick von Bruder Heinrich brachte ihn zum Verstummen.

»Ich«, sagte der Inquisitor und betonte sorgsam jedes Wort, »bin fester denn je überzeugt, daß sie eine Hexe ist. Doch mehr kann nur durch ein Verhör erlangt werden, dem dreierlei Dinge vorangehen. Erstens müßt Ihr sie verhaften lassen, zweitens ihr Haus nach Hexengerät durchsuchen und drittens im Ort bekanntmachen lassen, daß jeder, der etwas Nachteiliges über sie zu sagen hat oder beobachtet hat, wie sie hext, sich sofort und ohne Furcht der Inquisition anvertrauen soll – als Denunziant.«

Der Richter starrte ihn an. Selbst bei den Ketzerprozessen der vergangenen Jahrhunderte wurde seines Wissens ein derartiges Mittel nicht angewandt. Es öffnete der Denunziation Tür und Tor, lud geradezu zur üblen Nachrede ein, und als er in seiner Erinnerung nach vergleichbaren Fällen suchte, kam ihm nur eine fast vergessene Geschichte aus dem alten Rom in den Sinn – Sulla und seine Proskriptionslisten.

»Warum habt Ihr sie dann gehen lassen?«

»Da Ihr nun einmal darauf bestanden habt, sie erst vorzuladen, bevor Ihr den Durchsuchungsbefehl gebt, müssen wir uns nun auch an das Gesetz halten und ein paar Stunden verstreichen lassen, bevor wir von neuem jemanden zu ihr schicken, selbst auf die Gefahr hin, daß sie nun flieht. Ich bin schließlich kein Rechtsbrecher. Doch ich werde jemanden hinschicken, der sie beobachten soll und sie an einer Flucht hindern wird.«

Rainer Wassermann bekreuzigte sich. Er fuhr sich mit der Zunge über die Lippen und sagte schließlich fast unhörbar: »Ich bin noch nicht davon überzeugt, daß eine Verhaftung gerechtfertigt ist.«

Der weißbärtige Mann vor ihm beugte sich über den Tisch. Der Richter sah in zwei wasserblaue Augen, die ihn an Eis im Winter erinnerten.

»Mich wundert es sehr«, sagte der Inquisitor gedehnt, »daß Ihr diese Hexe so in Schutz nehmt. In der Tat, ich bin verwundert, und ich frage mich, warum.«

Während Wassermann sein Gegenüber wie ein von einer Schlange gebanntes Kaninchen anschaute, stieg zum ersten Mal eine Vorahnung jener Furcht in ihm auf, die er noch nie gekannt hatte, doch die im Laufe der Zeit noch Hunderttausende wie ihn packen sollte: die Furcht, selbst angezeigt zu werden.

»Natürlich war es Bruder Ludwig«, sagte Richard. »Dieser Dreckskerl! Dieser Schweinehund! Ihr hättet mir gleich davon erzählen sollen, Mama.« Wenn er sich vorstellte, wie Bruder Ludwig versuchte, seine Mutter zu vergewaltigen, packte ihn die blanke Mordlust. Seine Mutter!

Kein Wunder, daß der korpulente Bruder ihm in den letzten Tagen ausgewichen war, wo er nur konnte. Er hatte sogar eine Geschichtsstunde ausfallen lassen, angeblich aus Krankheitsgründen. O ja, er war ganz offensichtlich zu beschäftigt gewesen, um zu unterrichten. Damit beschäftigt, seine Mutter anzuzeigen ...

»Was wird nun geschehen?« fragte Zobeida mit gerunzelter Stirn. Richard überlegte fieberhaft. Kirchliches Recht war schon immer ein schwacher Punkt bei ihm gewesen, und Hexen hatten ihn auch nie interessiert. Überdies unterstanden Hexen, genau wie Ketzer, auch der weltlichen Gerichtsbarkeit, da die Kirche keine Todesstrafe – die zwar bestimmt nicht in diesem Fall notwendig war – verhängen konnte, so daß sich beide Rechtssysteme vermengten und man nie sicher sein konnte, welches Gesetz nun Anwendung fand.

»Vielleicht belassen sie es bei dieser Vorladung«, sagte er ohne viel Überzeugungskraft.

Er war fast sicher, daß die Angelegenheit noch nicht ihren Abschluß gefunden hatte. Andererseits genügte das, was gegen seine Mutter vorgebracht worden war, sicher noch nicht einmal, um sie für ein paar Jahre ins Gefängnis zu bringen, das wußte sogar er. Daß Gefahr für ihr Leben bestehen könnte, kam ihm überhaupt nicht in den Sinn.

Etwas ehrlicher fügte er hinzu: »Wahrscheinlich werden sie Euch noch ein paarmal verhören, Mama. So wie der Inquisitor gepredigt hat, könnte das ziemlich unangenehm werden. Aber macht Euch keine Sorgen. Ich beschütze Euch.«

Zobeida blickte auf ihren zwölfjährigen Sohn und unterdrückte mühsam den Drang, der Anspannung der letzten Stunden in einem hysterischen Gelächter Luft zu verschaffen. Doch sie hätte sich lieber die Zunge abgebissen, als ihn zu verletzen.

»Überhaupt«, sagte Richard jetzt, »alle Leute in der Stadt wissen, was für eine gute Frau Ihr seid. Und wenn der Pfaffe zu gemein zu Euch wird, verlassen wir Wandlingen einfach. Es gibt schließlich noch andere Klosterschulen, und mir wird schon schlecht, wenn ich nur an Bruder Ludwig denke. Oder wir könnten jetzt schon unsere große Reise beginnen, Mama!« Zobeida lächelte schwach.

»Und was wird dann aus dem zukünftigen Studiosus?

Glaubst du denn, du weißt jetzt schon genug für eine Universität, mein Sohn?«

»Nein, aber«, Richard zog eine Grimasse, »genug weiß man eigentlich nie. Soll ich Euch sagen, was der berühmteste Ausspruch des großen Philosophen Sokrates ist? ›Ich weiß, daß ich nichts weiß!‹ Er zwinkerte ihr zu. »Und dazu der wichtigste Ausspruch des großen Reisenden Richard Artzt: Ich weiß, daß ich noch viel wissen will!«

So versuchten sie, den Rest des Tages wie sonst auch zu verbringen, mit Scherzen und Erzählungen, und Zobeida neckte ihren Sohn damit, daß er trotz ihres Vorbilds nur die notwendigsten Begriffe von der Heilkunst gelernt habe, keine wirklichen Geheimnisse, doch weder sie noch Richard konnten völlig den Schatten aus ihrem Bewußtsein verdrängen, den Schatten, der sich so plötzlich über ihr Leben gelegt hatte.

Richard nahm sich vor, am Montag zum Abt zu gehen und ihm von den Machenschaften Bruder Ludwigs zu berichten. Der Abt war doch sicher mächtig genug, um die ganze Angelegenheit aufzuklären, dem Inquisitor zu sagen, daß er sich geirrt hatte, oder?

Es war an der Zeit, alle Lichter zu löschen und schlafen zu gehen, doch die Unruhe in ihrem Herzen und jene unbestimmte nagende Furcht ließen sie den Moment immer weiter hinausschieben. Ihre Furcht war ihr selbst unheimlich, weil sie sich auf nichts Bestimmtes, keine gewisse Zukunft richtete, und plötzlich entschied sie, Richard in dieser Nacht bei sich schlafen zu lassen.

Er hatte das nicht mehr getan, seit er ein kleiner Junge gewesen war, doch heute würde es ihnen beiden helfen, nicht allein zu sein und dieses graue Etwas von Angst und Beunruhigung zu überstehen. Morgen, morgen würde alles ganz anders aussehen. Richard hatte recht, sie konnten Wandlingen jederzeit verlassen, wenngleich sie die Stadt, in der sie mit ihrem Sohn so glücklich gewesen war, vermissen würde.

Vorerst galt es allerdings, diese kommende Nacht zu überstehen. Es war ungewöhnlich warm für April, und Richard drehte sich ruhelos von einer Seite auf die andere. Er fühlte sich müde und doch zu wach, um zu schlafen, und in jenem dämmrigen Zustand kamen ihm Erinnerungsfetzen der letzten Zeit zugeflogen: Bruder Ludwig vor dem Abt, seine Mutter, die mit ihm am Flußufer nach Fröschen suchte (hervorragende Zeichenobjekte), der Inquisitor, der von der Kanzel herab auf eine gebannte Gemeinde einpredigte.

Er versuchte, an Angenehmeres zu denken, an seinen Geburtstag im Hochsommer. Alle anderen Jungen, die er kannte, wurden nur zu ihrem Namenstag beschenkt, seine Mutter dagegen hielt sich an die Sitte ihrer Heimat und feierte seine Geburtstage. Zobeida hatte ihren Arm um ihn gelegt, um ihn zur Ruhe zu bringen. Schließlich glitt er in die tieferen Regionen des Schlafes ab.

Dort vermischte sich auf seltsame Weise die Predigt des Bruders Heinrich mit dem Getuschel, das die Jungen im Kloster austauschten, wenn kein Mönch in der Nähe war. Die mächtige Stimme dröhnte in seinen Träumen: »Ihre Kehle ist glatter als Öl, ihr Busen ist ein wogendes Meer der Lust, ihre Hüften der Ursprung aller Sünde... eine Falle ist der Körper des Weibes... schöne Beine, schöne Schenkel, und Brüste, nicht wahr, Kuno, die Brüste... Fallen der Verdammnis... Haare wie Seide, und die Frauen, die Frauen...«

Er wachte jäh auf. Sein Körper erschauerte unter den Zuckungen seines Innersten. Scham und Angst erfaßten ihn, als er merkte, was geschehen war. Er hatte die anderen darüber reden hören, aber daß es ausgerechnet in dieser Nacht geschehen mußte...

Verzweifelt zerbrach er sich den Kopf, wie er es vor seiner Mutter verbergen könnte. *Deo gratias*, er hatte ihr den Rücken zugedreht, doch mit einem Mal war ihm das Gewicht ihres Arms, die fast unmerkliche Berührung ihrer Brüste in seinem Rücken schmerzhaft bewußt, und er hätte alles gegeben, um wieder in seinem eigenen Bett zu liegen.

Doch gerade als er überlegte, wie er aufstehen könnte, ohne sie zu wecken – und sie brauchte den Schlaf doch so notwendig –, hörte er das harte Pochen an der Tür im unteren Stockwerk. Er setzte sich auf, und als auch Stimmen dazukamen, rannte er nach unten, wobei er sich im Laufen noch hastig das Hemd griff, das er gestern unter seinem Wams getragen hatte.

Irgendwoher wußte er, daß, wer auch immer vor der Tür stand, er diesmal nicht gekommen war, um eine Hebamme zu holen. Doch als Richard am Fuß der Treppe angelangt war, hatten sie die Tür schon aufgebrochen.

»Was soll das bedeuten?« rief Richard empört.

Männer der Stadtwache, die Fackeln trugen, drangen ein, ohne auf ihn zu achten. Als ihr Anführer stellte sich ein Mann heraus, den Richard vom Sehen her kannte – Harald Epelstein.

»Geh aus dem Weg, Kleiner!«, sagte er grob. »Wo ist deine Mutter?«

»Am heiligen Sonntag ist gut Hexen jagen«, feixte ein anderer, »und nichts zu befürchten.«

Über Richards Kopf hinweg erscholl eine andere Stimme. »Was«, wiederholte sie Richards Frage, »hat das alles zu bedeuten? Was wollt Ihr hier?«

Zobeida stand auf der obersten Stufe der schmalen Stiege. In der Dunkelheit wirkte sie bleich, doch ihre Wangen flammten, das Gewand, das sie sich hastig übergeworfen hatte, war nur unzureichend geschnürt, und ihre gelösten Haare bildeten eine nebelhafte Aureole. Richard schoß der Gedanke durch den Kopf, daß seine Mutter selten schöner ausgesehen hatte als in diesem Moment, da sie ihren Feinden entgegentrat.

»Sieh da, die Hexe«, rief einer, und Epelstein sagte: »Frau Zobeida, Ihr kommt besser mit uns, ohne Euch zu wehren.« Er wandte sich an seine Männer.

»Durchsucht das Haus! Der Pater hat euch gesagt, wonach ihr Ausschau halten sollt! Und wehe, ihr laßt mir etwas aus. Wenn ich nachher nur eine Truhe verschlossen finde...«

»Das könnt Ihr nicht tun«, sagte Richard und merkte erst

eine Sekunde später, daß er nur leise gemurmelt hatte. »Das könnt Ihr nicht tun!« wiederholte er, fast schreiend.

»Wenn du nicht endlich aus dem Weg gehst...«

»Ihr faßt meine Mutter nicht an!«

»Hör zu, du Balg, wir haben keine Anweisungen, was dich betrifft, aber ich zeige dir gerne, wie ich mit frechen Kindern umgehe!«

»Versucht es doch, Ihr...«

»Richard!« Zobeida kam langsam die Treppe herunter. »Richard, nicht.« Sie sah Epelstein an. »Ich werde mit Euch gehen, keine Sorge«, sagte sie bitter, »nur laßt meinen Sohn in Ruhe. Ihr gestattet vielleicht auch, daß ich mich vorher etwas schicklicher herrichte.« Der Blick des Anführers wanderte unverhohlen von ihrem Gesicht über ihre ganze Figur.

»Aber warum denn«, entgegnete er spöttisch. »Für eine Hexe ist das genau passend. Immerhin...« Er deutete auf Richard. »Er kann Euch einen Umhang holen. Aber Ihr rührt Euch nicht vom Fleck.« Richard stand bewegungslos und musterte Epelstein. Zobeida erkannte, was er vorhatte, und sagte leise und beschwörend: »Bitte, Richard, hole mir meinen Mantel.«

Richard löste seinen Blick von Epelstein, schluckte, nickte stumm, drehte sich um und tat, was sie ihm aufgetragen hatte. Fieberhaft versuchte er, klar zu denken, zu überlegen, eine Lösung zu finden. Er wollte sich auf Epelstein stürzen, auf jeden dieser Männer, die anscheinend nun fündig geworden zu sein glaubten, denn man hörte erfreute Rufe, doch er wußte selbst in diesem Zustand, daß es überhaupt nichts nützen würde. Er hatte keine Chance. Nicht mit zwölf Jahren gleich mehreren erwachsenen Männern gegenüber. Es mußte einen anderen Weg geben... Der Abt! Der Abt würde seiner Mutter helfen, bestimmt würde er das, und je eher er von dieser Verhaftung erfuhr, desto besser!

Bruder Albert, Bruder Franz, all seine Lehrer, die immer so stolz auf ihn gewesen waren, mit denen er sich gut verstand – sie würden ihn und seine Mutter bestimmt unterstützen. Ja, es waren nur Bruder Ludwig und der Inquisitor, die eine Bedrohung darstellten, aber die Kirche stand hinter Zobeida und ihm.

Mit zitternden Händen legte er ihr den Umhang um die Schultern und flüsterte ihr hastig auf Arabisch zu, er würde Hilfe holen.

»Sprich gefälligst deutsch!« fuhr ihn Epelstein an. »Oder sind das etwa schon Zauberformeln?«

»Gehen wir jetzt endlich?« unterbrach Zobeida kühl, um Ruhe bemüht. »Ich ziehe nämlich jeden Ort Eurer Gegenwart bei weitem vor.«

»Bei Gott!« Epelstein blieb der Mund offenstehen. »Unverschämt wird das Weib auch noch...«

Es war das letzte, was Richard ihn sagen hörte, ehe er durch die Tür verschwand. Niemand achtete auf ihn. Schließlich war nicht er das Wild, nach dem sie gejagt hatten. Früher hätte er die Gegend blind gekannt, aber nun stolperte er durch die Dunkelheit, als sei jeder Stein, jedes Haus, jede Gasse neu für ihn. Und in gewissem Sinn war es das auch. Alles Vertraute hatte sich in eine grauenhaft veränderte Alptraumlandschaft verwandelt, in der er nun rannte, nicht im geringsten sicher, ob das Kloster überhaupt noch in dieser Welt war.

4

NACH ALL DEN WOCHEN schönen Wetters hatte nun endlich Regen eingesetzt, und Bruder Albert hörte das sanfte, stete Hämmern der Tropfen, während er in dem fahlen Morgenlicht der Klosterzelle, in der sich Richard nun seit drei Tagen befand, versuchte, den Jungen zu beruhigen.

»Nein, ich verstehe es nicht«, sagte Richard wütend. »Als ich gleich nach der Verhaftung am Sonntag hierherkam, versprach der Abt, sich sofort darum zu kümmern, und er schien auch wirklich aufgebracht zu sein. Aber mittlerweile glaube ich, er war nur zornig darüber, daß Bruder Ludwig hinter seinem Rücken gehandelt hat! Dann hat er mich daran gehindert, in die Stadt zu meiner Mutter oder zurück zu unserem Haus zu gehen, und mich in diese Zelle hier einsperren zu lassen! Und jetzt sagt Ihr mir, daß sich überhaupt nichts geändert hat, daß meine Mutter noch immer im Kerker ist, wo Ihr doch gestern behauptet habt, es sei üblich, Angeklagte gegen eine Bürgschaft freizulassen!«

»Es *war* üblich«, sagte Bruder Albert müde. »Der Inquisitor teilte uns mit, daß diese Regelung bei Hexen entfällt. Und im übrigen denkt der Abt sehr viel weiser als du, Richard. Danke Gott dafür, daß du noch so jung und kein Mädchen bist, und daß sich Bruder Heinrich bisher noch nicht um dich gekümmert hat. Als Kind kannst du nicht angeklagt werden, aber er könnte auf die Idee kommen, du wärest von deiner Mutter unterwiesen oder irgendwie infiziert worden, und dann stünde dir nicht mehr und nicht weniger als ein Exorzismus bevor. Was Bruder Ludwig betrifft, er hat einen strengen Verweis vom Abt erhalten und wird das Kloster verlassen, wenn ihn der Inquisitor nicht mehr benötigt. Und um schließlich von deiner Mutter zu sprechen, ich habe eingewilligt, ihr Advocatus zu sein. Aber es erleichtert meine Arbeit nicht gerade, daß man in eurem Haus Darstellungen von Personen gefunden hat, die verhext zu haben sie angeklagt ist, und allerlei Tand, der ebenfalls nach Zaubergerät aussieht, für Bruder Heinrich zumindest.«

Richard starrte auf seine Hände. »Es sind meine Zeichnungen«, sagte er, »ich habe sie gemacht, nur so zum Spaß.«

»Mag sein«, erwiderte Bruder Albert trocken, »aber ich denke nicht, daß Bruder Heinrich das glauben wird.« Er schüttelte den Kopf.

Die ganze Angelegenheit, die über seine friedliche wissenschaftliche Welt hereingebrochen war, war ihm widerwärtig. Doch sein Gerechtigkeitsempfinden war verletzt, wenn er auch gestehen mußte, daß er, genau wie der Abt, sich mehr um Richards als um der fremdartigen Frau Artzt willen bemühte, zu helfen. Richard konnte schließlich immer noch einer der brillantesten Mönche des Klosters werden, und es durfte nicht zugelassen werden, daß Bruder Heinrich von den *domini canes* diese Zukunftspläne einfach zerstörte, nur um seinem Fanatismus nachzugehen. Hexen, sollte man es für möglich halten? Es gab genügend Gelehrte, die bestritten, daß sie überhaupt existierten.

»Ich danke Euch, Bruder Albert«, sagte Richard plötzlich, »es war sehr freundlich von Euch, Euch als Advocatus anzubieten. Bitte, sagt mir doch, habt Ihr schon Fortschritte gemacht?« Albert seufzte. Die Hoffnung, die in den dunklen Augen des Jungen stand, bedrückte und ärgerte ihn zugleich.

»Leider weigert sich unser Inquisitor nach wie vor, mir die Namen der Personen zu nennen, die deine Mutter angeblich verhext hat, und das macht die Möglichkeiten meiner Verteidigung sehr mager.«

»Die Namen?« fragte Richard verblüfft. »Aber ich habe Euch doch gesagt, wer ...«

»Richard«, sagte Bruder Albert mitleidig, »mittlerweile haben sich wohl ein Dutzend weiterer Denunzianten gemeldet. Unter anderem wird deine Mutter beschuldigt, für Fehlgeburten gesorgt zu haben, und als Beweis wird eine Prophezeiung angeführt, die besagt, daß die jeweilige Frau keine lebenden Kinder mehr gebären wird.«

»Jede Hebamme kann das voraussagen«, antwortete Richard hitzig, und Bruder Albert nickte.

»So ist es. Ich weiß es, du weißt es, und der Inquisitor will es nicht wissen. Für ihn ist es eine Verwünschung. Außerdem hat deine Mutter ein paar Bauern angeblich das Vieh vergiftet und mehreren Leuten Krankheiten angehext. Die schlimmste Anklage ist jedoch, daß sie die ... nun ja, Überreste bei Geburten und jedes totgeborene Kind entweder verschlungen oder zu Zaubereien gebraucht haben soll. Wiederum weiß ich, daß bei einer Geburt die Hebammen die Aufgabe haben, diese Dinge fortzuschaffen, und bei einer Fehlgeburt auch die bedauernswerten Säuglinge zu beerdigen. Aber das ist kein Beweis.«

»Ich verstehe das nicht«, sagte Richard hilflos. Er strich mit der Hand über die rauhe Mauerwand, als suche er irgendeine Art von Halt. »Sie haben meine Mutter doch alle gern bei Krankheiten geholt, sie haben nach ihr geschrien, sie haben jeden Grund, ihr dankbar zu sein. Warum behaupten sie dann solche Dinge? Was hat sie ihnen getan?«

»Richard«, sagte Albert, »das Leben ist hart. Für viele Menschen ist es besonders schwer. Und wenn plötzlich jemand auftaucht, den sie beschuldigen können, ist es für sie eine gottgesandte Gelegenheit, besonders, wenn es sich um eine Fremde handelt.« Abwesend lauschte er wieder den Regentropfen.

»Bruder Heinrich war ohnehin erzürnt genug, daß wir die Möglichkeit fanden, deine Mutter wissen zu lassen, daß sie das Recht auf einen Advocatus hat. Ein Advocatus muß nämlich ausdrücklich von der Beschuldigten verlangt werden.«

»Wie geht es meiner Mutter?« fragte Richard angespannt.

»Gut«, erwiderte Bruder Albert vorsichtig und verzichtete

darauf, zu erwähnen, daß der Junge diese Frage schon zweimal gestellt hatte, »sie bleibt fest in ihren Aussagen.«

Er war selbst beeindruckt von Zobeida gewesen, wie sie den endlosen Fragen, die von Heinrich Institoris auf sie niederprasselten, widerstand. Warum hatte sie dies getan und jenes geäußert? Warum hatte sie... Warum sagte sie... Warum... wann... weshalb... Einige Menschen wären darunter zusammengebrochen. Nicht Zobeida.

»Sieh her«, sagte er, bemüht, Richard abzulenken, »ich habe dir einige Bücher aus dem Scriptorium mitgebracht. Wir dürfen nicht zulassen, daß du deinen Unterricht vernachlässigst.« Richard bedankte sich; seine Begeisterung hielt sich jedoch in Grenzen.

Bruder Albert war in großmütiger Stimmung, und er konnte sich vorstellen, wie in dieser Lage drei Tage Eingesperrtsein auf Richard gewirkt haben mußten. »Wenn du schwörst, nicht davonzulaufen«, sagte er, »werde ich mich beim Abt dafür verwenden, daß du dich innerhalb des Klosters frei bewegen kannst.« Er sah etwas in den schwarzen Augen des Jungen, doch konnte er es nicht deuten.

»Gut«, stimmte Richard zu. »Ich schwöre.« Natürlich hatte er nicht die Absicht, einen derartigen Schwur zu halten. Schließlich befand er sich in einer Zwangslage.

»Wir, Richter und Beisitzer«, diktierte die eintönige Stimme Rainer Wassermanns dem Schreiber, »die wir auf die Ergebnisse dieses von uns geführten Prozesses gegen Euch, Zobeida Artzt, ansässig in Wandlingen, achten und sie erwägen, finden nach sorgfältiger Prüfung aller Punkte, daß Ihr in Euren Aussagen veränderlich seid, weil Ihr nämlich sagt, Ihr habt zwar Drohungen oder Prophezeiungen ausgestoßen, aber nicht in jener Absicht. Und doch sind nichtsdestoweniger verschiedene Indizien vorhanden, welche genügen, Euch den peinlichen Fragen und Foltern auszusetzen. Deswegen erklären, urteilen und erkennen wir, daß Ihr am gegenwärtigen Tag und zur zehnten Stunde der peinlichen

Befragung ausgesetzt werden sollt. Gefällt ist dieses Urteil in Wandlingen im Beisein… etcetera.«

Zobeida saß regungslos da. Alles Blut war aus ihrem Gesicht gewichen. Bruder Albert schlug das Kreuz. Peinliche Befragung! Sie hatte bis jetzt eine bewundernswürdige Haltung bewiesen, doch es war schon bei Männern selten, unter der Folter nicht zusammenzubrechen. Der Inquisitor winkte ihn zu sich.

»Nun, Frater«, sagte er mit zuckenden Mundwinkeln, »ich muß gestehen, ich habe Euch bis jetzt nicht oft zu Wort kommen lassen. Doch hat es seinen Grund. Seht Ihr, ich bin um Eure Seligkeit besorgt.«

»Wie das, Bruder? Ich würde doch meinen, selbst eine Hexe hätte einen Anspruch auf einen Verteidiger.«

»Ah, Ihr glaubt also auch, daß sie eine Hexe ist… Nein, schweigt, hört mich an. Ich hege… ich hege, wie soll ich sagen, die Befürchtung, daß Ihr bei Eurer Verteidigung Argumente gebrauchen könntet, die Euch… die Exkommunikation einbringen. Denkt an die Bulle des Papstes. Jeder, der die Existenz von Hexen leugnet, macht sich schuldig, so auch jeder, der die Arbeit der heiligen Inquisition behindert. Gewiß, es heißt von Euch, daß Ihr ein Mann mit fortschrittlichen Gedanken seid, doch achtet darauf, daß sie nicht ins Ketzerische ausarten, besonders nicht in so einem Fall. Ich würde mir wünschen, daß Ihr etwas mehr mit mir zusammenarbeitet.«

»*Advocatus sum*«, murmelte Albert, »*non inquisitor.*«

»Aber natürlich.« Institoris sah ihn einen Moment lang abschätzig an. »Nur möchte ich Euch noch bitten, Frater, der peinlichen Befragung beizuwohnen. Vielleicht öffnet sie Euch die Augen über die Natur dieser Frau.«

So klein und verschlafen Wandlingen als Stadt auch war, die Folter war hier doch nicht fremd, und die Kammer, in der Schwerverbrecher gefoltert wurden, gut ausgerüstet. Bruder Albert hatte noch nie eine Folterung erlebt. Er sah von einem Gerät zum anderen und hatte das Gefühl, unversehens aus seiner sicheren Gelehrtenwelt ins Fegefeuer gerissen worden zu sein.

Es dauerte lange, bis der Büttel Zobeida hereinführte, nackt und rückwärts, wie es der Inquisitor angeordnet hatte, »denn der erste Blick, den eine Hexe in der Folterkammer tut, kann sehr wohl den Richter behexen«. Bruder Albert wandte hastig die Augen ab. Die anderen Männer des Gerichts zeigten Unbehagen und Erregung zugleich. Der Büttel meldete, daß die Angeklagte, wie es der Inquisitor befohlen hatte, ordnungsgemäß von zwei ehrsamen Frauen der Stadt ausgezogen und ihre Kleider auf Zaubergerät untersucht worden seien, dies allerdings erfolglos.

»Doch man hat nicht alles untersucht«, sagte der Inquisitor scharf. »Ah, hier zeigt sich wieder die beklagenswerte Unwissenheit des Landes. Viele Hexen verbergen teuflische Hilfen in ihren Haaren. Schert ihr also die Haare. Eigentlich sollte das von einer Frau getan werden, doch wir wollen keine Zeit mehr verschwenden.«

Der Büttel griff sich ein Messer und zerrte Zobeidas Kopf nach hinten. Immer noch sagte sie keinen Ton. Sie hielt die Augen geschlossen, während das Messer langsam ihren Schädel, nur von kurzen Stoppeln bedeckt, sichtbar werden ließ. Es dauerte dem Inquisitor zu lange, und er wies einen zweiten Mann an, dem Büttel zu helfen.

»Und vergeßt nicht – alle Haare müssen fallen.«

Ein wenig verständnislos stammelte der Mann: »Alle Haare – Ihr meint, auch die an...«

»Alle.«

»Bruder«, protestierte Albert heftig, »das geht doch sicher zu weit.« Der Inquisitor beachtete ihn nicht, sondern hatte seine Augen unverwandt auf Zobeida geheftet.

»Alle. Falls Ihr Schwierigkeiten habt, benutzt eine Fackel.«

Jetzt starrten sie alle auf die Frau, und Bruder Albert wünschte nur, daß ihr die geschlossenen Augen halfen, diese schändliche Entwürdigung zu überstehen. Unüberbietbar? Wer konnte wissen, was die Inquisition noch bereithielt?

Und die Folter hatte nicht einmal begonnen. Albert sah, daß Tränen unter Zobeidas Augenlidern hervorquollen und ihr schlanker Körper von Schauern geschüttelt wurde, während die Büttel die Anweisungen des Inquisitors ausführten.

In dem Bild der nackten Frau und der Männer, die sie an jeder nur möglichen Stelle berührten, lag etwas... Teuflisches, in der Tat. Er spürte, wie sich feine Schweißperlen auf seinem Gesicht bildeten. *»Domine, libera nos a malis«*, flüsterte er.

Als die Büttel fertig waren, trat Heinrich Institoris zu Zobeida. »Meine Tochter«, sagte er, und in seinem Tonfall lag Güte und fast Zärtlichkeit, »meine Tochter, sieh mich an. Sieh diesen Raum, und sieh, wozu du uns zwingst durch deine Verstocktheit.«

Langsam öffneten sich die Augen, die so schwarz schienen, daß man nicht erkennen konnte, wo die geweiteten Pupillen aufhörten. Doch sie hatten keine feste Blickrichtung, sondern hätten einer Blinden gehören können.

Der Dominikaner deutete auf zwei schwere Feldsteine, die von Stricken umschlungen und unter einer Art Hebelvorrichtung gelagert waren, die sich an der höchsten Stelle des Raumes, weit über ihnen, befand.

»Der Flaschenzug«, sagte er. »Damit beginnen wir die peinliche Befragung.«

Mit ruhiger Stimme fuhr er fort: »Und hier, dies wird gewöhnlich als zweites verwendet. Die Eisenplatten mit den Reißzähnen werden gegen das Schienbein gedrückt, bis Blut herausspritzt und es zu Brei wird. Es ist, wie gesagt, nur der Anfang. Doch das muß nicht sein. Oh, wie widerstrebt es mir, derartiges einem Mitmenschen anzutun! Gestehe, meine Tochter, und dir bleiben alle diese Martern erspart. Du willst dich doch nicht so verletzen. Du willst uns doch bestimmt nicht dazu zwingen.«

Zobeida nahm schweigend den Raum in sich auf, die Geräte, die Männer, die dort standen.

»Ich bin unschuldig.«

Es war fast nicht zu hören, aber dennoch unmißverständlich. Bruder Heinrich schlug das Kreuz über ihr.

»Der Herr erbarme sich deiner.«

Er legte ihr eine dünne Schnur um den Hals, an der ein Papier hing. Auf diesem Papier waren, wie er dem Gericht erklärt hatte, die sieben Worte Christi am Kreuz geschrieben. Anschließend ließ er sie Weihwasser trinken und winkte schließlich den Bütteln.

»Es sei.«

Zobeidas Hände wurden gefesselt und mit der Hebelvorrichtung verbunden. An ihren Füßen befestigte man die Stricke mit den Feldsteinen. Albert spürte, wie ihn der Inquisitor an der Schulter berührte. »Betet mit mir, Bruder, um die Errettung dieser Frau von dem Bösen«, sagte Institoris sanft. Dann wandte er sich an die Büttel.

»Ziehen!«

Richard war erleichtert, als er sah, daß sich niemand in der Nähe des Apfelbaums aufhielt, von dem aus man über die Klostermauer kam. Er war schon zu lange hier Schüler, um nicht zu wissen, wie man hinausgelangte, ohne den Bruder Pförtner zu belästigen. Doch es hatte, wenigstens seiner Meinung nach, eine Ewigkeit gedauert, bis der Abt eingewilligt hatte, ihn auf sein Wort hin aus der Zelle zu lassen, und eine weitere Ewigkeit, bis er seinen unauffälligen Begleitern entkommen konnte.

Der Regen der letzten Woche hatte die Luft gereinigt, und der Duft der Apfelblüten breitete sich überall aus. Der Bruder Ökonom würde eine reiche Ernte haben. Doch Richard war jetzt nicht in der Stimmung für Naturschönheiten.

Er griff nach dem untersten Ast, und in diesem Moment legte sich eine Hand auf seine Schulter. Er wirbelte herum und stand Bruder Albert gegenüber.

»Das war ausgesprochen dumm von dir, Richard«, sagte der Lehrer.

Richard machte keine Anstalten, sich zu entschuldigen,

sondern sprudelte hervor: »Aber versteht Ihr denn nicht, Pater, ich *muß* in die Stadt und mit dem Richter sprechen. Ich weiß, daß ich ihm alles erklären kann. Und ich muß versuchen, den Inquisitor zu überzeugen, und...«

Bruder Alberts Gesicht sah seltsam weiß aus, und die Knochen traten viel härter als sonst hervor. »Du bist es«, sagte er mühsam beherrscht, »der hier überhaupt nichts versteht, Richard. Du würdest nur Schaden anrichten. Der Abt bemüht sich ohnehin schon genug, daß diese Anklagen nicht Nachahmung finden. Was den Inquisitor betrifft – früher oder später wird er auf dich zurückkommen, aber je später, desto besser.«

»Und was geschieht mit meiner Mutter, während ich in meiner Zelle sitze?«

Bruder Albert antwortete nicht, und obwohl seine Frage eher rhetorischer Natur gewesen war, beunruhigte Richard dieses Schweigen. Es lag etwas... nun, etwas Endgültiges darin.

»Wie geht es ihr?« fragte er hastig. Alberts Hand fiel von seiner Schulter.

»Ich weiß es nicht«, sagte der Mönch tonlos. »Ich habe die Verteidigung niedergelegt, und ich glaube kaum, daß Bruder Heinrich einen Nachfolger benennen wird.«

Richard starrte ihn ungläubig an. »Ihr habt – Ihr habt die Verteidigung niedergelegt?«

Vielleicht waren es die schwarzen Augen, dieser fassungslose Blick, den er an diesem Tag schon einmal gesehen hatte – Bruder Albert verlor zum ersten Mal seit langer Zeit vor einem Schüler die Beherrschung.

»Ja, das habe ich! Weil der ganze Prozeß keiner ist, verstehst du? Ich kann nicht mit Vernunftgründen argumentieren, weil mir das die Exkommunikation einbringt. Ich kann keine Gegenbeweise vorbringen, weil mir noch nicht einmal erlaubt ist, die Zeugen zu befragen oder ihre Namen zu kennen. Und jetzt auch noch diese Rechtsverdrehung mit der Folter! Ich will nicht mehr, ich will einfach nicht mehr.«

»Was ist mit der Folter?«

Albert war erschöpft, und er hatte die schlimmsten Stunden seines Lebens hinter sich. Er hatte nie geglaubt, daß er angesichts eines Gefolterten etwas anderes als Mitleid empfinden könnte. O ja, Mitleid hatte er gehabt, und Grauen hatte ihn gepackt, während er der Tortur zusah. Doch gleichzeitig war noch etwas anderes in ihm aufgestiegen, und nun wollte er nichts mehr als die Erinnerung daran loswerden, die sein Bild vom abgeklärten, gelehrten und friedlichen Bruder Albert für immer zerstörte. Und ehe er sich's versah, antwortete er auf die Frage des Jungen mit der Wahrheit.

»Heute hat der Richter die peinliche Befragung angeordnet. Deine Mutter gestand schließlich, widerrief jedoch sofort, und damit ist ein Geständnis unter der Folter wertlos. Dem Gesetz nach darf man die Folter nicht wiederholen, aber als der Inquisitor von ihrem Widerruf hörte, befand er, daß die Folter nicht beendet, sondern lediglich abgebrochen sei, und nirgendwo stünde etwas gegen eine *Fortsetzung* der Folter.«

Der Junge vor ihm hätte ebensogut ein Fremder sein können oder eine Statue. Nur der Blick blieb der gleiche. Zu einer anderen Zeit hätte Bruder Albert es ihm nie auf diese Weise beigebracht, und er hätte versucht, ihn zu trösten, doch jetzt bemerkte er nur, daß er vor Zorn brannte. Was erwartete dieses Kind von ihm? Was hatte die Frau erwartet? Daß er Wunder vollbringen würde?

Er hatte es satt, er wollte nie wieder diese Mischung aus Grauen und abnormer Befriedigung spüren, er wollte zurück in seine sichere Welt der Wissenschaft, wo es keinen Inquisitor gab, der mit Exkommunikation oder gar noch Schlimmerem drohte und einen zum Zeugen seiner Befragung machte. Und wofür sollte er das alles aushalten, sich dieser Gefahr aussetzen, wofür? Die Frau war nur noch verbranntes Fleisch, mehr nicht.

»Geh in deine Zelle«, sagte er abrupt, »oder besser, ich werde dich begleiten. Von nun an bleibst du natürlich dort.«

Der Junge wehrte sich nicht, doch als er sprach, lag etwas

in seiner Stimme, das ihn um Jahre älter wirken ließ: reiner, unverfälschter Haß. »Feiglinge«, sagte er. »Ihr seid alle Lügner und Feiglinge. Ihr habt versprochen, ihr zu helfen, doch es ist Euch ganz gleich, ob sie stirbt, Euch und dem Abt und jedem hier. Hauptsache, Euer geheiligtes Kloster gerät nicht in Gefahr, seinen guten Ruf zu verlieren – das ist es doch, oder? Deswegen wollt Ihr auch nicht, daß ich mit dem Inquisitor spreche, nicht wahr? Es hat überhaupt nichts damit zu tun, mich zu beschützen – er kann mich nicht verbrennen, und als Zeugen gebrauchen kann er mich auch nicht. Aber er könnte doch vielleicht auf die Idee kommen, an Eurem Unterricht sei etwas nicht in Ordnung...«

Blitzschnell duckte sich der Junge und rannte los.

Albert hatte gedacht, Richard hätte resigniert. Darauf, daß sein Schüler sich losriß, war er nicht gefaßt. Doch er holte Richard ein, ehe dieser mehr als zwei Äste erklimmen konnte. Es endete in einem ziemlich würdelosen Gerangel, über das der Abt entsetzt gewesen wäre, bis Albert Richard in einem eisernen Griff um den Hals festhielt.

»Wenn du«, sagte Albert keuchend und grenzenlos aufgebracht, »jetzt nicht sofort mitkommst und dich wie ein vernünftiger Mensch benimmst, sorge ich dafür, daß du kein einziges Wort mehr über deine Mutter hörst!«

Richard fügte sich. Während ihre Schritte bald auf dem steinernen Kreuzgang widerhallten, hörte er aus ihrem Echo einen Rhythmus heraus. Ich hasse das Kloster. Ich hasse das Kloster, ich hasse den Abt, ich hasse jeden einzelnen Mönch hier, Bruder Ludwig und Bruder Albert ganz besonders. Ich hasse ganz Wandlingen.

Eine schwarze Welle des Hasses schlug über ihm zusammen, und er überließ sich ihr willig, denn wenn er sich in seinem Haß vergrub, hörte er nicht das andere Echo, das ebenfalls von den Wänden widerhallte. Fortsetzung der Folter. Folter, Folter. Oder auch: Deine Mutter wird sterben. Fügte sich das nicht wunderbar in den Rhythmus ihrer Schritte? Deine Mutter wird sterben.

Bruder Ludwig hatte sich inzwischen überzeugt, aus keinem anderen Grund als lauterer Gottesfurcht gehandelt zu haben. Eine Hexe verdiente es, bestraft zu werden, und er hatte nichts weiter getan als seine Pflicht. Eigentlich hätte der Gedanke ihm Frieden bringen sollen und seinem Schlaf die nötige Ruhe, doch dem war nicht so. Im Kloster wich man ihm aus, bis er sich wie ein Aussätziger vorkam.

Er entschloß sich, zum Inquisitor zu gehen. Dieser hörte ihm nachdenklich zu und meinte schließlich: »Es scheint, daß die Hexe noch immer zu Zaubereien imstande ist. Vielleicht solltet Ihr sie bei der nächsten Befragung erleben, damit Ihr geheilt werdet – dem Dämon in sein wahre Antlitz zu blicken, hat schon manchem in Eurer Lage geholfen.«

Ludwig wollte protestieren, doch noch ehe ihm die Worte über die Zunge kamen, schien es ihm schon zwecklos zu sein. War er nicht der vom Papst bestallte Inquisitor?

Also begleitete er Bruder Heinrich zu seiner nächsten Anhörung. Der Geruch der Folterkammer schlug ihm wie längst verdautes Essen entgegen, und er mußte sich zusammennehmen, um nicht zurückzuweichen. Doch als die Gefangene hereingebracht wurde, knickten seine Knie ein, und er setzte sich vorsichtig auf den Rand des Streckbettes.

Hastig schlug er ein Kreuz. Das konnte doch nicht Zobeida Artzt sein, dieses nackte, dreckige Wesen, dessen Knie nur noch eine blutige, breiige Masse zu sein schienen, und das kaum gehen konnte? Sie wurde von den Bütteln eher hereingeschleift als gestützt. Auf dem Kopf schimmerte an manchen Stellen die kahle Haut, der Körper war gezeichnet von tiefen Einstichen oder Rissen, und an den Armen schaute überall das rohe Fleisch hervor. Das Gesicht konnte er nicht sehen, denn als man sie losließ, brach sie auf der Stelle zusammen und fiel vor die Füße des Inquisitors.

Heinrich Institoris kniete nieder und hob sie mühelos auf. Trotz seiner weißen Haare war er ein kräftiger Mann. »Ach, meine Tochter«, sagte er, »warum?«

Sie flüsterte etwas, doch Bruder Ludwig konnte kein Wort

verstehen – wenn diese rauhen Laute denn überhaupt Worte waren. Der Inquisitor übergab sie an die Knechte, die er anwies, sie zu stützen.

»Warum machst du es dir nur so schwer, mein Kind?« sagte er bekümmert, und hob ihr Kinn. »Warum kehrst du nicht endgültig zum Herrgott zurück und ersparst dir all diese Qualen? Du wirst heute wieder gestehen, und du weißt es. Warum hörst du nicht auf, zu widerrufen?«

Die Gesichter von Ankläger und Angeklagter waren sich so nahe wie die von Liebenden, die auf einen Kuß warten. Sie schienen nur füreinander Augen zu haben, und Bruder Ludwig erfaßte der gleiche Schauder wie Bruder Albert vor ihm, denn er sah eines der Geheimnisse der Inquisition.

Ludwig hatte Zobeida begehrt, weil sie eine schöne Frau war, vielleicht auch die erste schöne Frau, die ihm seit seinem Noviziat nicht unnahbar gewesen zu sein schien. Der Inquisitor dagegen hatte Zobeida in ihrem gesunden, natürlichen Zustand verabscheut. Dieser zerschundene, gequälte Leib dagegen... Es war nicht die Begierde nach körperlicher Vereinigung, es war etwas viel Schlimmeres. Es war das unnatürliche Band zwischen jedem Inquisitor und seinem Opfer. Ein gefolterter Mensch haßte die Folterknechte, die ihm diese Schmerzen zufügten, aber niemals den Inquisitor, den Inquisitor, dessen Stimme den Schmerz beendete.

Bruder Ludwig erinnerte sich an den Ausspruch eines Confraters in seinem heimatlichen Kloster in Speyer, den er damals nicht verstanden hatte: »Die Inquisition spielt mit dem Feuer, wenn sie foltern läßt, denn dabei geraten beide Teile in eine Ekstase des Leidens, und ich bin mir nicht sicher, ob nicht etwas Teuflisches darin liegt.«

Zobeidas zersprungene, rissige Lippen bildeten mühsam Worte. »Was soll ich gestehen?« brachte sie endlich hervor.

Der Dominikaner schüttelte vorwurfsvoll den Kopf.

»Aber meine Tochter«, sagte er tadelnd, »glaubst du etwa, daß wir dir Geständnisse in den Mund legen? *Du* weißt, was du zu gestehen hast und was nicht.«

Zobeidas Kopf fiel zurück, und dabei streifte ihr Blick zum ersten Mal Bruder Ludwig. Er erstarrte.

Zobeida hob ihren Kopf abrupt wieder und sah ihn an. Die dunklen Augen schienen ihn zu bannen, ihn zu zwingen. In dieser grenzenlosen Schwärze lag nichts Schwaches, Gequältes mehr, sondern ein glühender, erbarmungsloser Haß. Unbewußt stand er auf und trat ein paar Schritte näher. Zobeida versuchte, auf die Knie zu sinken.

»Ah«, stieß sie mit einer von zu vielen Schreien aufgerauhten Stimme hervor, »Meister, mein Meister, endlich bist du hier!«

Ludwig war so überwältigt, daß er zu nicht viel mehr als einem törichten »Was« in der Lage war. Zobeida flehte die Büttel an, sie loszulassen, damit sie vor ihrem Meister in die Knie sinken könne, und rief unausgesetzt: »Herr, mein Meister, ich wußte, du würdest kommen und mir helfen«, bis er begriff, was sie tat.

Er drehte sich schnell zu dem Inquisitor um, der ihn kühl und abwägend beobachtete. »Aber... aber... das ist doch alles nicht wahr, das Weib ist wahnsinnig, Ihr könnt doch nicht glauben, daß ich auch...«

»Meister«, schluchzte Zobeida, »warum hast du so lange gezögert? Als du mit mir zum Hexensabbat gingst und wir miteinander vor dem Satan tanzten, damals, als du seinen Kuß auf den Rücken empfingst, hast du geschworen...«

»Seid still!« schrie Bruder Ludwig. Schweiß lief ihm den Rücken herab, und sein Gesicht zitterte.

»Sie soll reden«, sagte der Inquisitor scharf. »Mir scheint, Ihr habt einiges zu erklären, Bruder Ludwig.«

Ludwig hatte in den letzten Wochen eine ganze Reihe unbekannter Empfindungen bestürmt, doch nie diese blinde, grauenhafte Angst.

»Weib, du lügst doch!« schrie er Zobeida an.

»Weib, du lügst doch«, wiederholte Zobeida monoton.

»Du Hexe!«

»Du Hexe.«

Ludwigs Stimme wurde immer schriller. »Hör auf!«

»Hör auf.«

»Bruder Ludwig«, unterbrach Heinrich Institoris, »entläßt sofort diese Frau aus Eurem Bann.«

»Ich habe keinen Bann!«

Zobeida, den Kopf hin und her wiegend, wiederholte dumpf: »Ich habe keinen Bann.«

»Sie will sich rächen«, rief Ludwig verzweifelt, »versteht Ihr denn nicht, sie will sich doch nur...«

Er wandte sich an die Umstehenden, an die ehrenwerten Männer, die der Inquisitor als Beisitzer verlangt hatte, entdeckte aber kein Mitgefühl bei ihnen, sondern nur Zweifel und Mißtrauen. Der eine oder andere blickte sogar befriedigt drein.

»Warum glaubt mir denn keiner? Ich bin unschuldig! Warum glaubt mir nur keiner!«

»Sie hat von einem Satanskuß auf dem Rücken gesprochen«, murmelte einer der Männer nachdenklich, »das sollte man nachprüfen.«

Bruder Heinrich bedeutete einem Büttel, er solle Zobeida seinem Kameraden überlassen und sich um den Mönch kümmern.

Bruder Ludwig begann zu schreien und um sich zu schlagen, doch bald hatte man seinen Rücken entblößt – und das rote Muttermal gefunden. Institoris nickte. »Nehmt ihn vorerst in Gewahrsam und bringt ihn in den Kerker.«

Als sich die Tür hinter dem schreienden Mönch geschlossen hatte, wandte sich der Inquisitor wieder an Zobeida.

»Nun«, sagte er, »willst du deine Seele nicht noch weiter befreien und dem Schriftführer dort endlich dein Geständnis diktieren, mein Kind?«

5

DAS LAUNISCHE FRÜHLINGSWETTER war wieder in Regen übergegangen, und Bruder Albert, der den Inquisitor zu Richards Zelle führte, ertappte sich bei dem abwegigen Gedanken, ob dieser wohl schon einmal vor der Schwierigkeit gestanden hatte, jemanden bei Regen verbrennen zu müssen. Doch Bruder Heinrich wirkte gelassen und entschlossen.

Inzwischen war der Erzbischof eingetroffen, und Bruder Albert hätte gern gewußt, was der hochwürdige Melchior Clemens davon hielt, daß man ihn so lange übergangen hatte. Nicht, daß der Bischof deswegen für die Angeklagten gnädiger gestimmt gewesen wäre. Erst gestern hatte der Abt zu Albert gesagt: »Wer weiß, ob der Bischof nicht eine gründliche Untersuchung des ganzen Klosters auf Hexerei anordnet, jetzt, wo Bruder Ludwig ebenfalls... Ach, wäre Bruder Heinrich doch nie hierher gekommen!«

Albert warf dem Dominikaner einen schnellen Blick zu. Ja, Bruder Heinrich wäre sehr wohl imstande, hier in Wandlingen nach noch mehr Opfern zu suchen. Albert ahnte nicht, daß die Gelassenheit des Inquisitors nur Maske war. Heinrich Institoris hatte dieser Tage einen dringenden Brief von seinem Mitinquisitor Jakob Sprenger erhalten.

In Brixen waren auf einen Schlag nicht weniger als zwanzig Hexen gefaßt worden, und Bruder Jakob brauchte seine Hilfe, denn die dortigen Behörden zeigten sich äußerst unverschämt gegenüber der heiligen Inquisition. Institoris hatte es nunmehr eilig, seinen Aufenthalt in Wandlingen zu einem Ende zu bringen.

»Hier entlang«, sagte Bruder Albert. Der Inquisitor wirkte

fast ein wenig zerstreut und nicht ganz bei der Sache, als er bemerkte: »Bruder, die Haltung, die Ihr und Euer Abt in der ganzen Gelegenheit eingenommen habt, fand ich... nun, sehr verwunderlich. Ihr wart der heiligen Inquisition keine große Hilfe.«

»Wir haben uns bemüht, immer im Dienst der Mutter Kirche zu handeln«, entgegnete Albert und versuchte, das Gemisch aus Abscheu und Furcht zu unterdrücken, das er nun jedesmal in Gegenwart des Inquisitors empfand.

Der wasserblaue Blick schien ihn zu durchdringen. »Das glaube ich Euch sogar«, sagte Heinrich Institoris merkwürdig sanft. »Wie schade ist es dennoch, daß erst die Folter notwendig war, um Euch Eure Verblendung über die Hexe vor Augen zu führen.« Er senkte seine Stimme. »Ihr werdet sie nie vergessen, nicht wahr... die Folter?«

Es war unerträglich, an diese Stunde erinnert zu werden, von diesem Mann, der Zeuge seiner Verwirrung, seiner tiefen Demütigung gewesen war und die Erniedrigung immer weiter ausdehnte. Statt Furcht spürte Albert nun lodernden Zorn, und er schlug, alle Vorsicht vergessend, mit beißendem Sarkasmus zurück.

»In der Tat, ich werde sie nicht vergessen – da zeigte sich, daß die heilige Inquisition, solange sie über Männer wie Euch und solche Mittel verfügt, auf die Hilfe von Irrenden wie meiner Wenigkeit sehr gut verzichten kann. Frater, warum habt Ihr eigentlich... Warum habt Ihr Euch eigentlich so lange nicht um den Jungen gekümmert, wo Ihr doch...«

Er beendete den Satz nicht, doch der Inquisitor verstand ihn auch so. Warum hatte er den Sohn nicht als Druckmittel gegen die Mutter benutzt? In Angst um ihren Sohn hätte er auch ohne Folter ein Geständnis aus Zobeida Artzt herausgebracht.

»Ich bin entsetzt, Bruder«, rief Institoris empört. »In einem Prozeß wie diesem muß alles mit rechten Dingen und gesetzesgemäß zugehen. Wenn man solche Mittel verwenden würde, wie leicht könnten Unschuldige zu Schaden kommen?«

Bruder Albert sah ihn an und erkannte ungläubig, daß der Dominikaner es ernst meinte. Er hielt die Folter tatsächlich für ein Mittel der Wahrheitsfindung.

Menschen wie Bruder Heinrich konnten Gesetz und Recht nach Belieben verdrehen, völlig sinnentfremden und einsetzen, wie es ihnen gefiel. Doch Gesetz und Recht mußten sein, wenigstens dem Buchstaben nach, damit sich ein Bruder Heinrich als ehrlicher Mann und treuer Sohn der Kirche fühlen konnte, der nur seine Pflicht tat. Eine Erpressung dagegen hätte das Bild, das er von sich selbst hatte, nicht verkraftet.

Wenn ich das alles überstehe, dachte Bruder Albert, dann hoffe ich inbrünstig, daß ich nie wieder einen Inquisitor kennenlerne, denn was ich in den letzten Wochen über die menschliche Seele erfahren habe, ist zu unerträglich, um wahr zu sein.

Er holte den Schlüssel hervor, fühlte das sichere, harte Metall – wenigstens etwas, das sich nicht verändert hatte – und sperrte geräuschvoll die Zellentür auf. Richard saß gerade auf seinem Bett, doch er sprang auf, und Bruder Albert begriff entsetzt, daß in seinen schwarzen Augen beim Anblick des Inquisitors Hoffnung aufleuchtete. Hoffnung? Immer noch Hoffnung?

Bevor Bruder Heinrich den Mund öffnen konnte, begann Richard: »Pater, meine Mutter ist unschuldig, und ich kann es Euch beweisen! Die Denunziation geschah nur aus Neid und Haß, und die Dinge, die man in unserem Haus gefunden hat, brachte mein Vater von seinen Reisen mit. Die Zeichnungen habe ich selbst gemacht, nur so zum Spaß!«

Bruder Albert hatte Richard schon vor längerer Zeit neben den Büchern auch Schreibmaterialien gebracht, und jetzt fing der Junge an, schnell mit bebender Hand etwas zu kritzeln.

»Seht Ihr?«

Er reichte das Blatt dem Inquisitor, wie ein Bittgesuch, dachte Albert. Es war eine Art Wiederholung der Zeichnung von Bruder Ludwig, immer noch treffend, doch in der Eile und Aufregung waren Richard die Linien viel unsicherer geraten und teilweise verwischt. Sie hatten die beißende Schärfe des Originals verloren. Bruder Heinrich warf nur einen kurzen Blick darauf.

»Es ist sehr löblich«, sagte er ruhig, »daß du aus Kindesliebe versuchst, deine Mutter zu retten. Vielleicht warst du auch nie Zeuge ihrer abscheulichen Taten, oder sie stellte sie dir als normal hin. Doch wisse, die Ehrfurcht vor den Eltern darf nicht über die Liebe zu unserem Herrgott gehen.«

»Aber versteht doch, sie ist unschuldig!«

Der Inquisitor schüttelte betrübt den Kopf. An Bruder Albert gewandt, erklärte er: »Der Junge steht tatsächlich immer noch in ihrem Bann, doch ich hoffe, daß sie ihn nicht infiziert hat. In der Regel vererbt sich Hexenkunst nur in der weiblichen Linie. Es war weise, ihn hier unterzubringen, ich kann Euren Abt nur loben.«

Er räusperte sich und drehte sich wieder zu Richard um, der mit dem Blatt in der Hand wie zur Salzsäule erstarrt dastand.

»Mein Sohn, deine Mutter hat selbst ihre Verbrechen gestanden und nicht mehr widerrufen. Es jammert mich, von derartigem Unheil sprechen zu müssen, doch sie hat kleine Kinder im Ofen gebacken und zu Pulver zerrieben, das sie für ihre schwarzen Künste brauchte, sie hat Frauen Fehlgeburten erleiden lassen und Männern Krankheiten und ein Erschlaffen der Manneskraft angehext und noch viel mehr getan, womit ich meine Zunge nicht besudeln möchte. Sie ist eine böse Frau und hat den Tod verdient, zu dem der Richter sie verurteilt hat, und dennoch gibt es Hoffnung für sie, denn sie hat gestanden.«

Über das Gesicht des Inquisitors glitt ein Leuchten. »So wird es möglich sein, durch das reinigende Feuer ihre

Seele wieder unserem Herrn zuzuwenden. Fürwahr, alles hat ein gutes Ende gefunden.«

Richard fiel vor ihm auf die Knie. »Aber ich kann es beweisen, ich kann beweisen, daß sie unschuldig ist, ich kann beweisen, daß es überhaupt keine Hexen gibt, ich...«

Albert erwartete einen Ausbruch des Inquisitors, doch dieser blieb ruhig.

»Ich sehe an dir noch Spuren ihres Bannes, mein Sohn, doch das Feuer, welches sie verzehrt, wird auch dich reinigen, und mit ihrem Tod wird der Bann erlöschen. Deswegen ordne ich an, daß du dabeisein sollst, wenn deine Mutter zu Gott geführt wird. Noch ein paar Tage«, er lächelte, »und dann wird all das Böse, das die braven Menschen von Wandlingen verzehrt hat, vorbei sein.«

Er wandte sich um und ging hinaus. Bruder Albert zögerte. Er streckte die Hand aus, als wolle er Richard berühren, zog sie aber wieder zurück. Er befeuchtete sich die Lippen, wie um etwas zu sagen. Die Aufgabe eines Priesters, dachte der Benediktiner bitter, sollte es sein zu trösten. Doch ihm fiel nichts ein, das er hätte sagen können, absolut nichts.

Er erinnerte sich an dem Moment im Obstgarten, als ihm Richard seinen Haß entgegengeschleudert hatte. Selbst das war besser gewesen als die völlige Reglosigkeit des Jungen jetzt. Schließlich sagte er nur leise: »Richard, ich dachte, du hättest inzwischen zumindest eines begriffen: Niemand kann beweisen, daß es keine Hexen gibt.«

Dann ging auch er. Der Schlüsselbund klirrte, und die Schritte des Mönches wurden so eilig, daß ihm seine Kutte um die Beine flatterte, als sei er vor etwas auf der Flucht. Richard blieb zurück. Das Blatt mit der unsicheren Zeichnung flatterte auf die Erde.

Jemand, der ihn in diesem Augenblick gesehen hätte, hätte ihn nicht von einem der Schnitzwerke unterscheiden können, die St. Georg so anmutig schmückten. In ihnen war gewiß mehr Leben als in Richard, dem eben mitgeteilt worden war, daß er seine Mutter ermordet hatte. So gewiß, dachte er, als hätte er ihr das Messer ins Herz gestoßen.

Es war seine Schuld. Ohne ihn wäre Bruder Ludwig nie in Zobeida Artzts Nähe gekommen. Es wäre nicht sonderlich schwer gewesen, den gehorsamen Schüler für Bruder Ludwig zu spielen, statt ihn immer wieder zu reizen. Und die Zeichnung, die Zeichnung... seine Schuld. Und jetzt hatte er die letzte Gelegenheit vertan, den Inquisitor zu überzeugen und seine Mutter zu retten. Er erhob sich, starrte auf das armselige Gekritzel auf dem Boden und trat plötzlich danach.

Es mußte doch noch irgend etwas geben, irgendeine Möglichkeit, sie zu retten! Aber nein, er hatte sich wie ein völliger Narr freiwillig in die Hand der Mönche begeben, ihnen vertraut und sich einsperren lassen! Wäre er frei, könnte er ein Pferd stehlen und seine Mutter auf ihrem Gang zum Scheiterhaufen entführen... könnte...

Es würgte ihn, und er rannte zur Tür, hämmerte mit beiden Fäusten dagegen. »Laßt mich raus! Laßt mich hier raus!« Niemand kam, und schließlich sank er zu Boden. Mit einer Art dumpfer Verwunderung bemerkte er, daß er sich die Knöchel an dem harten Eichenholz blutig geschlagen hatte und es nicht im geringsten spürte.

Das Blut erinnerte ihn an das, was er bisher versucht hatte, zu verdrängen – die Folter. Folter. Wie sehr hatten sie sie gefoltert, bis sie gestanden hatte? Was hatten sie ihr angetan?

Er schlug die Arme um die Knie und begann unbewußt, auf und ab zu schaukeln. Warum? *Warum?* Ich muß den Grund verstehen, dann finde ich einen Weg. Wie konnte auch nur einer von ihnen glauben, daß sie eine Hexe war? Woher kam dieser Haß? Seine Mutter war nicht gerade die beliebteste Bürgerin Wandlingens gewesen, aber sicher eine der meistgeachteten und bestimmt eine derjenigen, die man am meisten brauchte.

Lag es nur daran, wie Bruder Albert sagte, daß sie eine

Fremde war und die Menschen in Zeiten der Not ein Opfer für ihr Elend brauchten? Oder glaubten sie wirklich alle an Hexen? »Aber es gibt keine Hexen!« sagte Richard laut.

Eine spöttische innere Stimme antwortete: Das glaubst du, genau, wie sie das Gegenteil behaupten, aber du kannst es nicht beweisen. Wie willst du sicher sein? Er dachte daran, was Bruder Albert gesagt hatte: Niemand kann beweisen, daß es keine Hexen gibt.

»Zur Hölle damit!« Er begann wieder, auf das unnachgiebige Holz einzuhämmern. »Es ist nicht wahr, es ist einfach nicht wahr, laßt mich raus, laßt mich raus!« Es dauerte sehr lange, bis er sogar das Schreien aufgegeben hatte.

Es war ein klarer Tag im Mai, nicht verregnet, wie Bruder Albert gedacht hatte, aber auch nicht sonnig. Der fahle Himmel glich frisch gewaschenem Leinen, und hin und wieder kam ein Wind auf, der die Röcke der Bürgerinnen und die Umhänge der Männer umherwirbelte. Der Marktplatz war voller Menschen.

Sogar einige der Bauern aus den Dörfern in der weiteren Umgebung waren gekommen, und niemand wußte, ob sie nicht bleiben würden, denn die Städte übten eine unwiderstehliche Anziehungskraft auf die Landbevölkerung aus.

Ein Bauer, der seinen Acker bearbeitete, war nur ein Leibeigener des adeligen Herrn, in dessen Lehen er lebte, und die Bürger der Städte wichen den ausgemergelten, schmutzigen Gestalten, die sich jetzt zum Pranger drängten, hastig aus.

Wahrscheinlich floß auch in ihren Adern das Blut eines Großvaters oder einer Mutter, die sich noch auf der Scholle abgerackert hatten, doch jetzt waren sie Bürger, die sich selbst ihren Stadtrat wählten, jetzt konnten sie sich sogar, waren sie nur fleißig genug, ein bescheidenes Vermögen und Ansehen unter ihren Mitbürgern erarbeiten. Sie konnten ihre Kinder in die Klöster schicken, um sie das Wissen lernen zu lassen, das in der Vergangenheit dem Adel vorbehalten war. Die Handwerker konnten innerhalb ihrer Zünfte aufsteigen, und wenn ihnen ein Unrecht geschah, so gab es das strenge Zunftgesetz und die Zunftmeister.

Der Anblick der Bauern, die der Willkür der hohen Herren ganz und gar ausgeliefert waren, ohne jeden Vermittler oder Helfer, erinnerte einzelne unbehaglich daran, was sie selbst noch vor ein paar Generationen gewesen. Nein, sie zogen es vor, sich von den Bauern fernzuhalten, zumindest, bis diese der Anziehungskraft der freien Städte erlegen und selbst zu Bürgern geworden waren.

Doch Bauern wie Bürger einte die Neugier, eine Hexe brennen zu sehen. Eine Hexe hatte es schon lange nicht mehr gegeben, und nur die Ältesten oder Weitgereisten waren jetzt in der Lage, sich die Zeit damit zu verkürzen, von einer ähnlichen Verbrennung zu erzählen. Huren, Diebe oder sonstige Übeltäter, die an den Pranger gestellt wurden, gab es öfter zu sehen, und wenn sich auch immer Zuschauer fanden, so war der Marktplatz von Wandlingen doch nie zuvor so voll gewesen.

Die Wandlinger hatten allerdings den Vorteil, ein wenig mehr über die Hexe zu wissen. Sie kannten sie. Nun, es hatte lange gedauert, bis ihre Hexerei offenbar wurde, und die Erinnerung daran, daß sie ihr einmal vertraut hatten, soweit vertraut, daß man sie zu fast allen Krankenbetten geholt hatte, brachte die Stadtbewohner nur noch mehr auf. Die ganze Zeit hatte sie ihre Hexenkünste praktiziert! Wie sonst hatten sie überhaupt Vertrauen zu ihr fassen können, zu ihr, einer Sarazenin, einer Fremden?

Nun hatte sich das Mißtrauen wie eine schwärende Krankheit unter ihnen ausgebreitet, und irgendwie schien es auch die Schuld der Hexe zu sein, daß man seinem Nachbarn nicht mehr ins Gesicht blicken konnte, ohne finstere Vermutungen zu hegen.

Es war schwierig genug, sich bis in die ersten Reihen vorzudrängen, insbesondere, da fast das gesamte Kloster dort anwesend war. Die Mönche sahen blaß und bedrückt aus. Kein Wunder, dachte mehr als ein Wandlinger schadenfroh, denn in wenigen Tagen würde ein weiterer Scheiterhaufen mit einem Mönch brennen. Vielleicht hätten sich auch noch mehr Hexen und Hexer gefunden, doch das Gerücht verbreitete sich bereits, daß der Inquisitor, der neben dem Erzbischof stand, nach der Verbrennung des Mönchs abreisen würde.

Nun, auch nach seiner Abreise konnte es zu Anzeigen kommen, denn er hatte selbst gesagt, daß nicht nur die heilige Inquisition, sondern auch ein Bischof und ein Richter einen Hexenprozeß abwickeln konnten.

Am anderen Ende des Platzes lag das Stadtgefängnis, und an dem Hälserecken und den Ausrufen derjenigen, die ihm am nächsten standen, merkte die Menge, daß man sie jetzt endlich hierherbrachte. Die Fremde, die Unholdin, die Hexe. Die Rufe verwandelten sich bald in ein enttäuschtes Zischen.

Was da kam, sah nicht im geringsten dämonisch aus. In der Tat war es schwer zu erkennen, daß es sich überhaupt um eine Frau handelte. Das Haar, dessen Farbe nicht mehr zu bestimmen war, war ganz kurz geschnitten, und das weite, weiße Hemd aus rauhem Sackleinen, das die zum Scheiterhaufen Verurteilten gewöhnlich zu tragen hatten, reichte bis auf die bloßen Füße.

Die Hexe hätte allein gehen sollen, doch schon nach wenigen Schritten stolperte sie und stürzte zu Boden. Einer der Büttel stützte sie schließlich, und sie ging weiter. Ihre rechte Hand war von einem dicken Verband umhüllt, der an vielen Stellen von Blut durchtränkt war.

»Man wird ihr die Daumenschrauben angelegt haben«, murmelte ein Mann, der ziemlich weit vorne in der Gasse stand, die die Leute der Hexe bahnten. Es dauerte jedoch lange, bis sie den Holzhaufen erreichte.

Der Abt, der anders als viele Anwesende schon Verbrennungen erlebt hatte, fühlte sich flüchtig an die Passionsspiele erinnert. Seltsam, die meisten zu Tode Verurteilten blieben unnatürlich lange ruhig, bevor der Zusammenbruch kam, der Moment, in dem sie begannen, zu schreien. Während der Richter langsam nochmals das Urteil vorlas und die Büttel darangingen, Zobeida an den Pfahl in der Mitte des Scheiterhaufens zu binden, blickte er auf den Jungen, der neben ihm stand.

In einer Hinsicht hatte er sich unnötig Sorgen gemacht. Der Inquisitor interessierte sich nicht sonderlich für Kinder. Doch der Abt war durch das starre Schweigen des Jungen beunruhigter, als er es durch Wutanfälle oder Tränenausbrüche hätte sein können. Seit dem Tag, an dem der Inquisitor ihn gesehen hatte, war Richard verstummt. Der Abt warf einen schnellen Blick zu Bruder Albert hinüber.

Beide hatten sie Richard an jenem Tag schreien hören, und in jeder anderen Lage wäre einer von ihnen zu dem Knaben gegangen, um ihn zu trösten. Doch Heinrich Institoris, der noch einige der Mönche vernehmen wollte, war noch nicht außer Hörweite gewesen. Als der Abt Alberts weißes Gesicht sah, zog er ihn beiseite und flüsterte, fast ohne die Lippen zu bewegen: »Nein, mein Sohn.«

»Aber, ehrwürdiger Abt, es ist *unser* Kloster, nicht das seine, und ich schäme mich ohnehin schon, weil ich Richard mit dieser Nachricht allein gelassen habe.«

»Es ist nicht zu ändern«, in der Stimme des Abtes hatte Trauer und Erbitterung gelegen, »und vielleicht würden wir nur falsche Hoffnungen in dem Jungen wecken. Später, wenn die Inquisition erst fort ist, werden wir alles an dem Kind wiedergutmachen.«

»Wenn er uns noch vertraut.«

Der Abt musterte diesen überaus begabten Schüler, der eine der großen Hoffnungen des Klosters gewesen war. Nur einmal hatte Richard sein Schweigen gebrochen, um zu fragen, ob er seine Mutter noch einmal sehen könne, was ihm verweigert wurde.

Der Abt wußte, daß den Gefolterten immer ein paar Tage Zeit gegeben wurde, damit sie für die Hinrichtung wieder einigermaßen gehfähig waren. Wenn Richard seine Mutter im Stadtgefängnis gesehen hätte, wäre sie erstens kaum in der Lage gewesen, mit ihm zu sprechen, und zweitens hätte er Zeit genug gehabt, jede einzelne Spur der Folter ganz in sich aufzunehmen. Heute würde das Bild des Scheiterhaufens alles überdecken.

Richards Lippen bewegten sich. Der Abt konnte nicht verstehen, was er sagte, und nach einiger Zeit begriff er, daß Richard überhaupt nicht laut sprach. Der Inquisitor stieg zu der gefesselten Zobeida hinauf und erteilte ihr den Segen. Der Abt flüsterte schnell ein kurzes Gebet.

Er hielt es für grenzenlos falsch, daß der Inquisitor darauf bestanden hatte, Richard die Verbrennung mitansehen zu lassen, doch er wagte nicht, zu widersprechen, nicht mehr. Er würde nicht ein Wort gegen den Inquisitor äußern, bis dieser sich in weiter Entfernung befand. Wenn es nur vorbei ist, sagte er sich immer wieder, wenn es nur einfach vorbei ist, dann wird alles in Ordnung kommen. Es muß einfach so sein.

Von vier Seiten traten nun Büttel heran, die Fackeln in der Hand hielten. Auf ein Zeichen warfen sie sie auf den Scheiterhaufen. In diesem Augenblick rief Zobeida etwas mit einer Stimme, die keiner wiedererkannte, und niemand verstand die Worte, die sie gerufen hatte. In der Menge machte sich ein Raunen breit.

»Sie hat uns verwünscht! Die Hexe hat uns verwünscht!« Dem Inquisitor, der sich eingebildet hatte, sie vollkommen unterjocht zu haben, schwollen die Adern auf der Stirn, und er sollte noch einige Zeit brauchen, um seinen Zorn zu unterdrücken.

Der Abt jedoch hatte sofort, als Zobeida den Mund geöffnet hatte, gewußt, weswegen sie schreien würde, und so schnell reagiert wie noch nie in seinem Leben. Er packte Richard, der sich vorwerfen wollte, und riß ihn zurück. Der Abt war nicht sehr kräftig, und auf ein Zeichen eilte ihm einer seiner Benediktiner zu Hilfe und hielt den Jungen fest.

Durch den unregelmäßigen Wind verbreitete sich das

Feuer schnell auf dem gesamten Holzstoß. Das Knistern der Flammen wurde immer lauter, und Zobeida begann wieder zu schreien, diesmal nur noch unartikulierte, schrille Laute des Entsetzens.

In einem Anflug von Mitleid legte der Mönch, der Richard umklammert hielt, ihm die Hand vor Augen. In den beizenden Geruch des brennenden Holzes begann sich nun ein anderer zu mischen. Mit einem Mal verstummten die Schreie.

»Das ist manchmal so«, hörte man den Inquisitor sagen. »Der Rauch und der Schmerz haben sie ohnmächtig gemacht.«

»Gott helfe uns«, murmelte der Abt. »Gott helfe uns allen.«

In der Menge begann nun der Streit darüber, was die Hexe gesagt und welche Verwünschungen sie ausgestoßen hatte. Jeder hatte etwas anderes verstanden. »Ihr Narren, das ist doch ganz einfach«, sagte jemand. »Sie hat den Teufel angerufen!« Schließlich ließ der Bruder, der Zobeidas Sohn festhielt, seine Hand sinken.

Das erste, was Richard sah, war, wie ein Windstoß die Flammen auseinandertrieb, und für einen Moment wurde der zuckende, halbverkohlte Leib einer Frau sichtbar. Dann schloß sich die Feuerwand wieder, und über den Platz wehte der Rauch, der sich süß und widerlich in allen Kleidern festsetzte.

6

In dem Raum, in dem der Abt im April Bruder Ludwig und dessen ungebärdigen Schüler empfangen hatte, hatte sich nichts verändert. Abermals saß der Abt an seinem Schreibtisch, und vor ihm standen ein Mönch und derselbe Junge. Doch diesmal erfüllte das Oberhaupt des Klosters St. Georg zu Wandlingen grenzenlose Bitterkeit.

Die Inquisition war nicht mehr hier, doch die Hexerei hatte in Wandlingen Einzug gehalten, ein Mönch war tot, und der Schüler, den er einmal zu einer Leuchte des Klosters zu machen gehofft hatte, war für immer der heiligen Kirche entfremdet.

In den Wochen, die seit der Verbrennung vergangen waren, hatten sie versucht, Richard wieder unter die Schüler zu mischen, das Leben da wieder aufzunehmen, wo es unterbrochen worden war, und waren vollkommen gescheitert. Während der Schulstunden und im Schlafsaal behandelten ihn seine ehemaligen Kameraden wie einen Aussätzigen, und Richard selbst hätte stumm und taub sein können, nach dem Maß seiner Beteiligung am Unterricht zu schließen. Auch die Nachricht von Bruder Ludwigs Ende hatte ihn nicht aufrütteln können. Am schlimmsten jedoch war die kalte Feindseligkeit, die er mit jeder seiner Gesten verriet.

Sie hatten sich, Bruder Albert allen voran, bemüht, mit ihm zu sprechen, aber Richard war allen Versuchen gegenüber so unempfindlich wie Stein gewsen. Wenn ihn einer seiner Mitschüler verhöhnte, schien er das nicht wahrzunehmen. Das ist kein Kind mehr, hatte der Abt in einer schwachen Minute einmal gesagt, das ist eine Marmorstatue.

Nein, Richard war für die Benediktiner verloren. Der Abt

hob den Kopf und begegnete dem Blick des Jungen, und was er darin las, bestürzte ihn noch mehr. Es war nicht länger Haß, sondern Verachtung. Der Abt wäre mit Haß besser fertig geworden.

War es denn meine Schuld, dachte er gereizt, haben wir nicht alles getan, was wir konnten? Haben wir nicht große Gefahr auf uns genommen, indem wir uns der heiligen Inquisition gegenüber so abweisend verhielten und der Sarazenin sogar einen Verteidiger gaben? Ist das Ende meine Schuld?

Richard beobachtete ihn. O ja, sie verstanden alle nicht, was man ihnen vorwerfen konnte, diese ach so christlichen Mönche. Sie waren keine unmenschlichen Ungeheuer, das nicht. Sie fühlten Mitleid, wenn es angebracht war, und waren sogar bereit, im kleinen zu helfen – solange es nicht ihre eigene Sicherheit berührte. Feiglinge, Schwächlinge, einer wie der andere. Doch sogar Feiglinge konnte man noch ertragen, wenn sie sich ihrer eigenen Schwäche bewußt waren. Doch diese Mönche hielten sich für Helden, denen man Unrecht getan hatte.

»Nun, Richard«, sagte der Abt abrupt, »du kannst wohl nicht länger in Wandlingen bleiben, in der Stadt nicht und im Kloster auch nicht. Ich habe an deine Großeltern in Augsburg geschrieben. Heute kam eine Antwort, nicht von deinen Großeltern, sondern von der Schwester deines Vaters.«

Der Abt hielt einen Moment lang inne. Die hohe, geschwungene Schrift hatte ihn seltsam irritiert, und er war sich nicht sicher, ob die Fähigkeit, lesen und schreiben zu können, einer weltlichen Frau zustand. Doch im Großbürgertum neigten in den letzten Jahrzehnten einige Familien dazu, ihre Töchter diese Künste erlernen zu lassen.

»Sie wurde zu Anfang dieses Jahres mit Jakob Fugger vermählt«, er verzog ein wenig den Mund, »dem Kaufmann. Du wirst von ihm gehört haben. Dieser schwäbische Pfeffersack versteht es, sich bekannt zu machen, oder vielleicht sollte man besser sagen, berüchtigt.«

Er wußte, daß er sich in Nebensächlichkeiten verlor, doch diese Abschweifungen waren seltsam tröstlich und gaben ihm eine Art von innerer Sicherheit. »Wie dem auch sei, ihr Gemahl hat eingewilligt, dich in seine Familie aufzunehmen. In dieser Woche kommt ein Kaufmannszug der Fugger durch Wandlingen, dem du dich anschließen wirst.«

Er verstummte. Das Schweigen schien sich endlos hinzuziehen. Was gab es eigentlich noch zu sagen? Sollten sie nicht froh sein, einen undankbaren Jungen loszuwerden? Aber dann erinnerte er sich wieder daran, wie Richard früher gewesen war – so voller Lerneifer und Begeisterung.

»Du mußt verstehen«, sagte er auf einmal unbeholfen und achtete nicht auf die unwillkürlich abwehrende Geste des Jungen, »niemand hat ahnen können, daß Bruder Heinrich eine solche... eine solche Konsequenz zeigen würde. Ich fürchte, wir stehen am Anfang einer dunklen Zeit.«

Die Miene des Zwölfjährigen blieb kalt und unversöhnlich. Zeit, dachte Richard, er schwatzt hier von dunklen Zeiten und wendet alles ins Philosophische, anstatt zuzugeben, daß hier ein Mord geschehen ist! Noch vor kurzem war der Abt für ihn eine ehrfurchtgebietende Figur gewesen. Nun sah er nur noch einen ängstlichen alten Mann. Er hörte ihn seufzen.

»Du kannst gehen, Richard.«

II

Die goldene Stadt

7

SYBILLE FUGGER wartete im Innenhof des Fuggerschen An-
wesens am Augsburger Rindermarkt auf die Ankunft ihres
Neffen. Es wirkte – fand ihre Schwägerin Veronika unzufrieden – vollkommen natürlich, wie sie da mit ihren noch nicht
zwanzig Jahren stand und gelassen Anweisungen erteilte,
als sei sie schon seit einer Ewigkeit hier Herrin.

Sybille war groß und schlank, und ihr ebenmäßiges Gesicht mit der geraden Nase, der hohen Stirn und den dunkel-
blauen Augen hielt jedem Vergleich mit den übrigen Augsburger Schönheiten stand. Lediglich ihr Mund war nicht
vollendet: Klein und üppig wie er war, konnte er Sybille den
Ausdruck eines schmollenden Kindes verleihen.

Seltsam, dachte Veronika. Die meisten Frauen wirkten am
vorteilhaftesten, wenn sie lächelten. Nicht so Sybille. Nur
wenn sie nachdenklich und entschlossen dreinblickte, so
wie jetzt, straffte und verhärtete sich ihr Mund, ließ jeden
Gedanken an ein Schmollen vergessen und wirkte statt dessen so feingezeichnet und edel, wie ein Maler ihn gerne
haben wollte.

»Hörst du den Lärm?« unterbrach Sybille Veronikas Überlegungen. »Ich glaube, sie kommen!«

Sie sah erfreut und erwartungsvoll aus. In Veronika wallte
jähe Abneigung auf. Sie hatte sich noch immer nicht daran
gewöhnt, von dieser Kindfrau, die um so vieles jünger war
als sie selbst, geduzt zu werden. Natürlich war es Sitte, da sie
nun einmal Schwägerinnen waren. Und eben diese Tatsache
war an Veronikas Abneigung schuld.

Es war nicht so sehr Sybilles Jugend, ihre Lebhaftigkeit,
ihre Bildung, die Veronika wie eine Bauersfrau wirken ließ,

oder ihre Gestalt, an der sich nicht wie bei Veronika die Spuren zahlreicher Geburten und Fehlgeburten abzeichneten. All diese Vorzüge hatte Sybille mit zahlreichen anderen Frauen gemein. Doch keine von diesen zahlreichen anderen hatte Jakob Fugger geheiratet.

»Man sollte meinen, Schwägerin«, sagte Veronika langsam, »du wärest enttäuscht, dich jetzt schon um einen so großen Jungen kümmern zu müssen – im ersten Jahr deiner Ehe, wo die Männer gewöhnlich ihrer Frau die meiste Zuwendung schenken. Oder langweilst du dich etwa?«

Sybille erstarrte kurz. Zu oft hatte sie Sticheleien von Veronika Fugger hinnehmen müssen, um sich jetzt noch gekränkt zu fühlen, und so ging sie erst gar nicht auf die Herausforderung ein.

»Richard ist mein Blut«, sagte sie kurz.

»Gewiß«, entgegnete Veronika geschmeidig. »Aber als du unseren Jakob geheiratet hast, Sybille, da warst du doch sicher froh, daß keine Stiefkinder da waren, mit denen du Zeit und Liebe deines Gatten hättest teilen müssen... nicht, daß der gute Jakob in diesem Fall viel von dem einen oder anderen herzugeben hätte. Man sieht ihn doch kaum außerhalb seines Kontors.«

»Ach nein«, meinte Sybille strahlend, »Stiefkinder habe ich in der Tat nicht vermißt, denn ich wußte, daß ich so viele neue Nichten und Neffen bekommen würde, die ich alle darüber hinwegtrösten muß, daß sie bald nicht mehr alleine Erben der Fugger sein werden!«

Sie lächelte ihre Schwägerin süß an, und Veronika war sprachlos vor Wut. Dieses Weibstück! Niemand, niemand hatte erwartet, daß Jakob noch heiraten würde. Gut, er war der Jüngste der drei Brüder, achtzehn Jahre jünger als Ulrich, ihr eigener Gemahl. Eigentlich alt war er auch nicht, erst Mitte Dreißig, doch für gewöhnlich heiratete man früh. Zu viele Kinder überlebten nicht, und zu viele Frauen starben im Kindbett. Ulrich und Georg, die beiden älteren Fugger, hatten es so gehalten – waren die beiden sowie Jakob und Anna, die Schwester, nicht die einzigen noch Lebenden von elf Geschwistern? Nein, man mußte sich vermählen, ehe der Tod zuschlug. Die Familie durfte nicht untergehen.

Nur Jakob hatte darauf verzichtet, und mit der Zeit hatte sich niemand mehr darüber gewundert, denn erstens war Jakob schon mit seinem Kontor und dem ganzen Unternehmen verheiratet, und zweitens hatten sie ihn aus dem Kloster zurückgeholt, wo er bereits die niederen Weihen erhalten hatte. Es erschien etwas blasphemisch, an Ehe zu denken, und auch Georgs Gattin erwies sich als fruchtbar. Alle waren zufrieden, zumindest nach Veronikas Meinung.

Die Nachricht, Jakob habe die Patrizierstochter Sybille Artzt gefreit, hatte Veronika wie ein Blitz getroffen, doch nur in der Stille ihres Schlafgemachs wagte sie es, die Stimme gegen ihren Schwager zu erheben. Denn wenn auch der laute, polternde Ulrich der Älteste war – die Entscheidungen sowohl im Unternehmen als auch in der Familie traf sein jüngster Bruder, und mittlerweile kam niemand mehr auf die Idee, sich dagegen aufzulehnen. So ruhig Jakob auch war, und so selten er jemanden tadelte – Veronika fürchtete ihren Schwager.

So schwieg sie Jakob gegenüber, half, die Hochzeit für ihn und Sybille Artzt auszurichten, und hieß ihre neue Schwägerin willkommen. Doch abends, alleine mit Ulrich, kannte sie keine solchen Zurückhaltungen mehr.

»Dieses hochmütige junge Ding als Herrin im Haus!«

Ulrich fühlte sich unbehaglich. »Nun, es war eine Ehe zum Nutzen der Familie, das kann man nicht anders sagen, Veronika.« Veronika schnaubte nur verächtlich.

Natürlich hatte Jakob recht, und sie konnte sich auch nicht vorstellen, daß Jakob einmal etwas tat, das ihm nicht irgendwie Vorteile brachte. Die Verbindung mit der hochangesehenen Familie Artzt, die selbst ein beträchtliches Vermögen besaß und zum Stadtpatriziat zählte, war für die Fugger, die man in Augsburg als neureich ansah, ein enormer gesellschaftlicher Aufstieg.

Sybilles Onkel war mehrmals Bürgermeister gewesen und auch jetzt noch Hauptmann des Schwäbischen Bundes. Nach dem Tod ihres Bruders war sie die einzige Erbin, wenn auch der Wohlstand ihrer Familie dem Vergleich mit den Fuggern nicht standhielt, und man rühmte in Augsburg ihre Schönheit und Klugheit. Kein anderer als Konrad Pantinger, der Gelehrte, hatte sogar behauptet, mit Sybille zu disputieren, sei ein Genuß.

Alles gut und schön, und Veronika gestand Jakob auch widerwillig zu, durch die Heirat mit der begehrten Sybille die etwas angeschlagene Familienehre gerettet zu haben. Hatte man ihm nicht kurz vorher die Aufnahme in die »Geschlechterstube«, dem Sitz aller angesehenen und alteingesessenen Augsburger Sippen, verweigert? Die Augsburger hatten sich weidlich darüber lustig gemacht. Der Enkel eines Webers aus Graben wagte es, sich unter die Patrizier mischen zu wollen? Ulrich hatte noch Wochen nach der Ablehnung über den Augsburger Stadtrat getobt, sogar Georg, der den Handel der Familie mit dem Osten über Nürnberg leitete, hatte ein paar erboste Briefe geschrieben.

Jakob hatte nur kalt gelächelt, blieb bei seinen Begegnungen mit dem Augsburger Stadtrat die Höflichkeit selbst – und verblüffte sie alle mit der Nachricht seiner Verlobung mit Sybille Artzt.

Wenn nur Jakob, dachte Veronika erbost, nicht eine solch offensichtliche Zufriedenheit in der Ehe mit seiner jungen Frau finden würde! Sie hatten alle erwartet, daß er weiterhin seine Reisen machen würde – nie sehr lange, denn er war unentbehrlich –, um den König oder wichtige Handelspartner zu treffen, und im übrigen in seinem Kontor lebte. Veronika war sogar bereit gewesen, die unerfahrene Sybille zu bedauern.

Sie hatten nicht erwartet, daß Jakob Sybille auf seine Reisen mitnähme, daß sie es wagte, in das geheiligte Kontor einzudringen, um ihrem Gemahl gelegentlich Erfrischungen zu bringen und mit ihm zu plaudern, daß sie sich bisweilen sogar mit einem Buch oder einer Näharbeit schweigend zu ihm setzte. Am allererstaunlichsten war jedoch, daß Jakob dieses Verhalten nicht nur duldete, sondern auch noch ermutigte, daß er Sybilles Aufmerksamkeiten, ihre Scherze zu genießen und sogar zu erwidern schien.

Sie hat ihn verhext, dachte Veronika und musterte die anmutige Sybille mit ihrem herbstfarbenen Haar, die sich längst den eben eingetroffenen Neuankömmlingen zugewandt hatte.

Sybille begrüßte Johann Ehrlich, jenen Fuggerschen Kaufmann, dem man ihren Neffen Richard anvertraut hatte. Sowie sie von Zobeidas entsetzlichem Tod gehört hatte, hatte sie beschlossen, Richard zu sich zu nehmen. Sie war zum Zeitpunkt der skandalösen Eheschließung ihres Bruders zu jung gewesen, um sie nicht mit jenen Märchen, Legenden und Romanzen in Verbindung zu bringen, von denen die Spielleute sangen. Wilhelm Artzt und seine Frau hingegen waren erleichtert gewesen, sich nicht um den Sproß einer Heidin kümmern zu müssen.

Niemand in Augsburg brauchte etwas von dem Hexenprozeß zu erfahren. Bestimmt nicht Veronika, dachte Sybille entschlossen, und auch sonst niemand aus der Familie, denn sie wußte, wie wenig Sympathie man ihr, die noch nicht Zeit genug gehabt hatte, sie alle für sich zu gewinnen, entgegenbrachte. Sie wären mit Anschuldigungen schnell bei der Hand.

Jakob hatte sie es natürlich erzählt, als sie ihn gebeten hatte, Richard bei sich aufnehmen zu dürfen. Er war nicht eben begeistert gewesen, doch er hatte eingewilligt, und sie wußte, daß sie von ihm nicht ein Wort über Richards Mutter mehr hören würde.

»Und hier, Frau Sybille, ist Euer Neffe. Ziemlich schweigsam, doch ich darf behaupten, gesund.«

»Seid gegrüßt, Tante«, murmelte der Junge, den ein Gehilfe Ehrlichs dem Kaufmann zugeschoben hatte. Sybille musterte ihn neugierig. Er hatte dieselbe Haarfarbe wie sie, mußte die dichten Augenbrauen von seinem Vater geerbt haben. Doch sonst fand sie nichts von ihrer Familie in ihm wieder. Die Augen, der feindgliedrige Knochenbau, der für sein Alter eher kleine Wuchs – das mußte alles von ihr stammen, der Unbekannten. Von Zobeida.

Sybille wußte nicht, ob Zobeida eine Hexe gewesen war. Die heilige Kirche hatte sie als solche verurteilt, und auch die Familie Artzt hatte wohl gelegentlich angenommen, Markus müsse verhext gewesen sein, aber er war ein guter Christ gewesen, und Sybille konnte sich nicht vorstellen, daß er eine Hexe so leidenschaftlich geliebt haben könnte.

Sie merkte plötzlich, daß der Junge sie genauso aufmerksam betrachtete wie sie ihn. Sein Gesicht war verschlossen, eine unnahbare Maske. Sie hatte angenommen, er würde sehr unglücklich sein, doch seine Miene verriet ihr nichts, absolut nichts.

»Sei gegrüßt, Richard«, sagte sie mit einem aufmunternden Lächeln. »Ich freue mich, dich endlich kennenzulernen. Dies ist«, sie deutete auf die Frau, die sich ihnen inzwischen genähert hatte, »meine Schwägerin Veronika, die Gemahlin deines Onkels Ulrich.«

Veronika schnappte bei dem Wort »Onkel« hörbar nach Luft und erwiderte Richards Begrüßung sehr ungnädig. Sie sah alle ihre Befürchtungen bestätigt – Sybille versuchte ganz offensichtlich, ihren Verwandten in die Familie Fugger hineinzuschmuggeln. Feindselig beobachtete sie, wie sich Sybille von Johann Ehrlich verabschieden wollte, um Richard seine Kammer zu zeigen, als der Kaufmann protestierte.

»Ach, Frau Sybille, ich glaube, es wäre besser, Ihr bliebet hier. Die Ungläubigen werden bald hier sein.«

Sybille fragte verwirrt: »Welche Ungläubigen?«

»Nun, der arabische Kaufmann und sein Gefolge. Solltet Ihr ihn nicht empfangen?«

Sybille spürte das Blut in ihrem Kopf hämmern. Rege dich

nicht auf, befahl sie sich, nicht vor Veronika und dem Gesinde! Es konnte doch nicht sein, daß sie einen derart wichtigen und ungewöhnlichen Besuch vergessen hatte!

»Ich weiß nichts von einem arabischen Kaufmann«, sagte
sie so ruhig wie möglich.

Ehrlich wurde blaß. »Aber, Frau Sybille, Ihr müßt es wissen! Wir begegneten ihm am Stadttor, wo er Schwierigkeiten
hatte, weil er wenig Latein spricht und diese Narren vom
Zoll dort noch weniger. Er sagte, er wolle das Unternehmen
besuchen, und habe schon einen Boten vorausgeschickt. Ich
hatte es eilig, Herrn Fugger Bericht zu erstatten, deswegen
ließ ich nur einige meiner Leute dort, um ihm zu helfen und
ihm den Weg zu weisen, und zog weiter. Es muß ein großer
Herr sein, ich glaube sogar, es ist Ibn Ammar, mit dem Euer
Gemahl schon länger in Verbindung steht.«

Sybille preßte die Hand an die Schläfen. Es war klar, was
geschehen war. Ein Bote konnte in diesen unruhigen Zeiten
leicht verschwinden, dazu bedurfte es nur ein paar geschickter Straßenräuber. Doch ebenso offensichtlich war, daß sie
überhaupt nicht auf einen Kaufmann aus dem Orient, der
Jakob wichtige Handelswege eröffnen konnte, vorbereitet
waren.

Sie schluckte und straffte sich. Für Johann Ehrlich und
seinen Zug hatte sie glücklicherweise gesorgt. Eilig gab sie
den Befehl, einige Gemächer vorzubereiten.

»Wenn nötig, dann quartiert eben einige der Scholaren
aus, die in der letzten Woche gekommen sind, und... Meister Ehrlich, Ihr wollt bestimmt endlich zu meinem Gemahl.
Erzählt ihm als erstes von dem Fremden. Wie viele Männer
hat er bei sich?«

Ehrlich kratzte sich verwirrt am Kopf, doch der Junge, der
neben ihm stand, sagte kühl: »Etwa zwanzig. Ihr solltet ihnen
auch ein Bad vorbereiten lassen, Tante, das würden sie
schätzen.« Sybille warf ihm einen verwunderten Blick zu
und winkte einen Bediensteten herbei. Veronika, die bisher
geschwiegen hatte, runzelte die Stirn.

»Mich wundert«, sagte sie schneidend, »daß du diesem unverschämten Bengel einen solchen Ton durchgehen läßt, Schwägerin. Er bräuchte eine Tracht Prügel! Du willst doch nicht etwa auf ihn hören?«

Sybille hielt mitten in der Bewegung inne und schaute auf ihren Neffen. »O doch«, sagte sie langsam, »das werde ich. Richard, sprichst du Arabisch?« Er nickte nur. Sie schalt sich eine Närrin, weil sie nicht früher an diese Möglichkeit gedacht hatte. »Liebe Veronika«, sagte sie, »wenn du gestattest, werde ich mich jetzt mit Richard entfernen. Ich möchte doch nicht, daß du weiter unter unserer Gegenwart leiden mußt.«

An die nächsten Minuten konnte sie sich später kaum erinnern. Sie verschwammen in einer Flut von Bewegungen, hastigen Befehlen und dem vergeblichen Versuch, von Richard noch schnell einige arabische Ausdrücke zu lernen. Dann kam der Mann, den sie geschickt hatte, um dem unbekannten Gast den Weg durch den Markt zu bahnen, und kündigte »den ehrenwerten Abu Bakr Muhammad Ibn Ammar« an.

Richard sah aus den Augenwinkeln, wie seine Tante in eine Verbeugung versank, wie er ihr angeraten hatte, und starrte fasziniert auf den prächtig gekleideten Kaufmann mit seinem Gefolge. Vor den Stadttoren hatte ihn noch die innere Erstarrung, in der er sich befand, daran gehindert, diesen Augenblick wirklich wahrzunehmen. Doch irgend etwas, und sei es der Gesichtsausdruck seiner Tante und die hämische Miene ihrer Schwägerin, hatte ihn dazu gebracht, seine Umgebung wieder genauer betrachten zu wollen.

Und Abu Bakr Muhammad Ibn Ammar bot ihm eines der fesselndsten Schauspiele, die er sich vorstellen konnte. Der Araber reiste, wie es sich für einen Mann seines Reichtums geziemte, mit bewaffneten Gefolgsleuten in prächtiger Gewandung, der selbst der Reisestaub ihren Glanz nicht nehmen konnte. So überfüllt der Innenhof mit Pferden, Maultieren, kläffenden Hunden und Menschen war, die ständig hierhin und dorthin liefen – die Neuankömmlinge stachen hervor.

Ihr Herr war leicht auszumachen. In einen pistaziengrünen Seidenumhang gehüllt, wartete er ruhig, als Richard sich ihm näherte.

»Effendi, Ihr erweist uns Ehre«, sagte er in der Sprache, die seine Mutter ihm beigebracht hatte. »Mein Onkel und sein ganzes Haus schätzen sich glücklich, Euch in dieser unwürdigen Absteige empfangen zu dürfen.«

Es war ein Genuß, die vertraute Sprache wieder zu sprechen, die eleganten Formulierungen zu gebrauchen, die er für immer verloren geglaubt hatte. Energisch unterdrückte er jede Erinnerung an das letzte Mal und fragte sich gleichzeitig, für wen er das eigentlich tat.

»Die Ehre ist auf meiner Seite«, erwiderte Ibn Ammar huldvoll. Sein Bart war schwarz gefärbt, was ihn als Mann von hohem, aber keinesfalls von adeligem Rang auswies. »Seit ich in Venedig mit dem Mann, der sich Flick nennt, verhandelt habe, hegte ich den Wunsch, den Herrn dieses Mannes kennenzulernen.« Er neigte den Kopf etwas zur Seite. »Selbst in meiner Heimat erzählt man sich Geschichten von Fugger, dem Fürsten der Kaufleute.«

Richard geriet einen Moment in Verlegenheit, denn dies wäre der geeignete Augenblick gewesen, um den so Gelobten vorzustellen. Sybille, eine Frau, wäre völlig unpassend, selbst wenn man voraussetzte, daß Ibn Ammar um die barbarischen Sitten dieses Landes wußte. Er murmelte: »Keine Geschichte kann den Berichten entsprechen, die man sich vom Geschick Ibn Ammars erzählt«, und sah zu seiner unendlichen Erleichterung einen Mann, der Jakob Fugger sein mußte, gemessenen Schrittes durch den Vorhof kommen.

Jakob trug ein dunkles, pelzbesetztes Gewand und eine der erst kürzlich aus Italien gekommenen feinbestickten Kappen, die sein Haar fast gänzlich verbarg und seinem hageren, strengen Gesicht einen asketischen Ausdruck verlieh. Seine Gestalt war groß, wenn auch nicht überdurchschnittlich, kräftig, ohne behäbig zu wirken, und strahlte unnahbare Autorität und ständige Spannung aus. Mehrere seiner Angestellten folgten ihm auf dem Fuße. Als er sich näherte, fühlte Richard zum ersten Mal wieder den Wunsch in sich aufsteigen, zu zeichnen. Doch er würde nie wieder einen Menschen zeichnen. Dieser Mann, den der Abt verächtlich als »gerissenen Pfeffersack« bezeichnet hatte, besaß ein fesselndes Gesicht.

Die schmalen Lippen und das kräftige Kinn sprachen für Unnachgiebigkeit und Durchsetzungsvermögen, die hohe Stirn und die für einen Mann erstaunlich geschwungenen Augenbrauen für Intelligenz und Geschmeidigkeit. Seine lange, gerade Nase verleugnete völlig seine bäuerlichen Vorfahren, doch die tiefliegenden Augen waren es, die Richard am meisten fesselten. Ihre Farbe entzog sich einer festen Bestimmung. Amber, braun oder bernsteinfarben? Er wußte es nicht. Es gab Philosophen, die behaupteten, die Augen seien das Tor zur Seele, doch Jakob Fuggers Augen verrieten nichts, glänzten hell und undurchsichtig in der Sonne, als er auf seinen Gast zuschritt. Katzenaugen, dachte Richard.

Er spürte, wie Jakobs Blick, mit einem Mal beunruhigend intensiv, ihn streifte, bevor er sich wieder auf Ibn Ammar richtete. Dann hörte er zu seiner Überraschung, wie Jakob den Gast in venezianischer Mundart ansprach, und in ihm wallte unwillkürlich Bewunderung auf. Jakob mußte erfahren haben, daß Ibn Ammar nicht allzugut Latein sprach. Der große Handelsumschlagplatz für Waren aus dem Orient war Venedig. Also konnte man schlußfolgern, daß dieser Gast sich gewiß mit dem dortigen Idiom vertraut gemacht hatte.

Und in der Tat, Ibn Ammar antwortete rasch und fließend. Richard wünschte sich inständig, ebenfalls über das gleiche Vokabular zu verfügen, und bemühte sich, mit Hilfe der wenigen vertrauten Brocken und Latein dem Gespräch zu folgen. Nicht, daß Jakob sich lange aufhielt. Bald verschwanden er und Ibn Ammar, und Sybille blieb es überlassen, sich um das Gefolge des Kaufmanns zu kümmern.

Richard half ihr, so gut es ging. Sybille war so ganz anders, als er es von einem Mitglied der hochmütigen Familie, die seine Mutter nicht hatte anerkennen wollen, erwartet hatte. Die Art, wie sie ihn ihrer Schwägerin gegenüber sofort in Schutz genommen hatte, hatte ihn verblüfft und ihn gleichzeitig aufwachen lassen. Natürlich konnte er sich ausrechnen, daß sie noch viel zu jung war, um an der Familienfehde irgendeinen Anteil gehabt zu haben. Sie trug ihr mit erlesenen Goldfäden und Edelsteinen besticktes Kleid mit der unbewußten Selbstverständlichkeit der Reichen, doch sie wirkte nicht im mindesten geziert, war auch bereit, selbst zu handeln, wenn kein Bediensteter in der Nähe war.

Da sich Sybille natürlich nicht nach seiner Mutter oder nach Wandlingen erkundigen wollte, verfiel sie darauf, Richard nach seiner Lektüre zu fragen. Er entdeckte, daß sie einige der Bücher gelesen hatte, die auch zu seinen Lieblingswerken gehörten. Über gefalteten Leinentüchern, die sie in das kleine Zimmer brachte, welches vorerst das seine sein würde, tauschten sie Verse des Vergil aus. Doch als sie ihn später dankbar auf die Wange küßte, schrak er zurück, als habe sie ihn geschlagen. Von nun an ging er nicht mehr auf ihre Scherze ein und sagte wieder nur das Allernotwendigste.

Er hatte entdeckt, daß er es nicht ertragen konnte, von einer Frau berührt zu werden.

Nichtsdestoweniger half er ihr, den Abend zu gestalten, und deklamierte sogar zu Ehren des Gastes ein wenig Poesie, was, wie er wußte, in dessen Heimat üblich war. Ibn Ammar antwortete mit einem Gegengedicht. Während er mit seiner tiefen Stimme begann: »Ein silberner Tag ist's, drum vergolde den Becher mit Wein«, und Richard für alle anderen Anwesenden das Gedicht übersetzte, spürte er wieder, wie Jakobs Augen auf ihm ruhten. Als er schließlich ins Bett kam, war es die erste Nacht, in der er wieder länger als eine oder zwei Stunden schlafen konnte.

Am nächsten Morgen empfand er deswegen heftige Schuldgefühle. Im Kloster hatte er den größten Teil der Nacht wachgelegen und in die Dunkelheit gestarrt, hier hatte es nur eines aufregenden Gastes und eines weichen, für klösterliche Verhältnisse luxuriösen Daunenbettes bedurft, um ihm traumlosen Schlaf zu bescheren. Es war, als stehle er mit einer ruhigen Nacht seiner Mutter ihr Recht auf Trauer. Er hatte sich von all dem Glanz und der Aufregung einwickeln lassen und schwor sich, daß so etwas nie wieder geschehen würde.

Richard hatte drei Vorsätze gefaßt, die er nie mehr vergessen würde: das Bild des brennenden Scheiterhaufens für immer in sich zu bewahren; niemals mehr einen Menschen an sich herankommen zu lassen; und das Wichtigste: Er, Richard Artzt, würde der Welt beweisen, daß es keine Hexen gab. Es war die einzige Möglichkeit, seine eigene Schuld an dem Tod seiner Mutter auch nur im entferntesten wiedergutzumachen.

Er beobachtete, wie die Sonne sich durch sein Fenster stahl, und ertappte sich schon wieder bei einem höchst unerwarteten Gefühl: Neugier. Und der Wunsch, seine neue Umgebung kennenzulernen.

Er war ohne alle Erwartungen nach Augsburg gekommen, doch nun entdeckte er, daß er wahrhaftig Glück gehabt hatte, denn in dem Anwesen am Rindermarkt trafen täglich Nachrichten aus aller Welt ein, und die Handelswaren exotischer Herkunft riefen seine Sehnsucht nach der Ferne wieder wach.

Es war jedoch nicht nur das kaufmännische Leben, das Richard mehr und mehr fesselte. Genauso fremdartig kam ihm die Großfamilie vor, bei der er jetzt lebte. Ulrich Fugger hatte mehrere Töchter und einige Söhne, die an der großen gemeinschaftlichen Mahlzeit, die abends stattfand, teilnahmen.

Diese Mahlzeiten hätten sich nicht mehr von denen des Klosters unterscheiden können. Das fing bei den Speisen an. Im Kloster hatte man sich streng an die kirchlichen Fastenvorschriften gehalten, die Fleischgenuß nicht nur in der Fastenzeit, sondern auch freitags, mittwochs und an Vorabenden zu Feiertagen ausschlossen, und zwischen Brot, Rüben und eingebeiztem Fisch hatte keine große Abwechslung bestanden. Hier legte man die Fastenvorschriften wesentlich großzügiger aus; Richard lernte mehr Wildbret kennen als während seiner gesamten Zeit in St. Georg, er stellte fest, auf wieviel mannigfaltige Arten Fisch und Fleisch zubereitet werden konnten, und es wurde ihm wie den anderen Kindern an Sonntagen gestattet, neben dem alltäglichen Wasser auch etwas von dem Bier oder an besonderen Tagen von dem Traminer zu kosten, einem Wein, den die Faktorei in Bozen in Holzfässern nach Augsburg lieferte.

Doch der für Richard wichtigste Unterschied bestand darin, daß die Mahlzeiten keineswegs schweigend verliefen wie im Kloster, wo ein Mönch vorgelesen und die anderen Mönche und Schüler sich still dem Essen gewidmet hatten. Hier wurde bei Tisch, an dem häufig auch Angestellte, Freunde der Familie und Gelehrte saßen, über Ereignisse gesprochen, die von der Wahl des Augsburger Stadtrats bis zur Politik des Heiligen Römischen Reiches reichten, und die Kinder schwatzten lebhaft dazwischen. Wenn auch niemand über laufende Geschäfte des Unternehmens Fugger ein Wort verlor, so bildeten vergangene Geschäfte Anlaß zu beziehungsreichen Scherzen und Erzählungen, und die Älteren unter den Kindern, zu denen häufig auch die Söhne und Töchter von Anna Meutting, der Schwester der Fugger, kamen, schienen sehr viel darüber zu wissen.

Richard verhielt sich zunächst ziemlich schweigsam, doch diese jungen Leute sahen ihn nicht als Fremden an. Er war ein neuer Vetter und damit Teil der Familie, und die Familie war alles.

Er entdeckte bald, daß die Erzählungen von vergangenen Geschäften unterblieben, wenn ein tatsächlich Außenstehender zugegen war, oder wenn man ihm Augsburg zeigte, was vor allem Ulrich Fuggers ältester Sohn Hans Ulrich, von der Familie Hänsle genannt, und seine Schwester Ursula übernahmen.

Schon nach einigen Tagen kam Richard sich lächerlich vor, angesichts der ständig schwirrenden Betriebsamkeit eisernes Schweigen zu bewahren, denn in den Gesprächen erfuhr man die erstaunlichsten Dinge, so zum Beispiel die Art, wie die Fugger zu Neuigkeiten aus aller Welt gelangten.

Ein überraschender Besuch wie der von Abu Bakr Muhammad Ibn Ammar hätte eigentlich gar nicht vorkommen dürfen, und man konnte sicher sein, daß auf Herrn Flick in Venedig nichts Gutes wartete. Jakob Fugger hielt ein gutes Nachrichtensystem für lebensnotwendig und hatte ungeahnte Möglichkeiten entdeckt, um daraus Gewinn zu schöpfen.

Als Richard einmal die Stallungen besuchte, in deren Nähe die Waren lagerten, entdeckte er, daß einige Knechte mehrere Stapel gefalteten Papiers umluden. Er konnte einen Blick darauf werfen. Es handelte sich um kleine Beweise der Schnelligkeit, mit der die Kunst der beweglichen Lettern des Meisters Gutenberg inzwischen angewandt werden konnte. Wenn Jakob Fugger erst einmal sicher war, eine Neuigkeit verwertet zu haben, ließ er sie vervielfältigen und an die neugierigen Augsburger verkaufen.

Richard brauchte nicht lange, um die Machtverhältnisse im Fuggerschen Hauswesen und im Unternehmen zu erkennen. Noch immer hieß das Unternehmen »Ulrich Fugger und Gebrüder«, doch der dicke Ulrich war der einzige, der sich für den Leiter des Unternehmens hielt. Vor Jakobs Heirat hatte er seinem jüngsten Bruder das Wohnrecht in diesem Zentrum der Macht verweigert, so daß Jakob jeden Abend, wenn die Lichter gelöscht wurden, auf die andere Seite des Marktes in das alte Haus am Rohr, in dem die Fugger lange gelebt hatten, gehen mußte.

Erst jetzt hatte man diese umständliche Regelung fallenlassen, doch sie zeigte, wie sehr Ulrich an den Würden hing, die ihm als dem Ältesten zustanden. Richard hielt Ulrich für einen Wichtigtuer, und die ironisch-respektvolle Art, in der Jakob mit seinem Bruder umging, belustigte ihn immer wieder.

Im übrigen, dachte er altklug, selbst wenn Jakob Ulrich nicht beherrschen würde, dann würde es Veronika. Ulrichs Gemahlin hatte ihm von Anfang an mißfallen, und die Art, wie sie ihn übersah und ständig gegen Sybille intrigierte, hatte seine Abneigung noch verstärkt. Leider war er jedoch gezwungen, sie regelmäßig zu sehen, denn er nahm am Unterricht ihres ältesten Sohnes Hänsle teil.

Die Frage des Unterrichts hätte ohnehin um ein Haar einen Familienstreit ausgelöst. Hänsle war ein wenig jünger als Richard und hätte eigentlich zur Erziehung in ein Kloster gehen sollen. Richard vermutete, daß man diese Lösung auch für ihn im Sinn gehabt hatte. Doch dann hatte ihn Jakob zu einer eigenartigen Unterredung rufen lassen.

Richard war noch nie zuvor in der goldenen Schreibstube, dem Zentrum der Fuggermacht, gewesen, und sie hätte ihm um ein Haar einen Ausruf des Staunens entlockt. Jakob war sonst alles andere als prunkliebend – ein Erbe seiner mönchischen Erziehung. Üppigkeit und Verschwendung gestattete er sich nur auf zwei Gebieten: bei der Ausstattung für seine Frau Sybille und in der goldenen Schreibstube im Nordflügel des Gebäudes, die nach seinen persönlichen Entwürfen hergerichtet worden war.

Hier standen die hölzernen Karteischränke, die nicht nur die Geheimnisse des Unternehmens bargen, sondern auch kunstvoll bemalt und mit Intarsien aus Florenz verziert waren. Hier, in dem dämmrigen Licht, das er schätzte, glänzten die vergoldeten Leisten und das goldüberzogene Schnitzwerk der ahorngetäfelten Wände und der Decke. Der Tisch, hinter dem Jakob saß, bestand aus einer feingeschnittenen Marmorplatte, die von vier schwarzen Löwen getragen wurde. Hier herrschte er, und hier empfing er die wichtigsten seiner Besucher.

Richard sah den Mann an, der sehr viel schlichter wirkte als der Raum, in dem er sich befand, und lächelte unwillkürlich. Mußte sich nicht jeder Besucher eingeschüchtert fühlen und irritiert von dem Widerspruch zwischen Jakobs sonstigem Verhalten und der Pracht dieses Raumes?

Die Bernsteinaugen beobachteten ihn. »Spielst du Schach, Richard?« fragte Jakob unvermittelt. Richard verneinte und dachte an das geheimnisvolle schwarzweiße Brett, vor dem er oft gestanden hatte, hilflos und deswegen verärgert. Jakob musterte ihn. Wenn er enttäuscht war, so ließ sich das so wenig wie alles andere an Jakob erkennen.

»Ansonsten weißt du erstaunlich viel für einen Jungen in deinem Alter, und man berichtet mir, daß du auch sehr viel fragst. Ich könnte mir vorstellen, daß du deinen Unterricht wieder aufnehmen willst. Das Kloster St. Veit zu Herrieden wäre bereit, dich zu nehmen, zusammen mit Ulrichs Ältestem.«

Später erfuhr Richard, daß Jakob selbst in diesem Kloster aufgewachsen war. Jetzt fühlte er nur Entsetzen. Er wußte, daß es töricht war, er wußte, daß die Klöster das Wissen bargen, nach dem er sich sehnte, doch schon bei dem Gedanken allein wurde er innerlich zu Eis.

Er zerbrach sich den Kopf, was er nur zu Jakob sagen sollte, Jakob, der ihn jederzeit fortschicken konnte. Doch Jakob war ein geübter Beobachter, und Richard längst nicht so sehr geübt, wie er glaubte, seine Gedanken zu verbergen. Er musterte den Jungen unverwandt.

»Ich verstehe«, sagte er in einem neutralen Ton. Damit wurde Richard entlassen und erfuhr erst eine Woche später, daß Jakob sich entschieden hatte, ihn und Hänsle von einem Hauslehrer erziehen zu lassen.

Der Augsburger Gelehrte, Konrad Pantinger, empfahl einen seiner Scholaren, wie alle Studenten arm und dankbar für jede Verdienstmöglichkeit. Anselm Justinger besaß nicht nur großes Wissen, sondern, wie sich herausstellen sollte, auch eine respektlose Zunge, und er war mehr als erfreut, in Richard einen wissenshungrigen Schüler mit einem fast unheimlichen Gedächtnis zu bekommen. Er gab Richards Drängen nach und lieh ihm sogar einige der Abschriften, die er sich während seines Studiums von den wichtigsten Stellen seiner Bücher gemacht hatte. Nachdem sie sich näher kennengelernt hatten, unterhielt er ihn in Hänsles Abwesenheit auch einmal mit leicht boshaften Berichten von Jakobs Aufstieg zum Erfolg.

»Damals wußte natürlich keiner, was dieser Fugger so trieb, aber wer heute Augen und Ohren offen hat, weiß Bescheid. Nachdem sie den jungen Jakob aus dem Kloster geholt hatten, ging er zunächst ein Jahr nach Italien und lernte dort, wie sich die Welschen untereinander betrügen. Es heißt, er brachte von dort sogar ein neues System der Buchhaltung mit, obwohl ich darüber nichts sagen kann.«

Richard grinste. »Aber ich. Ich habe Ludwig Schweriz gefragt.« Ludwig Schweriz war Jakobs Hauptbuchhalter, noch jung und im Rahmen seiner Pflicht zugänglich, und da das italienische System kein eigentliches Geschäftsgeheimnis mehr war, hatte er es Richard zu erläutern versucht.

»Schweriz nennt es ›doppelte Buchführung‹, das heißt man führt jeden Geschäftsvorgang zweimal auf, in verschiedenen Spalten, einmal als Warenausgang, zum anderen als Geldeingang oder umgekehrt, so daß die Endsummen in jeder Spalte übereinstimmen.«

Anselm zuckte die Achseln. »Magister Pantinger sagt, daß der alte Ulrich zuerst entsetzt davon war, aber Jakob setzte sich mit seinem neuen System durch. Dann klapperte er in den nächsten zwei Jahren sämtliche Geschäftsstellen der Fugger im gesamten Reich ab, und als er wiederkam, stürzte er sich ins Erzgeschäft.«

Richard lehnte sich neugierig vor, denn der Handel mit dem Erz galt mittlerweile fast als Fuggermonopol. »Er fing an, an die kleineren Bergwerks- und Grubenbesitzer im Salzburgischen mehr und mehr Geld zu verleihen, und ließ sich dafür keine Schuldscheine, sondern Anteile an den Gold- und Silbergruben überschreiben. Und eines schönen Tages wachten die Salzburger Grubenbesitzer auf und fanden Jakob Fugger vor der Haustür, der das Monopol für den Transport und Verkauf ihrer Erze in Venedig verlangte. Das Geschrei konnte man bis nach Augsburg hören, als sie feststellten, daß sie keine andere Wahl mehr hatten, weil er überall Miteigentümer war. Sie jammerten jedem, der es hören wollte, die Ohren voll, doch es war nicht mehr zu ändern. Und Jakob hatte, was er wollte.«

Richard lachte. Jakob war skrupellos, gewiß, doch er war auch fesselnd in allem, was er tat, und ihn zu beobachten, war so lehrreich wie ein ganzes Buch. Er spürte allerdings, daß auch Jakob ihn beobachtete. Was er jedoch nicht wußte, war, daß Ulrich und Jakob seinetwegen um ein Haar eine ernsthafte Auseinandersetzung gehabt hätten.

Ulrich war zu seinem Bruder in die goldene Schreibstube gekommen – er selbst residierte nur einen Raum weiter – und hatte mit Erleichterung festgestellt, daß weder der junge Schweriz, noch, Gott bewahre, Sybille, anwesend zu sein schienen.

»Jakob«, begann er unbehaglich, denn bei solchen Gelegenheiten beschlich ihn immer der Verdacht, daß Jakob mehr Macht ausübte, als ihm zustand, »Jakob, Veronika paßt es nicht, daß du unser Hänsle von einem einfachen Scholaren erziehen lassen willst – und das nur des Neffen deiner Frau wegen.«

Er erwartete, daß Jakob nun widerspräche und sagte, daß Richard Artzt mit dieser Entscheidung nichts zu tun habe.

Jakob tat nichts dergleichen.

Jakob, dachte Ulrich ärgerlich, tat nie, was man von ihm

erwartete. Er zog nur die bogenförmigen Augenbrauen hoch und fragte: »Will deine Gemahlin, daß ich einen Hauslehrer allein für den Jungen bezahle, damit sie ihren Sohn nach Herrieden schicken kann?«

Ulrich zuckte zusammen. Er hatte sehr wohl verstanden, was Jakob damit zum Ausdruck bringen wollte, und antwortete brüsk: »Ich wundere mich, daß du diesem fremden Jungen überhaupt soviel Aufmerksamkeit schenkst, als ob ein Kloster nicht gut genug für ihn wäre. Wir hatten doch alle gedacht...«

Er beendete seinen Satz nicht. Sie hatten selbstverständlich alle angenommen, daß Jakob den unerwünschten Verwandten um Sybilles willen nur eine Anstandszeit hierbehalten würde. Jakob legte die Fingerspitzen aufeinander. »Ich investiere, Ulrich. Ich investiere in die Zukunft.«

»Wie bitte?«

»Richard kam gestern zu mir, um eine Partie Schach zu spielen. Wie lange versuche ich nun schon, es dir beizubringen? Er konnte es vor wenigen Wochen noch nicht. Gestern abend stand er eine ganze Partie durch und verlor sehr ehrenhaft.« Jakob lachte leise. »Menschen, Ulrich, sind die besten Investitionsmöglichkeiten.«

Ulrich starrte ihn an und ertappte sich bei dem Wunsch, sich angesichts des reglosen, katzenartigen Blickes zu bekreuzigen. Unheimliche Augen, dachte er, Dämonenaugen. Er hatte Jakob nie verstanden und begriff weniger und weniger die komplizierten Strukturen des feinen Gewebes, in das Jakob ihre festgefügte, solide Firma verwandelt hatte.

Ulrich erinnerte sich an jenen Herbstnachmittag, an dem sein Bruder Georg zu ihm gekommen war, noch niedergedrückt vom Verlust Markus', des letzten Bruders, der gestorben war. Sieben Söhne hatte Barbara Bäsinger Jakob Fugger dem Älteren geboren. Markus war derjenige gewesen, der in der Kirche von sich reden machen sollte, und er hatte sich bereits als geschickter Pfründenvermittler in Rom erwiesen. Jakob war der Jüngste, der Überflüssige, den man nur in ein

Kloster gesteckt hatte, um ihn irgendwie zu versorgen und loszuwerden. Jetzt waren Andreas, Hanns, Peter und Markus tot, und es blieben nur noch Ulrich, Georg und Jakob.

»Wir sollten Jakob zurückholen, Ulrich.«

Ulrich hatte verwundert den Kopf geschüttelt. »Um Markus zu ersetzen, Georg? Himmel, er ist doch erst neunzehn!«

»Nein, nicht, um ihn an Markus' Stelle zu setzen. Ich meine, wir sollten ihn zurückholen – in das Geschäft.«

Jetzt, fünfzehn Jahre später, schaute Ulrich auf die Gestalt an dem Marmorschreibtisch herab und seufzte innerlich. Zurückholen in das Unternehmen. Beim Allmächtigen.

Georg stand Jakob näher, wenn auch sechs Jahre zwischen ihnen lagen, und er hatte den Jüngeren in seinem Kloster gelegentlich besucht. Vielleicht hatte er damals schon etwas in Jakob gesehen, was für Ulrich unsichtbar war. Sie waren in jenem Herbst zu zweit nach Herrieden geritten, nur um ihrem jungen Bruder in seiner Kutte und der Tonsur gegenüberzustehen, der völlig ungerührt schien.

Während sie ihm ihren Vorschlag unterbreiteten, war er zum Fenster gegangen, eine hagere Gestalt, in die das kalte Herbstlicht scharfe Konturen zeichnete. Schließlich hatte er sich umgewandt und hatte sie angesehen, mit jenem beunruhigenden Blick, der Ulrich damals zum ersten Mal auffiel.

»Seid ihr sicher, daß ihr mich als gleichberechtigten Partner haben wollt?« Die hellen Augen schienen ihn festzuhalten. »Völlig sicher?«

»Du bist mein ältester Bruder«, sagte Jakob jetzt, »und selbstverständlich achte ich deine Wünsche und deinen Rat. Aber hast du nicht immer betont, eine Waise aufzunehmen, sei wahrhaft christlich?«

»Ja, gewiß...«, begann Ulrich verwirrt, »nur...«

»Und ist Verschwendung«, fuhr Jakob gedehnt fort, »nicht eine Todsünde?«

»So ist es, aber...«

»Ich werde Richard noch brauchen. Das Unternehmen

wird ihn noch brauchen. Und in St. Veit bliebe er keine zwei Wochen, bevor er uns für immer verloren wäre, während er mir hier zu Dankbarkeit verpflichtet ist.«

Ulrich gab es auf. Er konnte nicht sehen, was ihnen der Neffe von Jakobs Gemahlin nutzen würde, aber Jakob war schon immer in der Lage gewesen, das Ende eines verwickelten Fadens lange vor dem Anfang zu finden. Wären sie sonst an das Tiroler Silber gekommen?

Ulrich hatte es für Wahnsinn gehalten, dem Herzog Sigismund, der Münzreiche genannt, Geld zu leihen. Erstens wußte jeder, daß Sigismund, wiewohl im Besitz der reichsten Silberbergwerke von Europa, ständig verschuldet war, und zweitens konnte die Salzburger Methode hier keinen Erfolg haben. Die Grubenpächter, die von Sigismund das Recht zur Ausbeutung bekommen hatten, waren reiche Leute, die nur jährlich einen bestimmten Anteil an ihren Herzog abführen mußten. Sie brauchten kein Fuggergeld.

Dennoch waren am Ende auch die Tiroler Bergwerke in den Besitz des Unternehmens übergegangen. Versöhnt durch den Gedanken an jenes großartige Geschäft, lächelte Ulrich seinem Bruder zu. Jakob hatte recht behalten in Tirol. Er schien sich auch nicht geirrt zu haben, als er behauptet hatte, was in Tirol möglich gewesen war, müßte sich im Heiligen Römischen Reich mit Maximilian wiederholen lassen.

»Alles für das Unternehmen, Jakob, nicht wahr«, sagte Ulrich, und schlug seinem jüngeren Bruder herzhaft auf die Schulter. »Du wirst schon wissen, was du tust. Alles für die Familie.«

8

HÄNSLE MUSTERTE RICHARD neugierig, während sie gemeinsam durch Augsburg schlenderten. Er wurde nicht recht klug aus seinem neuen Vetter, der so plötzlich aufgetaucht war. Seine Mutter hatte zwar gemeint, daß diese Heirat von Markus Artzt damals eine höchst unerfreuliche Angelegenheit gewesen sei.

»Es hat seinen Eltern das Herz gebrochen. Wir wollen hoffen, daß der Leichtsinn nicht in der Familie liegt, wenngleich es oft den Anschein hat. Mich wundert es überhaupt nicht, daß Sybille diesen Jungen zu sich genommen hat.«

All das klang sehr nach Abenteuer und Geheimnis, aber Richard erzählte nie aus seinem früheren Leben. Er erzählte überhaupt nie etwas wirklich – wie sollte man es ausdrükken – Geheimes, Wichtiges. Sie wurden gemeinsam unterrichtet und waren auch sonst oft genug zusammen, und Richard konnte nach den ersten Tagen auch nicht mehr als schweigsam bezeichnet werden.

Er unterhielt sich mit Hänsle, mit Ursula, mit jedem der jüngeren Fugger, mit Anselm und mit den vielen Kaufleuten, die im Dienst des Unternehmens standen, er scherzte mit ihnen und benahm sich auch sonst wie jeder andere, aber irgend etwas stimmte nicht.

»Ich bin froh, daß Anselm uns unterrichtet statt irgendwelche alten Mönche, du nicht?« fragte Hänsle, um eine Theorie zu überprüfen, die er sich zurechtgelegt hatte. Richard zuckte die Schultern und sprach von etwas anderem, und Hänsle hätte beinahe genickt. Das war es. Richard redete nie über Gefühle, und er zeigte nie eine Schwäche. »Weißt du, daß du Ähnlichkeit mit Onkel Jakob hast?«

Endlich war es ihm gelungen, Richard zu verblüffen. »Wieso? Inwiefern?«

Jetzt war es an Hänsle, sich geheimnisvoll zu geben. Er breitete die Arme aus. »Wenn du es nicht weißt...«

Eigentlich hätten sie beide schon wieder im Haus am Rindermarkt sein müssen. Die Dämmerung hatte bereits eingesetzt. Hänsle warf einen Blick zum Himmel und runzelte die Stirn.

»Wir müssen bald umkehren, wenn wir nicht zu spät zum Essen kommen wollen. Schade, ich wollte dir unbedingt noch die Schenke ›Zum grünen Faß‹ zeigen.« Er näherte seinen Mund Richards Ohr und flüsterte: »Es heißt, daß dort zur Zeit eine echte Hexe ihre Zauberkunststücke vorführt. Überleg dir das mal!«

Richards Reaktion war vollkommen unerwartet. Er stieß Hänsle mit einem Ruck von sich, daß der Jüngere beinahe hingefallen wäre, und brachte mit verzerrtem Gesicht hervor: »Du bist wirklich der leichtgläubigste Dummkopf, den ich kenne! Es gibt keine Hexen!«

Hänsle war eher gekränkt als verärgert. Er schniefte. »Natürlich gibt es die. Du...«

Doch Richard hatte sich schon wieder gefangen. Er bot Hänsle seine Hand. »Es tut mir leid. Du hast selbstverständlich recht.« Hänsle zog eine Grimasse. »So hört sich Onkel Jakob an, wenn er gerade dabei ist, bei meinem Vater seine Meinung durchzusetzen. Siehst du jetzt, was ich meine? Glaub nur nicht, daß ich darauf hereinfalle.«

Doch er sagte es ohne Bösartigkeit, und nach einer Weile gingen sie wieder versöhnt nebeneinander her. Hänsle pfiff ein wenig vor sich hin, bis ihn Richard fragte: »Sag mal, weil du schon von Jakob redest – wie ist er eigentlich an das Tiroler Silber gekommen? Oder ist das geheim?«

Hänsle grinste. »Mitnichten. Aber du vergißt, ich bin ein Fugger. Wie wäre es mit einem Geschäft? Ich erzähle dir von dem Tiroler Silber, du erzählst mir, was du gegen Hexen hast.«

In der Dämmerung konnte er Richards Gesicht nicht mehr genau erkennen, doch er wunderte sich, als dieser ohne zu zögern antwortete: »In Ordnung. Das ist nur gerecht. *Quid pro quo.*«

Hänsle stolperte aus Überraschung über seinen raschen Sieg, und Richard mußte ihn auffangen. Richard war nicht größer als er, doch daß Sybilles Neffe älter war, spürte man an der Bewegung, mit der er Hänsle rasch und mühelos festhielt. Wie hatte er das Stolpern so schnell wahrnehmen können?

»Also«, begann Hänsle und verlor bald jede Unsicherheit, denn diese Geschichte war vertrautes Gebiet, »alles weiß ich auch nicht, ich meine, wieviel und welche Mittelsmänner, aber ich weiß das meiste. Jeder weiß das, es wurde ja dann rasch genug bekannt. Jakob hatte damals die Idee, Sigismund von Tirol Geld zu leihen, obwohl der seine Silbergruben längst an seine eigenen Untertanen verpachtet hatte und also nicht mehr über sie verfügen konnte. Jeder erklärte ihn für verrückt, Onkel Jakob, meine ich, nicht Sigismund. Übrigens war Sigismund vorsichtig genug, um nicht ausschließlich Fuggergeld zu leihen, er suchte auch andere Geldgeber, um unabhängig zu bleiben.«

»Und dabei stieß er auf ein paar freigebige Leute, die in Wirklichkeit ebenfalls für Jakob arbeiteten«, vervollständigte Richard. Hänsle starrte ihn an.

»Woher weißt du das?«

»Man nennt es Logik. Vergiß es. Und beeile dich, wir sind spät dran.«

»Nun, Sigismund hatte bei all seinen Höflingen und Beamten Schulden, auch bei den Soldaten, die jetzt auf einmal bezahlt werden konnten. Aber nicht von Sigismund. Jakob machte etwas völlig Neues, er zahlte nämlich direkt an Sigismunds Gläubiger statt an den Herzog, der das Geld doch nur für etwas anderes ausgegeben hätte. Auf einmal kam der Sold regelmäßig, die Beamten wurden bezahlt, und bald lief in Tirol nichts mehr ohne Fuggergeld. Dann verlangte Jakob

Bürgschaften für sein Geld, aber nicht von Sigismund, sondern...«

»...von den Grubenbesitzern.«

Hänsle stieß Richard mit dem Ellenbogen zwischen die Rippen. »Wenn du schon alles weißt, warum fragst du dann? Ja, es waren die Grubenbesitzer, die für ihren Herzog bürgten, weil doch alles so wunderbar lief. Und als unser Onkel auch noch den Erztransport und die Münzerei auf der Pfänderliste hatte, ließ er den guten Herzog von seinen eigenen Landständen absetzen.«

Befriedigt registrierte Hänsle, daß Richard damit nicht gerechnet hatte. »Er tat was? Aber wie hat er das gemacht?«

»Sehr einfach – er ließ den Landständen die Wahl. Entweder ihr alter Herzog und kein Geld mehr, oder ein neuer Herzog, Maximilian von Habsburg, der Sohn des Kaisers. Keine Frage, wen sie wählten. Und keine Frage, daß ihr Silber jetzt dem Unternehmen gehört, durch ihre eigenen Bürgschaften und den neuen Herzog bestätigt.«

Richard sog scharf die Luft ein, dann lachte er und sagte etwas in einer Sprache, die Hänsle nicht verstand.

»*Quid pro quo*, Richard. Du bist dran. Die Hexen, erinnerst du dich?«

»Ach das. Nun, es ist dumm, aber du hast mich bei einem Aberglauben ertappt. Mir hat mal eine alte Frau geweissagt, ich würde durch eine Hexe sterben, und seitdem versuche ich, mir einzureden, es gäbe sie nicht. Bitte, erzähl das nicht weiter.«

Richard beschleunigte seinen Schritt noch etwas, so daß Hänsle nichts anderes übrigblieb, als ihm hinterherzurennen.

Dieser Spaziergang durch Augsburg blieb nicht der einzige. Richard entdeckte bald, daß die Stadt ihre Reize hatte. Sybille besuchte mit ihm die wenigen römischen Stätten, die noch von »Augusta Vindelicorum« zeugten. Er fand es zunehmend schwierig, wie er es sich vorgenommen hatte, seine tadellos höfliche, aber distanzierte Haltung gegenüber Sybille durchzuhalten. Sie schien mehr zu begreifen, als sie eigentlich sollte, und ließ einige Wochen vergehen, bevor sie ihn zu einem Pflichtbesuch zu seinen Großeltern mitnahm.

Wenn es ihm schon schwerfiel, sich von Sybille fernzuhalten, so war es noch schwieriger, seine widersprüchlichen Gefühle gegenüber Jakob einzuordnen. Richard ertappte sich öfter, als ihm lieb war, dabei, wie er über den Gemahl seiner jungen Tante grübelte. Nun verhielt sich Jakob im Gegensatz zu Sybille weder lebhaft noch warmherzig. Er erinnerte Richard manchmal an eine dieser italienischen Uhren, die mit tödlicher Präzision liefen. Seine einzige schwache Stelle, wenn man bei Jakob Fugger von so etwas reden konnte, schien Sybille zu sein.

Es war nicht etwa so, daß er sie nach ihrer Meinung über seine Geschäfte befragte, zumindest nicht vor anderen, und Richard glaubte auch nicht, daß er es tat, wenn sie allein waren. Aber Richard bemerkte, wie ihre Augen sich trafen, wenn Sybille ein Zimmer betrat, erkannte die Veränderung in Jakobs sonst gleichbleibend leiser, kühler Stimme, wenn er mit seiner Gemahlin sprach, die kleinen Zeichen der Entspannung, der Heiterkeit in dem sonst unbeweglichen Gesicht. Und Sybille war die einzige, die gelegentlich respektlos mit Jakob umging, was bei ihm nur ein Lächeln hervorrief.

Doch es war nicht Jakobs Verhalten Sybille gegenüber, das Richard so fesselnd an ihm fand. Er wußte selbst nicht, warum er nach jener Unterredung in der goldenen Schreibstube sofort nach jemandem gesucht hatte, der ihm Schach beibringen konnte. Er wußte nicht, warum er Anselm so dringend gebeten hatte, ihm alles über Ungarn zu beschaffen – und es gab nicht viel –, nachdem er Jakob einige Male von diesem Land hatte sprechen hören. Er wußte nur, daß es Jakob gelang, seine Billigung wichtig erscheinen zu lassen, ohne jemals eine einzige Forderung zu stellen.

Richard beruhigte sich damit, daß Jakob Fugger eben der

wohl klügste Mann in seiner Umgebung war, und er, Richard, nur aus diesem Grund seine Gesellschaft suchte – nicht etwa einer albernen Rührseligkeit wegen.

Die Monate vergingen bald wieder so schnell wie früher, und während am Rindermarkt alles für das Weihnachtsfest rüstete, schrieb Richard, der sich eigentlich der Mathematik widmen sollte, abwesend auf sein Blatt: *Tempus fugit.* Die Zeit flieht.

Zum Fest war der dritte der Fuggerbrüder mit seiner Familie aus Nürnberg eingetroffen. Georg, bisher eine unbekannte Größe, wurde von Richard bald als unauffälliger, fleißiger Kaufmann eingeordnet. Anders als Ulrich schien er Ehrfurcht vor seinem jüngeren Bruder zu haben und öffnete in Jakobs Gegenwart kaum den Mund. Was er sagte, hatte allerdings Hand und Fuß. Georg leitete den Handel mit Polen und den Hansestädten, und Richard, der ihn eifrig über den Osten ausfragte, bekam von ihm immer eine ausführliche Antwort. Seine Gemahlin Regina war eine behäbige blonde Frau, die nichts von Veronikas Herrschsucht oder Sybilles Zauber besaß und sich hauptsächlich mit ihren zahlreichen Kindern beschäftigte.

Die Spielleute und all das fahrende Volk, das zur Unterhaltung an der Tafel beitragen sollte, und die vielen Bediensteten, die Sybille für die Feiertagsfestlichkeiten zusätzlich eingestellt hatte, hatten Veronika zu einem gezielten Hinweis auf das Schicksal des Vetters Lukas veranlaßt, den Richard nicht ganz verstanden hatte. Der schwatzhafte Hänsle klärte ihn bereitwillig auf.

Vetter Lukas, so schien es, war das Familiengespenst. Seit die Brüder Andreas und Jakob Fugger im Jahre 1454 ihre Unternehmen getrennt hatten, gab es zwei rivalisierende Stämme der Familie. Lukas war der beste Kaufmann unter den Söhnen des Andreas, und der erste Fugger, der seine Geschäfte weit über Augsburg hinaus ausdehnte und sogar in Burgund und Italien Faktoreien errichtete. Kein Wunder, daß ihm der Erfolg zu Kopf stieg. Lukas bemühte sich sogar erfolgreich um ein Wappen und nannte sich von nun an stolz »Fugger vom Reh«, um sich von seinem biederen Vetter Ulrich und dessen Brüdern zu unterscheiden.

»Es kam, wie es kommen mußte«, schloß Hänsle, und Richard entschied, daß dieser Satz sehr nach Hänsles Mutter klang, »Vetter Lukas glaubte, er könnte alles verkraften, und lieh unserem König Maximilian, der damals nur Erzherzog war, zehntausend Gulden – fast sein gesamtes Kapital. Als Sicherheit bekam er von Maximilian eine ganze Stadt – Leuven. Das liegt irgendwo in Burgund, glaube ich. Erzherzog Max hatte gerade die Tochter von Karl dem Kühnen geheiratet. Deswegen konnte er die Stadt verpfänden, jedenfalls haben meine Eltern mir das so erklärt. Aber die Leuvener weigerten sich einfach, Vetter Lukas auch nur die kleinste Münze zu bezahlen, und die Reichsacht half da auch nicht viel weiter. Und so«, Hänsle grinste, »brach Vetter Lukas' Unternehmen zusammen. Jeder wollte sein Geld von ihm zurückhaben, als er von Leuven hörte, sein ältester Sohn bedrohte ihn sogar mit dem Messer, um sein Erbe ausgezahlt zu bekommen.«

»Und dann?« fragte Richard gespannt.

»Lukas floh aus Augsburg. Man sagt, er hätte nur noch vier silberne Becher und vier Löffel sein eigen nennen können. Die Familie, ich meine natürlich Papa und die Onkel, also die Familie stellte ihm dann das Haus in Graben am Lech zur Verfügung, aus dem der Urgroßvater Hans Fugger nach Augsburg gekommen ist. In dem Dorf sitzt er heute noch und verflucht alles, was sich ihm nähert. Er war eben größenwahnsinnig.«

Richard, der an das Tiroler Silber dachte, unterdrückte mit Mühe eine scharfe Erinnerung an die hunderttausend Gulden, die Jakob an Sigismund den Münzreichen verliehen hatte. Und diese Summe hatte nur den Anfang gebildet. Er musterte Hänsle, der gerade dabei war, sein neues hellrotes Barett auf den flachshaarigen Kopf zu drücken, und dachte, daß Versagen offensichtlich in dieser Familie als Todsünde galt. Mitleid mit dem ruinierten Vetter zu haben, schien Hänsle nicht in den Sinn zu kommen.

Er überlegte wohl nie, was geschehen wäre, wenn sein Onkel Jakob keinen Erfolg in Tirol gehabt hätte. Doch gerechterweise mußte Richard zugeben, daß Jakob nie den Fehler gemacht hatte, sich nur auf das Wort eines Fürsten zu verlassen. Jakob hatte auf der Unterschrift der Bürger auf den Schuldscheinen bestanden. Und was gehen mich Jakobs Geschäfte eigentlich an? fragte er sich ärgerlich. Warum beschäftigt er mich? Ich bleibe hier nur, bis ich alt genug bin zum Studieren. Nur so lange bleibe ich. Dann kann mir all das gleichgültig sein, diese Familie und ihre endlosen Geschäfte.

Aber – und der Gedanke machte ihn so wütend, daß er den Raum verließ, um nicht mit Hänsle zu streiten – es war ihm nicht gleichgültig.

Georg Fugger setzte sich zurück und strich sich zufrieden über den Bauch. Er schätzte Festlichkeiten, er genoß es, zu tafeln, und er liebte es, die Familie vollzählig beisammen zu sehen. Von allen Fuggern war Georg in seiner stillen Art vielleicht der am meisten familienbewußte. Es waren nicht nur geschäftliche Gründe gewesen, die ihn seinerzeit bewogen hatten, Ulrich zu überreden, Jakob aus dem Kloster zu holen.

Alle waren sie in der Fremde gestorben, Andreas, Hanns, Markus und Peter, und von den Mädchen war nur noch Anna am Leben. Das Haus am Rohr war mit einem Mal merkwürdig leer, und in Georg war die seltsam unvernünftige Furcht aufgestiegen, auch Jakob könnte sterben, ohne daß sie ihren jüngsten Bruder je richtig kennengelernt hätten.

Nicht, daß sie Jakob nach all den Jahren sehr viel besser kannten. Georg blickte zu seinem Bruder, der sich gerade mit ihrer Schwester Anna unterhielt, und schüttelte den Kopf. Er verstand Jakob nicht, aber er bewunderte ihn. Kein

Fugger hatte dem Unternehmen je soviel Reichtum und Macht verschafft wie Jakob. Seine immer umfangreicheren Geschäfte übertrafen schon längst die legendären, wenn auch kurzlebigen Erfolge des Vetters Lukas vom Reh. Erst im letzten Jahr hatte Georg ein neues, verblüffendes Beispiel erlebt, als er für Jakob zu König Maximilian gereist war.

Maximilian, Kaiser in allem, nur dem Namen nach nicht, hatte es sich schon längst in den Kopf gesetzt, zum ruhmreichsten Feldherrn seiner Zeit zu werden, ein Vorhaben, das sein Vater mit großer Mißbilligung betrachtete. Friedrich III. hatte seit seinem Amtsantritt alle seine Zeitgenossen durch seine Friedensliebe irritiert, doch nun war er zu alt und zu krank, um seinem kriegerischen Sohn noch Einhalt zu gebieten.

Wenn Friedrich seiner Zeit voraus gewesen war, so hinkte Maximilian ihr hinterher, denn die heroischen Schlachten, die wie Turnierkämpfe abliefen, und die er sich vorstellte, gab es nur in der Legende. Turnierkämpfe waren denn auch das einzige Gebiet, in dem sich König Max allen anderen weit überlegen zeigte. Seine wirklichen Kriege verliefen ebenso zäh wie hoffnungslos.

Die Auseinandersetzung mit dem listigen französischen König, der es erreicht hatte, daß Ferdinand von Aragon Maximilian seine Unterstützung entzog, war an einem toten Punkt angelangt gewesen, doch Max konnte sich seiner Ehre wegen nicht zurückziehen. Nach dem Tod seiner ersten Gemahlin, Marie von Burgund, hatte er um Anne de Bretagne angehalten, eine der schönsten und reichsten Erbinnen auf dem Heiratsmarkt. Doch während er sich noch auf Brautfahrt befand, flüchtete sich Anne in die Arme des französischen Königs, ein Skandal, der Maximilian zur Spottfigur in ganz Europa werden ließ. Sofort hatte er dem Franzosen den Fehdehandschuh hingeworfen und befand sich nun in der ausweglosen Situation, einen Krieg weder fortführen noch abbrechen zu können.

An diesem Punkt war ihm Jakob zu Hilfe gekommen. Der

Fugger hatte längst auch Beziehungen zu den Franzosen aufgebaut und schickte nun gleichzeitig seinen Bruder Georg in Maximilians Lager, um diesem die Möglichkeit zu geben, endlich seine leise rebellierenden Schweizer Söldner zu bezahlen, und einen Vertrauten ins Lager Frankreichs, um mit ähnlicher Überredungskraft auf einen Friedensschluß zu drängen. Georg lächelte in Erinnerung an den Frieden von Senlis, nach dem beide Seiten dem Unternehmen Ulrich Fugger und Gebrüder dankbar die großzügigsten Handelsbedingungen eingeräumt hatten. Das brachte ihn auf Maximilians neueste Pläne, und er rief seinem Bruder zu: »Jakob, hat der König wegen der Sforza auf dich gehört?«

Gleich darauf hätte er sich die Zunge abbeißen können. Was, wenn diese Sache noch immer geheim war? Doch Jakob ließ kein Zeichen von Ärger erkennen. Er nickte und entgegnete: »Es ist jetzt offiziell. Er hat bei dem Mailänder um sie angehalten.«

Er wandte sich seiner Gemahlin zu und erklärte: »Wahrscheinlich wird Bianca Maria Sforza, die Nichte des Regenten von Mailand, unsere nächste Königin. Es sollte mich nicht wundern, wenn Max uns nächstes Jahr mit ihr einen Besuch in Augsburg abstattet.« Ein mokantes Lächeln spielte um seine Lippen.

»Könige lassen sich gerne bewirten, wenn es nichts kostet, und ihm wird daran liegen, unsere guten Beziehungen zu pflegen. Ich bezweifle nämlich, daß Maximilian die vierhunderttausend Dukaten Mitgift, die Bianca in die Ehe bringen wird, zur Tilgung seiner Schulden bei mir verwendet.«

»Vierhunderttausend Dukaten«, wiederholte Ulrich, der zugehört hatte, ehrfürchtig, während Sybille aufgeregt fragte: »Du meinst wirklich, daß der König zu uns kommen wird?«

Jakob hob den Becher aus edlem Bergkristall, in dem dunkel der Wein schimmert, an seine Lippen. »Warum nicht?«

Ulrichs Ältester fragte mit gerunzelter Stirn: »Aber könnte

es nicht sein, daß der König wenigstens ein bißchen von der Mitgift Euch gibt, Onkel? Er ist doch ohnehin schon hoffnungslos verschuldet?«

»Aber er wird die Mitgift und noch mehr für seinen nächsten Krieg brauchen«, wandte Richard ein.

Jakob blickte ihn an. »Und wo, meinst du«, fragte er gedehnt, »wird Maximilian als nächstes Krieg führen?«

Ulrich lachte. »Ach was, Bruder, wir wissen doch alle, daß er früher oder später einen neuen Krieg anfangen wird. Wenn es je einen Mann gegeben hat, der nicht stillsitzen konnte...«

Jakob schüttelte den Kopf. Er schaute immer noch auf Richard. »Ich hatte nicht den Eindruck, daß der Junge die Bemerkung so hingesagt hat. Also, Richard, wo wird der König als nächstes Krieg führen?«

Richard schluckte. Plötzlich schien ihm die Aufmerksamkeit der ganzen Tafel zu gelten. Die Gespräche waren zum größten Teil verstummt, und alle Nahesitzenden schauten auf ihn, Veronika und ihr Gemahl mißbilligend, Georg verwundert, Magister Pantinger interessiert, Sybille leicht besorgt.

Aber es war Jakob, den er ansah, als er antwortete. »In Ungarn«, sagte er nervös und versuchte, den Augen, die das Kerzenlicht zu einem intensiven Braun verdunkelt hatte, nicht auszuweichen. Er hatte sich diese Angelegenheit sorgfältig überlegt und hoffte, es würde ihm gelingen, Jakob einmal zu verblüffen. Ihr haltet Euch für so klug, dachte er, während er Jakob anschaute. Vielleicht seid Ihr das, aber ich bin es auch, und es macht mir nicht das geringste aus, wenn ich jetzt weggeschickt werde. Nicht das geringste.

»Der ungarische König Wladislaw hat keine Kinder, und es war nie ein Geheimnis gewesen, daß die Habsburger nach der Stephanskrone streben. Dazu wird der König die Mitgift brauchen, und deswegen«, seine Stimme wurde leise, fast unhörbar, »habt Ihr die Ehe für ihn vermittelt.«

Es herrschte nun Totenstille. Jakob verzog den Mund. »Welchen Vorteil«, fragte er, und seine Stimme war ausdruckslos, »hätte ich wohl von einem Krieg mit Ungarn?«

Richard biß sich auf seine Lippen, löste seinen Blick von Jakob und schaute schnell auf die zahlreichen Zuhörer, die sie hatten. Er entschied sich, griechisch zu antworten, denn er wußte fast sicher, daß außer Jakob nur Konrad Pantinger und vielleicht Sybille diese Sprache beherrschten, während einige lateinische Brocken, gerade genug, um etwas zu verstehen, selbst für Ulrich kein Geheimnis waren. »Die ungarischen Kupfervorkommen«, sagte er schnell.

Er merkte sofort, daß er einen Fehler gemacht hatte. Hänsle wurde zwar von Anselm längst nicht mehr im Griechischen unterrichtet, da er sich als hoffnungslos erwiesen hatte und diese Sprache für einen zukünftigen Kaufmann nicht unbedingt notwendig war, aber offensichtlich hatte er noch einige wenige Worte im Gedächtnis bewahrt. Zu viele. Er flüsterte seinem Vater etwas ins Ohr, und Ulrich Fugger sprang empört auf.

»Jakob, damit ist bewiesen, daß diese kleine Schlange, die du am Busen nährst, lauscht! Ich möchte nur wissen, wie er so oft in das Kontor kommen konnte!«

Jakob verschränkte die Hände. »Er ist es nicht, Ulrich, keine Sorge.« Er wandte sich wieder dem Neffen seiner Gemahlin zu. »Richard«, sagte er in seinem gewohnt kühlen, undurchsichtigen Ton, »gebraucht nur seinen Verstand.«

Sybille hatte ihren Gemahl ebenfalls während der letzten Minuten nicht aus den Augen gelassen und entschied sich nun, einzugreifen. Bewußt leichtfertig sagte sie: »Ach, Jakob, was für ein schlechter Gastgeber bist du doch – du fängst mit einer Hochzeit an und hörst mit einem Krieg auf! Solltest du uns nicht lieber ein wenig mehr über die Braut erzählen? Die Sforza sind das bedeutendste Herrschergeschlecht Italiens, oder?«

Konrad Pantinger nahm den Faden auf, und sie warf ihm einen dankbaren Blick zu, als er anstelle ihres Gemahls antwortete: »Oh, Frau Sybille, ich weiß nicht, ob man das so sagen kann. Lodovico Sforza ist sicher einer der reichsten Herrscher, aber der bedeutendste? Da ist noch Ferrante von Neapel, skrupellos und tückisch wie der Teufel. Da sind die Este in Ferrara – sie werden auch immer einflußreicher. Und da ist vor allem Lorenzo de'Medici in Florenz.«

Die Spannung, die an der Tafel geherrscht hatte, ließ nach. »Lorenzo de'Medici«, murmelte Sybille nachdenklich. »Das ist der Herzog von Florenz, nicht wahr?«

Pantinger lachte. »O nein. Florenz ist kein Herzogtum, und ein Florentiner wäre gewiß sehr erzürnt, wenn er Euch das sagen hörte. Sie sind alle sehr stolz darauf, eine Republik zu sein – die einzige in Italien, außer Venedig.«

»Aber wenn Florenz eine Republik ist«, fragte Richard, »wie kann die Stadt dann einen Herrscher haben?« Er runzelte die Stirn. »Ich dachte, die Medici seien Kaufleute.«

»Das sind sie«, sagte Georg lachend. »Ich darf sagen, wir wären alle sehr viel glücklicher, wenn sie nicht ganz so erfolgreich in diesem Gewerbe wären – stimmt das nicht, Jakob?«

Sein Bruder zuckte die Achseln. »Es wird nicht mehr lange dauern. Ein Mann kann unmöglich einen Stadtstaat und eine Bank gleichzeitig lenken.«

Heinrich Meutting, Anna Fuggers ältester Sohn, brach in Gelächter aus. »Das sagt der Richtige«, stieß er hervor, als er wieder zu Atem kam. »Was tut Ihr denn, wenn man fragen darf, Onkel? Muß nicht selbst König Max auf einen Feldzug verzichten, wenn Ihr ihm den Kredit sperrt?«

Sein Vater und Ulrich betrachteten ihn mißbilligend, Sybille leicht belustigt. Jakob blieb sachlich. »Wenn die Dinge«, sagte er, »einen Verlauf nehmen, der meinen Handel begünstigt, dann freut mich das.«

»Wehe, wenn sie es nicht tun«, murmelte seine Schwester Anna und handelte sich einen Rippenstoß von Georg ein.

Jakob fuhr fort: »Aber sich um die tagtägliche Kleinarbeit eines Staates zu kümmern – das ist eine völlig andere Sache.

Es kann nicht gutgehen. Entweder man beherrscht eine Stadt oder eine Bank.«

Konrad Pantinger griff nach seinem Becher. »Nun, im Augenblick floriert die Bank der Medici noch«, sagte er und trank genußvoll.

»Seid Eurer Sache nicht so sicher, Fugger. Seit dem alten Cosimo sind die Medici die ungekrönten Herrscher über Florenz *und* ihre Bank. Cosimo und Piero haben es fertiggebracht. Warum nicht Lorenzo? Er ist ein erstaunlicher Mensch. Ein Mann, der sich selbst gegen den Heiligen Vater durchsetzen konnte und der seine Stadt nur mit seiner Zunge vor Ferrante von Neapel rettete... und ein Dichter, und ein Philosoph.« Er seufzte. »Ah, Florenz! Ich muß unbedingt einmal dorthin. Ich muß die platonische Akademie sehen.«

Richard setzte sich auf. »Die platonische Akademie?« fragte er.

Konrad Pantinger schaute ihn wohlwollend an. Noch einmal jung sein, dachte er. »Gewiß, mein Junge. Hast du noch nicht davon gehört? Cosimo de'Medici hat sie ins Leben gerufen, und Lorenzo leitet sie jetzt. Es sind die hellsten Köpfe Italiens, und die Thesen, die sie vertreten, sind wirklich ganz erstaunlich. Zuallererst behaupten sie, daß der Mensch sich selbst vervollkommnen kann, Körper und Seele.«

»Ketzerei«, warf Hieronymus Meutting, Anna Fuggers Gemahl, streng ein. »Der Mensch ist ein erbärmliches Geschöpf, das ewig unvollkommen und von Gottes Gnade abhängig bleibt.«

Pantinger breitete die Arme aus. »Ach, wer bin ich, um Euch zu widersprechen, Meister Meutting. Doch Marsilio Ficino von der Akademie behauptet noch viel mehr. Er sagt, es sei möglich, die heidnische Philosophie Platons und das Christentum miteinander zu verschmelzen. In seinem letzten Buch schreibt er: ›Wahre Philosophie ist Religion. Wahre Religion ist Philosophie.‹ Und Pico della Mirandola geht sogar noch weiter. Er hat jüngst ein gewichtiges Werk vollendet, neunhundert Thesen, in denen er Christentum, Platons Lehre und den Islam zu einer Philosophie zusammenfügt.«

Pantinger wirkte plötzlich traurig. »Leider wird die Welt Picos Thesen nicht zu Gesicht bekommen«, murmelte er. »Seine Heiligkeit der Papst hat in seiner Weisheit entschieden, sie auf den Index zu setzen.«

Richard war entsetzt. Seit Pantinger begonnen hatte, von Florenz zu erzählen, hatte er seine eigenen zwiespältigen Empfindungen über die Familie Fugger völlig vergessen und ihm gebannt zugehört. Mit jedem Wort über die Akademie wünschte er sich mehr, die Platoniker ebenfalls kennenzulernen, ihre Werke zu lesen. Was Magister Pantinger da sagte, widersprach allem, was man ihm im Kloster hatte beibringen wollen, und erschien doch so richtig, so aufregend.

Was für Gedanken! Jeder, selbst Anselm, hatte bisher darauf bestanden, alle nicht von Christus inspirierte Weisheit sei unvollkommen, mit einem falschen Kern. Und jetzt dies! Es konnte doch nicht sein, daß Picos neunhundert Thesen einfach der Vergangenheit anheim fielen.

»Und Pico?« fragte Richard betäubt. Pantinger verzog das Gesicht. »Er lebt weiter in Florenz, lehrt, schreibt und lernt Sprachen. Er ist, mußt du wissen, der Kundigsten einer, spricht zweiundzwanzig Sprachen und…«

»Teufelswerk«, unterbrach Ulrich unmutig, weil ihn das Gespräch langweilte, dem er nicht länger folgen konnte. »Außerdem möchte ich wissen, wie wir darauf kommen. Wir sprachen doch von Maximilian und den Sforza.«

Gelächter brandete auf, und bald redete keiner mehr über die seltsame Stadt Florenz. Doch Richard vergaß nichts, und in dieser Nacht lag er noch lange wach und sprach die Worte vor sich hin wie Zauberformeln. Vielleicht würde er dort seine Antworten finden, die Beweise, nach denen er suchte, dort, unter den Denkern. Italia. Florenz. Lorenzo de'Medici. Die platonische Akademie. Pico della Mirandola.

9

Es sollte vorerst noch zu keinem Krieg mit Ungarn kommen, doch das lag weder an Richards mangelnder Voraussicht noch an Maximilians etwaigem Friedenswillen. Der König heiratete Bianca Maria Sforza. Mit der Mitgift im Rücken konnte er von einer viel stärkeren Position ausgehen, und zur Empörung der Ungarn einigte sich ihr Herrscher mit Maximilian von Habsburg.

Wladislaw V., der sich nicht nur von dem angriffslustigen Deutschen, sondern auch von den immer bedrohlicher werdenden Türken bedrängt fühlte, befand sich zwischen zwei Feuern und entschied sich, das eine gegen das andere einzusetzen. Er versprach, Maximilian zu seinem Erben zu erklären, wenn sich der künftige Kaiser des Heiligen Römischen Reiches dazu verpflichtete, Wladislaw gegen die Türken beizustehen. »Nicht sehr schmeichelhaft für unseren Max«, bemerkte Richards Lehrer Anselm Justinger. »Das bedeutet nämlich, daß Wladislaw die Türken für wesentlich gefährlicher hält.«

Die Mehrheit der Ungarn dachte nicht so. Während Maximilians Untertanen erleichtert waren, daß ihr kriegerischer Fürst vorerst eine friedliche Lösung gefunden hatte, löste der Pakt in Ungarn fast einen Aufstand aus. Seit die Magyaren unter ihrem vorherigen, unvergessenen König Matthias Wien erobert hatten, herrschte zwischen beiden Völkern herzliche Abscheu. Die stolzen Ungarn empfanden es als ungeheure Demütigung, daß Wladislaw vor dem Habsburger kuschen und ihn widerspruchslos zu seinem Erben einsetzen sollte. Die bittere Notwendigkeit, die dahinter stand, konnten und wollten sie nicht einsehen.

In dieser Lage wäre es für einen Kaufmann, den der Leumund so eng mit Maximilian verband, Wahnsinn gewesen, offen Absichten auf ungarisches Erz laut werden zu lassen, und das wußte Jakob Fugger auch, als er an einem sonnigen Tag im späten Frühjahr durch Bamberg ritt.

Der Fürstbischof dieser Stadt machte, wie inzwischen viele seines Standes, heimlich Geschäfte mit Jakob. Wie die meisten höherrangigen Kleriker nahm er aus seinen Pfründen erheblich mehr Gewinn ein, als er dem Heiligen Stuhl gegenüber angab und weiterleitete, und Jakob war es schon vor längerer Zeit gelungen, auch diesen Bischof zu überreden, das geheime Geld in das Unternehmen Fugger zu investieren, das dafür garantierte, daß dieses Kapital auch geheim blieb und dennoch üppige Früchte trug. Bald würde wieder eine größere Summe fällig sein, doch das war diesmal nicht der Grund seines Besuches. Offiziell weilte er hier, weil ihn die Lehensgebiete des Bischofs in Kärnten interessierten. Inoffiziell hatte er Bamberg, wo er, anders als in Augsburg, als ein Unbekannter durch die Stadt ziehen konnte, zum Schauplatz einer seiner Investitionen in Menschen bestimmt.

Jakob hielt nichts von Treffen in geheimen Ecken, die Spione nur anzogen, und wußte aus Erfahrung, daß kein Ort für eine geheime Unterredung sicherer war als eine öffentliche Schenke. Wer gab schon etwas auf zwei Männer, die zusammen etwas tranken und nicht weiter auffielen?

Als er das Wirtshaus »Zum blauen Löwen« betrat, in das er Johann Thurzo bestellt hatte, und sich nach kurzem Zögern in die links gelegene Schankstube begab, sah er zufrieden, daß ihn der Ungar schon erwartete. Thurzo war klein, dürr, und ein riesiger schwarzer Schnurrbart verdeckte viel von seinem wachen, aufmerksamen Gesicht.

»Herr Lehnman«, sagte er fast ohne jeden Akzent, und Jakob nickte. Seine Beauftragten hatten Thurzo eingeschärft, bei diesem Treffen nie Jakobs Namen laut zu nennen.

»Seid gegrüßt«, erwiderte er und nahm Platz. Thurzo schnippte mit den Fingern und rief einem der vorbeieilenden Burschen zu, er solle seinem Gast einen Krug Bier bringen.

»Nun, Lehnman«, sagte Thurzo und ließ gelbgefleckte Zähne erkennen, »ich habe gehört, Ihr wollt von mir einiges über die Geheimnisse der Wasserkunst lernen. Warum?«

Als »Wasserkunst« wurde im allgemeinen die noch nicht sehr ausgereifte Technik bezeichnet, die es ermöglichte, sogenannte »abgesoffene Bergwerke« wieder trockenzulegen. Immer wieder kam es vor, daß die Knappen beim Vortrieb ihrer Stollen auf eine Wasserader stießen und zu Haufen ertranken, weil es nicht gelang, das Wasser rechtzeitig abzupumpen oder umzuleiten. Dies allein war schon schlimm genug, aber die Tatsache, daß durch so einen Wassereinbruch ein kostbares Bergwerk unbegeh- und nicht mehr nutzbar wurde, hatte schon so manch einen Unternehmer ruiniert. Bergbauingenieure, die es fertigbrachten, einen Stollen wieder zu entwässern, waren meistens sehr gefragt.

Johann Thurzo war Bergbauingenieur. Jakob musterte ihn und antwortete gelassen: »Mein Unternehmen ist an einigen Gruben in Tirol und Salzburg beteiligt. Ist das nicht ein überzeugender Grund für meine Neugier?«

Thurzo brach in Gelächter aus. Jakob blieb ruhig. Als Thurzo wieder zu Atem kam, keuchte er: »Einige Gruben! Bei Gott, Mann, Ihr habt wirklich Humor!«

Sein Gesicht wurde ernst. »Woher kommt nur das Gefühl, daß Ihr nicht Eure Tiroler Gruben, sondern die ungarischen in den Karpaten im Sinn habt?«

»Vielleicht«, entgegnete Jakob gleichmütig und nippte an dem dunklen Bier, das ihm gebracht worden war, »weil Euch die Karpaten selbst nicht aus dem Kopf gehen. Wenn ich richtig unterrichtet bin, dann haben Euch Eure Hebewerke und Kanalisationsanlagen Aufträge von nicht weniger als sieben Karpatenstädten gebracht.«

Aus Thurzos Gesicht war jeder Anflug von Heiterkeit verschwunden. »Stimmt«, sagte er kurz.

»Und diese Städte haben Euch fast alle um Euren gerechten Lohn betrogen, obwohl Ihr jede einzelne der Erzgruben vom Wasser befreit habt, ganz nach Eurem Versprechen.«

Thurzo nahm einen tiefen Schluck, dann wischte er sich mit dem Handrücken über den Mund. »Gott verdamme ihre Seelen«, sagte er. »Die Leute in den Karpaten waren schon immer ein hinterlistiges Volk – zuviel rumänisches Blut, wenn Ihr mich fragt. Aber worauf wollt Ihr hinaus, Lehnman? Meint Ihr, weil mich diese Städte übers Ohr gehauen haben, bin ich auf das Geld eines schwäbischen Pfeffersacks angewiesen?«

Jakob ignorierte die Beleidigung. Er kannte die Menschen und wußte, daß sich hinter Thurzos Gehabe nur wachsende Unsicherheit verbarg. Also verzichtete er darauf, zu fragen, warum sich der Ungar dann dazu herabgelassen hatte, eine solche Reise zu unternehmen, nur um sich mit dem schwäbischen Pfeffersack zu treffen.

Statt dessen sagte er: »Gewiß nicht. Man sieht Euch an, daß Ihr nicht käuflich seid. Ich finde es nur bedauerlich, daß Euer Verfahren, aus kupferhaltigen Bleierzen das Kupfer auszuscheiden, nie zur Anwendung kommen wird, weil Ihr es Euch nicht leisten könnt, es in genügendem Umfang zu erproben.«

Er betrachtete den Krug, der vor ihm stand, und das grobe Holz des Tisches. »Seht Ihr, man wäre Euch überall dankbar für ein solches Verfahren – wenn es erprobt ist. Kupfer wird dank unseres verehrten Königs, der es für seine Kanonen braucht, immer bedeutender. Und nun, da diese Kanonen sich nicht gegen Euer eigenes Volk, sondern gegen die ungläubigen Türken richten werden...«

Er ließ den Satz in der Luft schweben, ausklingen. Thurzo schluckte, und Jakob hütete sich, ein Wort zu sagen.

»Lehnman«, sagte der Ungar schließlich, »ich will nicht fragen, woher Ihr von meinem Verfahren wißt. Ihr habt recht, ich bräuchte Geld und Material, um es zu erproben. Aber das merkt Euch – ein Thurzo kann nicht ein kleiner Angestellter eines deutschen Kaufmanns sein!«

Jakob zuckte die Achseln. »Niemand zwingt Euch, Meister Thurzo, Euch zu einem kleinen Angestellten zu erniedrigen. Beantwortet mir nur eine Frage. Der Fürstbischof dieser schönen Stadt ist meinem Unternehmen, sagen wir, verbunden und erwägt nun, uns das Nutzungsrecht für ein gewisses Gelände bei Villach in Kärnten zu überlassen. Wäre dieser Standort in irgendeiner Weise günstig für eine Gießerei, die zusätzlich noch ein Hammerwerk und eine Saigerhütte in sich bürge?«

Er sah, wie das Begehren in Johann Thurzos Augen aufleuchtete und wieder erlosch.

»Der Platz wäre ideal«, sagte er heiser, »und das wißt Ihr so gut wie ich. Doch was soll's, Lehnman, Ihr seid nicht gerade für Eure christliche Nächstenliebe bekannt, und ich glaube einfach nicht, daß Ihr mir ein solches Werk zum freien Schalten und Walten überlassen würdet, ohne eine Gegenleistung zu verlangen.«

Jakob schaute ihm gerade in die Augen. »Natürlich erwarte ich eine Gegenleistung«, sagte er kühl. »Würden Euch nicht auch Beteiligungen an ungarischen Kupfergruben neue Möglichkeiten bieten, Thurzo?«

Der Ungar lachte, erleichtert und spöttisch. »Ich wußte es doch«, entgegnete er. »Ich wäre heilfroh über eine Kupfergrube. Aber wenn Ihr glaubt, Ihr könntet mit mir Euer Salzburger und Tiroler Spiel spielen...«

»Ich glaube gar nichts.«

Der helle, unheimliche Blick schien ihn festzuhalten, und Johann Thurzo spürte, wie ihm etwas Schweiß den Rücken herunterrann, während Jakob Fugger mit seiner präzisen Stimme weitersprach. »Das Unternehmen wird Eure Beteiligungen an den Gruben finanzieren, gewiß. Doch Ihr werdet Euch nicht an dem Unternehmen Lehnman beteiligen.«

Thurzo nahm noch einen Schluck. »Sondern?« fragte er.

»An einer neuen Gesellschaft, an der Ihr gleichberechtigter Teilhaber sein werdet – zu fünfzig Prozent.«

Thurzo fiel es längst nicht mehr ein, gegen Jakobs sicheren Gebrauch des Futurs statt des Konjunktivs zu protestieren. Seine Gedanken rasten. Fünfzig Prozent! Kein Strohmann, wie die Männer in Tirol und im Salzburgerischen, die man längst vergessen hatte, sondern gleichberechtigter Teilhaber!

Es war ein ehrenhaftes Angebot, wenn es je eines gegeben hatte, bei Gott, das war es. Es gäbe keine Geldnot mehr für ihn und seine Familie, sondern Sicherheit und endlich Materialien, um damit neue Techniken zu erproben! Und das alles, ohne sich als Handlanger fühlen zu müssen!

Jakob beobachtete ihn, und schon bevor sich ihm die Hand, die im Verhältnis zum Körper des Ungarn unmäßig groß erschien, entgegenstreckte, wußte er, daß er Thurzos Charakter richtig eingeschätzt und gewonnen hatte. Er lächelte beinahe, als er an Ulrichs Entrüstung über diese Regelung dachte.

»Kein Kaufmann, der seine Sinne noch beisammen hat, bietet einem Bergbauingenieur eine gleichberechtigte Teilhaberschaft an!« Georg, damals noch nicht nach Nürnberg zurückgekehrt, hatte damals in für Ulrich verletzendem Tonfall geantwortet: »Lieber Bruder, meinst du wirklich, daß es je eine Gesellschaft geben wird, an der Jakob beteiligt ist, und die er mit der Zeit *nicht* beherrschen wird?«

Jakob umfaßte Thurzos Hand mit der seinen. »Ihr habt einen Partner gewonnen!« sagte Johann Thurzo und grinste. »Es gibt vielleicht einiges im Bergbau, was ich besser weiß, doch der Teufel selbst könnte nicht überzeugender sein als Ihr, wenn es darum geht, einen Pakt abzuschließen – Herr Lehnman!«

Richard blickte auf das Blatt, das auf seinen Knien lag, und runzelte die Stirn. Seit einiger Zeit hatte er sein übermächtiges Verlangen, wieder zu zeichnen, nicht mehr bezähmen können. Doch hatte er sich nun ganz auf Gegenstände und Pflanzen konzentriert, wohl auch einmal die Stadt – und diese Zeichnungen waren ziemlich schlecht, wie er kritisch feststellte. Man merkte, daß er aus der Übung war. Er zerknüllte seine Darstellung Augsburgs und stand auf.

Vor ihm erstreckte sich die Stadt, »das goldene Augsburg«, wie man es nun ein wenig spöttisch bezeichnete, denn es waren nicht die architektonischen Schönheiten, sondern der Reichtum der Kaufleute, die zu diesem Spitznamen geführt hatten. »Augusta Vindelicorum«, flüsterte Richard. Er genoß den Klang der lateinischen Worte, und er liebte es, hier auf diesem Grashügel zu sitzen und das Bild zu beobachten, das die Dächer und Türme der Stadt in der flirrenden Mittagshitze boten.

Er kam immer hierher, wenn er allein sein wollte, und die klare Schönheit des Horizonts beruhigte und besänftigte ihn, wie es alles Schöne tat.

»Richard wird wieder gramselig«, kommentierte Hänsle, wenn er den abwesenden Ausdruck in den Augen seines Vetters entdeckte. Richard widersprach ihm nicht länger, sondern suchte nach einer Möglichkeit, den Häusern voller Menschen zu entkommen und zu seinem Hügel zu fliehen. Heute war der Haushalt in einiger Aufregung, denn man erwartete Jakobs Rückkehr. Richard hatte sich gewundert, daß Jakob den Besuch beim Bamberger Fürstbischof für wichtig genug hielt, um ihn persönlich abzustatten, und gleichzeitig erstmals etwas Mitleid mit dem allmächtigen Fugger empfunden.

Jakob war für sein Unternehmen so unentbehrlich, daß er nur sehr wenig reisen konnte. Der Besuch in Bamberg war eine Ausnahme. Wie schrecklich, dachte Richard, so gefesselt zu sein. Wenn er erst erwachsen war, dann wollte er reisen, nichts als reisen.

Bei dem Gedanken fiel ihm ein, daß auch ein Zug mit florentinischen Goldschmiedewaren heute nachmittag erwartet wurde, und er entschloß sich etwas bedauernd, seinen Hügel zu verlassen. Die Hitze machte ihn schläfrig. Seine Gedanken schweiften ab, und so ertappte er sich kurze Zeit später dabei, über die rundliche Magd Barbara zu grübeln. Im letzten Jahr war ihm Barbara nicht besonders aufgefallen, er hatte nur ihr ständiges hohes Kichern bemerkt.

Doch seit einiger Zeit achtete er widerwillig auf die losen Bemerkungen, die Norbert, Heinz und noch einige andere Fuggersche Angestellte über Barbara machten. Sie schworen, Barbara sei ein leichtsinniges Frauenzimmer, und beendeten jedes Gespräch dieser Art mit der Feststellung, daß Richard noch ein Kind sei. Veronikas Sticheleien über arme Verwandte, Hänsles tölpelhafte Fragen nach seinen Eltern, die er leicht abgewehrt hatte, all das hatte ihm nichts ausgemacht. Warum störte er sich dann an dieser unwichtigen Hänselei?

Er beschleunigte seinen Schritt und dachte erbost: Der Grund ist wohl, daß ich einfach kein Kind mehr bin. Ich werde bald vierzehn. Und keiner von ihnen weiß es oder kümmert sich darum! Sofort wies er diesen Gedanken als Selbstmitleid von sich und versicherte sich eilig, daß es ihm völlig gleichgültig war, daß niemand sein Geburtsdatum kannte. Eventuelle Aufmerksamkeiten würden nur Bande schaffen, die er gar nicht wollte. Es lag einfach nur daran, daß er kein Kind mehr war, und die rundliche Barbara mit ihren feurigen Blicken, die sie ihm in den letzten Tagen zuwarf, schien es auch zu wissen!

Bei seiner Ankunft am Rindermarkt hörte er als erstes, daß Jakob schon eingetroffen sei, die Kaufleute mit den florentinischen Waren dagegen noch nicht. Hans Bäsinger, einer von Jakobs Vettern mütterlicherseits, der sich wie seine ganze Familie dem Goldschmiedehandwerk verschrieben hatte, wartete ebenfalls auf sie.

»Es sieht den Welschen ähnlich, sich zu verspäten«, murrte er, und Richard verzichtete darauf, Bäsinger daran zu erinnern, daß es sich um deutsche Kaufleute handelte, die nur im Süden ansässig waren.

»Ich hatte gehofft, sie bringen Neuigkeiten aus Italien mit«, sagte er resigniert. »Außerdem soll es in Florenz eine neue Art von Schmuck geben, so eine Art Kranz, den die Frauen im Haar tragen, Ghirlanda genannt.«

Bäsingers Augen blitzten. »Im Haar? Dann müssen die Hauben aus der Mode gekommen sein. Das bietet ganz neue Möglichkeiten...«

»So muß es wohl sein«, stimmte Richard zu. »Tante Sybille trägt ihr Haar in der letzten Zeit auch ohne Haube, nur in einem silbernen Haarnetz.«

Bäsinger sah nachdenklich drein. »Du erinnerst mich an etwas«, sagte er. »Jakob hat mich schon nach einem Geschenk für seine Gemahlin gefragt, und er möchte immer etwas Besonderes haben. Deine Ghirlanda wäre ganz das Richtige. Glaubst du, du kannst mir beschreiben, wie sie aussieht?«

Richard nickte und zog aus der kleinen Tasche, die er bei sich trug, ein neues Blatt hervor. »Ich werde es zeichnen.« Mit raschen Strichen skizzierte er eine Ghirlanda, wie er sie sich nach den Beschreibungen des letzten Zugs vorstellte, und weil ihm die Arbeit Spaß machte, fügte er noch ein paar eigene Kleinigkeiten hinzu, von denen er sich vorstellte, daß sie sich gut auf Sybilles Haar ausnehmen würden – winzige Trauben zu den verästelten, ineinander verflochtenen Blättern, kleine Äpfel, doch keine Blumen. Blumen, so erkannte er instinktiv, gehörten zu einer anderen Sorte von Kranz.

Bäsinger nahm ihm das Blatt ab und rieb seine Nase. »Gut«, sagte er überrascht, »sehr gut. Hast du so etwas schon öfter gemacht, Richard?«

Richard schüttelte heftig den Kopf. »Nein.«

»Das solltest du aber«, bemerkte Bäsinger und grinste. »Ich würde das gern ausführlicher mit dir besprechen, Junge, aber nicht in diesem staubigen Hof. Die Welschen kommen heute ohnehin nicht mehr, das möchte ich wetten. Und Jakob und Sybille«, sein Grinsen wurde breiter, »haben sich inzwischen zurückgezogen, um tiefsinnige Gespräche mit-

einander zu führen. Wir haben also fast alle Räume für uns.«
Er lachte. »Wer hätte je gedacht, daß Jakob einmal am hellichten Nachmittag – philosophieren würde. Er...«

Richard unterbrach: »Es tut mir leid, Meister Bäsinger, aber ich muß zu meinem Lehrer. Ein andermal vielleicht.« Die Röte war ihm ins Gesicht geschossen, und er wandte sich ab, froh, Bäsinger nicht länger ins Gesicht sehen zu müssen. Was war heute nur mit ihm los? Er hatte doch wahrhaftig schon deutlichere Zoten gehört. Doch er hatte nie in diesem Zusammenhang an Jakob und Sybille gedacht. Sich vorzustellen, wie sie... Er schlug mit seiner zusammengeballten Faust gegen sein Bein, um sich von dem Bild abzulenken. Warum, warum nur in letzter Zeit immer und überall diese Gedanken an das Fleischliche?

Er hatte Anselm nur als Ausrede gebraucht, doch inzwischen dachte er, daß es keine üble Idee wäre, ihn tatsächlich aufzusuchen und durch ein sachliches Gespräch über die Rhetorik des Cicero etwas Abkühlung zu erhalten. Aber zu seinem Unglück stieß er im Südflügel nicht auf Anselm, sondern auf den Schreiber Norbert Weilheim, der ständig mit den paar Jahren Altersunterschied, die zwischen ihnen lagen, großtat. »Na, Kleiner, du suchst wohl deine Amme?« rief er, und sein Freund Heinz fügte hinzu: »Seht nur, wie ihm die Milch noch von den Lippen tropft!«

Das war zuviel. Mit zusammengebissenen Zähnen erwiderte er: »Ich werde euch zeigen, daß ich kein Kind bin!«

Die beiden brachen in Gelächter aus. »Wie willst du das wohl machen, Kleiner?«

Ehe er sich eines Besseres besinnen konnte, entgegnete er wütend: »Ich tue es mit der Barbara, und zwar gleich!«

Es war gesagt, und in jedem Fall war es zu spät, um noch einen Rückzug zu machen. Seine Herausforderung rief zwar einen neuen Heiterkeitsausbruch bei Norbert und Heinz hervor, doch als sie sich beruhigt hatten, hielten sie es für einen großartigen Einfall und einen riesigen Spaß. Es hätte der Autorität ihres Arbeitgebers bedurft, um ihnen jetzt noch

Einhalt zu gebieten. Sie stöberten Barbara auf und drängten die Magd mit Richard zusammen in eine kleine Stube, die eigentlich der Aufbewahrung von Hausgerät diente.

Dort stand Richard der verlegen kichernden Magd gegenüber, sah ihre wogenden Brüste, roch den Schweiß und die schmutzigen Kleider und wurde abwechselnd von Ekel und diesem unbekannten Etwas geschüttelt, das ihn in seinen Träumen immer öfters heimsuchte. Als sie ihren Rock hob, mußte er wie gebannt auf ihre Beine starren, die rund und fest waren, ohne Runzeln und gestählt von der täglichen Arbeit. Er legte zögernd die Hände auf ihre Schenkel und fühlte das warme Fleisch erzittern. Das Blut brauste in seinen Ohren, und er hörte kaum die anfeuernden Rufe der beiden Schreiber.

Doch als Barbaras rauhe, wissende Hände seine Hose berührten und aufschnürten, endete der Zauber, der ihn gefangengehalten hatte. Es war nicht mehr Barbara, die ihn gegen sich gepreßt hielt, es war seine Mutter, es war ihr weiches Fleisch, das bald verbrannt werden würde, und vor Abscheu und Entsetzen brach er zusammen und übergab sich auf der Stelle, vor ihrer aller Augen.

Der Spott der beiden jungen Männer, Barbaras hohe Stimme, die ihn anschrie, all das schlug auf ihn ein, doch er konnte nicht aufhören, und erst als sich sein Magen vollkommen entleert hatte, brachte er genügend Kraft auf, um wie von den Furien gejagt davonzurennen. Er rannte fast den ganzen Weg bis zu seinem Hügel zurück, bis ihn die völlige Erschöpfung dazu trieb, innezuhalten. Richard fiel auf die Knie, vergrub seine Finger in der weichen Sommererde und spürte wieder, wie er anfing zu würgen. Selbsthaß, Scham und der Wunsch zu sterben ließen ihn am ganzen Leibe zittern. Er war kein Mensch. Er war ein Ungeheuer, das es nicht verdiente zu leben. Sein Leben war mit dem Scheiterhaufen zu Asche verbrannt, und es gab keinen Weg, wie er der Vergangenheit entkommen konnte.

In dem dämmrigen Licht, das in dieser Sommernacht in ihrem Schlafgemach herrschte, drehte Sybille Fugger sich um, schmiegte ihre Wange auf das feingewebte Laken und beobachtete das reglose Profil ihres Gemahls. Seltsam, dachte sie, wie jemand tagsüber so ungeheuer selbstsicher wirken konnte und nachts, im Schlaf, so – jung war wohl das richtige Wort, und verletzbar. Dieses Gesicht von Jakob kannte niemand sonst, es gehörte ihr, und sie berührte ihn zart mit ihrer Hand.

Als sie ihn kennengelernt hatte, war er ihr als der fesselndste, ungewöhnlichste Mann erschienen, der ihr je vorgestellt worden war. Er war so ganz anders als die Kaufleute und Gelehrten, die sie kannte. Dennoch wußte sie, daß er ihr ihrer Familie und nicht zuletzt der Demütigung wegen, die die Fugger erst kürzlich erlitten hatten, den Hof machte.

Verärgert über den Eifer, mit dem ihre ehrgeizige Mutter die Verbindung mit dem reichen Fugger betrieb – im Gegensatz zu ihrem Vater, der Bedenken wegen Jakobs Herkunft hegte –, hatte sie ihm das eines Tages an den Kopf geworfen. Statt es abzuleugnen oder zornig zu werden, hatte er gelacht.

»Einem so klugen Mädchen zu widersprechen, würde ich nicht wagen«, hatte er gesagt, und wenn es einen bestimmten Moment gegeben hatte, in dem sie sich in ihn verliebt hatte, dann war es dieser gewesen. Zu ihrer beider Überraschung hatte sie sich erhoben und ihn auf den Mund geküßt.

Sie fing an, kleine Eigenarten an ihm zu bemerken, Gesten, Ausdrücke, den Klang seiner Stimme, langweilte sich ohne ihn, wo sie vorher nie dieses Gefühl gekannt hatte, und als sie mit ihm die Ringe getauscht und mit klarer Stimme ihr »Volo« – »Ich will« – gesagt hatte, war sie fest entschlossen gewesen, daß auch er sie lieben sollte.

Und sie hatte Erfolg gehabt. Das Leben hier am Rindermarkt mit seinem täglichen Zweikampf mit Veronika, den Sorgen und Überraschungen des immer turbulenten Alltags, war alles andere als bequem und sicher, was ihre Mutter auch denken mochte. Doch einer Sache war sie gewiß: Jakob liebte sie. Er liebte sie, und sie liebte ihn, und wenn es nicht wirklich dringend gewesen wäre, hätte sie sich lieber die Zunge abgebissen, als seinen Schlaf zu stören.

»Jakob?«

Er besaß die Fähigkeit, sofort wach zu sein, um die ihn Sybille, wenn sie morgens mit den Nebeln der Schläfrigkeit kämpfte, manchmal beneidete. Er drehte sich zu ihr um und erwiderte sachte ihre Berührung.

»Was ist, mein Herz?«

»Jakob, irgend etwas stimmt nicht mit Richard.«

Er antwortete nicht sofort, und sie seufzte. Richard war trotz aller Höflichkeit, gelegentlichen Freundlichkeiten und trotz allen Lerneifers immer sehr zurückhaltend gewesen, nicht nur ihr gegenüber natürlich, aber wenn sie mit ihm sprach, zeigte sich das am deutlichsten. Denn anders als bei seinen gelegentlichen Begegnungen mit Veronika spürte sie, daß er keine Feindseligkeit gegen sie empfand, und war sich einige Male sogar sicher, daß er sie mochte. Sie hatte sich an seine Zurückhaltung gewöhnt, doch seit Jakobs Rückkehr aus Bamberg war es mehr als das.

Richard aß so gut wie nichts mehr, lief bleich wie der Tod herum, und wenn er früher alle Reisenden, die hier eintrafen, mit Fragen überfallen hatte, so beschränkte er sich jetzt nur noch auf das Allernötigste. Sybille hatte mit Anselm Justinger gesprochen, doch der junge Lehrer zuckte nur die Achseln.

»Ja, er hat irgend etwas, aber wer will schon sagen, was es ist? Es kommt doch keiner an ihn heran, Frau Sybille.«

Sybille, die sich sorgte, weil sie nicht schwanger wurde, und mehr an dem Sohn ihres Bruders hing, als sie sich selbst eingestand, gab sich mit dieser Auskunft nicht zufrieden. Nach einem inneren Zwiespalt entschied sie sich schließlich, mit ihrem Neffen zu reden.

»Richard, fehlt dir irgend etwas? Kann ich dir helfen?«

Sie hatte seine Antwort vorausgeahnt: »Nein, danke,

Tante«, murmelte er, und sie zweifelte daran, ob er ihr überhaupt zugehört hatte. Mit zusammengezogenen Brauen musterte sie Richard. Er war in diesem Jahr in die Länge geschossen, und die Tatsache, daß er wenig aß, tat ein übriges, um ihn viel zu dünn aussehen zu lassen. Sie zögerte etwas und sagte dann, nicht sicher, ob ihre Vermutung stimmte: »Richard, niemand kann das Schicksal eines anderen auf sich nehmen.«

Eine Sekunde lang war die unsichtbare Wand, die er zwischen sich und der Welt errichtet hatte, fort. In seinen dunklen Augen erkannte sie Schmerz und Verzweiflung. Dann verdarb sie alles, indem sie ihm tröstend die Hand auf die Stirn legte. Er fuhr zurück und war so unnahbar, als wäre dieser Moment nie gewesen, ja, als wäre das vergangene Jahr nicht gewesen und er gerade erst hier eingetroffen.

»Ich mache mir Sorgen um ihn«, sagte sie jetzt und erzählte Jakob von ihren fruchtlosen Bemühungen. »Es muß der Tod seiner Mutter sein«, schloß sie, »denn er verhält sich nicht nur mir gegenüber so, sondern bei allen Frauen. Aber ich glaube, daß er«, sie hielt inne, weil sie nicht wußte, wie sie es ausdrücken sollte, »daß er sich aus deiner Meinung etwas macht.«

»Ich kümmere mich darum«, sagte Jakob und strich ihr eine Haarsträhne aus dem Gesicht. »Ich werde mit ihm sprechen.«

Sybille, die wußte, daß alle Sorgen des gesamten Unternehmens auf seinen Schultern ruhten, überkam das schlechte Gewissen, ihn auch noch damit belastet zu haben. Sie rückte noch näher, küßte ihn und verlängerte den Kuß, als sie seine Reaktion bemerkte.

»Ich verstehe Richard nicht«, sagte er und beugte sich über sie, »du bist so wunderbar überzeugend.«

»Warum erzählst du mir nicht mehr darüber?« flüsterte sie und fand wieder seine Lippen.

Zu Abend aß die Familie immer gemeinsam, und als Veronika ihren Gemahl abgekämpft an Jakobs Seite erscheinen sah, während sie, ihre Kinder, Sybille und Richard auf die beiden Brüder warteten, wußte sie, daß er wieder mit seinem Bruder gestritten und dabei den kürzeren gezogen hatte. Sie setzte sich steif auf.

»Ich habe euch allen eine große Neuigkeit zu verkünden«, murmelte Ulrich und wich ihrem Blick aus, »auch wenn sie außerhalb der Familie noch niemand erfahren darf. Ich habe soeben Anna verlobt.«

Damit ließ er sich auf seinen Stuhl sinken. Seine Gattin und seine älteste Tochter, die den Namen seiner Schwester trug, bestürmten ihn mit Fragen.

»Mit wem? Wie alt ist er? Stammt er aus Augsburg?«

Ulrich schaute hilfesuchend zu Jakob auf, der sich gerade in aller Gemütsruhe neben Sybille setzte. Jakob enttäuschte ihn nicht.

»Dein zukünftiger Gemahl, Anna«, erklärte er, an seine Nichte gewandt, »heißt Georg Thurzo, der Sohn eines reichen Ungarn.«

»Ein Ungar!« Veronika war entgeistert. »Aber das sind doch Heiden!«

Jakob verzog den Mund. »Sie sind so christlich wie du und ich, meine Liebe, und das seit Jahrhunderten.« Sein Blick streifte kurz Richard, doch der Junge saß so teilnahmslos wie vorher da.

Veronika indessen war entschlossen, ihren Schwager diesmal zu ignorieren. »Du kannst doch unsere Tochter unmöglich einem dahergelaufenen Abenteurer aus Ungarn versprechen«, sagte sie fassungslos, »unsere Anna, um die ganz Augsburg sich reißt!«

Ulrich sackte noch mehr in sich zusammen. Jakob lächelte ein wenig.

»Teuerste Veronika«, sagte er freundlich, »Georgs Vater, Johann Thurzo, ist einer der berühmtesten Bergbauingenieure und außerdem Teilhaber einer bedeutenden Gesellschaft, dem ›Gemeinen Ungarischen Handel‹, mit nicht weniger als fünfzig Prozent.«

Veronika saß in ohnmächtiger Wut da, hielt die Hand ihrer Tochter, die sich noch nicht von dem Schrecken erholt hatte, und verfluchte stumm Ulrichs Bruder und Ulrichs mangelndes Rückgrat, während Jakob ruhig fortfuhr: »Ich denke, der Besuch des Königs in unserem Haus wird die geeignete Gelegenheit sein, um die Verlobung offiziell zu verkünden. Meinst du nicht auch, Schwägerin Veronika?«

Veronikas Lippen bewegten sich. »Der Besuch... der Besuch des Königs?« stammelte sie. »Der König kommt hierher? In unser Haus?«

»In der Tat. Seine Majestät fällte den Entschluß etwas plötzlich, und um unseren Bürgermeister nicht unnötig zu belasten, bot ich mich als Ersatzlösung an.«

Sybille, die von Jakob schon vorher unterrichtet worden war, verbiß sich ein Lachen. Bürgermeister war in diesem Jahr Anton Welser. Die Welser waren seit einigen Generationen Augsburgs bekannteste Kaufleute, die größten Rivalen der Fugger und hatten den unschätzbaren Vorteil, vom Stadtpatriziat längst anerkannt zu sein. Daß Maximilian bei einem Besuch Augsburgs nicht bei ihm, sondern beim neureichen Fugger wohnte, würde ein schwerer Schlag für Anton Welser sein.

Und wie gut Jakob Veronikas Sucht nach ein wenig Adelsherrlichkeit doch eingeschätzt hatte! Man sah ihr an, daß ihr langsam dämmerte, was das alles bedeuten konnte. Der Name ihrer Tochter verbunden mit einem Besuch des Königs in ihrem Haus! Sie protestierte nicht länger.

»Seine Majestät dürfte auch bereit sein, die Verlobung persönlich zu verkünden«, sagte Jakob, und das brachte Veronika endgültig zum Schweigen.

»Wann kommt der König?« fragte eine von Annas jüngeren Schwestern aufgeregt.

»Im Herbst«, entgegnete ihr Onkel. »Zur Jagdzeit.«

Johann Thurzo hatte ihm versichert, daß zu diesem Zeitpunkt die Verhandlungen mit allen größeren Kupfergruben Ungarns, die er sofort in Gang gesetzt hatte, abgeschlossen sein würden.

An der riesigen, eichenen Tafel wurde nur noch von Annas Verlobung und dem Besuch des Königs gesprochen. Ursula, die Anna dem Alter nach am nächsten stand und die Abneigung ihrer Mutter gegen Sybille nicht teilte, fragte: »Was ist der König für ein Mensch, Tante? Ihr habt ihn doch kennengelernt, nicht wahr?«

Sybille nickte. »Ja, kurz nach meiner Heirat, als Jakob mich zum Hof mitnahm.« Sie überlegte. »Er ist sehr groß, ritterlich gegenüber den Damen, freundlich gegen die Herren. Von seinen berühmten Wutausbrüchen habe ich nichts gesehen, so daß...«

»Sei froh drum, Schwägerin«, unterbrach sie Ulrich lachend. Er hatte sich wieder erholt und nahm an dem lebhaften Geschwätz fröhlich Anteil. »Was meinst du, wie er damals geflucht hat, als es ihm mißlungen ist, uns übers Ohr zu hauen. Einen Fugger legt man nicht herein!«

»Er hat versucht, Euch übers Ohr zu hauen, Papa?« fragte Hänsle neugierig. »Wann? Wie wollte er das machen?«

Ulrich grinste. Das war eine Geschichte, so recht nach seinem Herzen, etwas, das er verstand, nicht so wie Jakobs ständige geheimnisvolle Auslandsprojekte.

»Ach, nachdem wir ihm Tirol besorgt hatten, befürchtete der gute Max, wir könnten ihn ebenso behandeln wie seinen Vorgänger Sigismund. Also versuchte er, statt bei uns bei den elenden Gossembrots und Welsern hier in Augsburg, den Vöhlin in Memmingen und sogar bei dem Versager aus Bayern, diesem Baumgartner, ein Darlehen aufzunehmen. Wir hätten dumm ausgesehen, wenn ihm das gelungen wäre, aber Jakob hat es irgendwie schon erfahren, bevor die Darlehensgesuche überhaupt abgeschickt worden waren.« Ulrich warf seinem jüngeren Bruder einen verschmitzten Blick zu.

»Man hat es dir aus lauter Freundlichkeit erzählt, nicht

wahr, Jakob? Nun, Hänsle, als dein Onkel hier das hörte, schickte er der Innsbrucker Raitkammer eine Nachricht, er sehe sich bedauerlicherweise gezwungen, sich aus Tirol und allen Geschäften mit dem Haus Habsburg zurückzuziehen. Sofort liefen alle Hofschranzen zu Maximilian und beschworen ihn, doch den Fugger wieder zu versöhnen. Und nach einigem Hin und Her und ein paar Rechnungen, die ihm vorgelegt wurden, ließ sich der gute Max breitschlagen. Seither ist er sich im klaren darüber, bei wem er sich Geld zu holen hat. Nicht, daß wir etwas dagegen haben, wenn er sich hin und wieder bei anderen ein klein wenig borgt. Aber wir sind die Hauptgläubiger.«

Jakob hatte die letzten Sätze gehört und sagte spöttisch: »Maximilian und ich, wir verstehen uns. Er traut mir nicht, und ich traue ihm nicht. Und damit kommen wir sehr weit. Was sagt die Heilige Schrift noch über Toren, die ihr Vertrauen in Fürsten setzen, Richard?«

Der Junge hob den Kopf. »Ich weiß es nicht«, sagte er tonlos, obwohl sich eine Spur von Aufsässigkeit in seinem mageren Gesicht erkennen ließ. Jakob stand abrupt auf.

»Nun, ich stelle fest, daß man deine Erziehung vernachlässigt hat. Da Anselm nicht hier ist, muß ich das wohl selbst nachholen. Komm bitte mit.«

Die Familie starrte den beiden sprachlos nach, als sie den Raum verließen, Jakob gemessen wie immer, Richard steif und hölzern.

»Bei Gott«, sagte Ulrich schließlich verständnislos, »was hat er denn nur?«

Veronika blickte Sybille an. »Vielleicht erkennt der gute Jakob jetzt«, sagte sie süß, »was für Schmarotzer arme Verwandte doch sein können.«

Jakob hatte sich mit Richard in einen der mittleren Räume des Haupttrakts zurückgezogen. In dem Halbdunkel, das in diesem Zimmer herrschte, war sein Gesicht kaum zu erkennen. Während des Gangs hierher hatte er kein Wort gesprochen.

»So«, sagte er jetzt. »Nachdem du dich einige Wochen in Selbstmitleid gewälzt und dein Möglichstes getan hast, damit ich dich hier hinauswerfe, würde ich gerne wissen, wann du gedenkst, dieses Theater endlich zu beenden!«

Durch die unvermutete Brutalität des Angriffs getroffen, schlug Richard zurück. Es war ihm gleichgültig, ob Jakob ihn auf die Straße setzte, es war ihm überhaupt alles gleichgültig und immer gleichgültig gewesen.

»Das könnt Ihr nicht verstehen, nicht wahr, Onkel – daß jemand nicht das tut, was der vollkommene Jakob Fugger von ihm erwartet!«

Jakobs Gestalt verschwamm im Dunkeln. »Weiter.«

»Ich weiß, warum Ihr mich nicht hinausgeworfen habt. Ihr habt noch etwas mit mir vor. Ihr gebraucht überhaupt alle Menschen wie die fahrenden Puppenspieler! Die ganze Familie ist nur dazu da, um von Euch benutzt zu werden, wie Anna heute abend für das ungarische Erz!«

Richard hatte sich in Hitze geredet und vergaß, daß er mit der letzten Bemerkung verriet, daß er den Ereignissen in der letzten Zeit, einschließlich des Tischgesprächs, doch mehr Aufmerksamkeit gezollt hatte, als er zugeben wollte. Es war eine Erleichterung, jemanden verwunden zu können. Nur gab Jakob ein höchst unbefriedigendes Ziel für eine solche Attacke ab, und das brachte ihn nur noch mehr auf.

»Ihr seid auch ein Puppenspieler, ein riesiger Puppenspieler, kalt wie Stein und gerissen wie der Teufel. ›Trauet den Fürsten nicht‹ hieß doch das Zitat, das Ihr gesucht habt? Keine Sorge, ich bin gut unterrichtet worden, Onkel. Ich wette, Ihr seid in Eurem Kloster nicht so sehr mit der Bibel traktiert worden wie ich in meinem. Nun, ich habe noch ein Zitat für Euch. ›Eher geht ein Tau durch ein Nadelöhr als ein Reicher in das Himmelreich.‹ Wie gefällt Euch das? War es nicht klug von den Mönchen, mir das beizubringen?«

»Du hast ziemlich lange gebraucht, bis du darauf gekommen bist«, erwiderte Jakob, und seine Stimme war undeutbar. »Die Mönche. Das Kloster. Es fehlt nur noch deine Mutter, die Hexe.«

»Sie war keine Hexe!«

Seit mehr als einem Jahr hatte er diesen Ausruf in sich unterdrückt, und hätte ihn Jakob nicht so sehr herausgefordert, so hätte er ihn auch diesmal unterdrückt. Doch jetzt hatte er es gesagt, fast geschrien, und ehe er sich zurückhalten konnte, hatte er auch das andere ausgesprochen, das, was er noch nie zu einem Menschen gesagt hatte. »Sie war keine Hexe! Es war alles meine Schuld!« Die Worte waren über seine Lippen gekommen, schienen im Raum nachzuhallen. Schweigen herrschte.

»Aufschlußreich«, entgegnete Jakob schließlich. »Du glaubst also, was deiner Mutter geschehen ist, wäre deine Schuld, wäre eine Strafe für deine Sünden, wenn du so willst. Nun beantworte mir eine Frage: Wenn deine Mutter keine Hexe war – war sie dann eine gute Frau?«

Fast unhörbar erwiderte Richard: »Ja, das war sie.«

»Vielleicht auch eine besondere Frau?«

Der Zorn, der schon fast niedergebrannt war, kam wieder. »Ja, verdammt!«

Jakob näherte sich, sein Gesicht nahm klarere Konturen an, und er schaute auf den dunkelhaarigen Jungen herab, der in der letzten Woche vierzehn geworden war, ohne daß irgend jemand außer ihm davon wußte.

»Wenn sie eine solche Frau war, warum sollte Gott sie dann für *deine* Sünden strafen? Wenn du glaubst, sie sei deswegen gestorben, weil du gefehlt hast, heißt das nicht, du schätzt deinen Wert sehr hoch und den dieser besonderen Frau so niedrig wie den eines Bauern auf dem Schachbrett, den man nur benutzt? Weißt du, daß du mir reichlich hochmütig vorkommst?«

Es wirkte wie ein Guß kalten Wassers auf Richard. Er blinzelte und schien Jakob zum ersten Mal klar zu sehen. Doch Jakob war noch nicht fertig.

»Denkst du, diese Frau hat es nötig, daß du dich ihretwegen jetzt bemühst, so gründlich wie möglich zugrunde zu gehen? Hilft ihr das irgendwie?«

Ebendies hatte Sybille auch gesagt: »Niemand kann ein anderes Schicksal auf sich nehmen.« Doch diesmal hörte Richard wirklich zu, hörte, als sei Jakob der erste Mensch auf Erden, der wirklich mit ihm sprach.

Jakob griff mit seinen harten, festen Händen um Richards Schultern. »Welche Mutter könnte stolz sein auf das, was du jetzt bist! Ein wehleidiges, jammerndes Nichts, das sich etwas darauf einbildet, seine Umgebung so tief wie möglich zu kränken.«

Richard wußte, daß Jakob dies nicht auf sich selbst bezog. Sybille, Anselm, vielleicht sogar der oberflächliche Hänsle – sie hatten sich alle um seine Zuneigung bemüht, und wie hatte er es ihnen gelohnt.

»Keine«, sagte er, schluckte und straffte sich. Er bejahte mehr als nur Jakobs Vorwürfe, und sie wußten es beide. Seine Stimme klang wieder gelassen, als er hinzufügte: »Ihr habt vollkommen recht – Onkel.«

Jakob ließ ihn los. Auch seine Stimme klang so ruhig wie gewöhnlich, als er sagte: »Eine Frage noch: warum jetzt? Warum erst nach einem Jahr?«

Richard wollte sich abwenden, aber die Bernsteinaugen hielten ihn fest. Dies war das Fegefeuer, durch das er hindurch mußte. Doch er konnte Jakob nicht die ganze Wahrheit sagen, und so begnügte er sich mit Halbwahrheiten, genug, um ihn zufriedenzustellen.

»Vor ein par Wochen...« Er stockte. »Es war fast derselbe Tag«, sagte er, verwundert, weil er den Zusammenhang nicht früher deutlicher erkannt hatte. »Nicht der Tag, an dem sie... an dem sie verbrannt wurde, aber der, an dem ich das letzte Mal mit ihr gesprochen habe.«

Er widerstand noch einmal dem Impuls, jetzt davonzulaufen, und log Jakob Fugger zum ersten Mal bewußt an.

»Ich erinnerte mich, und um es zu vergessen, versuchte ich, mit einer Magd... Es hat nicht geklappt, und mir wurde übel, und danach wollte ich sterben«, vollendete er mit genügend Beschämung in der Stimme, um Jakob seine Halbwahrheit glauben zu lassen. Es erschien so logisch – die Suche nach dem Vergessen mit einer Frau, und die Scham über sein Versagen. Nur Richard wußte, wußte mit einer brennenden Deutlichkeit, daß er eben kein Vergessen gesucht hatte. Er hatte an jenem Tag mit einer Ausschließlichkeit, die ihm eigentlich vollkommen unmöglich erschien, völlig verdrängt, was sich da jährte. Erst als Barbara ihn berührte... Wieder wallten Übelkeit und Entsetzen in ihm auf, doch diesmal konnte er es zurückdrängen.

Jakob fragte nichts weiter. Es war offensichtlich, was zu Richards Verhalten in den letzten Wochen geführt hatte – die Reaktion auf den Tod seiner Mutter, die durch die Verspätung nur noch heftiger geworden war, und das Erlebnis mit der Magd, das jedem Jungen in jedem Fall zu schaffen gemacht hätte.

Über Richards Kopf hinweg sagte er in die Dunkelheit hinein: »Ich werde dir etwas erzählen, Richard, und nur ein einziges Mal, denn ich erwarte von dir, daß du dich bei unserer nächsten Schachpartie auf das rein Sachliche beschränkst. Mir passierte genau dasselbe, als ich zum ersten Mal versuchte, bei einer venezianischen Dirne zu liegen, und ich war damals schon fast zwanzig Jahre alt.«

Richard unterdrückte nur mühsam ein Luftschnappen. Von allen Dingen, die Jakob ihm hätte sagen können, war dies das letzte gewesen, was er erwartet hätte – weniger die Sache an sich als Jakobs Bereitwilligkeit, sie ihm zu erzählen, entwaffnete ihn völlig. Er wußte nicht, was er darauf erwidern konnte. Er wollte sich bei Jakob für all die Beleidigungen entschuldigen, doch ehe er den Mund aufmachte, begriff er, daß Jakob nichts weniger wollte. Es war vergessen.

»Gehen wir«, sagte er schließlich.

Ebenso schweigend, wie sie hierher gekommen waren, kehrten sie zur abendlichen Tafel zurück. Richard warf Jakob von Zeit zu Zeit einen Seitenblick zu. Er wußte, und Jakob wußte es, daß er sich von nun an mehr denn je bemühen würde, genau das und noch mehr zu tun, was Jakob von ihm erwartete. In Richard kämpften Dankbarkeit, Bewunderung, Zuneigung und ein gewisser Groll, weil Jakob ihn so genau kannte, die Fäden gekannt hatte, an denen er ziehen mußte, um ihm aus seiner selbstzerstörerischen Stimmung herauszuhelfen.

Endlich, kurz bevor sie sich wieder zu den anderen gesellten, sagte er leise: »Jakob Fugger, Ihr seid der großartigste Puppenspieler der Welt.«

Einen Moment lang spürte er Jakobs Hand auf seiner Schulter. »Ich weiß.«

10

EINEN KÖNIG ZU BEWIRTEN, der beinahe ein Kaiser war, bedeutete monatelange Vorbereitungen, und Sybille fand kaum Zeit für die Besucher, die in Scharen kamen, um sie auszufragen, seit bekannt geworden war, daß König Max Augsburg besuchen und bei niemand anderem als den Gebrüdern Fugger wohnen würde. Diesen Teil des gesellschaftlichen Lebens überließ sie ohnehin lieber Veronika, die es genoß, im Mittelpunkt des aufgeregten Klatsches zu stehen.

Man wußte, daß der König bei Jakob Fugger hoch verschuldet war, doch das war kein Grund, warum er sich gerade für diese Unterkunft entscheiden sollte.

Der König stieg bei den Fuggern ab, den Enkelsöhnen eines Webers aus Graben am Lech, der nur das Glück gehabt hatte, die Tochter seines Augsburger Zunftmeisters zu heiraten! Anton Welser war nur einer der vielen, die über die Entscheidung Maximilians verärgert waren. Würde es jetzt nicht heißen: Die Geschlechterstube von Augsburg wollte den Fugger nicht aufnehmen, aber der König war sich nicht zu schade, bei ihm zu wohnen?

Das einzige, was das gekränkte Stadtpatriziat tun konnte, war, bedeutungsvoll auf den Vetter Lukas hinzuweisen, einen Fugger, der auch oft in Maximilians Gesellschaft zu finden gewesen war, wenn er auch nie die Ehre gehabt hatte, ihn bei sich empfangen zu dürfen.

»Warum läßt du dich nicht einfach zum Grafen ernennen?« fragte Sybille Jakob am Ende eines erschöpfenden Tages. »Vielleicht brächte das die Klatschmäuler zum Schweigen!«

Jakob lachte. »Sie würden tuscheln, selbst wenn mich Maximilian zum Herzog machen würde. Dann bliebe ich doch immer noch der Enkel eines Webers aus Graben. Wärst du gern Gräfin, Sybille?«

Sybille überlegte. Wäre sie in einem Herzogtum oder in einem Fürstbistum aufgewachsen, so hätte sie mit der Antwort nicht gezögert. Ein Adelstitel gab dort Sicherheit, wie sie ein einfacher Bürger niemals haben konnte. Doch sie war in Augsburg groß geworden, einer freien Reichsstadt, die von stolzen Bürgern regiert wurde. Daß im Augenblick der Glanz der Majestät blendete, war etwas anderes. Aber für immer adelig unter stolzen freien Bürgern sein?

»Nein«, entschied sie schließlich.

Zufrieden schloß Jakob sie in die Arme. »Meine kluge Sybille! Ich muß zugeben, ich habe darüber nachgedacht. Es hätte gewisse Vorteile. Aber Vetter Lukas ist mir eine Warnung. Ich weiß, daß ich nicht überheblich würde, doch wie lange würden das Familienvermögen und das Unternehmen florieren, wenn meine Nachkommen das Gebaren des Adels annähmen? Denn es steht nun einmal fest«, er zuckte die Achseln, »Adelige sind Verschwender.«

Sybille versuchte, nicht den Stich zu empfinden, den ihr das Wort »Nachkommen« versetzt hatte. Schließlich empfingen nicht alle Frauen in den ersten Jahren ihrer Ehe, und sie war noch jung. Sie würde Jakob viele Kinder schenken.

Inzwischen wollte sie ihre Aufmerksamkeit Richard zukommen lassen. Was immer Jakob auch zu ihm gesagt haben mochte, es hatte ihn von seinem Elend befreit. Er sprühte zwar nicht gerade vor Fröhlichkeit, doch er war lebhaft, war wißbegierig wie früher und stürzte sich mit einer Leidenschaft – ja, Leidenschaft war das richtige Wort – in seine Studien, die beinahe erschreckend war. Er hatte sogar begonnen, sich von dem Vetter Bäsinger in die Geheimnisse der Goldschmiedekunst einweisen zu lassen.

»Du bist es, der klug ist«, sagte sie lächelnd zu ihrem Gemahl. »Es lebe das Bürgertum!«

Richard zögerte, dann betrat er den Raum, in dem er die Magd Barbara hatte staubwischen sehen. Er hatte Barbara gemieden, wo es nur ging, nicht nur um seine Erinnerung an das Geschehene zu verdrängen, sondern auch aus dem erwachenden Schuldgefühl, sich dem Mädchen gegenüber schlecht verhalten zu haben. Sie hatte nur freundlich zu ihm sein wollen, und er hatte sie auf schändliche Weise beleidigt.

Er räusperte sich. Barbara schaute auf, und leichte Röte färbte ihre Wangen. Richard bemerkte, wie sich ihr Busen schneller hob und senkte, doch er bemerkte es ohne Begehren oder Ekel. Vorläufig zumindest hatten ihn die vergangenen Wochen und das Gespräch mit Jakob von der Fleischlichkeit geheilt.

»Was wollt Ihr?«

Ihre Stimme klang hoch und dünn. Er war noch nicht so alt, als daß nicht selbst sie, eine Magd, ihn nicht hätte duzen können. Ihre ganze Körperhaltung strahlte Feindseligkeit aus.

»Ich möchte mich bei dir entschuldigen, Barbara«, platzte er heraus und errötete ebenfalls. »Es war gemein und schrecklich, was ich getan habe, aber bitte, glaub mir – ich wollte es nicht. Bitte, verzeih mir.«

Sie ließ das Staubtuch, das sie in der Hand hielt, sinken. Stirnrunzelnd blickte sie ihn an, dann fragte sie plötzlich scharf: »Wo sind die anderen?«

»Welche anderen?« fragte er verblüfft.

»Die Taugenichtse, die glauben, noch weiter ihren Spaß mit mir treiben zu können! Ist es noch immer nicht genug? Wann habt Ihr Herren endlich...«

»O nein«, protestierte er entsetzt, »so ist es nicht. Das soll kein Spaß sein, ich schwöre es dir!« Natürlich, sie mußte geglaubt haben, daß das Gelächter damals ihr galt und nicht ihm. Richard kam ein Einfall.

»Soll ich dir die Entschuldigung schriftlich geben, auf einem Blatt Papier?« fragte er fieberhaft. Er mußte sie überzeugen!

»Ich kann nicht lesen«, antwortete Barbara mürrisch. Doch sie kam näher. »Immerhin, schreibt, wenn es Euch Spaß macht!«

Richard löste Federkiel und Tintenfaß von seinem Gürtel und war dankbar, daß er immer Material zum Schreiben und Zeichnen mit sich führte. Er schrieb hastig: »Ich, Richard Artzt, bitte dich, Barbara« – er kannte ihren Familiennamen nicht – »für das Unrecht, das ich dir angetan habe, aus tiefstem Herzen um Verzeihung.« Schwungvoll unterschrieb er, las es ihr vor und drückte es ihr in die Hand.

Barbara schlug die Augen nieder. »Und das steht wirklich da? Nichts anderes? Kein Scherz?«

»Wenn du mir noch nicht glaubst«, sagte Richard müde, »dann rufe ich den Nächstbesten herein, der des Lesens kundig ist, und bitte ihn, dies hier vorzulesen.«

»Das würdet Ihr wirklich tun?«

»Ja.«

Sie schwieg eine Weile. Dann sah sie ihn gerade an und sagte mit gesenkter Stimme: »Mich hat noch niemand um Verzeihung gebeten, und gewiß noch kein Mann, und am allerwenigsten einer von der Herrschaft.«

Richard kam es vor, als sähe er sie zum ersten Mal. Bisher hatte er nur die Dinge bemerkt, die jedem ins Auge fielen: die hübsche, dralle Figur und das gewöhnliche Gesicht mit den breiten Lippen und der rundlichen Nase. Nun entdeckte er, daß sie sanfte braune Augen hatte und üppiges, rotblondes Haar, das schön wäre, wenn man es nur einmal richtig waschen würde. Ihre Ohren waren zierlich, wie sie sich eine Dame nur wünschen konnte. Aber ihr jetzt zu sagen, daß er es angenehm fand, sie anzusehen, war gewiß das Falscheste, was er tun konnte.

Unvermittelt sprach sie wieder. »Dieser Norbert, den Ihr damals dabei hattet«, ihre Miene wurde verächtlich, »der erzählt überall herum, ich sei ein Flittchen, weil er mit mir im Heu gelandet ist. Stimmt, ich war mit ihm in den Ställen. Ich wollte ein bißchen Spaß haben. Das will ich schon mal.

Aber nicht für Geld, und nun tät ich's auch nicht wieder, auch wenn er mich heiraten und zur Königin machen würde. Selbst dann nicht. Ich bin doch kein Dreck, auf den man spuckt!«

Richard wußte nicht, was er hätte sagen sollen. Er überlegte kurz, dann nahm er ihre Hand, wie er es in seinen Ritterromanen gelesen hatte, und küßte sie schnell. Die Berührung war ihm immer noch unangenehm, er spürte schwachen Widerwillen, doch er wollte ihr unbedingt zeigen, wie leid ihm das Geschehene tat. Dann machte er auf der Stelle kehrt und rannte davon. Barbara schaute ihm nach. Schließlich faltete sie das Blatt sorgsam zusammen, steckte es nach einigem Nachdenken in ihren Ausschnitt und machte sich wieder an ihre Arbeit.

Als eine der Hauptschwierigkeiten für Maximilians Augsburger Gastgeber erwies sich seine Turnierleidenschaft. Maximilian würde wohl genügend Kämpen mitbringen, doch die Mehrzahl seines adeligen Gefolges hielt Turniere mittlerweile für einen überflüssigen Zeitvertreib, und die Bürger hatten sich ohnehin nie damit abgegeben, es sei denn als Zuschauer. Woher sollte man also einen sachkundigen Fachmann nehmen, der das Turniergelände anlegen und alle notwendigen Vorbereitungen treffen würde?

Dank des Fuggerschen Einflusses fand sich natürlich auch hierfür eine Lösung. Richard hatte noch nie ein Turnier erlebt. Er verfolgte das Werden des Turnierfelds mit Spannung. Von überall her strömten Menschen herbei, die Richard mit Fragen überhäufte.

»...aber wie können die Gelehrten dort ihre Vorlesungen auch in der Volkssprache halten? Niemand käme hier auf die Idee, in den Universitäten die deutsche Sprache zu benutzen; seit ich denken kann, sagt mir jeder, daß Latein die Sprache der Wissenschaften ist!«

Jörg Heresfeld, gerade aus der Fuggerfaktorei in Venedig zurückgekehrt, seufzte ergeben.

»Junge, die Welschen sehen das anders. Sie dichten sogar in ihrer Sprache, statt wie anständige Menschen das Lateinische zu benutzen, und übersetzen die griechischen Philosophen.«

Richards Augen weiteten sich. »Seit den Minnesängern hat keiner mehr in Deutsch gedichtet, und niemand käme auf die Idee, Philosophisches ins Deutsche zu übersetzen.«

Konrad Pantinger, der im Vorübergehen Richards braunen Haarschopf erkannt hatte, trat hinzu.

»Und mit gutem Grund«, sagte er ein wenig streng. »Mag sein, daß die Doctores in Italien uns in vielem voraus sind, aber diese Idee ist völlig närrisch. Was für einen Sinn soll es haben, Philosophen in irgendeine Volkssprache zu übersetzen? Das Volk kann nicht lesen, und die Gelehrten sprechen alle Latein.«

»Ja, aber«, sagte Richard eifrig, »wenn man nun mehr Menschen unterrichten würde...«

»Dann hätte es immer noch keinen Sinn. Sieh dir die Minnelieder an – sprechen wir heute etwa noch so? Die Volkssprache«, er machte eine abwertende Handbewegung, »verändert sich ständig, sie kommt und geht wie ein Fluß. Überdies ist sie noch nicht einmal einheitlich – einen Bewohner der Hansestädte kann man kaum verstehen! Latein und Griechisch dagegen bleiben.«

Richard war nicht so leicht von dieser neuen Vorstellung abzubringen. »Aber, Magister Pantinger«, widersprach er, »gilt dasselbe nicht für die italienischen Dichter und Gelehrten? Warum versuchen sie es?«

Pantinger seufzte.

»Richard, die Welschen sind anders als wir. Einer der Ihren, Dante Alighieri aus Florenz, hat sogar schon vor hundert Jahren ein Epos im toskanischen Dialekt verfaßt, auf das sie so stolz sind wie die Römer auf Vergils Äneis. Es ist ihnen nicht auszureden.«

Richard sagte nachdenklich: »Vielleicht könntet Ihr mir dieses Epos leihen, wenn Ihr es besitzt, dann würden meine

Sprachstudien ... halt!« Er hatte bemerkt, daß Jörg Heresfeld die Gelegenheit benutzt hatte, um sich davonzustehlen.

»Halt, wartet! Ihr müßt mir noch mehr berichten ... Entschuldigt, Magister Pantinger ... Wartet! So wartet doch!«

Pantinger sah belustigt, wie Richard vergeblich versuchte, Heresfeld durch die Menschenmenge zu verfolgen, und schließlich enttäuscht zurückkam.

Mit Mühe verbarg er ein Lächeln. »Weißt du, Richard, gelegentlich müssen die Menschen auch etwas ausruhen. Versuch doch, dich ein wenig zurückzuhalten.«

»Wer sich zurückhält, erfährt nie etwas«, sagte der Junge schlagfertig. »Wißt Ihr schon, daß sie in Italien versuchen, die verlorengegangenen Statuen der Römer und Griechen wiederzufinden? Sie graben sogar schon danach!«

Diesmal war Konrad Pantinger begeistert. »Großartig! Wenn das erfolgreich wäre ...«

Aus dem Getümmel rief eine Stimme nach ihm, und Pantinger erkannte einen seiner Studiosi. Bedauernd verabschiedete er sich von Richard. Er hatte den Jungen gern und freute sich an seiner Wißbegier. Richard sagte noch hastig: »Das Epos, Magister ... könnt Ihr es mir besorgen?«

Pantinger wußte, daß Richard schon längere Zeit dabei war, die Mundarten zu lernen, die jenseits der Alpen gesprochen wurden, was nicht so einfach war, weil es dafür keine Lehrbücher oder Lexika gab. Doch mehrere der Fuggerschen Angestellten waren in Italien gewesen, teils aus eigenem Antrieb, teils, weil Jakob es für die beste Möglichkeit hielt, zukünftige Kontoristen und Kaufleute zu schulen. Der Kaufmann hatte seine Zeit in Venedig nie vergessen und unterschrieb seine Briefe immer noch mit »Jacobo Fugger«.

Richard hatte eine gewandte Zunge und ein gutes Gedächtnis und hatte mehr als einen der zahlreichen Schreiber und Kontorangestellten überredet, ihm gelegentlich ein wenig Venezianisch beizubringen.

»Glaubst du denn, daß du schon soweit bist, daß du es lesen könntest?« fragte Pantinger zweifelnd. Richard nickte heftig. »Und wenn ich es nicht bin, dann lerne ich es während des Lesens!«

Er hoffte, Jakob bald mit einer flüssigen Unterhaltung beeindrucken zu können. Schon jetzt hätte er sich wohl einigermaßen verständlich machen können, unterstützt von Gesten, doch er wollte mehr, als die »Volkssprache« nur radezubrechen.

Aufgeregt und neugierig stand Richard unter den Augsburgern, als Maximilian, von Jagdhunden und Höflingen umgeben, seinen Einzug hielt. Der König gab sich nicht besonders prunkvoll, da er seinen Hof für Kriegszüge beweglich halten mußte. Trotzdem wurde die Ankunft ein gewaltiges Spektakel, und die Augsburger reckten die Hälse, um die in leuchtende Farben gekleideten Herren, die voranritten, zu identifizieren.

»Der Kleine dort, das ist gewiß Andreas von Liechtenstein, des Königs erster Ratgeber!«

»Ihr versteht auch gar nichts von Wappen, Nachbarin. Das ist Christoph von Welsperg, sein Kämmerer!«

»Ihr seid's, die nichts versteht. Habt Ihr denn nicht gesehen, daß...«

Als Maximilian persönlich erschien, brachen seine Untertanen in Jubel aus. Der Frieden schien gesichert, für den Augenblick wenigstens, er würde keine Soldaten mehr brauchen, und es war leicht, ihm zuzujubeln. War er nicht eine strahlende Erscheinung, so ganz anders als sein alter Vater, der Kaiser, der so krank war, daß er kaum noch verstand, was im Reich vor sich ging, und die Regierungsgeschäfte seinem Sohn übertragen hatte?

Maximilian umgab sich mit der Aureole eines ritterlichen Helden. Die hängende Unterlippe, das berühmte Familienmerkmal aller Habsburger, war der einzige Makel an seiner würdevollen Erscheinung. Doch sie verschwand, als er den Augsburgern freundlich zulächelte und winkte. Es war ein Freudentag, und nur wenigen kam es in den Sinn, daß die

Vorsicht und Friedensliebe des alten Friedrich vielleicht besser für das Reich gewesen waren als Maximilians Ritterträume.

Maximilian trug keine Rüstung. Obwohl kein Jüngling mehr, schwang er sich mit einer Eleganz von seinem weißen Hengst, um die ihn ein jüngerer Mann hätte beneiden können. Ein seltsamer Zufall hatte ihn im selben Jahr, am selben Tag wie Jakob Fugger zur Welt kommen lassen. Er begrüßte den niederknienden Bürgermeister und die Stadträte gnädig und wandte sich dann sofort der Gestalt im braunen Pelzmantel zu, die höflich im Hintergrund wartete.

»Mein lieber Fugger!« Der König hatte eine tiefe, befehlsgewohnte Stimme, die über die Köpfe der Augsburger hinwegklang. In dem weiten Gehöft am Rindermarkt hatten sich zahllose Stadtbewohner zusammengedrängt, um zu beobachten, wie Jakob seinen königlichen Gast willkommen hieß. Ein Raunen erhob sich, als Jakob niederkniete und sofort von Maximilian aufgehoben und flüchtig umarmt wurde. Kein Zweifel, Jakob Fugger stand in allerhöchster Gunst!

Er stellte dem König, wie es sich ziemte, zuerst Ulrich und Veronika vor, dann begrüßten Georg und dessen Gemahlin den Herrscher. Richard, der zwischen Hänsle und Sybille kniete, überlegte, ob Maximilian, »der gute Max«, wie ihn Ulrich Fugger gelegentlich nannte, beim Anblick Georgs wohl an die peinliche Situation während seines französischen Feldzugs dachte, als er seine Schweizer Söldner nicht hatte ausbezahlen können.

Nachdem somit der Familienhierarchie Genüge getan war, begrüßte der König Jakob Fuggers junge Gattin. »Ah, Frau Fugger! Ich erinnere mich...« Wohlgefällig streifte sein Blick Sybilles Formen. »Ihr seid noch schöner geworden, meine Liebe. Doch das müßt Ihr wohl, um den Fugger wenigstens kurz von seinen Zahlen abzubringen!«

Der Einzug war in jeder Hinsicht ein Triumph für die Familie gewesen, wenn auch ein kostspieliger, dachte Richard, als er durch die Empfangsräume wanderte und sich an die monatelangen Vorbereitungen erinnerte. Gleich darauf schüttelte er den Kopf. »Ich denke schon wie ein Kaufmann«, sagte er halblaut. Ein Mann stieß ihn an. »Richard, Ihr träumt wohl? Mit wem sprecht Ihr?«

Erfreut, wie ein Erwachsener angesprochen zu werden, wandte Richard sich um. Vor ihm stand Herbert Will, der neben anderen Aufgaben auch für das Gesinde zuständig war. »Und Ihr, Meister Will«, sagte Richard statt einer Antwort, »was tut Ihr hier?«

Sein Gegenüber verzog das Gesicht. »Ich versuche, den Besuch des Königs zu überleben – Ihr wißt doch, Frau Sybille und Frau Veronika haben mir die Unterbringung seines Gefolges übertragen!«

»Könnt Ihr mir sagen, wo...« begann Richard, wurde aber durch einen durchdringenden Ruf unterbrochen.

»Wo ist er? Er soll doch hier sein! Wo?«

»Darf ich fragen«, sagte Will höflich, mit Blick auf die Kleidung des Neuankömmlings, »wen Ihr sucht – edler Herr?«

»Den Narresnarren, der es gewagt hat, mich in einem billigen Wirtshaus unterzubringen, mich, Ulrich Remar von Remar!«

Er verursachte Schweigen und Verblüffung, weniger durch seine Rede als durch seine Person selbst. Richard musterte ihn verwundert. Ulrich von Remar sah nicht übel aus, er hatte dunkelblonde Haare, eine tadellose, muskulöse Gestalt und ein gebräuntes Gesicht, in dem selbst jetzt, wo er ärgerlich war, die weißen Zähne blitzten. Es schien, als sei Remar sich der Wirkung dieses Kontrastes bewußt und lege viel Wert darauf, seine gesunden Zähne auch zu zeigen. Doch was nicht nur bei Richard Erstaunen hervorrief, war die Kleidung dieses Herrn.

Ulrich von Remar trug wie jedermann ein Wams und Pluderhosen, doch obwohl beides aus teuerstem Stoff gefertigt war, lag das Wams so eng an, als sei es für einen kleineren Mann gefertigt, und die Strümpfe aus rosa Seide, die er unter seinen Hosen trug, betonten jeden einzelnen Muskel seiner Beine. Entweder war Remar geizig oder entsetzlich eitel, schloß Richard.

Indessen versuchte Herbert Will den zornigen Remar zu beschwichtigen. »Mein Herr, wir konnten nicht das gesamte Gefolge des Königs hier unterbringen, wir mußten einen Teil der Herbergen beanspruchen. Ich bin sicher, daß das Wirtshaus ›Zum goldenen Anker‹…«

»Aber ich nicht«, donnerte Remar. »Ein Graf Remar von Remar hat Anspruch darauf, in der unmittelbaren Nähe des Königs untergebracht zu werden! Ich bin sein bester Kämpe, er braucht mich!«

Richard sah den Ausdruck auf Wills Gesicht und sagte schnell: »In meiner Kammer schläft sonst niemand. Sie ist zwar recht klein, aber für ein paar Nächte wird sie wohl…«

»Und wer«, unterbrach Ulrich von Remar, »seid Ihr?«

Richard dachte im stillen, daß sein schnelles Wachstum doch seine Vorteile hatte. Niemand hielt ihn mehr für ein Kind!

»Richard Artzt, gnädiger Herr«, erwiderte er, wobei er das »gnädig« besonders betonte, »der Neffe der Frau Fugger.«

Remar musterte ihn unzufrieden. »Hm… nun, das ist besser als gar nichts. Besser Ihr als das Wirtshaus.«

»Danke«, murmelte Richard und fragte sich gleichzeitig, ob er wahnsinnig gewesen war, sich für den ganzen Besuch des Königs diesen eitlen Laffen aufzuhalsen.

Doch Ulrich von Remar machte offenbar einen Stimmungswandel durch. »Wenn ich es mir recht bedenke… Eure Gesellschaft paßt mir nicht übel. Ich bin gern mit jungen Menschen zusammen, bin ich doch selbst ein Jüngling… nun ja, noch recht jung.«

Richard warf ihm einen Seitenblick zu. Remar war mindestens so alt wie Jakob.

Unverdrossen zitierte der Graf auf Latein: »Haben die Himmlischen doch dem Jüngling, nicht Unwürdigen, jegliche Gabe verliehen – wie gut hat das Ovid doch ausgedrückt.«

Richard stöhnte innerlich. Erstens handelte es sich um einen der bekannteren Verse von Vergil, zweitens hatte es Ulrich von Remar fertiggebracht, das Latein durch falsche Endungen so zu verunstalten, wie es nur irgend ging. Schicksalsergeben sagte er: »Vielleicht möchte der edle Herr jetzt seine Kammer sehen?«

Richard hatte Glück im Unglück, denn in der Betriebsamkeit der Ereignisse war es leicht, sich in der Menge zu verlieren. Der König speiste, und halb Augsburg saß mit am Tisch. Viele seiner adeligen Begleiter schienen sich merklich unbehaglich zu fühlen, so engen Kontakt mit einfachen Bürgern zu haben, doch was für Fehler Maximilian auch haben mochte – und er hatte derer eine ganze Menge –, diese Art von Hochmut gehörte nicht dazu. Nach der Mahlzeit, die sich bei dem gesunden Appetit des Königs stundenlang hinzog, wurde zum Tanz aufgespielt, und Maximilian griff sich ohne weiteres nicht nur Sybille, sondern fast jede der anwesenden Frauen bis hin zur strengen Witwe Dorothea Lauginger, einer von Veronikas Verwandten, und drehte sich mit ihnen zu den neuen, aus Spanien kommenden Weisen.

Richard war etwas enttäuscht, daß die neue Königin, Bianca Maria Sforza, ihren Gemahl nicht begleitet hatte. Besonders auf ihr italienisches Gefolge war er gespannt gewesen. Doch der König schien seine junge Gemahlin nicht zu vermissen, er war leutselig, lachte und sprach dem Wein zu, als habe er keine Sorgen auf dieser Welt.

Richard flüsterte Anselm Justinger zu: »Wenn er weiter soviel trinkt, möchte ich wissen, wie er morgen das Turnier bestreiten will!«

Anselm grinste. »Er wird Übung darin haben!«

Morgen würde nicht nur das Turnier stattfinden, sondern

der Bürgermeister wollte dem König auch alle Bittgesuche der Stadt vorlegen, und am Abend würde der wirklich große Empfang, »der wahre Tanz«, wie die junge Ursula Fugger sich ausdrückte, stattfinden, mit Feuerschluckern, Akrobaten und allen hohen Herren der näheren und weiteren Umgebung. Dann würde der König Annas Verlobung verkünden. Der Bräutigam, Georg Thurzo, war schon vor einiger Zeit erschienen – ein schwarzhaariger, schnurrbärtiger Hüne, der mit einem fürchterlichen Akzent sprach.

Richard fing einen unbehaglichen Blick auf, den Ulrich Fugger seinem zukünftigen Schwiegersohn zuwarf, und folgerte, daß man sich offensichtlich noch immer nicht mit einem Ungarn als Schwiegersohn abgefunden hatte. Anna schien weder übermäßig begeistert noch irgendwie enttäuscht von ihrem Verlobten zu sein. Bisher hatte sie ihn wie einen entfernten Vetter behandelt, der zu Besuch gekommen war.

Richard hatte keinen Zweifel daran, daß diese Thurzo-Verbindung etwas mit dem ungarischen Erz zu tun haben mußte und vermutete, daß auch Anna, der jede Rührseligkeit fehlte, erkannte, wie ihr Onkel sie als Pfand für seine geschäftlichen Pläne benutzte.

Ulrich Fuggers Gedanken bewegten sich in etwa in derselben Richtung. Die Heirat lag ihm nach wie vor im Magen. Nicht, weil es eine Geschäftsverbindung war; natürlich hatte er immer geplant, seine Töchter möglichst nutzbringend für die Familie und das Unternehmen zu vermählen. Ehen mußten von klügeren Köpfen ausgeheckt werden, als junge Mädchen sie besaßen, und waren schließlich ein Bündnis zweier Familien und nicht eine Gefühlsangelegenheit. So war es bei den Königen, bei den Adeligen... und bei den Reichen. Und ganz bestimmt war es bei den Fuggern so, schon lange, ehe sie sich zu den wohlhabenderen Bürgern Augsburgs zählen konnten.

Nein, was Ulrich störte, war, daß nicht er diese Angelegenheit eingefädelt hatte. Mit erschreckender Skrupellosigkeit hatte Jakob über seinen Kopf hinweg entschieden, daß Anna Johann Thurzos Sohn heiraten sollte. Zum ersten Mal bemerkte er in aller Deutlichkeit, daß Jakobs Respekt ihm gegenüber nur Schönfärberei war. »Niemand zwingt dich« – ha!

Wer hätte gedacht, daß er von seinem jüngsten Bruder einmal solche Worte hören würde wie: »Sei kein Narr, Ulrich, Thurzo muß vollkommen sicher sein, daß wir ihm nicht in den Rücken fallen, und Anna als Braut seines Sohnes gibt ihm diese Sicherheit.«

Zugegeben, Jakob hatte das erst gesagt, nachdem Ulrich sich drei Stunden lang mit gekränktem Tonfall beklagt hatte: »Ein Ungar... Das sind doch Barbaren... Ein einfacher Bergbaufachmann als Vater... Meine Tochter... Einen Grafen könnte sie bekommen...« Erst als Jakob ihn so unerbittlich gemaßregelt hatte, war er über diesen Tonfall so entsetzt, daß er nachgab.

Er hatte nur noch gestammelt: »Aber du willst ihm doch in den Rücken fallen...«

»Natürlich.« Kalt, eiskalt, dachte Ulrich. »Aber ohne ihn dabei zu verlieren. Er wird es lange überhaupt nicht merken, und deine Anna wird in Ungarn wie eine Königin behandelt werden.«

Ulrich seufzte, ließ sich noch einen Krug Bier einschenken und betrachtete seine Tochter. Ungarn. Der Freiherr von Stain hatte schon um sie geworben. Unter dem ärmeren Adel gab es so viele, die bereit waren, ihr Wappen mit einer reichen Kaufmannsfamilie zu verbinden. Sein Blick wanderte zu Sybille in ihrem grünen, mit kleinen Perlen bestickten Kleid, die soeben, vom Tanz erhitzt, zur Tafel zurückkehrte, sich über ihren Gemahl beugte und ihm etwas zumurmelte. Aber natürlich, dachte er grollend, Ehen um des Ansehens willen sind nur Jakob gestattet!

Ulrich war einer der wenigen, die diesen Abend nicht genossen. Es dauerte lange, bis der König widerwillig das Zeichen zum Aufbruch gab und sich mit dem größten Teil seines Gefolges in die für ihn bereitgestellten Räume begab. Er bedeutete Jakob, ihm zu folgen, und bald saßen die beiden Männer allein in dem prächtigsten Gemach des Gebäudes, nachdem sich Diener und Kämmerer diskret zurückgezogen hatten.

Maximilian bot Jakob etwas von dem Wein an, der auf dem Marmortisch bereitstand. Jakob schüttelte den Kopf, was ihm einen zugleich belustigten und verärgerten Blick des Königs einbrachte. Maximilian seufzte.

»Etwas menschlich, Fugger! Seid doch einmal kein solches Vorbild an Selbstbeherrschung! Ich habe Euch noch nie betrunken gesehen, Wutanfälle habt Ihr keine, hinter den Weibern seid Ihr auch nicht her, und wenn nicht Eure schöne Gemahlin wäre, würde ich sagen, Ihr habt Angewohnheiten wie ein Mönch.«

Ein kaum sichtbares Lächeln schwebte um Jakobs Mund.

»Es wäre gar nicht so schlecht«, fuhr der König fort, »wenn Ihr im Dienst der Kirche statt Eures Unternehmens stündet, dann könnte ich Euch nämlich zu Verhandlungen nach Mailand schicken, anstelle dieses Narren Ebersberg. Lodovico, der Schurke, weigert sich noch immer, den Hochzeitsvertrag zu erfüllen und die Mitgift für seine Nichte herauszurücken.«

Maximilian trank und setzte mit einem Ruck seinen Becher ab. Sein Gesicht wirkte mit einem Mal älter, die unvorteilhafte Unterlippe war stärker betont.

»Wenn man sich überlegt«, sagte er zornig, »daß Lodovico noch nicht einmal der wahre Herzog von Mailand ist, sondern nur Regent für seinen Neffen! Ha!« Er zog eine Grimasse. »Doch um es kurz zu machen, Fugger, ich brauche noch etwas Geld.«

»Ich weiß, Euer Majestät.«

Höflich wie immer, dachte Maximilian, und aus den merkwürdigen Augen war auch wie gewöhnlich nichts herauszulesen. Manchmal war es demütigend, auf diesen Mann angewiesen zu sein. Jakob zahlte ihm eine monatliche Pension von zehntausend Gulden. Doch es war einfach nicht genug. Es war nie genug. Vor allem jetzt, da er weniger Soldaten, dafür aber immer mehr Kanonen brauchte, um mit den technischen Neuentwicklungen seiner Feinde mitzuhalten, größere und weiterreichende. Doch immer noch besser, bei Jakob Fugger verschuldet zu sein, als bei einem Juden, der Zins nehmen durfte. Das Zinsverbot für Christen war in der Vergangenheit höchst wirksam gewesen und hatte den Groll gegen die Juden geschürt, doch schon seit etwa hundert Jahren hatten die Italiener Mittel und Wege gefunden, es geschickt zu umgehen. Heute war die Bank der Medici aus Florenz die bedeutendste Europas, und, bei Gott, sie nahm Zins!

Nein, besser, sich von Jakob Fugger etwas leihen zu lassen. Jakob nahm keinen Zins, zumindest von ihm nicht. Aber er forderte Privilegien, und anders als der berüchtigte Lukas akzeptierte er nur solche, die einen realen Wert für ihn hatten. Maximilian musterte sein Gegenüber. Sie kannten sich nun schon sehr lange, er und Jakob, und eines wußte er – dieser Kaufmann aus Augsburg war genauso machthungrig wie sein König.

Manchmal, in den frühen Morgenstunden, wenn er sich elend fühlte und niedergeschlagen und wenn kein warmer Körper zur Hand war, um ihn abzulenken, fragte er sich, ob Jakobs Macht nicht größer war als die seine. Und gerade dieser Gedanke forderte ihn immer wieder dazu heraus, zu beweisen, daß er doch klüger war als sein Untertan, daß auch ein Jakob Fugger überlistet werden konnte. Jetzt sagte er hastig:

»Ich kann Sicherheiten für eine neue Anleihe bieten, Fugger. Aus England kommen bald Hilfsgelder für meinen Kampf gegen die Türken. Ist das nichts?«

»Es wäre etwas«, antwortete Jakob gedehnt, »wenn ich nicht ebensogut wie Euer Majetät wüßte, daß der englische König seine Vereinbarung mit Euch bereits gebrochen hat und Euch hat sagen lassen, er beabsichtige nicht, Euch in irgendeiner Weise zu unterstützen.«

Maximilians Blick verdunkelte sich. Er holte tief Luft. Jakob beobachtete ihn ruhig. Dann lachte der König. »Irgendwann einmal werde ich Euch fragen, wen Ihr alles bestochen habt, damit Euer Nachrichtendienst so schnell arbeitet. Es stimmt. Henry Tudor, dieser Judas, hat es vorgezogen, sein Bündnis mit meinem lieben Freund, dem König von Frankreich, zu erneuern. Ist Euch eigentlich klar, was das bedeutet, Fugger? Ich habe diesem Abenteurer, der nur dank eines Verräters auf dem Thron sitzt und dessen Abstammung zum Himmel stinkt, meine Freundschaft angeboten – ich, der Erbe des Heiligen Römischen Reiches –, und er schleudert sie mir ins Gesicht!«

»Die Franzosen haben ihm in den letzten Jahren ein Heer gestellt, um sich den Thron zu erobern«, erwiderte Jakob behutsam.

»Ja – man mußte die Gefängnisse in Frankreich öffnen, um überhaupt ein paar Freiwillige zu bekommen! Und so etwas nennt sich nun seit einem Jahr König und wagt es, mich derart zu behandeln! Henry Tudor!«

Maximilian brütete vor sich hin. »Ist Euch eigentlich klar, Fugger, daß ich von lauter Feinden umgeben bin? Tudor, der Judas, sitzt in England, und ich wage nicht zu hoffen, daß einer der zahlreichen Aufstände dort ihn stürzt. In Frankreich herrscht diese Ratte Charles. Sein Vorgänger wurde der Spinnenkönig genannt, und er ist auch nicht viel besser. Eines Tages werde ich mich an ihm rächen... Und Lodovico von Mailand benimmt sich, als sei ich nur ein aufdringlicher Freier aus einer dieser italienischen Städte. In Ungarn hat man nur Beschimpfungen für das Haus Habsburg übrig, statt dankbar dafür zu sein, daß ich mich verpflichtet habe, gegen die Ungläubigen zu kämpfen und anschließend das Land vor der Barbarei zu retten. Und die spanischen Königreiche... Wißt Ihr, was dort geschehen ist?«

Maximilian war den ganzen Tag über die Freundlichkeit

selbst gewesen, doch nun mußte er den so lange aufgestauten Groll loswerden. Über die meisten der spanischen Lande herrschten Ferdinand von Aragon und Isabella von Kastilien, die Erben zweier Königreiche, die sich jahrhundertelang bekriegt hatten. Ganz Europa hatte verstanden, warum Ferdinand Isabella heiratete, doch nun schien es, daß vielmehr Isabella Ferdinand geheiratet hatte, denn sie hatte höchst unweiblich einen guten Teil der Regierungsgeschäfte übernommen – manche meinten sogar, den größeren Teil.

Doch was Maximilian gegen die Königin einnahm, war nicht nur ihre mangelnde weibliche Bescheidenheit, sondern vor allem ihre militärischen Erfolge. Sie hatte es sich zum Ziel gesetzt, die gesamte Iberische Halbinsel für das Christentum zurückzugewinnen und hatte bereits den größten Teil des maurischen Königreichs Granada erobert. Maximilian wußte, daß man Isabellas erfolgreiche Feldzüge an den Höfen nur zu gern mit seinen Mißerfolgen verglich und die Kastilierin den legendären Kreuzzugsanführern gleichstellte.

»Das viele Lob muß dieser Frau zu Kopf gestiegen sein, Fugger! Vielleicht hat sie deswegen meinen Gesandten mißachtet. Er ersuchte um eine baldige Audienz, und ihm wurde mitgeteilt, daß er warten müsse, weil die Königin beschäftigt sei. Nun, soll ich Euch sagen, womit sie beschäftigt war? Sie hat einen närrischen Genueser empfangen, der sich mit seinen Plänen schon längst zum Gespött gemacht hat! Es war ihr anscheinend wichtiger, einem Wahnsinnigen zu lauschen, als meinen Gesandten willkommen zu heißen. Er hat mir erzählt, daß dieser Genueser eine neue Route nach Indien sucht – auf dem Seeweg, und zwar auf dem westlichen Seeweg! Lächerlich. Schlimmer noch, es ist Ketzerei.« Maximilian schüttelte den Kopf. »Fast könnte ich Isabella bedauern.«

Jakob entsann sich, durch seine Zuträger von dem Genueser gehört zu haben. Man hatte ihn nur als närrische Erscheinung abgetan. Es stimmte, die Vorstellung, daß die Erde rund sei, war Ketzerei, doch in den letzten Jahren hatte sich so vieles Ketzerische als richtig erwiesen... Und hatte ihm Richard nicht einmal von ähnlichen Überlegungen der Araber in diesem Punkt erzählt? Jakob nahm sich vor, nähere Erkundigungen über den Genueser einzuholen, während er gleichzeitig Maximilian zuhörte.

»Euer Majestät sollten morgen einen Beauftragten zu mir schicken«, sagte er schließlich. »Ich werde einen Wechsel über die benötigte Summe ausstellen.«

Maximilian blickte ihn an. Selbstmitleid und Zorn waren aus seinem Gesicht verschwunden; nur noch Erleichterung und Neugier lagen darin.

»Ich frage mich«, sagte er langsam, »warum Ihr das tut. Beunruhigt Euch nie die Vorstellung, daß Ihr eines Tages zuviel Geld an mich verlieren könntet?«

Maximilian wußte, daß er nie in der Lage sein würde, seine Schulden zurückzuzahlen, und wenn es für einen bürgerlichen Kaufmann schon fast unmöglich war, seine Forderungen gegen einen Grafen vor Gericht geltend zu machen, so war es undenkbar, einen Herrscher vor das Gesetz zu zitieren.

Jakob hob die Augenbrauen. »Sagen wir, ich teile eine Überzeugung mit Eurer Majestät... den Glauben an die Zukunft des Hauses Habsburg.«

»Ah, natürlich«, der König verzog das Gesicht, »es ist nie falsch, Jahrhunderte voraus zu denken, nicht wahr? Nun, gute Nacht, Fugger.«

Als Jakob schon fast an der Tür war, rief er ihn noch einmal an. »Fugger!«

Jakob drehte sich um. Maximilian lächelte. Er hatte sich an ihre erste Begegnung erinnert, damals, als sie beide noch Knaben und er mit seinem Vater auf dem Weg nach Burgund gewesen war, um die Tochter des mächtigen Herzogs zu heiraten. Sie hatten in Augsburg Rast gemacht und sich bei jenem neuen Unternehmen mit Stoffen bester Qualität versorgt, um sich von dem Burgunder nicht ausstechen zu lassen. Aus einem neugierigen Impuls heraus hatte Maximilian den Hofbeamten, der für die Stoffbeschaffung zuständig war, zu der Kaufmannsfamilie begleitet und war dort auf den gleichaltrigen Jakob gestoßen. Sie hatten eine Stunde angeregt miteinander geplaudert, und schließlich hatte sich Maximilian mit genau den Worten verabschiedet, die er jetzt, zwei Jahrzehnte später, erneut gebrauchte: »Viel Glück, Fugger! Wer weiß, vielleicht sehen wir uns wieder.«

11

INSGEHEIM SCHWOR SICH RICHARD, nach Möglichkeit nie wieder sein Zimmer mit einem Grafen zu teilen. Das wenige, was von der Nacht noch verblieben war, hatte Ulrich von Remar glücklicherweise damit verbracht, seinen Rausch auszuschlafen, doch am nächsten Morgen schrie er nach seinen Dienern, tobte über angebliche Dellen und Kratzer in seiner Rüstung und redete unentwegt von seinen ruhmreichen Taten.

Sein Knappe (Richard hatte keine Ahnung, wo dieser Unglückliche untergebracht war) hatte ihn schon fast völlig in seine Rüstung gekleidet, da fiel es dem Herrn von Remar ein, daß er etwas Zerstreuung gebrauchen könnte. Er fuhr sich mit der Zunge über die Lippen.

»Wenn ich es recht bedenke... Nimm mir das Zeug wieder ab, los, mach schon!«

Der erschöpfte Knappe senkte sein Haupt und murmelte etwas wenig Respektvolles in seinen Bart, während er sich daranmachte, die Scharniere wieder zu öffnen. Remar wandte sich mit einem gönnerhaften Lächeln an Richard.

»Hört mal, Junge, ich brauche eine kleine Stärkung vor dem Turnier. So einen kleinen Glückszauber, Ihr versteht schon. Könnt Ihr mir nicht ein paar leckere Hexchen besorgen?«

In diesem Augenblick knickte dem knienden Knappen der Fuß ein, und der Mann fiel auf den Boden, was der erboste Ulrich von Remar mit einem Tritt quittierte. Als er sich wieder an seinen Gastgeber wenden wollte, hörte er nur noch die Tür des kleinen Zimmers knallen.

Richard brauchte eine Weile, bis er sich wieder beruhigt hatte. Um ein Haar wäre er der Versuchung erlegen, Remar hinauszuwerfen – oder, dachte er düster, sich von Remar hinauswerfen zu lassen, denn damit hätte es angesichts der Situation wohl geendet. Das Geschwätz des Grafen war schlimm genug gewesen, aber warum hatte Ulrich von Remar ausgerechnet nach Schwarzer Magie verlangt? War es nur Zufall, oder lag es an ihm, Richard? Unwillkürlich erinnerte er sich an den Inquisitor, hörte den Dominikaner darüber sprechen, daß die Kinder von Hexen gezeichnet blieben, und fröstelte. Gleich darauf wallte Zorn in ihm auf, Zorn auf sich selbst. Seine Mutter war keine Hexe, es gab keine Hexen, und eine lächerliche Bemerkung dieses Laffen so wichtig zu nehmen, war nur ein Zeichen seiner eigenen Dummheit!

Um sich abzulenken, gesellte er sich Hänsle zu, der mit einem verdrossenen Gesicht herumlief und erklärte, seine Mutter sei wegen der Verlobung heute abend vollkommen durcheinander, fände plötzlich Annas Kleid unpassend und habe das Mädchen dadurch völlig hysterisch gemacht.

»Jetzt suchen sie alle wie die Verrückten nach einem besseren Kleid, nachdem Mama doch dieses aus Frankreich hat kommen lassen, als ob wir in Augsburg keinen Stoffhandel hätten!«

Sie beschlossen, sich schon vor die Stadtmauern zu begeben, wo später das Turnier stattfinden sollte. »Wir haben dann Zeit genug, festzustellen, wo man am besten sieht!« meinte Richard.

Ehe sie jedoch das Haus verlassen konnten, stießen sie auf Ursula, Ulrich und Veronikas zweitälteste Tochter. »Wohin geht ihr? Nehmt mich mit!« rief sie. Ursula war ein Rotschopf mit Sommersprossen und einer Himmelfahrtsnase, Mäkel, die Veronika Sorgen bereiteten, doch durch Ursulas ständige gute Laune mehr als ausgeglichen wurden. Sie war nur wenige Monate älter als Richard und hakte sich ohne weiteres zwischen ihm und ihrem Bruder ein.

»Ich werde wahnsinnig, wenn ich noch mehr über Kleidung

und Verlobungen höre! Ich weiß, ich sollte Anna jetzt zur Seite stehen, aber sie und Mama sind in einem Zustand, daß man glaubt, der Jüngste Tag sei gekommen!«

»Und dein Vater?« fragte Richard. Sie zuckte die Achseln. »Papa ist ins Kontor geflüchtet.« Mit einem Augenzwinkern fügte sie hinzu: »In einer solchen Geschwindigkeit geht er sonst nie dorthin.«

Auf dem Turnierplatz wurden schon die Schilde der einzelnen Kämpen angebracht, und Richard erkannte das Wappen Ulrich von Remars wieder – ein Reh auf schwarzweißem Hintergrund. Die drei waren nicht die ersten Neugierigen; der Turnierplatz füllte sich bald, und obwohl sie einen Platz auf der Tribüne hätten beanspruchen können, beschlossen sie, vor der Absperrung stehen zu bleiben. Dort war man näher am Geschehen, und nicht nur für Richard sollte es das erste Turnier sein.

»Wie das wohl sein muß«, meinte er, »schon als Kind zu lernen, wie man kämpft – in unserem Alter müssen die Adeligen schon sämtliche Waffenkünste beherrschen.«

Hänsle lachte. »Anstrengend natürlich. Ich bin froh, daß ich es nicht lernen mußte. Mir reicht schon das Latein! Wozu soll ich Waffen gebrauchen… Das ist wieder eine von deinen nutzlosen Tagträumereien, Richard.«

»Ich habe nicht gesagt, daß *ich* gerne kämpfen würde. Natürlich ist es das Privileg der Ritter. Aber wenn man auf Reisen ist und von Wegelagerern angefallen wird, könnte es ganz nützlich sein.«

»Aber wer geht denn schon ohne Eskorte…«, begann Hänsle, wurde jedoch von seiner Schwester unterbrochen.

»Ihr seid alle beide Heuchler. Selbstverständlich würdet ihr gerne kämpfen, sonst wärt ihr nicht hier, um euch das Turnier anzusehen.«

Hänsle grinste und gab ihr einen Rippenstoß. »Du hast doch gestern auch wie eine Mondsüchtige den Tanzenden zugeschaut, und ich habe noch nicht bemerkt, daß du tanzen kannst – so, wie du mir auf die Füße getreten bist… au!«

Ursula wandte sich mit der Miene einer vollendeten Dame an Richard.

»Kinder!« sagte sie verächtlich. »Warum hast du gestern nicht getanzt, Richard?«

Er wollte nicht zugeben, daß er es nicht konnte, und gab deshalb die erstbeste Begründung, die ihm in den Sinn kam: »Deine Mutter würde einen Wutanfall bekommen, wenn ich eine von euch auffordern würde.«

Ursulas Mund wölbte sich. »Stimmt«, sagte sie nachdenklich, »sie mag dich nicht.« Plötzlich bekam sie einen spitzbübischen Gesichtsausdruck. »Aber es zwingt dich niemand, *sie* aufzufordern!«

Unterdessen war der größte Teil der Familie eingetroffen, und Johannes, einer von Georg Fuggers Söhnen, hatte sie erspäht. Anläßlich des Königsbesuches war auch Georg in Augsburg, und Johannes konnte sich nichts Besseres vorstellen als dieses Turnier, um vor seinen Freunden in Nürnberg damit zu prahlen. Er lief zu seinen Vettern.

»Ihr habt einen echten Familienkrach verpaßt!«

Ursula sah Johannes nachsichtig an. »Wenn du den Streit um Annas Kleid meinst, Kleiner – davon habe ich mehr als genug mitbekommen.«

Johannes schüttelte heftig den Kopf. »Ach, es ging doch längst nicht mehr um das Kleid. Annas Mädchen holte Mama dazu, und Mama holte Tante Sybille, und Tante Sybille hatte ein Kleid für Anna. Aber als Tante Veronika das sah, regte sie sich wieder auf und brach in Tränen aus und sagte, ihre Tochter wäre viel zu schade für die ungarischen Barbaren, und Anna weinte ebenfalls, und dann schrie Tante Veronika Tante Sybille an und behauptete, sie täte alles, damit Onkel Jakob Onkel Ulrichs Kinder aus Augsburg vertreibt und sie nichts erben.«

Stolz auf den Effekt, den seine Worte erzielt hatten, sah er sich um. Hänsle und Ursula schauten betreten drein, Richard pfiff durch die Zähne. Es überraschte ihn nicht, daß Veronika so etwas einfiel, aber daß sie ausgerechnet am Verlobungstag ihrer Tochter, während des königlichen Besuches, es darauf anlegte, einen Streit vom Zaun zu brechen...

»Was hat Tante Sybille geantwortet?« fragte Ursula unvermittelt.

Genußvoll berichtete Johannes weiter: »Sie sagte, erstens träfe Onkel Jakob seine geschäftlichen Entscheidungen ohne sie, zweitens hätte Onkel Ulrich in die Verlobung eingewilligt, und drittens würde nach dem Gesellschaftervertrag ohnehin keiner der Kinder von Onkel Ulrich, Onkel Jakob und Papa etwas von dem Unternehmensvermögen erben oder entscheidungsberechtigt sein. Tante Veronikas Vorwurf wäre also vollkommen unsinnig. Daraufhin wurde Tante Veronika erst recht wütend, sagte, daß dieser Vertrag eine infame Intrige von Onkel Jakob gewesen wäre, nachdem er aus Italien zurückgekommen war, und fing an, über Onkel Jakob herzuziehen. Und dann kam Onkel Jakob herein. Tante Veronikas Geschrei muß man durch mehrere Stockwerke gehört haben, vielleicht hat es ihm auch jemand gesagt, inzwischen war ja fast die ganze Familie in Annas Kammer versammelt. Anna stand da und weinte und sagte, man solle sie endlich in Ruhe lassen, Tante Veronika schrie, und Tante Sybille war auch ziemlich aufgeregt.«

Hänsle stieß die angehaltene Luft aus. Er hatte noch nicht erlebt, daß jemand seine Mutter zum Schweigen hätte bringen können, wenn sie erst richtig in Fahrt war. Andererseits hatte er auch noch nie erlebt, daß sie offen mit Jakob gestritten hätte. Er konnte sich nicht vorstellen, daß jemand Jakob lautstark widersprach... besonders in der Öffentlichkeit.

»Was hat er gemacht?« fragte er, nicht sicher, ob er es wirklich wissen wollte.

»Er scheuchte alle Familienmitglieder aus dem Zimmer, bat Tante Sybille, sich um Anna zu kümmern, und nahm Tante Veronika mit sich in ihre Kammer. Ich weiß nicht, was dann passiert ist.«

Richard schaute auf die Tribüne. Dort saßen Georg und seine Frau Regina, der Bürgermeister Anton Welser mit seiner Familie, denen unter all den Fuggern sichtlich unbehaglich zumute war, Ulrich, der versuchte, mit Welser ein Gespräch zu führen, eine eisig-schweigende und wie erstarrt dasitzende Veronika, der junge Thurzo, der wahrscheinlich nichts von all dem mitbekommen hatte, und Veronikas Kinder, außer Anna. Es fehlten nur noch Jakob und Sybille.

Ursula schien seine Gedanken erraten zu haben. Sie tippte ihm auf die Schulter und sagte leise: »Da kommen sie!« Wenn Jakob oder Sybille noch aufgeregt waren, so konnte man es ihnen nicht anmerken. Sybille begrüßte den Bürgermeister und seine Familie freundlich und setzte sich neben Regina Fugger. Sie vermied es, Veronika anzusehen.

Sybille glaubte nicht, daß die Auseinandersetzung über das Kleid dem Impuls eines Augenblicks entsprungen war. Veronika hatte es geplant, um endlich einen großen Streit mit Sybille anzufangen und ihr ein paar Dinge ins Gesicht werfen zu können, und es war ihr offensichtlich gleichgültig, ob ihre Tochter darunter litt!

Anna mochte sich vor dieser Ehe gefürchtet haben oder auch nicht, bis jetzt war es ihr gelungen, zumindest tapfer die Fassade aufrechtzuerhalten, und sie hatte keinen Widerwillen gegen Georg Thurzo oder die Verlobung mit ihm gezeigt, bis ihre eigennützige Mutter heute morgen begonnen hatte, die ganze Familie aufzubringen.

Sybille zwang sich zu einem Lächeln. Es war ihr gelungen, Anna einigermaßen zu beruhigen, und sie hoffte, daß die Stunden, die das Mädchen während des Turniers für sich hatte, ein übriges tun würden. Anna war so aufgelöst gewesen, daß sie beschlossen hatte, das Mädchen zu Hause zu lassen und lieber Gerede über ihre Abwesenheit in Kauf zu nehmen.

Die Fanfaren kündeten den Beginn des Turniers an; Sybille versuchte, ihre Aufmerksamkeit ganz Maximilians Lieblingszeitvertreib zu widmen. Bei den ersten Kämpfen beteiligte sich der König noch nicht persönlich. Traditionellerweise kämpften die Partei des Königs und die der Königin

– auch wenn sie nicht anwesend war – gegeneinander; beide Parteien stammten natürlich aus Maximilians Gefolgschaft, so daß er in keinem Fall sein Gesicht verlor.

Remar von Remar, der Partei des Königs angehörend, erwies sich zunächst als ziemlich erfolgreich, dann aber als schlechter Verlierer; denn als er im letzten Gang der Vorrunde von Hans Peter Graf zu Moosach vom Pferd geworfen wurde, bekam er an Ort und Stelle einen Wutanfall, bezichtigte den Moosacher des Regelbruchs und mußte schließlich gezwungen werden, das Feld zu verlassen.

Nach den Vorrunden kam der Höhepunkt des Turniers; Maximilian trat in die Schranken. Er war sehr stolz darauf, als bester Recke zu gelten, und forderte jeden ausländischen Gast an seinem Hof zum Waffengang auf, um sein Können erneut zu beweisen.

Sybille vermutete allerdings, daß kein Höfling, und wurde er auch noch so eindringlich aufgefordert, keine Rücksicht walten zu lassen, es wagen würde, seinen Herrscher zu besiegen – nicht, daß Maximilian das nie zugestoßen war; er wurde gelegentlich sehr wohl besiegt, doch nicht oft genug, um seinen Ruf als erster Turnierkämpfer des Reiches in Frage zu stellen. Es gab keinen Zweifel darüber, daß Maximilian unerbittlich seine Turnierkünste übte, während seine Untertanen nur mehr wenig Interesse an dieser Art des Kräftemessens hatten.

»Die Zeit für Turniere ist vorbei«, hatte Jakob gesagt.

Sybille fand die Weise, in welcher der König an der Vergangenheit hing, bewegend. Sie mußte sich immer wieder ins Gedächtnis rufen, daß sie einen Mann beobachtete, der nicht zögerte, zur Befriedigung seines Ehrgeizes Krieg zu führen, und von dem ihr Gemahl gesagt hatte: »Ich traue ihm nicht und er traut mir nicht.«

Doch während Maximilian hochmütig gegenüber anderen Herrschern und Adeligen auftrat, war er zu seinen bürgerlichen Untertanen durchwegs freundlich und nicht im geringsten gönnerhaft. Er hatte zahlreiche Geliebte, und

Sybille hatte nie gehört, daß er eine Frau schlecht behandelt hätte, wenn er ihrer überdrüssig war, wie es so viele hohe Herren taten. Jedes seiner Bastardkinder erkannte er an.

Doch es fehlte ihm, dachte Sybille, während sie beobachtete, wie er unter dem Beifall der Menge seine Gegner besiegte, jene Eigenschaft, die Jakob besaß: die Fähigkeit, seiner Umgebung Ehrfurcht einzuflößen und sie durch bloße Willensstärke zu beherrschen.

Sie erinnerte sich an ein Gespräch mit Richard vor ein paar Tagen.

»Es gibt Menschen... und es gibt besondere Menschen«, hatte Richard gemeint, »Menschen, die man nicht vergessen kann. Wißt Ihr, Tante, das muß nicht mit Schönheit oder Klugheit zusammenhängen... Es kann auch jemand sein, der wahnsinnig ist. Aber wenn ich lese, daß jemand etwas Bestimmtes gesagt oder getan hat, dann ist es plötzlich, als würde ich ihn kennen, und dieser Mensch ist dann besonders für mich.«

Sybille verstand nun, worauf er hinausgewollt hatte. Maximilian war ein Mensch mit Fehlern und Vorzügen, den man... vergessen konnte. Sie lächelte über sich selbst. Was für eine Majestätsbeleidigung – und wie ungerecht König Max gegenüber, der sie so ausgezeichnet hatte. Sie verdoppelte ihren Applaus. Wo befand sich eigentlich Richard? Will hatte ihr berichtet, daß er sofort seine Kammer angeboten hatte, um einen tobsüchtigen Grafen zu besänftigen. Nach einigem Suchen stellte sie fest, daß er sich mit Ursula, Hänsle und Johannes unter den Zuschauern direkt hinter der Abschirmung befand.

Wie gut war es doch, daß Veronikas Kinder keinen Groll gegen ihren Neffen hegten. Sie wußte, was es bedeutete, von einer großen Familie als Außenseiter angesehen zu werden. Sybille hatte sich unaufhörlich bemüht, von den Fuggern akzeptiert zu werden, wenngleich nicht durch Demut und Schüchternheit. Schließlich war sie eine Artzt, keine Bettlerin, die Jakob auf der Straße aufgelesen hatte. Und obwohl sie, bis auf Veronika, schließlich die meisten Familienmitglieder für sich gewonnen hatte, war ihr Richards Ankunft als ein Geschenk des Himmels erschienen. Sie war nicht länger allein, jemand aus ihrer eigenen Familie würde bei ihr sein und Teil dieser neuen Familie werden.

Sie hatte wenig von Richards Vergangenheit preisgegeben. Er sollte nicht den Ruf des armen Waisen bekommen, der auf Wohltätigkeit angewiesen war. Daher hatte sie heimlich begonnen, ihre Eltern zu bearbeiten, damit diese ihren einzigen Enkel in ihr Testament einsetzten. Am Anfang erwähnte sie Richard überhaupt nicht, dann ließ sie allmählich Bemerkungen über seinen Lerneifer, sein Gedächtnis, seinen Fleiß und dergleichen in das Gespräch einfließen, wenn sie ihre Eltern besuchte. Es würde sich alles regeln, mit etwas Glück... Sie lehnte sich zurück und ärgerte Veronika mit einem strahlenden Lächeln. Das Leben war wundervoll.

Richard war anderer Ansicht, als er erhitzt, staubig und begeistert von dem Turnier zurückkehrte und mit geheimnisvollen Gesten von Barbara beiseite gezogen wurde. Sie führte ihn in den Gesindetrakt des Gebäudes.

»Was ist geschehen?«

»Ich muß mit Euch sprechen«, sagte sie. »Es geht um die Käthe.« Richard erinnerte sich. Käthe war eines der neueren Mädchen, ein hübsches flachshaariges Ding etwa in seinem Alter, vielleicht ein wenig jünger.

»Der Herr, der mit in Eurer Kammer wohnt, der Graf...«

Richard spürte einen schalen Geschmack im Mund. Das war es also gewesen, was Remar unter einem »Hexchen« verstanden hatte! Er schalt sich einen Narren. Ekel stieg in ihm auf. Remar hätte bei seinem Aussehen und seiner Stellung leicht eine der zahlreichen Frauen, die es hier gab, in sein Bett bekommen können, aber nein, es mußte dieses halbe Kind sein.

»Ich verstehe«, sagte er düster.

Barbara ergriff wieder seinen Arm. »Er hat es nicht ernst

genommen, daß sie sich gewehrt hat, die Herren nehmen das nie ernst. Und jetzt hat sie Angst, daß er sie wieder zu sich bestellt...« Sie brach ab, löste sich von ihm und rieb sich unsicher die Hände. »Ich dachte, weil... ich dachte, Ihr könntet...«

»Schon gut«, sagte Richard beruhigend und überlegte. Zwei Jahre in enger Nachbarschaft mit Jakob Fugger hatten ihm einen anderen Blick auf die Welt eröffnet. Wenn er jetzt zu Remar ging und ihn der Notzucht beschuldigte, würde der Graf nur lachen, ebenso, wenn er, Richard, die Angelegenheit mit Käthe als Bitte vortrug. Wenn er ihm auch nur eine Ohrfeige gab, was er im Augenblick liebend gern getan hätte, oder ihm seine Meinung über die Vergewaltigung kleiner Mädchen sagte, hätte er einen adeligen Gast beleidigt. Aber er konnte auch nicht darauf vertrauen, daß Remar Käthe schon satt hatte, und selbst wenn es so war – es gab noch andere kindliche Mädchen beim Gesinde.

Barbara starrte ihn mit ihren großen, braunen Augen an. Er schluckte. »Keine Sorge«, sagte er schnell. »Mir ist eben etwas eingefallen.«

Es dauerte etwas, bis er die Schreiber Norbert und Heinz fand, die sich, wie nicht anders zu erwarten, an einem Krug Wein gütlich taten.

»Wen haben wir denn da?« fragte Heinz und grinste. »Den großen Mann mit dem kleinen Magen?«

Richard fühlte, wie seine Haut brannte. Er wünschte sich Jakobs unerschütterliche Maske und versuchte, möglichst gelassen zu sagen: »Hat einer von euch Burschen Lust, einem Grafen die weiblichen Sehenswürdigkeiten Augsburgs zu zeigen?«

»Hä?«

»Wie?«

»Der Mann ist ungeheuer reich und großzügig, und er brennt darauf, unsere hiesigen Bordelle kennenzulernen. Er braucht nur jemanden, der ihn durch die Stadt führt und dafür sorgt, daß er gebührend empfangen wird.«

»Hört sich nicht schlecht an«, murmelte Norbert und griff nach dem Krug, der bereits fast leer war. »Aber warum tust du es nicht selber? Wo ist der Haken?«

Weil ich nicht weiß, wie man ein Bordell besucht, dachte Richard. Aber er wäre eher gestorben, als das ausgerechnet diesen beiden zu erzählen. Sicher, ihm war durch Getuschel und anzügliche Bemerkungen klar, wo die verrufenen Häuser sich in etwa befanden, aber erstens kannte er sich nicht aus, und an seinem Plan mußte alles klappen, und zweitens würde er sich bestimmt nicht noch einmal lächerlich machen, und gewiß nicht vor diesem Remar!

»Meine Tante hat mich überhäuft mit Pflichten. Ich komme wahrscheinlich erst morgen zur Messe einen Schritt aus dem Haus! Also, was ist mit euch? Der Mann wird euch mit Gold überschütten, und außerdem könnte es sein, daß er euch bei Hof empfiehlt, wenn ihr Augsburg einmal verlassen wollt. Aber macht etwas schneller mit der Entscheidung, ich habe es eilig!«

»In Ordnung«, entgegnete Norbert und rülpste. »Wir machen es. Wo steckt der Knabe, und wie heißt er?«

»Ulrich von Remar, und im Augenblick erholt er sich wahrscheinlich in meiner Kammer von dem Turnier. Ich werde ihm sagen, daß ihr seine Führer sein werdet. Ach, übrigens – sorgt dafür, daß die Frauen nicht zu alt sind.«

Remar zu überreden, er müsse unbedingt einen Streifzug durch Augsburg unternehmen, war leichter, als er erwartet hatte. Der gekränkte Graf befand sich tatsächlich noch in seiner Kammer und pflegte die Wunde, die die Niederlage bei dem Turnier seiner Eitelkeit zugefügt hatte.

Doch auch ein Ulrich von Remar wurde es einmal müde, Hans Peter Graf zu Moosach mit sämtlichen Schimpfnamen zu belegen, die ihm einfielen, und er stimmte schließlich zu. Richard war so vorsichtig, nicht direkt das Ziel des vorgeschlagenen Ausflugs zu nennen – wer konnte wissen, ob Remar nicht auch dies als Kränkung empfinden würde –, doch er machte allerlei Andeutungen, und der Graf verabschiedete sich, von Norbert und Heinz in Empfang genommen, mit einem Augenzwinkern und der gönnerhaften Bemerkung: »Ihr verkommt hier bei diesen Pfeffersäcken, Junge. Wenn Ihr besserer Abstammung wäret, würde ich sagen, Ihr seid ein wahrer Freund.«

Es war nun fast schon Zeit für das große abendliche Fest, auf dem Annas Verlobung verkündet werden sollte, und sowie Richard sicher war, daß Remar das Haus verlassen und wahrscheinlich nicht die Absicht hatte, bald wiederzukommen, sank er erleichtert auf einen Stuhl. Es stand zu hoffen, daß Remar Geschmack an dem Ausflug finden und sich nicht wieder an Dienstmädchen vergreifen würde. Nicht sehr moralisch und auch kaum ritterlich, was ich getan habe, dachte Richard zynisch. Aber mit Bemerkungen wie »Schurke, du wagst es«, konnte man in diesem Fall nichts erreichen, besonders nicht als bürgerlicher Vierzehnjähriger – auch wenn König Max vielleicht anderer Meinung war. Zum Teufel mit Ulrich von Remar!

Erst an diesem zweiten Abend fiel Sybille auf, daß Richard nicht am Tanz teilnahm. Mit einem Anflug von Beschämung erkannte sie, daß niemand daran gedacht hatte, ihm das Tanzen beizubringen, ganz einfach, weil die Söhne und Töchter des reichen Bürgertums dies schon als Kinder lernten.

Richard schien sich jedoch nicht zu langweilen, er sprach gerade mit Georg Thurzo. Sybille war erleichtert. Bald sollte als Höhepunkt des Abends Annas Verlobung verkündet werden, doch bis dahin wußte niemand so recht, was man mit dem jungen Ungarn anfangen sollte. Er sprach nicht viel, und das wenige mit schwer verständlichem Akzent. Richard war es offenbar gelungen, ihn etwas auftauen zu lassen.

Sybille wäre wesentlich weniger erleichtert gewesen, hätte sie gewußt, daß Richards Fragen über Ungarn Georg Thurzo nur die Zunge gelöst hatten, um eine lang aufgestaute Erbitterung loszuwerden. »Ich habe es so satt«, sagte er gerade wütend, »daß mich jeder so behandelt, als sei es eine... ein Wunder, daß ich überhaupt eure Sprache sprechen kann, und als sei ich obendrein noch taub. Meint Ihr, ich hätte nichts von dem Gezeter heute morgen gemerkt? Eure Schwester will mich nicht heiraten...«

»Meine Base«, korrigierte Richard, »und sie will Euch sehr wohl heiraten. In dem Streit heute morgen ging es nur um ein albernes Kleid. Ihre Mutter...«

»Ihre Mutter! Ha! Da hast du es«, sagte der junge Thurzo düster, »diese Frau als Schwiegermutter ist ein Grund, sich zu betrinken, Bruder. Eins kann ich dir sagen, ihr glaubt vielleicht alle, die Verlobung sei eine Ehre für mich, aber ich bin ein Thurzo! Ein Thurzo heiratet sonst nur eine Ungarin! Und dann noch der verdammte Maximilian, der erst unsere Truppen in Wien gemeuchelt und dann unseren König zu einem Schandvertrag gezwungen hat...«

Richard verbiß sich die Bemerkung, daß das ungarische Heer sich in Wien auch nicht gerade vorbildlich verhalten hatte.

»Er will Ungarn zum Teil seines Reiches machen, der Habsburger«, fuhr Thurzo erbittert fort, »es fängt schon an. Keinem hier kommt in den Sinn, daß mein Name nicht Georg ist. Ihr laßt uns noch nicht einmal unsere eigenen Namen!«

»Wie heißt Ihr also?« fragte Richard sachlich. Der Ungar seufzte, trank und strich sich über den Schnurrbart.

»György. Thurzo György, so würden wir in Ungarn sagen. Und der Name meines Vaters«, sagte er herausfordernd, »ist Thurzo Janos, nicht Johann Thurzo! Aber er hat sich schon längst angewöhnt, im Umgang mit euch deutsch zu reden und deutsche Namen zu gebrauchen.«

»Sagt mir noch mehr ungarische Namen, sie klingen so... anders, Thurzo György«, sagte Richard zu Thurzos Überraschung und mühte sich redlich ab, den Namen korrekt auszusprechen. Doch der nasale Zischlaut am Ende des

»György« war zuviel für ihn. Er versuchte es noch einige Male, und der junge Ungar brach in Gelächter aus.

»Ah, die Deutschen«, rief er und wiederholte ganz langsam: »György.«

Richard schoß der Gedanke durch den Kopf, wie seltsam es doch war, daß Thurzo von »den Deutschen« sprach. Es gab Schwaben, Franken, Tiroler, Bajuwaren, Sachsen und was dergleichen mehr, aber »Deutsche« als Volk? Niemand dachte so oder gebrauchte das Wort auf diese Art. Doch davon sagte er nichts, sondern bat Thurzo, ihm noch ein paar ungarische Ausdrücke beizubringen. Unter Gelächter verflog die Zeit, und mehr als einmal warf ein Mitglied der Familie Fugger einen verwunderten Blick in ihre Richtung. Wer hätte gedacht, daß der Fremde so lebhaft werden könnte?

»Ah«, sagte György schließlich und schlug Richard auf die Schulter, »Bruder, du verstehst es, einem die Seele zu halten. Du mußt nach Ungarn kommen und mich besuchen. Wir werden zusammen Stierblut trinken und...«

»Wie bitte?« fragte Richard verblüfft. »Stierblut?«

»Der beste Wein in ganz Ungarn, mein Freund.«

»Und was bedeutet ›die Seele halten‹?« forschte Richard. Der Ausdruck faszinierte ihn.

»Ah, das kann man nicht übersetzen, nicht in diese Sprache voller Umständlichkeit. Die Seele halten... Wenn jemand dabei ist, zu toben über Unabänderliches und töricht redet und trinkt, so wie ich, und dann kommt jemand, so wie du, und hält ihm die Seele... nun, dann tut er es eben.«

»Jemanden aufmuntern?« schlug Richard vor.

György schüttelte den Kopf. »Nein, nein, mehr... Ah, da kommt meine Braut.«

Annas Gesicht ließ keine Tränenspuren mehr erkennen, als sie den Raum betrat, und wenn sie unglücklich war, so konnte man es ihr nicht anmerken. Sie trug schließlich doch das blaue Gewand, mit zahlreichen Silberfäden bestickt und modisch geschlitzten Ärmeln, aus denen goldener Brokat hervorlugte, und den etwas altmodischen Kopfputz, der für diesen Abend vorgesehen gewesen war, denn letztendlich hatte ihre Mutter entschieden, daß nichts schlimmer war, als Sybille verpflichtet zu sein.

Richard begriff nicht, was Veronika an diesem Kleid auszusetzen gehabt hatte. Anna war keine Schönheit und hatte das ein wenig derbe, resolute Gesicht ihrer Großmutter, der geschäftstüchtigen Barbara Bäsinger, die nach dem Tod ihres Gemahls das Unternehmen geführt hatte, bis Ulrich alt genug dazu war. Doch das Blau des Kleides fand sich in ihren Augen wieder und schmeichelte ihrem blonden Haar, und der Schnitt betonte ihre schlanke Taille. Das sanfte Licht der Fackeln und Kerzen warf vorteilhafte Schatten auf sie, verwischte die kräftigeren Linien und ließ sie hübsch und noch jünger erscheinen, als sie ohnehin war. Richard stieß Thurzo an.

»Also dann, György« – sie hatten sich inzwischen endgültig auf das freundschaftliche Du geeinigt – »geh und halte ihr die Seele!«

Auch György Thurzo gab eine stattliche Erscheinung ab, wie er da, ganz in Weinrot gekleidet, neben Anna stand und mit ihr ein feierliches Heiratsversprechen austauschte. Aber Richard blickte auf den König, als sähe er ihn zum ersten Mal, noch immer gefangen in dem seltsamen Gefühl, einen Spiegel von der anderen Seite zu betrachten. Er erinnerte sich an das Weihnachtsfest im letzten Jahr, als er zum ersten Mal seine Schlußfolgerungen laut ausgesprochen hatte. »Die ungarischen Erzvorkommen!«

Über Maximilians Ehrgeiz und Jakobs Geschäftspläne zu spekulieren, war ein aufregendes, ein wenig gefährliches Denkspiel gewesen. Aber er hatte nie versucht, sich in die Ungarn hineinzuversetzen. Die Ungarn, die nun vor der Aussicht standen, entweder von den Türken erobert oder nach dem Tod Wladislaws von Maximilian annektiert zu werden…

Und Györgys Vater, Johann oder Janos Thurzo (er konnte

sich nicht an die verdrehte Stellung von Tauf- und Familiennamen gewöhnen), war bestimmt ein vorausblickender
Mann, der sich auf die neuen Verhältnisse einrichtete, sonst
hätte er sich nicht mit Jakob Fugger verbündet. Wenn schon
György Thurzo, erzogen im Geist seines Vaters, so über die
Ereignisse dachte – wie mußten dann die Gefühle der anderen Ungarn sein?

Er spürte eine leichte Berührung an der Schulter und
drehte sich um. Sybille stand hinter ihm und fragte ihn lächelnd: »Möchtest du nicht lernen, wie man tanzt, Richard?
Du solltest heute abend nämlich wirklich einmal Anna auffordern, selbst der kleine Johannes hat das vor.«

»Es ist nicht sehr freundlich«, erwiderte Richard mit einer
Grimasse, »einen so zu überrumpeln, Tante. Ihr zwingt
mich, meine Unkenntnis zuzugeben, und gebt mir keine
Möglichkeit, zu protestieren.«

Sybille lachte. »Warum solltest du auch? Es ist ganz einfach, Richard, und du hast schon den ganzen Abend lang
zugesehen.«

Sie hoffte, es nicht falsch angefangen zu haben und vertraute darauf, daß seine Abneigung gegen jede körperliche
Berührung nachgelassen hatte. Richard folgte ihr ohne weiteren Widerspruch, ließ sich die notwendigen Schritte der
komplizierteren Figuren erklären, und sie atmete innerlich
erleichtert auf. Seine Angst war überwunden, dachte sie.

Sybille hatte recht und unrecht zugleich. Richard machte
es in der Tat nichts mehr aus, sie zu berühren oder Ursula
oder auch Anna, die mit ihrem Verlobten den Reigen an-
führte. Für jede von ihnen empfand er ein gewisses, wenn
auch unterschiedliches Maß von Zuneigung, etwa wie für
eine Schwester.

Doch als ihn Barbara heute zur Seite gezogen hatte, hätte
er ihren Arm am liebsten abgeschüttelt, denn sie so nah zu
spüren, verwirrte ihn, und er hatte längst beschlossen, sich
nie mehr in eine Situation zu begeben, wie sie ihn mit Barbara verband. Barbara zu berühren, und sei es auch nur mit

den Fingerspitzen, war ihm so unangenehm wie nur irgend etwas.

Aber daran dachte er nicht, als er, anfangs unsicher, mit seiner Tante tanzte. Im Gegenteil, es war schön, zu tanzen; die Musik und die rhythmischen Schritte der Tänzer schienen sich zu einer tragenden, schwebenden Harmonie zusammenzufügen, der man sich unmöglich entziehen konnte. Es war so ähnlich, wie Hans Bäsinger zu beobachten, wenn er das Gold in einen Kreislauf trieb, nur daß er, Richard, nun selbst Teil des Kreislaufs war.

»Du bist so ruhig, Richard«, neckte ihn Sybille. »Keine Fragen, ob der König vielleicht etwas über Mailand oder die anderen italienischen Staaten erzählt hat oder ob es sonst Neuigkeiten gibt – du wirst doch nicht krank geworden sein?«

»Tanzen ist so wunderbar«, platzte er heraus, und Sybille erwiderte belustigt: »Du hast Glück, daß ich nicht dieses Mädchen bin, das neben Regina steht und dir schon die ganze Zeit nachsieht, sonst wäre ich sehr beleidigt, und daß du nicht gesagt hast: Tanzen mit Euch ist so wunderbar.«

Sie hatte Erfolg; er grinste und entgegnete: »Nein, Tante, diesmal falle ich nicht darauf herein – da steht gar kein Mädchen. Ihr wolltet Euch nur ein Kompliment ergattern; Ihr habt Euch die Methoden Eures Gemahls angeeignet.«

Sybille hob die Brauen. »Ist das so schlimm? Wenn ich den gleichen Erfolg habe... Nun, Richard, was soll ich machen, nicht jeder kann mit dem Schwert in den Kampf ziehen wie Maximilian.«

Richard lachte. Es war ein herrlicher Abend, und es war so überraschend angenehm, sich mit einer Frau zu unterhalten und mit ihr zu scherzen. »Ihr seid aber sehr viel erfolgreicher als er... Es *ist* wundervoll, mit Euch zu tanzen. Was gibt es Neues?«

Sybille brach in Lachen aus.

12

DIE NEUIGKEITEN, die aus Italien kamen, nachdem Maximilian seinen Besuch mit einer Jagd und einer Messe abgeschlossen hatte und etwas Ruhe in das Haus am Rindermarkt einkehrte, waren indessen in keiner Beziehung aufheiternd. Papst Innozenz VIII. hatte Pico della Mirandola, nicht zufrieden damit, seine Schrift »De hominis dignitate« zu verbieten, schließlich exkommuniziert.

»Versuche, dich an das zu erinnern, was ich dir über die Stoiker beigebracht habe, und nimm es philosophisch«, sagte Anselm Justinger zu dem aufgebrachten Richard. »Auch der Heilige Vater ist nicht unsterblich. Der nächste Papst kann die Entscheidung wieder rückgängig machen. Außerdem zeigt dieses Ereignis, daß wir in einer neuen Zeit leben. Nach den Lehren der Kirche sollte ein Exkommunizierter gemieden werden wie ein Aussätziger. Dieser Pico dagegen lebt weiter als geehrter Gelehrter in Florenz.«

»Aber«, wandte Richard ein, »es gab doch auch früher Könige und Kaiser, die mit den Päpsten stritten und exkommuniziert wurden, ohne deswegen wie Aussätzige gemieden zu werden.«

Anselm zuckte die Achseln. »Heinrich IV. mußte sich vor Papst Gregor dem Großen bei Canossa demütigen.«

»Aber Friedrich II. wurde dreimal exkommuniziert und war selbst in seinem Tod noch unbesiegt.«

Hänsle, der dem Disput zwischen seinem Lehrer und seinem Vetter bisher eher gelangweilt gelauscht hatte, bekreuzigte sich hastig bei der Erwähnung dieses Kaisers. Zweihundert Jahre waren seit dem Tod Friedrichs vergangen, und noch immer löste sein Name unheilige Schauer aus.

»Richard«, sagte Hänsle beunruhigt, denn seine Keckheit erstreckte sich nie auf das Gebiet der kirchlichen Lehren, »das war der Antichrist.«

Richard war nicht in der Stimmung, auf Hänsles Meinung Rücksicht zu nehmen, insbesondere, da dieser Kaiser, der nur etwas mehr als acht Jahre im deutschsprachigen Teil seines Reiches und den Rest seines Lebens in Italien verbracht hatte und so ganz anders gewesen war als all die sonstigen Herrscher, zu seinen Idolen zählte.

»Antichrist«, sagte er jetzt wütend, »Unsinn. Er hat...«

Anselm griff ein. »Richard, es hat keinen Sinn, wenn du anfängst, über Friedrich von Hohenstaufen zu streiten. Dann werden wir niemals fertig. Im übrigen ist es etwas völlig anderes, einen mächtigen Herrscher zu exkommunizieren, als einen Philosophen, von dem niemand Racheakte zu befürchten hat, sollte er ihn auch wie einen Exkommunizierten behandeln.«

Richards dunkle Augen umwölkten sich. Er strich sich eine braune Haarsträhne aus der Stirn. »Das stimmt. Hat es eigentlich einen Herrscher gegeben, der sich in einem solchen Fall weder gedemütigt hat noch zerstritten mit der Kirche blieb, ich meine, außer dieser Sache mit der babylonischen Gefangenschaft?«

Anselm nickte. »Sicher, sogar mehrere. Ich könnte dir mindestens zwei nennen. John von England und«, seine Stimme wurde etwas boshaft, »Lorenzo de'Medici.«

Richard wußte genau, daß Anselm von ihm erwartete, sofort bei Lorenzo nachzuhaken. Deswegen sagte er absichtlich: »Wie war das mit John?«

Anselm verbreitete sich in einer ausführlichen Lektion über englische Geschichte, bis Richard den Zeitpunkt für gekommen hielt, um sich so harmlos wie möglich zu erkundigen: »Hm... und Lorenzo de'Medici?«

Anselm zwinkerte. »Oh«, antwortete er, »vielleicht sollten wir das auf ein andermal verschieben und den Geschichtsunterricht für heute beenden. Es gibt noch einiges an Naturwissenschaftlichem, was zu bewältigen wäre. Mach nicht so ein Gesicht, Richard, sondern berichte mir über die philosophische Rechtfertigung der Araber des Axioms der Null. Worauf wartest du?«

Richard schwor Anselm heimlich Rache, aber an diesem Tag konnte er wenig anderes tun, als sich der handwerklichen Seite des Lebens zu widmen und wieder einmal Hans Bäsinger zu besuchen.

Der Goldschmied bedauerte gelegentlich, daß Richard als Neffe seines Vetters nicht einfach sein Lehrling werden konnte. Der Junge hatte Talent, dachte er, wirkliches Talent. Er machte Richard mit dem Formen, Hämmern und Schleifen der edlen Metalle und Steine vertraut, was ihnen beiden viel Freude bereitete, doch Richards Hauptstärke war das Entwerfen von Schmuckstücken, Gefäßen, allem, was Bäsinger herstellen konnte. Richard konnte sie vor sich sehen, die gleißenden Schönheiten, während er eifrig zeichnete und dem Goldschmied erklärte, welche Edelsteine er sich vorstellte. Und während ein neues Jahr kam und ging, wurde er von Jakobs robustem Verwandten auch in die Sprache der Steine eingeweiht.

»Kann sein, es ist Aberglauben«, sagte Bäsinger und spie auf den Boden, »aber ich habe noch keinen Goldschmied erlebt, der etwas taugt und sich nicht dran gehalten hat. Bestimmte Steine vertragen sich nicht.«

Richard schwieg. Seitdem ihm Bäsinger einmal über den Mund gefahren war, weil er behauptet hatte, daß Diamanten in Ziegenblut so weich würden wie andere Steine, und als Beweis den großen Plinius genannt hatte, hatte er gelernt, sich mit dem zurückzuhalten, was er aus seinen Büchern über Edelsteine wußte. Plinius hatte sich nämlich als höchst unzuverlässig erwiesen, und Richard war schamrot geworden, während Bäsinger schnaubte: »Ziegenblut! Ist das zu fassen?«

»Saphire«, sagte Bäsinger jetzt, »stehen für die Hoffnung,

und Jaspis für den Glauben. Der Amethyst steht für Demut, aber wenn er nahe bei Rubinen liegt, auch für Treulosigkeit in der Liebe. Bestellt deswegen ein Mann etwas für sein Liebchen, dann verbinde niemals Amethysten mit Rubinen. Der Türkis ist die Freude und eignet sich für die meisten Dinge. Rubine sollten immer allein verwendet werden, denn sie stehen für eine Unzahl von Dingen und wirken so am besten. Außerdem sind die meisten Verbindungen mit Rubinen unglücklich, außer bei Diamanten, dann stehen die Rubine für die Erzengel. Beryll bedeutet...«

Jakob äußerte sich nicht zu Richards Goldschmiedeleidenschaft, jedenfalls nicht Richard gegenüber, doch Veronika handelte sich einmal eine schneidende Bemerkung ein, als sie zu ihrem Schwager sagte, es sei vielleicht nicht übel, wenn der Neffe seiner Gemahlin ein Handwerk erlerne, denn schließlich müsse er einmal für seinen Lebensunterhalt sorgen, und Jakob beabsichtigte doch nicht etwa, ihn in das Unternehmen einzugliedern?

»Es würde deinem Sohn Hänsle nicht schaden«, erwiderte Jakob eisig, »das gleiche zu tun, statt nur in den Tag hineinzuleben und das Geld seines Vaters zu verschwenden.«

Nach einiger Zeit forderte Jakob Richard auf, sich die eingehenden Geschmeide, die für den Handel gedacht waren, anzusehen, erhielt zur Antwort, daß Richard dies schon getan habe, und fragte ihn nach seiner Meinung über die Qualität der einzelnen Stücke. Richard erfuhr nie, ob Jakob in dem einen oder anderen Fall auf ihn hörte, denn womit tatsächlich gehandelt wurde und in welchem Umfang, blieb ein Geheimnis, das nicht über die Grenzen des Kontors hinausdrang. Doch inzwischen hatte sich eine weitere Gewohnheit eingebürgert, die Veronika mehr und mehr Kopfschmerzen bereitete: Nach dem abendlichen Mahl nahm sich Jakob, falls er nicht noch Wichtigeres im Kontor zu erledigen hatte, regelmäßig die Zeit, mit Richard eine Partie Schach zu spielen, und unterhielt sich leise mit ihm auf Italienisch.

Richard wuchs noch immer, und Ende 1487, in seinem

sechzehnten Lebensjahr, war er ein hochaufgeschossener Jüngling, dessen Gesichtszüge kaum mehr kindlich zu nennen waren. Durch die Arbeit mit dem Goldschmied hatten seine Bewegungen auch nichts von der Unsicherheit und Ungelenkigkeit vieler seiner Altersgenossen, sondern waren knapp und bestimmt.

»Du wirst zu schnell erwachsen«, sagte Sybille einmal und seufzte, denn sie dachte an den kleinen Jungen, der vor mehr als drei Jahren in Augsburg eingetroffen war. Andere machten insgeheim dieselbe Beobachtung, doch mit völlig anderen Schlußfolgerungen.

An einem Tag im Winter kehrte Richard spät in der Nacht in seine Kammer zurück und fand die Magd Barbara, immer noch drall, immer noch hübsch, in seinem Bett vor.

»Nun, junger Herr?« fragte sie ein wenig spöttisch, die nackten Arme hinter dem Kopf verschränkt. In den anderthalb Jahren, die seit jener peinlichen Szene vergangen waren, hatte sie Gelegenheit genug gehabt, sich ihre Meinung über Richard zu bilden. Sie mochte ihn, sie vertraute ihm, und wenn sie damals eher aus Gutmütigkeit und ein wenig Abenteuerlust bereit gewesen war, sich ihm zu geben, so war der dunkle junge Mann, der sie jetzt entgeistert ansah, inzwischen anziehend genug, um ihr Blut in Wallung zu bringen. Als er sich nicht rührte, sagte sie ungeduldig: »Ich bin's wirklich, du brauchst nicht zur Salzsäure erstarren!«

Er kam ein paar Schritte näher und ließ sich auf den Stuhl fallen, der vor dem Bett stand, wie eine Puppe, der man die Fäden abgeschnitten hatte. Barbara runzelte die Stirn, fuhr sich mit der Zunge über die Lippen und ließ vorsichtig ihre Hand über sein Knie gleiten. Er zuckte zurück. Sie setzte sich jäh auf.

»Was hast du? Bin ich nicht gut genug für dich?«

»Nein«, erwiderte Richard mit genügend Verzweiflung in der Stimme, um sie sicher sein zu lassen, daß er nicht log, »das ist es nicht, du bist hübsch und lieb und alles, was ein Mann sich wünschen kann.«

Besänftigt fragte sie: »Was ist es dann?«

Er wandte den Blick ab und sagte tonlos: »Ich kann bei keiner Frau liegen, bei überhaupt keiner.«

Barbara setzte sich auf. Sie war sich sehr wohl bewußt, daß sie mit ihren üppigen Brüsten und dem aufgelösten Haar eine große Verlockung darstellte, und nahm nun eine Haltung ein, die erfahrungsgemäß unwiderstehlich war.

»Ach was«, sagte sie aufmunternd, »das bildest du dir ein, das hast du bestimmt von diesen Narren von Schreibern. Du bist schon in Ordnung. Glaub mir, ich bin eine Frau, ich weiß es. Damals warst du eben etwas jung und aufgeregt, das war alles.«

Richard wünschte sich zehn Klafter tief unter die Erde. »Barbara, glaub mir, ich kann nicht. Ich...«

Ihm kam eine Erleuchtung. »Ich habe ein Gelübde abgelegt, als ich einmal von einer schweren Krankheit genas, daß ich bis zu meinem zwanzigsten Jahr bei keiner Frau liegen würde.«

Er sah den Zweifel in ihren Augen und gestaltete die Geschichte schnell weiter aus: »Deinetwegen hätte ich es damals fast gebrochen, und das darf nicht noch einmal geschehen. Es war, bevor ich hierhergekommen bin. In meiner Heimatstadt herrschte ein unbekanntes Fieber und...«

»Schon gut«, sagte Barbara. Doch sie änderte ihre Stellung nicht.

»Du mußt dich aber sehr verändert haben, seit du dein Gelübde voller Frömmigkeit abgelegt hast, denn hier gehst du doch nicht einmal zur Beichte.« Sie lachte über seinen überraschten Gesichtsausdruck. »Kann sein, daß du deinen Oheim, deine Tante und die ganze Familie täuschst, aber unsereins merkt, daß du an den Samstagen nicht zur Kirche gehst, um zu beichten, sondern die Stadt verläßt, um Gott weiß was zu tun.«

Richards Stimme wurde schroff. »Und?« Barbara ließ sich wieder auf das weiche Laken sinken.

»Ich glaube nicht an Euer Gelübde, junger Herr.« Plötzlich

kam ihr eine Idee, die sie erschütterte. »Magst du etwa lieber Jungen?«

»Wie bitte?« fragte Richard so verdutzt, blanke Unwissenheit in den Augen, daß sie ihren Verdacht fallenließ.

»Schon gut«, murmelte sie und musterte ihn. Er machte noch immer keine Anstalten, sich ihr zu nähern. Barbara war nicht dumm. Aus welchem Grund auch immer, ihre Absicht auf eine nächtliche Zerstreuung war vereitelt worden. Zumindest heute nacht würde daraus nichts werden. Sie fühlte sich enttäuscht, verärgert und herausgefordert.

»Schön«, sagte sie unvermittelt, stand auf und ging zu ihren Kleidungsstücken, die sie auf einen Schemel gelegt hatte. Betont langsam zog sie sich an. Sie spürte, daß Richards Augen ihr folgten, und hütete sich, sich irgend etwas anmerken zu lassen. Wir werden sehen, dachte Barbara, als sie schließlich angekleidet war. Unter gesenkten Lidern verbarg sie einen triumphierenden Blick. Aus Stein war er offensichtlich nicht. Sie unterdrückte ein Lächeln. Wie er wohl das nächste Mal reagieren würde?

»Ihr seht so ernst aus, Doctorus«, sagte Sybille und rückte den Schemel, auf dem sie saß, noch etwas näher an das Kaminfeuer. »Was bedrückt Euch?« Konrad Pantinger seufzte. Er hatte keinen Grund, sich zu beklagen. Dies war sein erster Besuch seit seiner Rückkehr von einem einjährigen Italienaufenthalt, und Sybille hatte ihn wie ein Familienmitglied willkommen geheißen.

Er blickte auf die übrigen Menschen, die sich in diesem Raum befanden, auf Ulrich und Veronika, die leise miteinander sprachen, auf ihre Kinder, die sich um Anna geschart hatten, die Älteste, die im nächsten Sommer heiraten würde, auf Jakob und Richard, die in eine Schachpartie vertieft waren.

Schließlich antwortete er: »Es ist dieses Buch, Frau Sybille, dieses Buch über das Hexenwesen. Im August ist es in Köln erschienen, jetzt haben wir Anfang Januar, und ich muß feststellen, daß es auch schon in Augsburg gedruckt wird. Habt Ihr es gelesen?«

Sybille schüttelte den Kopf. »Aber ich weiß, was Ihr meint.« Die beiden Dominikaner Jakob Sprenger und Heinrich Institoris, die in der Bulle des Papstes ausdrücklich mit der Untersuchung des Hexenwesens in deutschen Landen beauftragt worden waren, hatten nun ihre Überlegungen in dem Werk »Malleus Maleficarum« veröffentlicht. Bald sprach man von nichts anderem mehr.

»Mich beunruhigt die Verbreitung, die das Buch findet, denn ich kann die Thesen nicht billigen«, sagte Pantinger.

»Nicht, daß ich bezweifeln möchte, daß es Hexen gibt«, er bekreuzigte sich, »aber bis jetzt war es mehr oder weniger üblich, sie durch ein Anklageverfahren zu prüfen, nicht durch einen Inquisitionsprozeß, wie es Sprenger fordert. Die Verteidigung der Angeklagten durch einen Anwalt ist so gut wie unmöglich gemacht, wenn er sich durchsetzt, und er hat die Autorität der Kirche hinter sich. Und wenn ich lese, wie diese beiden Dominikaner das Kirchenrecht für ihre Zwecke verdrehen, wird mir übel. Nach kanonischem Gesetz ist es nämlich verboten, die Folter, wenn sie einmal angewendet wurde, zu wiederholen. Im ›Malleus Maleficarum‹ heißt es, der Richter könne eine ›Fortsetzung‹ der Folter zu verschiedenen Terminen anordnen. Eine Fortsetzung! Wißt Ihr, was das heißt? Welcher Mensch würde nicht alles gestehen, wenn man ihn nur oft genug foltert?«

Sybille starrte in die Flammen. »Das ist furchtbar«, sagte sie fast unhörbar. »Glaubt Ihr, daß ... daß viele Unschuldige angezeigt werden?«

»Frau Sybille«, erwiderte Pantinger ernst, »nach dem ›Malleus Maleficarum‹ ist jede Frau verdächtig, ganz einfach, weil sie Frau ist. Dort steht, die Frauen seien von Natur aus schlecht, in der Wollust unersättlich und deswegen nur allzugern bereit, einen Pakt mit dem Teufel einzugehen. Wenn das erst überall gelehrt wird ... Was meint Ihr, wie schnell dann die Anzeigen kommen werden?«

Sybille widerstand dem Impuls, sich ebenfalls zu bekreuzigen. »Werden in diesem Buch auch die Einzelheiten des... des Verfahrens geschildert?«

Pantinger nickte. »So ist es und auf ekelerregende Weise. Deswegen glaube ich...«

Ein Schatten fiel über sie. »In welchem Buch?« fragte Richard. Die Schachpartie war beendet, und er war sofort aufgestanden, um sich zu seiner Tante und dem Doctorus zu gesellen, in der Hoffnung, dieser werde etwas von seiner Reise erzählen. Sybille war entsetzt. Sie hatte Pantinger bitten wollen, nicht mit Richard über das Werk zu sprechen und ihn nach Möglichkeit davon fernzuhalten.

Jetzt schaute der Gelehrte lächelnd hoch und erwiderte bereitwillig: »Im ›Malleus Maleficarum‹ von Jakob Sprenger und Heinrich Institoris. Sei gegrüßt, Richard.«

Doch der sonst so höfliche Richard erwiderte seinen Gruß nicht, sondern fragte mit weißem Gesicht ausdruckslos: »Heinrich Institoris... kann das Bruder Heinrich von den Dominikanern sein?«

»Eben dieser ist es«, entgegnete Pantinger verwundert. »Hast du ihn denn einmal kennengelernt?« Inzwischen war auch Jakob nähergetreten.

»*Domini canes*...«, sagte Richard wie abwesend, als hätte er die Frage nicht gehört. Dann begegnete er Jakobs Blick. Er zwang sich, möglichst normal auf Pantingers Frage zu antworten.

»Ich kenne den Bruder nur sehr flüchtig. Er besuchte einmal das Kloster, in dem ich erzogen wurde, um... um Studien zu betreiben.« Den letzten Satz zwang er aus seiner Kehle heraus.

An Pantingers Miene erkannte er, daß der Gelehrte mit dieser Auskunft nicht zufrieden war und gleich nach näheren Einzelheiten fragen würde, wenn er ihm nicht zuvorkam. »Aber laßt doch dieses Buch und erzählt von Eurer Reise nach Italien«, bat er.

Pantinger lächelte erleichtert. Richards Blässe und sein

Tonfall hatten ihm gar nicht gefallen. Aber diese Frage klang nun wieder ganz nach Richard, und er ging bereitwillig darauf ein.

»Auf dieser Reise habe ich mich von deiner ständigen Neugier erholt, mein Junge«, entgegnete er. »Die Italiener sind viel zu beschäftigt, über den nächsten Papst zu streiten, als daß sie es nötig hätten, mir Löcher in den Bauch zu fragen.«

»Der nächste Papst?« fragte Sybille verwundert. »Ist der Heilige Vater denn krank?«

»Er war nie ganz gesund. Es ist allen ohnehin ein Rätsel, warum er gewählt wurde, denn zu den mächtigen Kardinälen gehörte er nicht. Vielleicht war das auch der Grund. Die anderen Kardinäle wollten wohl nicht allzu offen für Kardinal Giuliano della Rovere oder Kardinal Rodrigo Borgia Partei ergreifen.«

»Das sind wohl die beiden Mächtigsten«, stellte Richard fest. Normal bleiben, um alles in der Welt normal bleiben!

Pantinger nickte. »So ist es, und ihr Machtkampf währt schon viele Jahre. Der vorhergehende Papst bevorzugte Borgia, doch der jetzige leiht della Rovere sein Ohr.«

Jakob fragte unvermittelt: »Was sagt man in Italien über Borgia und della Rovere, Doctorus?«

Konrad Pantinger verzog das Gesicht. »Aber, Jakob, sogar ein weltfremder Gelehrter wie ich weiß, daß Ihr über die Ereignisse in aller Welt viel besser unterrichtet seid als die Menschen, die sich gerade dort befinden.«

Jakob machte sich nicht die Mühe, es zu leugnen.

»Mag sein«, sagte er knapp, »aber ich frage Euch nicht nach Ereignissen, sondern nach Meinungen.«

Pantinger überlegte. »Nun... della Rovere soll etwas von einem Kreuzritter an sich haben. Er haßt das Wuchertum in der Kirche«, sagte er mit einem ein wenig boshaften Unterton, »wie zum Beispiel die Simonie und die Pfründenverhökerung – kein guter Geschäftspartner für Euch, fürchte ich, wenigstens in dieser Beziehung. Aber er dehnt seinen Reinheitswillen auch auf andere Gebiete aus. Man munkelt, daß die Hexenbulle sein Werk gewesen sei, wie auch die Exkommunikation Pico della Mirandolas, Dinge, zu denen er den Papst überreden konnte, anders als bei der Simonie. Ich würde also sagen, ein Kreuzritter mit allen Vorzügen und Nachteilen.«

Jakob nickte, ohne etwas von seinen Gedanken preiszugeben. »Und der Borgia?«

Pantinger neigte den Kopf ein wenig zur Seite. »Er war unter drei Päpsten Vizekanzler der Kirche und kein schlechter. Was für die Kirche aus einer Angelegenheit herauszuschlagen ist, schlägt er heraus. Persönlich soll er sehr anziehend wirken, besonders auf Frauen, was ihm schon einmal einen Tadel von einem Papst eingebracht hat – kein Wunder, bei seiner Schar unehelicher Kinder. Den Künsten gegenüber ist er aufgeschlossen, Hexen und Ketzer sind ihm gleichgültig. Aber was den Verkauf von kirchlichen Privilegien betrifft, da ist er vollkommen skrupellos, und die Thesen, die er über den Ablaß entwickelt hat, könnten«, Pantinger hielt inne und lächelte verschmitzt, »nun, könnten von einem Augsburger Kaufmann stammen.«

Die Hexen schienen vergessen, als sie alle in Gelächter ausbrachen. Doch als Richard nach einem der Becher und dem Krug mit heißem Glühwein griff, die ein Bediensteter ihnen gerade brachte, kreuzte sich sein Blick wieder mit dem Jakobs. Jakob ließ sich ebenfalls einschenken und hob den Becher in einem schweigenden Salut.

13

Hans Bäsinger musterte unzufrieden den Ring, den sein Gehilfe ihm gebracht hatte. »Zuviel Silber«, knurrte er. »Du kannst darauf wetten, daß die Welser, diese Pfennigfuchser, genaue Waagen und Prüfer haben. Versuch's noch mal und diesmal mehr Gold!«

Fasziniert beobachtete Richard das rötliche gleißende Rinnsal inmitten der schwarzen Gußform. Er hatte diesen Prozeß nun oft genug verfolgt, aber es fesselte ihn jedesmal wieder. »Wie kommt es, daß Anton Welser einen Teil der Mitgift bei Euch bestellt hat?« fragte er Bäsinger. »Ich hätte gedacht, daß er sich eher die Hand abhacken würde, als einem Verwandten der Fugger Gewinn zuzuspielen, und außerdem zu stolz ist, um seine Tochter nicht mit dem teuersten Geschmeide aus Italien ausstatten zu lassen.«

Der Gehilfe packte das allmählich erstarrende Metall mit einer Feinzange und trug es vorsichtig zum Amboß, um es glatt zu hämmern. Zufrieden betrachtete ihn Bäsinger. »Natürlich wird er sich Prunk von den Welschen holen«, antwortete er und grinste. »Schließlich muß er beweisen, daß die Welser nach wie vor die erste Familie Augsburgs sind, besonders nach dem Gloria von Annas Hochzeit. Aber Anton Welser ist auch Bürgermeister, mein Junge, und er will wiedergewählt werden. Da kann er nicht nur Geld an Fremde ausgeben, das mögen die Leute nicht. Also bestellt er auch bei mir.«

Er lächelte zufrieden in sich hinein, und Richard entging nicht, daß der Goldschmied selbst ein paar Stiefel aus italienischem Leder trug, vermutlich aus Mailand, den feinen Steppstichen nach zu urteilen. Doch er hütete sich, einen

diesbezüglichen Kommentar abzugeben. Bäsinger war nicht
ohne Sinn für Humor, aber nur, solange der Witz nicht auf
seine Kosten ging.

»Schließlich«, endete der Vetter der Fugger nun, »bin ich
der erste Goldschmied Augsburgs – und das zu werden, war
weiß Gott nicht leicht, nach dem Skandal, den sich mein
Großvater geleistet hat.«

Franz Bäsinger, einer der reichsten Bürger Augsburgs und
Münzmeister der Stadt, hatte sich seinerzeit zur Falschmün-
zerei hinreißen lassen und war im Schuldturm gelandet, aus
dem ihn nur der Einfluß seines Schwiegersohns wieder herausholen hatte können. Richard kannte die alte Geschichte,
doch er wunderte sich unwillkürlich darüber, daß Hans Bäsinger sie gerade jetzt ansprach. Vor einigen Tagen hatte ihn
Jakob gebeten, ein paar Schmuckstücke zu beurteilen,
nichts besonders Kostbares freilich, doch teuer genug, damit
sich keine Bürgerin ihrer schämen mußte. Insgeheim sehr
erstaunt war Richard diesem Ersuchen nachgekommen; er
hatte sich gefragt, warum Jakob nicht seinen Vetter Bäsinger
zu Rate gezogen hatte. Während er den gutgelaunten, feisten
Schmied musterte, kam ihm plötzlich eine Erklärung in den
Sinn, die seine eigene Stimmung im Nu verdarb. War es
möglich, daß Anton Welsers großzügiger Auftrag mehr zu
bedeuten hatte? Traute Jakob Hans Bäsinger nicht mehr?

Ärgerlich biß sich Richard auf die Zunge. Was hätten die
Welser schon von Bäsinger als Spion? Einer der Buchhalter,
einer der Schreiber, ja, aber Bäsinger? Er sah wieder einmal
Gespenster, und außerdem schien es, daß das gegenseitige
tiefe Mißtrauen zwischen Fuggern und Welsern auch ihn
ergriffen hatte. Der Schmied ritt nur sein Steckenpferd, das
war alles; eingedenk des Vergehens seines Großvaters war
Hans Bäsinger leidenschaftlich auf seinen guten Ruf bedacht, besonders was das Legierungsverhältnis seiner Edel-
metalle anging, und das Erkennen von Fälschungen lag ihm
so sehr am Herzen, daß es zu den ersten Dingen gehörte, die
er Richard beigebracht hatte.

»Ich habe einen neuen Entwurf für Euch«, sagte Richard unvermittelt und holte einige Zeichnungen hervor. »Ihr habt mir doch erzählt, Broschen kämen jetzt mehr und mehr in Mode.« Der Schmied strahlte und griff nach den Papieren.

Es war einige Wochen später, am 27. Januar 1488, daß Richard aufgefordert wurde, in das Kontor zu kommen. Er unterhielt sich gerade mit einigen Händlern aus Ungarn, die am Vormittag eingetroffen waren. Völlig überrascht war er nicht, denn daß *etwas* kommen würde, hatte er gespürt. Doch um was es sich handelte... Er bemühte sich, nicht zu rennen. Der Hauptbuchhalter Ludwig Schweriz, gedrungen und unauffällig, ließ ihn in die goldene Stube.

Richard bemerkte sofort, daß keiner der Schreiber mehr anwesend war, auch sonst keine Angestellten, was so gut wie nie vor acht Uhr abends der Fall war. Jakob mußte sie fortgeschickt haben, und das deutete auf ein ungewöhnliches Maß an Geheimhaltung hin, denn in der goldenen Stube arbeiteten nur Leute, die sich bereits als durch und durch vertrauenswürdig erwiesen hatten.

»Setz dich«, sagte Jakob. Richard ließ sich auf einen der verlassenen Stühle sinken. »Schweriz wird gleich mit drei Schweizern aus Basel wiederkommen. Du hast in den letzten Jahren bewiesen, daß du klug bist und Möglichkeiten zu nutzen verstehst, und ich habe inzwischen festgestellt, daß du auch selbstbeherrscht sein kannst.«

Richard schwieg. Komplimente von Jakob waren selten und verfolgten meistens einen Zweck. Jakob verschränkte die Hände.

»Ich habe die Schmuckstücke, über die zu urteilen ich dich gebeten hatte, vorher von Fachleuten untersuchen lassen. Sie waren in allen Fällen derselben Meinung.«

Jakob lehnte sich vor. Richard bemühte sich, so unbeteiligt wie möglich dreinzuschauen, doch unbewußt preßte er die Knie aneinander. Jetzt mußte etwas Wichtiges, Abenteuerliches kommen, und er spürte, daß seinem Dasein im Hause Fugger ein entscheidender Wendepunkt bevorstand. Sein Mund war trocken, und während er sich der Flut aus Freude und Beunruhigung überließ, die auf ihn einströmte, hoffte er nur, daß es nichts mit Bäsinger zu tun hatte.

»Nun«, sagte Jakob, »werden wir sehen, ob man dir auch vertrauen kann. Ich möchte, daß du eine deiner Fähigkeiten für mich erprobst und zu keinem Menschen ein Wort darüber verlierst. Zu keinem.«

Richard wußte nicht, was er antworten sollte, doch in diesem Moment kehrte Schweriz zurück und kündigte »die Herren aus der Schweiz« an.

Die drei Männer, die nun eintraten, hatten sich unter den Schweizer Kaufleuten befunden, die kurz nach den Ungarn eingetroffen waren, und so überhaupt nicht Richards Interesse geweckt. Sie begrüßten sich gegenseitig, dann wandte sich der Größte unter ihnen, der offensichtlich der Sprecher war, an Jakob.

»Ist das Euer Gutachter, Messer Fugger«, fragte er schroff, »ein Junge?«

Jakob zuckte die Achseln. »Wenn Ihr lieber einen geschwätzigen Augsburger Goldschmied hinzuziehen wollt, kann ich gerne nach einem schicken lassen«, antwortete er.

»Nein, schon gut, schon gut«, sagte ein Mann mit einem harten, verwitterten Gesicht hastig. »Kommen wir lieber zum Geschäft. Ihr habt die Zeichnungen gesehen und uns zu verstehen gegeben, daß Ihr geneigt seid, Euch mit der Sache näher zu befassen. Was heißt das genau?«

Jakob verzog den Mund. »Wenn Ihr da nicht eine Vermutung hegtet, Messer Hiltbrandt, hättet Ihr den Schmuck nicht mitgebracht.«

Der Große, der zuerst gesprochen hatte, lächelte kalt. »Wer sagt Euch, daß wir ihn dabeihaben?«

»Ich könnte sagen, die zwanzig Bewaffneten, die Ihr erst kurz vor Augsburg weggeschickt habt, Messer Gerster«, erwiderte Jakob kühl. »Aber lassen wir das.«

Hiltbrandt fuhr sich mit der Hand über die Stirn. »Es ist verflucht heiß hier! Seid Ihr bereit, den Preis zu zahlen, der ausgehandelt wurde?«

»Obwohl ich die Juwelen noch nicht gesehen habe, kann ich Euch jetzt schon versichern, daß fünfzigtausend Rheinische Gulden zuviel sind.«

»Aber Ihr...«

Hiltbrand wurde von Gerster unterbrochen, der heftig sagte: »Es ist nicht zuviel... für den Burgunderschatz.«

Richard widerstand mit Mühe der Versuchung, durch die Zähne zu pfeifen. Der Burgunderschatz! Der Schatz Karls des Kühnen, den der Burgunderherzog 1476 bei seinem Feldzug gegen die Schweizer verloren hatte! Ganz Europa kannte die Geschichte. Karl hatte an seinem Sieg nie gezweifelt und mußte doch die ungeheuerliche Demütigung erfahren, daß seine Juwelensammlung von einer Bande schlichter Kriegsknechte geraubt wurde. Die Soldaten hatten noch nicht einmal gewußt, was sie da erbeutet hatten, und den Schatz großzügig unter sich aufgeteilt.

Bis der wutschäumende Karl, der seinen Feldzug verlor, wieder in der Lage war, Forderungen an die Schweiz zu stellen, war es den Eidgenossen jedoch schon längst aufgegangen, was sie in die Hände bekommen hatten, und die Jagd nach den Juwelen begann. Jeder bemühte sich, möglichst viel von dem burgundischen Schatz für sich zu sichern, doch Gerüchte wollten wissen, daß keine Stadt, kein Kanton so erfolgreich gewesen war wie Basel.

Inzwischen war Karl der Kühne tot, und legitimer Erbe aller seiner Ansprüche war kein anderer als der Mann, der seine einzige Tochter geheiratet hatte – Maximilian von Habsburg. Maximilian, der nicht nur Burgund, sondern das gesamte Heilige Römische Reich Deutscher Nation hinter sich hatte, forderte von den Schweizern den Schatz zurück. Niemand hätte geglaubt, daß die Eidgenossen es wagen würden, diesen Schmuck in Maximilians eigenem Herrschaftsbereich zu verkaufen.

Jakob sagte schneidend: »Es ist zuviel für einige Schmuck-stücke, die aus dem Burgunderschatz stammen *könnten*.«

Statt einer Antwort lüftete der dritte der Männer, der bis jetzt geschwiegen hatte, seinen Mantel und zog eine kleine Schatulle hervor. Selbstbewußt stellte er sie auf Jakobs mar-mornen Schreibtisch, klappte den Deckel zurück und holte mehrere dunkle Samtsäckchen heraus. Kunstvoll und lang-sam entfaltete er eines nach dem anderen.

Richard stockte der Atem.

Es waren drei einzelne Stücke, jedes vollkommen. Das erste, was er sehen konnte, war eine weiße Rose, aus feinen Goldplättchen und weißem Email um einen reinen Spinell gebildet.

»Aus der Mitgift von Karls Gemahlin Margaret von York, der Schwester des damaligen englischen Königs Edward«, erläuterte Hiltbrandt. Richard hatte kaum Zeit, die weiße Rose, Symbol des Hauses York, zu bewundern, da wurde auch schon das nächste sichtbar.

»Wir nennen es das Gürtelein«, sagte Hiltbrandt. »Eben-falls aus England. Seht Ihr, die Edelsteine formen den Wahl-spruch des englischen Hosenbandordens – *Honi soit qui mal y pense*.«

»Vielleicht sollte man nicht vom burgundischen, sondern vom englischen Schatz reden«, murmelte Jakob.

Richard sah die riesigen, klaren Smaragde, die zwischen den einzelnen Worten angebracht waren, wobei die Worte selbst aus in goldene Lettern gepreßten Smaragden bestan-den, sah, wie sich das Rosenmotiv auf der Mitte des Gürtels wiederholte, von dem ein Anhänger herunterhing, der wie-derum aus einer weißen Rose bestand, die aus vollkomme-nen Perlen mit einem smaragdenen Kelch gebildet wurde.

Die Schweizer ließen sich Zeit mit der Enthüllung des letzten Stücks.

Es entpuppte sich als ein riesiger, wasserklarer Diamant, größer als jeder, den Richard je gesehen hatte, verbunden mit drei makellosen Rubinen. »Die drei Brüder«, stellte Jakob fest. Schon der Großvater Herzog Karls hatte dieses Stück, das als Agraffe oder Anhänger getragen werden konnte, besessen und damit den Neid aller Fürsten seiner Zeit auf sich gezogen. Ein winziges Lächeln krümmte Gersters Mund.

»Es *ist* der Burgunderschatz«, sagte er ruhig.

Jakob lehnte sich zurück. »Wenn meine Unterhändler sich nicht schon in Basel davon überzeugt hätten, wärt Ihr jetzt nicht hier«, sagte er. »Nichtsdestoweniger handelt es sich um Juwelen, die ich des Königs wegen weder verkaufen noch zeigen kann, eine völlig unrentable Geldanlage also. Folglich sind fünfzigtausend Gulden zuviel. Ich gebe Euch dreißigtausend.«

Hiltbrandt lief rot an. »Dreißigtausend? Das ist nicht Euer Ernst! Dreißigtausend für die besten Stücke des Burgunderschatzes, wo Eure Unterhändler uns doch den Eindruck vermittelt hatten, wir seien uns längst einig!«

»Niemand zwingt Euch«, entgegnete Jakob, »an mich zu verkaufen. Es gibt jede Menge prunkliebender Fürsten. Natürlich müßtet Ihr dann mit der Gefahr leben, daß die Eitelkeit dieser Herren es nicht aushält, die Geschmeide nicht zu zeigen, und dann hätten nicht nur sie, sondern auch Ihr einen Krieg mit Maximilian am Hals.«

Gerster blickte zerstreut zur Decke. »Was würde Maximilian wohl sagen, wenn er wüßte, daß Ihr Euch einen Teil des Schatzes angeeignet habt oder das auch nur vorhattet?«

Jakob zuckte nicht einmal mit der Wimper. Eisig gab er zurück: »Er wäre nicht sehr erfreut. Aber wenn Ihr es darauf anlegt . . . Nun, ich glaube, er wäre noch weniger erfreut, kein Geld mehr von mir zu bekommen, ganz abgesehen von den Schulden, die Euer Stadtrat bei meinem Unternehmen hat.«

»In Ordnung«, Gerster setzte sich zurecht, »lassen wir diese Spielchen. Wie wäre es mit 47 900 Gulden?«

Richard hörte zu, wie Jakob die Schweizer unter vielen gegenseitigen Bissigkeiten und Anspielungen auf vierzigtausend herunterhandelte, starrte auf die Juwelen und überlegte fieberhaft, was er sagen sollte, wenn die Reihe an ihm war. Es waren die schönsten Schmuckstücke, die er je gesehen hatte, doch Jakob wollte sicher anderes hören. Er stand auf und beugte sich über jedes einzelne Stück. Die Baseler ließen ihn mit einem Grinsen gewähren.

»Was soll das eigentlich?« fragte Hiltbrandt. »Ihr habt doch schon in Basel Untersuchungen anstellen lassen...«

Seine Stimme verstummte unter dem mißbilligenden Blick Gersters. Jakob wandte sich an Richard.

»Nun?«

Sie waren vollkommen.

»Vierzigtausend ist noch zuviel«, sagte Richard, und seine Stimme klang ihm fremd. »In dem Gürtelein ist ein Stein falsch.«

Alle drei Schweizer sprangen auf. »Das ist die größte Unverschämtheit«, stieß Gerster hervor, »die mir je untergekommen ist. Fugger, Ihr werdet doch nicht diesem grünen Jungen...«

»Ich werde gar nichts«, unterbrach ihn Jakob. »Aber ich zahle nicht für Glas.«

Die nächste Stunde sollte Johann Gerster, Stadtschreiber von Basel, einmal als die unangenehmste seines Lebens bezeichnen. Er fluchte, drohte, schmeichelte, die ganze Zeit in dem Bewußtsein, daß Fugger und der unbekannte Junge vollkommen recht hatten. Einer der Steine *war* falsch. Die Baseler hatten der Versuchung nicht widerstehen können, einen Schwaben übervorteilen zu wollen, insbesondere diesen Schwaben. Und so hatte man nach der Besichtigung durch Jakobs Vertreter einen Smaragd durch den besten Goldschmied von Basel sorgsam entfernt.

Doch als die drei Schweizer den Raum verließen, hatten sie Jakob Fuggers neuem Preis zugestimmt und »den Pakt mit dem Teufel geschlossen«, wie sich Hans Hiltbrandt ausdrückte. Jakob und sein Neffe blieben zurück.

»Nun, Richard«, sagte Jakob gelassen, »ich würde sagen, du hast dich nicht schlecht gehalten.«

Richard grinste ein wenig spitzbübisch. »Ich könnte das

gleiche von Euch sagen, Onkel«, erwiderte er. »Beantwortet mir nur eine Frage… Wenn es Euch nichts ausmacht. Für wen ist der Burgunderschatz?«

Jakob zog die Augenbrauen hoch. Spöttisch entgegnete er: »Für Sybille natürlich. Was dachtest du denn?«

»Ulrich?«

Ulrich brummte und drehte sich auf die andere Seite. »Laß mich doch schlafen.«

»O nein, das wirst du nicht«, sagte Veronika energisch. »Ich muß mit dir sprechen.«

Ulrich öffnete die Augen und blinzelte. Ihm kam der abwegige Gedanke, daß seine Gemahlin in der Nacht Reize preisgab, die tagsüber niemand an ihr vermutet hätte, selbst jetzt noch. Doch Veronika war nicht in der Stimmung für Zärtlichkeiten. Sie sah streng auf ihn herab, bis er murmelte: »Also, worum geht es denn?«

»Mich wundert, daß du da noch fragen mußt. Aber ihr Männer seid eben manchmal blind. Es geht um deinen Bruder Jakob und diesen Schmarotzer, der sich mit Hilfe der Artzt in unsere Familie eingeschlichen hat.«

Ulrich stöhnte und setzte sich auf. Dies würde ein längeres Gespräch werden.

Veronika fuhr fort: »Ich habe nichts gesagt, als dieser Junge von Nirgendwo mit unserem Hänsle zusammen erzogen wurde. Gott weiß, es fiel mir schwer, aber ich habe nichts gesagt. Veronika, habe ich mir eingeredet, Jakob Fugger handelt nur christlich an einem Waisenkind, das mit ihm verwandt ist. Wie konnte ich nur so blind sein! Doch jetzt wirst du mir zuhören. Seit Februar verbringt Richard Artzt mehr und mehr Zeit im Kontor. Um Himmels willen, Ulrich, merkst du nicht, worauf das hinausläuft?«

Ulrich wünschte sich nur, in Ruhe gelassen zu werden. »Nein«, sagte er kurz.

»Es ist alles ihr Plan«, zischte Veronika böse. »Sybille Artzt, dieses Luder! Sie kann keine Kinder bekommen, das ist doch offensichtlich. Jakob und sie sind nun schon bald fünf Jahre verheiratet. Deswegen versucht sie, ihren Neffen hereinzudrängen, und ihr törichter Gatte fällt auch noch darauf herein.«

»Aber, Veronika«, wagte Ulrich einzuwenden, »als Richard hierher kam, konnte Sybille doch noch gar nicht wissen, daß sie unfruchtbar sein könnte.«

Veronika schüttelte mitleidig den Kopf. »Männer! Natürlich wußte sie es, darauf könnte ich schwören. Mich sollte es nicht wundern, wenn sie vor ihrer Ehe eine Fehlgeburt oder etwas dergleichen gehabt hätte.«

Ulrich war entsetzt. »Du meinst... daß sie keine Jungfrau... Aber, Veronika, das hätte Jakob doch gemerkt!«

Doch Veronika hatte entdeckt, daß sie sich vom eigentlichen Thema hatte ablenken lassen. »Wie auch immer, ich bin überzeugt, dein Bruder beabsichtigt, diesem Richard, der nicht einen Tropfen Fuggerblut in sich hat, eines Tages die Führung des Unternehmens zu überlassen. Ich bitte dich, weist nicht alles darauf hin? Hat er je für einen seiner anderen Neffen so viel Anteilnahme gezeigt? Und durch euren verdammten Gesellschaftsvertrag kann er das auch gefahrlos tun, denn du und dein Bruder Georg haben ja widerspruchslos dabei geholfen, eure eigenen Kinder zu enterben.«

»Jakob sagte damals, damit gingen wir sicher, daß kein Versager ans Ruder käme, und könnten unter unseren Söhnen den Begabtesten auswählen, ganz unabhängig vom Alter«, erwiderte Ulrich, doch seine Gedanken waren längst ein paar Jahre zurückgeeilt, bis zu jenem Zeitpunkt, zu dem Jakob gesagt hatte: »Ich investiere in Menschen, Ulrich.«

Und er, Ulrich, hatte sich gefragt, was Sybilles Neffe dem Unternehmen je nützen könnte...

»Mein Gott«, stieß er entgeistert hervor. »Das kann er doch nicht tun!«

Veronika betrachtete ihn zufrieden. »Du mußt etwas unternehmen, Ulrich.«

Ulrich raffte sich auf. Erst jetzt bemerkte er wirklich, wie heiß es in dieser Sommernacht war. Über seinen Rücken lief Schweiß, sein Gesicht glänzte, und auch in seinem Bart hingen kleine Tropfen. »Keine Sorge«, sagte er grimmig. »Noch bin ich der Herr!«

»Die Schweizer«, meinte Jakob und betrachtete das Brett, auf dem er mit Richard ihre abendliche Schachpartie austrug, »sind ein interessantes Völkchen mit vielen Möglichkeiten.« Er setzte seinen Springer in eine gefährliche Position zu Richards Dame. »Du warst erleichtert, als sie auftauchten. Warum?«

Richard hatte seinen Blick bewegungslos auf das schwarzweiße Brett geheftet. Es war sehr schwierig, sich gleichzeitig mit Jakobs Schachstrategie und den Fragen zu befassen, die das Spiel jedesmal mehr verkomplizierten. Aber Richard betrachtete es als günstige Gelegenheit, seine Konzentrationsfähigkeit und seine Selbstbeherrschung zu verbessern. Und seine Selbstbeherrschung, dachte Richard, während er mit der Dame um ein paar Felder weiterzog, war offensichtlich noch durchschaubar, wenn Jakob seine Erleichterung bemerkt hatte.

»Ich war erleichtert, daß nicht Bäsinger hereinkam«, antwortete er ehrlich; auch Ehrlichkeit konnte man hin und wieder als Waffe einsetzen, um zu verblüffen. »Ich dachte, er sei bei Euch in Ungnade gefallen.«

Jakob wirkte belustigt. »Weil er einen Welser-Auftrag angenommen hat? Kaum. Ich habe ihm gesagt, er solle es tun.«

Mit einem raschen Griff setzte er seinen Läufer in Bewegung und schlug Richards eigenen Läufer, der nun ungeschützt stand. Richard entschloß sich zur Offensive.

»Welche Möglichkeiten seht Ihr denn in den Schweizern – ihre Zollfreiheit?«

»Zölle«, sagte Jakob zustimmend, »sind ein bedauerliches Unglück. Wir würden wesentlich mehr Gewinn machen, wenn nicht jede Reichsstadt und jeder Fürst glaubte, auf diese Art verdienen zu müssen. Aber ich hatte eigentlich etwas anderes im Sinn.«

Mit gerunzelter Stirn versetzte Richard einen seiner Bauern. Es sah nicht gut für ihn aus, doch er hielt sich heute abend schon mehr als zwei Stunden gegen Jakob, und das war länger als sonst. Seine Aufmerksamkeit wurde so von ihrem doppelten Geduldsspiel in Anspruch genommen, daß er weder Veronikas mörderischen Blick noch Ulrichs offene Mißbilligung bemerkte. Der ältere Fugger und seine Frau saßen in einiger Entfernung bei Tisch und warteten darauf, daß die Schachpartie endlich beendet wurde, damit man sich für die Nacht zurückziehen konnte.

»Die Schweizer sollen gute Soldaten sein, und in ihrem eigenen Land gibt es keinen Krieg«, sagte Richard jetzt mit der Befriedigung eines Rätsellösers. »Aber sind Schweizer Söldner nicht die kostspieligsten überhaupt? Wer soll sich das leisten können?«

»Es gibt kein Angebot ohne Nachfrage«, erwiderte Jakob und setzte seine Dame. »Schach.«

Richard schaute auf, und zum ersten Mal gestattete er sich den Luxus eines triumphierenden Lächelns, denn diesmal war er auf Jakobs Angriff gefaßt gewesen. Er zog mit seinem Springer und brachte damit Jakobs Dame in Gefahr.

Ulrich stand abrupt auf. Er hatte eigentlich vorgehabt, heute noch mit Jakob zu sprechen, doch der Tag im Kontor war ermüdend gewesen, und es fehlte ihm die Geduld, um abzuwarten, bis Jakob sein lächerliches Spiel mit Sybilles Neffen beendet hatte. Doch Veronika hatte recht. Die Lage nahm allmählich ernste Züge an. Morgen früh, dachte er und atmete tief durch, morgen früh.

Jakob hörte sich ruhig an, was Ulrich zu sagen hatte. Dann lachte er schallend. »Mir fehlt vielleicht die höhere Erziehung«, donnerte Ulrich wütend, »aber ich sehe nicht ein, was daran komisch ist!«

Jakob betrachtete ihn erheitert. »Wenn du es tätest, wärst

du jetzt nicht hier. Richard! Du meine Güte, Richard als Leiter des Unternehmens!«

Ulrich war verunsichert und verwünschte zum wiederholten Mal Jakobs Unberechenbarkeit. Wann würde er endlich wissen, was von seinem jüngsten Bruder zu erwarten war!

»Ich halte Richard für einen aufgeweckten Jungen«, sagte Jakob jetzt ruhig, »klüger als einige, die ich nennen könnte, und ich habe in der Tat Pläne mit ihm. Aber, Ulrich, er ist vollkommen ungeeignet, um ein Unternehmen wie das unsrige zu beherrschen. Zunächst einmal ist er viel zu ruhelos und auf Fremdes, Andersartiges erpicht. Zweitens fehlt ihm die nötige Härte, um gewisse Entscheidungen zu treffen.«

Ulrich fühlte sich unwohl in seiner Haut. Die gewissen Entscheidungen, von denen Jakob sprach, hatten erst neulich einen Selbstmord zur Folge gehabt, als »Ulrich Fugger und Gebrüder« einen Rivalen im Osthandel durch gezielte üble Nachrede, Bestechung und den Ankauf von Schuldscheinen aus dem Geschäft gedrängt hatten. Von einem Impuls getrieben, hatte Ulrich damals gefragt: »Schläfst du eigentlich nie schlecht, wenn so etwas geschieht, Jakob?« Ein erstaunter Blick war die Folge gewesen. »Nein.«

»Und drittens«, sagte Jakob jetzt, »ist Richard ein Träumer. Gedanken, neue Philosophien bedeuten ihm ebensoviel, wenn nicht mehr, wie ein Sack voller Gold. Kurzum, ich habe nicht die geringste Absicht, ihn irgendwie an der Führung des Unternehmens zu beteiligen. Außerdem«, fügte er sardonisch hinzu, »kommst du mir noch sehr rüstig vor, Bruder. So bald wird man dich als Leiter nicht zu ersetzen brauchen.«

Ulrich grübelte. Jakob hätte von der Treue zur Familie reden können, von der Hoffnung, selbst noch Kinder zu haben, von der Unterordnung unter Ulrichs Autorität als ältester Bruder. All das hätte er erwähnen können, und Ulrich hätte ihm nicht geglaubt. Diese nüchterne Aufzählung jedoch wirkte rundum überzeugend.

»Aber«, fragte er zögernd, »was macht Richard dann im Kantor? Warum kommt er hierher?«

Jakobs Blick wurde hart. »Ich könnte dich jetzt darauf hinweisen, daß du schon vor vielen Jahren versprochen hast, meine geschäftlichen Maßnahmen nicht zu hinterfragen. Doch da du der Leiter bist... Richard hilft mir durch seine sprachlichen Fähigkeiten bei der Entwicklung eines neuen Verschlüsselungssystems für Botschaften und Briefe. Was wir bis jetzt hatten, genügt mir nicht mehr. Außerdem bereite ich ihn für ein Projekt vor, das ich im nächsten Jahr durchführen will.«

Jakob wandte sich an Ludwig Schweriz und gab ihm mit leiser Stimme einige Anordnungen. Der Hauptbuchhalter holte einige verschnürte Rollen aus dem Karteikasten und breitete sie zwischen Jakob und Ulrich aus.

»Was«, fragte Ulrich argwöhnisch, »ist das?«

Jakob deutete auf die Unterschrift an einem Rand des obersten Blattes. »Meine Korrespondenz mit Lorenzo de'Medici.« Ulrich war zu nicht mehr als einem kraftlosen »Oh« fähig.

»Du weißt, daß es bisher unmöglich war, außerhalb von Venedig im Einflußgebiet der Medici eine Faktorei zu eröffnen. Die Medici kontrollieren den Apennin und den gesamten Orienthandel und in Europa den Handel mit allen Arten von Geschmeiden. Doch im Reich verlieren sie jedesmal durch die Zollbestimmungen, die sich in den einzelnen Fürstentümern und Reichsstädten noch einmal verschärfen, einen erheblichen Gewinnanteil. Mein Vorschlag war nun, eine Faktorei in Florenz selbst zu eröffnen, die es den Medici ermöglicht, eine gewisse Menge ihres Goldes unter unserem Namen im Reich einzuführen. Umgekehrt werden sie hier eine Niederlassung und einen Teil unserer Stoffe über die Alpen bringen und vertreiben. Du weißt, wieviel Schwierigkeiten uns der Wollhandel dort bereitet hat. Es wird also ein Gemeinschaftsunternehmen werden, wenn du so willst.«

Ulrich starrte ihn an. Er fühlte sich ein wenig schwindlig. »Und Lorenzo ist einverstanden?«

Es war eine überflüssige Frage. Jakob pflegte nicht über

fehlgeschlagene Pläne zu sprechen. Er überging den Einwurf und fuhr fort: »Richard ist sechzehn, und dein Sohn Hänsle wird es im nächsten Januar. Was hältst du davon, wenn wir sie im Frühjahr über die Alpen schicken? Hänsle könnte in Venedig in unserer dortigen Faktorei geschult werden, und es gibt keinen Ort, an dem man den Kaufmannsberuf besser erlernen könnte. Und Richard wird nach Florenz gehen in die neue Faktorei.«

»Als Leiter?« fragte Ulrich entsetzt.

Jakob sah ihn vorwurfsvoll an. »Wirklich, Ulrich, du erstaunst mich. Du solltest mich wahrhaftig besser kennen, als mir zuzutrauen, einem unerfahrenen Jüngling eine ganze Faktorei zu übergeben, noch dazu, wenn sie erst gegründet werden muß. Anton Eberding wird sie führen. Richard geht als Gehilfe.«

»Nach Florenz?« Richard glaubte, er habe nicht richtig gehört.

Jakob, der gerade noch einen Brief mit seinem schwungvollen »Jacobo Fugger« unterzeichnet hatte, hob den Kopf.

»Ist der Gedanke so unangenehm?« fragte er sarkastisch. »Du mußt doch etwas in der Art erwartet haben, nachdem ich dir monatelang etwas über italienische Handelsstrukturen erzählt habe.«

»Ich hatte Venedig erwartet«, sagte Richard offen.

Florenz! Er wußte, und Jakob wußte es genauso, daß es ihn nicht mehr lange in Augsburg halten würde. Nicht, daß die Möglichkeit, mit Jakob Fugger in einem Kontor zu arbeiten, nicht fesselnd war, doch er machte sich keine Illusionen – was Jakob ihm gezeigt hatte und beabsichtigte, ihm zu zeigen, waren nur winzige Bruchteile des Gesamtunternehmens. Faszinierend für ein paar Monate, aber für ein ganzes Leben? Wenn er hätte entscheiden können, ohne Rücksicht zu nehmen, wäre er lieber heute als morgen nach Florenz aufgebrochen, um dort an der platonischen Akademie zu studieren. Aber es war Jakob, dem er sein Leben hier schuldete, vier Jahre bester Erziehung und ... Familie, so ungern er sich das auch eingestand. Und er spürte, daß Jakob irgend etwas mit ihm plante.

Natürlich hinderte ihn nichts daran, sich heimlich aus dem Staub zu machen, wie er es einmal geplant hatte. Nichts außer Dankbarkeit, dem Gefühl einer Schuld, die zurückgezahlt werden mußte, und einer Loyalität, die ihn enger an Jakob, Sybille und die Fugger band, als er es wahrhaben wollte. In den letzten Monaten war er zu dem Schluß gelangt, Jakob würde ihn nach Venedig schicken, und er war auch bereit gewesen, alles zu tun, was dort von ihm erwartet wurde. Schließlich lag Venedig auch südlich der Alpen, das Leben eines Kaufmanns mußte nicht an einen Ort gebunden sein, und wenn Jakob es wünschte...

Doch Florenz war immer sein Traum gewesen. Richard räusperte sich und musterte Jakob. Jakob war in den letzten Jahren gealtert, obwohl er die Vierzig noch nicht erreicht hatte; doch der helle Blick war so lebendig und konzentriert wie eh und je. Richard kam etwas in den Sinn, woran er früher hätte denken sollen. Er lächelte vorsichtig. Jakob Fugger tat nie etwas ohne Nebenüberlegungen.

»Wo ist der Haken?« fragte er betont höflich.

Jakobs Mundwinkel zuckten. »Ich weiß nicht«, sagte er langsam, »ob ich geschmeichelt oder gekränkt sein sollte. Immerhin, die Frage beweist, daß ich mich nicht in dir getäuscht habe, Richard.« Völlig übergangslos veränderte sich sein Ton; er wurde unpersönlich, sehr sachlich und präzise.

»Was in dieser Welt einen guten Kaufmann auszeichnet, ist in der Regel ein Vorsprung an Information und die Fähigkeit, sie zu nutzen. Und genau das brauche ich aus Florenz. Nachrichten. Nachrichten, die nicht willkürlich ausgewählt wurden, sondern auf ihre Bedeutung hin untersucht. Nachrichten auch darüber, wie die Menschen dort denken, welche Gerüchte sich ausbreiten, welche Meinungen, Dinge, die keinem Fremden erzählt werden. Du hast alle Voraussetzungen, um in einer Stadt wie Florenz Fuß zu fassen.«

Jakob schwieg einen Moment. »Ich habe bereits Zuträger in Italien, leider in der Regel nicht besonders intelligente. Was ich möchte, ist jemand, der entscheiden kann, welche Informationen wichtig sein könnten, welche Bücher, welche Erfindungen dem Unternehmen nützen würden. Aus Florenz, einer der bedeutendsten Universitäts- und Handelsstädte Italiens. Verstehst du, Richard?«

Richard nickte. »Ja«, sagte er gedehnt, »ich verstehe.« Man könnte es auch ein wenig gröber als Spion bezeichnen. Aber auf der anderen Seite würde Jakob keine Berichte über die heimlichen Geschäfte der Medici erwarten, dafür hatte er seine... Zuträger. Nein, was Jakob wollte, war viel aufregender. Ein Abenteuer, verbunden mit dem, was er sich schon immer gewünscht hatte. Etwas verärgert bemerkte er, daß sich seine Phantasie schon an der Vorstellung entzündet hatte. Jakob Fugger wußte, wie man Köder auslegte. Es bestand überhaupt nicht die Frage, ob er die Aufgabe annehmen würde... ein Übermittler von Wissen.

»Ihr seid ganz sicher, daß ich in Italien nicht alles Kaufmännische hinwerfen und statt dessen nur studieren werde, nicht wahr? Wer könnte mich daran hindern?« Jakob erwiderte nichts, er lächelte nur.

In Richard stritt, wie meistens in Jakobs Gegenwart, die Bewunderung mit dem Ärger darüber, von Anfang an manipuliert worden zu sein. Seine dunklen Augen tauchten in Jakobs bernsteinfarbene.

»Natürlich gehe ich nur«, sagte Richard, »weil ich so endlich unser neues Verschlüsselungssystem erproben kann.«

Jakob nickte. »Nur deswegen.«

»Ich hätte noch eine Frage. Was sollte das mit den Schweizer Söldnern? Ich meine, was haben die Schweizer mit Italien zu tun?«

»Lerne, gut zuzuhören, dann erfährst du es«, meinte Jakob gleichmütig. »Man lernt in der Regel mehr durch aufmerksames Zuhören als durch die geschicktesten Fragen.«

14

ALS VERONIKA FUGGER die Neuigkeiten erfuhr, wurde sie seltsam still. Ihr Gemahl dachte erleichtert, auch sie überzeugt zu haben, und ihr Sohn schwärmte begeistert von Italien. Veronika schwieg jedoch nicht, weil sie ihren Verdacht nunmehr begraben hatte. Im Gegenteil, sie fand ihn verstärkt. Nach einem Italienaufenthalt würde Sybilles Neffe noch mehr als geeigneter Erbe erscheinen, und war es nicht kennzeichnend für Jakob, Hänsle in dasselbe Land zu schikken, um die beiden wieder gegeneinander auszuspielen?

Hänsle fiel schließlich auf, wie schweigsam seine Mutter war. »Was habt Ihr, Mama?« fragte er besorgt. »Freut Ihr Euch nicht? Ich werde nach Venedig gehen, wie Onkel Jakob...«

»Verflucht sei Jakob«, erwiderte Veronika mit steinerner Ruhe, »verflucht sei Sybille, und verflucht sei Richard Artzt.«

Betroffenes Schweigen herrschte. Ulrich wäre über diesen merkwürdig leidenschaftslosen Haßausbruch hinweg gegangen, doch Hänsle protestierte: »Aber Mama... Mama, Richard ist ein feiner Kerl. Sybille war immer nur nett zu mir, und Onkel Jakob... Nun ja, du kannst sagen, was du willst, aber er sorgt sich doch um die Familie.«

»Die Familie!« entgegnete sie verächtlich. »Jakob Fugger sorgt sich in dieser Welt nur um Jakob Fugger. Er hätte den König dazu bewegen können, auch in diesem Jahr nach Augsburg zu kommen, um Annas Hochzeit mitzufeiern, doch hat er es etwa getan? Nein, er meinte, die Kosten für einen königlichen Besuch seien genug, der Zweck dieses Besuches erfüllt, und Annas Vermählung würde ohnehin prunkvoll genug begangen.«

»Da hatte er aber recht, Veronika«, warf Ulrich begütigend ein, »ich habe die Aufstellung der Ausgaben für Maximilians Besuch gesehen. Jetzt sind wir in der Geschlechterstube vertreten und haben etwas im Stadtrat zu sagen. War es nicht lustig, wie sie uns zähneknirschend die Mitgliedschaft angeboten haben? Das werde ich nie in meinem Leben vergessen. Und Annas Hochzeit mit dem jungen Thurzo war doch ein schönes Fest. Schließlich sind wir nicht wie Vetter…«

»Wenn du jetzt Vetter Lukas sagst, schreie ich«, unterbrach ihn Veronika heftig. Sie drehte sich zu ihrem ältesten Sohn um. »Hänsle, sieh mich an.«

Er tat es. Das schöne Haar seiner Mutter, das er und Anna von ihr geerbt hatten, war streng unter einer altmodischen Haube verborgen, und ihr Gesicht wirkte alt und eingefallen.

»Ich habe dich geboren und aufgezogen«, sagte sie bitter, »dich bei Krankheiten gepflegt und um dein Leben gebangt, wie bei allen deinen Geschwistern. Und wofür? Sybille Artzt mußte nur auftauchen, schon hatte sie euch alle mit ihrem süßen Lächeln eingewickelt. Richard hältst du für einen feinen Kerl. Und du spielst Jakobs Spiel für ihn.« Sie wandte sich ab. »Ich bin alt«, flüsterte sie, »und was hat mir mein Leben gebracht? Was? Meine eigenen Kinder stellen sich gegen mich.«

Hilflos streckte Hänsle die Hand nach ihr aus. »Mama…«

»Geh nach Venedig«, sagte sie kalt. »Geh mit deinem Freund Richard.«

Hänsle beschloß schließlich, seine Mutter sich selbst zu überlassen. Mit der Zeit würde sie sich schon beruhigen.

»Weißt du, Richard«, sagte Sybille einmal, nachdem ihr Neffe Anton Eberding, den zukünftigen Leiter der florentinischen Faktorei und einen erfahrenen Kaufmann, endlos über die einzelnen Stationen ihrer Reise ausgefragt hatte, »es ist nicht *die* Pilgerfahrt ins Gelobte Land.«

Er schaute sie überrascht an, sah den spitzbübischen Zug um ihren Mund und konterte: »Aber Tante, was für eine ketzerische Bemerkung... bis auf unseren Herrn sind doch alle bedeutenden Heiligen der Kirche auf diesem Boden gewandelt – macht das Italien nicht zu einer Art zweitem Gelobten Land?«

Insgeheim stimmte Sybille die Aussicht, ihren Neffen bald fortziehen zu sehen, traurig. Natürlich hatte sie so gut wie Jakob gewußt, daß er, dem Kindesalter entwachsen, nicht in Augsburg bleiben würde, und sie gönnte ihm von Herzen Italien und sämtliche italienischen Städte. Wie töricht, dachte sie, sein Herz an ein Kind zu hängen, das nicht das eigene ist – man bekommt es nie zurück.

Ein Kind... Es gab immer noch Hoffnung, daß sie gebären würde. War sie nicht jung und gesund? Manche Frauen hatten sogar erst im hohen Alter geboren. Zuweilen kam ihr wohl der Verdacht, daß ihre Kinderlosigkeit an Jakob liegen könnte, doch sie verdrängte ihn hastig.

In der Gesellschaft, in der sie aufgewachsen war, beschuldigte man in so einem Fall immer die Frau, und oft genug ließen Fürsten ihre Ehe annullieren. Nicht, daß Jakob ihr je einen Vorwurf gemacht hätte. Im Gegenteil – er umgab sie höchstens mit noch mehr Fürsorge, und das Geschenk, dieses unglaubliche Geschenk der kostbarsten Stücke des legendären Burgunderschatzes, war es nicht in einer Zeit gekommen, als sie besonders niedergedrückt gewesen war, und das mit Grund? Zweimal waren ihre monatlichen Blutungen ausgeblieben, doch kurz nachdem sie es jubelnd Jakob anvertraut hatte, hatten sie wieder eingesetzt, zwar unerwartet stark und heftig, aber dennoch deutlich unterscheidbar von einer Fehlgeburt.

Ihr Körper, ihr vollkommener Körper, der bis jetzt immer nur ihr Freund gewesen war, hatte sie verraten und im Stich gelassen, und manchmal, wenn sie sich an Ulrichs und Georgs zahlreiche Kinder erinnerte, konnte sie sich des Gefühls nicht erwehren, sie hätte Jakob im Stich gelassen. Daß er sich so mit ihrem Neffen beschäftigte, erfüllte sie mit Erleichterung, Stolz und der absurden Empfindung, etwas wiedergutgemacht zu haben.

Sie würde Richard vermissen. Sie sah ihn an, sah für einen Augenblick einen fremden, hochgewachsenen Jüngling mit dunklem Haar und hohen Wangenknochen anstelle des zwölfjährigen Kindes, das sie seltsamerweise erwartet hatte. *Tempus fugit,* dachte sie. Die Zeit flieht. Aber sie verstand sich besser darauf, zu lachen, als zu trauern, also lächelte sie und scherzte über Richards Eifer und Hänsles entsetzlich langsame Fortschritte mit der Sprache, die er nun bald täglich benötigen würde.

»Du hättest viel früher damit anfangen sollen, du Esel«, sagte Hänsles Schwester Ursula kritisch. »Ich könnte es wesentlich schneller lernen.«

»Und was würdest du damit anfangen?« schlug Hänsle zurück. »Willst du vielleicht Hosen anziehen und ebenfalls nach Venedig gehen?«

»Nein«, erwiderte sie unbeeindruckt. »Aber Philipp von Stain möchte Gesandter des Königs werden, und wenn er mich heiratet, nimmt er mich auf seinen Reisen mit.«

Philipp von Stain, der einmal Anna den Hof gemacht hatte, hatte vor kurzem begonnen, die Gesellschaft ihrer jüngeren Schwester zu suchen. Hänsle blähte die Backen.

»Philipp von Stain – pah! Dieser Bruder Leichtfuß heiratet doch nie! Wem der schon alles Anträge gemacht hat... Er müßte zu den Ungläubigen übergehen, um die Mädchen alle heiraten zu können.«

»Er heiratet mich, wenn ich es will«, erklärte Ursula energisch, »aber ich will noch nicht.«

Beunruhigt warf sie Sybille einen Blick zu. »Bitte, Tante, sagt meiner Mutter nichts über Philipp. Sie mag ihn nicht, seit er nach Anna Bärbel Welser den Hof gemacht hat.«

»Schon gut«, sagte Sybille belustigt, »und dir macht das mit Bärbel Welser nichts aus?«

Ursula zuckte mit den Achseln und wirkte trotz ihrer fünfzehn Jahre sehr erwachsen. »Er ist nun einmal so, aber er ist lustig und bringt mich zum Lachen. Außerdem weiß ich noch nicht einmal sicher, ob ich ihn überhaupt nehmen will.«

»Mädchen«, warf Hänsle großspurig ein, »haben bei so einer Entscheidung nichts mitzureden. Papa wird schon bestimmen, wen du heiratest, und wenn nicht er, so Onkel Jakob.«

Ursula fuhr sich über ihr rotes Haar. »Richard«, sagte sie schelmisch, »sei doch einmal Orakel für uns. Braucht Onkel Jakob eine Geschäftsverbindung, für die er mich verheiraten muß?«

Richard machte ein nachdenkliches Gesicht. »Ich glaube nicht. Da wäre der Orienthandel, aber der Großsultan ist alles andere als frei, und im Osten sind die Könige auch alle schon vergeben.«

Ursula spielte die Gekränkte. »Ach, Richard, sei doch ernsthaft!«

»Ich bin ernsthaft. Letzte Woche fragte er mich, ob ich dich für Lodovico Sforza empfehlen könnte, aber dieser Fürst wird nicht ohne Grund Il Moro genannt, und ich erwiderte ihm, das könnte ich unmöglich verantworten, denn Il Moro frißt freche kleine Mädchen zum Frühstück!«

Sybille stimmte in das Gelächter mit ein, als Ursula versuchte, Richard in die Seite zu zwicken und er mühelos auswich, und für den Moment vergaß sie völlig, daß es solche vergnügten Abende mit all ihren Neffen und Nichten nicht mehr oft geben würde.

Eine andere Frau indessen war nicht gesonnen, Richard ziehen zu lassen, ohne ihren Willen durchgesetzt zu haben. Barbara hatte nun schon oft versucht, Richard aufzureizen, durch Posen, Blicke, Berührungen, denen er in Gesellschaft anderer nicht ausweichen konnte, doch selbst an jenem Abend, als sie letztlich unverrichteterdinge aus seinem Zimmer verschwunden war, hatte er eine stärkere Reaktion gezeigt, als er zu erkennen gab. Nun, bei der Aussicht, nicht mehr lange Zeit zu haben, griff sie zu drastischeren Maßnahmen.

Barbara kannte mehrere weise Kräuterfrauen und hatte keine Schwierigkeiten, sich einen Trank zu verschaffen, der die Männer in angeregte Stimmung versetzen sollte. Bisher hatte sie es nie nötig gehabt, zu solchen Hilfsmitteln zu greifen, und sie schämte sich ein wenig. Doch sie schämte sich nicht genug, um das Mittel nicht Richard eines Abends zusammen mit einem anderen, das zunächst einschläfernd wirken und ihn dazu bringen sollte, sich früh zurückzuziehen, in den Wein zu mischen.

Da sie an diesem Abend unter denen war, die bei Tisch bedienten, fiel ihr das nicht schwer. Als sie ihre Pflichten erledigt hatte, verschwand sie ohne Gewissensbisse in eine der zahlreichen Badestuben, die sich in dem riesigen Gebäude befanden – hatte sie nicht oft dabei geholfen, diese merkwürdigen Räume zu reinigen?

Als sie sicher war, daß die Wirkung des einschläfernden Mittels ein wenig, wenn auch nicht ganz, abgeklungen war, begab sie sich auf Zehenspitzen zu Richards Kammer. Sie holte tief Luft und stieß dann plötzlich die Tür auf. Richard lag im Bett, wie sie erwartet hatte. Er schrak hoch.

»Barbara...« murmelte er schläfrig. »Barbara, was tust du hier?«

Barbara lief zu ihm und warf sich vor seinem Lager nieder. »Erbarmen«, schluchzte sie, »ach, Richard, ich brauche Hilfe.«

Und dann völlig übergangslos: »Der Norbert, du weißt schon, dieser Schuft, er wollte mich...« Züchtig schlug sie die Lider nieder. »Er wollte mich heute nacht... und da bin ich zu dir gelaufen. Du mußt mich beschützen.«

Richard setzte sich auf. Er fühlte sich immer noch schläfrig, doch es entging ihm nicht, daß Barbara in ihrem offenen Nachtgewand (sie mußte wirklich geradewegs aus ihrem Bett kommen!), dem wunderbaren rotblonden Haar (wann hatte sie es gewaschen?) und vor allem dem üppigen, lokkenden Körper anziehend wirkte. Sehr anziehend. Wo die Sonne ihren Körper nicht hatte erreichen können, war er weiß, so in dem Tal zwischen ihren Brüsten, das von dem losen Gewand so freigiebig gezeigt wurde.

»Es ist so kalt«, wisperte Barbara, und ihre Stimme klang nicht so hoch wie sonst, sondern fast rauh. »Darf ich mich mit unter die Decke legen? Und vergiß nicht, du mußt mich beschützen.«

»Ja, sicher«, sagte Richard zweifelnd. Irgend etwas, irgend etwas war da, an das er sich erinnern sollte, doch er kam nicht darauf, und es war ihm auch gleichgültig, als Barbara in seine Arme schlüpfte und ihren weichen Körper an den seinen schmiegte.

Als sie begann, mit ihren Lippen sein Gesicht zu berühren, protestierte er leise. »Barbara...« Aber er wußte nicht, weswegen.

»Es ist alles in Ordnung«, flüsterte sie. Und es schien so richtig, sie im Arm zu halten, ihren Mund zu spüren, der nun über seinen Hals wanderte, und als sie seine Brust berührte, konnte er nicht mehr gleichgültig bleiben. Er erwiderte ihre Küsse, drückte sie an sich, ertastete mit seinen Händen ihre Arme, ihr Gesicht, ihre schweren Brüste und die Taille. Oh, sie war so vollkommen, so *richtig*, und das war das wundervollste Erlebnis seines Lebens!

Doch gerade, als alles in ihm der Erfüllung zustrebte, fiel ein Lichtschein auf sie beide, und eine schneidende Stimme sagte: »Was soll das bedeuten!«

Veronika war an diesem Abend zu dem Entschluß gelangt, noch einmal allein mit ihrem Sohn sprechen zu wollen, um ihm zu erklären, mit wem er da Freundschaft geschlossen, in wessen Dienste er sich gestellt hatte. Hänsles Zimmer lag nicht weit von Richards entfernt, und auf dem Weg hatte sie merkwürdige Geräusche gehört, denen sie nachgehen wollte. Richards Tür stand halb offen. Sie hob die Öllampe, die sie mitgebracht hatte.

»Was soll das bedeuten!«

Richard und Barbara fuhren hoch. In dem gnadenlosen Schein der Lampe, der auf Richard wie ein Ernüchterungsmittel wirkte, sah Veronika wie die Rache des Schicksals persönlich aus. Ihre Lippen kräuselten sich verächtlich.

»Natürlich ... was hätte ich von *dir* anderes erwarten sollen, als dich mit dem Gesinde herumzutreiben!«

Ihr Tonfall veränderte sich, wurde peitschend. »Was dich betrifft, du Dirne – morgen packst du deine Sachen und bist verschwunden, bevor ich dich noch einmal zu Gesicht bekomme!«

Richard sah Barbaras entsetztes Gesicht und sagte wütend: »Nein, das könnt Ihr nicht tun! Es ist doch alles meine Schuld, nicht ihre!«

»Das bezweifle ich nicht«, erwiderte Veronika höhnisch, »aber leider kann ich dich nicht aus dem Haus werfen, selbst jetzt nicht! Aber sie geht bei Morgengrauen!«

Er spürte, wie Barbaras Körper erschlaffte. Sie senkte den Kopf, glitt resigniert aus dem Bett und ging ein paar Schritte auf die Tür zu.

»Nein«, sagte er. »Nein. Sie bleibt. Ich bin kein Kind mehr, und Ihr seid nicht meine Erzieherin. Also schulde ich Euch keine Rechenschaft über das, was ich tue und über die Gesellschaft, in der ich mich befinde. Und sie – ich habe sie verführt, ich habe sie gezwungen! Was sollte sie tun, sich gegen einen von der Herrschaft wehren? Und tut nicht so, als ob das nicht etwas ganz Alltägliches wäre!«

Veronikas Miene wurde erst zornig, dann unnachgiebig. »Alltäglich oder nicht – morgen früh ist sie aus dem Haus!«

Damit wandte sie sich um und ging. Ihre festen, triumphierenden Schritte hallten auf dem Gang wider.

Richard sprang auf. »O Barbara...« Seine Stimme verebbte. »Barbara, es tut mir so leid. Aber sie wird damit nicht durchkommen. Ich werde mit meiner Tante sprechen«, sagte er verzweifelt, »oder wenn es nötig ist, auch mit meinem Onkel.«

Barbara kam zurück und umarmte ihn. Diesmal war ihre Umarmung nicht verführerisch, sondern kameradschaftlich.

»Nein«, sagte sie fest und fuhr mit schiefem Lächeln fort: »Die Sache ist es nicht wert, daß du deswegen einen Familienstreit vom Zaun brichst. Selbst wenn Frau Sybille dafür sorgt, daß ich bleibe, macht mir der alte Drachen doch das Leben zur Hölle. Da geh ich doch lieber gleich, das kann ich dir sagen.« Sie bemühte sich, fröhlich zu klingen. »Ich finde schon wieder eine Stellung. Du kannst ja die Frau überreden, daß sie mir eine Empfehlung mitgibt.«

»Natürlich«, antwortete Richard abwesend, dann lockerte er die Umarmung etwas und schaute sie an, als suche er etwas in ihrem Gesicht. »Barbara, bist du sicher? Ich werde für dich kämpfen, wenn du willst.«

Barbara hätte beinahe gelächelt. Männer, dachte sie, waren im Grunde doch nur kleine Jungen, die Helden spielen wollten. »Nein«, entgegnete sie.

Doch Richard wirkte viel älter, als er war, und sehr fern, als er mit fast unkenntlicher Stimme sagte: »Du hättest nie zu mir kommen dürfen, Barbara, schon das erste Mal nicht, mich nie gern haben dürfen. Ich bringe allen Frauen, die ich... die mir etwas bedeuten, Unglück.«

Kopfschüttelnd sagte Barbara: »Wie du darauf bloß kommst...« Doch der Schmerz in seinem Gesicht war nicht zu übersehen. Sie verschränkte die Hände hinter dem Rücken, sprach stumm ein kleines Gebet und sagte dann sehr schnell, als fürchte sie, sie würde es sonst nicht fertigbringen: »Es ist nämlich meine Schuld, wirklich. Ich habe dir etwas in den Wein gemischt, weil... ach, weil du nicht anders herumzukriegen warst.«

Er starrte sie an. Unsicher fragte sie: »Bist du jetzt böse?«

»Böse...« Richard schüttelte den Kopf. »Nein, böse bin ich nur auf Veronika.«

Barbara stellte sich auf die Zehenspitzen und küßte ihn schnell auf den Mund. »Gute Nacht«, flüsterte sie und rannte davon, ehe Richard sein »Warte« rufen konnte. Als sie ihm ihre List gebeichtet hatte, war ihm merkwürdigerweise als erstes nur in den Sinn gekommen, daß sie, ohne es zu wissen, vielleicht das Mittel gefunden hatte, um ihn von seinen Ängsten und Schuldgefühlen zu befreien. Heute nacht hatte er nur an Barbara gedacht, nur ihren Körper gespürt, und wenn Veronika sie nicht entdeckt hätte... Doch die Gelegenheit war vorüber, und Barbara war ihre Stellung los.

Wenn er nur sicher sein könnte, daß es nur Pech gewesen war, Zufall, weiter nichts. Aber er wußte es besser.

Am nächsten Morgen machte Richard sich auf, um bei Sybille für Barbara ein gutes Wort einzulegen. Sybille hörte ihn ruhig bis zum Ende an und sagte dann: »Veronika war schon bei mir.«

Richard hätte um ein Haar geflucht. »Wann?« fragte er, bemüht, Selbstbeherrschung zu zeigen.

»Noch gestern nacht. Sie wollte keine Zeit vergeuden und mir berichten, in welchen Abgründen der Hölle sich mein Neffe bewegt.«

Sie warf ihm einen forschenden Blick zu und lachte. »Um Himmels willen, Richard, mach doch nicht so ein Gesicht! Du bist nicht der erste junge Mann, dem so etwas passiert, und du wirst weiß Gott auch nicht der letzte sein. Was deine Barbara betrifft, nach Veronikas Tirade habe ich sie aufgesucht und mit ihr gesprochen. Eine meiner Freundinnen heiratet im nächsten Monat und braucht noch ein paar Dienstmädchen für ihren neuen Hausstand. Du siehst also, auch für Barbara ist gesorgt.«

Mit hochgezogenen Brauen fügte sie hinzu: »Das heißt natürlich nicht, daß du gleich dein Glück bei der nächsten Magd...«

»Ich komme mir wie ein vollkommener Narr vor«, sagte Richard. »Es tut mir leid, Tante. Ihr seid so großzügig... danke.«

Die Worte waren unangemessen, aber was sollte man in

einer solchen Situation schon sagen? Er hätte sie am liebsten umarmt, doch er scheute sich davor. Von sich aus hatte er es noch nie getan, und er wußte nicht, wie sie es jetzt aufnehmen würde.

Nach dem Gespräch mit Sybille war er darauf vorbereitet, daß Veronika nicht lange brauchen würde, um die Geschichte im ganzen Haus herumzuerzählen. Die moralische Verworfenheit von Sybilles Neffen gab ein zu gutes Thema ab, um verschwiegen zu werden. Doch worauf er nicht gefaßt war, war die Tatsache, daß ihm die ganze unglückselige Episode den völlig unverdienten Ruf als Weiberheld einbrachte. Die Zoten und Neckereien, die er zu hören bekam, hatten manchmal sogar einen bewundernden Unterton.

»Stille Wasser sind tief«, bemerkte beispielsweise der Schreiber Norbert. »Da dachten wir die ganze Zeit, du wärst fürs Klosterleben geeignet, dabei schwingst du jede Nacht die Herkuleskeule. Erzähl doch, wie war...«

»Ach, sei still!«

Richard verstand es nicht, und es machte ihn langsam, aber sicher wütend. Barbara hatte seinetwegen das Haus verlassen müssen, was gab es also Bewundernswertes an dieser Nacht? Es traf sich gut, daß Anton Eberding darauf bestand, er und Hänsle sollten sich von ein paar Söldnern in die Grundzüge der Waffenkunst einweisen lassen. Natürlich würden ein paar Bewaffnete zum Schutz der Waren mit ihnen reisen, aber in diesen Zeiten konnte man nie sicher genug sein.

Die Bewaffneten, die ihre Dienste den reisenden Kaufleuten anboten, waren in der Regel alternde Soldaten, die nicht mehr in den Krieg ziehen konnten oder wollten, aber sich immer noch zutrauten, es mit Strauchdieben aufzunehmen.

»Ein Soldat, der sein Heer verläßt«, kommentierte Anselm Justinger einmal, »hat wohl nur zwei Möglichkeiten – entweder er beschützt Kaufleute oder er wird Straßenräuber. Vielleicht treffen eure Söldner auf ein paar alte Kameraden.«

Der Söldner, der Richard und Hänsle neben dem Reiten

auch noch beibringen sollte, »die Spitze eines Schwertes von dem Knauf zu unterscheiden«, wie er sich ausdrückte, hieß Leo Mühlich. Seine Unterrichtsstunden erwiesen sich als hervorragende Gelegenheit, dem Zorn, der in Richard brodelte, Luft zu machen. Er ging mit jeder Menge blauer Flekken, gelegentlich sogar einigen Quetschungen von den Übungen weg, aber dafür wesentlich erleichtert. Als der Winter kam, ließ sie Mühlich im Schnee kämpfen, und die Bewegung in der kalten, klirrenden Luft bereitete ihm sogar unerwartetes Vergnügen. Leo Mühlich war kein leicht zufriedenzustellender Lehrer. Das höchste Lob, das die beiden jungen Männer ihm eines Tages entringen konnten, war: »Auf dem Schlachtfeld wärt ihr zwar schneller tot, als ihr zwinkern könnt, aber vielleicht gelingt es euch jetzt, euch so lange das Gesindel vom Hals zu halten, bis wir helfen können.«

Es war nach einer solchen Unterrichtsstunde, als Richard erschöpft, aber gutgelaunt in sein Zimmer zurückkehrte, daß er wie angewurzelt an der Schwelle stehenblieb. Einen Moment lang hatte er das Gefühl, als wiederhole sich alles noch einmal. Auf seinem Bett saß, in neuen Kleidern und ein Bein über das andere geschlagen, Barbara.

Richard machte sofort die Tür zu. »Bist du wahnsinnig geworden?« fragte er schärfer, als er es beabsichtigt hatte.

Barbara verzog das Gesicht. »Das ist nicht nett von dir«, rügte sie. »Keine Sorge, niemand weiß, daß ich hier bin. Ich wollte mich von dir verabschieden, meine neue Herrin verläßt nächste Woche Augsburg. Die Lisbeth hat mich reingelassen, niemand weiß, daß ich da bin.«

Richard fühlte sich in Barbaras Gegenwart einmal mehr ins Unrecht versetzt. »Es tut mir leid. Ich freue mich, daß du gekommen bist.« Barbara stand schwungvoll auf und näherte sich ihm. »Stimmt das? Ich freue mich nämlich auch ... sehr.«

Sie legte ihm die Arme um den Hals und küßte ihn auf den

Mund. Er wehrte sich nicht, doch er erwiderte ihren Kuß nicht, und enttäuscht ließ sie von ihm ab.

»Ich hätte wieder so einen Trank mitbringen sollen«, murmelte sie, »aber ich habe ein Abschiedsgeschenk für dich.«

Sie zog ein kleines Bündel zwischen ihren Brüsten hervor, eine Stoffkugel, die mit irgend etwas gefüllt war. »Trägst du das für mich, zur Erinnerung, ja«, fragte sie, »oder ist's dir unangenehm?« Von der Kugel ging ein starker Kräutergeruch aus, der Richard an etwas erinnerte. Er nahm sie auf seine Hand. Sie war noch warm, wie Barbaras Körper, aber da war noch etwas... etwas Vertrautes...

»Woher hast du das?« erkundigte er sich, während er sich vergeblich den Kopf zerbrach, wo er so etwas schon gesehen haben konnte.

Erfreut über den Erfolg ihres Geschenks erwiderte Barbara: »Je nun, von der Hexe am Fluß, der alten Bertha, die mir auch die Kräuter für die Nacht gegeben hat, als... na, du weißt schon...«

Mit einem Ruck schleuderte Richard das Ding von sich und packte Barbara an ihren Handgelenken. »Was sagst du da?«

Barbara starrte ihn an. Von dem verwirrten jungen Mann, dem sie sich so überlegen gefühlt hatte, war nichts mehr geblieben. Seine schwarzen Augen blickten eiskalt, der Mund war zu zwei schmalen Strichen zusammengepreßt, und die Art, wie er sie festhielt, hatte nichts Zärtliches, war beinahe gewalttätig.

»Von der Hexe«, stammelte sie, »der Hexe am Fluß...«

Richard ließ sie jäh los. Er wußte nun wieder, um welche Kräuter es sich handelte, es war eine Mischung, die seine Mutter immer neben den Schlaftränken aufbewahrt hatte – wieso hatte er das nur je vergessen können? Wie hatte er nur Tage, Monate, Jahre leben können, ohne an das Ziel zu denken, das er sich vorgenommen hatte? »Es gibt keine Hexen, Barbara«, sagte er kühl, und der verwirrte Schmerz in ihrer Miene, als sie sich die Handgelenke rieb, war ihm beinahe gleichgültig. »Sag so etwas nie wieder.«

Barbara war in ihrem Leben schon öfter grob behandelt worden, doch noch nie auf so unverständliche Weise, und jetzt schlug sie zurück.

»Selbstverständlich gibt es die! Die alte Bertha ist eine! Sie hat einen Hausgeist, einen Dämon, mit dem sie regelmäßig spricht! Ich weiß es, ich habe sie einmal selbst dabei beobachtet. Und sie kann Dinge tun, die bringt sonst keiner fertig, nicht einmal der Herr Fugger mit all seinem Geld könnte so etwas!«

Richard nickte langsam, als habe er Antwort auf eine Frage bekommen. »Also gut«, sagte er. »Du glaubst, daß sie eine Hexe ist? Dann zeig sie mir, diese Hexe. Ich möchte sie sehen.«

Die alte Frau bewohnte eine Bauernkate, verwittert und heruntergekommen vielleicht, doch gewiß nicht unheimlich. Als sich seine Augen erst einmal an das dämmrige Licht im Inneren gewöhnt hatten, erkannte Richard aufgehängte Kräuterbündel und getrocknete Mistelzweige. Der Duft nach Salbei machte ihn zornig. Diese Alte nutzte den Aberglauben ihrer Besucher aus, sie hatte kein Recht, dieselben Kräuter wie seine Mutter zu verwenden, denn solcher abergläubischer Narren wegen war seine Mutter auf dem Scheiterhaufen verbrannt worden! Es war nicht nur die Schuld der Priester. Es war auch die Schuld von Leuten, die den Glauben an Hexen zu ihren Zwecken ausnützten.

Ein Vorhang wurde zurückgeschlagen, und Richard stand einer Frau gegenüber, die gewiß nicht älter als Jakob Fugger war. Verwirrung stieg in ihm auf. Das konnte doch nicht die »alte Bertha« sein? Dann bewegte sie sich, und er erkannte, warum man sie so nannte. Ihr Haar war vollkommen weiß.

»Was wollt Ihr hier, Richard Artzt?« fragte sie mit einer überraschend melodisch klingenden Stimme.

»Ich bin nicht beeindruckt«, entgegnete er. »Ihr wißt meinen Namen von Barbara.«

Die »alte« Bertha lachte. »Euren Namen, ja, und so manches mehr. Ihr seid also der, der nicht glauben will, daß es Hexen gibt? Daß ich, wenn ich will, den Teufel beschwören kann?«

Richard spürte, wie Barbara neben ihm zitterte. »So ist es«, erklärte er mit fester Stimme. »Ich glaube nicht, daß Ihr eine Hexe seid, weil es keine Hexen gibt und nie welche gegeben hat. Ihr führt Eure Kunden mit Kniffen und Listen irre. Mag sein, daß ich nicht alle durchschauen kann, aber sie haben nichts mit Zauber zu tun. Nur mit Gerissenheit.«

Die weißhaarige Frau bog den Kopf zurück und lachte. »Wie schade, daß nicht alle so denken wie Ihr«, keuchte sie, als sie wieder zu Atem kam, »dann würden ich und meinesgleichen nämlich sehr viel sicherer leben.«

»Ihr bringt Euch selbst in Gefahr«, sagte Richard heftig, »indem Ihr behauptet, eine Hexe zu sein, Euch und andere.«

Sie stützte die Arme in der Taille ab. »Aber ich bin eine Hexe. Hmmm... Barbara, mein Kind, wen hast du mir da gebracht? Sagt, Richard Artzt, warum ist der Gedanke, daß es Hexen gibt, für Euch so unerträglich?«

Richard wehrte sich gegen das Gefühl, gegen eine Wand anzurennen. »Weil es ein dummer Gedanke ist, ein gefährlicher Gedanke.«

Völlig übergangslos stand die Frau auf einmal neben ihm, obwohl ihm nicht aufgefallen war, daß sie sich bewegt hatte. Nun erkannte er eine Unzahl feiner Linien in ihrem scheinbar alterslosen Gesicht.

»Und wenn ich Euch einen Beweis meiner Kräfte gebe?«

»Tut es«, erklärte Richard herausfordernd.

Sie begann, vor sich hinzusummen, nur ein paar Noten, immer und immer wieder, bis er merkte, daß er schläfrig wurde und seine Umgebung nicht mehr genau wahrnahm. Hastig richtete er sich auf und kniff sich heimlich in den Arm. Das würde ihr so passen, ihn einzuschläfern! Barbara neben ihm hatte den Kopf auf seine Schulter gelehnt. Ihre Augen waren geschlossen.

»Nun?« fragte er kalt. Die seltsame weißhaarige Frau sah ihn an, und ihre Miene war nicht mehr spöttisch, sondern traurig und verständnisvoll zugleich.

»Richard, Richard, Ihr hättet niemals hierherkommen sollen. Ihr könnt den Gedanken an Hexen nicht ertragen, weil dann bewiesen wäre, daß sie im Recht waren, die Richter damals, und daß sie schuldig war, die andere Hexe, Eure Mutter.«

Stille. Er hörte seinen schweren Atem, auch die leisen Atemzüge Barbaras.

»Das ist nicht wahr.«

Sie berührte mit den Fingerspitzen seine Stirn. »Ich habe es gesehen... Ihr tragt den Flammentod in den Augen, der auch auf mich wartet. Wir kennen ihn beide, Ihr und ich, wir sind von ihm gezeichnet. Aber ich werde sterben, und Ihr seid entkommen. Aber hütet Euch, denn es wartet noch ein weiteres Feuer auf Euch und eine weitere Hexe. Ihr braucht sie, Ihr könnt ihr nicht entkommen, Ihr seid bestimmt für diese Hexe und sie für Euch. Aber diesmal können die Flammen Euch verbrennen.«

Richard holte tief Luft, und Barbara schrak auf. Hatte sie geschlafen oder hatte sie nur vorgegeben, es zu tun? »Ich weiß nicht«, sagte er langsam, »wie Ihr das gemacht habt. Nur zwei Menschen in Augsburg wissen über meine Mutter Bescheid, und sie hätten es Euch niemals erzählt. Aber Ihr könntet jemanden aus Wandlingen kennen. Das ist gleichgültig. Aber niemals, hört Ihr, niemals werde ich glauben, daß es Hexen gibt, und eines Tages werde ich das beweisen! Ich werde es Euch beweisen und den *domini canes* und dem Heiligen Stuhl! Ich werde es beweisen.«

Damit drehte er sich um und ging. Hinter ihm erklang das erneute Gelächter der »alten« Bertha, und ihre Stimme verfolgte ihn: »Ihr werdet sehen. Ihr werdet allen Zauber der Welt sehen und doch leugnen, bis Euch nur noch der Zauber retten kann! Ihr seid dafür bestimmt!«

Barbara holte ihn ein, und nach der merkwürdigen Atmosphäre in der Hütte war sie mit ihren erhitzten Wangen und dem gelösten Haar ein Stück Wirklichkeit, nach dem er griff.

»O Richard, es tut mir leid! Wir hätten nicht dort hingehen sollen!«

Sie hatte also keineswegs geschlafen. »Es war mein Einfall«, erwiderte er brüsk. »Ich habe dich beinahe dazu gezwungen.«

Grübchen malten sich in ihren Wangen. »Hast du das nicht schon einmal gesagt... zu dem alten Drachen am Rindermarkt?«

Richard erwiderte ihr Lächeln und küßte sie zum ersten Mal freiwillig. »Leb wohl, Barbara«, sagte er sanft. »Du warst immer sehr viel freundlicher zu mir, als ich es verdient hatte.«

Sie kniff ihn in die Wange. »Werd nicht rührselig. Ich wollte dir ja einen Glücksbringer geben, aber... Warte mal.«

Es war kalt, und beide spürten den Schnee unter ihren Füßen. Barbara nestelte an ihrem Hals und löste das Kettchen, das dort hing. Es bestand aus Holzgliedern mit einem buntbemalten Anhänger, ein Schmuck, wie ihn Dienstmägde gerne trugen, weil sie zu arm waren, um sich Besseres zu leisten. Ohne weitere Umstände drückte sie ihn Richard in die Hand.

»Da.« Sie zwinkerte ihm zu. »Kein Zauber dran, Ehrenwort.«

Richard errötete wie damals, als er noch ein Junge gewesen war und sich das erste Mal bei ihr entschuldigt hatte. »Ich habe auch etwas für dich... aber es ist noch nicht fertig. Kannst du morgen gegen Mittag zu Meister Bäsingers Werkstatt kommen, nur ganz kurz?«

Barbara überlegte. »Nein, aber ich werde jemanden schikken.« Plötzlich lächelte sie wieder. »Ich mag dir nicht zu oft Lebewohl sagen, weißt du, es wird sonst zur traurigen Gewohnheit.«

Mit der Schneeschmelze kam der Frühling. Und mit dem Frühling kam bald, viel schneller, als irgend jemand sich es hätte vorstellen können, der strahlende Märztag, freundlich, aber kühl, an dem der Zug, den Anton Eberding zusammengestellt hatte, mit Richard Artzt und Hans Ulrich Fugger aufbrechen sollte.

Es war ein seltsames Gefühl, sich zu verabschieden. Hänsle fiel im Kreis seiner zahlreichen Schwestern von einer Umarmung in die andere. Richard biß sich verlegen in die Lippen. Er hatte Sybille und Ursula, die er von Ulrichs Töchtern am liebsten mochte, schon gestern seine Abschiedsgeschenke überreicht, kleine, sorgfältig gearbeitete Anhänger, die er selbst entworfen und bei Hans Bäsinger geschmiedet hatte. Daß er heimlich auch Barbara ein ähnliches Geschenk gemacht hatte, wußte niemand.

Anselm schlug ihm auf die Schulter. »Bevor du in Tränen ausbrichst, Richard«, sagte er, leichtherzig wie immer, »denk daran, wie wunderbar mein Leben sein wird, wenn ich euch zwei endlich nicht mehr am Hals habe.«

»Längst nicht so wunderbar wie unser Leben ohne Euch«, gab Richard zurück. »Lebt wohl, Anselm!« Einige der Freunde, die er sich unter den Angestellten gemacht hatte, waren ebenfalls gekommen, um sich zu verabschieden.

Jakob hatte er schon am gestrigen Abend Lebewohl gesagt, denn um diese Tageszeit wurde er im Kontor gebraucht. Es war seltsam gewesen, und einen Augenblick lang hatte er sich gewünscht, er könnte auch Jakob umarmen, wie ... wie einen Vater, doch diesen Gedanken unterdrückte er hastig. Natürlich hatte er es nicht getan. Man umarmte Jakob Fugger nicht.

Ursula machte sich vom Kreis ihrer Geschwister frei und hauchte ihm einen hastigen Kuß auf die Wange. »Paß auf Hänsle auf, bis ihr in Venedig ankommt«, flüsterte sie. »Du bist zwar auch nur ein Junge, aber ein klein wenig vernünftiger als dieser Hornochse!«

Als Sybille auf ihn zukam, dachte er an den Tag, an dem sie

ihn hier begrüßt hatte. Scheu sagte er: »Ich werde Euch vermissen, Tante«, und fühlte sich plötzlich umarmt. Sybille strich ihm über das Haar.

»Ich werde dich auch vermissen... Und über was können Magister Pantinger und ich jetzt gemeinsam jammern, da du uns nicht mehr mit deinen ewigen Fragen verfolgst?«

Anton Eberding, schon zu Pferd, rief mißbilligend: »Dauert das denn den ganzen Tag? Ich denke, ich werde die jungen Herren hierlassen, denn ich reite jetzt los!«

Die beiden Jungen eilten zu ihm, schwangen sich in den Sattel, und bald war der riesige Hof wieder leer. Als der Zug die Stadttore passierte, atmete Richard die Frühlingsluft tief ein. Er war fast siebzehn Jahre alt, er spürte die Sonne auf seiner Haut, und das Leben lag vor ihm.

III

Die Blume der Hölle

15

DIE PFERDE WAREN NICHT gerade das, was man sich unter edlen Rössern vorstellt, aber die Ausdauer der Tiere, so versicherte Anton Eberding, machte die mangelnde Rasse mehr als wett. Überhaupt blieb wenig Zeit, darauf zu achten, so viele neue Eindrücke stürmten auf sie zu. Der Frühling hatte nach einem ungewöhnlich milden Winter bereits begonnen, Blüten und neue Sprößlinge aller Arten hervorzutreiben. Es schien, als habe sich die Erde geschmückt, um die Reisegruppe willkommen zu heißen, und sogar der Staub der Straße hatte einen Beigeschmack des Besonderen und Abenteuerlichen.

»Was ist das, Meister Eberding?«

»Dort wird Hopfen angebaut.«

Richard betrachtete die langen, aufragenden Stangen, die wie verlassene Überbleibsel eines Krieges wirkten, Lanzen, die man vergessen hatte. Hänsle hatte gerade vergeblich versucht, sich an einen bestimmten venezianischen Ausdruck zu erinnern und seufzte nun tief.

»Es ist zwecklos – dieses Kauderwelsch ist zu hoch für mich.«

»Sei froh«, erwiderte Richard belustigt, »daß du nur die venezianische Mundart brauchen wirst, in Florenz und der Toskana sprechen die Leute nämlich ganz anders.«

Hänsle schnitt eine Grimasse und trieb sein Pferd etwas an. »Was will ich mit der Toskana! Du tust mir leid, weil du dorthin verbannt worden bist, Richard, wo doch jedermann weiß, daß Venedig für einen Mann das Paradies ist! Dort gibt es die besten Huren auf der ganzen Welt.«

»Du wirst kaum Zeit haben, sie zu besuchen, wenn du in der Faktorei etwas lernen willst.«

»Jawohl, Onkel Jakob!« Hänsle grinste.

Richard lenkte sein Pferd etwas näher an Hänsles heran und fragte ein wenig irritiert: »Was willst du damit eigentlich immer? Der Witz ist mittlerweile ausgeleiert. Ich bin nicht im geringsten wie Jakob.«

Hänsle blinzelte ihm zu. »Ach nein? Wer läuft denn den ganzen Tag mit einem Gesicht wie eine Maske aus Stein herum? Wer ist schier unchristlich arbeitswütig? Wer predigt mir eben über die Tugend der Selbstbeherrschung? Schwer zu sagen, nicht wahr, wer das sein könnte – Onkel Jakob oder du?«

Richard, der nicht weiter über dieses Thema nachdenken wollte, entschloß sich, darüber hinwegzugehen. Als sie an diesem Abend müde in die Betten ihrer Herberge fielen, machte sich der Umstand bemerkbar, daß sie keine tagelangen Ritte gewohnt waren. Sie konnten sich kaum noch bewegen. Hänsle stöhnte. »Oh, meine Beine... und mein Kreuz!« Richard ging es nicht besser.

Sie schliefen sehr schnell ein, doch am nächsten Tag, am frühen Morgen, wartete ein überwältigender Anblick auf sie. »Hänsle, sieh doch – die Alpen!«

Richard hatte das Gebirge noch nie gesehen. Für ihn waren die Berge unter Schnee und Fels begrabene Riesen aus längst vergessenen Urzeiten. Sie ließen die vorbeiziehenden Menschen winzig erscheinen. Die Schneereste, die überall noch lagen und sich von den dunklen Fichten abhoben, schienen von bläulichen Schatten durchzogen zu sein. Doch am schönsten waren die gefrorenen Bäche und Wasserfälle. Richard kam es vor, als hätte ein Wunder den Lauf des Wassers aufgehalten und die Zeit erstarren lassen. Er konnte sich kaum von dem Anblick des Eises, in dem die Sonnenstrahlen sich brachen, losreißen.

»Wie ein Regenbogen in einem gefrorenen Orkan!«

»Komm endlich, Richard!«

Er war nicht auf die riesigen Wälder gefaßt gewesen, die begannen, als sie Schongau hinter sich gelassen hatten. Das dunkle Grün und tote Braun, in dem sich gerade erst langsam die helleren Töne des Frühlings durchzusetzen begannen, ließen kein Ende erkennen. Manchmal kam es Richard so vor, als würden die Bäume mit ihren ausladenden Ästen, in denen sich der Wind fing, nach ihm greifen. Er hätte es nicht zugegeben, aber er war trotz aller Begeisterung für das Neue froh über Anton Eberdings Anordnung, eng beieinander zu bleiben, und vermutete insgeheim, daß auch die anderen mehr fürchteten als herumstreunende Räuber. Abends, wenn sie in einer Herberge Rast machten und irgend jemand eine Geschichte über Riesen und Waldgeister erzählte, konnte Richard darüber lachen und kam sich selbst albern vor. Doch in den undurchdringlichen Wäldern lag etwas, das ihn, der sein ganzes Leben in wohlgeordneten Städten verbracht hatte, seltsam berührte und zugleich beunruhigte, und es dauerte einige Zeit, bis er sich daran gewöhnte.

Sie kamen am berühmten Kloster Ettal vorbei. Richard verspürte eine Mischung aus Neugier und Widerwillen und war froh, daß Eberding an diesem Abend unbedingt noch bis zur Fuggerfaktorei in Partenkirchen wollte. Sparsam wie ihr neuer Leiter war, störte ihn jeder Dukaten, den er in Herbergen ausgeben mußte, und die überall verstreuten Stationen der Fuggerschen Handelsplätze waren ihm deshalb eine willkommene Unterkunft.

Der Anblick der Städte und Dörfer hatte sich verändert. Entsprachen auf ihren ersten Stationen die Orte noch dem Bild, wie sie es von Augsburg gewohnt waren, so wirkten die Häuser jetzt viel kleiner und gedrungener. Oft schienen sie nur aus einfach behauenen Stämmen der umliegenden Wälder gebaut zu sein. Am merkwürdigsten kam ihnen jedoch vor, daß auf den Dächern große Steine lagen, und Eberding erklärte, dies hinge mit dem Wind und dem Schnee zusammen, mit dem die Bauern hier fertig werden mußten.

Die nächste größere Stadt, in die sie gelangten, war Innsbruck, wo sie in der dortigen Faktorei der Fugger Pferde tauschen und neue Vorräte bekommen sollten. Richard hatte gehört, daß sie einen Paß überqueren mußten, um nach Innsbruck zu gelangen, und sich darunter so etwas wie einen engen, schmalen Weg, der von Gipfel zu Gipfel führte, vorgestellt. Er wurde enttäuscht. Der Paß nach Innsbruck war breit angelegt, reichte noch nicht einmal in die Nähe der Gipfel und mündete erst beim Abstieg in enge Kurven, die aber dem Wagen des Zugs, auf dem sich die sperrigeren Handelsgüter befanden, keinerlei Schwierigkeiten bereiteten. Doch als sich die Türme und Dächer der Tiroler Hauptstadt schon deutlich abzeichneten, kam es zu einer seltsamen Begegnung. Auf der Straße, die zu den Stadttoren führte, zog ihnen eine merkwürdige Gruppe von Menschen entgegen. Die meisten führten einen Handkarren oder ein ähnliches Gefährt mit sich, auf dem wahllos Hausrat gestapelt war. Keiner von ihnen machte Anstalten, Anton Eberdings Zug zu grüßen.

Richard und Hänsle starrten verwundert auf die Männer, die ganz in Schwarz bekleidet waren, mit seltsamen Kopfbedeckungen und langen Locken, die ihr Gesicht rahmten. Die Einsamkeit und Andersartigkeit, die sie ausstrahlten, waren fast greifbar.

»Was sind das für Leute?« fragte Hänsle flüsternd Meister Eberding, als die Gestalten vorbeigezogen waren. Der große, bärtige Augsburger spuckte aus.

»Juden! Man wird sie aus Innsbruck vertrieben haben. Was für ein Glück.«

Hänsle und Richard warfen sich unbehagliche Blicke zu. In Augsburg gab es keine Juden mehr. Man hatte sie schon zu Zeiten von Hans Fugger, dem berüchtigten »Weber aus Graben am Lech«, verjagt, und es war eine bekannte Familiengeschichte, wie sich Hans Fugger diesen Umstand zunutze gemacht hatte. Er hatte durch einen Freund im Stadtrat von der beabsichtigten Vertreibung schon gewußt, ehe die Augsburger es erfuhren, und das Haus am Rohr zu einem Spottpreis von dem bisherigen Besitzer gekauft, der es eilig hatte, einen Wohnsitz im Judenviertel loszuwerden, den er ohnehin nur geerbt hatte.

Hans' Wahl hatte Hohn und anzügliche Bemerkungen hervorgerufen – bis bekannt wurde, daß der Stadtrat beschlossen hatte, alle Juden aus Augsburg zu verjagen. Damit war der Weber nun im Besitz eines Hauses in hervorragender Lage, das in den kommenden Jahren Sitz des Unternehmens wurde, bis Ulrich, Georg und Jakob, die Enkel des Webers, das Anwesen am Rindermarkt kauften.

»Ich habe noch nie Juden gesehen«, sagte Hänsle unsicher, und Anton Eberding antwortete harsch: »Seid froh darum! Blutsauger sind sie, Zinswucherer und Kindsmörder bei ihren verfluchten Ritualen!« Ehe Eberding es sich versah, platzte Richard heraus: »Das ist nicht wahr!«

Der Kaufmann wandte sich ihm zu. Es lag eher Verwunderung als Ärger in seinem Blick. »Was ist nicht wahr?«

»Daß sie Kinder bei ihren Ritualen schlachten.«

»Aber, Richard«, warf Hänsle ungläubig ein, »das weiß doch jeder.«

»Deswegen ist es noch lange nicht wahr.«

Richards Stimme war leise, aber unnachgiebig. Er wußte, daß er sich vielleicht das Wohlwollen Anton Eberdings verscherzte, doch hier galt es, eine Ungerechtigkeit aufzuklären.

»Als einmal die Bürger von Fulda zu Kaiser Friedrich II. kamen«, sagte er und Hänsle stöhnte, denn dieser Friedrich war eines von Richards Lieblingsthemen, »und die Juden ihrer Stadt anklagten, Kinder bei ihren Ritualen geschlachtet zu haben, befand der Kaiser die Juden nicht nur für unschuldig, sondern berief auch noch bekehrte, zu Christen gewordene Juden aus dem ganzen Reich zu sich, die prüfen und aussagen sollten, ob die jüdische Religion einen Ritualmord überhaupt gestattete. Und alle waren sich einig, daß eine solche Tat ein Greuel sei, und der Kaiser verbot bei schwerer

Strafe, jemals wieder eine solche Anklage gegen die Juden vorzubringen.«

Eberdings Miene hatte sich während Richards Erzählung immer mehr verfinstert. Seine buschigen grauen Augenbrauen waren zusammengezogen, und die gerunzelte Stirn kündigte schwere Gewitterwolken an.

»Bekehrte Juden – ha! Als ob ein Jude jemals ehrlich würde. Die würden doch alles sagen, nur um ihre Haut zu retten. Überdies war der Kaiser, den Ihr da erwähnt, selbst ein halber Heide, und die heilige Kirche hat ihn nicht nur einmal, sondern gleich dreimal exkommuniziert. Was für einen Grund hättet Ihr, Euch für Gezücht wie die Juden einzusetzen, junger Herr?«

Richard hatte nicht bemerkt, daß er unbewußt die Zügel immer wieder um seine Hand gewickelt hatte, bis das Leder in die Haut einschnitt.

»Gerüchte verbreiten sich schnell und Lügen ebenso, und dann werden den Menschen Dinge vorgeworfen, die sie nicht getan haben«, erwiderte er fast unhörbar. »Es ist nicht gerecht, irgend jemanden für Dinge leiden zu lassen, die er nicht getan hat.«

Er hatte nie ausführlich über die Juden nachgedacht, doch der Anblick dieser vorbeiziehenden Menschen auf der Straße und die Rede Meister Eberdings hatten ihn allzusehr an Wandlingen und das Feuer erinnert.

Hänsle wollte vermitteln. »Mag sein, daß du recht hast, Richard, mit den Ritualen, aber Meister Eberding hat auch recht, denn es steht nun einmal fest, daß die Juden Wucherer sind und Christen durch Zins ausbluten lassen, wo sie nur können.«

»Der Landbesitz ist ihnen verboten«, entgegnete Richard heftig, »sie dürfen kein Handwerk ausüben, was sollen sie also tun?«

»Rührend«, spottete Eberding, »und das ist ein Grund, um bis zu fünfzig Prozent Zins zu nehmen, wie es meinem Onkel geschah, der durch einen Juden ruiniert wurde?«

Richard schwieg. Es hatte keinen Sinn. Eberding war nicht Konrad Pantinger, Anselm oder irgendein anderer, mit dem sich ein solcher Disput gelohnt hätte. Ganz gleich, was Richard sagte, Eberding würde bei seiner Meinung bleiben.

»Laßt uns Innsbruck erreichen«, sagte er, plötzlich müde, »ich möchte die Stadt sehen.«

Er klopfte seinem Pferd auf den Hals, spürte das rauhe Fell unter seinen Handflächen und dachte über Anton Eberding nach. Eberding war kein schlechter Mensch, im Gegenteil, er mußte absolut verläßlich und ein guter Kaufmann sein, sonst hätte Jakob ihn nicht mit dieser Aufgabe betraut. In den vergangenen Wochen war er Richard vielleicht ein wenig schroff, aber doch im Grunde angenehm erschienen, jemand, mit dem man Freundschaft schließen konnte. Doch derselbe Eberding war in seiner Abneigung gegen die Juden so blind, daß er in dieser Beziehung keinem vernünftigen Argument zugänglich war, und Richard hätte noch manche vorbringen können.

Anselm hatte ihm erzählt, daß die Juden tatsächlich hohe Zinssätze nahmen, aber deswegen, weil der Landesherr des Fürstentums, in dem sie sich befanden, die Schuld eines seiner Untertanen bei einem Juden jederzeit für nichtig erklären konnte. Es war eine großzügige Geste gegenüber dem Untertan und kostete den Lehnsherrn nichts, den Juden dagegen sehr viel, und der hohe Zins war ein Mittel, um sicherzugehen, daß er wenigstens etwas von seinem Geld wiedersah. Richard setzte zu dieser Erklärung an, unterließ es dann jedoch. Zwecklos. Aber wider besseren Wissens schweigen zu müssen, machte ihn wütend, und er versuchte, den Gedanken an die schwarze Schar vor den Toren Innsbrucks zu verdrängen. Eines Tages würde er nicht mehr schweigen.

Die Innsbrucker Faktorei war eine der wichtigsten des Fuggerschen Unternehmens, da sie den gesamten Tiroler Silberhandel regelte. Dort, in dem soliden Fachwerkgebäude, stapelten sich die Silberbarren, die aus den Gruben kamen, bevor sie mit hohem Gewinn entweder an die staatliche Münze in Hall, die ebenfalls unter Jakobs Leitung stand, weiterverkauft oder ins Ausland gebracht wurden, durchaus nicht immer zu dem Hauptumschlagplatz Venedig.

Die Tiroler Münzen hatten einen viel höheren Silbergehalt als diejenigen, die man jenseits der Tiroler Grenze prägte, und Jakob hatte die sich daraus bietenden Möglichkeiten schnell erkannt. Er hatte sich auch noch bei weiteren Staaten die Prägeerlaubnis zu beschaffen gewußt und konnte nun mit jedem Pfund Silber, das er über die Landesgrenze brachte, ungefähr anderthalbmal soviel Münzen prägen wie innerhalb des Herzogtums Tirol.

Der Leiter der Faktorei führte Richard und Hänsle stolz in eine der Lagerhallen und gab ihnen einen Silberbarren in die Hand. »Faßt es ruhig an«, ermunterte er. »Man muß das Metall in seiner rohen Form sehen, um zu begreifen, warum die Menschen dafür töten würden.«

Richard hätte um ein Haar gefragt, ob sie einen Stollen besichtigen könnten. Doch der Leiter sprach schon weiter. »Wenn Ihr noch eine Woche warten wollt«, erklärte er, an Anton Eberding gewandt, »dann könntet Ihr Euch einem Transport nach Venedig anschließen.«

Eberding schüttelte den Kopf. »Mit Silber zu reisen, verzögert nur alles und erhöht die Gefahr, und wir haben es eilig. Außerdem muß ich diesmal Kindermädchen spielen, wie Ihr seht.«

»Kindermädchen«, grollte Hänsle noch, als sie gemeinsam eine saftige Schweinshaxe verzehrten, »ich möchte wissen, für wen er sich hält. Für Methusalem vielleicht?«

Als sie Innsbruck wieder verließen, trug mittlerweile jedes Mitglied der Reisegruppe eine Lammfellweste gegen die zu erwartende Kälte.

»Es mag zwar Frühling sein«, warnte der Leiter der Innsbrucker Faktorei, als er sie verabschiedete, »doch denkt an die Lawinen, die gerade jetzt auf Euch warten!«

Richard hatte noch nie eine Lawine erlebt und nur eine sehr ungenaue Vorstellung davon, die er den Berichten anderer Reisender verdankte. Zunächst verlief ihre Reise fast enttäuschend ereignislos; sie nahmen die alte Paßstraße der Römer, den Brenner, die so breit angelegt war, daß selbst größere Wagen keine echten Hindernisse zu bewältigen hatten. Richard kamen die Befestigungen, welche die Straße gegen den Berg abstützten, zu neu vor, um noch von den Römern zu stammen, und er erkundigte sich bei Eberding danach.

»Eines der letzten Unternehmen, die noch unter Herzog Sigismund durchgeführt wurden, bevor er sich, hm, von der Regierung zurückzog. Ihm wurde damals geraten, den Weg für die Erztransporte nach Venedig zu erleichtern, und also ließ er die Römerstraße erneuern.«

Als das Eis der gefrorenen Bäche nicht mehr auf sie zustürzte, sondern mit ihnen ins Tal hinunterstrebte, wußte Richard, daß der Abstieg begonnen hatte und glaubte, daß die Alpen nun keine Überraschungen mehr für sie bereithielten. Er hätte sich nicht mehr irren können.

Eberding hatte eigentlich vor, weiter der alten Handelsroute zu folgen und über Brixen nach Bozen zu ziehen. Sie hatten gerade den Ort Sterzing hinter sich gelassen, als sich plötzlich ein fernes, leises Rauschen bemerkbar machte. Richard spürte es mehr, als er es hörte; die Luft schien sich zu verändern, zu zittern. Er blickte zu Eberding und sah, daß der Mann blaß geworden war.

»Allmächtiger«, murmelte er, »es ist soweit!« Er drehte sich um und schrie: »Alles sofort anhalten! Eine Lawine wird hier in der Nähe heruntergehen.«

Trotz der sich breitmachenden Panik konnte es sich Richard nicht versagen, zu fragen: »Woher wißt Ihr, daß sie nicht genau hier herunterkommen wird?«

»Das Geräusch«, entgegnete Eberding grimmig, »und außerdem weiß ich es nicht, ich hoffe es nur.«

Inzwischen hatte sich das Rumoren zu einem lauten Donnern entwickelt. Die Pferde begannen zu scheuen, und einige der Knechte gerieten in Panik.

»Es hat keinen Zweck, zurückzureiten«, schrie Eberding, »sie kann auch hinter uns liegen!«

Unverwandt blickte er zu dem Berghang hoch. Dort sah man nichts, doch inzwischen bebte die Erde. Das Tosen wurde lauter, lauter, bis es fast unerträglich war. Instinktiv warf Richard sich auf die Erde.

Dann herrschte mit einem Mal Stille, eine unheimliche, atemlose Stille. Er spürte den kalten Boden unter sich, richtete sich langsam wieder auf und bemerkte, daß die anderen es ihm gleichgetan hatten. Keiner sprach; man hörte nur das schwere, hastige Keuchen. Die Stille war vielleicht noch schrecklicher als das Toben der Elemente. Endlich sagte einer der Männer: »Gott hat uns verschont.«

Eberding bekreuzigte sich. »Amen. So ist es. Doch ich fürchte, der Paß ist verschüttet. Wartet hier; ich werde vorausreiten und nachsehen.«

Richard lief schnell zu seinem Pferd. »Meister Eberding, darf ich mit Euch kommen?«

Anton Eberding musterte ihn einen Moment lang. »Schön«, knurrte er schließlich, »warum nicht?«

Schon nach wenigen Minuten zeigte sich, daß Eberding recht gehabt hatte. Richard hielt den Atem an. Ungeheuere Schneemassen türmten sich vor ihnen auf, und in ihnen eingeschlossen waren Felsblöcke, Tannen, Fichten manchmal von der Größe eines Hauses, die entwurzelt und mitgerissen worden waren, als seien sie bloße Grashalme.

»Es sieht aus wie das Jüngste Gericht!«

Eberding beschäftigten praktischere Überlegungen. »Wir würden Tage brauchen, um uns da mit unserem Wagen durchzuschaufeln«, schloß er. »Das beste wird sein, umzukehren und den Jaufenpaß zu nehmen.«

Der Jaufenpaß erwies sich als sehr enge, steinige und unzugängliche Straße. Richard, der geglaubt hatte, nun schon an die hohen Berge gewöhnt zu sein, wurde eines Besseren belehrt, als der Anstieg immer steiler wurde. Der Paß krümmte sich in immer engeren Kurven, und häufig genug mußten die Berittenen absitzen, um den anderen mit dem Wagen zu helfen. Als sie wieder einmal anhalten mußten, blickte Richard zurück, und plötzlich kam ihm ihre Gruppe so vor wie ein Haufen Ameisen, die sich um einen schlafenden Bären bemühten. Seit der Lawine nämlich sah er die Berge nicht mehr als tote Brocken aus Schnee und Fels, sondern hielt sie für durchaus lebendig und in der Lage, sich gegen unerwünschte Eindringlinge zu wehren.

Das Wetter wurde freundlicher, und an manchen Tagen hätte man sogar mit offenem Hemd reiten können, was Eberding jedoch energisch verbot. Die Luft schmeckte klar wie der Schnee, den die Reisenden manchmal kosteten, um ihren Durst zu stillen. Richard hätte diese Reise gegen nichts in der Welt eintauschen mögen. Als sie in der kleinen Klause angelangt waren, die am höchsten Punkt des Passes lag, war er beinahe enttäuscht, denn der beschwerliche und abenteuerliche Teil der Reise schien nun endgültig vorbei zu sein. Nachdem er am Abend die seltsamen Schatten betrachtet hatte, die die untergehende Sonne auf die Spitzen der Berge malte, blieb nur ein Wunsch offen: ein heißes Bad, wie Richard es gerne regelmäßig genoß.

»Du bist verrückt«, meinte Hänsle kopfschüttelnd, »stundenlang auf die Berge zu starren. Ich möchte nur wissen, was du dort siehst!«

»Wenn du es wirklich wissen möchtest«, sagte Richard langsam und bemühte sich, sich nicht durch ein Grinsen zu verraten, »ich suche nach den Nachkommen der Elefanten, die Hannibal über die Alpen brachte – es müssen ihm doch ein paar entlaufen sein!«

»Wie bitte? Aber das war doch gar nicht...«

Hänsle begriff, daß er seinem Freund auf den Leim gegangen war. »Du Idiot!« sagte er aus tiefstem Herzen und stimmte dann in Richards Gelächter mit ein.

Es erwies sich, daß sie mit ihrer Ankunftszeit in der Klause Glück gehabt hatten. Über Nacht zogen sich Wolken zusammen, und am nächsten Tag brach ein Sturm los, der sie mehrere Tage an ihrem Zufluchtsort festhielt, was Eberding jedoch nicht übermäßig beunruhigte.

»Schließlich«, erläuterte er seinen Gehilfen, »hat der Jaufenpaß uns ohnehin einiges an Zeit erspart. Der Weg über Meran nach Bozen ist kürzer als der über Brixen, nur eben sehr viel beschwerlicher.«

Als das Unwetter sich verzogen hatte, war der Himmel immer noch verhangen und die Luft trüb. Trotzdem entschied Eberding, weiterzureiten. »In zwei bis drei Tagen können wir in Bozen sein!«

Als sie schon fast die Hütte erreicht hatten, die Wärme und Sicherheit versprach, machte Richard in der Ferne mehrere dunkle Punkte aus, die sich scharf gegen den Hintergrund abzeichneten. Körper, so schien es, als sie sich näherten, und ein größerer unförmiger Gegenstand. Leichen. Richard spornte sein Pferd an, ohne auf Eberdings Warnruf zu achten.

Er konnte es immer deutlicher sehen – dort lagen Männer und Frauen neben einem umgestürzten Wagen, dessen Abdeckplane zerrissen war. Er glitt aus dem Sattel. Augenscheinlich hatten hier Strauchdiebe ihr Unwesen getrieben. An den Ohren der Frauen, die wohl mit Schmuck behängt gewesen waren, klebte verkrustetes Blut.

Eberding war hinter ihm hergeritten und legte jetzt seine schwere Hand auf Richards Schulter. »Ihr seid der leichtsinnigste Kerl, der mir je untergekommen ist«, sagte der Kaufmann zornig. »Die Räuber können noch in der Nähe sein, und all dies hier«, er deutete mit einer weitausholenden Geste um sich, »hätte auch eine List sein können, um uns hierherzulocken!«

Richard machte sich wortlos frei. Offene, zu tonlosen Schreien erstarrte Münder, zu Grimassen verzerrte Gesichter lagen vor ihm im Schnee. »Wer mögen sie sein?« hörte er sich fragen.

Eberdings Stimme klang kaum besänftigt. Er wies auf die Kleider. »Zigeuner. Wer sonst trägt diesen Flitter?«

Jetzt bemerkte auch Richard, daß diese Menschen irgendwie ungewöhnlich aussahen – die dunkle Haut, die schwarzen Haare, die bunten, seltsamen Kleider, die so gar nicht zu der Umgebung und Jahreszeit passen wollten. Eberding zog ihn am Arm.

»Kommt jetzt endlich. Solche Dinge geschehen nun einmal, und besser die Zigeuner haben dran glauben müssen als wir. Sie sind ohnehin größtenteils ein Diebesgesindel, so daß es mich wundert, daß sie sich mit den Räubern nicht verbrüdert haben.«

Richard lag eine hitzige Entgegnung auf der Zunge, doch in diesem Moment entdeckte er etwas, das ihn seinen Zorn, der angesichts von Eberdings Kaltschnäuzigkeit vor den Toten in ihm aufgestiegen war, sofort vergessen ließ.

»Meister Eberding – da, dort drüben, da hat sich etwas bewegt. Es lebt noch jemand!«

Auch Eberding lief nun ohne zu zögern auf die Stelle zu, auf die Richard gewiesen hatte. Halb versteckt hinter dem umgestürzten Wagen lagen dort ein alter Mann und ein Kind, das Richard auf etwa zehn Jahre schätzte. In dem Bart des Alten sickerte Blut, und er hatte schwere Wunden auf der Brust, doch seine Hand bewegte sich etwas, und das Kind stöhnte.

Während Eberding neben dem Mann niederkniete und ihn flüchtig untersuchte, versuchte Richard, das Kind aus den Armen des Alten zu lösen. Es hatte dichtes, schwarzes und kurzgeschnittenes Haar, ein spitz zulaufendes, mageres Gesicht, und als Richard seine Schulter berührte, hob es die Lider.

Richard blickte in Augen von einem strahlenden, reinen Grün, wie er es noch nie erlebt hatte. Das Kind murmelte irgend etwas, das er nicht verstand, dann senkten sich die Lider wieder, und er merkte, daß seine Hand blutig war.

»Wir müssen ihnen helfen!«

Eberding richtete sich auf und sagte seltsam mitleidig: »Der alte Mann wird sterben, wahrscheinlich schon innerhalb der nächsten Stunde.«

»Das könnt Ihr nicht mit Gewißheit sagen, und selbst wenn es wahr ist, dann müssen wir zumindest versuchen, wenigstens das Mädchen zu retten!«

Die letzte Aussage brachte ihm einen verdutzten Blick des Kaufmanns ein. »Das Mädchen? Woher wollt Ihr wissen, daß dieses Kind ein Mädchen ist?«

»Ich weiß es eben.«

Er konnte es sich auch nicht erklären. Das Kind trug Hosen und ein weites Hemd, das seinen Körperbau verbarg, doch von dem Moment an, als es ihn angesehen hatte, war er sicher gewesen, einem Mädchen in die Augen geblickt zu haben.

Schließlich einigte er sich mit Eberding darauf, das Mädchen und den Alten vorsichtig zur nächsten Hütte zu bringen. Richard hob das Mädchen hoch. Wenn er nicht ihre schwachen Atemzüge gehört hätte, wäre er sicher gewesen, sie sei tot.

Glücklicherweise dauerte es nicht lange, bis sie die Hütte erreichten, doch als sie abgesattelt hatten und bereits eifrig ein Feuer geschürt wurde, wandte sich Eberding an Richard. »Wie ich gesagt habe – der Alte ist tot, und das Kind wird bestimmt auch sterben, wenn es nicht völlig ruhig liegt. Wir müssen es hier lassen.«

Richard hatte das Mädchen gerade auf einem eilig bereiteten Lager hingelegt und wollte Wasser holen, um ihre Wunden zu reinigen und sie zu verbinden.

»Natürlich bewegen wir sie nicht weiter«, sagte er verwundert, »wir werden hier warten, bis sie soweit ist, daß sie mit uns weiterziehen kann.«

Eberding explodierte fast.

»Ach, gebt Ihr jetzt die Befehle hier? Laßt Euch gesagt sein, Herr Richard, daß ich meinen Zug nicht wochenlang wegen eines Zigeunerbalgs gefährde und ...«

Hänsle mischte sich begütigend ein. »Sprechen wir doch später darüber«, sagte er ruhig, »sollten wir nicht erst den alten Mann beerdigen und die anderen?«

Widerwillig stimmte Eberding ihm zu. »Es sind zwar Zigeuner, doch es ist unsere Christenpflicht.«

Richard hatte gehofft, der Alte würde überleben, doch nun hielt er es für wichtiger, sich um das Mädchen zu kümmern. Als er ihr zögernd das Hemd über den Kopf streifte, um sie zu waschen, entdeckte er, daß sie doch älter sein mußte, als er gedacht hatte. Mindestens dreizehn. Er setzte sich hastig so, daß sie von den Blicken seiner Begleiter abgeschirmt war. Nachdem er die Reinigung beendet hatte, verband er ihre Wunden mit sicheren Griffen, als habe er nie etwas anderes getan. Sie hatte eine böse Verletzung an der Schulter und eine am linken Unterschenkel, doch das war alles, was man mit dem bloßen Auge erkennen konnte. Allerdings sprach sie im Wundfieber wirres, unverständliches Zeug, und als er ihr die Hand auf die Stirn legte, war sie glühend heiß.

Eberding hatte zwei der Bewaffneten befohlen, vor ihrer Unterkunft Wache zu halten, falls sich noch Räuber in der Nähe befanden. Nun näherte er sich Richard, der einen der Mitreisenden um Rat fragte, welche Arzneien für das Mädchen zur Hand seien.

»Hört, Richard«, sagte Anton Eberding nicht unfreundlich, »Ihr seid noch sehr jung, und Eure Fürsorge ist verständlich und ehrt Euch. Doch Tatsache ist nun einmal, daß wir hier nicht den Köder für jeden Spitzbuben spielen können, der in der Nähe herumlungert, ganz zu schweigen von der Verspätung, die wir aufzuholen haben. Trotzdem kann Euer Schützling im augenblicklichen Zustand nicht nach Bozen gebracht werden, wo sie sicher wäre. Ihr habt sie fürs erste versorgt und Eure Pflicht getan. Warum laßt Ihr sie jetzt nicht mit ein paar Lebensmitteln hier?«

Wäre Eberding wieder grob geworden, so hätte Richard sofort widersprochen. Doch so sah er ein, daß der Kaufmann keineswegs feindselig, sondern sogar höchst vernünftig argumentierte.

Er schwieg lange Zeit bedrückt. Schließlich hob er den Kopf und sagte: »Meister Eberding, Ihr habt natürlich recht, aber gestattet mir einen anderen Vorschlag. Ich werde mit dem Mädchen hierbleiben, bis man sie ohne Gefahr nach Bozen bringen kann, und danach werde ich versuchen, Euch einzuholen. Falls es mir nicht gelingt, komme ich eben später als Ihr in Florenz an.«

»Das ist wirklich das Dümmste«, donnerte Eberding, »was ich je gehört habe. Selbst wenn Ihr allein nach Bozen und von dort aus weiter Euren Weg findet, was ich bezweifle – wie wollt Ihr hier überleben?«

»Mit Euren Vorräten selbstverständlich«, erwiderte Richard mit schwachem Lächeln, »und wenn sie nicht reichen, werde ich eben mein Glück auf der Jagd versuchen. Schließlich haben wir Frühling.«

»Habt Ihr schon einmal gejagt?« fragte Eberding scharf.

Richard biß sich auf die Lippen. »Ich war bei einer Jagd dabei... als der König Augsburg besuchte.«

»Das ist ganz und gar nicht das gleiche.«

Eberdings Stimme klang beißend. »Und einen Kampf habt Ihr auch noch nicht bestanden... Großer Gott, Ihr seid ein Zuckerlecken für jeden Banditen hier in der Gegend, und ich bin für Euch verantwortlich!«

Schlagartig veränderte sich Richards Miene. Sein Gesicht wurde zu jener Maske, deretwegen Hänsle ihn oft geneckt hatte, und mit kühler, sachlicher Stimme sagte er: »Ihr seid keineswegs für mich verantwortlich. Ich bin ein Mann und bestimme mein Schicksal selbst. Ich werde Euch einen Brief für meinen Onkel mitgeben, in dem ich alles erkläre, damit Ihr Euch keine Sorgen zu machen braucht, falls mir etwas zustößt. Doch das wird nicht der Fall sein.«

In der Nacht schlich sich Hänsle zu Richard, der neben dem verwundeten Mädchen saß. »Richard«, sagte er unvermittelt,

»bist du sicher?« Richard nickte, ohne seinen Blick von dem Kind abzuwenden. Hänsle hüstelte.

»Was habe ich nur getan, daß ich mit einer Familie von Starrköpfen geschlagen bin? Im Ernst, Richard... ach, ich sehe schon, es hat keinen Zweck.« Er stockte. »Ich würde ja gerne bei dir bleiben, aber...«

»Ich verstehe schon«, sagte Richard beruhigend. »Außerdem bekäme der arme Eberding dann wohl einen Wutanfall, den er nicht mehr überleben würde. Besser, du gehst mit ihm, Hänsle. Grüß mir Venedig.«

Sie unterhielten sich leise noch etwas, und als Hänsle sich zu seinem Lager zurückgezogen hatte, umfaßte Richard wieder die Hand des Zigeunermädchens. Sie hatte ein schmales, zartes Handgelenk, und er konnte ihren Pulsschlag fühlen. Er betrachtete die schwarzen, kurzen Locken, das Gesicht mit dem energischen Kinn, der breiten Stirn, auf der Schweißtropfen glänzten. Sie war so mager, daß sie bereits lange vor dem Überfall gehungert haben mußte. Er preßte ihre Hand fester, versuchte, ihr etwas von seiner Lebenskraft abzugeben.

»Du wirst leben!«

16

AM NÄCHSTEN TAG, als die anderen mit dem größten Teil seines Gepäcks weitergereist waren – so würde es ihn später nicht unnötig behindern – und er dem Kind mühsam ein wenig heißes Wasser mit Kräutern eingeflößt hatte, verließ er die Hütte kurz, um auch die Umgebung nach heilenden Gräsern und ähnlichem abzusuchen. Doch leider war die Jahreszeit noch nicht weit genug fortgeschritten.

Als er zurückkam, untersuchte er als erstes ihre Verbände und stellte erleichtert fest, daß kein Wundbrand eingetreten war. Er erinnerte sich, daß seine Mutter gesagt hatte, der Klang einer Stimme, das Bewußtsein, nicht alleine zu sein, würde selbst Kranken im Delirium helfen, und begann, mit ihr zu sprechen.

Er erzählte ihr von sich, und dann erzählte er ihr alle Geschichten, die ihm einfielen, Sagen, Legenden, die Epen, die er gelesen hatte, und die jetzt zusammen mit seinen übrigen Habseligkeiten auf dem Weg nach Bozen waren. Am frühen Nachmittag hielt er erschöpft inne, nahm sich etwas Dörrfleisch und verzehrte es langsam und schweigend.

Erst nach einiger Zeit bemerkte er, daß sie die Augen aufgeschlagen hatte und ihn beobachtete. »Wer seid Ihr?« fragte sie in einer etwas seltsamen, aber doch verständlichen Abwandlung dessen, was er als italienische Volkssprache gelernt hatte. Richard schalt sich einen Narren. Er hatte bisher deutsch auf sie eingeredet.

»Mein Name«, sagte er, bemüht, langsam und deutlich zu sprechen, »ist Riccardo...« Er entschied, daß sein Familienname zu fremd für ihre Ohren klingen würde. »Und du, wer bist du?«

Das Kind versuchte, sich aufzurichten, sank jedoch mit zusammengebissenen Zähnen wieder zurück. »*Sono Saviya*«, erwiderte sie. »Wo bin ich hier, und wo ist mein Großvater?«

Ihre Stimme war zwar schwach, doch sie sprach klar und deutlich.

»Du bist in einer Berghütte«, sagte er behutsam. »Ich gehöre zu einem Kaufmannszug, der dich... und die anderen gefunden hat...«

»Ich weiß«, erwiderte sie fast mit einer Spur Ungeduld, »ich kann mich erinnern, wie Ihr mich aufgehoben habt. Aber wo ist mein Großvater?«

Richard sah keine Möglichkeit, es ihr schonender beizubringen. »Er ist tot, Saviya.«

Das Mädchen schloß die Augen wieder und drehte sich langsam auf die Seite. Richard sagte nichts. Er wußte aus Erfahrung, wie sinnlos das war.

Doch als er nach einer Zeitspanne, die ihm eine halbe Ewigkeit erschien, wieder mit ihr sprechen wollte, hatte sie erneut das Bewußtsein verloren. Trotz ihrer Wunden warf sie sich schmerzgepeinigt hin und her, und schließlich blieb ihm keine andere Wahl, als sie festzuhalten, um zu verhindern, daß ihre Verletzungen wieder aufbrachen. Sie bäumte sich auf, schlug nach ihm und schrie in einer Sprache, die er nicht verstand. Dann wurde sie wieder vollkommen ruhig. Er erneuerte ihre Verbände. Dann erst merkte er, daß er hungrig war. Er wußte, daß sie noch kein Fleisch zu sich nehmen konnte und versuchte nach besten Kräften, aus den Vorräten eine Art Suppe zu fabrizieren. Dabei fiel ihm auf, daß er spätestens am nächsten Morgen den Holzvorrat erneuern mußte.

Das Mädchen sah ihn wieder an, und ihre Augen verrieten, daß sie bei Bewußtsein war. Diese merkwürdigen grünen Augen hatten ihre fieberglänzende Intensität verloren, flakkerten nicht mehr ziellos hin und her, sondern blieben auf ihn gerichtet. Völlig unvermittelt sagte sie: »Es ist immer so.«

»Was?« fragte Richard verwirrt. Ihre Stimme klang rauh und gepreßt.

»Räuber, Bauern, Stadtbewohner... Sie sehen sich erst unsere Kunststücke an und lassen sich wahrsagen, und dann werfen sie mit Steinen nach uns oder bringen uns gleich um. Weil wir Zigeuner sind.« Sie schwieg, und als er versuchte, ihr die Suppe einzuflößen, wandte sie den Kopf ab. »Ich will sterben.«

»O nein«, sagte Richard energisch, »o nein, das wirst du nicht. Du wirst leben.«

Er erinnerte sich an den Abend vor drei Jahren, als Jakob ihn aus einer ähnlichen Stimmung herausgeholt hatte, und versuchte es mit der gleichen Methode.

»Nur Feiglinge wollen sterben. Du glaubst vielleicht, es ist leichter so. Nun, das ist es. Aber was würden deine Leute von dir halten, wenn du dich benimmst, als wärest du die Schwachheit und Feigheit in Person?«

Ihr Kopf bewegte sich, und plötzlich biß sie ihn in die Hand, die den hölzernen Krug mit der Suppe hielt. Richard unterdrückte mit Mühe einen Aufschrei. Ihre Zähne waren scharf, soviel stand fest.

»Danke«, sagte er trocken. »Du bist ein wirklich gut erzogenes Kind.«

»Ich hasse dich«, sagte sie durch zusammengepreßte Zähne hindurch, »geh weg! Ich bin kein Feigling!«

Richard rührte sich nicht.

»Und ich glaube trotzdem, daß du nur Angst hast. Du bist nicht die einzige. Sogar der Stammvater Roms, Äneas, der trojanische Held, wurde gewarnt, als er in die Welt des Todes hinabsteigen wollte.« Er zitierte langsam die vertrauten Verse des Vergil und übersetzte sie gleichzeitig:

»Du, der du entsprungen bist vom Blut der Götter, Trojaner, Sohn des Anchises, leicht ist der Abstieg zum Avernus: Nacht und Tag ist das Tor zur schwarzen Welt geöffnet; doch deine Schritte zurückzuverfolgen und aufzusteigen zurück zum Licht, das ist Qual, das ist Mühe...«

»Ja«, sagte sie und wandte den Kopf ab. »Das ist es.« Doch in ihren Augen glomm ein Funke von Neugier; Richard hatte sein Ziel erreicht. »Wer war dieser Äneas?« fragte sie mürrisch. »Ist er in die schwarze Welt hinabgestiegen?«

Richard erzählte es ihr, während sie langsam, aber widerspruchslos die Suppe schlürfte, und als er am Ende angelangt war, sagte Saviya bemüht feindselig: »Ich hasse dich immer noch, aber erzähl mir noch mehr!«

Er erzählte ihr aus der Ilias, damit sie auch die Vorgeschichte von Äneas kennenlernte, und als er beim letzten Kampf zwischen Achilles und Hektor angelangt war, stellte er fest, daß sie eingeschlafen war. Er legte seine Hand auf ihre Stirn. Das Fieber schien etwas nachgelassen zu haben. Inzwischen war es zu dunkel, um Holz zu suchen, und er blieb, wo er war, beobachtete das Zigeunermädchen und flüsterte wie in jeder Nacht: »Du wirst leben, Saviya.«

Saviya zog sich nur sehr langsam aus der dunklen Welt ihrer Krankheit heraus; doch Richard war fest davon überzeugt, daß sie sich auf dem Weg der Genesung befand. Als er, froh, eine Axt gefunden zu haben, einmal mit einigen abgeschlagenen Ästen zurückkehrte, lachte sie. »Ah, die Stadtleute – jeder Zigeuner könnte es besser.«

»Dann beeile dich mit dem Gesundwerden«, entgegnete Richard mit einer Grimasse, »damit du mir zeigen kannst, wie man es macht. Woher willst du eigentlich wissen, daß ich aus der Stadt komme?«

»Ganz einfach. Überall anderswo wärest du längst gestorben.« Sie machte ein ernstes Gesicht. »Ich habe beschlossen«, sagte sie feierlich, »zu leben.«

Richard befreite die Äste von ihren Zweigen und antwortete, während er ihr den Rücken zuwandte: »Weißt du – das habe ich mir fast gedacht, Kleine.«

Wider Erwarten wurde sie nicht ärgerlich. Sie beobachtete ihn mit zusammengezogenen Brauen. »Aber du hast keine Ahnung, warum ich leben will.«

»Wenn es nicht ist, um mir beim Holzhacken zu helfen...« begann Richard, dann kam er zu ihr und sah in ihren Augen einen Ausdruck, der ihm vollkommen neu war.

»Ich will leben«, sagte sie heftig, »um mich zu rächen. Immer, immer bin ich mit dem Stamm von einem Ort zum anderen gezogen, und überall konnten sie uns bespucken, Steine nach uns werfen und uns vertreiben. Ich will nicht mehr, verstehst du? Ich will einmal mächtig sein, so mächtig, daß kein Mensch mich mehr vertreiben kann, und Kleider will ich haben, so viele, daß ich nie wieder frieren muß, und niemand soll es wagen, zu meinen Kindern zu sagen: ›Du Zigeunerbalg‹. Ich will wissen, was sich in den Büchern versteckt, von denen du mir erzählt hast, ich möchte wissen, welcher Zauber es ist, der den *anderen* solche Macht über uns gibt! Du glaubst mir wohl nicht?«

»Doch«, sagte Richard langsam, »ich glaube dir. Sag mir nur – wie alt bist du eigentlich, Saviya?« Sie zog die Decke, die er über ihr ausgebreitet hatte, über den Kopf und murmelte: »Tausendundeins.«

Er wurde nicht klug aus ihr.

Richard wußte, daß sie manchmal heimlich in der Nacht weinte, daß sie, wenn sie glaubte, er würde es nicht hören, heftig schluchzte. Er nahm die Stimmungen dieses kleinen Mädchens hin, die einen Heiligen aus der Fassung gebracht hätten. Saviya war so launisch wie das Schicksal.

»Riccardo, du bist häßlich und dumm und ein Esel«, sagte sie einmal in ihrem sonderbaren Italienisch, als er darauf bestand, daß sie etwas aß, »geh weg und laß mich allein.«

Sie war auch imstande und warf ihm das Essen ins Gesicht. Richard spürte mehr als einmal den dringenden Wunsch, sie zu ohrfeigen. Dann ging er hinaus und suchte sich ein paar Äste, um sie mit der Axt zu bearbeiten.

In der Nacht fuhr sie manchmal schreiend aus Träumen hoch, und wenn sie sich wieder zurechtgefunden hatte, flüsterte sie: »Riccardo... Riccardo, bist du da? Riccardo, bitte, halte meine Hand fest.« Er tat es und spürte überrascht, daß sie ihre andere Hand auf seine Wange legte. »Es tut mir leid, daß ich so gemein zu dir war, Riccardo. Ich werde das nächste Mal auch bestimmt alles aufessen.«

Am Morgen sang sie Richard, um ihm eine Freude zu machen, ein Lied vor. Es klang sehr fremd und andersartig, doch sie hatte eine volle, schöne Stimme, die ihn überraschte. Und am nächsten Tag hatte sie wieder einen Wutanfall.

Diesmal erwies sich Richards grimmige Suche nach Holz als verhängnisvoll. Er war etwas weiter bergauf unbekannten Tieren begegnet. Anstatt des sich verästelnden Geweihs, wie er es von Rehen und Hirschen kannte, hatten diese Tiere, die mehr wie Ziegen aussahen, lange, nach hinten gebogene, spitz zulaufende Hörner. Ihre Kletterkünste hatten ihn so beeindruckt, daß er die Zeit fast völlig übersah und seinen versteckten Platz nicht verlassen mochte. Als er dann nach Stunden schwer beladen zurückkehrte, sah er einen Reiter auf die Hütte zukommen. Aus einem unguten Gefühl heraus ließ er seine Äste fallen und rannte los. Der Reiter bemerkte ihn bald, zügelte sein Pferd und wartete. Es konnte ein Reisender sein, sicher, aber ... Doch dann galoppierte der Mann mit gezücktem Messer auf ihn los. Richard verließ die Hütte immer bewaffnet und hatte auch Saviya ein Messer hinterlassen. Aber wie sollte er sich verhalten, wenn der Räuber noch Komplizen im Hinterhalt hatte?

Richard riß sein Messer aus der Scheide und wich dem anstürmenden Pferd aus. Da die Gefahr bestand, daß sein Tier auf dem unsicheren Boden stürzte, schwang sich der Räuber schließlich aus dem Sattel. Richard sah in diesem Moment alles sehr klar. Die Hütte, das Pferd, das dunkle, verschwitzte Gesicht des Räubers und das Messer, das Messer, auf dem die Sonne glänzte. Der andere tänzelte provozierend um ihn herum. Richard versuchte fieberhaft, sich an Leo Mühlichs Lehren zu erinnern. Nicht die Beherrschung verlieren, auf keinen Fall die Beherrschung verlieren ...

In einem Überraschungsangriff warf sich der Räuber mit

dem ganzen Gewicht seines Körpers auf ihn. Die plötzliche Last drückte ihn auf den Boden, und einen Augenblick lang ritzte die Messerspitze seine Haut. Dann zog Richard seinen Arm hoch und stieß zu, spürte, wie das Messer an der Schulter seines Gegners abglitt. Doch der Stoß verschaffte ihm den Moment, den er brauchte, um sich aus der tödlichen Umklammerung zu befreien. Der Räuber fuhr zurück, Richard stand wieder, doch nicht für lange, denn der nächste Stoß des Mannes traf seinen Arm. Von seinem Ellenbogen schien eine Feuerspur hinabzulaufen. Er drängte den Schmerz zurück und versuchte, den Stoß zu erwidern. Doch sein Gegner hatte sich inzwischen aus seiner unmittelbaren Reichweite zurückgezogen.

Eine Zeitlang umkreisten sie sich schweigend. Dann stolperte der Räuber plötzlich so ungeschickt, daß er direkt auf Richards Messer zulief. Richard stürzte sich triumphierend auf ihn. Mit einem Ruck schnellte der Mann zurück und versetzte ihm einen Stoß, und Richard merkte zu spät, daß er sich zwischen die Hüttenwand und das gegnerische Messer hatte drängen lassen. Er spürte das harte Holz im Rücken, sah die Mordlust in den Augen des Räubers, sah, wie die Klinge sich mit unheimlicher Langsamkeit näherte. Selbst sein Atemholen schien langsam zu sein, schien eine Ewigkeit zu dauern. Dann veränderte sich der Blick des Mannes – er wurde verwundert, endlos verwundert.

Vor Richards Augen fiel der Räuber, der ihm eben noch einen tödlichen Stoß versetzen wollte, auf die Knie, brach zusammen. Aus seinem Rücken ragte ein Messergriff. Als Richard aufschaute, sah er Saviya vor sich stehen, klein und zierlich, in eines seiner Hemden gehüllt. Sie erwiderte seinen Blick.

»Selbst den kleinen Kindern«, sagte sie klar und deutlich, »wird bei uns beigebracht, wo das Herz ist.«

»Jetzt sage nicht, daß jeder Zigeuner besser mit dem Messer hätte umgehen können«, erwiderte Richard, »du hättest nämlich recht.«

Sein Blick kehrte zu dem toten Körper zwischen ihnen zurück. Er spürte einen metallischen Geschmack im Mund und starrte auf seine Hände – blutige Hände.

»Riccardo«, sagte Saviya verwundert, »hast du noch nie gesehen, wie ein Mensch stirbt?«

Er riß sich von dem Leichnam los und merkte, daß sie zitterte, daß sie eigentlich überhaupt nicht auf den Beinen sein dürfte, und legte hastig einen Arm um sie, um sie zu stützen.

»Einmal«, entgegnete er und versuchte, sich nur darauf zu konzentrieren, in die Hütte zurückzukehren. »Ein einziges Mal, aber das war... etwas anderes.«

Erst später bemerkte er die Wunde an seinem linken Arm und brach in haltloses Gelächter aus. Die Anspannung löste sich.

»Oh, Saviya, wir geben ein feines Paar ab, wir könnten zusammen als Krüppel betteln gehen.«

Er reinigte seinen Arm. Ehe er ihn jedoch verbinden konnte, sagte Saviya: »Warte, Riccardo.« Ihr kleines Gesicht war sehr ernst, als sie fortfuhr: »Du hast mir das Leben gerettet, und ich habe dir das Leben gerettet. Nach den Gesetzen meines Stammes sind wir damit verwandt. Wir müssen es nur noch besiegeln.«

»Und wie«, fragte Richard schwach und setzte sich zu ihr, »macht man das bei euch Zigeunern?«

Saviya schüttelte die schwarzen Locken.

»Ach, was seid ihr unwissend, du und deinesgleichen. Es ist ein... wie heißt es... ein Blutstausch.« Sie nahm seinen Arm. »Eigentlich muß es sehr feierlich vor sich gehen.«

»Saviya«, protestierte Richard, »ich blute ohnehin schon, aber wenn du die Absicht hast, dir noch eine Wunde zuzufügen, damit ich dich wieder pflegen muß, gehe ich und lasse dich hier sitzen.«

Wider Erwarten brach Saviya in Gelächter aus. Sie murmelte etwas in ihrer Sprache und sagte dann: »O nein, das tust du nicht.« Schnell nahm sie sein Messer und ritzte sich einen Finger ihrer rechten Hand. »Siehst du, es ist ganz harmlos.« Sie preßte ihren Finger gegen seine offene Wunde und blinzelte ihm zu. »Wenn du nicht so ein empfindlicher Fremder wärst, würde ich mir die gleiche Stelle aufschneiden, die bei dir verwundet ist, wie es sich gehört.« Einen Herzschlag lang schwiegen sie. »So, nun kannst du dich verbinden, Riccardo.«

»Und das war alles?«

»Alles?« rief Saviya entrüstet und wirkte mit einem Mal sehr jung. »Wir sind jetzt auf immer und ewig verbunden, und du sagst... ach, du bist so dumm, Riccardo!«

Richard stand auf. »Wie gut, daß du mich immer daran erinnerst, ich vergesse es sonst. Aber, Saviya... Ich weiß nicht, ob du es aushalten kannst, nur... wir müssen so bald wie möglich fort von hier, möglichst in der nächsten Stunde. Räuber streifen gewöhnlich nicht alleine durch die Gegend.«

»Ob ich es aushalten kann?« wiederholte Saviya. »Ich kann es schon seit Tagen aushalten! Ach, du bist so dumm, Riccardo!«

Zwei Stunden später waren sie schon auf dem Weg nach Bozen. Richard hielt Saviya vor sich auf dem Sattel. Er hatte vorgehabt, das Pferd am Zügel zu führen, um ihm nicht zuviel Gewicht aufzubürden, doch Saviya hatte es abschätzig gemustert und gesagt: »Du hast nicht so viel Gepäck, ich bin nicht schwer, und wir haben es eilig. Warum seid ihr Erwachsenen so unpraktisch?«

Es war eines der wenigen Male, daß sie sich eindeutig den Kindern zurechnete.

Saviya beklagte sich mit keinem Wort, obwohl sie Schmerzen haben mußte, sondern freute sich, endlich wieder unterwegs zu sein. »Sieh nur, Riccardo, der Vogel dort! Er ist so bunt wie ein Kleid!« Sie schnupperte. »Riechst du den Frühling, Riccardo?«

Als sie an einem riesigen Wasserfall vorbeiritten, hielt Richard an und saß ab, und für eine Weile betrachteten sie beide schweigend das Wunder vor ihren Augen. Durch die Schneeschmelze war er zu gigantischen Ausmaßen angeschwollen. An manchen Stellen schien sich der gerade Wasserstrahl zu stauen, und was dort donnernd herunterkam, war weder Wasser noch Nebel, sondern irgend etwas dazwischen. Eine Schönheit, die sprachlos macht, dachte Richard, und als er Saviyas regloses Gesicht sah, wußte er, daß sie von derselben Ehrfurcht ergriffen war. Mit einem Mal seufzte das Mädchen auf. »Riccardo, da!«

Zwischen Fels und Wasserfall spannte sich ein Regenbogen.

Die Berge verloren mehr und mehr an Höhe, und sie veränderten dabei ihr Aussehen. Richard hatte sich an schneebedeckte Gipfel und Gletscherseen gewöhnt, doch die Felsen, die ihnen nun entgegentraten, schienen sich ihre eigene Gestalt erkämpft zu haben. Noch wuchs wenig auf ihnen, aber der nackte Stein bildete manchmal so wunderliche Formationen, daß Richard glaubte, hier müßten Menschen mit Hand angelegt haben.

»Schau nur, Saviya«, sagte er am zweiten Abend ihres Ritts, als sie ihr Nachtlager bereitet hatten, verblüfft zu dem Zigeunermädchen und deutete auf Felsen vor ihnen, die von der Sonne in Rot und Schwarz getaucht wurden, »hier kann man Türme erkennen – Fenster – Mauern –, als ob dort die Ruinen einer Stadt lägen.«

Mit zusammengekniffenen Augen studierte er die Karte, die Eberding ihm überlassen hatte. »Aber hier gibt es nichts dergleichen.« Resigniert ließ er das Blatt sinken. »Es muß wohl eine Täuschung des Lichts sein.«

Wieder schaute er zu den Felsen empor, und noch deutlicher als vorher ließ die untergehende Sonne scharf geschnittene Umrisse hervortreten, die sich zu verlassenen Palästen formten.

Saviya war an diesem Abend ungewöhnlich aufgeräumt. »Wenn du mir versprichst, nicht zu lachen, Riccardo«, antwortete sie, und der Schalk tanzte in ihren Augen, »dann verrate ich dir etwas über die Stadt dort.«

»Ich verspreche es«, schwor er so ernst wie möglich. Saviya kauerte sich neben der Feuerstelle nieder und legte die Hände auf ihre Knie. »Es heißt bei uns«, begann sie, und Richard fiel auf, daß sie zum ersten Mal ohne Erbitterung oder Trauer von ihrem Volk sprach, »daß dort der König der Zwerge sein Reich hat. Nur zu Sonnenuntergang kann ein Sterblicher es betreten, und alle Schätze, die er dort findet, gehören ihm, aber er muß darauf achten, daß er das Reich der Zwerge auch wieder verläßt, bevor der letzte Strahl der Sonne erloschen ist, denn wenn er das nicht tut, muß er bleiben.«

»Aber er könnte doch einfach beim nächsten Sonnenuntergang wieder gehen«, wandte Richard ein. Er fühlte sich selbst ein wenig verzaubert an diesem Abend und durchaus bereit, an Zwerge zu glauben.

Saviya schüttelte den Kopf. »Ja, das könnte er, aber weißt du, was dann geschieht? Im Reich der Zwerge und Feen vergehen in einer einzigen Nacht hundert Jahre, und jemand, der glaubt, nur ein paar Stunden dort geweilt zu haben, kommt zurück und findet seine Frau tot und seine Kinder erwachsen. Und er selbst ist so alt geworden, daß ihn niemand mehr kennt.«

Wie um die ungewollt ernste Stimmung zu brechen, die sie mit ihrem letzten Satz geschaffen hatte, gähnte Saviya und schloß: »Aber du brauchst keine Angst zu haben, Riccardo. Du bist jetzt einer von uns, und das kleine Volk und wir sind schon lange Verbündete. Dich würden sie gehen lassen.«

Richard legte noch etwas Holz ins Feuer. Wie in der vorherigen Nacht lag Saviya, um sich zu wärmen, in seinen Armen. Er war so entspannt und glücklich, daß er beinahe nicht mehr gehört hätte, wie Saviya flüsterte:

»Ich muß dir etwas sagen, Riccardo.«

Eher widerwillig fragte er zurück: »Was ist…«

Plötzlich spürte er einen ungeschickten, leidenschaftlichen Kuß auf seinen Lippen. Wenn man ihn auf glühende Kohlen geworfen hätte, hätte er nicht schneller hochfahren können.

»Saviya, was...« Er erinnerte sich, daß er mit einem Kind sprach, und mäßigte sich. »Es freut mich, daß du mich gern hast, Saviya, aber...«

»Gern hast!« unterbrach ihn Saviya heftig. »Ich liebe dich, Riccardo! Bei dem Blutstausch habe ich dich angelogen. Es ist eine Geste zwischen Verlobten, und jetzt sind wir verlobt, und ich liebe dich!«

Richard überlegte verzweifelt, was er sagen sollte. In der Dunkelheit konnte er nur den Umriß von Saviyas Gesicht erkennen, ihr schwarzes Haar, ihre weitgeöffneten Augen.

»Saviya«, flüsterte er endlich, »du glaubst nur, daß du mich liebst, weil ich dich gesundgepflegt habe. Ich... ich habe dich sehr gern, aber du bist doch noch ein Kind, und...«

Saviya trommelte mit ihren kleinen Fäusten auf den Boden. »Gern! Kind! Ach, du weißt überhaupt nichts, Riccardo!« Er versuchte schnell, dem Gespräch eine heitere Wendung zu geben.

»Dann sei doch froh, daß ich dich nicht liebe, denn an einen Mann gekettet zu sein, der von nichts eine Ahnung hat, wäre doch schrecklich.«

Lange Zeit hörte er nichts mehr.

Endlich sagte Saviya mit fast unkenntlicher Stimme: »Wenn ich so aussehen würde wie eine Frau... wenn ich eine Frau wäre... würdest du mich dann lieben, Riccardo?«

Es war eine seltsame Nacht, zuviel war geschehen, und ehe Richard es sich versah, hatte er das ausgesprochen, was er für die Wahrheit hielt: »Nein... nein, wahrscheinlich nicht.«

Er wollte hinzufügen, daß er sie in gewissem Sinne doch liebte, und das gerade, weil sie ein Kind war und keine Frau, doch ehe er es sagen konnte, schlug sie ihm ins Gesicht.

»Ich hasse dich! Es hat überhaupt nichts damit zu tun, daß ich noch nicht alt genug bin, es ist nur, weil ich eine Zigeunerin bin, gib es doch zu! Du bist genauso wie all die anderen! Oh, ich hasse dich!«

Es hatte keinen Sinn, ihr zu widersprechen.

Den nächsten Tag legten sie in feindseligem Schweigen zurück. Keiner nahm die prächtigen bunten Wiesen wahr. Kaum ein Blick wanderte zu der schier endlosen Kette von Burgen und Kirchen hinauf, die sie auf den Hügeln und Gipfeln entlang ihres Weges begleiteten, und als Bozen in Sicht kam, umgeben von zahlreichen Weinhängen, war es fast eine Erleichterung. Glücklicherweise hatte Eberding daran gedacht, am Stadttor eine Nachricht für Richard zu hinterlassen.

So wurde ihm anstandslos Einlaß gewährt, und man wies ihm auch den Weg zur Fuggerfaktorei. Saviya sprach kein Wort, bis Richard ihr im Vorhof müde vom Pferd half. Sie hob ihr Kinn und sagte kalt: »Ich hoffe, ich sehe dich nie mehr wieder, Riccardo!«

Damit rannte sie fort, hinkend, weil ihre Beinverletzung immer noch schmerzte. Richard rief ihr nach, doch es war umsonst.

»Laßt nur«, sagte der Angestellte, der ihn empfangen und die Verblüffung darüber, den Neffen des Herrn Fugger mit einem Zigeunerkind kommen zu sehen, noch immer nicht überwunden hatte. »In der Stadt gibt es Zigeuner. Sie wird schon zurechtkommen. Ihr solltet lieber nachsehen, ob das Balg euch nichts gestohlen hat.«

Es zeigte sich, daß Saviya tatsächlich dasjenige von Richards Messern, mit dem er gegen den Räuber gekämpft hatte, entwendet hatte. Doch als Richard seine Satteltasche auspackte, fand er in einem Beutel eine schwarze Locke. Er hielt das Haar in der Hand und war sich ganz und gar nicht klar darüber, was er empfand. Er war nun in seinem Gelobten Land angekommen. Warum dann dieses schmerzliche Gefühl eines Verlustes?

Richard verließ Bozen schon am nächsten Tag wieder, da er versuchen wollte, Anton Eberding noch vor Florenz einzuholen. Der Zufall wollte es, daß er sich einem der Eilboten, die das Unternehmen zwischen Bozen und Venedig beschäftigte, anschließen konnte. Mit frischen Pferden, wenig Gepäck, das Räuber anlocken könnte, und Geleitbriefen machten sie sich auf den Weg. Vor den Stadtmauern allerdings zügelte Richard sein Pferd und ritt zu jener Stelle, wo, wie der Leiter der Faktorei gesagt hatte, die Zigeuner lagerten. Er machte sich Sorgen um Saviyas Verletzung und konnte die Hoffnung nicht aufgeben, das seltsame Mädchen zu versöhnen.

Richard fand die Zigeuner, doch jeder, den er fragte, leugnete, ein Mädchen gesehen zu haben, auf das seine Beschreibung paßte. In den dunklen Gesichtern las er Feindseligkeit und manchmal sogar Furcht.

»Was wollt Ihr, Messer?« fragte ein Mann. »Beschuldigt man uns wieder, ein Kind gestohlen oder eine Frau entführt zu haben?«

Es hatte keinen Sinn. Der Eilbote wartete, und bald schon ließen sie Bozen hinter sich.

17

»DAS GIBT ES DOCH ALLES NICHT!« Richard lehnte sich aus einem der Fenster des Fondaco dei Tedeschi und deutete über die hölzerne Rialtobrücke hinweg in einer weiten Geste über die Dächer Venedigs. Die Häuser, die Palazzi, wie die Einheimischen sagten, glichen nichts, was er bisher gesehen hatte.

Sie hatten mindestens drei Stockwerke, standen auf düsteren Fundamenten, doch bei den großen Fenstern der Beletage hatten die Architekten ihrer Phantasie freien Lauf gelassen. Viele Palazzi hatten auch einen Balkon mit zerbrechlich-zarten Säulen, ja, ein großer Teil der Gebäude schien nur aus überdachten Terrassen zu bestehen, auf denen sich das tägliche Leben abspielte. Die merkwürdigen Schornsteine, die sich auf jedem Dach in den Himmel reckten, glichen ebenfalls sorgsam verzierten Säulen mit einem mächtig gewölbten Kapitell.

Wenn man hinunter auf das trübe, grüne Wasser der Kanäle blickte und dann wieder auf die schmalen hölzernen Brücken, so schien es, als ob die Palazzi steinerne Boote wären, die nur durch dieses dünne Band aus Holz zusammengehalten wurden.

»Hänsle, ist dir klar, daß du in einem Traum lebst, der zu Stein und Wasser geworden ist?«

Hans Ulrich Fugger seufzte. Er hatte sich seiner neuen Umgebung schon angepaßt und trug unter seinem purpurnen Umhang ein weißes Samtwams und unter den blauen Hosen Seidenstrümpfe in der gleichen Farbe.

»Richard, du bist unverbesserlich! Ich weiß nur, daß ich hier mit den verdammten Welsern Tür an Tür leben muß.«

Er zog eine Grimasse. »Was meinst du, warum du sofort hierhergebracht worden bist? Deutsche Kaufleute dürfen ausschließlich im Fondaco dei Tedeschi wohnen und ihren Handel betreiben. Ich gebe zu, die Lage ist sehr günstig, und die Fugger haben die meisten Räume, aber daß unsereins hier auf Schritt und Tritt auf einen der Gossembrots oder auf den arroganten jungen Welser stößt, der noch dazu auch Ulrich heißt...«

»Sieh einfach in die andere Richtung«, riet ihm Richard.

Hänsle grinste. »Du weißt das Schlimmste noch nicht. Die verdammte Serenissima gestattet einem nur geschäftliche Ausgänge! Gerade noch, daß man in seiner Freizeit die Messe besuchen kann!«

Richard lachte. »Ich habe dir ja gesagt, daß du nicht viel von den Mädchen zu sehen bekommen wirst.«

Hänsle stieß ihn mit dem Ellenbogen in die Rippen. »Weidet Euch nicht auch noch an meinem Schmerz, Onkel! Aber im Ernst, sie sind hier ziemlich gründlich. Man wird genau überwacht, und nicht nur die Fremden.«

Er wies aus dem Fenster. »Am Dogenpalast sind mehrere Marmorplatten mit Löwenreliefs eingelassen. Die Löwen sperren das Maul weit auf, und nun rate, was hineingeworfen wird! Anzeigen!«

Befriedigt sah er, daß Richard verblüfft war. »Anzeigen, gegen wen denn?«

Hänsle hob die Achseln. »Unter dem Löwenmaul steht geschrieben: *De nontie secrete contro chi occulterà gratie et officii. O colluderá per nascon der la vera rendita d'essi.*«

Er hielt einen Moment lang inne. »Und damit du siehst, daß ich mein Venezianisch auch gelernt habe, hier die Übersetzung – Geheime Hinweise gegen jedermann wird er in Dankbarkeit und Pflicht verbergen oder er wird dazu beitragen, ihre wirklichen Zusammenhänge ans Licht zu bringen.«

»Du bist ein Spielverderber, Hänsle«, sagte Richard. »Ich schwärme von Venedig, und du legst es darauf an, mir gleich alles im schwärzesten Licht zu zeigen. Ich glaube, du hast dich mit Meister Eberding verschworen.«

Eberding hatte sich sofort auf Richard gestürzt. »Ah, da seid Ihr also endlich, junger Herr. Noch einen Tag und ich hätte Venedig verlassen. Glaubt Ihr vielleicht, ich will hier Wurzeln schlagen? Zum Donnerwetter, Ihr seid daran schuld, wenn die Florentiner glauben, das Unternehmen Fugger beschäftige langsame Angestellte. Warum habt Ihr so lange...«

»Ja, er war ziemlich heftig, nicht wahr?« sagte Hänsle reuelos. »Nimm's nicht so schwer. So sehr verspätet warst du nicht. Aber ich kann schon verstehen, warum er gleich morgen wieder weiterreisen will.«

Richard nahm eines der Gläser auf, die auf dem nahegelegenen Tisch standen, und hielt es so, daß die Sonnenstrahlen sich darin brachen. Es war farbiges Glas, zartviolett und von einer Glätte und Makellosigkeit, die in deutschen Landen nicht ihresgleichen hatte.

»Schön, nicht wahr?« kommentierte Hänsle. »Meister Eberding hat mir erzählt, die Glasbläserei sei eines der vielen venezianischen Monopole. Die Glasbläser arbeiten auf der Insel Murano, und er sagte, er kenne keinen einzigen Fremden und nur wenige Italiener, die je ihren Fuß auf diese Insel gesetzt hätten. Ich frage mich, warum Papa oder Onkel Jakob nie einen Glasbläser abgeworben haben, sie werden schon nicht daran hängen, ewig nur auf ihrer Insel zu hokken. Eine venezianische Glasbläserei in Augsburg müßte sich doch wirklich lohnen!«

Richard zog die Augenbrauen hoch. »Vielleicht finden sie ihre Insel gar nicht so besonders schön, aber wehe dem Glasbläser, der auswandert! Seine Familie landet im Gefängnis, und wenn er darauf nicht zurückkommt, befiehlt das venezianische Gesetz, Maßnahmen zu ergreifen, ihn aus dem Weg zu räumen.«

In gespielter Verärgerung entgegnete Hänsle: »Richard, du bist ein wahres Kreuz. Anstatt mich wegen meiner Kenntnisse über Venedig zu beglückwünschen, legst du es darauf an, mir zu beweisen, daß du noch mehr weißt.«

Richard setzte das Glas ab. »Glaubst du wirklich, dein Onkel hätte noch nicht versucht, einen Glasbläser zu bekommen?«

Die Geschichte eines solchen mißglückten Unternehmens hatte er im Kontor erfahren. Seltsam – Venedig war dieses beneidenswerte Etwas, das es nur in Italien gab, eine freie Republik, deren Gesetze zur Überwachung der Einwohner strenger waren als in jedem deutschen Fürstentum.

»Komm«, sagte er und riß sich von dem Anblick des Canal Grande los, »ich will meinen einen Tag in Venedig nützen.«

»Was ist mit dem Ausgangsverbot für andere als geschäftliche Besuche?«

Richard faltete fromm die Hände. »Wir gehen natürlich zur Messe«, sagte er tiefernst, »um Gott für meine glückliche Reise zu danken.«

Der Fondaco mit seinen 56 Räumen, die alle hoffnungslos überbelegt waren, glich tatsächlich einem Bienenstock. Richard und Hänsle brauchten ziemlich lange, um sich ihren Weg hinauszubahnen.

»Sie könnten euch Tedeschi leicht noch mehr Gebäude zur Verfügung stellen«, bemerkte der venezianische Fuggerangestellte, der sich ihnen wie selbstverständlich angeschlossen hatte, »aber die ließen sich nicht so gut überwachen. Unser Doge, *il serenissimo principe*, schätzt den Fondaco über alles.«

»Kein Wunder«, gab Richard zurück. »Der Fondaco macht einen Umsatz von über einer Million Dukaten, nicht wahr?«

Der Mann war ein wenig überrascht, doch er lächelte freundlich und breitete die Hände aus. »Wer bin ich, um Euch zu widersprechen, Messer?«

In einer Gondel zu fahren, war unerwartet reizvoll, wenngleich Richard nicht mit der gleichen achtlosen Selbstverständlichkeit in die Barken springen konnte wie die Venezianer. Boote als ständiges Fortbewegungsmittel in einer Stadt zu benutzen, so wie andere Pferd und Wagen nahmen... es war verwirrend.

»Sagt«, wandte Richard sich an den Gondoliere, »könnt Ihr mir erklären, wie Eure Stadt auf dem Wasser gebaut werden konnte? Ich habe bisher niemanden gefunden, der in der Lage gewesen wäre, mir das zu erklären. Ist es ein Geheimnis?«

Der Mann schüttelte seinen Kopf.

»Nein, Messer, und wir sind sehr stolz darauf, daß es uns gelungen ist, denn unsere Stadt ist auch darin in der Welt einzigartig. Bei jedem Gebäude haben unsere Vorfahren zunächst um den Bauplatz aus Pfählen und Planken eine Spundwand errichtet und das Wasser innerhalb dieser Wand herausgepumpt. In den Baugrund wurden dann Eichenpfähle gerammt und mit einigen Lagen geteerter Bretter abgedeckt. Wißt Ihr, so erhält man eine ebene Baufläche. Anschließend mauerte man das Fundament mit Steinquadern bis zur Wasserlinie. Die Spundwand wurde entfernt, und schon stand ein Palazzo!«

»Eigentlich ganz einfach«, sagte Hänsle verwundert.

»Das sind alle große Erfindungen«, antwortete Richard, »wenn man darauf gekommen ist.« Etwas anderes beschäftigte ihn. »Messer, Ihr sagt, als Stadt auf dem Wasser sei Venedig einzigartig. Aber einer der Euren, der große Marco Polo, hat doch auf seinen Reisen durch Cathay eine ähnliche Wasserstadt entdeckt?«

Der Venezianer kratzte sich am Kinn. »Nehmt es mir nicht übel, aber wir in Venedig haben diesem Marco Polo von Anfang an nicht geglaubt. Wißt Ihr, warum sein Buch ›Il Milione‹ heißt? Weil man ihn den Marco der Millionen Lügen nannte, als er vom Großkhan und allen möglichen Dingen erzählte! Natürlich hat sich jetzt einiges als wahr erwiesen, doch ein Venezianer überlegt es sich zweimal, bevor er einem zweiten Venezianer alles abkauft. Die Genueser allerdings«, sein Gesicht heiterte sich auf, »die Genueser sind so verrückt, das zu tun, wenigstens einige von ihnen. Vor etwa zehn Jahren hatte ein Genuese die Stirn, hierherzukommen, hierher, nach Venedig, wo wir diese Hunde doch immer gehaßt haben, und das mit Recht. Jedenfalls, dieser Genuese war wirklich ein Verrückter. Er wollte den Rat der Zehn um Erlaubnis bitten, hier nach hinterlassenen Papieren von Marco Polo zu forschen, weil er in dessen ›Il Milione‹ entdeckt zu haben glaubte, daß die Erde – faßt Euch – eine Kugel sei, und nun nach weiteren Hinweisen suchte.« Der Mann schüttelte den Kopf. »Es muß der Mond gewesen sein, denn selbst die Genueser sind normalerweise nicht so verrückt.«

Er brachte sie zur Piazza San Marco – sie wollten doch beten oder etwa nicht? Und welcher Ort war besser geeignet als die Kirche des heiligen Markus, die seine heiligen Überreste enthielt, von zwei tapferen Venezianern unter Einsatz ihres Lebens hierher gebracht! Richard unterdrückte mit Mühe ein Grinsen.

Die Fugger handelten natürlich auch mit den Todfeinden der Venezianer, den Genuesern, und von einem genuesischen Kaufmann hatte er erfahren, wie diese berühmte Reliquienaneignung tatsächlich vonstatten gegangen war.

Die beiden Venezianer hatten in einer dunklen Nacht die Gebeine des heiligen Markus gegen die des heiligen Claudius ausgetauscht und den Evangelisten in ein Faß mit Schweinefleisch und Kohl gestopft, was bei den islamischen Zöllnern den gewünschten Erfolg gehabt hatte – das Faß konnte anstandslos passieren.

»Ah, San Marco«, sagte ihr venezianischer Führer eben lyrisch, »was wären wir ohne seinen Schutz!«

Er zeigte ihnen die Pietra del Brando, eine gedrungene, rötliche Säule, von der aus Gesetzesänderungen oder feierliche Verkündigungen verlesen wurden, und überließ sie dann ihrem frommen Vorhaben. Pflichtbewußt begaben sich beide in die Markuskirche. Richard waren die klaren, hohen Linien der Dome und Kathedralen seiner Heimat vertraut, doch diese Kirche mit ihren runden Kuppeln sah eher so aus, wie er sich eine Moschee vorgestellt hatte.

Es war, als betrete man eine dunkle, kreuzförmige Höhle, die von Gold und Edelsteinen funkelte. Die Säulen bestanden aus Jaspis und Alabaster, Porphyr und Achat, zwei Paar auch aus weißem und schwarzem Marmor, verziert mit Löwen- und Adlerköpfen aus prachtvollem Elfenbein. »Weißt du, was ich glaube?« sagte Hänsle. »Das ist keine Kirche, das ist der Palast Gottes!«

Sie blieben nicht lange im Palast Gottes, was Richard begrüßte, denn er hatte seine Fehde mit der Kirche mitnichten begraben. Doch empfänglich für Schönheit, wie er war, konnte er sich nicht helfen – er war beeindruckt. Als sie heraustraten, drehte er sich noch einmal um und entdeckte, daß die Kirche im Grunde aus Ziegelstein gebaut war. Nur die Fassade bestand aus Marmor, aber aus was für Marmor! Ein bunt zusammengewürfeltes Mosaik aus Rot- und Grüntönen.

Wenn sie indessen geglaubt hatten, der beflissene Angestellte wäre verschwunden, dann hatten sie sich geirrt. Er wartete vor dem St.-Clemens-Portal auf sie.

»Messer«, sagte Hänsle mit einer komischen Grimasse, »ist es nicht möglich, daß wir etwas außergeschäftlich zu Orten gehen, an denen ein Mann sein Vergnügen haben kann?«

Der Angesprochene strich nachlässig mit einem seiner Daumen über den anderen und sagte gelassen: »In Venedig, Messer, ist alles möglich.«

»Das war die frechste Aufforderung zu Bestechung, die ich je erlebt habe«, sagte Hänsle später, als sie wieder im Fondaco dei Tedeschi waren, wutschnaubend.

»Was hast du erwartet? Warum bist du übrigens nicht darauf eingegangen?«

»Weil mir gerade noch rechtzeitig eingefallen ist, daß der wackere Eberding mich gewarnt hat, ich solle dich hier um Himmels willen mit niemandem in Verbindung bringen, der wieder deinen Drang zu Ritterlichkeit wecken könnte – und weil ich nicht genügend Geld für diesen Wucherer *und* die Mädchen hatte! Was ist eigentlich aus deiner Zigeunerin geworden?«

»Oh«, antwortete Richard betont beiläufig, so daß Hänsle mißtrauisch wurde, »das kleine Mädchen? Ich habe sie in Bozen bei ihren Leuten gelassen. Sag mal, habe ich da richtig gehört? Eberding hat dich zu meinem Aufpasser ernannt?«

Einen Wunsch wollte sich Richard in Venedig unbedingt noch erfüllen. Daher brachte er Hänsle am Abend mit einigen Überredungskünsten dazu, ihm das nötige Geld zu leihen, um ihren venezianischen Führer zu bezahlen.

»Und wofür?« meinte Hänsle kopfschüttelnd. »Damit er dich zu einer unchristlichen Zeit am Morgen zum Hafen hinausrudert. O Richard!«

Es war noch dunkel, als das Boot des Venezianers Richard vor dem Fondaco erwartete, doch der Mann hatte keine Schwierigkeiten, in der Dämmerung seinen Weg durch die Kanäle zu finden. Richard hörte das Wasser gegen das Boot klatschen, viel lauter, als es ihm gestern vorgekommen war. Die Gebäude tauchten nur kurz in dem sich lichtenden Dunkel auf, um bald wieder zurückzuweichen.

Unwillkürlich erinnerte sich Richard daran, wie sich die Griechen den Weg in die Unterwelt vorgestellt hatten – eine Fahrt über den Fluß Styx ... Er tauchte seine Hand ins Wasser, wie um sich zu vergewissern, daß es nicht eine flammende Lohe war, wie der Styx, und die Kälte brachte ihn wieder in die Wirklichkeit zurück. Als er die Hand hob, sah er das Wasser auf der gewölbten Fläche glitzern und schaute empor. Die Sonne begann sich über Venedig zu heben.

Bald konnte er die ersten Schiffe ausmachen, die in dieser Nacht im Hafen von Venedig geankert hatten, und betrachtete sie ehrfurchtsvoll. Riesige, dickbauchige Geschöpfe, neben denen das Boot, das sein Führer nun geschickt durch den Hafen lenkte, wie eine über die Wasseroberfläche hüpfende Mücke wirkte. Da lagen, als sie um eine Hafenmauer kamen, zwei der angeblich über fünfzig Kriegsgaleeren, die Venedigs Herrschaft im Mittelmeer sicherten, und die ersten großen Frachtschiffe nutzten schon den Morgenwind, um aus dem Hafen herauszugelangen. Auf das Meer...

Richard stand vorsichtig auf, um das Boot nicht ins Wanken zu bringen, schaute Richtung Osten, soweit es der rote Feuerball dort zuließ, und wurde abermals enttäuscht, denn er hatte die Inseln vergessen, die Venedig vorgelagert waren.

»Fahren wir noch etwas weiter hinaus!« rief er dem Venezianer zu.

»Aber, Messer, Ihr wißt doch, daß es verboten ist, Murano anzulaufen?«

»Ich will auch gar nicht nach Murano, ich möchte nur«, Richard stockte. Es klang so kindisch. »Ich möchte nur die offene See sehen«, schloß er leise.

Gewiß, er hätte sich mit dem bescheiden können, was er jetzt erblickte. Es war auch prächtig genug: Doch das unruhige, rötlich überhauchte Blau um ihn hätte auch zu einem großen See gehören können, bis auf den Salzgeruch, den er tief einatmete.

Sein Führer hatte offensichtlich entschieden, daß er genug für seine Verrücktheiten bezahlte, und zuckte schicksalsergeben die Achseln. »Schön, so weit kann ich Euch noch rudern.«

Ein Glück, dachte Richard unwillkürlich, als die Wellen spürbar höher wurden, daß sie diesmal nicht mit einer dieser schmalen Gondeln unterwegs waren. Er schaute in den Horizont, sah, wie der Strand der größten, langgezogenen Insel immer näher kam, und sein Pulsschlag beschleunigte sich.

»Ist das Murano?«

»Nein, Messer, Murano liegt zu unserer linken Seite.«

Das kleine Schiff umrundete den sandigen Inselstreifen,

und Richard spürte, wie die ruhigen, abgeschlossenen Wasser der Lagune immer unruhiger wurden. Sie schienen sich nun zwischen zwei Landzungen zu befinden.

Seine Augen tränten mittlerweile, aber er konnte es sehen, vor ihm, jenseits der Küstenenden, überall, unermeßlich und unendlich: das offene Meer. Es türmte sich dem Himmel entgegen, nicht wie das Gebirge, das er nun kannte, nein, wie ein endloser Ballen aus weichem blauem Samt, und der Himmel, dessen Röte allmählich verblaßte, verschmolz mit diesem Blau so, daß Richard einen Moment lang bereit war, zu glauben, man könnte direkt in die Wolken hineinsegeln.

Es machte schwindlig, diese Grenzenlosigkeit so unmittelbar zu fühlen, und einem unerklärlichen Impuls folgend, erhob sich Richard und sprang kurzentschlossen aus dem heftig schwankenden Boot.

Das Wasser machte ihn taub für das Geschimpfe des Venezianers. Er gab sich ganz dem Gefühl hin, von einer Woge zur nächsten getragen zu werden, und schwamm, bis ihn sein Pflichtbewußtsein und das schlechte Gewissen wieder einholten.

»Bei allen Heiligen, ich bin froh, daß Ihr keiner von den Tedeschi seid, die in Venedig bleiben«, erklärte sein Führer erzürnt, als Richard naß, aber glücklich und immer noch benommen wieder in dem kleinen Boot saß. »Seid so gut und erklärt Eurem Capo Maestro, daß es nicht meine Schuld ist, wenn Ihr durch das Fondaco geht wie ein Betrunkener, der nachts in den Kanal gefallen ist.«

Und im Grunde seines Herzens war Richard nicht allzu traurig darüber, Venedig schon wieder zu verlassen. Die schweigsamen Kanäle, die Palazzi, aus denen immer wieder lautes Gelächter drang, erinnerten ihn auch daran, daß seine Eltern sich hier kennengelernt hatten – auf dem Sklavenmarkt.

Vieles hatte er nach der Beschreibung seiner Mutter wiedererkannt und war dankbar für Hänsles Gesellschaft gewesen, die es ihm nicht gestattete, ins Grübeln zu verfallen.

Unmöglich, mit Hänsle über etwas Ernsthafteres, geschweige denn seine weit zurückreichende Erinnerung zu sprechen. Trotzdem oder gerade wegen seiner Unbekümmertheit würde er den Freund vermissen.

Richard wußte nicht genau, warum, doch inmitten aller neuen Eindrücke begann er zu erfassen, was er zurückgelassen hatte. Er vermißte Jakob, seine kühle, gleichmäßige Stimme und ihr abendliches Schachspiel, er vermißte Sybilles unaufdringliche Fürsorge, Ursulas Fröhlichkeit, Anselm und selbst die ständige quälende Versuchung der Magd Barbara. Doch am allermerkwürdigsten war, daß er auch dieses seltsame Zigeunermädchen vermißte, das er doch nur so kurz gekannt hatte.

Richard war nur einer von mehreren Gehilfen, die Eberding aus Augsburg mitgenommen hatte; ein großer Teil der Angestellten, die in der neuen Filiale beschäftigt sein würden, würde jedoch italienischer Herkunft sein. Einige stammten aus dem Fondaco in Venedig, andere warteten in Florenz auf die Ankunft von Eberding.

Die Schwaben waren von der weiten, fruchtbaren Poebene, durch die sie jetzt ritten, begeistert. »Weiß Gott, was hier wächst, würde doch genügen, um ein Dutzend Fürstentümer zu ernähren«, meinte einer von ihnen, worauf ein Schatten über das Gesicht seines Nebenmannes aus Venedig glitt.

»Deswegen erheben auch mehr als ein Dutzend Anspruch darauf«, erwiderte dieser.

Zu den Augsburger Gehilfen zählte auch Wolfgang Schmitz, ein umgänglicher junger Mann, der jedoch schon bewiesen hatte, daß er hart wie ein Stein sein konnte, wenn es ans Feilschen ging. Er wurde vorgeschickt, wenn es galt, den Herbergswirten günstige Preise abzuringen. Häufig stellte sich nämlich heraus, daß die sich so großzügig gebenden Wirte einem viel mehr auftischten, als man verlangt hatte, und anschließend entsprechend großzügige Bezahlung erwarteten.

»Das kann doch nicht Euer Ernst sein«, entrüstete sich ein Wirt, als die Reisenden in der Nähe von Ferrara eingekehrt waren.

»Aber«, wandte ein Augsburger schüchtern ein, »das war doch der ausgemachte Preis...«

»Was heißt hier ausgemacht? Habt Ihr bei mir nicht das beste Gericht Eures Lebens gekostet? Ich sage Euch, selbst die Bentivoglio von Bologna haben versucht, mich für ihre Küche zu gewinnen! Habt Ihr jemals bessere Cappelletti gekostet? Und mein Wein, mein Lambrusco ist der beste und erlesenste Tropfen, den Ihr bekommen könnt!«

»Ich habe«, schnitt Schmitz (und Richard fiel auf, daß er sich trotz seines entschlossenen Tons die Worte zusammensuchen mußte) den Redestrom ab, »in Bozen schon weit besseren getrunken.«

»Besseren?« Die Wangen des Wirtes färbten sich rot vor Empörung. »Hier gibt es den besten Wein der Welt, und niemand sonst versteht überhaupt etwas davon! Wo rühmt man nicht seine Samtigkeit, seinen lieblichen Geschmack, seine...«

»Zu lieblich.« Die anderen Gehilfen hatten mittlerweile alle ihr Mahl beendet und verfolgten den Disput mit wachsendem Vergnügen.

»Ihr glaubt doch wohl nicht«, fuhr Schmitz fort, »daß wir für dieses... dieses...«

»Süße Gesöff«, half ihm Richard hilfsbereit aus, und Schmitz griff das Wort mit einem zustimmenden Kopfnicken auf, »dieses süße Gesöff auch nur einen Scudo über den vereinbarten Preis hinaus bezahlen? Im Gegenteil, Ihr solltet uns einen Nachlaß gewähren für diese Vergiftung...«

So wäre es zum Gaudium der Gehilfen noch lange weitergegangen, doch leider kam in diesem Moment Eberding dazu und setzte der Angelegenheit ein Ende, indem er dem Wirt kurzerhand das versprochene Geld aushändigte und sich allen Protesten gegenüber taub stellte.

Während sie dem Apennin immer näher kamen, begann das ständig gute Wetter, über das sie sich anfangs gefreut hatten, beschwerlich zu werden. Als die Hitze von etwas Regen abgemildert wurde, war die Reisegruppe eher erleichtert, und Eberding befahl, trotz des Niederschlags weiterzureiten. Richard schmeckte die zerplatzenden silbrigen Regentropfen auf seinen Lippen, spürte, wie sie ihm das Gesicht kühlten und beobachtete gerade, wie das Ockergelb der Straße sich unter dem Wasserschleier verdunkelte, als Wolfgang Schmitz sein Pferd nähertrieb.

»Ist das nicht ein verrücktes Land?« meinte er mit zuckenden Mundwinkeln. »Bei uns daheim flucht man über Regen, und hier sind wir dankbar!«

Sie kamen ins Gespräch, und Schmitz bekannte, er mache sich Sorgen wegen seiner Sprachkenntnisse. »Ich habe in Augsburg etwas Venezianisch gelernt, doch seit wir in die Toskana gekommen sind, merke ich, daß sie hier ganz anders sprechen. Und außerdem habe ich das Gefühl, ich weiß zu wenig über Florenz.«

»Wie habt Ihr dann diese Stelle bekommen?« fragte Richard interessiert.

»Durch Hochstapelei.« Schmitz grinste. »Ich habe getan, als wüßte ich alles, und Meister Eberding hat es mir abgenommen – oder sagen wir, er hat wohl geglaubt, ich wüßte mindestens die Hälfte.«

»Und jetzt...«

»Jetzt wird mir etwas mulmig. Ich verstehe zum Beispiel diese ganze Herrschaftssache nicht – wir haben unsere freien Reichsstädte, gut und schön, aber die sind letztlich doch dem Kaiser untergeordnet. Bei diesen verrückten Welschen hingegen ist sogar der Kirchenstaat nicht wirklich in der Hand der Kirche, sondern in der Hand der Barone, die dort ihre Soldaten haben, und dann haben sie neben ihren Herzogtümern auch noch Republiken, die sich selbst regieren und niemandem untergeordnet sind. Und um alles noch schwieriger zu machen, ist Florenz dann doch keine Republik, denn es regiert ein einziger Mann dort, oder? Warum nennt er sich nicht Herzog und vereinfacht die Sache etwas für uns arme Fremde?«

Richard erinnerte sich, vor Jahren eine ähnliche Frage selbst gestellt zu haben. »*Sicuro*«, sagte er und benutzte das italienische Wort, »er herrscht, aber ich glaube, er herrscht mit Billigung des Volkes. Der gelehrte Doctorus Pantinger sagte mir einmal, wenn Lorenzo de'Medici sich vom Papst oder irgendwem in den Herzogstand erheben ließe, würden die Florentiner, die sehr stolz darauf sind, eine Republik zu sein, sich sofort gegen ihn erheben. Abgesehen davon sind die Beziehungen zwischen Lorenzo und dem Vatikan seit jeher nicht gerade glänzend.«

Wolfgang Schmitz legte die Stirn in Falten. »Nein? Warum nicht?«

»Ach, das hängt noch mit dem letzten Papst zusammen.«

Schmitz klopfte seinem Pferd auf den Hals. »Erzählt mir doch davon. Wir haben noch eine weite Strecke vor uns, und die Reise könnte etwas Abwechslung gebrauchen.«

Richard war insgeheim der Meinung, die Reise sei schon Abwechslung genug. Die enger und steiler werdenden Hügel waren so dicht mit den verschiedenartigsten Obstbäumen bepflanzt, daß er sich wunderte, wie die einzelnen Pflanzen sich behaupten konnten. Obwohl einige der Bäume noch in Blüte standen, trugen andere schon Früchte, und mehr als einmal waren die Reisenden bereits auf einen jener gewitzten Händler gestoßen, die an dieser beliebten Handelsstraße einen grob aus Holz und Tüchern gezimmerten Stand aufgestellt hatten und für ihr frisches Obst unglaubliche Preise verlangten. Erst vor einer Stunde, als die schwüle Hitze nicht nachlassen wollte, hatte Eberding seine ganze Autorität aufbieten müssen, um seine murrenden Gehilfen daran zu hindern, die gesamte Gruppe aufzuhalten, indem sie völlig unangemessene Summen für ein wenig Abkühlung zahlten.

Nun trieb der Regen Menschen zusammen, die Richard

sonst in den Hügeln oder einzeln, auf der Straße, gar nicht wahrgenommen hätte. Die niedrigeren Steinmauern rechts und links von der Straße waren mit Dornen und Gestrüpp erhöht worden, wohl, wie Richard vermutete, um den vorbeiziehenden Reisenden den freien Zugang zu den üppigen Pflanzungen zu versperren. Hin und wieder standen allerdings auch am Wegrand Bäume, die denjenigen, die von dem Regen etwas weniger entzückt waren als Eberdings Gehilfen, Gelegenheit zum Unterstand boten.

Ein dicklicher, kleiner Mann, dessen vornehme Kleidung Rückschlüsse auf sein Vermögen zuließ und der krampfhaft die Zügel seines beladenen Maultiers festhielt, fühlte sich offensichtlich bedrängt von zwei alten Frauen, die gerade die Körbe vom Rücken nahmen und sich seelenruhig über seinen Kopf hinweg zankten. Er versuchte ihnen auszuweichen, aber er konnte kaum eine Bewegung machen, ohne wieder im Regen zu stehen. Was die beiden Alten anging, so rückten sie ihm immer näher, die eine von links, die andere von rechts, und hoben laut lamentierend vor seinem Gesicht die Fäuste gegeneinander.

Eigentlich hätte Richard sie gerne noch weiter beobachtet, schon um mehr von dem höchst interessanten Dialekt zu hören, den die beiden Frauen sprachen, aber Eberding machte keine Anstalten, hier zu verweilen, und außerdem hatte Wolfgang Schmitz ihn gerade um eine seiner Lieblingsgeschichten gebeten. Also riß er sich von dem Spektakel am Straßenrand los und begann zu erzählen, was er selbst im Laufe der Jahre von Anselm und einigen anderen erfahren hatte.

»Nachdem eine Verschwörung mit dem Ziel, Lorenzo de' Medici zu ermorden, mißlungen war, befahl der damalige Papst Sixtus der Signoria von Florenz – das ist eine Art Stadtrat, nur mit noch mehr Machtbefugnissen –, Lorenzo zum Verbannten zu erklären. Die Signoria weigerte sich, und Sixtus erließ eine Bulle gegen Lorenzo und befahl der Stadt nochmals, ihn dem Vatikan auszuliefern. Daraufhin erklärten Lorenzo und die Signoria die Bulle öffentlich für ungültig. Der Papst verhängte das Interdikt über Florenz und stellte mit König Ferrante von Neapel Truppen auf, um in der Toskana einzufallen. Ratet, was dann geschah!«

Schmitz überlegte nicht lange. »Ein zweiter Gang nach Canossa?«

»Man sollte es annehmen, nicht wahr?« sagte Richard und schnalzte mit der Zunge, um sein Pferd etwas anzutreiben. »Aber nein, Lorenzo sagte, da von den Feinden der Stadt betont würde, daß nur er der Kriegsgrund wäre, würde er sich um des Friedens willen direkt in ihre Hand begeben – und ritt zu Ferrante von Neapel.«

»Ferrante«, unterbrach Schmitz aufgeregt, »ist das nicht derjenige, der...«

Richard nickte. »Der berüchtigt dafür ist, unangenehme Gesandte umzubringen, doch, das ist er. Es heißt, daß der König von Frankreich aus diesem Grund schon längst keinen Vertreter mehr nach Neapel schickt.«

»Nun«, bemerkte Wolfgang Schmitz, »der Medici lebt offensichtlich noch. Was geschah also?«

»Zwei Monate später kam Lorenzo mitsamt seiner Begleitung und einem Friedensschluß mit Neapel zurück. Der Papst tobte. Denn ohne Neapel fehlte es ihm an Truppen, und er mußte die Exkommunikation gegen Lorenzo wieder aufheben. Aber noch auf seinem Totenbett soll er geschworen haben, Lorenzo de'Medici sei der Antichrist, und kein Papst solle ihm je trauen.«

Schmitz war beeindruckt. »Ich sehe schon«, sagte er, »ich habe etwas verpaßt, als ich mich nicht um florentinische Geschichte gekümmert habe. Immerhin, wir haben noch ein Stück Reise vor uns. Wollt Ihr diesen Mangel beheben?«

So vertrieben sie sich die Zeit, bis sich vor ihnen ein gewaltiger Talkessel öffnete. Instinktiv zügelte Richard sein Pferd. Vor ihnen ragte ein Meer von Türmen auf. Die Stadt lag in Form einer Spindel vor den Reisenden. Richard hielt den Atem an. Es war Wirklichkeit geworden. Florenz.

18

DIE STADT DER BLUMEN ließ ihre Besucher durch die Porta
alla Croce ein, eines von elf Toren, wie Richard später erfuhr. Staunend sah er, daß dieses simple Bollwerk mit Male-
reien verziert war, die man eher in einer Kirche vermutet
hätte. In ihren warmen Tönen fügten sich die Farben zu
Darstellungen von zahlreichen Personen und Umzügen zusammen, die wirkten, als hätte der Maler sie eben erst auf
das Tor gebannt. Diese Fresken konnten noch nicht alt sein!

Die Straßen, durch die sie ritten, waren nicht nur alle
gepflastert – was in einer deutschen Stadt eine Seltenheit
war –, sondern hatten auch eigenartige Vertiefungen links
und rechts am Rand.

»Abflußrinnen«, erläuterte Anton Eberding auf Richards
Frage hin. »Eine recht sinnvolle welsche Erfindung. Wenn es
regnet, wird aller Abfall, der dort gelandet ist, weggespült.
Aber nun kommt schon, wir haben nicht den ganzen Tag
Zeit.«

Die Männer, die durch die Straßen schlenderten und die
Reisenden nicht sonderlich beachteten, trugen meist einen
langen, dunklen Rock, der bis auf die Füße reichte, und
entweder eine Haube oder ein Barett. Richard bemerkte
allerdings auch einige Leute in hellen Mänteln, die in leuch-
tenden Farben prunkten, vorne offen, oben gerafft und über
den Schultern zusammengehalten. Auffallend war vor
allem, daß jung und alt dieselben Stücke trugen, nur mit dem
Unterschied, daß die jungen Männer den dunklen Rock
durch enge, häufig sogar zweifarbige Hosen ersetzten, und
ihre Mäntel mehr über den Arm als um die Schultern gelegt
hatten. Richard war fasziniert von dem Farbenmeer, das sich

ihm bot. Die Frauen trugen reichbestickte Kleider, meist aus Brokat und in den leuchtendsten Farben. Ihre Gewänder waren langärmlig, mit gefältelten Röcken, und das Oberteil lag sehr eng an.

Die Häuser wirkten völlig anders als die Gebäude in Venedig; es waren streng symmetrische, abgeschlossene Palazzi, die eher Festungen glichen. Florenz hatte eine lange Bürgerkriegsvergangenheit. Doch vor dem untersten Stockwerk der Palazzi entdeckte er verschiedentlich eine Art offenen Säulenvorbau aus hellem Sandstein, den man, wie er inzwischen erfahren hatte, als Loggia oder auch Casolaro bezeichnete. Dort drängten sich viel mehr Menschen als auf den sonnendurchfluteten Straßen, und Richard erkannte, daß in den Casolari ein Stand neben dem anderen Platz gefunden hatte, an denen lautstark gehandelt und gefeilscht wurde. »Aus dem Weg! Aus dem Weg!« ertönte plötzlich ein Schrei über das Stimmengewirr der Menge hinweg. »Mein Pferd! Ah, dieses Luder! Aus dem Weg!« Die Leute wichen zu beiden Seiten hin aus, und ein rotgesichtiger, verschwitzt aussehender Dicker kam angerannt. »Ah, dieser Schuft von einem Seifensieder, er hat mir meinen Hengst mit einer Stute weggelockt! Aus dem Weg, Idiot!«

Die Reisenden aus Augsburg waren durch ihr Gepäck etwas unbeweglich, und Gelächter kam auf, als der Mann mit ihnen zusammenstieß und sich erst nach heftigen Flüchen wieder aufrappeln konnte. Ohne sich zu entschuldigen, rannte er weiter. »Du Esel, dein Hengst ist längst über alle Berge«, rief ihm einer der Umstehenden zu. Faszinierend! Kannten sie sich denn alle? überlegte Richard.

Das Haus, das sie beziehen und zu einer Filiale für das Unternehmen Fugger machen würden, lag im Viertel Santa Croce, am rechten Ufer des Arno. Es hatte drei Stockwerke und einen mit Steinplatten belegten Säulengang. Die fast unbehauenen, großen Quader ließen es von außen unzugänglich und abwesend erscheinen, doch Richard staunte über die Schönheit, die sich im Inneren offenbarte.

Alle Gehilfen waren im zweiten Stock untergebracht. Richard konnte von seiner Kammer auf den Innenhof hinausblicken, wo sich unter kunstvoll gestalteten Arkaden bereits Stoffballen stapelten. Zwei Brunnen sorgten für Erfrischung bei der glühenden Hitze, die sich tagsüber hier staute, doch war offensichtlich nur einer von ihnen zum Tränken von Tieren oder dergleichen bestimmt. Der andere schleuderte sein Wasser in die Luft, um es in breiten, tiefgewölbten Schalen wieder aufzufangen.

Wäre er allein hier gewesen, dann hätte sich Richard sofort auf den Weg zur Universität gemacht. Doch Meister Eberding hatte anderes im Sinn. Er, seine Gehilfen und Angestellten, deutsche und italienische, würden nacheinander die Vertreter der sieben hohen Zünfte von Florenz besuchen, verkündete er.

»Deren Hilfe ist unumgänglich. Natürlich werde ich euch junges Gemüse nicht jedesmal mitschleppen, wenn ich mit einem von ihnen etwas zu besprechen habe, aber einmal muß es schon sein, damit ihr wißt, wer hier in Florenz etwas zählt.«

An der Spitze der *Arti Maggiori*, der sieben Zünfte, stand die Zunft der Bearbeiter fremder Stoffe, die Calimala. Die Angehörigen dieser Zunft führten aus dem Ausland Rohgewebe ein, hauptsächlich aus England, Flandern und Frankreich, um es hier zu feinem Tuch zu veredeln. Anton Eberding hoffte, die Calimala auch für Gewebe aus Augsburg gewinnen zu können, und besuchte Messer Ridolfi, der zu den bedeutendsten Männern seiner Zunft zählte, als ersten.

Umberto Ridolfi besaß ein schönes Haus am Arno, nahe der ältesten Brücke von Florenz, dem Ponte Vecchio, und begrüßte Eberding und seine Begleiter herzlich.

»Es freut mich, daß Ihr so leicht hergefunden habt«, sagte er, »ich bin wirklich dankbar für die günstige Lage meines bescheidenen Heims. Das einzig Nachteilige daran ist, daß man jeden Tag den Ponte Vecchio überqueren muß, wo die

Metzger ihre Stände haben. Dieser Gestank! Aber man kann nicht alles haben, nicht wahr?«

Der Tisch, an dem bereits mehrere Leute saßen, befand sich gegenüber der Tür zum Garten, und Richard spürte dankbar den frischen Luftzug, der vom Fluß hereinwehte. Ridolfi schnipste mit dem Finger.

»Musik! Laßt die Nacchere erklingen!«

Ein Mann, der Richard bisher noch nicht aufgefallen war, begann, ein Paar kugelartige Instrumente rhythmisch zu schütteln, und zwei der Frauen, die am Tisch saßen, stimmten ein Lied an, in das bald die ganze Gesellschaft einfiel.

»Lacht und seid fröhlich!« rief Messer Ridolfi. »Wir haben hier in Florenz ein Sprichwort: Sperre all deine Sorgen in eine große schwarze Truhe und verliere den Schlüssel!«

Die Deutschen warfen sich verblüffte Blicke zu. Wurden so in Italien Geschäfte getätigt?

Richard, der mit den anderen Gehilfen am Ende der Tafel saß und genußvoll die kühle Melone verzehrte, die man ihnen gereicht hatte, bemerkte jedoch bald, daß der Zunftmeister mitnichten den Zweck des Besuches vergessen hatte. Der Mann schien durchaus in der Lage zu sein, in einem Moment zu singen und im nächsten darüber zu sprechen, daß man das größte Geheimnis der Calimala, jene besondere Farbmischung aus *robbia* und *oricello*, die das begehrte Scharlachrot ergab, in keinem Fall preisgeben würde.

»Aber ich nehme doch an, Ihr gestattet uns eine gewisse Konzession für den Augsburger Handel«, sagte Eberding in seinem flüssigen, wenngleich akzentuierten Italienisch. »Lorenzo de'Medici hat unserem Unternehmen geschrieben, daß...«

»Lorenzo hat nicht über unsere Zunft zu bestimmen!« entgegnete ein junger Mann hitzig, der offensichtlich der Sohn des Hauses war. »Es ist schlimm genug, was er aus unserer Republik gemacht hat. Er ist ein Tyrann, und...«

»*Basta!*« unterbrach ihn sein Vater scharf. »Du redest, ohne zu denken, Colino. Ging es uns je so gut wie jetzt? Il Magnifico hat den unseligen Parteienhader beendet, und er hat Florenz zur angesehensten Stadt Italiens gemacht, ohne uns in kriegerische Unternehmungen zu verwickeln, wie es die Häupter der anderen Städte so gerne tun. Wir sind Kaufleute, keine Krieger, und Lorenzo hat das begriffen.«

»Um den Preis seiner Alleinherrschaft!«

»Und wenn es so wäre?« warf eine dunkle Dame, die Ridolfi als seine Gemahlin vorgestellt hatte, ruhig ein. »Er herrscht, doch er herrscht ohne Gewalt. Das Volk könnte ihn morgen stürzen, wenn es das wollte. Er weiß es und wir wissen es. Als ich ein Kind war, Colino, gab es in Florenz täglich Tote zu beklagen, die bei dem ständigen Zwist der großen Familien ums Leben kamen, und der Kampf um hohe Ämter wurde mit dem Schwert ausgetragen. Heute wäre das undenkbar, und wem haben wir das zu verdanken? Iß deinen Berlingozzo und unterlasse künftig törichte Reden an deines Vaters Tisch.«

Der junge Mann errötete tief und senkte das Haupt. Richard biß in das mürbe, süß schmeckende Gebäck, das die Dame als Berlingozzo bezeichnet hatte, und hörte, wie Umberto Ridolfi bedauernd sagte: »Ah, diese jungen Leute heutzutage. Keinen Familiensinn, keinen Respekt. Madonna, wenn ich so mit meinem Vater gesprochen hätte!«

Eberding, bemüht, die peinliche Klippe zu umschiffen, sagte hastig: »Apropos... Ich werde natürlich auch Messer Lorenzo aufsuchen. Wollt Ihr nicht mit mir kommen?«

»Damit werdet Ihr zur Zeit kein Glück haben«, erwiderte Ridolfi, »Il Magnifico hält sich in seiner Villa auf, Poggio a Caiano. Er wird erst in etwa zwei Wochen nach Florenz zurückkehren, so heißt es jedenfalls. Das könnt Ihr mir glauben, ich wäre bei dieser Hitze auch lieber in meinem Landhaus, nur...«

Richard erkannte mit einem Mal, daß der Zunftmeister die Frage der Konzessionen sehr elegant umgangen hatte. Er musterte Eberding. War es ihm auch aufgefallen? Ob wohl der Angriff seines Sohnes auf Lorenzo de'Medici als Ablenkung geplant gewesen war? Anselm hatte ihm versichert, daß Respekt gegenüber den Älteren zu den wichtigsten Dingen in Italien gehörte, und das machte das Verhalten Colino Ridolfis um so ungewöhnlicher. Richard runzelte die Stirn. Gerissen. Äußerst gerissen.

Doch dann wurde seine Aufmerksamkeit abgelenkt von einem seltsamen Instrument, das man ihm und allen anderen Gästen hinlegte, während ein gesottener Kapaun aufgetragen wurde. Es war aus Metall, hatte einen Stiel und verzweigte sich am Ende in drei Zinken. Er hob es auf, drehte es hin und her und versuchte, seinen Sinn zu ergründen.

»Habt Ihr noch nie eine Gabel gesehen, Tedesco?« rief ihm Colino Ridolfi spöttisch zu, und Richard spürte, wie ihm die Hitze in die Wangen stieg. Hastig legte er das Metallding wieder hin. In Bozen und Venedig hatte man sich an deutsche Eßgepflogenheiten gehalten. Doch inzwischen konnte er beobachten, wie die Florentiner das Instrument, Gabel genannt, benutzten, um einzelne Fleischstücke des Kapauns zum Mund zu führen, und in ihm stieg unwillkürlich Bewunderung auf.

Wie praktisch! Und es ging ganz einfach. Als der Kapaun von kleinen, würzig schmeckenden Würstchen, die als Fegatelli bezeichnet wurden, abgelöst wurde, bediente er sich des ungewohnten Instruments bereits vergnügt und ohne Schwierigkeiten.

Aber er hatte keineswegs seinen Verdacht vergessen, Ridolfi sei den Fragen nach den Konzessionen absichtlich ausgewichen, und als Eberding nacheinander Vertreter der Wollweber, der Seidenwirker, der Juristen, der Apotheker und der Kürschner besuchte, registrierte er, daß auch diese Herren glänzend zu plaudern verstanden, ohne irgendwelche Verpflichtungen einzugehen.

Das Oberhaupt der dritthöchsten Zunft, des Bankwesens, war natürlich Lorenzo de'Medici, so daß dieser Besuch verschoben werden mußte. Gleichwohl zeigte Eberding den

Augsburgern und Venezianern aus der neugegründeten Faktorei die Stände der Bankiers und Wechsler am Mercato Nuovo, wo über grünbezogene Tische hinweg gefeilscht und unter ohrenbetäubendem Lärm Geld verliehen wurde.

Zwischen Besuchen und Kontorarbeiten fand Richard die Zeit für den ersten heimlichen Bericht an Jakob, in dem er seine Beobachtungen über die Zünfte und ihre Führer niederschrieb und sogar eine Schilderung der Gabel anfügte, weil er glaubte, daß sich für dieses Instrument in den deutschen Landen vielleicht auch Liebhaber finden ließen. Danach saß er grübelnd vor einer kleinen Schatulle, die aufgeklappt auf dem Tisch stand. Der Inhalt bestand aus einem Sammelsurium von Dingen; bei einigen wußte er selbst nicht genau, warum er sie mitgenommen hatte: ein kleines, schmales Buch, das Sybille ihm geschenkt hatte, Barbaras hölzerne Kette, einige Schachfiguren, eine schwarze Haarlocke und das Messer, mit dem Saviya ihm das Leben gerettet hatte.

Zuunterst aber lag etwas, das er jetzt hervorholte und lange betrachtete. Ein breiter, goldener Ring, den ihm in Wandlingen Bruder Albert in den Tagen hatte zukommen lassen, als seine Mutter noch nicht gefoltert wurde und er, Albert, noch ihr Anwalt gewesen war. Richard ließ den Ring unbewußt von einer Hand in die andere gleiten, immer wieder.

»Es ist Zeit«, sagte er plötzlich laut. »Zeit, anzufangen.«

Die Universität von Florenz lag an der Piazza della Signoria. Es war noch früh am Morgen, und die Sonne vergoldete die Zinnen des nahegelegenen Palazzo, der die Signoria beherbergte. Richard fragte sich schließlich zu dem für die Aufnahme von Studenten verantwortlichen Verwaltungsbeamten durch, erhielt aber eine Abfuhr.

»Hier studieren? Selbst wenn Ihr nicht einer anderen Zunft bereits verpflichtet wäret... Ihr bräuchtet, zumal als Fremder, Empfehlungen hiesiger Bürger und müßtet den größten Teil Eurer Zeit hier verbringen… Nein, es ist unmöglich, als Student kann ich Euch nicht zulassen.«

Er sah Richards Blick und fügte etwas freundlicher hinzu: »Gleichwohl… Wir halten uns hier in Florenz an das Wort des heiligen Hieronymus, daß Gott sich über jeden Wissensdurstigen freut. Ihr könnt an den Vorlesungen unserer Lektoren teilnehmen… doch ohne ein Anrecht auf irgendeine Prüfung oder einen Grad zu haben.«

Richard atmete auf. »Seid bedankt, Messer. Gilt das«, setzte er hoffnungsvoll hinzu, »auch für die Vorlesungen der platonischen Akademie?«

Der Mann lachte. »Ihr Fremden macht euch immer falsche Vorstellungen von der platonischen Akademie. Sicher, es finden auch Vorlesungen statt, aber nur gelegentlich. Die Akademie versucht vor allem, das Ideal von Platons Gastmahl wiederzuerwecken, in zwangloser Atmosphäre wie unter Freunden zu diskutieren, und das geschieht in der Regel im Palazzo Medici. Dort könnt ihr Landino, Ficino, Poliziano und della Mirandola begegnen.«

Richard biß sich auf die Lippen. Vorlesungen waren eine Sache, Diskussionen eine andere. Er würde bald siebzehn werden und hatte nicht mehr die Unbefangenheit eines Kindes, sich an fremde Gelehrte zu wenden. Früher hatte er sich gedankenlos und ohne Rücksicht darauf, ob er eine Plage sein könnte, an Konrad Pantinger und jeden interessanten Menschen, der nach Augsburg kam, gewandt. Jetzt erschien ihm die Vorstellung, einfach so in ein fremdes Haus hereinzuplatzen, sich ungeladen an einen Tisch zu setzen und nach den berühmtesten Gelehrten Italiens zu fragen, unsagbar peinlich.

»Wenn Ihr«, kam sein Gegenüber ihm taktvoll entgegen, »Eure Kenntnisse vor den Vorlesungen und Disputen noch etwas auffrischen wollt, schlage ich Euch vor, das Kloster Santo Spirito zu besuchen. Die Bibliothek dort ist öffentlich und ausgezeichnet bestückt. Wartet«, er holte sich rasch etwas zu schreiben, »falls es Euch mit der platonischen Akademie ernst ist... Das sind in etwa die Titel, die unsere Studenten gelesen haben sollten, bevor sie an den Philosophielektionen teilnehmen, die die Platoniker hier hin und wieder halten.«

»Ihr seid sehr freundlich, Messer«, murmelte Richard.

»Schon gut. Und vergeßt nicht, Ihr könnt hier keinerlei akademische Grade erwerben!«

Richard ließ sich noch den Weg zum Kloster beschreiben, dann beeilte er sich, um rechtzeitig wieder in dem Gebäude zurück zu sein, das die Gehilfen etwas spöttisch ebenfalls »Fondaco dei Tedeschi« getauft hatten.

»Gelobt sei Gott, da kommt Ihr endlich«, begrüßte ihn Wolfgang Schmitz und schnitt eine Grimasse. »Ihr wißt doch, daß ich diese verflixte Sprache nicht so gut schreiben kann, und wir müssen die Rechnungen prüfen, die uns die Calimala geschickt haben. Übrigens, glaubt Ihr, daß Meister Eberding uns auch zu den geringeren Ständen mitnimmt?« Er seufzte andächtig. »Ich habe mich erkundigt – es gibt vierzehn, von den Metzgern abwärts über die Goldschmiede bis zu den Bäckern. Überlegt Euch das nur, Richard. Vierzehnmal freies Essen – ich finde es hervorragend, daß sie uns jedesmal einladen. Was für ein gastfreundliches Volk, das...«

»Und wo sind die Rechnungen?« kürzte Richard seinen Redestrom ab.

»Ihr versteht es wahrhaftig, mir das Leben schwer zu machen. Hier, bitte!«

Es war ein Samstag, als Richard sich auf den Weg nach Santo Spirito machen konnte. Er durchquerte den Mercato Vecchio und fand sich immer wieder abgelenkt von dem prächtigen Schauspiel, das seinen Augen geboten wurde. Der Mercato Vecchio war nicht groß, er wurde von vier Kirchen eingegrenzt, doch preßten sich hier die fliegenden Stände der Obsthändler, der Gemüseverkäufer vom Lande, der Kräuterhändler, die sich vorzugsweise mit den Barbieren und Seifensiedern zankten.

Diese beiden Berufsstände, die häufig nur einer waren, boten ihre Dienste nämlich unter freiem Himmel auf dem gleichen Platz an, und häufig machten das Duftwasser eines Barbiers und der durchdringende Geruch der Seifen es den Kräuterhändlern unmöglich, den frischen Geruch ihrer Waren richtig zur Geltung zu bringen.

Richard, den auf einmal die Neugier packte, entschloß sich spontan, sich von einem dieser Barbiere rasieren zu lassen. Bei seinen ersten Versuchen hatte er sich mehr als einmal geschnitten. Warum sollte man sich nicht einmal einen Barbier leisten!

»Setzt Euch, setzt Euch, mein Junge. Den Kopf zurück – ja, so ist es richtig! Tibaldo, du Nichtsnutz, wo bleibt das heiße Wasser?«

Richard starrte aus seiner schrägen Lage direkt auf die Bude eines Fischhändlers, der seine Waren anpries, doch von rechts drang eine zänkische Stimme an sein Ohr: »Giovanni Pertazzo, müßt Ihr mit Eurem stinkenden Teufelszeug unbedingt vor meinem Stand fuhrwerken?«

Ohne davon abzulassen, sein Messer zu wetzen, während der Lehrling Richards Kinn mit warmen, feuchten Tüchern behandelte, erwiderte der Angesprochene: »Ihr seid es, der stinkt, Enrico! Ohne meine Kunst würde kein Mensch Eure Grasbüschel kaufen, weil dann jeder sofort riechen würde, was für einen Mist Ihr verhökert!«

»Das nehmt Ihr zurück!«

Der Barbier fing an, mit der Klinge vorsichtig an Richards Kinn entlangzufahren. »Keineswegs«, erklärte er vergnügt.

»Stupido!«

»Asino!«

»Villano!«

»Selber Bauer!«

So fuhren sie fort, sich zu beschimpfen, während der Barbier gleichzeitig in aller Gemütsruhe seinen Kunden rasierte und der Kräuter- und Gemüsehändler seine Waren schichtete.

Frisch rasiert und von der Reichhaltigkeit florentinischen Vokabulars beeindruckt, verließ Richard den Mercato Vecchio durch die Via Calimala. Dort hatten sich neben den Tuchhändlern auch die Drucker breitgemacht, und die Schreie und Flüche der Lehrlinge, die sich mit der neuen Technik herumschlugen, standen dem Lärm am Mercato Vecchio um nichts nach.

Er kam am Zunfthaus der Wollweber und Seidenwirker vorbei und stand schließlich vor dem Mercato Nuovo, wo auch an diesem Tag die Bänke, Schutzdächer und Stehpulte der Geldwechsler und -verleiher aufgestellt waren. Richard überlegte einen Augenblick. Richtig, hier mußte er rechts abbiegen, in die Via por Santa Maria.

Doch in diesem Augenblick sah er ungläubig, wie ein Mann, der sich gerade aus einer Gruppe aufgeregter Wechsler gelöst hatte, seine Hosen auszog und mit dem nackten Hintern dreimal den wohl einzigen größeren Fleck berührte, der von keinem Stand bedeckt war, einer kreisrunden, mit schwarzen und weißen Steinen bepflasterten Stelle. Richard wandte sich an den Nächststehenden.

»Was hat das zu bedeuten?« In seiner Verblüffung hatte er Deutsch gesprochen, doch es dauerte einige Sekunden, bevor ihm das klar wurde. Er wiederholte die Frage noch einmal in der Sprache der Stadt.

»Nun, man sieht, daß Ihr hier fremd seid. Francesco hat Bankrott gemacht, und das wurde soeben öffentlich erklärt. Dazu muß man bei uns zum Carroccio gehen und...«

»Ja, ich habe es gesehen.«

»Oh«, der Mann schlug sich plötzlich gegen die Stirn, »Jammer und Elend!«

»Es muß wirklich schlimm für ihn sein«, meinte Richard teilnahmsvoll, »was hat er...«

»Nicht er! Ich! Ich bin der, den man beklagen muß. Mir ist gerade eingefallen, daß er auch bei mir noch Schulden hat! Oh, *una cosa cattiva, cattivissima*...«

Richard sah, daß der bankrotte Geldwechsler, inzwischen

wieder angezogen, erneut mit unverminderter Heftigkeit mit den anderen stritt, und ging achselzuckend weiter. Bald erreichte er den Ponte Vecchio und beeilte sich, den Gestank nach frischem Blut und rohem Fleisch aller Art, den die Brücke der Metzger verbreitete, hinter sich zu bringen.

Santo Spirito hatte nichts von dem prunkvollen, farbenprächtigen Äußeren, mit dem hier andere Kirchen aufwarteten. Seine klaren, einfachen Linien, die schmucklose gelbliche Mauer, die so harmonisch auf das Hellrot der Ziegel abgestimmt schien, erinnerten Richard flüchtig an ein anderes Kloster, doch er verdrängte den Gedanken sofort wieder.

Er fand das Skriptorium der Bibliothek von Studenten bevölkert, wie man es ihm prophezeit hatte, und sog kurz den Geruch nach Büchern, alten und neuen, ein. Das war es! Das, was er sich immer gewünscht hatte. Das Wissen der Welt.

Doch schon, als er sich an den Mönch wandte, der Aufsicht führte, und um einige der Titel, die er notiert hatte bat, erlebte er eine Ernüchterung.

»Es tut mir leid«, sagte der Padre bedauernd, »›De arte maleficae‹ kann ich Euch nicht ohne Erlaubnis des Priors geben, und die anderen Bücher sind im Moment verliehen. Fra Mario dort drüben arbeitet mit ihnen, glaube ich. Doch er ist ein schneller Leser, und wenn Euch in der Zwischenzeit mit etwas anderem gedient werden kann…«

Richard warf einen flüchtigen Blick in die Richtung, in die der Bibliothekar gewiesen hatte, sah nur eine schwarzhaarige Gestalt in dunkler Kutte, die ihm den Rücken zuwandte, und spürte ein Aufwallen heftiger Feindseligkeit. Aber natürlich – was konnte man von Mönchen anderes erwarten als leere Versprechungen, selbst wenn es sich um Bücher handelte. Am Ende behielten sie doch alles für sich.

Er bezähmte sich und verlangte mit gesenkter Stimme Marco Polos »Il Milione«, das er nie in der Originalsprache gelesen hatte. Vielleicht brauchte der Mönch dort drüben nicht allzu lange.

Der Bruder Bibliothekar schickte bereitwillig nach dem

gewünschten Buch, und kurz darauf hielt Richard ein noch recht neues, gedrucktes Exemplar von »Il Milione« in der Hand. Er schlug die erste Seite auf und bewunderte die Präzision, mit der die Ränder der gedruckten Buchstaben sich vom Papier abhoben, die absolute Ebenmäßigkeit, die kein Pinsel erreichen konnte.

Er las gerade von so seltsamen Dingen wie dem Gebrauch von Geld aus Papier und dem Trocknen von Milch zu Konservierungszwecken, als er durch ein leises Räuspern aufgeschreckt wurde. Richard sah in das blasse Gesicht eines jungen Mönchs.

»Was gibt es denn?« fragte er unwillig.

Der Mönch lächelte. »Fra Ettore hat mir gesagt, daß Ihr die Bücher hier bestellt habt, die ich so lange in Anspruch genommen habe.«

Jetzt erkannte Richard die Gestalt und den schwarzen Haarkranz. Aus irgendeinem Grund funkelten die blauen Augen des Mönches belustigt, und in der Höflichkeit seines letzten Satzes schien Ironie zu liegen. Richard setzte sich steif zurecht.

»Nun, ich danke Euch, daß Ihr sie mir gebracht habt«, antwortete er kühl und streckte die Hand danach aus. Der Mönch zog die Augenbrauen hoch.

»Aber nicht doch – ich hatte einen Tausch im Sinn. Ich gebe Euch die ›Theologia Platonica‹ von Marsilio Ficino, und Ihr gebt mir ›Il Milione‹.«

Vielleicht war es die klösterliche Atmosphäre, die Richard so reizte, denn er entgegnete angriffslustig: »Was kann ein Mönchen wohl mit ›Il Milione‹ anfangen?«

Dieser Mönch jedoch ließ sich nicht aus der Ruhe bringen. Er lehnte sich in einer sorglosen Geste gegen das Pult, hinter dem Richard stand, als wäre es das Geländer einer Treppe.

»Oh, wißt Ihr«, sagte er heiter, »ich übersetze es gerade.« Er verzog den Mund. »Deswegen wäre ich Euch dankbar, wenn Ihr nichts von meinem Ficino-Ausflug laut werden laßt, denn eigentlich sollte ich nur mit Marco Polo beschäftigt sein.«

Wider Willen interessiert, fragte Richard: »Ihr übersetzt? Aber in welche Sprache denn? Es gibt doch bereits eine hervorragende lateinische Übersetzung.«

Der Mönch hob die Schultern. »Schon, aber die Übersetzung in die Volkssprache, die Ihr da habt«, er machte eine geringschätzige Geste, »taugt nicht sehr viel. Ich brauche sie nur als Vergleichsmöglichkeit.«

»Die Übersetzung in die Volkssprache?« fragte Richard überrascht. »Aber ich dachte, Marco Polo sei Venezianer...«

Der Augustiner setzte seinen Bücherstapel sorgsam ab und lachte. Es war kein unfreundliches oder spöttisches Lachen, doch Richard faßte es in seiner Stimmung als Hohn auf, trat hastig ein paar Schritte zurück und rang um Selbstbeherrschung.

»Entschuldigt«, sagte der Mönch schnell, »ich wollte mich nicht über Euch lustig machen. Es liegt nur daran, daß mir früher einmal genau derselbe Irrtum unterlaufen ist. Ich las ›Il Milione‹ auf Lateinisch und dann in der Volgare, und das hätte mich fast endgültig von der Ansicht geheilt, die Volgare tauge etwas... Bis ich die Wahrheit herausfand. Gewiß, Polo war Venezianer, aber als er in genuesischer Gefangenschaft seine Erinnerungen diktierte, schrieb sein Mitgefangener in Bretonisch... der Sprache, in der alle Ritterepen, die man damals kannte, verfaßt waren. Stellt Euch nur diese Verwirrung vor! Was Ihr vor Euch habt, ist also die italienische Übersetzung der lateinischen Übersetzung des bretonischen Originals... und, wie ich schon sagte, nicht sehr gelungen.«

»Und Ihr glaubt, es besser machen zu können?« fragte Richard sarkastisch.

Ungerührt versetzte der Mönch: »Natürlich glaube ich das. Ich konnte ein bretonisches Exemplar auftreiben, und also...«

Er wurde von einem Bibliothekarsgehilfen unterbrochen, der ihn nach Klosterart nicht berührte, sondern am Ärmel zupfte.

»Fra Mario, der Bruder Bibliothekar bittet Euch, um der Ruhe der Lesenden willen Euer Gespräch zu beenden.«

»*Mea culpa*«, sagte Fra Mario und sah nicht im geringsten schuldbewußt aus. »Gehabt Euch also wohl, junger Mann. Nur eines würde ich noch gerne wissen... Warum Ihr außer der ›Theologica Platonica‹ noch die Abhandlung über Schwarze Magie haben wolltet. Die Zusammenstellung ist... ungewöhnlich.«

»Ich kann mir nicht vorstellen«, erwiderte Richard kühl und sehr präzise, »was Euch das angeht... Padre.«

Die Abfuhr schien dem Mönch nichts auszumachen. »Wenn Ihr meint. Viel Vergnügen mit dem Ficino... mein Sohn.«

Fort war er, und Richard atmete einmal tief durch. Junger Mann! Mein Sohn! Der lächerliche Altersabstand, der zwischen ihnen vielleicht bestand... von allen Mönchen, die er je kennengelernt hatte, war das gewiß... ach, zum Teufel damit! Er schüttelte über sich selbst den Kopf und begann, in der »Theologica Platonica« zu blättern.

19

DIE LETZTEN, ZITTERNDEN Töne der Flöte verklangen, und unter dem Applaus einiger Gäste, die nicht zu sehr mit dem Essen und Reden beschäftigt waren und auf die Musik geachtet hatten, nahmen Lauten die nächste Melodie auf. Fra Mario Volterra machte es sich bequem. Er bereute nicht, sich für das klösterliche Leben entschieden zu haben, doch ein Besuch im Palazzo der Medici in der Via Larga stellte immerhin eine sehr angenehme Abwechslung dar. Er war froh, daß Lorenzo von Poggio a Caiana zurückgekehrt war.

Mario schaute sich um. Die Tische für die gut vierzig bis fünfzig Leute waren in Form eines großen U aufgestellt, damit keiner von ihnen allzuweit von Lorenzo entfernt saß. Bald machte er seinen Mentor Pico della Mirandola in der Menge aus. Mario lächelte. Pico, wiewohl seit fast zehn Jahren ein Gelehrter von Weltruf, war erst siebenundzwanzig und ein fremder Beobachter hätte ihn leicht für irgendeinen Florentiner Galan halten können.

Sein Aussehen hatte ihm bei den Florentinern, die körperliche Anmut über alles schätzten, den liebevollen Beinamen Il Bellissimo eingebracht, doch es ließ sich kaum jemand denken, der weniger eitel war als Pico mit seinem welligen blonden Haar und den klassischen Gesichtszügen. Er erwog sogar, einem Orden beizutreten. Mario war der Jüngere, doch er hatte Pico trotzdem strikt davon abgeraten. Einige Menschen waren berufen und andere waren es nicht.

Pico della Mirandola, erst vor kurzem in eine unglückliche Liebesaffäre mit einer von Lorenzos Verwandten verstrickt, würde sein Gelübde schon nach kurzer Zeit bereuen, und er war ein zu aufrichtiger Mensch, um sich wie viele Priester dieser Zeit bequem mit seinem Gewissen zu arrangieren und sowohl die geistlichen als auch die weltlichen Vorteile wahrzunehmen. In der Tat war das Doppelleben in der Kirche eines von den Dingen, die Pico und die platonische Akademie anprangerten, und eine Diskussion über diese Mißstände hatte Mario und den weltberühmten Gelehrten zusammengeführt.

Der Augustinerorden zählte zu den kritischsten innerhalb des Klerus, und Mario teilte diese Haltung. Mario Volterra war von drei großen Leidenschaften besessen: der Leidenschaft für Bücher, für die Menschen und für Gott. Außerdem war er in Florenz aufgewachsen, der Stadt Italiens, wo man am selbständigsten dachte und schon manche Fehde mit machtgierigen Päpsten ausgefochten hatte.

Auf diese Art war er in der Lage zu erkennen, daß die Kirche, die Mittler zwischen Gott und der Welt und Helferin für alle Unterdrückten sein sollte, schon seit Jahrhunderten an den Übeln allzu großer weltlicher Macht krankte. Viele Kardinäle und Bischöfe benahmen sich wie Fürsten, nicht wie Priester, und Fra Mario teilte mit einer ständig wachsenden Zahl von Confratres die Meinung, daß sich dies ändern müsse.

Daß gerade Pico, der von allen Angehörigen der platonischen Akademie wohl der Gottesfürchtigste war, exkommuniziert wurde, hatte Mario in dieser Ansicht bestätigt. Er wollte sich gerade bemerkbar machen, sah jedoch, daß Pico tief in eine Diskussion mit Lorenzo de'Medici verstrickt war.

»... ein einziger Staat? Unmöglich«, sagte Pico gerade. »In Frankreich ist es bereits so, und der Erbe von Ferdinand und Isabella wird Kastilien und Aragon als einen Staat beherrschen«, antwortete Lorenzo und nippte an dem Becher, der vor ihm stand.

Sein Äußeres hätte sich nicht stärker von dem Picos unterscheiden können. Er hatte eine zu lange, aber wie durch einen Faustschlag eingedrückte Nase, ein kräftiges Kinn, schütteres, strähniges braunes Haar und eine rissige, grobporige Haut. Die hohe Stirn, die seine Intelligenz verriet, und der stets aufmerksame und wache Blick, der seinem jeweiligen Gegenüber den Eindruck vermittelte, der einzige im Raum zu sein, konnten diese körperlichen Mängel kaum wettmachen, zumal Lorenzo auch eine scharfe, durchdringende Stimme besaß.

»Gott hat Lorenzo alles gegeben«, sagten die Florentiner, »aber die Mutter Natur hat es sich im letzten Augenblick anders überlegt.« Wenn Lorenzo die Menschen bezauberte – und die Reihe derer, die von ihm beeindruckt waren, reichte vom grausamen Ferrante in Neapel bis zu dem Gesandten des Großsultans, der erst kürzlich mit einigen seltsamen Tieren als Geschenk wiedergekommen war –, dann gewiß nicht durch seine Schönheit.

Der Mann, der Pico jetzt zustimmte, galt allerdings allgemein als noch häßlicher. »In Frankreich und Spanien liegen die Dinge ganz anders«, sagte Angelo Poliziano. Klein, korpulent und verdächtig an einen der Wasserspeier an den gotischen Kathedralen gemahnend, wurde der berühmteste Dichter Italiens von den Toskanern mit dem gutmütigen Spott bedacht, er müsse immer zur Hand sein, um Lorenzo gutaussehend erscheinen zu lassen. Doch jeder bewunderte Polizianos Genie, das ihn in die Lage versetzte, seine Elegien in einem Griechisch und Latein zu schreiben, als sei er gebürtiger Römer und Athener zugleich.

Es war Lorenzo gewesen, der ihn schließlich überredet hatte, wie er selbst auch in der Volgare zu dichten. Sie kannten sich seit ihrer frühen Jugend, Poliziano hatte Lorenzo nach dem Mord an dessen Bruder Giuliano das Leben gerettet, und mit der Vertrautheit dieser langjährigen Freundschaft erklärte er ein wenig herablassend:

»Schlag dir das mit dem vereinten Italien aus dem Kopf, Magnifico. In Frankreich gibt es nur eine Stadt, die wirklich zählt und die wirkliches Selbstbewußtsein hat. Hier in Italien – *o dio!* Es ist mir ohnehin ein Rätsel, wie du Ferrante von Neapel und Lodovico von Mailand davon abhältst, sich gegenseitig an die Kehle zu gehen, aber wenn ich mir vorstelle, daß Mailänder, Neapolitaner, Florentiner und am Ende auch noch die verdammten Römer sich zusammenschließen sollen...«

Er verzog das Gesicht zu einer komischen Grimasse. »Das wäre furchtbar, Lorenzo, das kannst du uns nicht antun. Freundlich zu einem Römer sein zu müssen!«

Lorenzo lachte. »*Basta*«, sagte er. »Gedanken und Wünsche sind zollfrei. Du träumst vom einheitlichen Versmaß, und ich träume von einem einheitlichen Italien.«

In dem darauffolgenden Gelächter entdeckte Pico Fra Mario, stand auf und gesellte sich zu dem jungen Augustiner. »*Come va?*« fragte er freundlich.

»*Non c'è male*«, erwiderte Mario. »Was hat Piero?« Er deutete auf Lorenzos ältesten Sohn, der inmitten der fröhlichen Gesellschaft mit versteinerter Miene dasaß. Pico hob die Schultern.

»Piero ist sehr empfindlich. Wahrscheinlich war es Angelos Taktlosigkeit. Bedenke, Pieros Mutter war Römerin, und seine Gemahlin ist es auch... leider.«

Alfonsina Orsini, mit der der siebzehnjährige Piero de'Medici im letzten Jahr verheiratet worden war, konnte inzwischen die Ehre für sich in Anspruch nehmen, die unbeliebteste Person in Florenz zu sein. Sie spielte den ganzen Hochmut des römischen Adels aus, und das Verhalten Lorenzos, der seinen Kindern immer wieder einschärfte, sie sollten nie vergessen, daß die Medici keine Signori, sondern einfache Bürger von Florenz seien, blieb ihr unverständlich.

Mario wechselte schnell das Thema und plauderte gerade mit Pico über die Lehren der jüdischen Kabbala, mit denen der Gelehrte sich zur Zeit beschäftigte, als er einige neue Gäste eintreten sah, einen Mann von etwa vierzig, im gleichen Alter wie Lorenzo de'Medici, und mehrere junge Leute, die ihn begleiteten. Sie unterschieden sich in der Kleidung kaum von den anderen Gästen; dennoch erkannte man sie fast sofort als Fremde. Marios Blick blieb an einem von ihnen hängen.

»Einen Moment, Pico.«

Er bahnte sich seinen Weg zu dem jungen Deutschen, der ihm in Santo Spirito begegnet war, und stellte belustigt fest, daß dieser, obwohl er zuerst unwillkürlich die Flucht ergreifen wollte, ihn diesmal mit so ausgesuchter Höflichkeit begrüßte, daß es fast schon einer Beleidigung gleichkam.

»So trifft man sich wieder«, sagte Fra Mario gutgelaunt. »Falls mich nicht alles täuscht, dann ist Euer Freund dort der Leiter des neuen Fondaco hier in Florenz. Arbeitet Ihr für ihn? Ich hätte Euch eigentlich für einen Studenten gehalten.«

Richard war entschlossen, sich diesmal nicht aus der Ruhe bringen zu lassen. Pure Höflichkeit war wohl das beste, um den unerwünschten Mönch loszuwerden.

»Ich bin Kaufmann... Das heißt, ich werde dazu ausgebildet.«

Mario musterte ihn. »Lesen alle deutschen Kaufleute Abhandlungen über Theologie und, hm, Schwarze Magie?«

Er war angenehm überrascht, als der Deutsche schlagfertig versetzte: »Kaum. Das liegt daran, daß die Bücher nie zur Verfügung stehen, warum, weiß ich auch nicht. Viele müssen sich auf ›Il Milione‹ beschränken.«

Mario deutete mit der Hand einen Treffer an. »Gut. Kommt mit mir, ich glaube, da ist jemand, den Ihr gerne kennenlernen würdet... kein Mönch, wie ich Euch versichern möchte.«

Halb widerwillig, halb neugierig folgte ihm Richard. Dieser Speisesaal, ein großer, angenehm kühler Raum, erinnerte ihn mit seiner vergoldeten Wandtäfelung an das Kontor in Augsburg. Nur mit dem Unterschied, daß hier niemand von seiner Umgebung beeindruckt war. Alle schienen sich untereinander zu kennen, aßen, tranken, redeten und streiften so selbstverständlich umher, als sei dies ihr Zuhause. Mit einem Seitenblick konnte er beobachten, wie sich Eberding zu dem ebenfalls anwesenden Messer Ridolfi setzte.

Dann standen sie vor einem gutaussehenden, hellhaarigen

jungen Mann, und Fra Mario sagte mit der größten Selbstverständlichkeit: »Nun, das ist unser verehrter Pico della Mirandola. Pico, hier bringe ich dir einen wißbegierigen Tedesco, der zur Zeit die Bibliothek von Santo Spirito heimsucht. Euer Name, mein Freund?«

Richards Gedanken wirbelten durcheinander. *Das* war Pico? Dieser Jüngling? Er war so sehr auf einen würdigen Herrn in der Art Konrad Pantingers gefaßt gewesen, daß er einen Augenblick lang vergaß, daß er einem lange gesuchten Idol gegenüberstand. »Riccardo Artzt«, sagte er mechanisch.

»Ihr blickt drein, als stünde die Medusa vor Euch«, meinte Pico lächelnd.

»Verzeiht«, stammelte Richard und versuchte, sich zu sammeln, »es ist nur... Ihr seid noch so jung.«

Pico seufzte. »Ich weiß. Das höre ich, seit ich mit achtzehn begann, an der Universität von Florenz zu lehren.«

Etwas verspätet drang bei Richard die Begeisterung durch. »Ich habe mir schon immer gewünscht, Euch kennenzulernen, Messer«, sagte er atemlos. »Ihr seid der größte Gelehrte des Abendlands!«

Allmählich kam sein alter Drang, Fragen zu stellen, zurück. »Glaubt Ihr wirklich, daß man alle Philosophien und alle Religionen auf eine Urlehre zurückführen kann? Gibt es noch irgendwo Exemplare von Euren neunhundert Thesen? Und wie vereinbart Ihr die Haltung des Islams zur Dreifaltigkeit mit dem Christentum? Wie...«

Pico hob lachend die Hand. »Langsam!« sagte er. »Was meine Thesen betrifft, so darf ich Euch als Exkommunizierter selbstverständlich kein Exemplar übergeben, aber ich begehe keine Sünde, wenn ich Euch sage, daß Fra Mario eines besitzt«, fügte er verschmitzt hinzu. »Und wenn Ihr mit meinen Thesen vertraut seid, ohne daß ich sie Euch aufgedrängt hätte, dann kann man auch ohne weiteres darüber...«

»Pico«, rief ihn eine Stimme aus der Menge der Tafelnden.

»Dieser Bologneser behauptet doch tatsächlich, daß Plato in Cathay gewesen sein muß! Komm her und widersprich ihm, sonst bleibe ich allein auf weiter Flur.«

»Gleich, Marsilio«, sagte della Mirandola und verabschiedete sich von Richard und Fra Mario. Die beiden schauten ihm nach.

»Es sieht so aus, als bliebet Ihr an mir hängen«, sagte Mario ein wenig spöttisch. Richards jahrelange Animosität Mönchen gegenüber war nicht so groß, daß er nicht erkannt hätte, wann er im Unrecht war.

»Ihr habt mir gerade einen sehr großen Gefallen getan«, gab er offen zurück. »Woher wußtet Ihr, daß ich Pico della Mirandola gerne kennenlernen wollte?«

»Ich hatte so eine Ahnung«, antwortete Mario verschmitzt, »aber abgesehen davon wollen das die meisten Besucher in Florenz.«

»Wie kommt es«, fragte Richard, »daß ein Diener Gottes sich mit dem Teufelswerk eines Exkommunizierten belastet?«

»Kein Mensch ist unfehlbar«, entgegnete Mario ruhig, »auch seine Heiligkeit der Papst nicht. Er hat üble Berater, die ihn zu schwerwiegenden Fehlern verleiten, und damit meine ich nicht nur Picos Exkommunikation. Seine erste Bulle, ›Summis desiderantes‹, wurde hier in Florenz sehr schlecht aufgenommen. Mein Prior meint, sie würde den Aberglauben nur fördern, und Angelo Poliziano hat eine äußerst kritische Schrift zu diesem Thema verfaßt.«

Mario verstummte plötzlich und musterte Richard aufmerksam. Hastig sagte Richard ablenkend: »Ich wäre Euch dankbar, Fra Mario, wenn Ihr mir etwas über die Gäste erzählen würdet. Hier könnte die Gelehrsamkeit ganz Italiens versammelt sein, und ich würde sie nicht erkennen!«

Er war erleichtert, als der Augustiner darauf einging und ihm zuallererst die vier Platoniker zeigte, von denen nur die beiden Alten, Marsilio Ficino und Cristoforo Landino, Richards Vorstellung von ehrwürdigen Doctores entsprachen.

»Ficino wurde von Cosimo de'Medici, Lorenzos Großvater, entdeckt und gefördert«, bemerkte Mario. »Er hat sowohl Cosimos Sohn Piero als auch Lorenzo und Giuliano erzogen.«

Von Giuliano hatte Richard gehört. Das war Lorenzos Bruder, der von einer rivalisierenden Familie, den Pazzi, ermordet worden war. Unter den Florentinern, die sie bisher besucht hatten, befand sich kaum einer, der nicht irgendwann traurig geseufzt hatte: »Ah, Giuliano!«

»War Giuliano de'Medici eigentlich auch an der Regierung von Florenz beteiligt?« fragte er. Mario schüttelte den Kopf.

»Nicht wirklich. Giuliano fehlte, was in den großen Familien sehr selten ist, jeglicher politische Ehrgeiz. Er genoß einfach sein Leben, was ihm nicht schwerfiel, denn er sah wirklich aus wie ein junger Gott. Er war der letzte, der hier Turnierkämpfe abhielt, und Florenz liebte ihn sehr, wie einen Märchenhelden, was wahrscheinlich den Volkszorn bei seiner Ermordung erklärt.« Mario deutete auf einen dünnen, verschlossen dreinblickenden Jüngling. »Das ist Giulianos unehelicher Sohn Giulio. Nach Giulianos Ermordung nahm ihn Lorenzo zu sich.«

Mario zeigte ihm nacheinander die einzelnen Mitglieder der Familie Medici. »Das Mädchen dort drüben, das sich mit dem Jungen unterhält, ist Lorenzos einzige noch unverheiratete Tochter, Contessina, nachdem Maddalena im letzten Jahr mit dem Sohn des Papstes verheiratet wurde, um die Beziehungen zwischen Florenz und dem Vatikan zu verbessern.«

»Dem Sohn des Papstes?« wiederholte Richard, weniger verblüfft über die Tatsache an sich als über die Beiläufigkeit, mit der Mario es erwähnte. Er war gewiß der letzte, der Illusionen über die Tugendhaftigkeit gewisser Kirchenfürsten hegte, wenn er auch nie einen kennengelernt hatte, aber der Kardinal von Köln und der Fürstbischof von Bamberg machten sich wenigstens noch die Mühe, von Neffen und Nichten zu reden.

Daß es für die Italiener selbstverständlich war, wenn der höchste Priester der Kirche Nachkommen hatte, war ihm neu. Er überlegte, ob diese Unverfrorenheit, das Kind im doppelten Sinn des Wortes beim Namen zu nennen, nun größere Ehrlichkeit oder größere Korruption bewies. Doch diesem Mönch gegenüber wollte er sich keine Irritation anmerken lassen. Er nahm eine der Kirschen, die auf silbernen Schalen angeboten wurden, und hörte Fra Mario weiter zu. Inzwischen war es ihm nämlich in den Sinn gekommen, daß es nützlich sein könnte, sich mit dem Priester einigermaßen gut zu stellen. Denn wenn Fra Mario Zugang zu Picos verbotenen Schriften hatte, dann vielleicht auch zu anderen?

»Woher kennt Ihr eigentlich die einzelnen Medici so genau?« erkundigte er sich. Mario griff ebenfalls zu den Kirschen.

»Aber jeder in Florenz kennt die Medici«, entgegnete er leicht verwundert. »Im übrigen bin ich, wie Ihr gesehen habt, mit Pico befreundet – obwohl es ehrlich gesagt kaum einen Florentiner gibt, der das nicht ist.«

»Und der Mann, mit dem Lorenzo de'Medici da spricht, ist das auch ein Familienmitglied oder ein Gelehrter?«

Der Augustiner schüttelte den Kopf. »Nein, das ist Tommaso Soderini, ein Mitglied der Signoria. Il Magnifico bemüht sich, mit jedem seiner Gäste zu reden ... Nun ja, mit fast jedem.«

Sie saßen in Hörweite, und Richard fiel einmal mehr die Selbstverständlichkeit auf, mit der alle Gesprächspartner, sogar sehr junge, die kaum älter waren als er selbst, den legendären Medici beim Vornamen nannten oder auch gelegentlich »Magnifico«. Sicher, im Hause Fugger sprach man auch vom König als »Maximilian« oder »Max«, doch selbst Jakob wäre es nie in den Sinn gekommen, ihn anders als mit »Euer Majestät« anzureden.

Mario wies ihn auf den kleinen, einem Gnom gleichenden Bildhauer Bertoldo hin, der den »Garten der Medici«, die von Lorenzo gegründete Schule für Bildhauer, leitete. Die Unterhaltung wandte sich den antiken Statuen zu, die man kürzlich bei Ausgrabungen gefunden hatte, und Richard entdeckte zu seiner Überraschung, daß ihm die Gesellschaft Fra Marios durchaus angenehm war. Der Mönch teilte viele seiner eigenen Interessen, und bald diskutierten sie lebhaft über Ficinos These der absoluten Harmonie zwischen Körper und Geist.

Das ging so lange gut, bis Mario mit einer Grimasse sagte: »Bei dem ewigen ›Padre‹ komme ich mir so alt vor wie der Heilige Vater persönlich. Warum nennt Ihr mich nicht Mario, Riccardo?«

Mit einem Schlag wurde Richard wieder nüchtern. Was tat er da eigentlich? Eine zweckdienliche Bekanntschaft war alles, was er im Sinn gehabt hatte. Ganz gewiß kein Freundschaftsangebot. Es war nicht zu fassen – er hatte sich fast von diesem Priester einlullen lassen. Höflich, aber sehr distanziert antwortete er: »Das wäre Eurem geistlichen Stand gegenüber respektlos, oder?«

Mario betrachtete ihn schweigend, ohne etwas zu erwidern. Die Stille schien sich endlos hinzuziehen, und Richard hörte über das Stimmengewirr hinweg, wie einige der Gäste in den Gesang der Musikanten mit einstimmten:

Die Zeit, den Ort, wozu sie singen?
Wo solche Sonne glänzt, ist immer Helligkeit.
Bei dieser schönen Frau, da ist das Paradies...

Endlich fragte der Mönch leise: »Was hat die Kirche Euch angetan, Riccardo?«

Richard war jenseits aller Zornesausbrüche in seiner sicheren, einsamen Gedankenwelt, die er sich geschaffen hatte. Er hob unverbindlich die Schultern.

»Was soll sie mir angetan haben? Ihr Florentiner habt einen Hang zu Übertreibung. Ich bringe unserer Mutter Kirche die größte Bewunderung entgegen. Nur bin ich es nicht gewohnt, ihre Vertreter anders als mit Ehrfurcht zu behandeln.«

Mario Volterra glaubte ihm kein Wort. Er hatte von Anfang an etwas in dem jungen Tedesco gespürt, das ihn irritierte, und dem wollte er auf den Grund gehen. Er hätte jetzt mit einem Satz wie »In Santo Spirito wart Ihr nicht übertrieben ehrfurchtsvoll« dem Gespräch wieder eine leichtherzige Wendung geben können. Statt dessen sagte er nichts und setzte sein Schweigen, wie er es öfter tat, als wirkungsvolle Waffe ein. Die leichte Melodie des Liedes gab einen merkwürdigen Hintergrund zu dem stummen Duell ab.

Frisches, purpurn schimmerndes Veilchen,
Das die weiße Hand pflückt...

»Was singen die da eigentlich?« fragte Richard schließlich, um die Unterhaltung wieder in Gang zu bringen und seine völlige Gleichgültigkeit gegenüber dem vorher Gesagten – und noch mehr dem Ungesagten – zu demonstrieren.

»Eine von Lorenzos Balladen«, erwiderte Mario und hob die tintenschwarzen Augenbrauen. »Aber das war eben eine von Ciceros Lieblingsmethoden. Ihr lenkt ab, Riccardo.«

»Balladen schreibt er auch?« fragte Richard, ohne auf die letzte Bemerkung einzugehen.

»Sonette, Balladen, Episches und *canzoni a ballo*, Karnevalslieder. Neulich hat er mit Poliziano zusammen ein ganzes Buch mit Liedern veröffentlicht.«

Richard gab vor, sich den eben aufgetragenen Krammetvögeln zu widmen, doch die nächste Frage, die er stellte, kam aus echtem Interesse. »Und wie macht er das – woher nimmt er die Zeit, meine ich? Er hat doch immerhin eine Bank und eure ganze Stadt am Hals.« Richard dachte an den arbeitsbesessenen Jakob, der die ganze Woche in seinem Kontor verbrachte – was auch für Ulrich zutraf, obwohl dieser weit weniger zu tun hatte. In den tiefblauen Augen des Priesters funkelte von neuem Heiterkeit.

»Ach, ihr Tedeschi mit eurer gewissenhaften, starren Einstellung zur Zeit! Wie es der Bank geht, weiß ich nicht, aber in Florenz hat sich noch niemand über zu wenig Regierung beklagt – eher umgekehrt.«

Er deutete auf einen der Männer, der heftig auf Lorenzo einredete. »Seht Euch nur Giovanni Orlandini an; er gehört zu den Vertretern des Viertels Santa Croce im Rat der Siebzig.«

Der Volksvertreter machte sich keineswegs die Mühe, seine Stimme zu dämpfen. »Trotzdem finde ich, Florenz sollte die Rebellion gegen Ferrante von Neapel unterstützen. Er ist ein grausamer Tyrann, und wir sind eine Republik.«

»Gewiß«, erwiderte Il Magnifico mit der Höflichkeit, die ihn nie im Stich ließ und der er einen großen Teil seines Erfolges verdankte. »Ihr habt vollkommen recht, was die Grausamkeit Ferrantes betrifft, Giovanni. Nur haben wir nun einmal ein Bündnis mit ihm«, er hob die Hand, um stürmische Proteste abzuwehren, »ich weiß, er bricht ebenfalls Verträge, wenn es ihm paßt. In unserem Fall hat er es aber noch nicht getan. Und habt Ihr schon einmal überlegt, was eine erfolgreiche Rebellion bedeuten würde?«

»Das Ende eines Tyrannen«, entgegnete Orlandini hitzig. Lorenzo schüttelte den Kopf. »Nein – Krieg und fremde Fürsten in Italien.« Die Umsitzenden starrten ihn verblüfft an. »Wie das?« fragte Orlandini irritiert.

»Ein Gelingen der Rebellion wäre schon ohne äußere Einflußnahme sehr zweifelhaft. Der Aufstand währt nun schon einen Monat, und Ferrante sitzt noch immer fest auf seinem Thron. Die Rebellen haben also nicht einmal mehr den Vorteil des Überraschungsangriffs. Angenommen, sie bekommen nun Unterstützung oder es gelingt ihnen auf sonst irgendeine Weise, Ferrante in ernste Bedrängnis zu bringen, dann wird Lodovico von Mailand sich nur zu gern auf den schwankenden Turm stürzen und sich, was er sonst nicht wagen würde, mit den Rebellen verbünden. Lodovico ist seinerseits durch Heirat mit dem deutschen König verwandt, der seit langem der Feind des französischen Königs ist. Wir alle wissen, daß die Franzosen schon immer ein Auge auf

Italien geworfen haben, und sie vergessen nicht, wie ihr Charles von Anjou vor zweihundert Jahren Sizilien erobert hat. Dem jetzigen Charles von Frankreich sähe es nur zu ähnlich, Ferrante gegen eine vereinigte Front von Rebellen, Mailand und vielleicht noch dem deutschen König Maximilian zu Hilfe zu kommen, ihn anschließend mit Verträgen zu binden und schließlich, wenn Ferrante genügend geschwächt ist, selbst Anspruch auf Neapel zu erheben. Und dann tritt bestimmt der Habsburger auf den Plan, an der Seite des Mailänders. Womit wir einen Krieg nicht nur der Stadtstaaten untereinander, sondern auch noch des französischen gegen den deutschen König hätten.«

»*Basta*«, ächzte Soderini. »Das ist zu hoch für mich!« Orlandini dagegen fragte stirnrunzelnd: »Aber wie könnt Ihr sicher sein, daß es so kommt, Lorenzo?«

Il Magnifico fragte mit einem leichten Lächeln zurück: »Würde einer von euch die Gefahr eingehen wollen, noch einmal die Tedeschi oder die Franzosen im Land zu haben?«

Richard bemerkte, daß er immer noch ziemlich ziellos seine Gabel in der Hand hielt. Er war zu gefangengenommen gewesen, um darauf zu achten. Es war in der Stadt zwar schon bekannt, daß Lorenzo entschieden hatte, die neapolitanischen Rebellen nicht zu unterstützen, doch die Gründe und Perspektiven, die hier in einer Unterhaltung dargelegt wurden ... Jakob würde das mehr als interessieren. Aber wie konnte das alles nur so offen besprochen werden?

»Fürchtet die, nun ja, Regierung hier keine Spione?« fragte er Fra Mario und empfand gleichzeitig Genugtuung darüber, die Frage nach seiner Haltung gegenüber der Kirche endgültig umgangen zu haben. »Es könnten doch Neapolitaner oder Anhänger des Franzosenkönigs hier an der Tafel sitzen.«

Der Mönch zuckte die Achseln. »Ganz gewiß tun sie das. Doch worüber hier geredet wird, ist kein eigentliches Geheimnis. Lorenzo würde es nie einfallen, geheime Beschlüsse hier auszubreiten, doch über Politik zu diskutieren, ist unter anderem ein hervorragendes Mittel, um herauszubekommen, was die Leute denken, die ihre Zunge weniger im Zaum halten – besonders in der zwanglosen Atmosphäre eines Mahls. Gespräche«, fügte er hinzu und verschränkte die Arme in einer leicht überlegenen Pose, »kann man gut in eine gewünschte Richtung steuern, nicht wahr, Riccardo?«

Richard wußte zum ersten Mal an diesem Abend nicht, was er sagen sollte, und war sich nicht sicher, ob er Belustigung oder Ärger empfand. Doch ein rettender Engel in der Person von Anton Eberding kam ihm unerwartet zu Hilfe. Mit einer Stimme, deren Empörung nur mühsam gedämpft war, machte sich der Augsburger bemerkbar.

»Wie wäre es«, fragte Anton Eberding unheilverkündend, »wenn Ihr Euch endlich dazu entschließen wolltet, zu bemerken, daß wir nur auf Euch warten, um aufzubrechen, Richard?«

Richard erhob sich zur Überraschung Eberdings sofort. »Lebt wohl... Padre.«

Der junge Priester nickte. »Bis bald... mein Sohn.«

20

EBERDING WAR IN DEN nächsten Tagen mehr als ungnädig gestimmt. Er hatte angeordnet, daß seine Gehilfen dicht bei ihm blieben, und Richards Eigenbrötelei faßte er als bewußte Provokation auf.

Eigentlich hatte Eberding geplant, Richard wegen seiner guten Sprachkenntnisse bei den täglichen Geschäften und Verhandlungen mit den Tuchhändlern einzusetzen; außerdem war er in Augsburg angewiesen worden, Richards Wissen über die Goldschmiedekunst entsprechend zu nutzen. Doch um Richard nun etwas, wie Eberding bei sich dachte, die Zügel anzulegen, beschäftigte er ihn in erster Linie im Kontor, ließ ihn Briefe schreiben, Buch führen und Rechnungen ausstellen, bis die ersten Schreiben von Jakob Fugger eintrafen. Erst daraufhin gab Eberding Richard in einem Ton nachsichtiger Großmut die Anweisung, sich nun etwas mehr der Organisation des Goldschmuck- und Juwelenhandels zu widmen.

Richard bedankte sich und sagte nichts weiter dazu, obwohl er sich denken konnte, woher Eberdings Sinneswandel rührte. Auch er hatte einen Brief von Jakob bekommen, und er nützte seine erste freie Stunde, um sich in seine Kammer zurückzuziehen und das Schreiben zu entschlüsseln.

Auf dem Bogen, der über und über mit Jakobs geschwungener, klarer Handschrift überzogen war, stand in der linken Ecke eine kleine Ziffer. Richard rechnete rasch nach. Auf der Liste, die er zuletzt in der goldenen Stube gesehen und auswendig gelernt hatte, stand die Sechs für den heiligen Augustinus. Sie verriet ihm außerdem die Sprache, in die er das Ganze übersetzen mußte, um die richtige Wortanzahl und

Reihenfolge für die weitere Entzifferung zu bekommen. In diesem Fall handelte es sich um Latein, was ihm keine weitere Mühe bereitete. Insgeheim mußte er lächeln. Richard hielt es für keinen Zufall, daß Jakob als Schlüssel für diesen ersten Brief ausgerechnet den streitsüchtigen Aurelius Augustinus gewählt hatte. Das Lächeln wurde, während er sich hastig die Übersetzung notierte, zu einem breiten Grinsen. Verschlüsselt begann der Brief nach der Grußformel:

»Augsburger Zünfte schätzen Zölle, die man ständig beachten muß, deswegen so sehr, weil sie selbst davon Gewinn haben. Daß die Calimala in Florenz, die darunter leiden, besonders seit Genua die Zölle erhöht hat, die Angelegenheit anders sehen, wundert mich nicht; aber was soll man machen? Doch nun zu Dir. Bei neuen Bekanntschaften sieh nach ihrer Herkunft, frage nach ihrer Familie; ich möchte nicht, daß du dich mit übler Gesellschaft einläßt. Vermeide Du, zu spielen; wenn, nimm keine Karten – sie sind ein welsches Übel und das Unglück vieler junger Männer. Du gehst nicht zur Universität, sondern bitte zur Messe, und das jeden Tag, dort hörst du alles, was ein junger Mann zu wissen braucht, der Rest ist des Teufels. Glaube mir, die Universitäten scheinen mir wahrlich unsere Köpfe mit unnützem oder gefährlichem Zeug füllen zu wollen. Wie viele Jünglinge irren, wie viele nennen veraltet, was doch nur wahres Christentum ist...«

Nun machte sich Richard an den zweiten Teil der Entschlüsselung. Den Namenstag des heiligen Augustinus feierte die Kirche am achtundzwanzigsten August. Davon zog er drei Tage ab, eine geheime Absprache zwischen ihm und Jakob, von dem der Eberding, der, wie nun alle wichtigeren Angestellten der Fugger in Italien, bei seinen eigenen Briefen eine ähnliche Verschlüsselung anwandte, nichts wußte, und gelangte so auf den fünfundzwanzigsten August. Zweifünf-acht, dachte Richard, umgekehrt anzuwenden: achtfünf-zwei. Er unterstrich bei allen Sätzen außer der kurzen, nur aus vier Worten bestehenden Überleitung, jedes achte, fünfte und zweite Wort und schrieb sie in dieser Reihenfolge nieder. Anschließend las sich der Briefanfang so:

»Beachte« – Richard ersetzte das in Gedanken durch »Beobachte«, was im Lateinischen die gleiche Bedeutung haben konnte – »die Zünfte, besonders die Calimala. Frage nach neuen Karten, wenn Du zur Universität gehst. Unsere erscheinen mir veraltet. Wie viele...«

Er entschlüsselte zuerst stockend, dann immer schneller und flüssiger. Als er am Ende der zweiten Seite angelangt war, schloß er einen Augenblick lang die Augen, um sich den Inhalt nochmals einzuprägen. Dann hielt er Jakobs Brief und seine eigenen Notizen über die winzige Flamme einer Kerze und beobachtete, wie sich das Pergament erst bräunlich färbte und dann immer mehr zusammenzog, um schließlich in Asche überzugehen.

Märkte, Vorzimmer und Schenken waren in allen Ländern und zu allen Zeiten ein hervorragender Ort für Neuigkeiten und Gerüchte, und Richard brauchte nicht lange, um die beliebtesten Wirtshäuser ausfindig zu machen. Gerne wäre er ab und zu gemeinsam mit den anderen Gehilfen aus dem Fondaco losgezogen. Doch der Zusammenhalt, der auf der Reise entstanden war, bröckelte nun. Es gab vieles an Richard, das die anderen störte. Er war mit den Fuggern verwandt und mit Abstand der Jüngste; außerdem zog er offensichtlich Universitäten und Bibliotheken dem guten Wein und Frauengesellschaft vor.

Richard versetzte die vorsichtige, teilweise gar mißtrauische Zurückhaltung der anderen einen Stich, doch er unternahm keinen Versuch, etwas an der Situation zu ändern. Seine Aufgaben im Fondaco beschäftigten ihn voll und ganz, so daß es ihm entgegenkam, nicht darüber hinaus noch den frohgemuten Gesellschafter spielen zu müssen. Dennoch war er sich nicht ganz sicher, ob es nur das Sammeln von Informationen war, das ihn immer öfter in die belebten Handelshöfe und Tavernen von Florenz trieb.

Aufgrund seiner dunklen Haare und Augen fiel Richard nicht auf den ersten Blick als Fremder auf, und er bemühte sich ständig, seine Aussprache zu verbessern. Die Wirte fanden nichts weiter an dem schweigsamen jungen Mann, der nie sehr viel trank, stets gut zahlte und in der Regel nur aufmerksam zuhörte. Doch obwohl Richard hin und wieder auf wichtige Gesprächsfetzen stieß, wurde ihm schnell bewußt, daß sein Zeitaufwand in keinem sinnvollen Verhältnis zu den Ergebnissen stand. Er mußte systematischer vorgehen.

Außerdem lag sein letzter Besuch in einer Bibliothek inzwischen auch schon Wochen zurück, und wenn er mit seiner Suche nach den Ursprüngen des Hexenglaubens weiterkommen wollte, konnte er es sich nicht leisten, endlos in den Schenken herumzusitzen und ziellos über die Märkte zu ziehen. Am redseligsten würden die Meister, Gesellen und Lehrlinge der Zünfte wohl sein, wenn der Wein ihre Zunge löste und sie sich nur untereinander wähnten. Jetzt, da die sommerlichen Tage immer heißer und länger wurden, war die Zeit der Zunftfeste gekommen, und Richard beschloß, dort sein Glück zu versuchen.

Es war ihm schon länger aufgefallen, daß die Frauen, die in den Schenken bedienten, kein sehr beneidenswertes Leben führten. Von Wirt und Gästen gleichermaßen angebrüllt, schienen die Hübscheren unter ihnen Freiwild für viele zu sein, wenn auch die Jüngeren häufig nicht abgeneigt waren, sich ihren Lohn auf diese Weise ein wenig aufzubessern. Richard vermutete, daß einige der Älteren oder Häßlichen gewiß jede Gelegenheit ergreifen würden, auf andere Weise zu Geld zu kommen. Er war überrascht, den Leiter des Fondaco ohne große Überredungskünste für seinen Plan gewinnen zu können.

»Ich nehme an, das gehört zu Euren ›weiteren Pflichten‹, von denen Herr Fugger in Augsburg sprach. Schön, Ihr bekommt das Geld, aber ich erwarte eine monatliche Aufstellung, aus der genau hervorgeht, welche Ausgaben Ihr wofür getätigt habt – und damit das klar ist, für Unterschlagungen habe ich kein Verständnis!« schloß Eberding in seinem gewohnt knurrigen Ton Richard gegenüber.

Er hatte es sich nicht verkneifen können, den an Richard gerichteten Brief zu öffnen und zu lesen, hatte auch die Sechs als Symbol für den heiligen Augustinus identifiziert, doch da ihm der letzte Schlüssel fehlte, hatte er damit nichts weiter anfangen können, und das löste in Eberding eine gewisse eifersüchtige Gereiztheit aus, deren er sich im Grunde schämte.

Mit einer gefüllten Börse machte sich Richard auf den Weg zu den in Frage kommenden Schenken, wo ihn die Wirte inzwischen kannten und kaum mehr als Fremden wahrnahmen. Das Mädchen, das ihn im »Lachenden Bacchus« bediente, hatte er für seinen ersten Versuch auserkoren. Sie war nicht hübsch, wurde ständig herumgestoßen und strahlte die entsprechende Verbitterung aus.

Sie stellte den Most, nach dem er gerufen hatte, so heftig vor ihm ab, daß ein wenig auf Richards Wams schwappte. Ärgerlich biß sie sich auf die Lippen und murmelte eine Entschuldigung, wobei sie einen ängstlichen Blick in die Richtung des Wirtes warf.

»Das macht nichts«, beschwichtigte Richard, »bei dieser Hitze ist es sogar eine Wohltat. Gibt es heute abend etwas, das du mir empfehlen kannst?«

Er fragte sie das jedesmal, wenn er diese Taverne besuchte, meistens mit einem kleinen Scherz verbunden, und so fügte er auch heute hinzu: »Etwas, was mich nicht gleich wieder so durstig macht, daß ich hinterher euren ganzen Weinvorrat leere.«

Das Mädchen entspannte sich etwas und gab zurück: »Wir haben heute Kapaune vom Ponte Vecchio bekommen, und die Tagliatelle sind auch sehr gut.«

»Tagliatelle«, entschied Richard, denn die Teigwarengerichte, die er erst hier kennen- und liebengelernt hatte, erweckten immer wieder die Neugier seiner Zunge. Bis das

Mädchen mit dem Teller zurückkam, hatte er sich die Worte zurechtgelegt, mit denen er sein Anliegen zur Sprache bringen wollte.

»Weißt du, ich sitze hier eigentlich immer ziemlich allein«, begann er. Das Mädchen machte ein einigermaßen verblüfftes Gesicht und erwiderte mit jäh erwachendem Mißtrauen: »Das hat Euch doch bisher nicht gestört!«

»Nein, nein«, sagte Richard hastig, »es ist nur... Ich würde gerne wieder einmal an einem Fest teilnehmen, unter Leute kommen, lustig sein. Hier findet doch bald das Zunftfest der Calimala statt, nicht wahr?«

Die Miene des Mädchens veränderte sich abrupt und ebenso ihr Ton gegenüber Richard.

»Ich bin nicht dumm«, entgegnete sie scharf. »Feste gibt's in Florenz genügend. Sagt schon, was Ihr wollt und sagt's schnell, weil ich hier nämlich arbeiten muß!«

Enttäuscht mußte sich Richard eingestehen, daß er die subtileren Methoden der Bestechung noch nicht gut beherrschte. Oder lag es an dem Mädchen? Er entschied sich, nunmehr den direkten Weg zu gehen und nahm langsam zwei Silberstücke aus seiner Börse, hielt sie aber so, daß nur das Mädchen sie sehen konnte.

»Die hier jetzt und doppelt soviel später, wenn du mir sagst, wann in diesem Sommer das Zunftfest der Calimala stattfindet, und mir an dem Abend einen Platz hier verschaffst!«

Damit hatte er sein Angebot gemacht und fühlte sich mit einem Mal merkwürdig verwundbar. Gespannt wartete er auf ihre Reaktion. Das Mädchen faßte unbewußt mit der freien Hand nach ihrem strähnigen, geflochtenen braunen Zopf und begann ihn zu drehen.

»Gebt mir zuerst das Geld, dann verrate ich's Euch!« verlangte sie plötzlich mit einer überraschend sicheren Stimme. Richard schüttelte den Kopf.

»Woher weiß ich, daß ich dir trauen kann?«

»Jetzt hört mir mal zu, Ihr... Ihr Hahn ohne Kamm«,

zischte das Mädchen. »Der Teufel ist los für mich bei der Gildenaufsicht, wenn ich Euch so was erzähle, und *er*«, mit dem Kinn wies sie in Richtung des Wirts, »wirft mich sofort raus, das kann ich Euch sagen. Ihr wollt mir nicht trauen? Heilige Jungfrau, woher soll ich wissen, daß ich Euch trauen kann!«

Beide schwiegen sie einen Moment, während Richard im Geiste einen wegen der Verschwendung erbosten Eberding und eine vor den Kopf gestoßene Zunft gegen die Möglichkeit des Erfolges abwog. Gerade als er sich entschieden hatte, das Risiko einzugehen, sagte das Mädchen, indem es sich mit einem Ruck freimachte:

»Ich weiß, wie wir's machen. Ihr gebt mir eine davon«, sie deutete auf die zwei Silbermünzen in seiner Hand, »und ich erzähl Euch was über die Calimala, was Wichtiges. Und wenn Ihr damit zufrieden seid, dann gebt Ihr mir noch eine Münze, und ich sag Euch, wann sie feiern, abgemacht?«

Richard überlegte kurz, dann schob er ihr eine der Münzen unter dem Tisch zu. So geschwind, daß es der Wirt nicht sehen konnte, schnappte das Mädchen danach und ließ sie in ihrer Schürze verschwinden. Dann nahm sie den Krug auf, den sie zusammen mit den Tagliatelle auf den Tisch gestellt hatte, und beugte sich zu ihm herunter, als wolle sie seinen Becher nachfüllen.

»*Er*«, begann sie, und Richard verstand, daß sie den Wirt meinte, »hat heute den ganzen Morgen mit seinem Sohn gestritten, weil Marcello nach Paris will, mit Messer Ricci. Sie haben beide so geschrien, daß man's im ganzen Haus hören konnte. Marcello sagt, Messer Ricci hat eine so hohe Position bei den Calimala, und sein Angebot ist einfach zu gut zum Ablehnen. Und der Alte schreit dann dagegen, Ricci hat viel Geld versprochen, aber wo bleiben die Garantien, und was ist das überhaupt für eine seltsame Unternehmung von den Calimala, wenn kein öffentlicher Vertrag bei den Gilden unterzeichnet werden soll.«

Richard versuchte, sich seine Aufregung nicht anmerken

zu lassen. Unternehmungen der Calimala in Frankreich? Sollten derartige Dinge nicht über den Fondaco laufen? War das vielleicht der Grund, warum Messer Ridolfi immer noch nicht mit den Konzessionen für Purpur herausrückte, weil er ein besseres französisches Angebot hatte? Es läge auf der Hand, Meister Eberding einen Hinweis zu geben, aber ihm klangen noch die ständigen Zurechtweisungen im Ohr, und es könnte nicht schaden, dachte Richard ein wenig maliziös, wenn man dem guten Eberding über Augsburg bewiese, daß man seinen Lohn auch verdiente.

»Weiter«, sagte er so gelassen, wie seine siebzehn Jahre es ihm ermöglichten, während in ihm die Freude des Jägers brannte, der eine Fährte aufgespürt hatte. Die Magd zuckte mit den Achseln.

»Nichts weiter. *Er* hat Marcello geprügelt, bis ihm der Arm weich wurde, und damit hat sich's.«

In ihren Augen glomm für einen Moment unverhüllter Haß, und sie legte unbewußt eine Hand auf ihre Wange. Jetzt fiel Richard auf, was er vorher nicht erkannt hatte; der dunkle Fleck, der wieder sichtbar wurde, als sie die Hand sinken ließ, war nicht Schmutz, wie er ursprünglich angenommen hatte, und jetzt bemerkte er eine Menge solcher Flecken auf ihren Armen.

»Er schlägt dich auch, nicht wahr?« fragte er leise.

Sie verschränkte die dünnen Arme ineinander, als wolle sie sich schützen, und erwiderte wütend: »Das geht Euch nichts an! Wollt Ihr jetzt wissen, wann das Zunftfest ist oder nicht?«

Statt einer Antwort legte Richard zwei weitere Münzen auf den Tisch, doch während sie danach griff, sagte er impulsiv: »Ich könnte dir eine andere Stelle vermitteln, weißt du.«

Im Fondaco würde sich gewiß irgend etwas finden, da war er sicher. Das Mädchen schaute ihn mit einem Ausdruck aufrichtiger Überraschung nachdenklich an, dann verzog sie den Mund zu einem winzigen Lächeln.

»Das ist nett von Euch. Aber das braucht es jetzt nicht

mehr. Ich habe jetzt nämlich Freunde, mächtige Freunde, und die werden dafür sorgen, daß *ihm* noch der Tag leid tut, an dem er zur Welt gekommen ist!«

In einem Ausbruch haßerfüllter Bösartigkeit fügte sie hinzu: »Und ich will dabei sein, wenn ihn der Teufel holt!«

Diesmal war es an Richard, zusammenzuzucken. Es war möglich, daß sie die Redewendungen nur gebrauchte, um dem Haß eines getretenen Hundes Ausdruck zu geben, den man einmal zu oft geprügelt hatte. Vielleicht handelte es sich auch nur um einen Wunschtraum. Aber was, wenn sie wirklich meinte, was sie da sagte, was, wenn er hier zufällig auf die Spur von Leuten gestoßen war, die sich als Hexen und Zauberer ausgaben, wie die seltsame weißhaarige Frau in Augsburg, zu der ihn Barbara geführt hatte!

Doch noch war es zu früh, um mit dem Mädchen auch über diese Dinge zu reden. Er hätte sie verscheucht. Also fragte er statt dessen sachlich: »Nun, wann findet das Zunftessen statt?«

»In zwei Wochen, am Dienstag.«

Sie teilte ihm noch flüsternd mit, um welche Zeit er kommen solle, dann verschwand sie im Gedränge der sich mehr und mehr füllenden Schenke. Richard blieb grübelnd zurück. Die Nachricht über die Calimala war es wert, nach Augsburg übermittelt zu werden, doch sollte er damit nicht warten, bis er mehr Informationen hatte? Und wie konnte er dem Mädchen gegenüber die Hexerei zur Sprache bringen?

Endlich entschied er sich, heute nicht mehr sein Glück mit derartigen Bestechungen zu versuchen, und gab statt dessen endlich dem Wunsch nach, wieder die riesige Bibliothek von Santo Spirito zu besuchen. Er hatte das Gefühl, es sich verdient zu haben.

In der Bibliothek waren nur noch wenige Besucher, und die kühlen, weiten Räume übten wieder ihren beklemmenden Zauber auf Richard aus. Er fragte leise nach dem Dante-Kommentar von Cristoforo Landino.

Der Mönch zog die Stirn in bekümmerte Falten. »Es tut mir leid, aber Fra Mario . . .«

» . . . liest ihn gerade. Er ist ein schneller Leser«, vollendete Richard. Er machte sich auf die Suche nach dem jungen Mönch und fand ihn schließlich.

»Ich dachte, Ihr wäret bei Eurer Polo-Übersetzung!«

Fra Mario drehte sich um. »Aber das bin ich«, entgegnete er mit gespielter Entrüstung. »Wißt Ihr nicht, daß Dante für uns alle, die wir in der Volgare schreiben wollen, ein unentbehrliches Vorbild ist?«

Auf seinem Pult lagen tatsächlich noch einige andere Bücher und mehrere Blätter, auf denen in einer feinen, langgezogenen Schrift Notizen gemacht waren. Mario klopfte mit dem Zeigefinger auf eines der Bücher.

»Bitte, mein bretonischer Polo! Aber Ihr, Riccardo, was ist mit Euch? Ich dachte eigentlich, ich würde Euch öfter in der Bibliothek zu sehen bekommen. Ihr seid sehr nachlässig für einen Studenten . . . oder seid Ihr mir in den letzten Wochen ausgewichen?«

»Eitelkeit ist eine der sieben Todsünden, Fra Mario«, gab Richard liebenswürdig zurück. »Meine Abwesenheit hatte mit Euch nicht das geringste zu tun. Ich sagte Euch doch, ich bin kein Student, ich bin Kaufmann, und Kaufleute sind gelegentlich beschäftigt . . . wie Ihr vielleicht gehört habt.«

Mario begann, unter seinem Pult nach etwas zu suchen und murmelte beiläufig: »Aber Ihr seid nicht gerne Kaufmann? Ihr wärt lieber als Student hier?«

Richard lag ein »Nein« auf der Zunge, nur um des Widerspruchs willen, doch er besann sich eines Besseren. Er überlegte und erwiderte: »Ja und nein. Es war einmal mein Traum, in diesem Land zu studieren, und das ist nicht mehr möglich. Andererseits hätte ich als Student vielleicht gar nicht die Mittel gehabt, hierher zu kommen, und dann habe ich in den Kontoren und Geschäften mehr Geheimnisse und Aufregungen gefunden, als ich je . . .« Er hielt inne. »Ich bin zufrieden«, schloß er brüsk und fragte sich, warum um alles in der Welt er dem unangenehm hellsichtigen Mario soviel erzählt hatte.

Dieser war inzwischen fündig geworden. »Ah, hier ist es. Nun, Riccardo, ich denke, dies hier wird Euch entschädigen, während ich den Landino beende.«

Richard öffnete den umfangreichen Band. Er war, wie er mit Kenneraugen feststellte, in Kalbsleder gebunden, gewiß ein sehr wertvolles Buch. Doch als sein Blick auf das Titelblatt fiel, spürte er, wie Erregung in seinem Blut pulsierte. Es handelte sich um Pico della Mirandolas »De concordia«. Er sah auf.

»Danke«, sagte er aufrichtig zu Mario. Er wußte, was für ein Risiko es war, das Werk eines Exkommunizierten zu besitzen, aber es nun gar in einem Kloster weiterzugeben...

Mario lächelte. »Ich sehe Euch dann... mein Sohn.« Er vertiefte sich wieder in seinen Dante-Kommentar, während Richard sich ein eigenes Pult suchte. Es war Richard lästig, jemandem verpflichtet zu sein, doch die Aussicht darauf, »De concordia« lesen zu können, verdrängte sogar den Gedanken an die Calimala und die Möglichkeit, hier schon wieder Menschen gefunden zu haben, die zu ihrem eigenen Schaden und dem vieler anderer einen Aberglauben praktizierten. Er merkte kaum, wie die Zeit verflog. Nur einmal unterbrach er seine Lektüre, um sich von dem Bruder Bibliothekar ebenfalls Schreibwerkzeug zu holen. Er hätte am liebsten das ganze Buch kopiert, doch da dies unmöglich war, konnte er nur Ausschnitte aus Picos Gedankenwelt dem Papier anvertrauen.

»Körper und Geist stehen in vollkommenem Einklang miteinander, beide sind gut, beide sind schön«, notierte Richard. »Die Seele ist der Wendepunkt des Alls, das Tor, durch das von oben das Licht, die Schönheit und die Liebe in die Materie einfließen können. Freiheit des Menschen heißt, sich für die Öffnung nach oben zu entscheiden. Der aufs Irdische gerichtete Mensch liebt Gott in den Dingen. Der ungewandte Mensch liebt die Dinge, wie sie in Gott sind. Schönheit ist gut, denn sie ist Gottes Schöpfung, und Gott ist gut, denn er hat die Schönheit erschaffen.«

Schließlich räusperte sich leise jemand neben ihm. Fra Mario beobachtete ihn mit einem leicht belustigten Zug um die Lippen.

»Pico würde sich geehrt fühlen«, sagte er. »Aber unser guter Bibliothekar hier hat mich darauf aufmerksam gemacht, daß wir die letzten beiden sind, die seinen Frieden noch stören. Riccardo, ich würde mich freuen, wenn Ihr mich in die Stadt begleiten würdet. Ich muß im Duomo etwas erledigen.«

Richard hatte das Bedürfnis, mit jemandem über diese erstaunliche Mischung aus Theologie und Philosophie, die er eben in sich aufgenommen hatte, zu diskutieren. Picos Art, die Welt zu sehen, war wundervoll, solange man sie las. Doch nun drängten sich Heinrich Institoris und eine Reihe anderer Prediger, die er in seiner Kindheit gehört hatte, in sein Gedächtnis zurück.

Auf den ersten Blick war die Entscheidung zwischen einem Pico della Mirandola und einem fanatischen Inquisitor einfach. Doch war dieser Inquisitor nicht selbst das beste Beispiel dafür, daß durch die menschliche Seele statt Licht Haß und Heimtücke in die Materie flossen? Und wie sah es mit der Harmonie zwischen Körper und Geist bei einem Bruder Ludwig aus?

Er entschloß sich also, dem jungen Augustiner zu folgen. Als sie das Klostergebäude verließen, sahen sie die abendliche Stadt zu ihren Füßen liegen, und Richard hielt unwillkürlich den Atem an. Er sagte nichts, doch Mario nickte. »Die von allen gekrönte Stadt«, zitierte er aus einem lateinischen Gedicht. »Sie ist wie ein makelloses Kunstwerk.«

Um den Moment der Verbundenheit abzustreifen, sagte Richard beiläufig: »Ihr scheint ja allwissend zu sein ... Wieso schreibt Pico della Mirandola noch auf Lateinisch, wenn die Platoniker die toskanische Mundart so schätzen?«

Fra Mario schlug die Kapuze über seinen Kopf. »Ach, das

ist ein ständiger Streitpunkt zwischen ihm und Landino. Landino würde am liebsten die Volgare zur Weltsprache erheben, und Pico kennt zu viele Weltsprachen, um sich dieser Meinung anzuschließen.«

Die rote toskanische Erde wirbelte auf, als sie sich auf den Weg machten, und Richard kam in den Sinn, daß die Wäschereien hier gewiß sehr gewinnbringend waren. Über das Zirpen der Grillen hinweg begann er, sich an sein Thema heranzutasten. »Glaubt Ihr eigentlich, daß Pico und Ficino und die anderen Platoniker im Recht sind, wenn sie den Menschen auf eine so hohe Stufe stellen?«

Mario schien die Frage zu überraschen. »Der Mensch ist das edelste unter den Geschöpfen Gottes«, entgegnete er nur.

Die Bitterkeit stieg in Richard auf. »Wenn ich mir ansehe, was die Dummheit, Eitelkeit und Gier der Menschen alles fertigbringen, habe ich meine Zweifel. Ich kenne kein Tier, das absichtlich grausam ist. Das bleibt ein menschliches Privileg.«

»Hm. Ihr befindet Euch da ganz im Einklang mit den Lehren der Kirche, Riccardo. Wie sagt der Prediger? Alles ist eitel.«

»Ich befinde mich *nicht* im Einklang mit den Lehren der Kirche, ich bin ganz anderer Meinung...«

»Ich dachte, Ihr bringt der Kirche die größte Bewunderung entgegen?«

Marios Mundwinkel zuckten, und Richard erkannte, daß er mit einem der ältesten rhetorischen Mittel hereingelegt worden war. Seine düstere Stimmung verflog, und er lachte. Der Florentiner kommentierte: »Ausgezeichnet. Ich dachte schon, Eure Leichenbittermiene sei Euch angewachsen.« Dann stimmte auch er in das Gelächter ein.

Während sie den Ponte Vecchio überquerten, sagte Mario: »Wenn unser Prior die Fastenzeit für einen von uns etwas leichter machen will, läßt er uns dreimal am Tag hier beobachten, wie ein Schwein geschlachtet wird.«

»Fra Mario«, fragte Richard plötzlich, »seid Ihr eigentlich freiwillig Mönch geworden, oder hat Euch Eure Familie...« Er geriet ins Stocken.

»Loswerden wollen?« vollendete Mario und zog das Gesicht in tiefe Falten. »Ich muß wohl sehr unpriesterlich wirken, wenn Euch kein anderer Grund einfällt als die Familie.« In den blauen Augen blitzte Heiterkeit auf. »Es soll auch Priester geben, die einer inneren Berufung gefolgt sind, Riccardo.«

Richards Schritte beschleunigten sich. Er hatte noch eine weitere Frage, doch er unterdrückte sie – vorerst. Schließlich ragte vor ihnen Santa Maria del Fiore auf – Il Duomo. Er war, wie der Campanile und das nahegelegene Baptisterium, ein Wunderwerk aus weißem und grünem Marmor. Eine wundervolle Symmetrie beherrschte den Bau, und die riesige Kuppel hatte in der ganzen Christenheit nicht ihresgleichen.

»Als Filippo Brunelleschi«, sagte Fra Mario, der Richards Blick gefolgt war, unvermittelt, »der Auftrag für die Vollendung des Duomo erteilt wurde, erfuhr er, daß er für die Kuppel mit Lorenzo Ghiberti in Wettbewerb treten sollte. Nun war Brunelleschi zwar ein Genie, aber auch äußerst eitel. Er stellte sich krank. Als man ihn zurückholen wollte, riet er, sich an Ghiberti zu wenden. ›Aber Ghiberti will nicht ohne dich arbeiten‹, sagte der Unglückliche, der die Aufgabe hatte, das beleidigte Genie zurückzuholen. Darauf sagte Brunelleschi: ›Gut, ich aber arbeite ohne ihn.‹ Da habt Ihr die Toskaner, Riccardo!«

Richard entgegnete erheitert: »Immerhin, ohne ihn hättet Ihr jetzt nicht ein so herrliches Bauwerk.«

»Ja, herrlich«, sagte Mario und wurde mit einem Mal völlig ernst, »und blutbefleckt. Wißt Ihr, was hier geschehen ist?« Richard schüttelte den Kopf. Fra Mario bekreuzigte sich.

»Von hier ging das letzte große Blutvergießen aus, das wir in Florenz hatten – damals, als die Pazzi Giuliano ermordeten. Hat man Euch schon von Giuliano erzählt und von der Verschwörung der Pazzi?«

»Nicht wirklich. Ich meine, nicht genügend. Ich weiß nur, daß er ziemlich beliebt war und daß er ermordet wurde.«

Der Mönch verschränkte seine Arme in seinen langen, weiten Ärmeln. »Giuliano de'Medici war Lorenzos jüngerer Bruder. Als Lorenzo fünfundzwanzig Jahre alt war, entzweite er sich mit dem damaligen Papst, seiner Heiligkeit Sixtus IV.«

Mario stockte. »Gott weiß es, wir sind zu Gehorsam verpflichtet, doch zweifellos war es sehr weise von unserem Herrn, Sixtus vor fünf Jahren zu sich zu rufen. Doch damals, nach seiner Wahl, verschaffte der Papst seinen Verwandten alles, was die Kirche zu geben hatte – Städte, Herzogtümer, Lehen. Als er jedoch seinem Neffen Girolamo Riario die Stadt Imola kaufen wollte, verweigerte Lorenzo ihm den Kredit, denn damit hätte sich der Kirchenstaat bis unmittelbar an unsere Grenzen ausgedehnt. Lorenzo ordnete auch an, daß keine andere Florentiner Bank dem Papst etwas leihen sollte. Doch die Pazzi, die die Medici seit langem haßten, setzten sich nur allzu bereitwillig über diese Anweisung hinweg, so daß der Papst die Pazzi zu den alleinigen Bankiers des Vatikans machte. Damit war der Krieg zwischen den Medici und den Pazzi einerseits und seiner Heiligkeit andererseits erklärt.«

»Und dann?«

»Die Pazzi waren aber selbst untereinander zerstritten. So kam es zu einer Scheinversöhnung zwischen Lorenzo und dem Papst, zu deren sichtbarem Zeichen der Heilige Vater einen anderen seiner Neffen, den sechzehnjährigen Kardinal Raffaelo Riario, zu Besuch nach Florenz schickte. Während der Messe, die zu Ehren des Kardinals im Duomo zelebriert wurde, sollten dann beide Brüder ermordet werden. In dem Moment, als der Priester die Hostie hochhob, schlugen die Pazzi zu. Giuliano war sofort tot, doch Lorenzo nur am Hals verwundet. In der allgemeinen Aufregung konnte er sich in die Sakristei flüchten. Kaum hatte sich die Nachricht von dem Mordanschlag ausgebreitet, war die ganze Stadt in Aufruhr.«

Einen Augenblick lang schwieg der Priester. Ohne jedes Lachen, ernst und voller Trauer wirkte er wesentlich älter.

»Ich war damals noch ein Kind, doch ich erinnere mich an die Schreie an diesem Tag. Die Menschen waren wie wahnsinnig geworden, rotteten sich zusammen und brüllten ›Palle, Palle‹ – das ist der Kriegsruf der Medici – und brachten jeden Pazzi, den sie erwischen konnten, sofort um. Die meisten wurden gehängt, einige einfach zusammengeschlagen. Insgesamt starben etwa achtzig Menschen, bis Lorenzo die Lage wieder im Griff hatte und der Menge Einhalt gebieten konnte. Es war das Ende der blutigen Familienfehden«, sagte Fra Mario leise, »aber was für ein Ende!«

Die Glocken begannen zu läuten, und er schüttelte plötzlich den Kopf. »Ich fürchte, ich bin ein schlechter Florentiner – das ist nicht gerade eine Geschichte für jemanden, der diese Stadt besucht. Aber als wir hier ankamen, habe ich mich an Eure Frage nach der Natur des Menschen erinnert. Eine Kirche sollte ein Ort der Besinnung sein, doch der Duomo weckt in mir manchmal ... nun, wie Ihr sagtet, Zweifel.«

Vielleicht war es der Abend, vielleicht der Gedanke an die Vergangenheit, vielleicht auch die Tatsache, daß der andere gerade eine Schwäche offenbart hatte – Richard überwand sich und fragte mit gesenkter Stimme: »Glaubt Ihr eigentlich an Hexen? Glaubt Ihr, daß es sie gibt?«

Mario hatte während seines Berichtes abwesend gewirkt, als erlebe er den Aufstand der Pazzi noch einmal. Doch nun wandte er seine ganze Aufmerksamkeit Richard zu, trat einen Schritt näher und heftete seinen Blick mit einer Intensität auf Richard, die alles andere, den Platz, die jungen Leute, die auf den Treppen des Duomo saßen und miteinander schwatzten, auszuschließen schien.

»Warum wollt Ihr das wissen?«

Seine Stimme klang beinahe hart. Richard biß sich auf die Lippen und schalt sich einen Dummkopf. Dies war ein Priester, einer der berufsmäßigen Hexenjäger. Warum hatte er nur gefragt? Was hatte er denn erwartet, Erleuchtung? Er dachte an den Abt, den er einmal für verehrungswürdig gehalten hatte, dachte an den Tag, als Bruder Ludwig mit ihm zum Abt gegangen war und dieser eine neue Bulle des Papstes studiert hatte: »Summis desiderantes«. Die Hexenbulle, in der jeder Zweifel an der Existenz von Hexen mit Androhung der Exkommunikation verboten wurde.

»Riccardo«, sagte Mario langsam, »wann seid Ihr zum letzten Mal zur Beichte gegangen?«

Richards fast schon verebbte Abneigung gegen den Mönch kehrte auf einen Schlag zurück. Beichte, wahrhaftig!

»Ich habe nicht die Absicht, Hexenmeister zu werden, falls Ihr das meint«, erwiderte er verächtlich.

»Das meinte ich nicht.« Mario legte eine Hand auf seine Schulter. »An Euch frißt etwas, und das vermutlich schon seit Jahren. Deswegen habt Ihr mich gefragt, und deswegen meine ich, daß Ihr die Beichte braucht.«

»Mir fehlt nichts«, sagte Richard mit leiser, eiskalter Stimme und entfernte mit einer langsamen, präzisen Bewegung die Hand des Priesters von seiner Schulter. »Falls Ihr es genau wissen wollt, mich an die Kirche zu wenden und zu beichten, wäre das letzte, was ich tun würde, wenn ich je in Schwierigkeiten geriete. Gute Nacht!«

21

Die Schenke »Zum lachenden Bacchus« war für die Feier der Calimala über und über mit Blumen geschmückt worden; sogar den aufgetragenen Schweinebraten zierten noch einige kleine Sträuße. Richard, der zusammen mit einigen anderen überzähligen Gästen in einen unbequemen Winkel geklemmt saß, spürte, wie ihm beim Anblick und noch mehr dem allgegenwärtigen Geruch nach Gebratenem und Gesottenem das Wasser im Mund zusammenlief. Er war an diesem Tag noch nicht zum Essen gekommen; der Monat näherte sich seinem Ende, und er war seit dem Morgen im Fondaco mit der Buchhaltung beschäftigt gewesen und hatte sich ohnehin etwas verspätet.

Er wollte gerade seine heimliche Verbündete bitten, ihm etwas von dem Festmahl zu bringen, als sie von selbst auf ihn zukam, in Begleitung eines trotzig dreinblickenden jungen Mannes.

»Darf ich Marcello an Euren Tisch setzen?« fragte sie Richard mit so ausgesuchtem Respekt, daß er die Ironie darin spürte, und fuhr, als er nickte, an ihren Begleiter gewandt fort: »Setz dich da hin, Marcello, Messer Ricci wird dich schon sehen, und *er* ist viel zu beschäftigt, um was zu merken.«

Während der Wirtssohn ihrem Vorschlag folgte, nutzte Richard die Gelegenheit, um etwas zu trinken und zu essen bei ihr zu bestellen, und fragte sie außerdem nach ihrem Namen.

»Lauretta«, erwiderte sie ihm kurzangebunden und verschwand wieder. Marcello grinste flüchtig, während er versuchte, auf der engen Bank neben Richard Platz zu finden;

was nicht so einfach war, denn der Sohn des Wirtes machte dessen Berufsstand alle Ehre und war durchaus wohlbeleibt.

»Ist manchmal so patzig wie eine Römerin, unsere Lauretta, da kann man nichts machen.«

Das Grinsen verschwand wieder, als er hinzufügte: »Aber im Grunde ein guter Kerl. Ha! Wir werden ja sehen, wer nach Paris geht!«

Damit starrte er erbittert auf die breite, großzügig geschmückte Festtafel, wo der Wirt eben die Meister der Zunft mit jovialer Fröhlichkeit begrüßte. Richard hütete sich, seinen Nachbarn sofort nach Paris zu fragen.

Statt dessen erkundigte er sich beiläufig: »Ihr habt aber doch nichts mit ihr, oder?«

Marcello war empört. »Mit einer Magd? Und so einem dürren Nichts noch dazu? Nein, danke. Ich kenne sie einfach schon lange, sie ist hier aufgewachsen, und wie ich gesagt hab, im Grunde mag ich sie. Aber sie ist verrückt. Wirklich verrückt. Warum fragt Ihr eigentlich? Wollt Ihr etwa…«

Sie wurden von Lauretta unterbrochen, die zwei Becher Wein, einen Krug und zwei Teller vor ihnen abstellte. Während Richard etwas trank und wartete, bis das Mädchen wieder außer Hörweite war, nippte Marcello an seinem Becher und erklärte dann: »Nicht schlecht, aber Ihr müßtet erst den Chianti probieren, den wir für die Zunftmeister aus dem Keller holen. Wir haben hier den besten Wein überhaupt. Die anderen verstehen einfach nichts davon.«

Richard gab eine angemessen beeindruckte Antwort und fragte sich müßig, wie oft er diesen Satz eigentlich schon gehört hatte, seit die Alpen hinter ihm lagen. »Also«, sagte Marcello und stieß Richard leicht in die Rippen, »wie war das vorhin mit Lauretta? Seid Ihr etwa hinter ihr her?«

»Vielleicht… Ich weiß noch nicht.«

Der Wirtssohn starrte ihn entgeistert an. »Grundgütiger, Ihr seht doch wahrhaftig so aus, als ob Ihr Euch was Besseres leisten könntet!« Dann änderte er seinen Tonfall. »Obwohl… Wär' dem armen Ding zu gönnen, wahrhaftig. Der Alte stößt sie ganz schön herum, und wenn ich nicht mehr da bin, wird's vermutlich noch schlimmer werden.« Er gab sich einen Ruck und schloß: »Ich reise nämlich nach Paris, wißt Ihr.«

Andächtig wiederholte Richard, während er Marcello nachschenkte: »Paris! Da beneide ich Euch. Ich war noch nie dort. So eine Reise lohnt sich sicher.«

»Und ob«, stieß Marcello hervor, während er mit seiner Hand auf den Tisch schlug. »Beim heiligen Christophorus, ich würde als gemachter Mann zurückkommen... Ich meine, ich komme als gemachter Mann zurück... *wenn* ich zurückkomme.«

Der Schmaus an der Festtafel hatte inzwischen begonnen, und Richard versuchte, seine Aufmerksamkeit zwischen den fröhlichen Zurufen dort und der Flut von Klagen des schlechtgelaunten Marcello, der dankbar war, einen geduldigen Zuhörer gefunden zu haben, zu teilen.

»...und da sagt mir dieser Esel von Färber doch ins Gesicht, seine Schuld wär's nicht, wenn in diesem Jahr das *robbia* so stark...«

»...und überhaupt, ich bin doch kein Kind mehr. Er ist nur wütend, weil das nicht sein Einfall...«

»...haben. Dieser Holzkopf vom Fondaco dei Tedeschi wollte das einfach nicht begreifen. Wie lange müssen wir eigentlich noch so weiter...«

»...was soll das ganze Gezetere von wegen Gildenvertrag eigentlich? Wenn das Wort eines Mannes wie Messer Ricci in Florenz nichts gilt, was dann?«

»...auf Paris!«

»Ich glaube«, sagte Richard unvermittelt, »dort sucht jemand nach Euch.«

Marcello drehte den Kopf in die angegebene Richtung und sah die wohlwollende Gestalt eines aus Anlaß des Festes in Scharlachrot gekleideten Zunftmeisters auf sich zukommen. Sein Gesicht heiterte sich auf.

»Ah, Messer Ricci! Kommt, setzt Euch doch zu uns.«

»Nein, nein, mein Junge«, antwortete der Angesprochene, ohne sein Lächeln zu verlieren, während er mit scharfen Augen Richard musterte, »kommt Ihr doch zu uns. Es gibt ja soviel zu besprechen. Habt Ihr es Euch überlegt? Ihr gestattet doch... Messer Riccardo?«

Richard hatte schon von Anfang an vermutet, daß Ricci, wenn dieser ihn direkt ansah, ihn zumindest als Angehörigen des Fondacos erkennen würde, denn sonst hätte der Tuchhändler ihn, wie es die Höflichkeitsregeln eigentlich geboten, ebenfalls aufgefordert, an der Festtafel Platz zu nehmen.

»Aber selbstverständlich«, gab er daher ebenso freundlich zurück. »Ich wollte ohnehin bald gehen. Wie Ihr seht, habe ich mein Mahl schon beendet.«

Ricci und er tauschten noch einige Höflichkeitsfloskeln aus, während Marcello ein wenig verwirrt dreinsah. »Also dann, gehabt Euch wohl«, meinte der Wirtssohn schließlich. Mit einem Augenzwinkern fügte er hinzu: »Und falls Euch das mit Lauretta ernst ist, dann besorgt Euch möglichst schnell ein Cornu!«

Nun war es an Richard, verwirrt zu sein. Nachdenklich runzelte er die Stirn, während er darauf wartete, seine Mahlzeit bezahlen zu können. Ein Horn? Was sollte diese Anspielung?

Schließlich legte er einige kleinere Münzen auf den Tisch, die ihm ausreichend schienen, und stand auf. Im Hinausgehen streifte er das Mädchen und flüsterte ihr zu, er wolle sie draußen noch einmal sprechen.

Er mußte etwas warten und vertrieb sich die Zeit damit, zu überlegen, wie er die Bibliothek von Santo Spirito benutzen konnte, ohne ständig auf Fra Mario zu stoßen. Die von Jakob gewünschten Karten hatte er längst gefunden und kopiert, so daß er sich wieder ganz und gar seinen eigenen Interessen würde widmen können. Wenn nur...

Aus der Schenke drang über den üblichen Lärm hinweg kurz die wütende Stimme des Wirts und die protestierende seines Sohnes, bis beide abrupt verstummten. Die Neugier hätte Richard fast dazu getrieben, wieder hineinzugehen, als das Mädchen endlich erschien.

»Wo ist der Rest von meinem Geld?« verlangte sie ohne Umschweife. Schweigend händigte Richard es ihr aus, mehr, als sie vereinbart hatten, was sie sofort bemerkte.

»Danke«, sagte sie fast schüchtern und fuhr, wie um das auszugleichen, wieder heftig fort: »Ich weiß schon, wenn eine von den anderen *Arti Magiori* hier feiert, soll ich Euch das auch erzählen, aber für die nächsten Wochen ist mir nichts bekannt!«

»Du könntest mir etwas anderes verraten. Was verstehen Florentiner unter einem Cornu?«

Zuerst schaute sie verblüfft, dann beunruhigt und mißtrauisch zugleich drein. »Das ist ein Schutzamulett, das man sich um den Hals hängt«, erwiderte sie zögernd, »gegen den bösen Blick.«

In Richards Kopf fügten sich Dutzende kleiner Einzelheiten zu einem Ganzen, und diesmal war er sich seiner Sache sicher.

»Du hast aber doch noch einen besseren Schutz, nicht wahr?« fragte er gedehnt. »Deine mächtigen Freunde.«

Das Licht des zunehmenden Mondes ließ ihr Gesicht kreideweiß erscheinen. »Das geht Euch nicht das geringste an«, gab sie wütend und ängstlich zugleich zurück und machte Anstalten, in die Schenke zurückzukehren, doch wieder hielt Richard sie fest.

»Du brauchst keine Angst zu haben«, sagte er hastig, »ich will dir nichts Böses und deinen Freunden auch nicht. Es ist nur... Ich könnte selbst so einen Schutz gebrauchen...«

Die scharfen Gesichtszüge wurden weicher, dann wurde ihre Miene wieder verschlossen. »Nicht diesen Schutz«, flüsterte sie. »Den wollt Ihr ganz bestimmt nicht.«

Damit machte sie sich frei und rannte in das lärmende Haus zurück.

Richard klappte mit einem Schlag sein Exemplar von »De Animalibus« zu. Das Buch stammte von Albertus Magnus, einem Mann, der gewiß alles andere als ein bedingungslos gläubiger Anhänger der Kirche gewesen war, und zählte zu Richards kostbarsten Besitztümern, aber in seiner jetzigen Stimmung hätte er es beinahe gegen die Wand geschleudert. Auch der große Albertus hatte nicht die geringsten Zweifel daran, daß es Hexen gab, daß sie mit Hilfe von Dämonen in der Lage waren, ihre Gestalt und die anderer zu verwandeln.

Woher kam diese Gewißheit, diese absolute Gewißheit? Und dann waren die Christen wahrhaftig nicht die einzigen, die an Hexen glaubten; die Griechen, die Römer, die Araber, die Juden – er hatte noch nie von einem Volk gelesen, das die Existenz von Zauberern bezweifelte. Und was sollte er dieser universellen Gewißheit entgegensetzen – seine eigene Überzeugung, an der ständig ein kleiner, aber hartnäckiger Zweifel nagte, auch wenn er ihn sich nicht eingestehen wollte?

Im Fondaco hatte sich inzwischen alles zur Ruhe gelegt, nur Richard konnte nicht schlafen. Er versuchte, sich durch den Brief an Jakob über die Calimala abzulenken, kam aber nicht über den Anfang hinaus, denn der Heilige, den er sich zur Verschlüsselung wählte, Nummer neun, war Thomas von Aquin. Auch dieser große Philosoph, der es fertiggebracht hatte, die Werke des Aristoteles neu für das Christentum zu entdecken, hatte nie den geringsten Zweifel daran gehabt, daß es Hexen gab. Warum auch? Thomas von Aquin war Dominikaner gewesen.

Richard bemerkte, daß er auf das Blatt, das vor ihm lag, immer 2-9-1, 1-9-2 kritzelte (den Aquinaten, wie der Heilige auch genannt wurde, ehrte die Kirche am 28. Januar, und Richard addierte bei seinen Antworten immer einen Tag dazu) und an seine Begegnung mit Heinrich Institoris dachte, statt zu schreiben. Die endlosen Zahlenfolgen schienen seine Unfähigkeit, sich zu konzentrieren, zu verspotten. Schließlich zerriß er das Blatt in so kleine Fetzen, daß auch der geduldigste Neugierige es nicht mehr hätte zusammenfügen können. Dieser methodische Zerstörungsakt beruhigte ihn etwas. Er atmete tief durch und stand auf. Er würde das Mädchen zum Sprechen bringen.

Lauretta war noch damit beschäftigt, die Spuren des Festmahls zu beseitigen. Sie kniete auf dem Fußboden und schrubbte mit vor Müdigkeit allmählich taub werdenden Händen, als es leise an der Tür klopfte. Zuerst achtete sie nicht darauf – um diese Zeit gab es immer wieder Betrunkene, die ihr Haus nicht fanden –, doch als das Klopfen lauter wurde, stand sie auf, um zu öffnen. Sie wollte nicht, daß *er* noch einmal wach wurde und sich nach dem unerwünschten Eindringling mit ihr befaßte. Mit Betrunkenen wurde sie gut allein fertig.

Ihr Rücken schmerzte, sie war müde und erschöpft und wollte den Störenfried durch einen Redestrom möglichst schnell vertreiben. Doch als sie die Tür einen Spalt geöffnet hatte, erstarben ihr die Worte auf den Lippen. Bevor sie wieder schließen konnte, hatte Richard seinen Fuß auf die Schwelle gesetzt, und ehe sie es sich versah, stand er vor ihr und schloß hinter sich sachte die Tür. Ihre Lebensgeister kehrten wieder zurück.

»Was fällt Euch ein? Wollt Ihr unbedingt, daß *er* mich rauswirft? Aber vorher hetze ich die Hunde auf Euch, das kann ich Euch sagen!«

»Lauretta«, unterbrach sie Richard, »haben wir uns nicht gegenseitig bewiesen, daß wir uns trauen können? Ich werde bestimmt niemanden anzeigen, glaub mir, das könnte ich gar nicht, weil ich sonst doch selbst in Verdacht käme. Und ich *brauche* einen Zauber«, schloß er beschwörend, »ich brauche einen echten Zauber mehr als alles andere auf der Welt!«

Er ignorierte die Stimme des schlechten Gewissens.

»Bitte«, begann er wieder, als sie einige Minuten lang immer noch nichts gesagt hatte, und brauchte kaum mehr zu heucheln, um seiner Stimme etwas Gehetztes zu verleihen, »ich zahle, was du willst, ich schwöre auch, was du willst, aber nimm mich mit!«

Endlich rührte sich etwas in dem Mädchen. Sie löste ihre Augen von seinem Gesicht, starrte auf den Boden, schluckte und trat dann so nahe heran, daß Richard trotz des spärlichen Lichtes, welches die letzten beiden Kerzen verbreiteten, genau die dunklen Ringe um ihre Augen erkennen konnte, die aufgeplatzte Oberlippe, die stark hervortretenden Wangenknochen.

»Würdet Ihr an der schwarzen Messe teilnehmen?« wisperte sie. »Würdet Ihr das?«

Irgendwo in Richard rührte sich ein winziger Fetzen namenloser Furcht, die seine Kindheit und auch das Feuer überlebt hatte, die Furcht, die ein Kind vor dem unbekannten Dunkeln empfindet. Er wies sie ärgerlich zurück. Schwarze Messe, das war nur eine weitere Variante jenes gefährlichen abergläubischen Unsinns, und wenn er sich einer Sache sicher sein konnte, dann der Gewißheit, daß es einem Haufen gutgläubiger Narren bestimmt nicht gelingen würde, den Teufel zu beschwören.

»Das würde ich tun«, sagte er daher fest.

Das Mädchen wandte sich ab, fast, als sei sie enttäuscht, und ging wieder zu ihrem Putzlumpen. Über die Schulter warf sie ihm zu: »Dann seid nächsten Sonntag um Mitternacht bei der Porta alla Croce!«

22

DAS GEWÖLBE, IN DEM SIE sich befanden, mußte klaftertief unter Florenz liegen. Richard fuhr mit den Fingern über die Wand. Er vermutete, daß es sich um eine der unterirdischen Kellergrotten handelte, in denen Wein oder auch Nahrungsmittel kühl gelagert wurden. Paradoxerweise erinnerten ihn die Umgebung und die Menschen, die sich hier zusammendrängten, an das, was er über die ersten Christen in ihren römischen Katakomben gehört hatte, und er gab einen Laut von sich, der einem unterdrückten Gelächter ähnelte.

Die heiße, trockene Hand des Mädchens packte die seine. »Vergiß nicht, was ich dir gesagt habe!« sagte sie mit gesenkter Stimme. »Ich gehe jetzt zu meinen Freunden, und denk daran, keinen Ton über mich, wenn sie dich erwischen, bevor du einer von uns wirst.« Richard nickte unmerklich.

Sie hatte ihm an der Porta alla Croce in aller Hast ein paar Anweisungen gegeben, die Losung genannt und ihn hineingeschleust. Er wußte nicht genau, was er erwartet hatte, wahrscheinlich einen Hexensabbat direkt aus dem »Malleus Maleficarum«, der in den deutschen Landen so populär geworden war.

Statt dessen versammelten sich hier nach und nach Männer und Frauen, die in keiner Weise aufreizend gekleidet waren und nicht anders als am hellichten Tage herumliefen. Reiche, prunkvoll bestickte Kleider schimmerten hier und da aus den Umhängen hervor, andere trugen geflickte und ärmliche Sachen. Jeder strahlte eine gewisse Unruhe aus, und in Wellen verbreitete sich aufgeregtes Raunen, als warteten sie alle auf etwas und wagten nicht, laut miteinander zu reden.

Richard fiel auf, daß in seiner Nähe zwei Gestalten standen, die im Gegensatz zu den meisten anderen Masken trugen. Ihre Gesichter waren vollständig verborgen. Sie sprachen nicht, starrten aber ebenfalls erwartungsvoll auf die Mitte des Raumes, wo ein Steinquader wahrscheinlich eine Art Altar darstellen sollte.

Das spärliche Fackellicht erlosch plötzlich. In der völligen Dunkelheit sah man ein weißes, wie körperloses Gesicht auftauchen, das von zwei neuen brennenden Fackeln gerahmt wurde und sich langsam dem »Altar« näherte. Richard zuckte die Achseln. Sehr eindrucksvoll, aber kaum magisch. Neben jeder der jetzt erloschenen Fackeln war jemand postiert gewesen, und was das Gesicht ohne Körper anging, derartiges hatten die Schüler des Klosters in Wandlingen ebenfalls fertiggebracht. Schwarze Kleidung und sehr viel Kalk, mehr brauchte man nicht.

Die übrigen Anwesenden jedoch hatten hörbar den Atem angehalten, als sich die Dunkelheit über den Raum gesenkt hatte, und begannen jetzt leise zu singen. Richard, den Anweisungen Laurettas folgend, schloß sich ihnen an. Da es sich immer um dieselben beiden Zeilen handelte, fiel ihm das nicht weiter schwer.

»Asmodeus, erhöre uns. Belial, erscheine uns. Asmodeus, erhöre uns. Belial, erscheine uns. Asmodeus...«

Das Gesicht verschwand mit einem Mal und statt seiner zeigte das wenige Licht, welches die beiden Fackeln warfen, eine langsam aufsteigende Rauchwolke über dem Altar. Eine Stimme hallte in dem Gewölbe wider.

»Trinkt mein Blut! Eßt mein Fleisch!«

Die Gemeinde änderte ihren Gesang und wiederholte die letzten Worte. »Trinkt! Eßt! Trinkt mein Blut!« Richard spürte eine Bewegung an seinem Ellenbogen. Sein Nachbar drückte ihm etwas in die Hände, was er nur mühsam umfassen konnte und das zweifellos ein riesiger Pokal war – den Geräuschen nach zu schließen, nicht der einzige, der hier die Runde machte.

Richard nippte vorsichtig an der Flüssigkeit. Eine seltsame Mischung, salzig und bitter zugleich. Er schmeckte Alkohol, irgendwelche Kräuter oder Gewürze und zu seinem Abscheu tatsächlich auch Blut. Er mußte sich beherrschen, um sich nicht zu verraten, und reichte den Pokal der nächsten Gestalt weiter, die sich aus der Dunkelheit herausschälte. Aufatmend lehnte er sich gegen die Wand und sah erneut auf die Rauchwolke über dem Steinaltar. Sie schien dichter zu werden, immer dichter und dichter.

Richard kniff die Augen zusammen. Änderte sich wirklich die Farbe des Rauches oder lag es an dem Licht der beiden Fackeln, das unmerklich stärker und lodernder geworden war? Der Gesang wurde schneller, und alle begannen rhythmisch in die Hände zu schlagen. Diesmal wäre es für ihn gar nicht nötig gewesen, sich an irgendwelche Anweisungen zu erinnern. Irgend etwas, der Rhythmus, der Gesang, riß ihn fort, und er hörte seinen eigenen keuchenden Atem, als das weiße Gesicht zum zweiten Mal aus dem Nichts auftauchte und mit sich überschlagender Stimme schrie: »Seht ihn! Schaut das Wunder! Belial weilt unter uns!«

Die Rauchwolke explodierte mit einem Knall, und für einen Moment sah Richard eine riesige rote Gestalt über dem Altar schweben. Die Gemeinde fiel erschauernd auf die Knie, und in der plötzlichen Stille vernahm er ein deutliches, scharfes Flüstern in seiner Nähe: »Warum muß ich das alles über mich ergehen lassen? Können wir es nicht auch so be...«

Der Unbekannte hatte offensichtlich bemerkt, daß er zu laut war oder war zum Schweigen gebracht worden, doch Richard holte diese kurze Unterbrechung wieder in die kühle, gesicherte Welt der Vernunft zurück.

In dem Getränk, das vorhin wie zur heiligen Kommunion herumgereicht worden war, befand sich offensichtlich eine Droge, die empfänglich für Sinnestäuschungen machen sollte, und geschickte Beleuchtung tat ein übriges. Über dem Altar schwebte nunmehr nur noch das geschlechtslose, weiße Gesicht, und Richard bezweifelte, daß die rote Gestalt je außerhalb seiner erhitzten Einbildungskraft dort gewesen war. Und, noch wichtiger, inmitten gläubiger Anhänger dieser Jahrmarktsgaukeleien, für die man nicht mehr Hexenkraft brauchte als zum Jonglieren, gab es offensichtlich noch jemanden, der das alles durchschaute.

Aber wer? Warum war er – denn es hatte sich um eine männliche Stimme gehandelt – hier? Und was wollte er?

»Neigt euch, meine Kinder!« psalmodierte das Etwas, das offensichtlich als Hohepriester diente. »Belial hat uns geehrt, Belial war unter uns.«

»Ruhm sei Belial!«

»Tretet vor, und nennt mir nun eure Wünsche. Verbunden sind wir durch das Blut Belials, und wer einen der unseren verrät, den wird Belials Rache ereilen.«

Richard bemühte sich vergeblich, nicht von der Woge vordrängender Menschen erfaßt zu werden. Er konnte nicht alle Wünsche verstehen, aber nach einer Weile klangen sie alle gleich.

»Mein Nachbar soll seine Klage vor der Gilde zurückziehen...«

»Meine Tochter soll den reichen Rucellai zum Gemahl bekommen.«

»Ich will, daß die Geliebte meines Gemahls sämtliche Zähne verliert und kahlköpfig wird.«

Nach jeder Bitte intonierte der Hohepriester: »Gib Belial, und Belial wird dir geben.«

Dem Klang nach zu urteilen, folgerte Richard zynisch, verlangte Belial für seine Wohltaten einen hohen Preis – in schweren Münzen. Er überlegte, ob er den ganzen Unsinn jetzt unterbrechen und die Betrügereien offenlegen sollte. Aber dann bestand die Möglichkeit, daß die Verantwortlichen in der Dunkelheit entkamen und so nur neue Belial-Legenden ins Leben riefen. Oder die berauschte Gemeinde könnte sich entschließen, den plötzlich auftretenden Ketzer niederzumachen. Erneut stemmte er sich gegen die Menge, die ihn mittlerweile fast bis zum Altar mitgezogen hatte. Vielleicht sollte er das nächste Mal mit ein paar Fackeln bewaffnet und...

»Ich begehre von Belial den Tod für meinen Feind.«

Zwei volle Börsen landeten auf dem Altar. Richard gab dem Andrang der hinter ihm Stehenden nach und versuchte, sich dem Stein noch etwas zu nähern. Es war die Stimme von vorhin!

»Wer ist dein Feind, und warum begehrst du seinen Tod?«

»Vendetta. Ich muß ihn tot sehen!« Ein kurzes Zögern. »Seinen Namen kann ich nicht nennen, nicht hier.«

»Es gibt keine Geheimnisse vor Belial«, forderte der weiß-gesichtige Hohepriester streng, »enthülle also den Namen deines Feindes und dein eigenes Gesicht. Kein Begehren wird jenen erfüllt, die sich nicht als Kinder Belials zu erkennen geben.«

Richard war inzwischen mit einiger Mühe so weit gekommen, daß er die Gestalt des Bittstellers erkennen konnte, nicht jedoch sein Gesicht, denn der Unbekannte hatte ihm den Rücken zugewandt. Es mußte sich um einen der beiden Maskierten handeln. Der Mann stand ganz still, dann fuhr seine Hand hoch und kam blitzschnell mit der Maske wieder herunter.

»Sieh also, wer ich bin! Jetzt«, die Stimme wurde beinahe höhnisch, »kennt Belial auch meinen Feind, nicht wahr?«

»Belial kennt ihn.« Ein dumpfes Fallen, als würde noch eine dritte Börse hinzugeworfen. Die Maske war wieder an ihrem Platz. Niemand außer dem Hohepriester und mög-licherweise dem nächsten Bittsteller konnte das Gesicht ge-sehen haben.

»Belial erweist dir Gnade. Er wird dein Begehren erfüllen.«

Neue Bittsteller drängten sich vor, und Richard versuchte verzweifelt, den Maskierten im Auge zu behalten. Doch als dieser aus dem spärlichen Lichtkreis der Fackeln trat, ver-schluckte ihn das Gewirr aus Schwärze und Masse, das die Grotte füllte. Nur zwei Satzfetzen verstand Richard noch, bei denen er nicht einmal sicher sein konnte, von wem sie stammten.

»... verdammt leichtsinnig von Euch ... für immer aus der Stadt ver...«

».. Euer Einfall, Riario ...«

Als Richard schon glaubte, den Mann und seinen Begleiter endgültig verloren zu haben, ertönte ein gedämpfter Aufschrei. »Halt, warte! Du bist es doch, ich habe mich nicht geirrt, Vittorio de'Pa –«

Richard schnellte herum, in die Richtung des Rufes, doch es war zu spät. Etwas Schweres, Weiches fiel gegen ihn, und er brauchte keinen großen Scharfsinn, um zu erkennen, was es war.

Eine noch warme, schwere Leiche.

Der Gottesdienst bei Morgengrauen gehörte bestimmt zu den unangenehmsten Dingen, die Fra Mario kannte. Vor seinem Eintritt in das Kloster hatte Mario Volterra, der ein ausgesprochener Nachtmensch war, oft den größten Teil des Vormittags im Bett verbracht. Er dachte manchmal nicht ohne Bedauern an die feinen weißen Laken, die weichen Kissen und all den übrigen Luxus, der zum Leben im Palazzo seiner Eltern gehört hatte. Die Volterra zählten zu den ersten Familien in Florenz, und Mario hatte in seiner Kindheit und Jugend nichts entbehren müssen.

In Santo Spirito herrschte um diese Tageszeit noch Ruhe, denn die Mönche bewegten sich fast lautlos im Kloster, und von den Florentinern kam keiner auf die Idee, zu solcher Stunde an der Messe teilzunehmen. Mario hätte beinahe offen protestiert, als einer der Novizen zu ihm eilte, die wohltätige Stille unterbrach und laut sagte: »Fra Mario, Ihr habt Besuch.«

Strafende Blicke trafen den Novizen von allen Seiten. Um diese Zeit sollte geschwiegen werden, und der Orden hatte für derartige Nachrichten genügend Handzeichen entwikkelt. Der Novize senkte schuldbewußt das Haupt, fügte jedoch, wenn auch wesentlich leiser, hinzu: »Er wartet in Eurer Zelle.«

Mario nickte. Er beeilte sich nicht sonderlich. Besucher im Morgengrauen waren eine Zumutung, dachte er lustlos auf dem Weg zu seiner Zelle. Dann tadelte er sich innerlich; hing er nach all diesen Jahren noch so sehr an Bequemlichkeit? Wenn das zutraf, war diese morgendliche Unterbrechung eine angemessene Buße.

Er öffnete die Tür und blieb überrascht stehen. »Ich weiß, ich war sehr unhöflich zu Euch, und Ihr könnt mich gleich hinauswerfen«, sagte Richard hastig, »aber mir fiel sonst niemand ein, der mir glauben würde, was ich entdeckt habe, und in der Lage wäre, mir weiterzuhelfen.«

Der Augustiner schloß sorgfältig die Tür hinter sich, kam jedoch nicht näher, sondern blieb, gegen das rauhe Holz gelehnt, stehen. »Ich höre.«

Richard hatte die ganze Nacht lang schlaflos überlegt, was zu tun und zu sagen war. Seine Lider brannten, er spürte allmählich die Erschöpfung, und der Geschmack von »Belials Blut« schien sich in seinem Mund festgesetzt zu haben.

»Ich ... ich denke, ich habe ein Komplott entdeckt, dessen Ziel es ist, Lorenzo de'Medici zu ermorden.«

Wenn Fra Mario entsetzt, ungläubig oder empört war, so ließ er dies nicht erkennen. Er löste sich lediglich von der Tür und meinte: »Bevor Ihr mir erzählt, warum, wo und wann, nehmt doch bitte Platz auf dem Schemel dort. Ihr scheint mir nämlich dem Umfallen nahe zu sein. Was mich betrifft, ich bin aufrichtig gesprochen um diese Stunde auch nicht für Mordkomplotte gewappnet.«

Er ließ sich auf seiner Pritsche nieder. Richard tat, wie ihm geheißen.

»Also«, sagte Mario, »die ganze Geschichte, von Anfang an, bitte.«

Richard berichtete von seinem Besuch der schwarzen Messe und von den Geschehnissen, die er dort beobachtet hatte. Er achtete sehr darauf, mit keinem Wort zu erwähnen, aus welchem Grund er selbst sich dort befunden und wer ihn dort hingebracht hatte, schilderte aber die Zeremonien von Anfang an als offensichtliche Betrügerei. Abergläubisch und dadurch gefährlich mochten diese Menschen sein, doch er würde ihnen gewiß nicht die Inquisition auf den Hals hetzen. Als er zu den beiden Maskierten kam, insbesondere zu demjenigen, der vorgetreten war und den Mord verlangt hatte, veränderte sich Marios bis dahin ausdrucksloses Gesicht.

»Riario? Seid Ihr sicher, daß dieser Name fiel?«

»Ganz sicher. Und dann dieses abgerissene ›Pa-‹. Vielleicht hätte ich das gar nicht in Verbindung gebracht, doch Ihr hattet mir ja nur ein paar Tage zuvor von der Verschwörung der Pazzi erzählt. Und war der Familienname des damaligen Papstes, der Lorenzo dann exkommunizierte, nicht Riario?«

Mario erhob sich und begann, unruhig auf und ab zu gehen. »Das stimmt. Einer seiner Neffen, Girolamo Riario, der schon damals die Verschwörung von Rom aus leitete, ist heute das Oberhaupt der Familie. Und nur die Riario oder die Pazzi verfolgen die Medici nach den Gesetzen der Vendetta.«

Richard runzelte die Stirn. »Es fällt mir jetzt erst ein – sagtet Ihr nicht, die Pazzi wären nach Giuliano de'Medicis Ermordung von den Florentinern umgebracht worden?«

»Drei haben überlebt. Guglielmo de'Pazzi, weil er mit Lorenzos Schwester verheiratet ist, doch er wurde für immer aus Florenz verbannt, ebenso sein Vetter Vittorio, der damals als einziger entkommen konnte. Giovanni de'Pazzi sitzt heute noch im Kerker der Signoria. Es muß Vittorio sein. Ich bin ganz sicher, selbst wenn Ihr seinen Vornamen nicht gehört hättet. Guglielmo wäre dazu nie in der Lage.«

»Es dürfte außerdem nicht viele Männer geben, die bei einer Blutfehde nur ein einziges Ziel haben und die so bekannt sind, daß man sie und ihren Feind nur durch einen bloßen Blick herausfinden kann.«

Mario hielt in seinen Schritten inne. »So ist es. Aber warum haben Vittorio de'Pazzi und ein Mitglied der Familie Riario es nötig, unter Lebensgefahr nach Florenz zu kommen, wo Gift oder Dolch in Rom doch soviel leichter zu haben sind?«

Richard blickte auf seine Hände. »Bei einem Mißerfolg«, entgegnete er, »wären diese Belial-Anbeter die Schuldigen, und die Entdeckung eines Teufelskults würde einen solchen Aufruhr verursachen, daß noch monatelang von nichts anderem als von Zauberern und Hexen gesprochen wird – und keinesfalls von den Pazzi.«

Mario fragte unvermittelt: »Warum seid Ihr damit nicht zu Eurem Capo Maestro, diesem Riesen im Fondaco, gegangen? Oder zu einem unserer zahlreichen Beamten.«

»Ich habe es Euch doch gesagt«, antwortete Richard müde, »Meister Eberding hätte mir nicht geglaubt. Eure Beamten vielleicht, aber ... nun, sie hätten eine Hexenjagd in Florenz eröffnet.«

Mario fuhr sich mit der Hand durch die Haare. »Und Ihr glaubt, daß ich das nicht tue, daß es sich jetzt noch vermeiden läßt?«

Richard war es, als müsse er eine schmale Brücke überqueren, bei der zu beiden Seiten der Abgrund lauerte und jeder Schritt Gefahr bedeutete.

»Ihr verkehrt bei den Medici, seid befreundet mit Pico della Mirandola, Ihr habt Möglichkeiten, Lorenzo so zu warnen, daß die Sache mit der schwarzen Messe dabei nicht an die Öffentlichkeit dringt.«

Damit war Marios Frage nicht ganz beantwortet. »Riccardo, Ihr seid sturer als ein Toskaner«, stellte er resigniert fest. »Doch zu Eurer Beruhigung: Il Magnifico hat so wenig mit Hexenjagden im Sinn wie Ihr, und ich könnte mir auch einen angenehmeren Zeitvertreib vorstellen. Als ich Euch die Beichte vorschlug, habe ich auch an das Beichtgeheimnis gedacht, nicht nur an eine Gewissenserleichterung Eurerseits.«

Richard erstarrte. »Ich bin nicht bei der schwarzen Messe

gewesen, um den Teufel anzubeten und zu hexen, falls Ihr das meint. Die ganze Sache hat mir nur bestätigt, daß nichts davon mit Magie oder Hexerei zu tun hatte. Es ist nichts als ein verdammt gefährliches Spiel mit der Leichtgläubigkeit der Menschen.«

»Es mag Euch überraschen, aber in diesem Punkt bin ich ganz Eurer Meinung. Riccardo, ich werde Euch helfen, doch ich bemerke zu meinem Erschrecken gerade, daß ich für einen Diener Gottes recht eigennützig bin. Ich will eine Gegenleistung von Euch dafür, daß die Stadt nun nicht nach Zauberern durchkämmt werden wird, obwohl das die Untersuchung wesentlich vereinfachen würde.«

Jemand pochte sachte an die Zellentür. »Fra Mario?«

Richard erhob sich langsam. Beide musterten sich eine Weile. Wieder klopfte es. »Also schön«, sagte Richard schließlich und erinnerte sich an etwas. »*Quid pro quo.*«

Lorenzo de'Medici war ein vielbeschäftigter Mann. Er hatte im Alter von sechzehn Jahren begonnen, seinen Vater Piero bei den Regierungsgeschäften zu vertreten, mit zwanzig war er ohne auch nur ein einziges offizielles Amt oder einen Titel Herrscher der Stadt Florenz geworden.

Der heutige Tag unterschied sich nicht sehr von den übrigen: Lorenzo empfing die Vertreter der Signoria, beriet mit ihnen über innere und äußere Probleme der Stadt. Gesandte von Ferrante von Neapel hatten sich angesagt, eine umfangreiche Korrespondenz mit Herrschern bis hin zu Mohammed II. von Konstantinopel mußte erledigt werden, von den Belangen der Bank ganz zu schweigen. Die Bank der Medici zu leiten, war nicht gerade Lorenzos Lieblingsaufgabe, doch sie bildete nicht nur eine der Lebensgrundlagen seiner Familie, sondern vor allem auch die der platonischen Akademie und der zahlreichen Künstler, die er förderte.

Dennoch fand er die Zeit, um das neueste Gemälde seines Freundes Sandro Botticelli zu bewundern und den »Garten« zu besuchen, die Schule der Bildhauer, in die vor kurzem der junge Michelangelo Buonarroti aufgenommen worden war. Die Wiedererweckung des Geistes der Antike stellte eines von Lorenzos großen Zielen dar, und nach dem Besuch bei Bertoldo und seinen Bildhauerlehrlingen schrieb er ein wenig an seinem neuen Stück über Kaiser Julian, der seinerzeit versucht hatte, die heidnische Religion wieder einzuführen.

Dringende Botschaften aus Rom, wo der Papst darauf bestand, daß die Restsumme für die Kardinalswürde von Lorenzos zweitem Sohn Giovanni sofort gezahlt werden sollte, unterbrachen ihn jedoch bald. Giovanni war kaum vierzehn Jahre alt, so daß die Angelegenheit noch strikte Geheimhaltung erforderte.

Erst am späten Abend, nach dem Gastmahl, das wie immer jedem offenstand, zog sich Lorenzo in die private Atmosphäre seines Studiolos zurück. Marsilio Ficino, mit dem er eine Partie Schach spielte, bemerkte, daß sein ehemaliger Schüler unkonzentriert war und machte taktvoll den Vorschlag, das Spiel für heute zu beenden. Lorenzo schüttelte den Kopf und setzte seinen Springer. Ficino entschloß sich, von der Freiheit ihrer jahrzehntelangen Freundschaft Gebrauch zu machen.

»Aber du bist müde, Magnifico.«

Lorenzo lachte. »Nenne mich nicht so – der Titel war noch nie so lächerlich wie jetzt. Ich bin nicht müde. Die Gicht setzt mir wieder zu.«

Auf Marsilio Ficinos Stirn entstanden steile Falten. Der älteste der Platoniker hatte nacheinander Cosimo und Piero de'Medici an der Gicht sterben stehen. Piero, vom Volk Il Gottoso, der Gichtige, genannt, hatte seinen Vater nur um fünf Jahre überlebt und war schon vor der Machtübernahme von seiner Krankheit zum Krüppel gemacht worden. Und die Zeiten, in denen Lorenzo noch regelmäßig mit seinen Freunden auf die Falkenjagd ging, lagen mittlerweile weit zurück, obwohl Lorenzo erst vierzig Jahre alt war.

»Du solltest wieder nach Poggio a Caiano gehen und deinem Arzt endlich die Möglichkeit geben, dich zu behandeln.«

»Ich brauche keinen Arzt – ich bin selbst einer von den

Ärzten«, entgegnete Lorenzo mit einem Wortspiel auf seinen Familiennamen. »Und im übrigen warte ich auf deinen Zug, Marsilio.«

Der Ältere schüttelte den Kopf. »Alle Medici sind so eigensinnig wie Ochsen. Geh trotzdem zu Bett, Lorenzo, wenigstens heute abend. Ich bin selbst müde.«

»Du bist in Gefahr, zu verlieren, das ist alles. Pico hat mir gesagt, er wolle heute abend etwas mit mir besprechen, du siehst, wir müssen auf ihn warten.«

»Ausreden«, brummte der Philosoph, griff jedoch ergeben nach einem der Bauern. Er war tatsächlich müde, aber die Aussicht auf eine Diskussion mit Pico della Mirandola belebte ihn zusehends. Pico war im vergangenen Monat in der Lombardei gewesen, um dort einen neuen Prediger zu hören, und war gerade erst nach Florenz zurückgekehrt. Marsilio hoffte nur, daß er aus der Lombardei nicht wieder einen Schub religiöser Schwermut mitgebracht hatte.

Als ein Diener Pico hereinführte, stand die Partie unentschieden. Lorenzo erhob sich und bemerkte sofort, daß Pico einen seiner Freunde bei sich hatte, den jungen Mario Volterra. Pico wartete, bis der Diener verschwunden war, dann sagte er mit drängender Stimme: »Magnifico, es ist etwas geschehen, was du wissen solltest. Laß dir von Mario berichten.«

Während Marios Erzählung verfinsterte sich Lorenzos Miene mehr und mehr. Er spürte, wie Zorn in ihm aufstieg, jenes heftige, schwer zu bändigende Gefühl, das danach verlangte, zu töten oder töten zu lassen. »Vittorio de'Pazzi!« zischte er, als Mario geendet hatte, und spie den Namen aus, als handle es sich um eine Obszönität. »Seit zehn Jahren gab es in Florenz keine Familienfehden mehr. Das war ihm offensichtlich zu lange.«

»Warum ist er wohl selbst gekommen, statt einen anderen zu schicken, wo er doch genau weiß, was ihm droht?« fragte der alte Marsilio, der die Nachricht noch nicht ganz verarbeitet hatte, verwundert. Lorenzo hob den Kopf.

»Er möchte es selbst erleben, wenn ich sterbe, er möchte dabei sein.«

In diesem Punkt verstand er Vittorio de'Pazzi besser, als ihm selbst lieb war. Doch jetzt war nicht der Zeitpunkt, um über derartige Gefühle nachzudenken. Abrupt sagte Lorenzo: »Von der Geschichte darf auf keinen Fall etwas bekannt werden. Wenn sich herumspricht, daß ein Pazzi wieder in Florenz ist, werden auch noch andere laut von neuem Vendetta schwören. Auch Francesco Nori wurde damals im Duomo umgebracht, als er mich verteidigte, und die Nori haben mir nie verziehen, daß ich Giovanni und Guglielmo am Leben ließ. Und sie sind nicht die einzigen. Wir müssen Vittorio heimlich dingfest machen und ebenso die Männer, die er beauftragt hat.«

»Ich bin nicht sicher, ob es nur Männer sind«, warf Mario ein. Er hatte bei seinem Bericht nichts von Belials Gemeinde erwähnt, sondern vorgegeben, ein Freund von ihm habe zufällig nachts Vittorio de'Pazzi und seinen Gefährten an einer Straßenecke von Santa Croce belauscht.

»Er könnte auch eine Magd bestochen haben. Etwas Gift in Euren Becher genügt schon, Magnifico.«

»Ich kann unmöglich bei jedem Bissen, den ich zu mir nehme, einen Vorkoster einsetzen«, sagte Lorenzo energisch. »Wir müssen dem Mörder eine Falle stellen, anders geht es nicht. Doch abgesehen von der unmittelbaren Gefahr – der Zeitpunkt gibt mir zu denken.«

Er trommelte nervös mit den Fingern auf dem Tisch. Das sanfte Licht der Kerzen ließ seine scharfen Züge weicher erscheinen. »Pazzi verläßt sich darauf, daß die Riario, wahrscheinlich Girolamo selbst, mit ihrem Geld hinter ihm stehen. Girolamo Riario hat seine eigenen Gründe, mich tot zu wünschen, doch er tut nichts, was dem Papst mißfällt, dazu ist seine Stellung in Rom seit dem Tod des letzten Papstes viel zu unsicher.«

Marsilio Ficino sagte langsam: »Ihr meint, daß der Heilige Vater...«

»Ich glaube nicht, daß er es abgesegnet hat, wie sein Vorgänger. Aber er könnte stillschweigend seine Billigung gegeben haben. Florenz und die Medici sind jedem Papst ein Dorn im Auge.«

Keiner der Anwesenden machte sich darüber Gedanken, dergleichen vor einem Mönch auszusprechen. Fra Mario war, wie die meisten Mönche in Florenz, in erster Linie Florentiner. Bei Lorenzos Exkommunikationen hatte sich die ganze Stadt hinter ihn gestellt, einschließlich der Orden.

»Ich glaube, wir könnten in Florenz irgend jemanden gebrauchen, der sich gelegentlich als Druckmittel einsetzen läßt, damit sich solche... Billigungen nicht mehr wiederholen«, schloß Lorenzo. Er hatte seinen Sohn Giovanni nicht zuletzt deshalb für ein hohes Kirchenamt bestimmt, doch es würde noch Jahre dauern, bis Giovanni alt genug war, um als Kardinal handeln zu können.

Pico della Mirandola, in der Lombardei deutlich schmaler geworden, beugte sich vor. Lebhaft warf er ein: »Ich habe da jemanden kennengelernt... einen ganz außergewöhnlichen Mann. Der beste Prediger, den ich je gehört habe, und er geißelt die Mißstände der Kirche erbarmungslos. Wenn du ihn unterstützt, Lorenzo, wenn er bekannt wird und überall Gehör findet, dann könnte sich die Welt ändern. Und du hättest keine Schwierigkeiten mehr mit dem Papst.«

»Ist der Mann auch gebildet?« forschte Ficino besorgt. »Eiferer gibt es überall.«

Pico war fast entrüstet. »Er kennt Aristoteles so gut wie Thomas von Aquin. Er ist ein Heiliger, das beschwöre ich.«

Lorenzo lächelte schwach. »Das klingt fast zu schön, um wahr zu sein. Wie heißt dieses Wunder?«

»Fra Girolamo Savonarola.«

Mario konnte einen verblüfften Ausruf nicht unterdrücken. »Girolamo Savonarola von den Dominikanern? Aber er stammt aus Florenz, ich habe vor etwa zehn Jahren einmal eine seiner Fastenpredigten gehört, in San Lorenzo. Die halbe Gemeinde ist dabei eingeschlafen.«

Pico errötete. »Das war vor seiner Erleuchtung. Auch Moses war kein Redner, bevor Gott ihn berührte.«

»Ich werde es mir überlegen«, schnitt Lorenzo de'Medici ihren Disput ab. »Kehren wir noch einmal auf das viel weniger erhebende, aber leider unumgängliche Thema meiner geplanten Ermordung zurück. Hat einer von euch vielleicht irgendwelche Vorschläge?«

Die Goldschmiede hatten wie alle Florentiner Zünfte ihre eigene Straße. Ihr Sitz lag passenderweise in der Nähe der Geldwechsler, wenn auch nicht direkt am Mercato Nuovo, sondern in einer nahegelegenen Straße, der Canto di Vacchereccia.

Richard stand in einem der vielen Läden und prüfte die Geschmeide, die man ihm vorlegte. Daß Anton Eberding ihm den Juwelenhandel übertragen hatte, war eine rein geschäftliche Entscheidung gewesen, doch sie bereitete Richard Freude. Fast zärtlich strich er über die feingearbeiteten goldenen Blätter, die Perlen und Smaragde von makelloser Reinheit. Er konnte es sich leisten, sein Entzücken über die Schönheit dieser Dinge unverhüllt zu zeigen. Der Capo Maestro war voll und ganz damit beschäftigt, einen der Lehrlinge niederzumachen, da Richard mit Hilfe der mitgebrachten Waage entdeckt hatte, daß der Goldgehalt einiger Stücke nicht dem in Florenz streng vorgeschriebenen Maß entsprach.

»Du Hund! Wenn ich deinetwegen vor dem Gildengericht lande, kostet mich dieses Vergehen bei der Zunft zwanzig Soldi, und von was soll ich dann leben? Das ist fast mein gesamtes Einkommen als Capo Maestro!«

Er ballte die Faust und hielt sie dem unglücklichen Schüler unter die Nase. »Von was soll ich leben, eh? Von zwei Pfund Pfeffer und zwei Unzen Safran? Oder vielleicht von den sechs Weinflaschen und zwei neuen Hosen, die es außerdem noch gibt? Genügt das für einen Roberto Bottazi?«

»Nein, Maestro«, murmelte sein Lehrling gehorsam.

»Ah, und die Schande – ich kann meine Wiederwahl im Winter vergessen! *O dio*!«

Er hätte zweifellos noch weiter ausgeholt, doch Richard unterbrach ihn. »Falls Ihr vielleicht ein wenig Zeit erübrigen könnt«, sagte er beiläufig, »diese Stücke hier würde ich gerne für das Fondaco kaufen. Die Sache mit dem Goldgehalt bei dem Ohrgehänge bleibt natürlich unter uns... Wie könnte ich einen Freund wie Euch bei seiner Zunft anzeigen, einen Freund, der mir gewiß für all das einen Vorzugspreis einräumen wird?«

Der Capo Maestro stürzte sich in weitere Trauerelogen, doch am Ende ging Richard aus dem stundenlangen Feilschen mit einem nicht unbeträchtlichen Gewinn. Er verließ die Canto di Vaccereccia so würdevoll wie möglich, doch als er die Glocken des Campanile schlagen hörte, begann er zu laufen. Er war mit Fra Mario am Mercato Nuovo verabredet.

Der Mönch wartete an einem der zahlreichen Geldwechslerstände auf ihn. Seine sonst unerschütterliche Ausgeglichenheit hatte ihn wohl doch teilweise verlassen, denn nach der Begrüßung sagte er sofort: »Gehen wir, Riccardo, aber langsam, als würden wir uns die Angebote ringsum ansehen.«

In gesenktem Tonfall fragte Richard: »Und? Wie ist es gelaufen?«

»Ein paar vertrauenswürdige Männer sind auf der Suche nach Vittorio de'Pazzi, und Lorenzo zieht sich nach Poggio a Caiano zurück. In der Villa oder auf dem Weg dorthin wäre ein, sagen wir, tödlicher Unfall viel leichter zu bewerkstelligen als in Florenz, und er hofft, daß Pazzis Leute die Gelegenheit ergreifen.«

Nach kurzem Schweigen fügte Mario hinzu: »Und Eure Belial-Anhänger sind sicher. Was habt Ihr eigentlich mit ihnen vor, wenn das alles vorbei ist?«

Richard wich geschickt einer Fuhre aus und erwiderte: »Ich werde noch einmal hingehen, diesmal besser vorbereitet, und den Leuten beweisen, daß hier jemand mit ihrem Glauben und ihrem Geld Schindluder treibt. Und den, hm, Anführern damit drohen, sie Eurer Signoria auszuliefern, wenn sie dergleichen noch einmal tun sollten. Ich weiß, eigentlich gehörten sie ins Gefängnis, immerhin haben sie sich zu einem Mord bereit erklärt, und ich möchte wetten, es war nicht das erste Mal. Doch wie ich schon das letzte Mal...«

Verblüfft stellte er fest, daß der Augustiner in sich hineinlachte und den Kopf schüttelte. »Was ist daran so lustig?«

»Verzeiht, Riccardo, aber Ihr seid rührend naiv für jemanden, der sich mit derart finsteren Angelegenheiten befaßt. Selbst wenn Ihr die nächste schwarze Messe unterbrechen und den Leuten ausführlich alle Einzelheiten erläutern würdet – seid Ihr ernsthaft der Meinung, sie würden Euch anhören? Menschen wie diese glauben das, was sie glauben wollen, und sie wollen etwas Starkes, Magisches, das sie anbeten können. Ihr bräuchtet schon ein unglaubliches Glück, um überhaupt wieder lebendig ans Tageslicht zu kommen.«

Mario hielt inne. »Vielleicht ist es gut, wenn Fra Savonarola hierherkommt und Pico recht mit ihm behält«, murmelte er. »Die Menschen haben das Vertrauen in die Kirche verloren und wenden sich nächtlichen Spukgestalten zu. Er könnte sie wieder zurückführen.«

Er räusperte sich. »Aber zurück zu Euch, Riccardo. Was den zweiten Teil Eures Plans anbelangt, so stimme ich zu, die Anführer müssen unschädlich gemacht werden. Nur, wenn Ihr ihnen droht, werden sie Euch auslachen. Welche Beweise habt Ihr schon? Außerdem seid Ihr ein Fremder und damit nicht aussageberechtigt hier in Florenz.«

Richard kam sich vor wie damals, als ihm Bruder Albert eine schlechte Argumentation nachgewiesen hatte. Es war dasselbe peinliche Gefühl, und er haßte es. Doch die Logik zwang ihn zu der Erkenntnis, daß der andere im Recht war. Unmutig gab er zurück: »Und was schlagt Ihr statt dessen vor... Padre?«

Mario blieb stehen und hob in einer sehr florentinischen Geste die Hände. »Das liegt doch auf der Hand. Ihr und ich werden diesem weißgesichtigen Messer vor den Gewölben auflauern und ihn vor die Wahl stellen: Entweder die Inquisition oder... Wohlgemerkt, ich werde sprechen. Ihr macht bei der Sache nicht den Mund auf. Vielleicht erfahren wir so sogar den Namen des Mörders. Übrigens, das erinnert mich an etwas. Il Magnifico möchte Euch seinen Dank aussprechen, bevor er Florenz verläßt. Damit das niemandem auffällt, insbesondere unserem Freund Vittorio und seinen Spionen nicht, wird er Euren ganzen Fondaco in die Via Larga einladen.«

Sie berieten noch eine ganze Weile über den nächsten Sonntag, die einzige Möglichkeit, den unbekannten Belialpriester zu finden, und Richard entschloß sich, Mario von dem Mädchen aus der Schenke zu erzählen, um auszuschließen, daß Lauretta dabei zu Schaden kam. Erst als er wieder inmitten von Waren und Rechnungen saß und fast einen Streit mit Wolfgang Schmitz gehabt hätte, fiel ihm auf, daß Fra Mario ihn während ihres Gespräches niemals an die Gegenleistung erinnert hatte, die er dem Mönch versprochen hatte.

Anton Eberding nahm die Einladung in den Palazzo Medici mit einiger Verwirrung und Freude entgegen. Das Fondaco lief soweit gut an, nur mit den Calimala gab es noch immer Schwierigkeiten, und er hätte gern mit Lorenzo de'Medici darüber gesprochen. Doch seit mehreren Wochen hatten dessen Angestellte immer erklärt, Il Magnifico sei zu beschäftigt. In Eberding waren schon schwere Befürchtungen wach geworden, und er sah mit unangenehmer Deutlichkeit einen scharfen Tadel von Jakob Fugger voraus. Kein Wunder, daß er die Kuriere aus Augsburg nicht sehr gutgelaunt empfing. Andererseits, was sollte er denn tun? Die Florentiner waren noch glattzüngiger als die Venezianer, wenn es darum ging, sich um Verpflichtungen herumzureden.

Er scharte seine Gehilfen um sich wie ein Feldherr seine Mannen und wies sie an, ihre Festtagskleidung anzulegen; Prunk und äußeres Erscheinen waren sehr wichtig in Florenz. »Und alle«, ein strenger Blick auf Richard Artzt, der inzwischen wohl begriffen hatte, daß er nicht mehr war als die anderen auch, »bleiben in meiner Nähe!«

Die Schwaben hatten sich zwar schon etwas eingelebt, doch die Zwanglosigkeit der italienischen Gastmahle wirkte immer noch ein wenig befremdend auf sie, besonders, da es keine feste Tischordnung gab. Eberding war nicht zimperlich, wenn es um Geschäfte ging, aber er hielt es dennoch nicht für passend, sofort damit herauszuplatzen. Er ließ sich mit seinen Gehilfen am linken Tischende nieder. Lorenzo unterhielt sich gerade mit einem etwas mürrisch aussehenden Jungen, der sich in seiner Umgebung nicht sehr wohl zu fühlen schien, doch er bemerkte Eberding sofort und begrüßte ihn namentlich.

Wider Willen fühlte der Leiter des Fondaco sich geschmeichelt. Er war Lorenzo de'Medici erst einmal begegnet, doch offensichtlich hatte er Eindruck gemacht.

»Es freut mich, daß Ihr Eure jungen Leute mitgebracht habt«, erklärte Lorenzo. »Das hier ist Michelangelo Buonarroti, Bertoldos bester Schüler im Garten der Bildhauer.«

Der Junge errötete und murmelte etwas in sich hinein. Eberding gab einen ebenso unverständlichen Kommentar. Er hatte keine Verwendung für Bildhauer. Aber er fühlte sich nun verpflichtet, seine Gehilfen ebenfalls vorzustellen. »...Wolfgang Schmitz, und das ist Richard Artzt.«

»Ah ja«, sagte Lorenzo, »Pico della Mirandola hat mir von Euch erzählt, Riccardo. Meinen Glückwunsch – es gelingt nicht vielen, Pico zu beeindrucken.«

»Ich war der Beeindruckte«, entgegnete Richard und spürte die neugierigen Blicke der anderen Deutschen wie Brennesselstiche. Den Florentinern fiel nichts weiter auf. Lorenzo versuchte bei seinen Gastmählern immer, auf so viele der Anwesenden wie möglich einzugehen.

Richard war erleichtert, daß Lorenzo nun auch mit den anderen Gehilfen ein paar Worte wechselte, und entspannte sich. Eine Weile lauschte er der Musik im Hintergrund und verzehrte mit Genuß die delikat zubereiteten Fische. Er hielt Ausschau nach Mario, konnte die schwarze Kutte des Augustiners jedoch nirgendwo entdecken. Als ihm ein Page von dem Spanferkel anbot, das man eben auf Spießen hereingebracht hatte, lehnte er dankend ab.

Etwas später spürte er, daß die Speisen ihn durstig gemacht hatten, und er schaute sich nach dem Pagen um. Er entdeckte ihn schließlich, einen Weinkrug in der Hand, wie erstarrt hinter Lorenzo stehend. Richard wollte ihn anrufen, doch etwas in der völligen Reglosigkeit des Pagen hielt ihn zurück. Es war ein blonder, etwas dicklicher Jüngling, in das Rot und Weiß der Medici gekleidet, der ihm irgendwie bekannt vorkam.

Endlich hob der Page eine Hand, murmelte etwas, zu leise, um es Richard verstehen zu lassen, und strich über den Weinkrug. Er trat vor und füllte mit einer präzisen, geschmeidigen Geste Lorenzos Becher.

Von dem, was nun geschah, wurden in Florenz bis zum nächsten Morgen mindestens ein Dutzend verschiedene Versionen herumerzählt. Die einen schworen, der junge, dunkelhaarige Tedesco aus dem Fondaco sei mit einem einzigen Satz quer über den Tisch gesprungen und habe Lorenzo den Becher aus der Hand geschlagen, die anderen sagten, nein, er habe sich auf den Pagen gestürzt und diesen niedergerungen. Einmal galt Richard als Held, der Il Magnifico das Leben gerettet habe, dann wieder hieß es, er sei ein Mitverschwörer, den nur in letzter Sekunde die Reue gepackt habe. Warum sonst hätten die Wachen, die wie aus dem Nichts auftauchten und den Pagen abführten, auch ihn wegbringen sollen?

Florenz brodelte bereits vor Gerüchten, als Richard noch in Lorenzo de'Medicis Studiolo saß und sich wartend die Zeit damit vertrieb, die Einrichtung des Raums zu bewundern.

Es war eindeutig, daß dieser Raum allein der Entspannung diente, obwohl an der rückwärtigen Wand ein kleiner Schreibtisch stand. Richards Augen wanderten von den Kameen und Flachreliefs über die in sanften Farben gehaltenen Tafelbilder bis zu den antiken Bronzen. In dem Kamin, auf dessen Sims ein nackter Herkules stand, erhellte ein kleines Feuer den Raum. Richard wußte nicht, wohin er zuerst schauen sollte; endlich blieb sein Blick an der Faunsmaske hängen, die an der Wand hing. Der Marmor sah zu hell, zu... frisch aus, als daß es sich um ein Werk der Antike handeln konnte.

»Eine Arbeit von Michelangelo Buonarotti. Erstaunlich, nicht wahr?« Il Magnifico trug eine nachtblaue festliche Robe, doch inzwischen wirkte sie verknittert. Lorenzo durchquerte den Raum und ließ sich auf einem der bequemen Sessel nieder.

»Warum«, fragte er ernst, »hat mir Mario nicht erzählt, daß die von Pazzi bestochenen Helfer Teufelsanbeter sind?«

Lorenzo kam offensichtlich gerade von der Vernehmung des Pagen, schlußfolgerte Richard. Er bemühte sich, ruhig und sachlich zu wirken und nicht an die möglichen Konsequenzen zu denken, die sich aus Lorenzos Fragen ergaben.

»Das ist meine Schuld. Ich hatte ihn darum gebeten, da ich«, Richard stockte kurz, »befürchtete, sonst würde in Florenz hinter jeder Haustür die Suche nach Hexen beginnen.«

Lorenzo seufzte. »In der Tat. Ich habe als Kind einmal eine solche Hexenjagd erlebt, glaubt nicht, ich könnte Euch nicht verstehen. Aber ich kann auch keine Gruppe von möglichen Mördern mitten in Florenz dulden. Meine Leute haben Anweisung, bei den Verhaftungen äußerst vorsichtig vorzugehen und auf keinen Fall Vittorio de'Pazzi oder die schwarze Messe zu erwähnen. Nur, eine undichte Stelle gibt es immer. Hoffen wir, daß der Jagdeifer sich in Grenzen hält.«

Richard blieb stumm. Er starrte auf die Faunsmaske, ohne sie wirklich zu sehen. Endlich sagte er: »Dann hat der Page also alles gestanden?«

»Alles, bis hin zu den Namen der einzelnen Mitglieder. Übrigens spricht das dafür, daß dieser Belial-Kult noch nicht lange besteht, sonst wäre der Anführer erfahren genug gewesen, um für einen Mord jemanden zu nehmen, der ihn nicht kennt.«

Richard überlegte noch, wie er seine Bitte am besten formulieren könnte, als Lorenzo, der ihn aufmerksam beobachtete, bemerkte: »Selbstverständlich werden die meisten dieser Toren mit ein paar Tagen Haft und einer Kirchenstrafe davonkommen, wie etwa die Teilnahme an regelmäßigen Buß- und Fastenübungen. Ich möchte behaupten, daß so etwas für jeden sehr ernüchternd wirken dürfte.«

Noch wagte Richard nicht, seiner Erleichterung Raum zu geben. Er räusperte sich und meinte: »Da ist jemand, eine von denen, die es nicht verdient, auch nur verhaftet zu werden.«

Zuerst zögernd, dann immer flüssiger erzählte er Lorenzo von der kleinen verzweifelten Magd in die Schenke und schloß mit der Bitte, sie nicht zu behelligen und ihr, wenn möglich, irgendwoanders Arbeit zu verschaffen.

»Nun, das läßt sich gewiß machen«, sagte der Medici. »Ich werde diesbezügliche Anweisungen erteilen. Aber Ihr, Riccardo, was ist mit Euch? Ihr habt mir das Leben gerettet, eigentlich sogar zweimal, durch Eure Warnung und Euer Handeln.«

Richard versuchte, sich wie ein Held zu fühlen, doch es gelang ihm nicht. Die einzige Empfindung, zu der er in der Lage war, schien dumpfe Erleichterung zu sein und die leise, immer noch pochende Sorge, daß er Lorenzos Vorsichtsmaßnahmen zum Trotz dennoch der Auslöser für eine Wiederholung der Ereignisse von Wandlingen gewesen war. In seinem Bemühen, die Existenz von Hexen zu widerlegen, war er keinen Schritt weitergekommen. Er schüttelte den Kopf und versuchte, sich auf das Gespräch zu konzentrieren.

»Ich tat nur, was jeder andere an meiner Stelle auch getan hätte.« Lorenzo lächelte, und sein Gesicht mit den holzschnittartigen Zügen wirkte mit einem Mal gelöst. »Das bezweifle ich. Gibt es nichts, was Ihr Euch für Euch selbst wünscht, keinen Gefallen, den ich Euch erweisen könnte?«

Richard lag schon ein »Nein« auf der Zunge, da fiel ihm etwas ein. Er strich sich eine Haarsträhne aus der Stirn und fragte sich dabei, ob er zu unbescheiden war.

»Doch... es gibt da zwei Dinge.«

Er holte tief Atem. »Es würde mir sehr daran liegen, wenn die Calimala mit dem Unternehmen Fugger statt mit, nun, französischen Kaufleuten arbeiteten... und ich wollte schon immer an der platonischen Akademie studieren!«

Lorenzo de'Medici war nicht leicht zu verblüffen, aber diesmal brauchte er einige Sekunden, um sich von der Überraschung zu erholen. Er musterte Richard, dem man nicht die geringste Unsicherheit mehr anmerken konnte, und seine Mundwinkel zuckten.

»Wie alt seid Ihr, Riccardo?«

»Gerade siebzehn.«

»*Per Bacco*«, sagte Lorenzo, »ich möchte nicht mit Euch verhandeln, wenn Ihr erst in mein Alter kommt. Also schön, ich werde dafür sorgen, daß die Calimala Euch alle Konzessionen zugestehen, die Ihr haben wollt. Was die platonische Akademie angeht«, er blinzelte dem Deutschen zu, »wir haben es uns zur Aufgabe gemacht, Wissen an alle, die dafür offen sind, weiterzugeben. Und außerdem, wie könnte ich meinen Freunden die aufschlußreiche Erfahrung verwehren, mit Euch zu disputieren?«

Richard verbrachte den nächsten Tag damit, den neugierigen Fragen aller Fondaco-Angehörigen mit einer Miene geheimnisvoller Undurchdringlichkeit auszuweichen, was ihm ein diebisches Vergnügen bereitete, auch wenn es, wie er sich selbst eingestand, kindisch war. Im übrigen kam er zu aller Verwunderung seinen täglichen Pflichten beim Goldhandel und der Buchhaltung nach, präsentierte Eberding seine eigene monatliche Abrechnung und die des gesamten

Gold- und Stoffbereichs und schrieb am Spätnachmittag bester Laune einen ausführlichen Brief nach Augsburg.

»Daher glaube ich«, schloß er triumphierend, »daß Ihr Euch wegen der Konzessionen keine Sorgen mehr zu machen braucht.«

Teilweise gelang ihm die Verschlüsselung schon während des Schreibens, und Richard nahm sich vor, so lange zu üben, bis er es nicht mehr nötig hatte, jedesmal alles doppelt zu schreiben. Er schaute aus dem Fenster auf die Sonnenuhr im Hof, die Eberding vor zwei Wochen dort hatte aufstellen lassen, und kniff die Augen zusammen, um die genaue Zeit erkennen zu können. Beruhigt stellte er fest, daß er noch genügend Freiraum hatte, um sowohl das Mädchen im »Lachenden Bacchus« aufsuchen und über ihr Schicksal zu beruhigen, als auch rechtzeitig an dem mit Mario verabredeten Treffpunkt zu sein.

Vor beidem empfand Richard ein gewisses Unbehagen, das sich noch verstärkte, als er die Via Calimala entlangging. Er konnte sich denken, was Fra Mario als Gegenleistung von ihm haben wollte, und was Lauretta anging, so konnte er sich ebenfalls lebhaft vorstellen, was sie dazu sagte, wenn er ihr erzählte, daß ihr Belial-Kult der Obrigkeit bekannt war. Aber schließlich hatte sich für sie dadurch alles zum Besten gewendet, ohne Zauber, und als er schließlich die Schenke betrat, war er fest davon überzeugt, das Mädchen versöhnen zu können.

Es wunderte ihn allerdings, daß er sie nicht sofort sah, denn bei seinen bisherigen Besuchen hatte Richard nicht den Eindruck gewonnen, daß der Wirt seiner Magd viele freie Stunden gönnte. Den Wirt allerdings fand er augenblicklich und sah, wie sich das feiste Gesicht in ein dienststeifriges Lächeln faltete, als er sich näherte.

»Verzeiht, aber könnt Ihr mir sagen, wo ich Lauretta finde?« erkundigte sich Richard mit distanzierter Höflichkeit. Schlagartig verschwand das Lächeln.

»Lauretta? Die kleine Schlampe hat sich umgebracht«,

sagte der Wirt ärgerlich. »Hat heute nachmittag mit einer von diesen merkwürdigen Gestalten getuschelt, die sie hier manchmal besuchen, und kam dann heulend zu mir, schwatzte etwas davon, daß sie ihren Lohn haben wollte, weil sie die Stadt verlassen müsse. Ist das zu fassen? Und wie ich sage, nein, und wenn du mir davonläufst, zeig ich dich bei der Signoria an, rennt sie weg, und mein Nichtsnutz von einem Sohn findet sie zwei Stunden später auf dem Dachboden. Hat sich erhängt. Bei allen Heiligen, ich hab sie immer wie meine Tochter behandelt, und sie bringt sich um, gerade jetzt, wo hier ein Zunftfest nach dem anderen stattfindet. Undankbare Schlampe. Und es hat sich schon rumgesprochen. Schaut Euch das an. So wenig Gäste waren noch nie da!«

Während der Wirt sprach, sich immer mehr ereiferte, bis auch andere Gäste aufmerksam wurden, spürte Richard in sich das immer stärker werdende Bedürfnis zu schreien, auf den Mann vor ihm einzuschlagen, den sich immer rascher bewegenden Mund zu stopfen. Aber er tat nichts dergleichen. Dazu kannte er den wahren Schuldigen nur zu genau. Schließlich wandte er sich ruckartig ab und verließ mit steifen Schritten den Raum, als sei er aus Holz, und er wünschte, er wäre es, wünschte es sich wie nichts anderes sonst.

»Ich habe sie umgebracht«, sagte Richard zu Fra Mario Volterra, der auf die Erfüllung eines Versprechens wartete, »so sicher, als ob ich ihr selbst den Strick um den Hals gelegt hätte. Wenn ich schon am Morgen zu ihr gegangen wäre oder gleich noch in derselben Nacht, nachdem ich mit Lorenzo gesprochen hatte...«

Sie standen auf der alten Bergfeste über dem Arno, wo man sehen konnte, wie der Fluß mit einem Arm die Innenstadt umschlang. Die rötlichen Dächer der Stadt glichen im Mondlicht zahlreichen kleinen Stufen, die zum Duomo und seinem Campanile hinführten. Der schlanke, goldglänzende Turm der Signoria ragte wie der Mast eines Schiffes aus dem

Häusermeer empor, und zu einem anderen Zeitpunkt wäre es Richard wohl in den Sinn gekommen, daß man den Duomo mit seiner riesigen Kuppel auch als den behäbigen Bug dieses Schiffes sehen konnte. Doch so unterstrich die Schönheit, auf die er schaute, nur die Ungeheuerlichkeit des Geschehenen.

»Ja«, sagte Mario. »Ich könnte Euch jetzt trösten und behaupten, daß es ihr eigener Entschluß und der Wille Gottes war, aber das wäre eine Lüge. Mit dieser Last müßt Ihr fertig werden. Ihr habt sie getötet, zusammen mit ihrem Aberglauben und ihrer Furcht und ihrem ganzen gequälten Leben, aus dem sie keinen Ausweg mehr sah. Doch ich trage selbst ein Stück an dieser Schuld, denn schließlich hattet Ihr mir von ihr erzählt, und ich hätte wissen müssen, daß diese Gefahr bestand.«

»Aber Ihr versteht nicht«, sagte Richard tonlos. »Das war nicht das erste Mal, daß ... Ich habe schon einmal jemandem den Tod gebracht.«

Er starrte auf die Türme, welche die weiß schimmernde Stadtmauer immer wieder unterbrachen wie die ringförmigen Glieder einer Kette. Fünf der acht Türme ließen sich von hier aus erkennen, fünf Türme für die fünf Jahre seines Lebens, die vergangen waren, seit in Wandlingen ein Scheiterhaufen gebrannt hatte, bis er hier wieder ein neues Schließen des Kreises erlebte, in dem er gefangen war.

»Warum ausgerechnet dort?« hatte Richard gefragt, als Mario ihm den Treffpunkt nannte, und der Augustiner hatte geantwortet: »Wenn Ihr es nicht über Euch bringt, Eure Geschichte einem Menschen zu erzählen, dann könnt Ihr sie dort der Stadt erzählen, Riccardo.«

Mit monotoner Stimme begann er jetzt zu sprechen, den Blick starr auf die Stadt gerichtet. Bilder quälten sich aus ihm hervor, die er für immer sicher in seinem Innersten bewahrt geglaubt hatte: der Inquisitor, Bruder Ludwig, der schwitzend vor der Tür ihres Hauses stand, Bruder Albert und der Abt und die maßlose Enttäuschung, der Haß, den beide in ihm wachgerufen hatten, und endlich der lange Gang seiner Mutter zum Scheiterhaufen, seiner Mutter, die von der Folter so zugerichtet worden war, daß er sie unter hundert anderen Gefangenen noch nicht einmal erkannt hätte.

Er sprach auch von Augsburg, von Sybille und ihrer selbstverständlichen, liebevollen Art, von Jakob und der seltsamen Faszination, die von ihm ausging, und zu Richards eigener Überraschung sprach er auch von dem Fiasko mit Barbara und der aufreizenden Versuchung, die sie für ihn dargestellt hatte.

»Aber warum habt Ihr ihr nie nachgegeben, Riccardo?«

»Weil ich... weil sie... weil es falsch war. Weil sie eine Frau war. Es mag Euch vielleicht wie eine Lüge vorkommen, aber ich habe es bis jetzt noch nicht fertiggebracht, bei einer Frau zu liegen.«

»Statt dessen sucht Ihr nach Hexen.«

Richard krallte sich an der Festungsmauer fest, und seine Knöchel wurden weiß. »Das hat überhaupt nichts miteinander zu tun. Und im übrigen suche ich nicht nach Hexen. Ich habe es Euch doch erklärt, ich will beweisen, daß es keine gibt.«

Mario sah ihm nicht in die Augen. »Habt Ihr Euch eigentlich je gefragt, warum? Ich meine, wollt Ihr die Unschuld Eurer Mutter beweisen?«

»Nein«, entgegnete Richard heftig. »Ich weiß, daß sie unschuldig war. Sie wurde aus drei Gründen verbrannt: der Lüsternheit eines Mönchs wegen, weil ein Inquisitor unbedingt Blut sehen wollte und dafür sorgte, daß der Prozeß noch nicht einmal im entferntesten gerecht ablief, und weil niemand da war, um ihr zu helfen. Nicht, nachdem die Mönche erkannten, daß ihr eigenes Leben in Gefahr sein würde. Und ich wette, so ist es auch bei all den anderen Prozessen, die Bruder Heinrich von den *domini canes* durchführt.«

Mario streifte seine Kapuze ab und hob sein Gesicht dem Mond entgegen. »Was wollt Ihr dann beweisen, wenn Ihr doch überzeugt seid, daß die Prozesse nicht rechtsgültig sind?«

»Die Prozesse sind nur ein äußeres Zeichen, wie ein Geschwür, das die Krankheit verrät. Der *Glaube* an Hexen ist es, der erschüttert werden muß.«

Richard wies auf die schlafende Stadt. »Das«, sagte er, »ist ein Ort voller Wissen, voller Glanz, vielleicht der beste Ort der Welt, um dort zu leben. Aber was würde geschehen, wenn Ihr oder ich uns unter den Campanile stellen und schreien würden, es gebe keine Hexen? Ein öffentlicher Aufruhr wäre noch das mindeste. Und selbst hier, in dieser Stadt voller Gelehrter, in dieser Stadt, die sich so weit von Rom entfernt hat, finden sich Menschen, die sich sogar Hexerei wünschen. Ihr habt diese schwarze Messe nicht gesehen, aber ich. Das muß ein Ende haben, Mario. Die Hexenverbrennungen und die schwarzen Messen, beides.«

Er sprach mit einer glühenden Eindringlichkeit, und es fiel ihm nicht auf, daß er den Priester zum ersten Mal nur mit seinem Taufnamen angesprochen hatte. Mario bemerkte es, doch er sagte nichts dazu. Beide schwiegen. Ein leichter Wind kam auf, der die drückende Hitze, die sich auch in der Nacht noch über die Erde legte, ein wenig zersetzte. Endlich antwortete der Augustiner: »Ich verstehe Euer Ziel, Riccardo, aber ich glaube, Ihr irrt Euch in Eurer Argumentation und Euren Methoden. Oder vielleicht sollte ich es anders ausdrücken. Ihr habt eben nicht alle Eure Gründe genannt.«

»Und welchen weiteren Grund sollte ich noch haben?« fragte Richard langsam.

»Habt Ihr nie daran gedacht, Euch an Heinrich Institoris zu rächen? Und nicht nur die Mönche haben Eurer Mutter damals nicht mehr geholfen, als es gefährlich wurde. Auch Ihr habt ihr nicht geholfen, genausowenig wie dem Mädchen Lauretta.«

Mario drehte sich um und sah Richard direkt an. Richards Augen waren im Mondlicht tiefschwarz, wie tiefe, bodenlose Schächte, und sein ganzer Körper war angespannt wie der einer Katze, die zum Sprung ansetzen will. Seine Hände öffneten und schlossen sich wieder.

»Verdammt sollt Ihr sein, ja«, stieß Richard hervor. »Ich habe ihr nicht geholfen. Nichts, was ich tat, hat ihr auch nur im entferntesten genützt. Und ohne mich wäre Bruder Ludwig nie zu ihr gekommen.«

»Und wenn Ihr jetzt genügend Hexen rettet, indem Ihr den Gegenbeweis antretet, macht Ihr diese Schuld wieder gut, Hexe für Hexe, Stück für Stück?«

»Ja.«

»Und wenn Ihr den Glauben an Hexen erst aus der Welt verbannt habt, hat Bruder Heinrich das verloren, was ihm die meiste Freude bereitete – was viel qualvoller ist, als zu sterben, schnell und auf einen Schlag. Eure Mutter ist sehr langsam gestorben. Ihr Inquisitor soll ebenfalls lange leiden.«

»Ja.«

Der Wind trug den seltsamen Duft von Pinien und Stechginster mit sich. Die alte Bergfeste wurde schon lange nicht mehr bewohnt, und die Bäume, die in ihrem Hof wuchsen, streckten ihre Arme aus wie Schatten, die ans Tageslicht wollen.

»Ihr seht viel zu gut und viel zuviel«, sagte Richard nach einer Weile ausdruckslos, »lernt man das als Priester im Noviziat?«

Das Gesicht des Mönchs verzog sich. »Man lernt es durch Beobachtung. Aber, Riccardo, denkt Ihr denn, wenn Ihr einem Teufelskult nach dem anderen nachlauft, einer Hexe nach der anderen, könnt Ihr Euer Ziel erreichen? Bestenfalls könnt Ihr, wie diesmal, sagen, daß es nur mechanische Kniffe waren. Doch was sagt das über den Rest aus? Und schlechtestenfalls trefft Ihr auf etwas, das Ihr nicht mehr durchschaut, das sich jeder Erklärung entzieht – und was dann?«

Richard lehnte sich gegen die Brustwehr. Der rauhe Stein fühlte sich warm, fast vertraut unter seiner Handfläche an.

»Mario«, fragte er und betonte jedes einzelne Wort, »glaubt Ihr an Hexen?«

Zum ersten Mal am heutigen Abend spürte er, wie sein Gegenüber in die schwächere Position geriet. Der Priester zögerte mit der Antwort, wandte sich wieder ab und erwiderte leise: »Ich weiß es nicht. Ich halte die Art, wie Hexenprozesse heute geführt werden, für ganz und gar unrechtmäßig, und ich sehe in Euren Belial-Anbetern nicht mehr Teuflisches als in jedem leichtgläubigen Menschen, der sich auch zu Bösem mißbrauchen läßt. Aber Hexen im allgemeinen... Ich weiß es wahrhaftig nicht, Gott helfe mir.«

»Welche Methode würdet Ihr also für mich vorschlagen?«

»Studiert die Prozesse. Weist nach, wie und mit welchen Mitteln sie Unschuldige auf die Scheiterhaufen bringen, und schreibt darüber. Bücher vermögen viel, seht Euch nur den ›Malleus Maleficarum‹ Eures alten Bekannten Institoris an. Studiert meinethalben auch alle Schriften über Schwarze Magie, um dort Fehler nachzuweisen, ich besorge sie Euch. Aber verschwendet Euer Leben nicht damit, nach den Hexen selbst zu suchen.«

Wieder kam ein Windstoß, und Richard spürte plötzlich die ersten Regentropfen. »Ist das meine Buße, Padre?« fragte er nicht ohne Ironie.

»Warum nicht? Ihr sehnt Euch doch nach Absolution, nach Vergebung für Eure Schuld. Übrigens, Riccardo, wie wäre es, wenn wir das ständige ›Ihr‹ und ›Euch‹ fallenlassen? Bei Tedeschi mag das üblich sein, für einen Florentiner ist es auf die Dauer sehr beschwerlich.«

Mario beobachtete, wie Richard zögerte, und streckte seine Hand aus. Einen Augenblick später ergriff Richard sie und hielt sie fest. »*Sicuro*«, entgegnete er, mit einem Mal befreit von allem Mißtrauen, »gerne, Mario.«

Aus dem tröpfelnden Regen wurde ein ausgewachsener Sturm. Wassermassen peitschten vom Himmel, und beide rannten, so schnell sie konnten. Richard glitt einmal aus, doch bemerkte es kaum. Durch den Regen zu laufen, auf

Florenz zu, nachdem er endlich einmal ausgesprochen hatte, was sich durch Jahre hinweg in ihm angesammelt hatte, schien ihn frei zu machen, völlig frei, für kurze Zeit lang sogar frei von dem Tod, der sich erst heute ereignet hatte.

23

SELBSTMÖRDER, SO ERFUHR Richard, wurden wie Mörder in die Massengräber jenseits der Stadtmauern geworfen, unweit der Porta Romana auf dem dafür vorgesehenen ungeweihten Teil des Cimitero degli Allori, falls sie nicht einflußreiche Verwandte hatten, die dafür bezahlten, daß ihr Tod als Unfall dargestellt wurde. Richard hätte sein Gehalt dafür verwendet und zum Teufel mit den monatlichen Abrechnungen, aber weder der Wirt noch die Stadtwache, die um der Ordnung willen die Todesursache zu klären gehabt hatte, wären auf die Idee verfallen, die Leiche nicht sofort freizugeben. Angehörige hatte Lauretta anscheinend nicht gehabt, und daß ihre Freunde sich dieser Tage nicht um ihr Schicksal kümmern konnten, wußte Richard nur allzugut.

Er suchte und fand den Friedhof, doch die Mönche des dortigen Kartäuserklosters, in deren Verantwortung der Cimitero degli Allori lag, konnten ihm nicht sagen, in welches Grab man Lauretta geworfen hatte. Richard stand lange vor den tiefen, breit ausgeschaufelten Gruben, wo die Leichen in Säcke verschnürt übereinander lagen, unkenntlich, von einer dünnen Schicht Erde bedeckt, um dem Brauch Genüge zu tun.

Irgendwo dort unten lag sie, das Mädchen, das ihm genügend vertraut hatte, um die Inquisition zu riskieren. Er hatte ihr Vertrauen mißbraucht, und sie war deswegen gestorben. Richard hatte seit dem Tod seiner Mutter über Jahre hinweg immer nur Glück gehabt – selbst das Fiasko mit Barbara hatte sich zum Guten gewendet –, so daß er noch immer nicht ganz begreifen konnte, daß seine persönliche Besessenheit diesmal jemanden das Leben gekostet hatte.

Er konnte Lauretta nicht mehr lebendig machen, doch er schwor sich, von nun an jenen Weg zu gehen, den Mario ihm gewiesen hatte – die Unrechtmäßigkeit der Prozesse nachzuweisen. Auf diese Weise würde er Leben retten können, nicht gefährden, und vielleicht würde das die Erinnerung an sein Versagen dem Mädchen gegenüber irgendwann mildern. Richard kniete nieder, um etwas von der roten toskanischen Erde in die Hände zu nehmen, und als er sich auf den Weg zurück in die Stadt machte, wurde sie schnell warm in seiner Hand, eine Last und eine Hilfe zugleich.

Der Mordanschlag auf Lorenzo und die Festnahme von ein paar »Verschwörern« mit ominösem Hintergrund schlug zwar heftige Wellen in Florenz, doch mit der Zeit beruhigten sich die Gemüter wieder. Richard, »den jungen Tedesco, der Lorenzo das Leben gerettet hat«, einzuladen, war eine Zeitlang in Mode, doch obwohl man sich einig war über Richards Vorzüge als geistreicher Gast, konnte man auch aus ihm nichts Näheres über die Verschwörung herausbringen. Für Richard allerdings waren diese Einladungen ein unerschöpflicher Quell an Informationen. Nie zuvor hatte er mehr Klatsch über Menschen, Politik, Mode und die alltäglichen Eitelkeiten gehört; jedes nur erdenkliche Thema wurde ausgiebig besprochen, und seine Berichte an Jakob wurden immer häufiger und ausführlicher.

Vittorio de'Pazzi gelang es offensichtlich, aus Florenz zu entkommen, denn das nächste, was man von ihm hörte, war ein öffentlicher Auftritt in Rom im dortigen Palazzo der Riario. Er sprang bei einem Gelage stockbetrunken auf den Tisch und schwor, nicht zum ersten Mal, »den Medici und allen ihren Handlangern« fürchterliche Rache.

»Ich würde an deiner Stelle vermeiden, nach Rom zu gehen«, sagte Mario eines Tages zu Richard, als er davon hörte, »die Pazzi vergessen nichts und niemanden, und ich möchte wetten, daß Vittorio jetzt deinen Namen kennt.«

»Die Zeit macht einen Bogen um Rom, doch durch Florenz

reitet sie schneller als der Wind«, lautet ein toskanisches Sprichwort. Für Richard waren die folgenden Monate angefüllt mit Vorlesungen, Disputen und der Arbeit im Fondaco. Er schickte seine verschlüsselten Nachrichten nach Augsburg und durchstöberte die Bibliotheken nach Werken über Architektur, Straßenbau, Bergbau, Mathematik, Waffenkunde und, wenn er die Zeit dazu fand, die Geschichte der Zauberei und Hexenprozesse. Da er in Eberdings Auftrag bald auch Reisen in andere italienische Städte wie Pisa und Bologna machte, blieb er in seinen Nachforschungen nicht auf Florenz beschränkt. Allmählich begannen sich bei ihm die Notizen für ein Buch zu sammeln, das die Ursprünge des Hexenglaubens bis zum heutigen Tag umfassen sollte. Eine große Hilfe für ihn war seine immer enger werdende Freundschaft mit Mario. Dabei verliefen die Diskussionen zwischen den beiden durchaus nicht immer harmonisch.

»Warum, zum Teufel, kann ich die These, daß es keine Hexen gibt, daß die Prozesse bis jetzt nichts als unter der Folter erzwungene Geständnisse erbracht haben und keine einzigen gültigen Beweise, nicht gleich an den Anfang stellen?« fragte Richard einmal ungeduldig.

»Weil man ein Pferd nicht vom Schwanz her aufzäumt, darum«, gab Mario ebenso heftig zurück. »So ein Buch muß man mit grundsätzlichen Erwägungen anfangen, sonst wird es gar nicht erst gelesen. Zum Beispiel wird man dir sofort das Argument entgegenhalten, Gott würde es nicht zulassen, daß Unschuldige verurteilt werden; das solltest du erst einmal entkräften, wenn du willst, daß man dir zuhört.«

Richard wollte protestieren, daß dieses Argument überhaupt keines wäre, doch dann biß er sich auf die Lippen und schwieg. Tatsächlich hatte Mario recht. Für ihn, Richard, mochte es überhaupt keine Frage sein, daß Gott den Tod von Unschuldigen zuließ, aber für die Leute, an die sein Buch gerichtet sein sollte, war dieses Argument sehr wohl schwerwiegend. Er dachte darüber nach und meinte schließlich:

»Mario, warum schreibst du mir nicht eine Argumentation

wie die von Sprenger und Institoris, damit ich sie Punkt für
Punkt entkräften kann?« Er konnte nicht widerstehen, ein
wenig stichelnd hinzuzufügen: »Eine Argumentation ganz
nach den Richtlinien der heiligen Kirche.«

Im Skriptorium hatte man sich längst an den Besucher
gewöhnt, der ständig mit Fra Mario zusammensteckte, so
daß man Richard erst bat, zu gehen, als sich außer ihm kein
Laie mehr in der Bibliothek befand. Er und Mario waren so
beschäftigt gewesen, daß sie die hereinbrechende Dämmerung nicht bemerkt hatten.

»Laß uns zusammenfassen, was wir haben«, sagte Mario
bei ihrem nächsten Treffen, während Richard die Schachfiguren aufstellte. Der Umstand, daß Mario sich als geübter
Schachspieler erwiesen hatte, war eine angenehme Überraschung für ihn gewesen und sorgte dafür, daß er selbst bei
diesem Spiel in Übung blieb.

»Der erste Punkt. Läßt Gott zu, daß Unschuldige in die
Hexenprozesse hineingeraten? Darauf schreibst du, Gott
habe auch den Tod der Märtyrer zugelassen, was ich für ein
ausgezeichnetes Argument halte, aber ob du in diesem
Zusammenhang auch unsern Herrn Jesus als Beispiel für
einen zu Unrecht Verurteilten aufführen solltest, weiß ich
nicht.«

»Warum nicht?« erkundigte sich Richard mit hochgezogenen Brauen. »Findest du das blasphemisch?«

»Nun, sagen wir es so...«

Auf diese Weise vergingen Wochen und Monate, und als
Richard zu einer Reise nach Venedig aufbrach, stellte er
erstaunt fest, daß er schon über ein Jahr in Florenz lebte.

Es gab Probleme mit dem venezianischen Senat, der inzwischen natürlich gemerkt hatte, daß ein Teil des normalen
Gewinns aus dem Fondaco dei Tedeschi nun fehlte und statt
dessen über Florenz lief. Richard sollte als Repräsentant des
florentinischen Fondaco seine diplomatischen Fähigkeiten
einsetzen und die Herren gemeinsam mit Hänsle als Vertreter der Familie Fugger soweit wie möglich beschwichtigen.

Außerdem hatte er sich vorgenommen, auf dem Weg nach Venedig in Bologna und Ferrara haltzumachen. Diese beiden Städte, so hörte man in Florenz, hatten neue Architekten angeworben, um ihre Stadtmauern zu verstärken und umzubauen, denn die laufend weiterentwickelten Kanonen spielten in jeder kriegerischen Auseinandersetzung eine immer wichtigere Rolle. Dem wollte man begegnen.

Richard nahm an, daß diese neuen Befestigungen Jakob sehr interessieren würden. Denn schließlich lieh man Maximilian nicht nur das Geld, um Kanonen zu erwerben, sondern verkaufte dem Habsburger eben diese Kanonen, hergestellt in den fuggereigenen Gießereien aus dem Erz, das ebenfalls so gut wie ausschließlich in Fuggerhand war.

Bologna, mit mehr als vierhundert Jahren die älteste Universitätsstadt Italiens, blieb jedoch hinter Richards Erwartungen zurück. Er skizzierte zwar die Bauanlagen und Festungsmauern, so gut er konnte, schnappte auch einigen Klatsch von den Handwerkern auf, doch es gelang ihm nicht, mit den Architekten selbst zu sprechen. Da er der Angelegenheit im Moment nicht besondere Dringlichkeit zusprach, hielt er sich in den beiden Städten nicht weiter auf und traf schließlich innerhalb der geplanten Zeit in Venedig ein, wo ihn Hänsle, der sich inzwischen als weitgereister Mann von Welt fühlte und alle Mittel kannte, um die Beschränkungen des Fondaco durch Bestechung zu umgehen, begeistert begrüßte.

»Wenn ich daran denke, wie *rückständig* wir in Augsburg waren! Richard, du mußt unbedingt Fiammetta kennenlernen! Ach, übrigens, könntest du Onkel Jakob nicht dazu bekommen, daß er mir das Salär erhöht? Mein Vater jammert in jedem Brief über die Wechsel, die er mir ausstellen muß!«

Trotz seiner Freude über das Wiedersehen wollte sich Richard nicht länger als notwendig in Venedig aufhalten. Die Stadt bedrückte ihn, und mochte es auch nur der Gedanke an den Sklavenmarkt sein, den er bisher sorgsam gemieden hatte. Nein, er würde um keinen Preis der Welt mit Hänsle tauschen wollen, und fast hätte er etwas in der Art gesagt, als er eines Abends von den stundenlangen Verhandlungen mit dem Repräsentanten des Senats zurückkam. Hänsle hatte die Gespräche enthusiastisch mit Richard zusammen begonnen, ihm dann die Sache aber recht schnell alleine überlassen.

»Ich kann mir einen angenehmeren Zeitvertreib vorstellen, als mit dem alten Sauertopf von Capello Spitzfindigkeiten auszutauschen«, meinte er sorglos, als Richard sich erschöpft in einen der üppig gepolsterten Sessel fallen ließ. »Der wollte übrigens zuerst kaum glauben, daß du zur Familie gehörst, weil du wie ein Florentiner sprichst. Ich wette, inzwischen hast du ihn völlig eingewickelt, obwohl mir nicht klar ist, was das ganze eigentlich soll. Letzten Endes muß er sich doch nach denen richten, die das Geld haben, und das sind wir. Aber ansonsten – sag selbst, ist Venedig nicht die wunderbarste Stadt der Welt?«

»Ich habe meine Zweifel«, erwiderte Richard trocken. »Und irre dich nicht mit dem Geld. Solange Venedig das Zentrum des Seehandels ist, solange sind die Menschen hier nicht auf ein einziges Unternehmen angewiesen, und sei es auch noch so mächtig. Sie können jederzeit die Welser...«

»Ach was, die Welser«, winkte Hänsle mit einer großzügigen Handbewegung ab, die gleichzeitig auch alle lästigen Handelseinzelheiten fortzuwischen schien. »Du hättest mich erleben sollen, als dieser eingebildete Sohn vom alten Anton Welser es gewagt hat, mich hier mit ›Hänsle, wie steht es denn am heimatlichen Webstuhl‹ anzusprechen. Für Euch, habe ich da gesagt, für Euch bin ich immer noch Herr Hans Ulrich Fugger oder auch Ulrich Fugger der Jüngere, aber niemals und auf keinen Fall ›Hänsle‹.«

Richard lachte, dann wurde er ernst. »Nimm es mir nicht übel, aber ich glaube, du machst es dir hier zu leicht.«

»Und ich glaube«, gab Hänsle ein wenig spöttisch, aber ohne Schärfe zurück, denn es lag nicht in seiner Natur, sich mit Richard zu streiten, »Florenz muß schon ein sehr trauriger Ort sein, wenn du dir in sechzehn Monaten dort nicht ein bißchen Leichtigkeit angeeignet hast.«

Richard schüttelte den Kopf. »Es ist das Paradies«, sagte er aus voller Überzeugung und entschlossen, so bald wie möglich dorthin zurückzukehren.

Der Tag hatte die angenehme, nicht mehr so drückende Wärme, die den toskanischen Herbst kennzeichnet, und Richard war bester Laune. Wenn er sich beeilte, konnte er noch vor Einbruch der Nacht in Florenz sein. Er klopfte seinem Schimmel auf den Hals und fiel in eine schnellere Gangart. Kaum eine halbe Stunde später versperrte ein großer, umgestürzter Wagen den Weg. Ein Schwarm von Menschen versuchte, ihn wieder aufzurichten. Er hörte Schreie, Rufe, Kommandos und ritt näher. Jemand bemerkte ihn, ein Pfiff ertönte, und mit einem Mal stockte das emsige Treiben.

Die unglücklichen Reisenden entpuppten sich als eine Schar dunkelhäutiger, bunt gekleideter Menschen, die sich schweigend zusammenrotteten, als Richard sich ihnen näherte. Sie strahlten Mißtrauen und Feindseligkeit aus, und er wurde sich mit einem Mal des edlen Stoffes bewußt, aus dem seine Kleidung bestand, seines gepflegten Reittieres und seines ganzen damit zum Ausdruck gebrachten Wohlstandes. Wie ärmlich und heruntergekommen wirkten dagegen die mageren Gestalten vor ihm.

Er hörte jemanden »*Gorgio*« zischen und wußte, wen er vor sich hatte. So bezeichneten Zigeuner jeden, der nicht zu ihresgleichen gehörte.

»Wie ich sehe«, sagte Richard laut, »hattet ihr einen Unfall. Ich würde euch gerne helfen.«

Die Zigeuner rührten sich nicht. Endlich fragte ein älterer, grauhaariger Mann, der wohl so etwas wie der Anführer war: »Warum?«

Richard schwang sich aus dem Sattel. »Reisende sollten einander immer helfen.«

»Gorgio«, höhnte eines der Kinder, das sich an die Röcke seiner Mutter klammerte, »hast du keine Angst, wir könnten dein Pferd stehlen und dich umbringen, um an deine Kleider und dein Geld zu kommen?«

In die Zigeuner kam Bewegung. Sie rückten näher. Ihre Mienen waren unverändert feindselig, und Richard registrierte, daß selbst die Kleinen schon Messer trugen. Unbeeindruckt erwiderte er mit fester Stimme: »Nein.«

Nicht mehr als dieses eine Wort, doch es genügte, um den grauhaarigen Mann dazu zu bringen, seine Lippen in einem grimmigen Lächeln zu verziehen. »Du hast Mut, Gorgio.«

Noch immer sagten die anderen nichts. Richard spürte in diesem Moment alles sehr deutlich: die herbstliche Sonne, den Staub der Landstraße, den Duft der Getreidefelder und die prüfenden Blicke der Zigeuner.

Mit einem Mal rührte sich in ihren geschlossenen Reihen etwas. Jemand drängte sich vor, sehr heftig, und Murren begleitete diese Aufdringlichkeit. Eine helle Stimme rief: »Es ist in Ordnung, Woiwode. Er ist mein Bruder, der mir das Leben gerettet hat.«

Die Gruppe öffnete sich, und vor Richard stand ein junges Mädchen, zwar zierlich, doch mit den Formen und dem Wuchs einer Frau. Ihr schwarzes, wirres Haar war immer noch kurz geschnitten, doch das herzförmige Gesicht mit den breiten Wangenknochen und dem spitz zulaufenden, energischen Kinn hatte seine Magerkeit verloren. Nur ihre Augen waren gleich geblieben, von fast unerträglich strahlendem Grün. Richards Pulsschlag beschleunigte sich. Er hatte nicht damit gerechnet, sie noch einmal wiederzusehen.

»Saviya!«

Sie wandte sich an den Anführer und begann in einem Mischmasch aus Volgare und einer unverständlichen Sprache auf ihn einzureden. Nach und nach veränderte sich die Atmosphäre, die Zigeuner begannen miteinander zu flüstern, bis der Woiwode mit erhobener Hand Ruhe gebot.

Er ging auf Richard zu. »Sei willkommen«, sagte er einfach. »Unser Blut fließt in dir, und damit bist du unser Bruder. Wir nehmen deine Hilfe gerne an.«

»Nun«, entgegnete Richard erleichtert, »dann laßt uns versuchen, euren Wagen mit Hilfe meines Pferdes wieder aufzurichten.«

Ein aufgestörtes Bienennest war nichts gegen die sprühende Lebhaftigkeit des Stammes in diesem Augenblick. Es schien, daß jeder einzelne der Zigeuner, Mann oder Frau, ihn umarmen und als Stammesmitglied begrüßen wollte. Richard dachte später, daß er in seinem ganzen Leben noch nicht so oft umarmt worden war wie an diesem Tag. Er versuchte, Saviya im Auge zu behalten, doch sie war so schnell wieder verschwunden, wie sie erschienen war. Eine Stunde später, als der Wagen endlich aufgerichtet und das Maultier, das ihn gezogen hatte, wieder angespannt war, fand er sie endlich. Sie stand gegen sein Pferd gelehnt und fütterte es mit einem Apfel.

»Es ist nicht das, was du damals hattest, Riccardo«, sagte Saviya und strich dem Tier über die Mähne. Richard war sonst nie um Worte verlegen, doch diesmal fiel ihm nichts ein, was er antworten konnte. Er sah sie an. Sie trug, im Gegensatz zu allen anderen Zigeunerinnen, Hosen und ein eng anliegendes Hemd, wie an dem Tag, als er sie im Schnee gefunden hatte.

»Ich habe dich in Bozen gesucht, Saviya«, entgegnete er schließlich, »weil ich mir Sorgen um dich machte und dir sagen wollte, daß es mir leid tat...«

Sie legte den Kopf ein wenig zur Seite. »Dann hattest du Glück, daß du mich nicht gefunden hast, denn an dem Tag hätte ich dich gut und gerne umbringen können. Aber ich wußte, daß ich dich wiederfinden würde, deswegen habe ich dir mein Messer und mein Haar gelassen.« Richard lächelte. Sie hatte immer noch etwas von einem Kind an sich.

»Und jetzt? Möchtest du mich jetzt auch noch umbringen?«

Saviya schüttelte den Kopf. Sie umarmte ihn schnell, zu kurz, als daß er darauf hätte reagieren können. »Ich habe dich schrecklich vermißt, Riccardo. ›Leicht ist der Abstieg zum Avernus‹«, fügte sie spitzbübisch hinzu, »›doch deine Schritte zurückzuverfolgen und aufzusteigen zurück zum Licht, das ist Qual, das ist Mühe.‹ Du hast mir nie das Ende der Geschichte erzählt.«

»Du hast mir nie erzählt, wie alt du bist.«

»Um viele Monde älter, als ich damals war«, antwortete sie neckisch, »und wie alt bist du, Riccardo?«

Ein kleines Mädchen rannte herbei und rief Saviya zu, sie solle zum Wagen kommen, da die Fahrt weitergehe. »Wohin zieht ihr?« fragte Richard.

»Nach Florenz, wohin sonst auf diesem Weg«, quäkte die Kleine und fügte etwas Unverständliches hinzu. Sie schnitt Saviya eine Grimasse, duckte sich und eilte davon.

»Aber dann kann ich euch begleiten. Das ist auch mein Ziel.«

Saviya warf ihm einen seltsamen Blick zu. »Dir würde es nichts ausmachen, mit dreckigen Zigeunern in der Stadt einzutreffen?«

Er hatte vergessen, wie geübt sie darin war, mit Worten zu beleidigen. »Nein«, sagte er kurz, nahm ihr die Zügel aus der Hand und machte sich zu Fuß mit ihr auf den Weg.

Bis zum Abend war die Verstimmung zwischen ihnen jedoch längst verflogen. Er hatte ihr in groben Zügen von seinen Erlebnissen in Florenz berichtet, und Saviya erzählte von ihrem neuen Stamm und den Städten, die sie gesehen hatte. Richard war neugierig auf die Sprache der Zigeuner geworden und bat sie, ihm doch etwas davon beizubringen. Die Art, wie er sich an der Aussprache verschiedener Ausdrücke versuchte, sorgte nicht nur bei Saviya, sondern auch bei den Kindern, die sich neugierig um den Fremden drängten, für Erheiterung und vertrieb ihnen die Zeit. Da der Wagen der Zigeuner wesentlich länger brauchte als ein einzelner Reiter waren sie bei Einbruch der Nacht noch immer einige Meilen von Florenz entfernt und schlugen an einer geschützten Stelle ihr Lager auf.

Richard bewunderte die Schnelligkeit, mit der die Zigeuner eine Lichtung in einen Lagerplatz verwandelten, wo ein Feuer brannte und aus allerlei Vorräten ein Mahl bereitet wurde. Er steuerte bei, was ihm an Reiseproviant noch geblieben war, und staunte, was daraus wurde. Sie sprachen nun alle ohne Mißtrauen oder Scheu mit ihm, und er erfuhr, daß die kleinen Feuer an den Ecken des Lagers vor allem dazu dienen sollten, die Geister der Toten fernzuhalten. Auch die Mahlzeit lief nach festgelegten Ritualen ab: Zunächst sprach der Woiwode sehr ernst und feierlich einen Segen, dann teilte er selbst das Brot und Pökelfleisch aus. Er erzählte Richard, daß sie hofften, in Florenz mit ihren Kunststücken großen Erfolg zu haben, und wies auf diejenigen Mitglieder des Stammes hin, die sich schon bald erhoben, um ihre Übungen zu machen.

Richard erkannte Saviya unter ihnen. Sie jonglierte, zuerst mit Bällen, dann mit brennenden Fackeln, und er bemerkte plötzlich, daß er vergessen hatte, zu atmen. Der Woiwode war seinem Blick gefolgt.

»Wenn sie meine Tochter wäre«, sagte der alte Mann ruhig, »oder unter uns geboren, würde ich ihr verbieten, in Männerkleidern herumzulaufen, aber sie ist die Enkelin meines Vetters. Wenn sie auftritt, zieht sie die Leute auf den Marktplätzen an wie die Fliegen.«

Richard murmelte undeutlich irgend etwas, ohne zu wissen, was er eigentlich sagen wollte. Er hatte schon zahlreiche Jahrmarktsgaukler erlebt, aber die Zigeuner, die sich nun immer schneller bewegten, umgab etwas Einzigartiges. Saviya war inzwischen dazu übergegangen, Saltos zu schlagen. Später bildete sie die Spitze einer Pyramide, die sich aus verschiedenen anderen Zigeunern zusammensetzte und der eine ähnliche Gruppe gegenüberstand. Sie stieß sich ab, wirbelte von der einen Pyramide zur anderen, und einen

Moment lang glaubte Richard, sie würde fallen. Er zuckte zusammen. Der Woiwode beobachtete ihn belustigt.

»Ihr geschieht nichts. Niemand von uns kann es sich leisten zu stürzen.«

Die Worte klangen irgendwie doppeldeutig, und Richard meinte eine Erklärung abgeben zu müssen. »Ich bin eigentlich nur noch immer verwundert, weil ich das Kind so lange nicht...«

»Sicher«, sagte der alte Mann ironisch. Sie sahen beide weiter den Akrobaten zu, bis »das Kind« einen leisen Schmerzensschrei ausstieß und ihre Übungen abbrach. Sich mit der Hand die linke Schulter reibend, kam sie zu ihnen herüber. Ihre Gestalt zeichnete sich scharf gegen das Lagerfeuer ab.

»Ich habe dir gesagt, du sollst deine Schulter nicht zu sehr belasten«, brummte der Woiwode.

Saviya erwiderte etwas in ihrer eigenen Sprache, dann setzte sie sich, immer noch ein wenig außer Atem, neben Richard. Der Woiwode runzelte die Stirn und winkte einem anderen Mädchen, das sich sofort zu ihnen gesellte. Sie war hübsch, vielleicht ein wenig älter als Richard, und trug mehrere Ketten, die aus Goldmünzen bestanden, als Schmuck. Verwundert hob Richard die Augenbrauen. Er konnte sich nicht vorstellen, daß es sich um echtes Gold handelte; es mußte wohl die beste Fälschung sein, die ihm je untergekommen war.

»Nauka, bleib bei deiner Base und ihrem Bruder«, sagte der Woiwode streng, »ich komme gleich wieder.«

Saviya wartete, bis er sich außer Hörweite befand, dann beugte sie sich zu Richard und wisperte mit gespielter Entrüstung: »Er kann doch nicht ganz vergessen, daß du ein Gorgio bist – und was man von den Gorgios so alles behauptet.«

Nauka schnalzte mißbilligend mit der Zunge, und Saviya fuhr sie an: »Chut, Nauka, ich bin bei Riccardo so sicher wie in einem Kloster. Du brauchst nicht auf uns aufzupassen.«

Das ältere Mädchen erwiderte mit einer gewissen Boshaftigkeit in der Stimme: »Auf dich muß man von morgens bis abends aufpassen, Saviya. Glaub nicht, daß du mich so leicht los wirst.«

Sie lächelte Richard zu. »Und du willst doch auch nicht, daß ich gehe, oder?«

Saviya packte mit der Schnelligkeit, die sie vorhin beim Jonglieren gezeigt hatte, das Handgelenk ihrer Base und verdrehte es.

»Geh sofort, und wenn du mich beim Woiwoden verrätst, weißt du, was geschieht!«

Nauka starrte sie an, doch in ihren Augen zeigte sich nicht nur Zorn, sondern auch ganz deutlich Furcht. Sie zuckte die Achseln und erhob sich. »Ich gehe«, murmelte sie, »und es ist dein Schatten, nicht meiner.« Ihre goldenen Ketten klirrten, als sie sich leise entfernte.

»Tut mir leid, Riccardo«, sagte Saviya fröhlich, »aber in einem Stamm hat ein heiratsfähiges Mädchen mehr Hüter als ein neugeborener Säugling. Oh, ich habe das satt. Und ich muß dich noch soviel fragen. Was hältst du von meinen Kunststücken? Habe ich mich verändert, was meinst du?«

»Dein Temperament ist dasselbe geblieben, soviel steht fest«, entgegnete Richard trocken. »Dein neuer Stamm hat mein herzliches Beileid. Womit hast du dem armen Mädchen gedroht?«

Saviyas Augen weiteten sich, und sie sagte unschuldig: »Gedroht? Ich? Ich habe eine Prophezeiung gemacht. Wir Zigeuner tun das ständig, Riccardo. Soll ich für dich in die Zukunft sehen?«

»Nein«, erwiderte er, doch Saviya nahm seine rechte Hand in die ihre. »Nicht die linke – die zeigt nur, was du tun könntest, nicht, was du tun wirst.«

Ihre Fingerspitzen tanzten über seinen Handballen hinweg, zogen die Linien der Handfläche nach. Sie rückte ein wenig näher, und ihr Haar streifte seinen Mund. In Richard erwachte ein Gefühl, das er endgültig begraben gewähnt hatte. »Bitte, Saviya«, sagte er sehr ernst, »hör auf.«

Sie hob den Kopf, und ihr Blick traf den seinen. »Ich bin kein Kind mehr, Riccardo, wirklich nicht mehr.«

Er berührte mit der linken Hand ihre Wange. »Da bin ich nicht so sicher. Auch ich bin kein Kind mehr, Saviya. Ich könnte dir weh tun, und damit meine ich nicht, was du glaubst. Das wollte ich dir damals erklären. Es liegt nicht an dir, sondern an mir.«

Saviya schüttelte den Kopf, nicht ärgerlich, nur bestimmt. »Du irrst dich, Riccardo«, sagte sie und lächelte wie über einen geheimen Scherz. »Als ich dich zuerst gesehen habe, da wußte ich es. Du hast mich aus der schwarzen Welt zurückgeholt, und ich habe für dich getötet. Ich liebe dich, und du wirst...«

Der Schatten des Woiwoden fiel auf sie. »Saviya«, grollte er, »was hast du mit Nauka gemacht? Geh, sofort.«

Richard erhob sich, und auch Saviya stand auf. Einen Augenblick lang schien sie rebellieren zu wollen. Ihre Unterlippe zitterte. Dann seufzte sie übertrieben ehrerbietig, verbeugte sich mit gekreuzten Händen und verschwand wie ein Traum in der Nacht.

»Es ist nichts geschehen«, sagte Richard.

»Alles ist geschehen. Aber dagegen kannst du nichts tun, *poschrat*. Und das törichte Enkelkind meines Vetters auch nicht.«

Man hatte Richard einen Schlafplatz innerhalb des Lagers eingeräumt, doch er konnte keine Ruhe finden. Statt dessen ging er durch den kleinen Olivenhain. Als er dann auf sie traf, war er erleichtert und beunruhigt zugleich.

»Saviya, Saviya, ich...«

»O Riccardo, bitte, laß uns hier bleiben. Niemand wird hierher kommen, nur die Toten. Es wird nichts passieren, ich möchte nur in deiner Nähe schlafen, wie damals in den Bergen. Morgen sind wir in Florenz, und denkst du, ich weiß nicht, daß du dort ein ehrbarer Bürger bist und ich eine Zigeunerin? Aber hier ist nirgendwo. Laß uns für diese eine Nacht noch zusammenbleiben.«

Ich bin nicht Ulrich von Remar, sagte sich Richard, während er einen Arm um sie legte und sie beide stumm weitergingen. Ich vergewaltige keine kleinen Mädchen. Es wird nichts geschehen – und warum auch? Sie ist ein Kind. Und ich liebe dieses Kind.

Sie wanderten durch den Wald, und so nebeneinander zu laufen, hatte seine eigene Harmonie und schien für beide vollkommen natürlich zu sein. Als er ein paar Blumen im Mondlicht schimmern sah, bückte sich Richard und pflückte sie für Saviya. Sie erzählte ihm ein altes Märchen ihres Volkes, über den Feenkönig und die Feenkönigin, die sich in einem solchen Wald gestritten hatten, und er zitierte, wie während ihrer Krankheit, Gedichte für sie. Einmal blieben sie stehen, um dem Gesang eines Vogels zu lauschen, der sich mit dem leisen Rauschen der Blätter und ihren eigenen Stimmen zu einem Ganzen verwob.

»Das ist die Nachtigall«, flüsterte Saviya.

Gegen Morgengrauen wurde sie müde und schlief mit dem Rücken gegen einen der Olivenbäume gelehnt ein. Richard beobachtete, wie die ersten Sonnenstrahlen sich über ihr Gesicht stahlen. Ein zärtliches Lächeln zog an ihren Mundwinkeln. Er küßte sie, sehr sachte, um sie nicht aufzuwecken. Ihre Lippen waren sanft und weich, und ihre Haut roch schwach nach Thymian und Farn. Richard deckte sie mit seinem Hemd zu, dann eilte er zum Lager zurück.

Kurze Zeit später war er auf dem Weg nach Florenz.

24

Fra Mario Volterra nahm die Brille ab, die er zur Entzifferung alter Handschriften benutzte, und seufzte. »Du kannst dir nicht vorstellen, was inzwischen geschehen ist, Riccardo«, sagte er. Er rieb sich die Nasenwurzel, wo die Brille Druckstellen hinterlassen hatte, und wies auf einen Stapel Bücher. »Wie du siehst, habe ich einige von den Prozeßabhandlungen, die du noch brauchst, erhalten. Aber verlassen wir besser das Skriptorium. Ich möchte den Bruder Bibliothekar nicht verärgern, und meine Erzählung dauert länger.«

Der Kreuzgang von Santo Spirito wirkte seltsam unbelebt für diese Tageszeit, wie auch die Bibliothek nicht so voll wie sonst gewesen war. Die kurzen Schatten, welche die Mittagssonne warf, fielen wie spitze Nadeln auf den hellen Steinfußboden.

»Im Fondaco schwirrt es auch von Gerüchten«, meinte Richard und setzte sich auf eine der Bänke. »Dieser berühmte Prediger ist endlich eingetroffen, nicht wahr? Wie hieß er doch gleich – Savonarola? Er hat sich Zeit gelassen. Du hast mir doch erzählt, daß ihn Lorenzo schon im letzten Winter eingeladen hat.«

»Hm. Ja. Er ist da und predigt in San Marco. Deswegen sind übrigens auch so wenige Leute hier, unter anderem«, antwortete Mario düster. »Die Mönche in San Marco sind entzückt, unser Abt ist es weniger, aber das ist eigentlich unwichtig. Ganz Florenz drängt sich nach San Marco, um Fra Savonarola zu sehen.«

Richard lachte. »War das denn nicht die Absicht?«

Doch dem Augustiner war nicht nach Scherzen zumute. »Der Mann vergleicht sich gerne mit einem Schwert, und er ist auch eines. Er hat die Stadt gespalten, und ich schließe mich da nicht aus. Ich weiß nicht, was ich... Geh und sieh ihn dir an. Wenn du danach eine feste Meinung über ihn hast, gratuliere ich dir. Ich gebe dir nur einen Hinweis. Er nennt Florenz ›Die Blume der Hölle‹.«

Im Fondaco stand Meister Eberding ein wenig hilflos vor einer Reihe von neuen Lieferungen. »Artzt, ich verstehe das nicht. Die Preise für Goldschmuck fallen, die Preise für bestickte Stoffe fallen, und ein paar Leute wollen mir sogar Gemälde und Statuen für einen absoluten Spottpreis andrehen. Was ist denn nur mit den Welschen los?«

Diese Frage konnte ihm Richard zwar auch nicht beantworten, doch dafür hatte er einen Vorschlag zur Hand: »Wenn Gemälde und Statuen so billig zu haben sind«, sagte er begeistert, »dann muß das Fondaco natürlich sofort kaufen – und...«

Die Andeutung von Hilflosigkeit in Eberdings Miene verschwand augenblicklich. »Kaufen? Schmuck und Juwelen vielleicht, aber dieses überflüssige Gerümpel ganz bestimmt nicht! Die Welschen mögen verrückt geworden sein, aber ich habe mich da noch nicht angesteckt, das kann ich Euch versichern!«

Auf dem Mercato Nuovo rottete sich eine Horde von Halbwüchsigen zusammen und warf mit Steinen nach den Geldwechslern. »Wucherer! Gottlose! Sünder!« schrien sie im Chor. Die Wache der Signoria schaffte bald Ordnung, doch mehr als ein Wechsler klappte seinen Stand zusammen und hastete davon.

In der Via Calimala war Messer Ridolfi gerade dabei, seine Gehilfen zu entlassen. Zwischen den Säulen seiner Loggia türmten sich Stapel kostbarer Seidenstoffe.

»Tut mir leid, Riccardo, aber ich habe mich entschlossen, wieder zu den reinen Wollwaren zurückzukehren. Wir Calimala sollten ohnehin mit nichts anderem handeln. Die Eitelkeit der Welt hat mich lange genug geblendet.«

Am Sonntag war Richard sehr früh in San Marco. Er hatte

dieses Kloster noch nie besucht, teils, weil es keinen besonderen Anlaß dazu gegeben hatte, teils, weil es vom Orden der Dominikaner geführt wurde. Seine Freundschaft mit Mario hatte sein Verhältnis zum Klerus zwar etwas entkrampft, doch die »Hunde des Herrn« lösten in ihm nach wie vor einen Schauder der Abneigung aus.

Die im Vergleich zum Duomo eher kleine Kirche war bis zum Bersten gefüllt, so daß Richard, obwohl er recht zeitig gekommen war, keinen Platz mehr fand und sich zwischen zwei Kirchenstühle zwängen mußte. Er brauchte nicht lange auf Savonarola zu warten. Der Dominikaner schritt langsam, mit der Würde eines Königs, zur Kanzel. Er hatte ein ausgemergeltes Gesicht, tiefliegende Augen, die von den buschigen Augenbrauen fast völlig überschattet wurden, und eine riesige, stark gebogene Nase, die Richard an den Schnabel eines Adlers erinnerte.

Savonarola begann seine Predigt mit der Auslegung der Mysterien, lenkte aber bald auf anderes über. Seine rauhe, leidenschaftliche Stimme peitschte auf die Gemeinde ein, als er das herausschrie, was vor ihm noch keiner in dieser Deutlichkeit auszusprechen gewagt hatte:

»Ich habe wahrgenommen, wie stolzer Ehrgeiz Rom ergriffen und alle Dinge befleckt hat. O Italien, o Rom, o Florenz! Eure Schurkereien, eure Gottlosigkeiten, eure Unzucht und eure Grausamkeit bringen Trübsal über uns alle. Gebt auf euer Gepränge – gebt auf, sagte ich euch, eure Kurtisanen und Lustknaben! Die Erde ist besudelt von Blut, aber die Geistlichkeit kümmert es keinen Scudo. Sie sind meilenweit entfernt von Gott, jene Priester, deren Anbetung darin besteht, die Nächte bei Huren zu verbringen und die Tage zu verschwatzen in den Sakristeien. Selbst den Altar haben sie zu einem Kaufladen gemacht. Die Sakramente sind die Zahltische ihres Ämterhandels. Eure Lust hat euch frech gemacht wie die Blicke der Dirnen!«

Richard wunderte sich nicht mehr über die Unruhe, welche die Stadt ergriffen hatte. Jede dieser Beschuldigungen reiche schon aus, um Fra Savonarola auf den Scheiterhaufen zu bringen. Aber warum war Mario so verstört gewesen? Waren nicht all diese Aufrufe zur Reform in seinem Sinn?

Unterdessen ging Savonarola, nachdem er die Geistlichkeit mit Worten vernichtet hatte, auf sein nächstes Ziel über: »Seht die Geldverleiher, seht sie, die hier überall zugange sind! Ihr seid der Habsucht schuldig; ihr habt die Beamten bestochen und die Ämter. Auf taube Ohren trifft derjenige, der da sagt, daß es sündhaft sei, Wucher zu treiben, und ihr haltet jeden für einen Narren, der euch davon zurückhalten will.

Und du, Florenz, du Blume der Hölle! O ihr, die ihr in dieser Stadt lebt, habt wahrhaft den Spruch Jesajas erfüllt: ›Sie tuen kund ihre Sünden wie Sodom, denn sie verbergen sie nicht.‹ Und das Wort des Jeremias: ›Du hast die Stirn einer Hure, du weigerst dich aller Scham.‹«

Unter den Zuhörern mochten neben den gläubigen Kirchgängern auch nur Neugierige sein, vielleicht sogar Spötter und Skeptiker. Doch nichts davon war mehr zu erkennen. Savonarola hatte sie in seinen Bann gezogen, in atemloser Ehrfurcht. Er streckte seinen Arm über die Brüstung der Kanzel hinweg aus und rief mit einer heiseren, beinahe versagenden Stimme: »Doch warum ist es so weit gekommen? Warum? Weil die Stadt von einem verderbten Tyrannen beherrscht wird, einem Mann, der in seinem Hochmut heidnische Orgien feiert, einem Mann ohne christliche Demut, einem Mann, der noch schlimmer ist als die Sünder Roms! Er wird euch alle in das Heidentum zurückführen, wenn ihr nicht umkehrt und Buße tut! Das Ende der Zeiten ist nahe, und ganz Italien wird in Strömen von Blut ertrinken, tut ihr nicht Buße! Buße! Buße!«

Während die gesamte Gemeinde in den Schrei Savonarolas einstimmte, fragte sich Richard, ob er das Ende der Zeiten von Florenz nicht schon jetzt erlebte.

Richards Zimmer im Fondaco hatte seine Vor- und Nachteile. Die Lage zum Innenhof hielt den Straßenlärm fern, doch die Hitze, die sich aufstaute, war manchmal fast greifbar. Wie in jedem anderen Raum stand auch hier eine Wasseramphore. Richard hielt seine Unterarme ein wenig in das kühlende Wasser, dann erklärte er, an seinen Besucher gewandt: »Ich verstehe jetzt, was du meinst. Man kann ihn nicht einordnen. Er hat recht – und er hat unrecht, beides zugleich.«

Mario nickte. »Korruption in der Kirche, Ämterkauf in allen Gebieten – dagegen muß etwas geschehen, und wir brauchen einen wie Fra Savonarola, der Volk und Klerus hinter sich bringt. Aber seine Angriffe auf die Platonische Akademie und auf Lorenzo...«

»Und was sagt Il Magnifico dazu?«

»Er hat Pico gebeten, Fra Savonarola auszurichten, er wolle keinen Streit, und ihm läge nichts so sehr am Herzen wie die Förderung und der Schutz der Kultur, einschließlich der christlichen Grundsätze. Und nun rate, was Savonarola antwortete.«

»Nach seiner Predigt«, entgegnete Richard, »kann ich es mir sinngemäß vorstellen.«

Ein Funke Erheiterung in Marios blauen Augen gab dem Mönch seine gewohnte Vitalität zurück. »Nein, es war noch unglaublicher. Unser Bruder von den *domini canes* sagte wörtlich: ›Lorenzos einzige Hoffnung besteht darin, seine Sünden zu bereuen, denn der Herr schont niemanden und fürchtet nicht die Fürsten dieser Erde. Zwar bin ich ein Fremder, und Lorenzo ist der erste Bürger, aber ich muß hier bleiben, und er muß gehen.‹«

Richard stieß einen tonlosen Pfiff aus. »Oh.«

»Ja. Und der arme Pico weiß nicht, was er tun soll. Er hat den Einfall mit Savonarola gehabt, und er ist auch jetzt noch von dem Mann begeistert, aber er ist auch Lorenzos Freund. Die letzten Treffen der Platonischen Akademie waren nicht gerade erbauend.«

Richard kam in den Sinn, daß die ganze Geschichte doch sehr, sehr bezeichnend für Florenz war. Er versuchte, sich einen deutschen Mönch vorzustellen, der mit Staatsoberhäuptern und Kirchenfürsten so umsprang, und konnte es nicht. Auch in den anderen italienischen Stadtstaaten wäre ein Savonarola wohl längst verbannt worden oder auf dem Scheiterhaufen gelandet – oder doch nicht? »Und was hat Lorenzo jetzt vor?« fragte er laut.

Mario zuckte die Achseln. »Was soll er machen? Savonarola den Mund zu verbieten, wäre despotisch, und eine Einigung scheint nicht möglich. Er wird ihn weiter predigen lassen und hoffen, daß der Mann entweder seine Lust an Angriffen auf die Medici verliert oder das Volk sein Interesse an ihm.«

»Und wenn...«

»Wenn Fra Savonarola tatsächlich zum Umsturz aufruft, statt nur zur Buße? Ich glaube nicht, daß die Bürger ihm dann folgen werden. Lorenzo regiert schon über zwanzig Jahre, er hat mehr für uns getan als jeder andere, und das Volk liebt ihn. Ich glaube auch nicht, daß Savonarola so weit gehen würde. Aber er hat einen Spalt in unser Denken und Fühlen getrieben, das ist es, was mir Sorge macht.«

Richard schaute versonnen auf den Innenhof hinunter, wo der Springbrunnen in immer neuen Wasserkaskaden seinen vergeblichen Kampf gegen die flirrende Hitze ausfocht. Mit einem Mal fiel ihm etwas ein, und er wandte sich beunruhigt an Mario.

»Hat sich Savonarola eigentlich auch gegen fahrende Schausteller ausgesprochen?«

»Gewiß, er hat sie zusammen mit den Spielleuten und den Künstlern verdammt – hat gesagt, daß Lieder, Gemälde, Bildwerke und so weiter einzig dem Ruhme Gottes dienen sollten, aber warum...«

Richard suchte nach seinem Barett und seinem Mantel. »Mario«, sagte er eindringlich, »ich mache mir Sorgen um... ein paar Freunde von mir. Könntest du mich begleiten?«

Die Gaukler, die Florenz von Zeit zur Zeit besuchten, wurden traditionellerweise am jenseitigen Arnoufer untergebracht. Während sie über den Ponte alle Grazie eilten, faßte Richard für Mario die wichtigsten Gegebenheiten zusammen. Der junge Augustiner stieß ihn zwischen die Rippen und meinte mit einem Augenzwinkern: »Und ich dachte schon, du hast wieder ein paar Hexen aufgetrieben, Riccardo – du hast ein Talent, mich in Angst und Schrecken zu versetzen.«

Der Wagen der Zigeuner kam in Sicht, und wie Richard befürchtet hatte, hatte sich bereits eine größere Menschenmenge angesammelt. Es waren beileibe nicht nur Neugierige, die den nächsten Auftritt der Schausteller nicht mehr erwarten konnten. Das Gemurmel klang eher feindselig. Bald gelang es ihnen, einzelne Wortfetzen auszumachen.

»...am heiligen Sonntag... gottlos... Fra Savonarola hat gesagt... weltliche Eitelkeit... heidnische Späße...«

Die Zigeuner hatten sich ebenfalls zusammengerottet und starrten nicht minder feindselig zurück. Mit ihrer dunklen Haut und der merkwürdigen Kleidung wirkten sie selbst im farbenprächtigen Florenz ungeheuer fremdartig. Eine Frau rief furchtlos zurück: »Was ist los? Seid ihr nicht auf eure Kosten gekommen? Habt ihr uns nicht gestern noch Beifall geklatscht?«

Wenn eine streitlustige Menge an einem heißen Tag eines nicht hören wollte, dann waren es Vorwürfe. Das Geraune wurde heftiger, löste sich in Einzelstimmen auf, und Beschuldigungen flogen hin und her.

»Diebsgesindel!«

»Gorgios!«

»Teufelsbrut!«

»Dummköpfe!«

»Sollen wir uns das gefallen lassen?«

Jemand warf den ersten Stein, doch inzwischen hatten Richard und Mario den Ort des Geschehens erreicht. Richard schrie, so laut er konnte, um die Menge zu übertönen: »Aufhören! Hört sofort auf!« Verblüfft wandten sich Florentiner wie Zigeuner den Neuankömmlingen zu. Mario gab Richard ein Zeichen und kletterte auf die nächstbeste Kiste.

»Wollt ihr wohl aufhören«, donnerte er im besten Predigerstil und hob beide Arme wie Savonarola auf der Kanzel. »Was ist in euch gefahren, daß ihr mit Steinen auf die Armen werft, statt sie zu nähren und zu kleiden, wie der Herr es uns befohlen hat? Hartherzigkeit hat eure Herzen ergriffen! Oh, Florenz!«

Wäre die Lage nicht so ernst gewesen, dann hätte Richard Marios Auftritt komisch gefunden, denn er begriff sehr wohl, daß der Mönch Savonarola parodierte. Betretenes Schweigen breitete sich aus, als Mario fortfuhr: »Wie wollt ihr nun gerettet werden, wenn ihr so blutgierig handelt wie die Heiden, die einst die ersten Christen zu Tode brachten? Steinigung! Büßen sollt ihr, nicht mordschatzen wie die Soldaten!«

»Aber, Padre«, kam der erste Einwand, »das sind keine Armen. Das sind Zigeuner, und sie wollen den heiligen Sonntag entweihen.«

Mario holte tief Luft. »Haben nicht auch Zigeuner ihren Platz in der Schöpfung? Habt ihr euch nicht selbst an ihren Kunststücken erfreut wie an den Lilien im Feld? Sie arbeiten nicht, sie ernten nicht, doch der himmlische Vater ernährt sie trotzdem, und selbst Salomo in seiner Pracht war nicht so schön wie diese Lilien. Habt ihr vergessen, wie unser Herr selbst das sagte?«

Richard schaute zu den »Lilien«. Sie waren über ihren unerwarteten Helfer womöglich noch überraschter gewesen als die Einheimischen. Die meisten von ihnen standen noch kampfbereit da. Er fand Saviya unter ihnen. Sie hielt immer noch ein Messer in der Hand und war offensichtlich auch bereit, es zu gebrauchen. Sie straffte sich, und eine Sekunde lang erwiderte sie seinen Blick. Ihre Augen wirkten eiskalt.

»Und wenn sie den Sonntag entheiligen wollten«, predigte

Mario weiter, »wer seid ihr, um darüber zu richten? Das steht allein der Kirche zu. *Ich* werde mich darum kümmern. Denkt lieber über eure eigenen Sünden nach, statt den Splitter aus dem Auge eures Bruders zu ziehen, und schert euch fort. Jeder von euch betet mir mindestens drei Ave Maria für seine Unchristlichkeit.«

Mit verschränkten Armen stand er da wie das Gericht Gottes, und einer nach dem anderen zogen die Florentiner die Köpfe ein und verschwanden, manche schnell, manche zögernd und langsam. Richard ging zu den Zigeunern hinüber, die wohl noch nie von einem Gorgio-Priester verteidigt worden waren und wie gebannt auf Mario starrten. Das harte Gesicht des grauhaarigen Woiwoden brach in ein Lächeln auf, als Richard vor ihm stand.

»Ah, Riccardo! Du hast ihn hierhergebracht, nicht wahr? Wahrhaftig, du bist ein Bruder, du hast gespürt, daß der Stamm in Gefahr war.«

Neben dem Woiwoden wandte sich Saviya ab. Richard berührte ihre Schulter. »Saviya…«

»Laß mich los«, sagte sie kalt. »Ja, ich weiß, du hast dir Sorgen um mich gemacht, und also bist du gekommen. Das ist in einem Satz der ganze Riccardo. Du kommst immer und hilfst, aber du bleibst nie, weil du Angst hast, zu bleiben. Und was nützt deine Hilfe dann, Riccardo? Was nützt sie?«

»Chut!« rief der Woiwode scharf. Saviya stampfte mit dem Fuß auf, drehte sich um und rannte davon. Richard wäre ihr nachgegangen, hätte er nicht gespürt, daß sie recht hatte, und wäre in diesem Moment nicht Mario zu ihm getreten. Er schluckte die Worte hinunter, die ihm auf der Zunge lagen, und sagte statt dessen: »Das ist Fra Mario Volterra, Woiwode, ein Freund.«

»Und ein Retter in der Not«, ergänzte Mario gutgelaunt. »Nehmt den Vorfall nicht so schwer. Die Stadt wird sich wieder beruhigen. Inzwischen würde ich Euch empfehlen, nicht auf den Marktplätzen, sondern in den Palazzi der großen Familien aufzutreten. Die Stadt wird bald einen neuen, wichtigen Gast haben, und dann sind nie genügend Gaukler zu finden.«

»Was für einen neuen Gast?« fragte Richard auf dem Rückweg zum Fondaco. »Noch ein Prediger?«

Mario hüstelte. »Hm ... nein. Eher das Gegenteil. Giovanni de'Medici kommt aus Pisa zurück, wo er bei Filippo Decio Theologie studiert. Und er bringt einen seiner Mitstudenten mit oder, besser gesagt, der Mitstudent hat sich selbst eingeladen, wahrscheinlich auf Geheiß seines Vaters.«

»Mario«, kommentierte Richard tadelnd, »du hast einen entschiedenen Hang zum Dramatischen. Sag schon, wer ist es?«

»Der älteste Sohn des Kardinals Rodrigo Borgia: Cesare.«

Papst Innozenz VIII. war immer kränklich gewesen, doch nun verfiel seine Gesundheit zusehends, und die Spekulationen über seinen Nachfolger schlugen immer höhere Wellen. Kardinal Giuliano della Rovere? Kardinal Rodrigo Borgia? Diese beiden waren die Mächtigsten, und beide bemühten sich jetzt schon, Stimmen zu sammeln – und einflußreiche Freunde. Giuliano della Rovere war der engste Vertraute des jetzigen Papstes, doch Rodrigo Borgia war Vizekanzler für drei frühere Päpste gewesen und hatte seine herausragenden Fähigkeiten als Verwalter bewiesen. Er war sehr reich und hatte zumindest eines mit Innozenz VIII. gemein, der ihm ansonsten eher mißtraute: Beide trieben geradezu einen Kult mit ihren Kindern.

Cesare Borgia, der älteste von drei Söhnen und einer Tochter, die Rodrigo anerkannt hatte, war ebenso wie Giovanni de'Medici für den Kardinalshut bestimmt. Beiden war eine sorgfältige Erziehung zuteil geworden, beide hatten schon in jungen Jahren Zugang zu den besten theologischen Universitäten gefunden. Doch während Giovannis Studium und seine Anwartschaft auf das Kardinalsamt von dem Vermögen der Medici finanziert wurde, waren Cesare Borgia durch den Einfluß seines Vaters schon vor seinem zehnten

Lebensjahr Pfründen in Aragon und Italien zugeschanzt worden, die mindestens zwei Äbte zufriedengestellt hätten. Als er von der Universität von Perugia nach Pisa wechselte, war er gerade achtzehn Jahre alt und Bischof von Pamplona geworden.

Giovanni de'Medici war fünfzehn und hatte von seinem Vater genaue Anweisungen über den Umgang mit Cesare erhalten: Er sollte höflich, aber nie vertraulich sein. Lorenzo hegte keine persönliche Antipathie gegen Rodrigo Borgia, doch er hielt ihn nicht für das Amt des Papstes geeignet. Daß der zunächst ebenfalls sehr zurückhaltende Cesare Giovanni plötzlich mit Gefälligkeiten und Geschenken überhäufte, bis eine Einladung nach Florenz nahezu unumgänglich war, konnte man als einen eindeutigen Eröffnungszug Borgias werten. Er kam zu einem ungelegenen Zeitpunkt.

»Die Wetten auf das Thema von Savonarolas nächster Predigt stehen beinahe eins zu eins«, sagte Angelo Poliziano, der zynische Dichter, zu Lorenzo. »Wen haßt er mehr, dich oder Rodrigo Borgia? Für wen wird er mehr Schimpfworte finden, wen wird er weiter verdammen? Was meinst du, Magnifico?«

»Savonarola ist ein Mann mit Prioritäten. Er hat sich eine Reihenfolge gesetzt. Und ich habe die zweifelhafte Ehre, noch vor dem Katalanen auf der Liste zu stehen.«

Da andererseits auch nicht ausgeschlossen werden konnte, daß Rodrigo Borgia Giuliano della Rovere bei dem Wettrennen auf den Heiligen Stuhl schlug, war eine sehr behutsame Taktik gefragt. Der junge Borgia sollte in allen Ehren und mit genügend Pomp empfangen werden, um florentinische Gastfreundschaft und Stärke zu demonstrieren, andererseits konnte eine flammende Predigt von Fra Savonarola vielleicht sogar dazu genutzt werden, die Borgia auf den Boden der Tatsachen herunterzuholen. Die Medici hatten es nicht nötig, sich bei den Borgia anzubiedern.

Als Giovanni de'Medici und sein Mitstudent in Florenz eintrafen, stellten die Florentiner fest, daß der Prunk des Empfangs von dem Auftreten des Gastes noch überboten wurde. Der achtzehnjährige Cesare Borgia saß auf seinem Araberhengst wie ein römischer Triumphator. Ihm zur Seite ritten in Gold und Rot gekleidete Gefolgsleute, die das Banner der Borgia trugen: ein roter Stier. Falkeniere, Soldaten und Schatzbeamte folgten, jeder mit einem Ornat ausstaffiert, wie es nur bei den wohlhabendsten Familien in Florenz üblich war. Giovanni, der selbst nicht gerade ärmlich reiste, verschwand neben dieser Pracht fast völlig.

»Geschmacklosigkeit«, kommentierte der älteste der Medici-Söhne, Piero, ärgerlich, während die Familie den Einzug vom Palazzo in der Via Larga aus beobachtete.

»Unsicherheit«, erwiderte sein Vater und musterte den jugendlichen Bischof von Pamplona, der sich sehr gerade hielt, den Blick starr auf die Straße vor ihm gerichtet. »Die Borgia sind nun schon Jahrzehnte im Land, und die Kinder des Kardinals sind alle hier geboren, doch keiner von ihnen wird jemals vergessen, daß man sie immer noch als Fremde ansieht.«

Man hatte Richard zu dem Festessen für Cesare Borgia eingeladen, doch ihm fehlte jede Begeisterung dafür. »Mir hat der Einzug schon genügt«, sagte er mit einer Grimasse zu Mario. »Das einzige, was ihm fehlte, war etwas Priesterliches. Ich beneide die Medici nicht. Wenn *ich* ihn öfter sehen müßte, würde ich freiwillig Savonarolas Anhänger.«

»Warum bleibst du dann nicht fort und schreibst an deinem Buch weiter?«

»Ich hoffe, du unterstellst mir keine vulgäre Neugier auf den Kardinalssohn bei Tisch«, entgegnete Richard und versuchte vergeblich, wie ein Märtyrer zu wirken, »mich treibt nur die Pflicht. Jakob Fugger rechnet so etwas unbedingt unter ›wichtige Informationen‹.«

Zur allgemeinen Überraschung entpuppte sich Cesare Borgia in der entspannten Atmosphäre eines Festessens als aufgeschlossen und äußerst umgänglich. Er schien seine Arroganz zusammen mit dem Reitzeug abgelegt zu haben, war von tadelloser Höflichkeit gegen seine Gastgeber und machte den Töchtern der Familien, die ihm vorgestellt wurden, den Hof. Die Damen, die sich vorgenommen hatten, äußerst kritisch zu sein – Rodrigo Borgias Ruf als Frauenheld war bekannt, doch die Anspruchslosigkeit der Römerinnen nicht minder –, mußte zugeben, daß der uneheliche Sohn dieses berüchtigten Kardinals auf gefährliche Weise gut aussah. Sein Körper war muskulös wie der eines Soldaten, und mit seinem rotbraunen Haar und dem klassischen Profil wirkte er eher venezianisch als spanisch, bis auf den dünnlippigen, klingenscharfen Mund.

Er beherrschte die Klassiker so gut wie jeder der jüngeren Medici, doch was ihn deutlich mehr als die gelehrten Diskussionen reizte, waren die florentinischen Schönheiten, die durch die derzeitige Mode mit engen Miedern und hauchdünnen, oft durchsichtigen Stoffen, die direkt oben am Hals abschlossen, ihre Reize sehr frei entfalten konnten. Richard beobachtete aus einiger Entfernung, wie Cesare Borgia mit Maddalena Strozzi und einem Mitglied der Familie Pitti scherzte und dachte, daß selbst Hänsle, der in Venedig das Leben wahrlich genoß, besser für die kirchliche Laufbahn geeignet wäre. Andererseits – vielleicht kam es wirklich nicht mehr darauf an.

Die Hauptgänge waren schon vorüber, als die Pagen einige Pflanzenkübel in die muschelförmige Nische rückten, die vorher von den Musikanten besetzt gewesen war, um so Platz für die neuen Darbietungen zu schaffen. Ein gellender Pfiff ertönte, und zum Klang der Nacchere stürmten die Zigeuner herein, allen voran Saviya.

Richard hatte gerade eines der angebotenen Gebäckstücke genommen, und er vergaß für längere Zeit, daß er es noch in der Hand hielt, bis ihn ein Nachbar darauf aufmerksam machte. Er hatte Saviya noch nie so gesehen. Sie trug ein Kostüm aus schwarzem, anschmiegsamem Stoff, der mit silbernen Fäden durchwirkt war und sie wie ein Geschöpf der Nacht, in den Sternenhimmel gehüllt, wirken ließ. Noch nie hatte er eine Frau derart gekleidet und gleichzeitig so nackt erlebt. In ihm stieg der Wunsch auf, ihr sofort ein solches Auftreten zu verbieten, und er war ärgerlich über sich selbst. War er etwa ihr Vater?

Saviyas Jonglieren mit den brennenden Fackeln, die ihr, eine nach der anderen, immer schneller und schneller, von ihren Helfern zugeworfen wurden, ließ bald jedes Gespräch verstummen. Sie drehte sich dabei um sich selbst, eine schwarze Nymphe, die von einer flirrenden Feueraureole umgeben wurde, bis man nicht einmal mehr sagen konnte, wie viele Fackeln es waren, die diesen Flammenkreis bildeten. Mit einem gewaltigen Trommelschlag endete Saviya. Sie tauchte die Fackeln in einen Wassereimer, der dafür bereitstand, drehte sich blitzschnell um und verschwand, ohne den stürmischen Beifall abzuwarten.

Die Salti und Kraftakte der drei Männer, die ihrer Darbietung folgten, waren vergleichsweise entspannend, und in manchen Ecken begannen wieder leise Gespräche. Richard schüttelte den Kopf. Was hatte er nur? Es war eine hervorragende Leistung gewesen, weiter nichts. Wie schön für Saviya und ihre Freunde, in den Palazzo gebeten worden zu sein.

Ein zweites Mal begannen die Naccheren, gleichmäßig zu klappern, diesmal aber deutlich langsamer. Die Akrobaten zogen sich Schritt für Schritt in den Hintergrund zurück, und mit jedem ihrer Schritte kam Saviya ein wenig nach vorne. Diesmal bedeckte sie ein Umhang, der von Kopf bis Fuß reichte – bis sie ihn, in der Mitte angelangt, abwarf. Ein allgemeines Aufseufzen war im Saal zu hören.

Wieder war sie in Schwarz, doch nun trug sie ein Kleid, das nur noch aus lose zusammengeknüpften Tüchern bestand. Ihre Haut hob sich glatt und schimmernd gegen das Schwarz ab. Saviya fuhr sich mit beiden Händen durch das Haar und begann zu tanzen. Sie tanzte für einen unsichtbaren Partner, umarmte ihn, umschlang ihn, entfloh ihm. In der Stille des Saals erklangen nur noch die fremdartigen Instrumente der Zigeuner. Jemand fing rhythmisch zu klatschen an, und als

Richard, wie aus einem Traum gerissen, den Kopf wandte, sah er, daß es Cesare Borgia war.

Die übrigen Zuschauer nahmen sein Klatschen auf, doch es war Cesare, der aufsprang, Cesare, der der zusammensinkenden Saviya seine goldene Kette zuwarf, Cesare, gegen den Richard jäh Mordgedanken empfand. Saviya atmete schwer, dann nahm sie sehr langsam die Kette auf und hängte sie sich um. Der junge Borgia winkte sie zu sich. Er sieht sie an, dachte Richard, und ballte die Faust zusammen, er sieht sie an, als würde er sie dabei entkleiden!

Cesare beugte sich zu dem Zigeunermädchen, zog sie an sich und flüsterte ihr etwas ins Ohr. Richard erhob sich langsam. Mittlerweile war es auch den übrigen Gästen aufgefallen, daß der künftige Kardinal mehr als begeistert von der Tänzerin war, und peinliches Schweigen machte sich breit. Lorenzo rettete die Situation, indem er laut sagte: »Das war wundervoll«, und Saviya eine kleine Geldbörse in die Hand drückte. Sie knickste und ging mit hoch erhobenem Kopf hinaus, gefolgt von den übrigen Zigeunern. Der Cardiere, ein Spaßmacher, der bei keinem Mahl fehlen durfte, begann, auf seiner Leier satirische Verse über den neuesten Klatsch und Tratsch zu improvisieren, doch Richard achtete nicht mehr darauf. Er folgte Saviya so schnell wie möglich.

In der Vorhalle mit ihren riesigen Säulen holte er sie schließlich ein. »Was, zum Teufel«, sagte er wütend, »hast du dir dabei gedacht?«

Saviya lächelte süß. »Hat dir mein Tanz nicht gefallen, Riccardo? Oder vielleicht mein Jonglieren? Anderen hat es gefallen.«

Richard hielt sie fest. »Das war kein Tanz mehr, sondern...«

»Sondern was?«

Ihre Stimme wurde hart. Einer ihrer Begleiter, den Richard vage als »Zindelo« in Erinnerung hatte, warf ein: »Ach, laß nur, Riccardo, wir hatten doch großen Erfolg.«

Richard achtete nicht auf ihn. »Ist dir eigentlich klar«, sagte er zornbebend, »wer dieser Mann war, dem du dich da an den Hals geworfen hast?«

»*Er* hat sich *mir* an den Hals geworfen«, gab Saviya freundlich zurück. »Und ich brauche nicht zu wissen, wer er ist, weil ich genau sehe, was er ist – ein Mann nämlich, mehr als du es jemals sein wirst. Geh zurück zu deinem Mönch, Riccardo, geh in eines von euren christlichen Klöstern, da gehörst du hin.«

Er bewegte sich nicht. Mit einem Mal völlig kalt, entgegnete er: »Dein *Mann* ist der Bischof von Pamplona, und er reist bald wieder ab – und du hoffentlich auch. Wenn ich um etwas bete, dann darum, dir nie wieder zu begegnen, Saviya!«

25

LORENZOS VORSCHLAG, eine Predigt des hochlöblichen Fra
Savonarola zu besuchen, war durchaus mit Berechnung vorgebracht. Es konnte Cesare Borgia nicht schaden, einige
Dinge zu hören, die ihm sonst nie jemand sagen würde.
Savonarola würde gerade vor einem Borgia nicht mit Anklagen sparen. Lorenzo war nicht nachtragend, doch er hatte
sich in letzter Zeit genügend von dem fanatischen Prediger
anhören müssen, um jetzt nicht gerne einmal ein anderes
Opfer zu beobachten.

Also besuchten die Medici, von Lorenzo bis zu seinem
jüngsten Sohn, dem zehnjährigen Giuliano, mit ihrem Gast
das Kloster San Marco. Savonarola hatte aus diesem Anlaß
neben seiner gewohnten Anhängerschaft nun auch die
Müßiggänger zu seinen Füßen, die auf einen gehörigen
Skandal hofften. Er enttäuschte sie nicht.

Savonarola begann mit Christus, der die Wucherer aus
dem Tempel trieb, und sprang ohne Umschweife auf die
Gegenwart über. »Hört, was da geschrieben steht: ›Gesegnet
das Haus, das eine fette Pfründe hat!‹ Aber eine Zeit wird
kommen, da gesagt werden wird: ›Wehe jenem Haus!‹ Ihr
werdet die Klinge des Schwertes auf euch fühlen. Einst
schämtet ihr euch noch eurer Sünden, einst hatten die Priester zumindest noch den Anstand, ihre Sprößlinge Neffen zu
nennen. Jetzt machen sie sich nicht mehr diese Umstände.
›Ich will auf euch herabfahren in eurer Verworfenheit und
Bosheit‹, spricht der Herr, ›auf eure Kebsweiber und Palä-
ste!‹«

Manch einer der Gemeinde warf heimlich einen Blick auf
die Bank der Medici, um zu sehen, wie der Sohn des Kardi-

nals Borgia darauf reagierte. Sie wurden enttäuscht. Er beobachtete Fra Savonarola sehr aufmerksam, doch aus seiner Miene ließ sich so wenig ablesen wie am Tag seiner Ankunft. Nur einmal zeigte er eine flüchtige Regung, als Savonarola von »Marrani und Huren« inmitten des Vatikans sprach.

Als »Marrani« wurden die bekehrten Abkömmlinge der spanischen Juden bezeichnet, und für einen Spanier gab es keine tödlichere Beleidigung. Einen Moment lang dachten die entzückten Florentiner, der Borgia würde aufspringen und vor Savonarola seine Beherrschung verlieren, doch er entspannte sich wieder, zumal der Dominikaner schon zu einem anderen Thema überging.

In keiner Predigt verzichtete Savonarola auf einen Angriff auf Lorenzo de'Medici, und er folgte seinem Konzept auch diesmal.

»Schlimmer aber noch als jene, die den Mammon anbeten, wo sie Gott anbeten sollen, ist der Tyrann, der sich selbst anbetet, der versucht, die Schamlosigkeit des Heidentums an die Stelle der Lehren Gottes zu setzen! Hüte dich, Florenz, damit du nicht wirst wie er, eine Diebeshöhle, ein Ort der Verworfenheit und des Lasters!«

Fra Savonarola war kaum aus dem Kirchenschiff gerauscht, als sich Cesare Borgia an Lorenzo wandte und ohne mit der Wimper zu zucken laut und deutlich meinte: »Hervorragender Prediger. Aber warum zum Teufel habt Ihr ihn nicht schon längst umbringen lassen und ihn Euch so vom Hals geschafft?«

Eine Sekunde lang wirkte der Schock, dann begannen alle, die diese Bemerkung gehört hatten, durcheinanderzusprechen. Piero de'Medici stieß empört hervor: »Mein Vater läßt keine Leute umbringen.« Giovanni war entsetzt: »Einen Priester?«, und Giovanni Vera, ein Gelehrter, den Kardinal Borgia seinem Sohn als Präzeptor und ständigen Begleiter mitgegeben hatte, versuchte, die Äußerung seines Schülers mit einem »Ihr solltet nicht auf diese Art scherzen, Monsignore«, wiedergutzumachen.

Cesare erklärte unbeeindruckt, noch immer an Lorenzo gewandt: »Ihr seid einer der mächtigsten Männer Italiens, Ihr müßt doch wissen, daß der Mönch dort eine Gefahr für Euch darstellt. Gefahren muß man so schnell wie möglich im Keim ersticken.«

Lorenzo erwiderte gedehnt: »Durch einen Mord würde ich ihn nicht loswerden. Ich würde ihn unsterblich machen und mich zum Verbrecher, der vor ihm Angst hatte. Laßt Euch das als freundschaftlichen Rat mitgeben, Cesare, Morde beweisen nur, daß man nicht klug oder nicht gelassen genug für eine andere Lösung war.«

Inzwischen hatte sich ein Kreis um die Medici gebildet. Verschiedene Gemeindemitglieder, die eigentlich Savonarola folgen wollten, in der Hoffnung, noch einen Segen von ihm zu erhaschen, waren stehengeblieben, zurückgekehrt und tuschelten jetzt eifrig untereinander. Cesares Blick schweifte über ihre Köpfe hinweg, dann sagte er spöttisch: »Aber selbstverständlich, Messer. Gehen wir? Ich glaube, die Messe ist beendet.«

Nachdem er ein paar Tage lang unansprechbar gewesen war – »Ist wieder eine Beichte fällig, Riccardo?« hatte Mario gefragt – und Saviya auf verschiedene Arten zum Teufel gewünscht hatte, begann Richard, sich mehr und mehr wie ein Narr zu fühlen. Warum nur hatte ihn die ganze Angelegenheit nur derart aufgebracht? Sie hatte einmal »Ich liebe dich« zu ihm gesagt, gut, aber das war im Grunde die Schwärmerei eines Kindes gewesen, genau wie diese eine Nacht vor Florenz. Und wenn sie sich von einer goldenen Kette und ein paar gönnerhaften Worten beeindrucken ließ – was machte das ihm aus, was ging ihn das an? Es war ihr Leben.

Denn er war der einzige, der erkannte, daß sie trotz ihres Äußeren noch ein Kind war – ein sehr launisches Kind, denn warum sonst hatte sich ihre Haltung ihm gegenüber in Florenz so verändert? Und ein Kind, für das er sich irgendwie verantwortlich fühlte.

Aber die Blicke zwischen Saviya und diesem Kardinalsanwärter waren ganz und gar nicht kindlich gewesen.

Richard ging seinen täglichen Aufgaben im Fondaco derart unkonzentriert nach, daß er sich den Tadel Eberdings einhandelte.

»Ich weiß nicht, was er hat«, sagte der Leiter des Fondaco später irritiert. »Er war zwar immer irgendwie eingebildet, aber gearbeitet hat er hervorragend, das muß man ihm lassen.«

»Mein Gott, das ist doch sehr einfach«, antwortete sein italienischer Schreiber. »Ihn hat der Blitz getroffen.«

»Was?«

»*Amore*, Messer, *amore*!«

»Blödsinn. Richard Artzt? Der geht doch höchstens mit Forellen ins Bett, bei dem Fischblut, das er bisher gezeigt hat.«

Richard kam es in den Sinn, einfach eine neue Reise zu machen und aus Florenz zu verschwinden. Eberding schuldete ihm ohnehin noch ein paar freie Tage. Aber dann erkannte er, daß er damit nur das tun würde, was Saviya ihm vorgeworfen hatte: davonlaufen. Schließlich entschied er, noch einmal mit ihr zu sprechen.

Er fand die Zigeuner bereits im Aufbruch. »Seid Ihr denn nach Eurem Erfolg nicht in jedem Palazzo gefragt?« erkundigte er sich verwundert.

Der Woiwode, der ihn freundlich begrüßt hatte, zuckte die Achseln. »Gewiß, aber wir müssen weiter. Keine Stadt ist länger zu ertragen, nicht für uns. Außerdem hat uns der junge Raja nach Rom eingeladen.«

»Wer?«

Der Woiwode wurde deutlicher, und Richard rang um Selbstbeherrschung. »Wo ist Saviya?«

»In der Stadt, mit Nauka, um noch ein paar Dinge zu besorgen, die wir brauchen. Laß mich überlegen, *poschrat*… Sagte sie nicht, sie wolle sich von dir verabschieden, in deinem Haus mit den vielen Waren?« Der Woiwode lächelte unergründlich und fügte hinzu: »Wir reisen übermorgen, Riccardo.«

Richard eilte im Laufschritt zum Fondaco zurück, um dort von einem breit grinsenden Wolfgang Schmitz empfangen zu werden. »Ihr habt Besuch in Eurer Kammer. Keine Sorge, Eberding ist nicht hier, der wird nichts merken.«

»Es handelt sich nicht um die Art von Besuch«, entgegnete Richard verärgert und hastete die Treppen hoch.

Schmitz rief ihm nach: »Aber natürlich!«

Saviya stand an einem Fenster, als er eintrat. Er öffnete den Mund, doch sie drehte sich um und begann sofort zu sprechen: »Ich bin nur gekommen, um dir zu sagen, daß ich die Stadt verlasse. Dann wirst du mich nie wiedersehen, Riccardo, ganz wie du es wolltest und wie ich es mir schon in Bozen gewünscht habe!«

In ihrer Stimme lag eine Mischung aus Auflehnung und Herausforderung, die Richard sofort allen guten Vorsätzen zum Trotz aufgriff. »Damals hielt ich dich nur für launisch«, erwiderte er scharf, »aber inzwischen mußte ich feststellen, daß du auch noch maßlos dumm bist. Ihr geht nach Rom, nicht wahr, und du glaubst selbstverständlich, dieser spanische Bastard hat euch nur eingeladen, weil du ihm gefallen hast!«

Saviya verschränkte die Arme hinter dem Rücken. »Ja, das glaube ich, und zwar deswegen, weil er nicht nur einen Diener zu dem Woiwoden geschickt hat, sondern auch einen zu mir.« Sie dehnte und reckte sich ein wenig. »Er hat mir noch mehr Geschenke gemacht.«

In zwei Schritten war Richard bei ihr, packte sie bei den Schultern und schüttelte sie. »Bist du völlig verrückt geworden? Willst du dich unbedingt verkaufen an jemanden, der dich bald wieder wegwerfen wird wie getragene Kleider? Willst du für so einen zur Hure werden?«

Saviya riß sich los. »Du bist so ungeheuer selbstgerecht, Riccardo, daß es zum Himmel stinkt! Vielleicht hast du vergessen, was ich dir einmal gesagt habe, aber ich nicht! Ich bin nicht damit zufrieden, für immer wie eine Aussätzige auf der Landstraße umherzuziehen, ich nicht! Du, du hast alles, was du dir wünschst an Kleidung, an Reichtum, an Büchern. Ich habe kein Geld, aber dieser Mann hat es, und er wird mir davon geben, und dann werde ich lernen können, was in deinen Büchern steht, dann werde ich reich und glücklich sein, und niemand wird es mehr wagen, mit Steinen nach mir zu werfen oder den Meinen auch nur ein Haar zu krümmen!«

Richard sah sie an und ließ ihre Worte in sich sinken. »Aber doch nicht so«, sagte er leise, »nicht so, Saviya.«

»Nein? Hast du einen anderen Vorschlag für eine Zigeunerin?«

Zorn kroch in ihm hoch. »Du nimmst das alles doch nur als Vorwand, weil du in Cesare Borgia vernarrt bist?«

In Saviyas Augen blitzte etwas auf, dann entgegnete sie, mit einem Mal träumerisch: »Cesare? Ist das sein Name? Ein mächtiger Name... Cesare.«

»Du wirst nicht gehen«, sagte er sehr ruhig.

»Und wer wird mich daran hindern?«

»Ich werde es.«

Er küßte sie auf den Mund, zuerst weich, dann immer heftiger mit all dem Hunger, den er sich so lange nicht hatte eingestehen wollen. Aber daran dachte er nicht, er dachte überhaupt nicht mehr, denn Saviya gab ihm ihre Lippen, erwiderte seinen Kuß voller Leidenschaft. Und all die Türen, die er immer geschlossen geglaubt hatte, öffneten sich.

Die Nachmittagssonne fiel durch das Fenster, streifte den Steinfußboden, Papiere, Kleidungsstücke und ließ Saviyas Haut wie dunkle Seide erglänzen.

»Ich liebe dich, Riccardo«, flüsterte sie, »ich habe dich immer geliebt, aber du bist so ein fürchterlich sturer Dickkopf. Ich dachte schon, ich müßte vor deinen Augen in sein Bett steigen, ehe du etwas unternimmst. Warum hast du nur gedacht, Frauen seien für dich verboten?«

Warm und lebendig lag sie in seinen Armen, und er fühlte ihren Herzschlag wie den zitternden Flügelschlag eines Vogels. Er hielt sie und fand es unglaublich, wirklich hier zu sein, mit diesem Mädchen, das Frau und Kind zugleich war, mit Saviya, die vorhin wie ein Sturm gewesen war und jetzt so zerbrechlich wie eine Tonfigur erschien.

»Ich weiß es nicht mehr. Ich weiß überhaupt nichts mehr, Saviya... nur noch deinen Namen: Saviya. Saviya, Saviya, Saviya...«

»Eigentlich müßte ich böse auf dich sein, Riccardo. Ich habe nämlich auf dich gewartet, aber es war nicht das erste Mal für dich, nicht wahr, nicht wirklich. Wie heißt sie, und wo finde ich sie, damit ich sie umbringen kann?«

»Es war das...«, begann er zu protestieren, dann sah er ihr Augenzwinkern und stimmte in ihr Gelächter mit ein. Er zeichnete die Linien ihres Mundes nach, die Brauen, die Lider, ihre Wangen, den Mund, als wolle er sie neu formen.

»Ich habe nicht mehr an Wunder geglaubt, schon lange nicht mehr, doch das ist eines. Ich bin dein erster Mann, und du bist meine erste Frau, das ist das Nirgendwo, das du dir gewünscht hast, und die Welt hat gerade erst begonnen.«

Doch während Richard noch sprach, begann das Leben wieder, alltäglichere Züge anzunehmen. Er bemerkte das Chaos auf dem Boden, das Blut und daß Saviya unbedingt frische Kleider brauchte, um diesen Raum verlassen zu können.

»Der Woiwode erzählte, ihr würdet in zwei Tagen weiterziehen...«, begann er, unsicher, wie er sie bitten konnte, die einzige Familie aufzugeben, die sie noch hatte.

»Riccardo«, unterbrach sie ihn gekränkt, »ich bleibe bei dir.«

»Bist du sicher?«

»Ganz sicher, aber bist du es denn? Du wirst mich manchmal für ein kleines Ungeheuer halten, und glaub nicht, daß du mich je wieder los wirst, ich warne dich, Riccardo!«

»Du bist ein großes Ungeheuer, mein Herz, und ich zittere

jetzt schon«, erwiderte er und küßte sie fordernd. »Laß uns noch etwas im Nirgendwo bleiben, Saviya.«

Der Woiwode schüttelte das Reisigbündel mit Zweigen von sieben verschiedenen Bäumen und warf es zu Boden. Saviya runzelte die Stirn, als sie das Muster der Zweige erkannte, dann hob sie ihre Augen zu dem alten Mann, der ihr mit gekreuzten Beinen gegenüber saß.

»Das hat nichts zu bedeuten.«

»Es bedeutet, was mir ohnehin schon klar war«, erwiderte er, »daß du eine Törin bist, wenn du glaubst, du könntest in den Städten leben. Dein Riccardo mag ein guter Mann sein, ein guter Freund, ein Liebender für eine kurze Zeit, doch was weiß er von dir? Ist er jemals über das Feuer gesprungen, hat er den Mond singen hören?«

»Er weiß genug.«

Der Alte berührte sie an einer bestimmten Stelle ihres Armes. »Aber das weiß er nicht.«

»Nein«, gab Saviya uneingeschüchtert zurück, »doch ich werde es ihm erzählen. Und er wird es verstehen.«

Dämmriges Licht herrschte im Inneren des Wagens, und von draußen drangen all die vertrauten Klänge und Gerüche, die sie nun hinter sich lassen würde, herein. Der Woiwode wiegte den Kopf hin und her.

»Mag sein, mag aber auch nicht sein... Und wenn er es tut? Wirst du verstehen, Saviya? Wie wirst du leben in einer Stadt, unter Gorgios, in einem Zimmer eingesperrt, bis er einmal Zeit für dich hat? Ich kann dir nichts befehlen, Enkelin meines Vetters, denn du bist nicht von meinem Stamm. Aber bedenke, wir sind dein Blut. Wir kennen dein Herz. Und die Kinder des Mondes können niemals lange unter den Gorgios leben.«

Mit herabgezogenen Mundwinkeln entgegnete sie: »Ja, Blut. Es ist viel von unserem Blut geflossen, Woiwode, und es wird noch viel mehr fließen, solange wir uns jagen lassen wie Hasen. Ich werde in den Städten überleben, in dieser

Stadt, und Riccardo wird mich nicht einsperren. Er wird mich alles lehren, was ich wissen möchte, und ich werde frei sein – unter den Gorgios.«

Der Woiwode wies auf den herabgeworfenen Reisig. Braun und unschuldig lag er da und zeigte immer noch dasselbe beunruhigende Muster. »Und die Gefahr...«

Oh, Woiwode, dachte Saviya, du hast mich doch längst schon verlorengegeben, sonst würdest du nicht auf den Reisig zurückgreifen, den Reisig, den ich soviel besser beherrsche als du. Ein wenig sanfter sagte sie: »Feigheit ist eine Schande, Woiwode. Und Tod kann von allen Menschen kommen... Es wäre mein Tod, Riccardo zu verlassen. Zeichen führen irre, wenn man sie zu ernst nimmt. Liest du darin, daß er den Tod bringt? Ich lese«, sie deutete auf einen querliegenden Zweig, »von ihm kommt Leben.«

Humor blitzte in ihrem Verwandten auf. »Du liest deinen Eigensinn, Saviya... wie immer. Doch was rede ich noch? Du hast dich entschieden. Glück auf deinem Weg, Saviya... Und vergiß die Stimme des Mondes nicht.«

Vor ein paar Monaten war einer der Gehilfen so unklug gewesen, seine Geliebte im Fondaco einquartieren zu wollen. Richard hatte Anton Eberdings Reaktion noch gut genug im Kopf, um sich ein Zimmer zu mieten. Es war nicht billig, doch er konnte es sich leisten. Selbstverständlich blieben die Vorbereitungen zum Umzug nicht unbemerkt, wie auch Saviyas Besuche, und Richard hatte Gelegenheit, sich in Selbstbeherrschung angesichts Dutzender von passenden und unpassenden Scherzen zu üben. Selbst Eberdings »Ihr seid irgendwo verdreht, Junge – von allen Frauen ausgerechnet eine von diesem Diebesgesindel!« überging er.

Womit er jedoch nicht gerechnet hatte, war Marios offene Mißbilligung. »Ich halte das für einen sehr großen Fehler, Riccardo«, erklärte der Augustiner unverblümt.

Richard empfand zunächst eher Verwunderung als Kränkung. »Aber warum? Ich liebe sie.«

»Und wie lange kennst du sie schon? Bist du dir sicher, daß du dich nicht einfach in das erste Mädchen verliebt hast, das... nun, entgegenkommend genug war, um dich von der Vorstellung zu befreien, du wärest zum Zölibat verurteilt?«

Richard verschränkte die Arme. »Ich kenne sie schon lange, ich habe sie schon lange geliebt, ohne daß sie, wie du dich ausdrückst, entgegenkommend war, und außerdem, bist *du* dir sicher, daß du nicht einfach etwas gegen Zigeunerinnen hast?«

Mario war einigermaßen erschöpft. Er hatte an diesem Tag dem Prior geholfen, dessen Predigt gegen Savonarola vorzubereiten, hatte sich die gequälten Monologe Pico della Mirandolas über seinen seelischen Zwiespalt angehört und außerdem noch erfahren, daß ein Drucker an die zwanzig Seiten seiner Polo-Übersetzung ruiniert hatte. Daher antwortete er etwas kurzangebunden: »Ich habe nichts gegen Zigeunerinnen, aber anders als gewisse unreife Freunde von mir sehe ich sie auch nicht als Göttinnen, nur weil sie bereit sind, das Bett mit mir zu teilen.«

Zu spät erkannte er, daß er zu weit gegangen war.

Eisig erwiderte Richard: »Ich denke nicht, daß jemand, der sich lebenslang hinter seinen Klostermauern vor allen Frauen verschanzt hat, überhaupt beurteilen kann, was Liebe ist.«

Alle Selbstsicherheit und Ironie, die Fra Mario Volterra sonst kennzeichneten, verschwanden für den Bruchteil einer Sekunde. Dann wandte er sich ab und begann seine Manuskripte zusammenzuräumen. »Natürlich«, sagte er tonlos, »ich weiß nicht, was Liebe ist. Bitte entschuldige mich, Riccardo.«

Richard hätte sich die Zunge abbeißen mögen. Er legte dem Priester eine Hand auf die Schulter. »Es tut mir leid, Mario. Das wollte ich nicht sagen, es war ungerecht... Eigentlich wollte ich dich um etwas bitten.«

Mario hatte sich wieder gefangen. »Nun«, sagte er mit

hochgezogenen Augenbrauen, »Bitten anzuhören ist mein Beruf... oder meine Berufung. Was gibt es diesmal?«

»Saviya möchte Lesen und Schreiben lernen, Rechnen auch, Geschichte, eigentlich alles, und ich werde nicht immer Zeit haben, sie zu unterrichten. Andererseits weiß ich, was für ein hervorragender Lehrer du bist.«

»In einer Schmeichelei verpackt«, zitierte Mario ein florentinisches Sprichwort, »ruht die Rechnung der Zeche. Aber im Ernst, Riccardo, ich helfe dir gerne. Du sollst mir nicht vorwerfen können, daß ich irgend jemandem gegenüber voreingenommen bin, und außerdem sind wir Freunde. Es wird eine erholsame Abwechslung sein – ich wette, deine Saviya ist der einzige Mensch in Florenz, der nicht ständig von Fra Savonarola spricht!«

Die Boboli-Gärten waren bei Morgengrauen noch in kühlen, herbstlichen Dunst gehüllt. Wie weiße Flecken in einer graugrünen Welt aus Pinien und Olivenbäumen, die sich ineinander verschlungen hatten, so stachen die Marmorstatuen hervor, welche die Familie Pitti hier aufgestellt hatte. Ihr gehörten die Gärten, doch die Pitti machten sich ein Vergnügen daraus, jeden neugierigen Florentiner, der den allmählich entstehenden neuen Palazzo bewundern wollte, hier zu bewirten. Um diese Tageszeit indessen schlief die Stadt noch. Richard und Saviya waren allein, als sie dem Klang eines Vogels nachliefen und die erfrischende Morgenluft in sich einsogen.

An einem der geschickt gestalteten Marmorbrunnen, wo sich fett der trunkene Bacchus über einer Muschelschale wölbte, blieben sie stehen. Richard fing das sprudelnde Wasser in seinen Händen, um Saviya zu trinken zu geben. Sie hatten sich bereits von den skeptischen Stimmen ihrer Freunde erzählt, wobei jeder vor dem anderen etwas zurückhielt.

Nachdem sie getrunken hatte, holte Saviya etwas hervor und sagte etwas schüchtern: »Ich habe noch ein Geschenk für dich, Riccardo.« Es war ein schwerer goldener Armreif, wie er ihn bei den Zigeunern mehrmals gesehen hatte, voller Gravuren und Verzierungen. Saviya begegnete seinem Blick und lachte.

»Ich weiß schon, Riccardo, du fragst dich, woher wir, die wir doch so arm sind, all unseren Schmuck haben. Es sind heilige Erbstücke, jede Familie hat nur ein paar, und sie müssen ständig getragen werden, sonst verlieren sie ihren Zauber. Und sie dürfen niemals verkauft oder gestohlen werden, sonst bringen sie allen nur Unglück.«

»Aber als du damals...«, begann Richard, ehe er sich eines Besseren besann.

Saviyas Gesicht verdunkelte sich. »Ja. Als du mich fandest, war ich ohne Schmuck, und alle unsere Erbstücke waren gestohlen. Aber der Woiwode überließ mir dieses hier und einiges andere, denn ich bin sein Blut...«

Ein fast greifbarer Mantel von Trauer legte sich um sie. Richard dachte daran, daß am gestrigen Tag nicht nur der Sohn des Kardinals Borgia, sondern auch die Zigeuner abgereist waren, und verschloß ihr den Mund mit einem Kuß. Weich wie Farn, stark wie die Wälder, war sie ihm immer noch ein Geheimnis und fremd, selbst wenn er sich ihr nahe fühlte wie jetzt, selbst wenn er sie in seinen Armen hielt.

Der Armreif trug einige Zeichen in einer Schrift, die ihm unbekannt war, und er fragte sich flüchtig, ob der vielbewanderte Pico sie wohl entziffern könnte. Woher waren die Zigeuner wohl ursprünglich gekommen? Aus den arabischen Ländern, wie einige seiner eigenen Vorfahren? Aus Asien? Er sah in Saviyas Gesicht und verstand mit einem Mal überhaupt nicht mehr, wie er ausgerechnet in diesem Moment Überlegungen über den Ursprung eines Volkes anstellen konnte. Um ihr etwas zu geben, das für ihn die gleiche Bedeutung hatte, zog er nach einem unmerklichen Zögern den breiten, goldenen Ring vom Finger, den er erst in Florenz zu tragen begonnen hatte.

»Würdest du ihn von mir annehmen? Er hat meiner Mutter

gehört, und es ist das einzige, was ich noch... von meinem ersten Leben besitze.«

Er sah sie zum ersten Mal ein wenig erröten. Saviya kannte den symbolischen Wert dieser Geste, und ihr schien, als hörte sie die mürrische Stimme des Woiwoden, die sie warnte, sie werde niemals gebunden in einer Stadt leben können. Um die Erinnerung zu vertreiben, streifte sie sich den Ring rasch über. Im nächsten Augenblick erblaßte sie, wurde so weiß wie Marmor. Richard erschrak.

»Was hast du, Saviya?«

Sie schüttelte den Kopf, nahm seine Hand und begann wieder zu laufen. »Jetzt haben wir Blut und Gold getauscht«, sagte sie fröhlich und begann zu rennen, »es fehlt nur noch eines, und das kann nur die Zeit bringen.«

26

DIE FLORENTINER BEDAUERTEN die Abreise des jungen Borgia. Er hatte ihnen Aufregung und endlosen Stoff zum Klatschen verschafft, der noch ein paar Wochen lang anhielt. Würde Lorenzo sich jetzt mit seinem ganzen Einfluß hinter Rodrigo Borgia stellen? Oder würde er im Gegenteil Kardinal della Rovere unterstützen?

Während die Neugier noch Wellen schlug, ging Il Magnifico seine eigenen Wege. Lorenzo hatte seine Stadt seit Jahren als Zünglein an der Waage zwischen Mailand und Neapel etabliert, und gerade jetzt gefielen sich die beiden Intimfeinde, Ferrante von Neapel und Lodovico Sforza von Mailand, wieder in gegenseitigen Drohgebärden.

Seit Ferrante seine Unterstützung für Giuliano della Rovere ausgesprochen hatte und borgiafeindliche Briefe in alle Richtungen schickte, hielt es Lodivico Il Moro für seine Pflicht, Kardinal Borgia ausgesprochen freundschaftlich entgegenzukommen. Lorenzo sah Schwierigkeiten voraus und machte Il Moro daher heimlich den Vorschlag, doch Kardinal Ascanio Sforza, Lodovicos eigenen Bruder, als dritten Kandidaten für den Heiligen Stuhl ins Spiel zu bringen. Ascanio könnte als Kompromiß zwischen den beiden Mächtigen tatsächlich gewählt werden oder, was wahrscheinlicher war, er könnte mit seinen Stimmen den Ausschlag für della Rovere und Borgia geben. Mailands Machtposition wäre damit erneut gestärkt.

Die Stadt, die von all dem nur Bruchstücke erfuhr, kehrte bald zu ihrem alten Lieblingsthema zurück: der Fehde zwischen Lorenzo de'Medici und Fra Girolamo Savonarola. »Oder, besser gesagt, Savonarolas Fehde«, kommentierte Richard in einem Brief an Jakob, »denn Lorenzo hat bisher nicht mehr getan, als die Augustiner, die über die Gefährlichkeit von Savonarolas Lehren predigen, zu unterstützen. Savonarola scheint dieser Gleichmut langsam aus der Fassung zu bringen. Seine Angriffe werden immer heftiger.«

Richards eigenes Leben entsprach der unwirtlichen Jahreszeit. Der Herbst fegte mit manchem Schirokko über Florenz hinweg, und auch der Winter zeigte sich für toskanische Verhältnisse ausgesprochen stürmisch. Saviya konnte zärtlich und anschmiegsam wie ein kleines Kätzchen sein, doch wenn sie in der entsprechenden Stimmung war, widersprach sie ihm bei jedem Disput heftiger als ein ganzes Heer entrüsteter Händler. Da sie zu allem, was er ihr erzählte, eine eigene Meinung hatte und nicht im geringsten davon beeindruckt war, wenn er die gesamte platonische Akademie als Zeugen anrief, stritten sie häufig genug. Einmal allerdings drohte eine solche Auseinandersetzung ins Verletzende umzukippen. Dabei ging es zunächst um eine Kleinigkeit.

Richard hatte versucht, Saviya zu überreden, ein Kleid anzuziehen, und hatte, als ihm die Argumente ausgingen, aus der Erinnerung ein Bild von Sybille heraufbeschworen, wie sie festlich gekleidet den König im Haus am Rindermarkt empfing. Bei seiner immer wärmeren Beschreibung bemerkte er nicht, wie Saviya die Stirn in tiefe Falten legte.

»Und so könntest du auch aussehen«, schloß er enthusiastisch. »Wie eine Königin.«

»Ich will nicht aussehen wie eine von euren Gorgio-Königinnen«, erwiderte Saviya scharf, »oder wie eine Puppe, die man ins Haus einsperrt und nur hervorholt, um sie den Gästen zu zeigen.«

Anscheinend hatte er bei der Beschreibung irgend etwas falsch gemacht. »Aber Sybille ist keine Puppe«, protestierte Richard, »was ich sagen wollte ist, sie wird deswegen so gerühmt in Augsburg, weil sie nicht nur schön aussieht, sondern auch klug ist und freundlich und all diese Gaben wunderbar zur Geltung bringen kann.«

»Wenn sie dazu ein Kleid braucht, kann es damit nicht weit her sein«, murmelte Saviya und starrte feindselig auf das Gewand, das er ihr gekauft hatte.

Ein Hauch von Verärgerung färbte Richards Stimme, als er sagte: »Du willst es noch nicht einmal versuchen, nicht wahr?«

»Nein, das werde ich nicht! Und ich habe dich noch nie so töricht reden hören, Riccardo. Weißt du, wovon du wirklich schwärmst? Nicht von deiner«, sie hielt inne und zog das Wort lange genug hinaus, um es beleidigend wirken zu lassen, »*Tante*, sondern vom Reichtum! Warum behängst du mich nicht gleich von Kopf bis Fuß mit Gold, wenn du das sehen willst?«

Diesen Vorwurf empfand Richard als grundlos und ungerecht, wenngleich ein Körnchen Wahrheit enthalten war, das wie Salz in einer offenen Wunde wirkte und ihn verleitete, zurückzuschlagen: »Wie der Bastard des Kardinals, meinst du?«

Er erwartete, daß Saviya sofort widersprach, doch als sie es nicht tat, sondern sich statt dessen schweigend abwandte, hätte er am liebsten seine Worte zurückgenommen, und er bereute, mit der ganzen Angelegenheit überhaupt angefangen zu haben.

»Saviya, es tut mir leid. Ich habe das Kleid auch nicht gekauft, weil ich dich nicht liebe, so wie du bist, sondern weil ich dachte, es gefällt dir, und du würdest gerne so etwas tragen.«

Langsam drehte sie sich wieder um und warf einen vorsichtigen Blick auf den Anlaß ihres Streits, dann auf Richard. »Ich kann es versuchen«, sagte sie großzügig.

Beide waren erleichtert, als hätten sie eine gefährliche Klippe umschifft. Dabei hätte Richard diese Streitereien um keinen Preis missen mögen, zumindest die meisten. Ihr Anderssein fesselte ihn ebensosehr wie die Tatsache, daß er nun selbst zum ersten Mal das Vergnügen hatte, einen äußerst wißbegierigen Schüler zu unterrichten.

»Du bist in die Vorstellung vernarrt, sie zu formen wie Pygmalion seine Galatea«, sagte Mario einmal. »Sei vorsichtig. Galatea wurde lebendig.«

Mario unterrichtete Saviya ebenfalls, und der Erfolg ließ sich deutlich feststellen, doch er und das Zigeunermädchen hatten ein merkwürdig zwiespältiges Verhältnis zueinander, das Richard beunruhigte.

»Ein sehr kluges Mädchen, Riccardo – wie alt, sagtest du, ist sie?«

»Natürlich ist er ein wunderbarer Lehrer – aber was geht ihn mein Alter überhaupt an? Außerdem hält er sich für vollkommen, und das ist er nicht. Ich weiß es.«

Zur Fastenzeit des neuen Jahres hatte Savonarolas Ruhm sich derart verbreitet, daß man ihn bat, während der Festtage im Duomo zu predigen. Saviya, die bisher nie einen Fuß in eine Kirche gesetzt hatte, verblüffte Richard mit dem Wunsch, einer der Predigten beizuwohnen.

»Du gehst doch ohnehin, nicht wahr, mit deinem Freund, dem Priester?«

Mario empfing sie am Portal des gewaltigen Baus und lotste sie durch die übervolle Kathedrale, die die Menschen zu Zwergen werden ließ. Saviya schauderte und lehnte sich einen Moment an Richard. Sie trug das Florentiner Festtagsgewand, mit dem weitgefältelten Rock, dem engen Mieder und der kleinen bunten Kappe auf dem Haar, die Mode geworden war und die Ghirlanda abgelöst hatte. Dennoch drehten sich einige Leute nach ihr um und musterten sie irritiert.

Ehrfürchtiges Gemurmel stieg auf, als Savonarola langsam, als bereite ihm jeder Schritt Schmerzen, die Kanzel erklomm. Durch das Fasten war er noch mehr abgemagert, seine knochigen Hände wirkten fast durchscheinend, und aus dem pergamentweißen Gesicht glommen die Augen wie aus einem Totenschädel. »Ein Heiliger!« raunte mehr als ein Florentiner.

Savonarola begann seine Predigt mit den Leiden Christi

und seinem Fasten in der Wüste, und es wurde deutlich, welche Parallelen er zu diesem Ereignis sah. Beinahe übergangslos glitt er vom Neuen Testament zum Alten, und die Gemeinde lauschte ihm hingerissen.

»Als Saul dem Herrn sein Opfer verweigerte und sein Herz an schnödem Gewinn hing, da setzte der Herr ihn ab. So höre, Florenz! Du hast einen abgrundtief verderbten Tyrannen, der die Gelder der Stadt an lasterhafte Manuskripte, sündige Kunstwerke und seine eigenen schamlosen Genüsse verschleudert! Du hast eine ehrlose Signoria, die hinter ihm steht und ihm das alles ermöglicht! Sie alle wollen das Volk zur Beute des Teufels machen!«

Richard hielt den Atem an. Das klang nun nicht mehr nur nach den gewohnten Vorwürfen. Diesmal wollte Savonarola auf etwas hinaus, und das Beispiel aus dem Alten Testament... Neben ihm flüsterte Mario: »*Dies irae.*« Saviya sagte nichts. Auf ihrer Stirn standen drei steile Falten. Sie hatte den Dominikaner aus einem bestimmten Grund sehen wollen, und es schien, daß sich ihre Vermutung bestätigte. Ein Teil der Zuhörer blickte nun nicht mehr nur empor zu Savonarola auf der Kanzel, sondern zu der Bank der Medici, wo Lorenzo sich die Predigt des Mönchs bisher mit stummem Lächeln angehört hatte. Nun war alle Ironie aus der Miene Il Magnificos verschwunden. Mit zusammengepreßten Lippen und einer beinahe gefährlichen Konzentration hörte er sich Savonarolas Forderungen an. Lorenzo solle gehen. Die Signoria, die ihn stützte, solle gehen, ebenso die Richter und Beamten, die allesamt von den Medici korrumpiert worden seien. Florenz sollte zu einer Republik Gottes werden.

Wer aber sollte Florenz regieren?

Savonarola.

Gott hatte ihn berufen.

Richard hatte Saviya eigentlich versprochen, noch mit ihr auf den Jahrmarkt zu gehen, doch Savonarolas Predigt und die Konsequenzen, die sich daraus ergeben konnten, wühlten ihn so sehr auf, daß er sich entschied, statt dessen gleich zur Herberge zurückzukehren und Jakob über die neueste Entwicklung zu berichten.

»Mario, es macht dir doch nichts aus, Saviya zum Jahrmarkt zu begleiten, oder?«

»*Mir* macht es etwas aus«, sagte Saviya, bevor der Priester antworten konnte, und wie um die Schärfe ihrer Worte wieder wettzumachen, lächelte sie und fügte hinzu: »Ich möchte lieber mit dir kommen.«

Also trennten sie sich. Richard und Saviya brauchten nicht lange, um ihre Herberge zu erreichen, wo Richard sich sofort ans Schreiben machte. Mittlerweile war er so geübt in dem Verschlüsselungssystem, daß er es nicht mehr nötig hatte, seinen Brief zunächst in Klarschrift aufzusetzen.

Diesmal allerdings stockte ihm mehrmals die Feder; die erstrebte Sachlichkeit fiel ihm heute bisweilen schwer.

»Zu Girolamo Savonarola: Ich ziehe meine ursprüngliche Einschätzung zurück. Die von ihm ausgelöste Welle der Frömmigkeit in Florenz ist keine Modeerscheinung, sondern scheint bis auf weiteres dauerhaft. Savonarolas Ambitionen beschränken sich auch keineswegs auf eine Reinigung des hiesigen oder auch nur des italienischen Klerus; nach seiner letzten Predigt bin ich der festen Überzeugung, daß er nicht mehr und nicht weniger anstrebt als die absolute Herrschaft über Florenz, geistig und weltlich, was nur durch den Sturz der Medici und der ihr ergebenen Körperschaften möglich wäre.

Daraus sich ableitende Möglichkeiten: Ich empfehle einen Aufkauf nicht nur aller kostbaren Stoffe, Juwelen und sonstiger Luxusartikel, sondern auch aller Kunstwerke, die sich erwerben lassen. Die Nachfrage nach antiken Stücken steigt überall; die Este in Ferrara sollen Unsummen für einen kürzlich ausgegrabenen Herkules geboten haben, der jedoch von Lorenzo de'Medici gekauft wurde. Auch Statuen und Gemälde noch lebender Bildhauer und Maler erfreuen sich großer Wertschätzung. Da Florenz bisher in diesem

Gebiet führend war, bieten sich ungeahnte Möglichkeiten für günstige Käufe, und ich habe mir erlaubt, schon einiges in die Wege zu leiten. Meine finanziellen Mittel sind jedoch beschränkt; daher bitte ich um diesbezügliche Anweisung an Eberding.

Zu Lorenzo de'Medici: Eine Versöhnung zwischen Lorenzo und Savonarola scheint aus den obengenannten Gründen unmöglich. Lorenzo wird den Mönch allerdings auch nicht aus der Stadt ausweisen lassen; meinen Quellen zufolge setzt er weiterhin auf Zeit. Seine Beliebtheit bei den Florentinern ist immer noch ungebrochen, daher glaube ich nicht an einen Aufruhr, würde aber zwei Faktoren zu bedenken geben: Lorenzos fortschreitende Krankheit – die Gicht verkrüppelt ihn mehr und mehr, so daß er sich nur noch selten in den Straßen zeigen kann – und die, den Gerüchten nach zu schließen immer schlechtere Lage der Medici-Bank.

Zur Romagna: Der Tod von Girolamo Riario beendet nicht nur seine Vendetta mit den Medici, sondern läßt seine Witwe Catarina Sforza als die mächtigste Fürstin im ehemaligen Kirchenstaat zurück. Da die Romagna Rom unmittelbar umschließt, spielen die dortigen Grafen und Herzöge bei der Papstwahl eine entscheidende Rolle; Lorenzo hat Catarina den Gerüchten zufolge bereits seinem Vetter Gianni als Ehemann angeboten. Eine bloße Vermutung meinerseits: Das läßt darauf schließen, daß er Catarinas Onkel, Kardinal Ascanio Sforza, als Kompromißkandidaten zwischen Rodrigo Borgia und Giuliano della Rovere unterstützen wird...«

Ein leichter Druck an der Schulter unterbrach ihn. Unwillkürlich schrak er zusammen; er hatte sich noch nicht daran gewöhnt, beim Abfassen seiner Berichte nicht mehr allein zu sein. Saviya hatte kaum ein Wort gesprochen, seit sie sich von Mario getrennt hatten, doch Richard, der im Geiste bereits seinen Brief an Jakob entworfen hatte, war ihre ungewöhnliche Zurückhaltung nicht weiter aufgefallen. Jetzt aber konnte er nicht mehr übersehen, daß sie etwas quälte.

Sie verschränkte die Finger ineinander und nagte an ihrer Unterlippe, als habe sie sich noch nicht entschieden, ihre Gedanken auszusprechen.

»Was ist?« fragte er ein wenig unaufmerksam; innerlich war er immer noch mit den Fürsten der Romagna beschäftigt. Leise und bestimmt, was gar nicht zu ihrer äußeren Unruhe paßte, erwiderte Saviya: »Wir müssen Florenz verlassen, Riccardo, so schnell wie möglich.«

»Saviya, das ist unmöglich. Ich verstehe, daß dich Fra Savonarola beunruhigt, es geht mir genauso, glaub mir. Aber es wird dir nichts passieren, du bist unter meinem Schutz, und...«

»Sprich nicht mit mir, als wäre ich ein Kind!« unterbrach ihn Saviya unerwartet heftig. »Denkst du, ich rede von ein paar Gorgios, die mit Steinen nach mir werfen, weil sie mich für gottlos halten?« Sie hielt inne und schluckte. »Ich... ich wollte es dir schon länger sagen, aber... nun, das ist gleichgültig. Riccardo, seit heute weiß ich, daß Tod über der Stadt liegt, ich weiß, wer sterben wird, und ich weiß das so genau, weil...«

Richard ließ sie nicht ausreden. Sei es, weil er selbst noch von Savonarolas Predigt aufgewühlt war, sei es, weil er eine vage Ahnung von dem hatte, was sie ihm erzählen wollte, jedenfalls sagte er abweisend: »Um Himmels willen, Saviya, hör doch mit diesem abergläubischen Gerede auf! Kein Wunder, daß die Leute argwöhnisch gegenüber euch Zigeunern sind – ihr könnt keinen Satz herausbringen, der nicht nach einer unheilvollen Prophezeiung klingt!« Ein wenig verspätet fügte er hinzu: »Und im übrigen können wir gar nicht fort. Ich arbeite hier, ich habe einen Vertrag hier, ich lebe hier, und ich bin glücklich hier!«

Saviya starrte ihn noch einen Moment lang an, dann wirbelte sie herum und rannte aus dem Raum.

Mario hatte die Abtei San Marco früher öfter besucht. Sie lag in der Nähe der Via Larga und war, wie sein eigenes Kloster, von den Medici immer freigebig unterstützt worden, nicht zuletzt wegen der Maler, die dort gewirkt hatten. Heute jedoch blieb er nicht stehen, um die zarten Fresken von Fra Angelico zu bewundern; es war schwer genug gewesen, einen Besuch bei Savonarola zu erwirken.

»Achtet darauf, *ihn* nicht zu überanstrengen«, mahnte der Dominikaner, der Mario zu Savonarola führte, streng. »*Er* ist sehr erschöpft dieser Tage.«

Mario hielt die Fastenzeit für sehr wichtig als eine Periode der Besinnung, die es zu nutzen galt, und hatte bisher immer gewissenhaft die Regeln seines eigenen Ordens eingehalten. Er hatte jedoch nie den Ehrgeiz gehabt, den Märtyrern nachzueifern. Nie wollte er so aussehen wie die spukhafte Gestalt, als die sich Savonarola gab. In der Zelle des Mönchs stand kein Bett, obwohl Savonarola mittlerweile zum Prior von San Marco aufgestiegen war. Er schien auf dem steinernen Boden zu schlafen. Marios Blick fiel auf eine Geißel, an der noch Blut klebte, und er wandte die Augen schnell wieder ab. Eine Mischung aus Abneigung und unwillkürlicher Bewunderung ließ ihn schaudern. Als Anhänger der Lehre von Harmonie zwischen Körper und Geist hielt er nichts von derartigen Exerzitien, doch er konnte nicht leugnen, daß der Glaube, der Savonarola befähigte, solche Torturen auszuhalten, von einer beneidenswerten Unbedingtheit und Makellosigkeit war, wie eine hell brennende Flamme.

»Bruder.«

»Bruder.«

Er ahnte die skeletthafte Berührung des Dominikaners mehr als er sie spürte. Der Mönch, der ihn hergebracht hatte, verschwand, und Savonarola verschränkte die Arme.

»Kommt Ihr zu mir um Erleuchtung, Bruder, oder seid Ihr ein weiterer Sendbote des Tyrannen, so wie Euer Prior?«

Fast war Mario dankbar für die schroffen Worte, denn sie ermöglichten es ihm, den Eindruck, den Savonarolas Askese auf ihn gemacht hatte, abzuschütteln. »Beides trifft im gewissen Sinn zu«, antwortete er ruhig. »Ich komme zu Euch, um mit Euch über Lorenzo zu sprechen, doch nicht, weil er mich gesandt hat. Ich möchte verstehen, was Euch bewegt, Bruder, daß Ihr Euren Ingrimm ausgerechnet auf ihn richtet.«

Savonarola sagte nichts, sondern hörte aufmerksam zu; davon ermutigt, sprach Mario weiter: »Habt Ihr niemals daran gedacht, was Ihr und Lorenzo zusammen bewirken könntet? Glaubt mir, ich ehre Eure Ziele, die Reinigung der Kirche von Mißwirtschaft, Simonie, der völligen Verweltlichung – und das tut Lorenzo auch. Er weiß, was es heißt, unter einem Papst zu leiden, der Ämter und Ländereien an seine Familie verschachert und Menschen beseitigen läßt, die ihm im Weg stehen.«

»Deswegen«, unterbrach Savonarola sarkastisch, »hat er wohl auch für seinen Sohn den Kardinalshut gekauft.«

»Er glaubt an Reform von innen«, sagte Mario geduldig. »Giovanni als Kardinal könnte einiges ändern. Doch bis dahin vergeht noch viel Zeit. Es ist das Jetzt, worauf es ankommt. Hat Lorenzo Euch jemals Steine in den Weg gelegt, Bruder? Hat er nicht Eure Ernennung zum Prior bestätigt, in einem Kloster, das seine Gelder von den Medici bezieht, statt Euch aus der Stadt zu verbannen, wie er es leicht hätte tun können – und auch getan hätte, wäre er der Tyrann, als den Ihr ihn immer bezeichnet? Wann hat er je seine Macht in Florenz mißbraucht? Wann hatte die Stadt je so hohes Ansehen wie unter ...?«

Mario zögerte, hielt inne. Der Dominikaner merkte es und hakte sofort nach. »Unter seiner Herrschaft – das wolltet Ihr doch sagen, nicht wahr, Bruder? Und genau dort liegt das Übel.«

Savonarola begann, in der Zelle auf und ab zu gehen. »Wer hat den Medici eigentlich das Recht gegeben, sich über alle anderen Bürger von Florenz zu erheben? Und hört mir auf mit Eurer ›wohltätigen Herrschaft‹! Es sind nicht die offensichtlichen Tyrannen, wie Ferrante von Neapel, die meiner Feindschaft wert sind – jeder sieht ihre Sünden, und das Volk haßt sie. Oh, nein, Bruder, Lorenzo de'Medici ist das schlimmste aller Übel, denn er hat uns unsere Freiheit mit einem Lächeln genommen, genau wie sein Großvater und sein Vater. Er läßt die Sünde gut und liebenswert erscheinen, und das Volk klatscht ihm Beifall. Ich habe sogar den Verdacht«, der Mönch senkte seine Stimme, bis sie zu einem Flüstern wurde, »daß er zu den Verdammtesten aller Verdammten gehört – zu jenen, die frei sind von Schuldgefühlen. Er sündigt, ohne Reue zu empfinden. *Condamnatus est!*«

Wider Willen schaute Mario zu der blutbefleckten Geißel. Savonarola packte ihn am Handgelenk. »Reue ist der einzige Weg! Kniet mit mir nieder, Bruder, und wir werden zusammen beten! Ich werde Euch helfen, Euch von dem verderblichen Einfluß des Tyrannen zu befreien und Euch wieder zum Herrn zurückführen!«

Mit einem Ruck machte Mario sich los. »Deswegen haßt Ihr ihn«, sagte er leise. »Nicht wegen seiner Macht, obwohl Ihr gerne die gleiche Macht hättet. Lorenzo ist ein Mensch wie wir alle, Verlusten und Krankheiten unterworfen, die Gicht quält ihn immer mehr, aber dennoch ist er in der Lage, das Leben zu genießen, aus reiner Freude am Dasein – etwas, wozu Ihr nie in der Lage wart, nicht wahr, Bruder! Und deswegen könnt Ihr nicht ertragen, daß es ihn gibt.«

In der Stille, die seinen Worten folgte, hätte man die Sandkörner einer Uhr rinnen hören können; sie lastete schwer auf Marios Schultern, und Verzweiflung ergriff ihn. Welche Chance er auch immer gehabt haben mochte, Savonarola umzustimmen, mit diesen wenigen Sätzen hatte er sie endgültig verloren.

»Es ist wohl besser, Ihr geht jetzt, Bruder«, sagte der Dominikaner kalt. Als Mario sich umwandte, hörte er Savonarola noch hinzufügen: »Fra Mario Volterra. Ihr könnt gewiß sein, ich werde Euch nicht vergessen.«

Auf dem Weg zurück nach Santo Spirito, als er den Ponte Vecchio überquerte, um sich durch den Anblick der Eingeweide und den Gestank von jedem Hungergefühl zu heilen, traf Mario auf einen äußerst beunruhigt dreinblickenden Richard.

»Du... du hast nicht zufällig Saviya irgendwo gesehen?« fragte Richard, nachdem er seinen Freund begrüßt hatte.

Mario war froh, seine Gedanken auf etwas anderes als Savonarola konzentrieren zu können. »Nein, warum? Ihr seid doch zusammen vom Duomo fortgegangen.«

Richard starrte auf seine Hände. »Wir haben uns gestritten«, erklärte er verlegen, um dann ärgerlich fortzufahren, »und ich habe vielleicht Dinge gesagt, die ich nicht hätte sagen sollen, aber sie hat mir noch nicht einmal die Gelegenheit gegeben, mich zu entschuldigen.«

Mario hütete sich, einen Kommentar abzugeben. Alles, was es über Richards Beziehung zu der jungen Zigeunerin zu sagen gab, hatte er schon einmal geäußert, und es schien ihm sinnlos, sich zu wiederholen. Richard trat mit dem Fuß nach einem herumliegenden Stein. »Verdammt, ich mache mir Sorgen!« stieß er hervor. »Sie sollte nicht allein durch die Stadt laufen – wenn sie überhaupt noch hier ist!«

»Oh, sie hat Florenz bestimmt nicht verlassen«, meinte Mario beruhigend. »Nicht eines einfachen Streites wegen. Und außerdem hat sie kein Geld«, schloß er sachlich.

»Du kennst Saviya nicht«, sagte Richard düster, und gemeinsam machten sie sich auf die Suche.

Der Nachmittag neigte sich schon dem Abend zu, als Mario schließlich bedauernd erklärte, er müsse vor Einbruch der Dunkelheit in Santo Spirito zurück sein. Sie trennten sich, und Richard durchstreifte weiterhin ruhelos die Straßen und Gassen von Florenz. Mittlerweile wußte er nicht mehr, ob er zorniger auf Saviya oder auf sich selbst war. Er stellte sich vor, wie sie ermordet irgendwo am Ufer des Arno lag. Und was, wenn sie Florenz tatsächlich verlassen hatte? Niemand in den Schenken und Handelshöfen schien sie gesehen oder von ihr gehört zu haben.

Als ihm schließlich kein Ort mehr einfiel, entschied er sich, im Palazzo Medici nach ihr zu fragen. Immerhin war sie dort einmal aufgetreten und mochte versucht haben, dort übergangsweise eine Stellung oder Geld oder beides zu bekommen.

Er hatte Glück; in der Via Larga traf er mit Angelo Poliziano zusammen, der ihn sofort erkannte. »Ah, unser junger Tedesco«, sagte der Dichter gutgelaunt. »Kommt doch mit mir zu Lorenzo. Il Magnifico hat mir eine schöne Überraschung versprochen, und weiß Gott, die kann ich gebrauchen nach so einem Tag.«

Poliziano hatte auch nichts von Saviya gehört oder gesehen, schlug aber vor, sich bei Lorenzos Haushofmeister zu erkundigen. »Allerdings soll mich der Teufel holen, wenn ich weiß, wo der steckt. Das einfachste wird sein, wir fragen Lorenzo.«

Doch Il Magnifico befand sich nicht in seinem Studiolo, als Poliziano und Richard eintraten. Lorenzos Tochter Contessina und der mürrische junge Bildhauer, den Lorenzo, wie sich Richard erinnerte, Meister Eberding und dessen Gehilfen auf einem Fest einmal vorgestellt hatte, standen dort sehr eng beieinander und schauten auf etwas, das von ihren Gestalten verdeckt wurde.

Angelo Poliziano räusperte sich, und die beiden drehten sich erschreckt um. Der junge Mann errötete tief, doch Contessina de'Medici lächelte, als sie Poliziano erblickte.

»Mein Vater wird gleich hier sein, Tio Angelo«, sagte sie unbefangen. »Er wollte dir zeigen, was Michelangelo geschaffen hat.«

Poliziano war sofort Feuer und Flamme. »Soll das heißen«, wandte er sich an den verlegen dreinschauenden Buonarroti, »du bist fertig mit der Zentaurenschlacht? Großartig! Wo ist sie?«

Inzwischen hatte Contessina Richard, der halb hinter Poliziano stand, entdeckt und begrüßte ihn freundlich. »Ihr müßt Angelos Überschwang verzeihen«, sagte sie anschließend. »Wißt Ihr, er hat Michelangelo das Thema vorgeschlagen. Und seht selbst...«

Nun, da sie nicht mehr davor stand, konnte Richard an der Wand ein neues Relief hängen sehen. Normalerweise hätte es ihn brennend interessiert, doch heute abend, im Gedanken an Saviya, mußte er sich beinahe zwingen, näherzutreten, um das Werk zu begutachten. Aber dann entfuhr ihm ein leiser Ausruf des Staunens. Anders als bei den griechischen und römischen Reliefs hatten sich hier die Gestalten der kämpfenden Pferdemenschen fast völlig aus dem Hintergrund gelöst, und die ganze Szene vermittelte eine ungestüme Heftigkeit, die sich völlig von dem statischen Ebenmaß der Antike unterschied.

»Wie habt Ihr das gemacht?« fragte er den Schützling der Medici neugierig. »Ich meine, es sieht aus, als würde es gleich auseinanderbrechen, und doch ist es vollkommen fest – als würde der Stein die einzelnen Figuren nur mit Gewalt zusammenhalten können!«

Mit einem Schlag veränderte sich das verschlossene Gesicht des Bildhauers. Michelangelo Buonarotti strahlte. »Genau das wollte ich ausdrücken! Es war...«

Poliziano unterbrach ihn eifrig: »Weißt du, daß du genau das erreicht hast, was wir Platoniker immer wollten? Der Geist von Antike und Neuzeit vereint! Oh, ich sehe große Dinge voraus! Du wirst dich vor Angeboten kaum mehr retten können, glaub mir.«

Mit einem Schlag war die Begeisterung in Michelangelos Miene wieder erloschen. »Ich habe schon ein Angebot«, gab er kurzangebunden zurück. »Von Savonarola. Mein Bruder Lionardo ist Mönch in San Marco und hat es mir ausgerichtet. Man will es verbrennen lassen zur höheren Ehre Gottes.«

»Stein verbrennt nicht«, ertönte vom Eingang die belustigte, aber auch erschöpft klingende Stimme Lorenzo de' Medicis. Er kam herein, und Richard bemerkte, daß er leicht hinkte und sich auf einen Stock stützen mußte.

»Insofern kannst du dich glücklich schätzen, Michelangelo. Sandro Botticellis Gemälde sehe ich da schon in größerer Gefahr, wenn er sich noch ein paar Predigten mehr von unserem allseits verehrten Heiligen anhört.«

Durch die Erwähnung Savonarolas war Richard jäh sein eigentliches Anliegen wieder zu Bewußtsein gekommen, und er schämte sich, Saviya eines Reliefs wegen in den Hintergrund gedrängt zu haben, auch wenn es noch so fesselnd war.

»Messer Lorenzo«, sagte er deswegen rasch, bevor eine neue Diskussion um Savonarola entbrennen konnte, »es tut mir leid, Euch um diese Stunde zu stören, aber ich sorge mich um...« Er stockte. Wie sollte er Saviya bezeichnen? »Um meine Geliebte«, schloß er hastig.

Angelo Poliziano kam ihm zu Hilfe. »Sein Mädchen ist ihm weggelaufen, Magnifico, die kleine Zigeunerin, die hier für Cesare Borgia getanzt hat, du weißt schon. Er dachte, sie könnte vielleicht im Palazzo untergekommen sein, und ich hätte Rumani schon danach gefragt, aber leider habe ich keine Ahnung, wo man hier deinen Haushofmeister auftreiben kann.«

Richard sah sich im Mittelpunkt teilnahmsvoller Aufmerksamkeit und wurde nun ebenso rot wie der junge Bildhauer einige Minuten zuvor. Lorenzo griff nach einem Klingelzug und läutete; binnen kurzem stand Rumani, der Haushofmeister, im Zimmer, und Poliziano flüsterte Richard zu: »Ehrlich gesagt, wir hätten auch den nächsten Diener fragen können, aber ich muß zugeben, ich hatte es eilig und wollte zuerst die Überraschung sehen. Tut mir leid.«

Rumani konnte nur bestätigen, daß Saviya seines Wissens den Palazzo seit ihrem Auftritt nicht mehr betreten hatte, und das Bild einer ermordeten Saviya gewann in Richards Kopf wieder Konturen von erschreckender Deutlichkeit. Lorenzo musterte ihn nachdenklich.

»Geht nach Hause, Riccardo«, sagte er ruhig. »Vielleicht ist sie längst wieder dort und wartet auf Euch. Falls nicht, dann gebe ich Euch morgen einige Leute mit, um sie zu suchen.«

»Ihr seid sehr freundlich, Messer«, murmelte Richard und

schwor sich insgeheim, Saviya umzubringen, falls sie tatsächlich in der Herberge auf ihn wartete. Es war ihm nur zu bewußt, wie unangemessen es eigentlich war, Lorenzo de' Medici an diesem Tag wegen des lächerlichen Streites eines Liebespaares zu behelligen. »Ich hoffe, es geht für Euch alles gut aus«, sagte Lorenzos Tochter und vergrößerte sein Schuldgefühl noch. Er verabschiedete sich hastig von allen und verschwand so schnell wie möglich.

Michelangelo Buonarotti benutzte die Gelegenheit, um Richards Beispiel zu folgen, und auch Contessina wünschte ihrem Vater und Poliziano bald eine gute Nacht und zog sich zurück. Lorenzo schaute ihr ein wenig verwundert nach.

»Ich verstehe, warum der junge Tedesco es eilig hatte«, sagte er zu Poliziano, »schließlich kenne ich solche Situationen selbst zur Genüge. Aber was ist denn in Michelangelo und Contessina gefahren?«

Sein Freund fuhr sich nervös durch das Haar. »Tja ... also, ich vermute, es war meinetwegen.«

»Deinetwegen?«

Es gab Augenblicke, in denen sich Angelo Poliziano am liebsten weit weg gewünscht hätte, und dies war einer davon. Er war der Erzieher aller Medici-Kinder gewesen, bis er sich mit Lorenzos inzwischen verstorbener Gattin Clarissa zerstritten hatte, und gerade Contessina mochte er sehr gerne. Doch es gab Dinge, die gesagt werden mußten.

»Als ich vorhin hereinkam, standen sie ziemlich eng beieinander – Michelangelo und Contessina. Nicht auf unziemliche Weise«, fügte er hastig hinzu. »Es ist nur so, daß ich den Eindruck gewann, sie wären sehr vertraut miteinander.«

»Hm.« Lorenzos Gesichtsausdruck war undurchdringlich; er schaute weiterhin auf die Tür, die Contessina sachte hinter sich geschlossen hatte.

»Ich weiß, daß du denkst, Contessina sei noch ein Kind«, fuhr Poliziano fort, »aber das ist sie nicht mehr. Denk nur einmal nach. Michelangelo wohnt hier im Palazzo. Du behandelst ihn wie ein Familienmitglied. Sie sehen einander fast täglich, und sie sind im gleichen Alter. Was erwartest du denn?«

Endlich rührte sich Lorenzo; er setzte sich, ohne ein Wort zu sagen, in den hochlehnigen Stuhl, der vor seinem Schreibtisch stand, lehnte den Kopf zurück und schloß die Augen. Erst dann sprach er.

»Contessina weiß, daß sie Niccolo Ridolfi versprochen ist, seit fast zehn Jahren schon. Und unser Michelangelo... du kennst ihn doch. Er ist so unzugänglich und so sehr in den Marmor vernarrt, daß er es sein Leben lang schwer haben wird, Freunde zu finden. Laß die beiden Freunde sein, Angelo. Sie haben nur noch sehr wenig Zeit.«

Plötzlich klang seine Stimme bitter. »Und weiß Gott, die Medici brauchen Freunde.«

Auf dem Weg zur Herberge ließen Zorn und Sorge Richard immer schneller und schneller werden. Das Grinsen des Wirts sagte ihm alles. Er stürmte die Stufen hinauf, öffnete den Mund, um Saviya alles entgegenzuschleudern, was sich den ganzen Tag lang in ihm aufgestaut hatte; doch als er sie auf dem Boden zusammengekauert sitzen sah, die Arme um die Knie geschlungen wie ein Kind, spürte er nichts außer der unendlichen Erleichterung, sie am Leben zu wissen.

»Es tut mir leid«, sagte sie leise.

Richard kniete sich neben sie. »Nein, es... es war mein Fehler. Ich hätte nicht so mit dir reden sollen.« Die Stimme versagte ihm, und er umarmte sie.

Erst am nächsten Morgen, als er aufwachte und froh war, sie sicher in seinen Armen zu spüren, fiel ihm auf, daß sie ihm nicht erzählt hatte, wo sie gewesen war.

Er wollte sie nicht danach fragen; es schien, daß das zarte Gewebe, das sie miteinander verband, davon abhing, daß keine Seite zu sehr daran zerrte. Statt dessen entschloß er sich, mehr über ihre Vergangenheit zu erfahren. Er streichelte ihre Schulter und bemerkte einmal mehr, wie schnell sie wach wurde; es war die Reaktion eines gejagten Tieres, dessen Überleben von seiner Schnelligkeit abhing. Saviya lächelte ihn an, dehnte und reckte sich ein wenig.

»Guten Morgen, Riccardo«, sagte sie, schloß die Augen wieder und legte seinen Arm erneut um sich. »Wo kommt ihr Zigeuner eigentlich her, mein Herz?« fragte Richard so beiläufig wie möglich. Er spürte, wie Saviya sich ein wenig verkrampfte, und fuhr mit einem Unterton von Schläfrigkeit fort: »Das wollte ich immer schon wissen, und es konnte mir keiner sagen. Der verlorene Stamm Israels, Einwanderer aus dem Feenreich – es gibt wohl ein paar Legenden, aber niemand scheint wirklich zu wissen, woher die Zigeuner kommen.«

Von seinen ruhigen Worten getragen, entspannte sich Saviya wieder und entgegnete spielerisch: »Dann seid ihr Gorgios und wir einmal gleich, denn wir haben auch nur Legenden. Der Woiwode könnte sie dir erzählen, wenn er wollte, aber die meisten davon sind geheim.«

Richard stützte sich auf einen Ellenbogen und schaute ihr ins Gesicht.

»Aber du weißt doch sicher, wo du geboren bist, Saviya, woher dein Stamm kommt.«

Mit einem Schlag wurde ihre Miene wieder verschlossen. »Nein«, sagte sie kurz.

»Aber damals, als ihr über die Alpen gereist seid, müßt ihr doch von irgendwoher aufgebrochen sein und...«

Saviyas Hand legte sich mit jäher Heftigkeit auf seinen Mund. Doch als sie sprach, klang sie nicht wütend, sondern flehend: »Frag mich nicht, bitte, Riccardo, frag mich nicht! Du willst es nicht wissen, du willst es ganz bestimmt nicht wissen. So wenig, wie ich dich frage, wo du herkommst.«

Richard wollte schon protestieren, doch der Hauch von Verzweiflung in ihrer Stimme ließ ihn innehalten. Es stimmte, sie hatte ihn nie nach seiner Herkunft oder nach seiner Kindheit gefragt; konnte es sein, daß sie noch mehr Schrecken erlebt hatte als den Überfall jener Räuber, bei dem fast all ihre Verwandten und Freunde gestorben waren, daß sie die Erinnerung nicht ertragen konnte, die sie mit sich herumschleppte, so wie ihn lange Zeit die Bürde von Wandlingen fast umgebracht hatte?

Mario und das Buch, an dem sie beide arbeiteten, hatten ihm geholfen; er glaubte sich geheilt und dachte, auch Saviya würde es besser gehen, wenn sie nur ein einziges Mal von der Vergangenheit spräche. Aber er wollte sie nicht dazu zwingen. Besser war es, dem Ganzen wieder einen scherzhaften Ton zu geben. Er griff nach ihrer Hand, die ihn zum Schweigen gebracht hatte, runzelte die Stirn und machte ein düsteres Gesicht.

»Du bist entlarvt! Ich weiß, wo du herkommst. Richte dem Herrn, unserm Gott aus, ich erkenne einen Engel, wenn ich ihn sehe, Gabriel!«

Das brachte sie zum Lachen, und es dauerte noch eine Weile, bis sie voneinander ablassen konnten. Der Dienst im Fondaco wartete auf Richard. Er war sich sehr bewußt, daß sie für ihn in vielem noch ein Geheimnis war wie an jenem Tag, als er sie blutend im Schnee gefunden hatte.

27

DIE FRAGE, OB ES LORENZO gelingen könnte, Catarina
Sforza, die Witwe seines Erzfeindes Riario, einem der
Hauptschuldigen der Pazzi-Verschwörung, mit seinem Vet-
ter zu verheiraten, bot Florenz ausreichend Gesprächsstoff.
Zunächst war das ganze nur ein Gerücht, das von vielen
belächelt wurde. Dann, als mehr und mehr Boten mit dem
Wappen der Sforza und dem der Riario in Florenz auftauch-
ten, verwandelte sich die Stadt in einen Bienenkorb, dessen
Gesumme zeitweilig sogar die Bußpredigten Savonarolas
übertönte.

»Unmöglich!« meinte Roberto Salviati, ein Bankier, der
viele Geschäfte mit dem Fondaco laufen hatte, als Richard
einmal bei ihm zu Gast war. »Catarina Sforza? Das ist keine
Frau, das ist eine Tigerin, wie für die Vendetta geboren. Als
die Orsi den alten Girolamo endlich umbrachten, ihre Kinder als Geiseln nahmen und ihre Festung stürmten, wißt
Ihr, was sie da gemacht hat?«

Salviati nahm einen kräftigen Schluck Wein und fuhr sich
mit dem Handrücken über den Mund. »Ihr müßt Euch das
vorstellen: Die Orsi standen da unten, hielten den Bälgern
ihre Messer an den Hals und drohten, sie umzubringen,
wenn Catarina ihnen die Festung nicht überließ. Und sie
stand auf der Mauer dort oben, hob ihre Röcke und schrie:
›Ihr Bastarde, ist euch noch nicht der Gedanke gekommen,
daß ich noch weitere Kinder bekommen kann! Seht her, ich
habe das Instrument dazu, und ich bin wieder schwanger!‹«

Ein schockiertes Gemurmel ging um den Tisch, obwohl
einige die Geschichte schon kannten. »Und haben sie die
Kinder getötet?« fragte Salviatis junge Frau entsetzt. Unwill-

kürlich blickte sie auf ihren eigenen schwangeren Leib hinab.

Er schüttelte den Kopf und tätschelte ihre Hand. »Nein, nein. Madonna Sforza feuerte zur Unterstützung ihrer Worte ein paar Kanonen ab, die Orsi zogen sich verwirrt in die Stadt zurück, und einen Tag später waren die Truppen ihres Onkels aus Mailand da.«

»Jeder wußte, wieviel Gnade von Lodovico Il Moro zu erwarten ist, nämlich gar keine«, fügte der ebenfalls anwesende Tommaso Soderini ein wenig spitzbübisch hinzu, »aber niemand konnte sich erklären, wie Il Moro so schnell von Catarinas Bedrängnis erfahren hatte, wo sie doch keine Möglichkeit hatte, ihm einen Boten zu schicken. Seid Euch nur nicht zu sicher, Roberto, ich glaube, Catarina Sforza wird einen Medici als Gemahl akzeptieren.«

Richard hakte sofort nach. »Ihr meint, Lorenzo hat ihr geholfen?« Soderini zuckte mit den Achseln. »Er würde der Witwe von Girolamo Riario keine florentinischen Soldaten schicken, aber einer zukünftigen Cousine eine helfende Hand zu reichen, in Form einer Botschaft...«

»Ach, Unsinn«, unterbrach Salviati leicht verärgert. »Ihr verliert Euch in Spekulationen. Sei dem, wie es will, Catarina Sforza ist jetzt die unumschränkte Herrin einer reichen Grafschaft – und Lorenzo kann ihr noch nicht einmal einen seiner Söhne anbieten. Piero ist schon verheiratet, Giovanni Priester und Giuliano noch ein Kind. Warum sollte sie den Vetter eines Mannes nehmen, der kein Adeliger ist und auch nicht besonders vermögend, wo sie Herzöge haben kann?«

Die schüchterne Stimme seiner Frau erhob sich wieder. »Er wird sie doch nicht selbst heiraten – Lorenzo, meine ich?«

Roberto Salviati verschluckte sich; er prustete, setzte seinen Weinbecher ab und ließ sich auf den Rücken klopfen, bis er wieder zu Atem kam. »Madonna, ich hoffe es nicht! Wenn sie *das* tut, bin ich *sicher*, daß sie die Vendetta weiterführt!«

»Schließen wir eine Wette ab«, schlug der unternehmungslustige Colino Ridolfi vor. »Ich setze auf Il Magnifico; er wird sie überreden. Wer hält dagegen?«

Saviya hatte Richard nicht begleitet, obwohl er sie darum gebeten hatte; in diesen Dingen war sie realistischer als er. Es gab Einladungen, zu denen ein Mann seine Geliebte mitnehmen konnte, doch dies war keine davon, besonders, wenn die Geliebte eine Zigeunerin war. Das hieß nicht, daß sie die Angehörigen der wichtigen Florentiner Familien nicht schon kennengelernt hätte; auch sie hatte Einladungen erhalten, Einladungen, von denen Richard nichts wußte.

Sie wartete im Zimmer der Herberge auf Mario. Doch heute hatte sie keine Bücher im Sinn; sie mußte etwas mit Riccardos Freund besprechen, sie mußte ihm ihr Geheimnis offenbaren, es blieb ihr keine andere Wahl.

Als Mario eintrat, schaute sie zu ihm auf, rührte sich jedoch nicht. Sie trug ihre alte Kleidung, Hosen und Wams, und kniete vor einem sorgfältig aufgestellten Kreis aus Kerzen. Innerhalb des Kreises hatte sie den Reisig ausgebreitet, den sie so gut zu lesen verstand. Der Priester wurde bleich, nur einen Moment, doch Saviya wußte, daß er ihr Geheimnis erkannt hatte. Sie zog noch ein letztes Schutzzeichen um den Kreis.

»Ich habe versucht, es Riccardo zu erzählen«, sagte sie ein wenig trotzig zu Mario, »aber ich konnte es nicht.« Sie schaute auf den goldenen Ring, den sie trug, den Ring, den Richard ihr gegeben hatte. »Ihr wißt, warum.«

Mario ging nicht darauf ein. »Warum erzählst du es mir?« fragte er tonlos. Saviya berührte die eingebrannte kleine halbmondförmige Narbe an ihrem Handgelenk, das Zeichen, das sie zur Nachfolgerin ihrer Mutter, der Zauberin des Stammes, gemacht hatte.

»Er will mir nicht glauben, was ich sehe, und ich kann nicht sagen, daß ich es sehe. Also müßt Ihr ihn überzeugen. Tod liegt über der Stadt.«

»Über wem genau?« fragte Mario und trat ein paar Schritte

näher, achtete aber darauf, den Kreis aus Kerzen nicht zu berühren. Saviya starrte ihn an.

»Seit ich in der großen Kirche war, bin ich sicher. Der Fürst wird sterben und der Mönch auch, im Feuer, aber vorher wird er das Feuer noch für viele andere entzünden. Es geht Tod von ihm aus, und sein Schatten fällt auf Riccardo und...«

Sie hielt inne und schaute wieder auf den Reisig. Mario sagte nichts. Seit dem Ende der Fastenzeit hatte sich der Sommer nicht mehr aufhalten lassen, und es war so heiß, daß seine Kutte überall unangenehm an seinem Körper klebte. Unbewußt griff er nach der Kordel, die das Mönchsgewand zusammenhielt, und schlang sich das herabhängende Ende um die Finger, verknotete es, straffte es, bis seine Knöchel weiß wurden.

»Und wenn ich dir auch nicht glaube?« sagte er schroff. »Du magst dich für eine Hexe halten, aber das beweist noch lange nicht, daß...«

Saviya stand auf. Ihre grünen Augen verengten sich. »Du willst Beweise?« stieß sie hervor und gab den Anschein einer respektvollen Anrede dem Priester gegenüber jäh auf. »Das ist nicht weiter schwer... Fra Mario. Riccardo ist nicht der einzige, der Erfahrungen mit Hexen und Inquisitoren hat, nicht wahr? Du warst nicht immer hier in diesem Augustinerkloster in Florenz, o nein. Du warst einmal bei den Schwarzgewandeten in Pisa, du hast zugesehen, wie sie eine Hexe verbrannt haben!«

Mario stand reglos da. Er schaute sie an, ohne sie wirklich zu erkennen; mit grauen Lippen flüsterte er: »Ein Jahr. Es war nur ein Jahr, während meines Noviziats, weil ich gehört hatte, daß der große Bernardo di Pisa, der gelehrteste Mann der Toskana, einen Adlatus suchte.«

»Und dann«, sagte Saviya schneidend, »entdeckte der gelehrteste Mann der Toskana, der zufällig auch einer von euren Inquisitoren war, ein paar gottlose Zigeuner in der Stadt, die von einer Hexe angeführt wurden.«

In Marios Antlitz kam wieder Farbe; sein Blick wurde fest und konzentrierte sich auf sie, als sei sie das einzig Verläßliche in einer Umgebung, die zerfiel.

»Du warst dabei«, sagte er fassungslos und sprach damit unabsichtlich Saviyas Anschuldigung aus, »du warst dort. Es war dein Stamm.«

Saviya erwiderte seinen Blick. »Es war meine Mutter«, sagte sie leise und kalt. »Mein Großvater verkleidete mich als Jungen, und es gelang ihm, mich und ein paar andere aus der Stadt zu schaffen. Es war meine Mutter, die ihr gefoltert und verbrannt habt, du und dein Inquisitor, und jetzt sag mir, daß ich keine Hexe bin, Mönch!«

Gott ist gerecht, dachte Mario, während der bittere Geschmack der Wahrheit sich in seinem Mund ausbreitete, Gott ist wahrhaftig gerecht. Er hatte selbstverständlich gewußt, daß Bernardo di Pisa mit der Inquisition betraut worden war, als er seinen Abt bat, ihn für ein Jahr zu den Dominikanern gehen zu lassen, doch er hatte keinen weiteren Gedanken daran verschwendet. Der Ehrgeiz, bei dem großen Bernardo zu studieren, dem einzigen Gelehrten von diesem Rang, den Lorenzo nicht nach Florenz geholt hatte, war stärker als alles andere gewesen; im übrigen hatte er auch noch nie sehr über das Hexenproblem nachgedacht, bis es ihm in aller Deutlichkeit dargelegt wurde, Befragung auf Befragung, Folterung auf Folterung, bis hin zum Scheiterhaufen. Ehrfurcht vor Bernardo und pures Entsetzen hatten ihm damals den Mund verschlossen, doch die Schreie der dunkelhäutigen Frau hatten nie aufgehört, in seinen Ohren zu klingen.

Deshalb hatte er Richard und seine Beweggründe immer so gut verstehen können. Anfangs hatte er die Begegnung mit Richard als Möglichkeit der Buße gesehen. Doch Richard war sein Freund geworden und die Buße damit vergessen. Gott, schloß Mario, brachte Saviya, um mir deutlich zu machen, daß es damit nicht getan war.

»Wie lange... Hast du mich gleich zu Anfang erkannt?«

fragte er sie abrupt und war auf absurde Weise erleichtert, als sie es verneinte.

»Dazu«, erwiderte sie, »habe ich dich nicht oft genug gesehen.« Sie ging um ihren Kreis herum und packte ihn am Handgelenk. »Also versprich es mir! Versprich mir, daß du Riccardo überredest, diese Stadt zu verlassen!«

Plötzlich ließ sie ihn wieder los und ging zu einer Truhe, die in der Ecke stand. Sie öffnete das Schloß, klappte den Deckel zurück und nahm einen Packen Kleider heraus, den sie achtlos auf den Boden legte.

»Er braucht nicht mehr für dieses Unternehmen zu arbeiten! Ich habe Geld, ich habe genug Geld, und ich verdiene immer mehr.«

Sie drehte sich um, und in ihren Händen hielt sie, so gut sie konnte, mehrere fette Geldbörsen. Zunächst empfand Mario ungläubiges Staunen, dann Schrecken.

»Du hast doch nicht etwa«, sagte er langsam, seinem furchtbaren Verdacht nachgehend, »für Geld Wahrsagereien und irgendwelche Zauberkünste angeboten?«

Nun war es an Saviya, verblüfft zu sein. »Aber das siehst du doch! Jede Familie, die etwas gilt, will unbedingt ihre Zukunft kennen oder die ihrer Nachbarn. Sie sind alle meine Kunden«, sagte sie mit einem gewissen naiven Stolz, der Mario die Kehle zuschnürte.

Saviya verstaute die Beutel wieder sorgsam in der Truhe und schichtete Hemd um Hemd darauf. »Jedenfalls«, sagte sie dabei mit dem Rücken zu Mario, »haben wir Geld, und wenn du Riccardo überzeugst...«

Es war dem Mönch unverständlich, wie jemand gleichzeitig so vernünftig und so dumm sein konnte. Er fragte sich einmal mehr, wie alt sie wohl war; er hatte keine Erinnerung mehr an die Zigeunerkinder.

»Saviya«, begann er, und sein behutsamer Ton ließ sie innehalten und trieb ihr die Zornesröte ins Gesicht, »selbst wenn du genug Geld hättest und wenn Richard all seine Verpflichtungen hinter sich lassen könnte – er würde nie

Geld von dir nehmen, und er würde nie damit fertig werden, daß du eine ..., daß du dich für eine Hexe hältst. Für ihn darf es keine Hexen geben.«

»Ich weiß«, antwortete sie wütend. »Was meinst du, warum ich es ihm nicht gesagt habe? Oh, er hat mir nie etwas erzählt, aber ich habe die Zeichen an ihm erkannt, und als er mir den Ring gab, da wußte ich auch den Rest. Aber das ist mir gleich. Bring ihn aus der Stadt heraus, Priester. Es kümmert mich nicht, wie, aber wenn du es nicht tust, dann erzähle ich ihm von dir und dem Schwarzrock in Pisa, und was glaubst du«, schloß sie feindselig, »was er dann noch von *dir* hält.«

Die steigenden Temperaturen machten Eberding diesmal wirklich zu schaffen. Während der Lärm aus der Loggia zu ihm drang, saß er in seinem Kontor, tupfte sich den Schweiß von der Stirn und wünschte sich, wieder in Augsburg zu sein. Ein kühler Herbsttag, dachte er sehnsüchtig, an dem der Wind die Blätter aufwirbelt oder, noch besser, ein Wintertag. Er verstand sich selbst nicht. Eigentlich hielt er sich nun schon lange genug im Land der Welschen auf, um sich an das Wetter dort gewöhnt zu haben; es gab keinen Grund, sich wie ein heimwehkranker Junge nach Schnee zu sehnen. Es muß das Alter sein, schloß er, und der Gedanke hob seine Stimmung nicht gerade.

Als Richard eintrat, warf er ihm einen gereizten Blick zu. Dem jungen Artzt schien es nie einzufallen, sich über die Hitze zu beschweren, obwohl es fast nicht mehr menschlich war, bei einem solchen Wetter nicht wenigstens etwas Erschöpfung zu zeigen. Aber Richard Artzt, dachte Eberding mürrisch, sah ja selbst aus wie einer der Welschen – dunkel genug war er.

»Nun, Artzt«, sagte er brüsk, »heute kam ein Eilbote für mich aus Augsburg. Könnt Ihr Euch denken, was er mitbrachte?« Ohne auf eine Antwort zu warten, zerrte er unter den Papieren auf seinem Schreibtisch eine Zahlungsanweisung hervor. »Da habt Ihr Euren Willen! Ihr könnt losziehen und auf Kosten des Unternehmens verrottete alte Schnitzereien und Steine kaufen! Aber nur damit Ihr es wißt, junger Mann, ich schätze es ganz und gar nicht, wenn man mich hintergeht. Ich bin der Leiter des Fondaco!«

»Ich habe Euch nicht hintergangen«, versetzte Richard ruhig. Er mußte sich beherrschen, um seine Freude nicht zu zeigen. »Ihr wart der erste, dem ich vorgeschlagen hatte, die unruhige Lage in Florenz auszunutzen, um antike Stücke in größeren Mengen zu erwerben. Wie Ihr Euch erinnern werdet, wart Ihr damals dagegen.«

»Das bin ich auch jetzt noch«, knurrte Eberding, und sein grobschlächtiges Gesicht verzog sich in noch mehr feindselige Falten, »aus gutem Grund. Außer Lorenzo de'Medici will doch niemand das Zeug, und wenn er es nicht gekauft hat, warum sollten wir dann Geld dafür ausgeben? Könnt Ihr Euch vorstellen, wie König Max einen dieser heidnischen Nackedeis in seiner Ratskammer aufstellt? Na, also. Aber wie dem auch sei, ich bin angewiesen, Euch Geld und Kredit bei den Banken, bei denen wir Konten haben, zur Verfügung zu stellen.«

Endlich gestattete Richard sich ein zufriedenes Lächeln. Er war überzeugt, für alles, was er kaufte, Abnehmer finden zu können, doch in Wahrheit kam es ihm gar nicht einmal so sehr darauf an. Das war nur ein Argument gewesen, mit dem er Jakob hatte überzeugen wollen. Endlich in der Lage zu sein, selbst einige dieser wundervollen Kameen zu besitzen oder ein paar kleinere Statuen, vielleicht sogar alte Manuskripte, und sei es auch nur für ein oder zwei Wochen, versetzte ihn in Aufregung.

»Ach ja«, fuhr Eberding deutlich besser gelaunt fort und unterbrach seinen Gedankenfluß. »Ihr agiert natürlich nicht allein. Schmitz kommt mit Euch. Ich kenne Euch zu gut, um Euch ohne Begleitung auf einen Haufen welscher Steinbrüche loszulassen. Mag sein, daß Schmitz nicht so gut Italienisch spricht wie Ihr, doch er kann besser rechnen.«

Richard gestattete sich ein Achselzucken. Wolfgang Schmitz oder nicht, die nächsten Wochen würden herrlich werden. Er wußte inzwischen genau, wer in Florenz und der näheren Umgebung seine Schätze als »weltlichen Luxus« ansah und veräußern wollte. Danach wartete eine Reise durch die Toskana auf ihn, vielleicht auch durch die Romagna, die Lombardei, nach Venedig, überall, wo es keinen Savonarola, aber dafür sehr viele schönheitshungrige adlige Familien wie die Este oder die Gonzaga gab. Eine Reise zusammen mit Saviya, die auf diese Weise ihre übertriebene Furcht vor Florenz hinter sich lassen und vergessen konnte...

»Noch etwas.« Eberding kniff die Augen zusammen. »Mir ist egal, was Ihr in Eurer freien Zeit tut, Artzt, und wieviel Geld Ihr dafür ausgebt, aber laßt mich eines klarstellen – das Unternehmen Fugger bezahlt keine Reisen für Eure Konkubine.«

Befriedigt registrierte er, daß der letzte Schuß ins Schwarze getroffen hatte – Richard verlor etwas von seiner sonst so ruhigen Haltung und versteifte sich. »Die Dame, von der Ihr sprecht«, sagte Richard scharf, »ist meine Verlobte.«

Entgeistert starrte ihn Eberding an. »Ihr wollt eine Zigeunerin heiraten? Das kann doch nicht Euer Ernst sein!«

In Wahrheit hatte Richard noch nie darüber nachgedacht, doch Eberdings ständige Feindseligkeiten begannen ihre Wirkung zu zeigen, und außerdem – warum nicht? Er liebte Saviya, und sie liebte ihn.

»Verlobte oder nicht«, sagte Eberding, mühsam um Fassung ringend, »ich gestatte nicht, daß Ihr sie mitnehmt. Das wäre eine überflüssige Ausgabe und eine Ablenkung obendrein, und erhofft Euch in diesem Punkt nur keine Unterstützung aus Augsburg!«

Augsburg! Der Kaufmann stellte sich vor, was die Fugger wohl sagen würden, wenn ein Familienmitglied, und sei es auch nur ein angeheiratetes, eine Zigeunerin zur Gemahlin nehmen würde. Eine Katastrophe. Oder, überlegte Eberding und musterte Richard abschätzend, ein Glücksfall. Der junge Artzt leistete gute Arbeit hier, das konnte man nicht leugnen. Doch es war untragbar, daß ein simpler Angestellter dem Unternehmen näher stehen wollte als der Leiter eines Fondaco, Verwandtschaft hin, Verwandtschaft her. Falls der Junge jetzt ihm gegenüber ausfällig wurde, würde er, Eberding, den Eilboten mit einer Beschwerde an Jakob Fugger zurückschicken. Mit einer sehr ausführlichen und fundierten Beschwerde. Erwartungsvoll verschränkte er die Arme.

Doch Richard enttäuschte ihn. Seine Miene wurde mit einem Mal ausdruckslos. »Wie Ihr wünscht, Meister Eberding«, antwortete er mit tadelloser Höflichkeit. Er hatte entschieden, daß es sich nicht lohnte, wegen einer Reise Streit mit Eberding anzufangen. Mit etwas Glück würde sein Gewinnanteil beim Verkauf von so kostspieligen Dingen wie Statuen und antiken Schmuckstücken hoch genug sein, um sich später selbst eine Reise mit Saviya leisten zu können, und es war auch nicht unrealistisch, in nächster Zeit von Jakob eine Lohnerhöhung zu erwarten. Aber nicht zum ersten Mal zog er es in Erwägung, Jakob zu bitten, ihm zu gestatten, sich in Florenz aus den normalen Geschäften des Fondaco herauszulösen – immer noch im Dienst des Unternehmens, aber nicht mehr unter Eberdings Oberaufsicht. Die Zusammenarbeit mit dem angriffslustigen Schwaben wurde mit jedem Monat mühsamer.

Ausgestattet mit neuen Geldmitteln, fiel es Richard nicht schwer, die Savonarola-Anhänger unter den reicheren Familien in Florenz dazu zu überreden, sich von ihren Schätzen zu trennen. Einige hatten schon an Lorenzo verkauft, doch erstens standen auch Il Magnifico nicht unbegrenzt Gelder zur Verfügung, und zweitens hatte er, wie sich ein Mitglied der Familie Ricci ausdrückte, »zur Zeit auch anderes im Kopf«.

Dennoch stattete Richard auch dem Palazzo Medici einen Besuch ab. Er hatte das Relief von Michelangelo Buonarotti nicht vergessen und meinte, wenn die Este in Ferrara angeblich Unsummen für einen römischen Herkules geboten hatten, würden sie sich vielleicht auch für ein zeitgenössisches Stück begeistern lassen. Ein Diener führte ihn zu den Gartenanlagen, wo er bald heftiges Hämmern hörte. Der Lärm wurde lauter, bis sie auf eine Reihe verlassener Tische, bedeckt von Zeichnungen und Wachsmodellen, stießen. Nur an einem Tisch wurde gearbeitet; dort stand Buonarotti und hieb mit einer wütenden Intensität auf einen Marmorblock ein, der etwa so groß wie ein zehnjähriges Kind war. Da der Diener es eilig hatte und sofort verschwand, rief Richard dem anderen eine Begrüßung zu, um ihn auf sich aufmerksam zu machen. Der junge Bildhauer schien ihn nicht zu hören. Richard wußte nicht, ob er nähertreten sollte oder auf diese Art bereits abgewiesen worden war, als er bemerkte, daß sich noch jemand im Garten aufhielt. Contessina de'Medici stand in einiger Entfernung gegen einen der Tische gelehnt und beobachtete den Schützling ihres Vaters. Richard ging zu ihr hinüber, und sie legte die Finger auf den Mund.

»Ihr kommt zu einem ungelegenen Moment«, flüsterte sie. »Bertoldo ist heute morgen gestorben.«

Verwirrt wollte er sie fragen, wer Bertoldo war, als es ihm wieder einfiel. Bertoldo, selbst Schüler des legendären Donatello, war der Leiter jener Bildhauerschule, die Lorenzo im Garten seiner verstorbenen Frau ins Leben gerufen hatte. Also sagte er nichts und schaute wie sie Michelangelo Buonarotti zu. Richard hatte noch nie einen Bildhauer bei der Arbeit beobachtet, doch er hatte sich vorgestellt, daß der Handwerker beim Entstehen einer Statue oder eines Reliefs sehr langsam und vorsichtig vorging; schließlich konnte ein einziger Schlag alles verderben, und, anders als bei einem Gemälde, war keine Korrektur möglich.

Der Begriff »Vorsicht« allerdings schien nicht in Michelangelos Welt zu gehören. Richard zuckte zusammen, als ein fast kopfgroßer Marmorbrocken zu Boden krachte, und versuchte vergeblich, Michelangelos schnellen Bewegungen mit den Augen zu folgen. Endlich gab er es auf.

»Wie macht er das?« murmelte er, an Contessina gewandt. Ihre Mundwinkel zuckten belustigt. »Das ist wie das Rätsel der Sphinx. Es gibt keine einfache Antwort. Bertoldo«, ihre Stimme wurde wieder traurig, »Bertoldo meinte, er wäre ein begnadeter Verrückter, aber ich habe ihn einmal gefragt, und er sagte, der Stein gibt dem seine Kraft zurück, der ihn gut behandelt.«

Sie unterbrach sich; ein jäher Hustenanfall schüttelte sie, und Richard erinnerte sich an das Florentiner Gerücht, das sagte, Lorenzos Gemahlin Clarissa sei an der Schwindsucht gestorben und habe sie ihren Töchtern vererbt. Ein wenig verlegen stand er daneben, während Contessina ein Taschentuch gegen ihren Mund preßte. Das Hämmern hörte auf; Michelangelo mußte sie beide jetzt doch bemerkt haben. Er gesellte sich zu ihnen und musterte Contessina besorgt. Dann schaute er mißtrauisch zu Richard, erkannte ihn jedoch, und sein Blick hellte sich auf.

»Ah, der Tedesco«, sagte er nicht unfreundlich. »Alles in Ordnung bei Euch?«

»Alles«, entgegnete Richard hastig, dem mit einem Mal der Anlaß ihrer letzten Begegnung wieder einfiel, ein Anlaß, den er möglichst vergessen wollte. Und die Gelegenheit war günstig, seine Frage anzubringen.

»Habt Ihr Eure Zentaurenschlacht eigentlich schon verkauft? Ich meine, an jemand anderen als Savonarola?« erkundigte er sich mit einem leichten Augenzwinkern. »Falls nicht, dann würde ich Euch gerne ein Angebot machen.«

Michelangelo biß sich auf die Lippen und sah zu Contessina. »Die Zentaurenschlacht gehört Il Magnifico«, erwiderte er fest, doch mit einem Hauch von Bedauern; der Tedesco wäre sein erster wirklicher Käufer gewesen.

»Aber, Michelangelo, Papa hätte bestimmt nichts dagegen, wenn du sie an jemand anderen verkaufst.«

Ihr Freund schüttelte den Kopf. »Ich habe sie für Lorenzo gemacht.«

»Schon gut«, fiel Richard beschwichtigend ein, »aber wie wäre es mit Eurer nächsten Arbeit – wenn sie fertig ist?«

»Woher wollt Ihr wissen, ob sie gut ist oder schlecht«, fragte Michelangelo argwöhnisch zurück, »oder ist Euch das gleich – Mercatore?«

»Ich habe Eure Faunsmaske und die Zentaurenschlacht gesehen«, sagte Richard bestimmt. »Ich *weiß*, daß sie gut werden wird.«

Sie waren etwa gleichaltrig, doch diesmal kam sich Richard viel älter vor, denn der sichtbare Kampf in dem Bildhauer, weder zuviel von seiner Freude über das Kompliment zu verraten noch zu unhöflich zu wirken, hatte etwas sehr Jungenhaftes.

»Sie *wird* gut werden«, stieß Michelangelo schließlich hervor, »und Ihr...«

Ein Geräusch ließ ihn innehalten. Jemand rief ziemlich laut Contessinas Namen. Richard sah, wie die beiden Blicke wechselten. »Piero«, sagte Contessina schließlich resignierend.

Der älteste Sohn der Familie Medici erschien wenige Augenblicke später. Er war wie immer prächtig genug gekleidet, um ein Taufbankett zu besuchen, und strahlte eisige Mißbilligung aus, als er die Männer um seine Schwester erkannte. Seine Augen wanderten von Michelangelo, staubig und verschwitzt, über Richard mit seiner zwar nicht armseligen, aber durchschnittlichen Kleidung zu seiner Schwester. Er machte sich nicht die Mühe einer Begrüßung.

»Geh ins Haus, Contessina«, sagte er harsch. »Es ziemt sich nicht für dich, hier mit einem Arbeiter und einem Krämer herumzustehen.«

Contessina holte empört Luft, und Michelangelo stieg das Blut in den Kopf.

»Die Buonarotti sind mindestens so lange in Florenz wie die Medici, und...«

»Piero«, unterbrach ihn Contessina hastig und ergriff beruhigend die zerschürfte Hand ihres Freundes, »wenn sich hier jemand unziemlich verhält, dann bist du es. Selbst ein Bauer ist höflich zu seinen Gästen, und nur ein Narr beschimpft die eigene Herkunft. Hast du vergessen, daß wir genau das sind – Krämer? Oder siehst du dich lieber als einen adligen Orsini aus Rom?«

Wahrscheinlich traf das letztere zu, dachte Richard, doch Piero di Lorenzo de'Medici würde es wohl kaum öffentlich eingestehen – und schon gar nicht vor »einem Arbeiter und einem Krämer«. Piero erinnerte ihn plötzlich an jemanden, aber er kam beim besten Willen nicht darauf, an wen.

Piero fühlte sich mit einem Mal ins Unrecht gesetzt. »Mir ist es nur um die Ehre unseres Hauses zu tun«, gab er verärgert zurück und fügte listig hinzu: »Wenn man bedenkt, was dieser Mönch Papa jetzt schon vorwirft, sollte man meinen, daß du den Leuten keine Gelegenheit geben wolltest, noch mehr über die Medici zu klatschen.«

Bedeutungsvoll sah er auf Contessinas Hand, die Michelangelo immer noch festhielt; aus einem plötzlichen Impuls heraus entschied sich Richard, für die beiden in die Bresche zu springen.

»Verzeiht, wenn ich mich einmische, Messer«, sagte er gelassen, »aber meines Wissens nach beschäftigt sich der Klatsch in Florenz zur Zeit hauptsächlich mit den Ausgaben Eurer edlen Gemahlin.«

Hätte die Erde angefangen, unter ihm zu beben, Piero de'Medici hätte nicht entgeisterter dreinschauen können. Sein hübsches Gesicht verzerrte sich, und er krächzte beinahe, als es aus ihm ausbrach: »Das ... das ist wohl die größte Unverschämtheit, die ich je in meinem Leben gehört habe! Wenn Ihr nicht ein dreckiger Fremder wäret, würde ich Euch zum Zweikampf fordern!«

Jetzt wußte Richard, an wen Piero ihn erinnerte: Ulrich von Remar, der Graf mit einer Vorliebe für junge Mädchen, der während des königlichen Besuches bei ihm einquartiert gewesen war. Beide verfügten über eine unüberbietbare Mischung aus Eitelkeit und Arroganz. Doch Ulrich von Remar war nicht der älteste Sohn des wichtigsten Mannes von Florenz. Richard fragte sich, ob er nicht eben das bewiesen hatte, was laut Jakob der verhängnisvollste aller Fehler war: Unüberlegtheit. Aber er brachte es trotzdem nicht fertig, jetzt eine kriecherische Entschuldigung vorzubringen.

Contessina, die sehr wohl bemerkt hatte, daß Richard ihren Bruder von ihr und Michelangelo hatte ablenken wollen, entschied, ihm den Gefallen nun zu erwidern.

»Gehen wir zusammen hinein, Piero«, sagte sie besänftigend und hakte sich bei ihm unter, »und vergessen die ganze Geschichte. Schau, die Tedeschi sind eben anders als wir...«

»Anders!« ächzte Piero.

»...und Messer Riccardo hat Papa das Leben gerettet«, fuhr Contessina unbeirrt fort. »Papa schätzt ihn sehr, und du weißt doch genau, wie schlecht er sich in den letzten Wochen gefühlt hat. Du möchtest doch nicht, daß wir ihm jetzt noch mit so einem albernen Streit kommen, oder?«

Während sie sprach, manövrierte sie ihren Bruder unauffällig von Richard und Michelangelo fort, und die Geschwister wandten beiden bereits den Rücken zu, als sie Pieros unsichere Stimme hörten: »Nein... natürlich nicht, aber...«

Michelangelo grinste und schlug Richard auf die Schulter. »*Per Bacco*, das hat gesessen! Aber nun kommt, verschwinden wir hier. Ich bringe Euch aus dem Garten heraus, ohne daß wir noch einmal Piero begegnen.«

Während sie durch die Laubengänge eilten, stellte Richard fest, daß sein Zusammenstoß mit Piero ihm in Michelangelos Augen offensichtlich einen neuen Status verliehen hatte. Die mürrische Zurückhaltung des Florentiners war vorbei, statt dessen zeigte er, daß er, wenn er wollte, durchaus über einen Teil der toskanischen Beredsamkeit verfügte.

»Pieros Gesicht, also das werde ich niemals vergessen, Te-, nein, wie war noch einmal Euer Name? Riccardo? Also, Riccardo, wißt Ihr, Piero hat mich nämlich einmal zu sich befohlen – wirklich befohlen –, um ein Porträt von seiner Gemahlin zu machen. Habt Ihr die alte Ziege schon mal gesehen? Nein? Preist Euch glücklich. Erstens sieht sie aus wie ein menschliches Gewitter, und zweitens benimmt sie sich, als sei ganz Florenz ein übles Wirtshaus, in dem sie leider über Nacht bleiben muß. Also, ich weigerte mich natürlich, und Piero drohte damit, mich sofort hinauswerfen zu lassen, aber Lorenzo – es gibt keinen zweiten Mann wie Il Magnifico, das laßt Euch gesagt sein! Ich verstehe nicht, warum Fra Savonarola –, nun ja, ist ja auch gleichgültig. Jedenfalls, als Piero sagte...«

»Es tut mir leid«, unterbrach ihn Richard, »aber ich muß heute leider noch einige Sachen erledigen. Deswegen wollte ich Euch fragen – seid Ihr prinzipiell bereit, mir Euer nächstes Werk als erstem zum Verkauf anzuieten?«

»Gewiß«, antwortete Michelangelo fröhlich. »Wartet, bis ich das meinem Vater erzähle. Er ist beim Zoll, wißt Ihr, und hat mich schon für verrückt erklärt, als ich Lehrling bei Ghirlandaio wurde, aber als ich dann Bildhauer werden wollte – Madonna! Ich hätte genausogut auf das Familiengrab pinkeln können. Er hält die Bildhauerei für den brotlosesten Beruf der Welt.«

»Da steht er nicht allein«, sagte Richard im Gedenken an Eberding und fügte spitzbübisch hinzu: »Aber wer will schon Brot, wenn er einen Braten haben kann?«

28

Weder Wolfgang Schmitz noch Anton Eberding erfuhren
vorerst etwas von der Vereinbarung mit Michelangelo Buonarotti. Allerdings erwies sich Schmitz keineswegs als
Hemmschuh. Er überließ Richard die Verhandlungen, die
durch die grassierende Abscheu vor »weltlicher Eitelkeit«
erleichtert wurden. Bald stapelten sich ihre Ankäufe in den
Handelshöfen, und ausgerüstet mit ausführlichen Beschreibungen der einzelnen Stücke und Angaben über die bisherigen und früheren Eigentümer, konnten sie ihre Reise beginnen.

Richard war es gelungen, bei Eberding noch die Kosten für
einen weiteren Begleiter herauszuschlagen, einen Vermittler, der, wie er dem Leiter des Fondaco erklärte, bestens
vertraut war mit den meisten Fürsten in der Romagna – Fra
Mario Volterra.

Mario, fand Richard, lief in der letzten Zeit ohnehin mehr
und mehr wie ein Gespenst herum; er vermutete, daß es
immer noch der Zwiespalt zwischen Savonarola und Lorenzo de'Medici war, der seinen Freund so belastete. Es
würde ihm guttun, Florenz für ein paar Wochen zu verlassen.

Richard hatte mit dem Gedanken gespielt, Saviya heimlich
und Eberding zum Trotz mitzunehmen, doch zu seiner
Überraschung lehnte sie das rundweg ab. »Ich habe mich oft
genug aus einer Stadt geschlichen«, erklärte sie. »Nicht aus
dieser. Mach du deine Reise – mit Mario.«

Sie betonte den Namen des Mönchs so eigenartig, daß
Richard hellhörig wurde. »Saviya«, fragte er ungläubig, »du
bist doch nicht etwa eifersüchtig?«

So heftig wie damals in den Bergen entgegnete sie: »O Riccardo, du bist ein Esel! Geh, verlaß die Stadt. Mach dir um mich keine Sorgen. Ich komme hier sehr gut zurecht.«

Doch als er dann tatsächlich aufbrach und ihr versicherte, in ein paar Wochen sei er zurück, erkannte er Tränen in ihren Augen. Es erschreckte ihn; er hatte Saviya noch nie weinen sehen. Sie fuhr sich wütend mit dem Handrücken über die Augen, stellte sich auf die Zehenspitzen und preßte ihre Lippen fest auf seinen Mund. Dann rannte sie fort, und Richard grübelte noch stundenlang über diesen Abschied nach.

»Vielleicht hätte ich doch lieber in Florenz bleiben sollen«, meinte er zu Mario, während sie die alte römische Straße, die Via Emilia, entlangritten. »Oder sie einfach mitnehmen, ganz offen. Zum Teufel mit ihren Skrupeln, und zum Teufel mit Eberding.« Mario blickte auf den Hals seines Maultiers und erwiderte nichts. Wolfgang Schmitz, der ein wenig zurückgeblieben war, näherte sich ihnen wieder und rief: »He, Bruder, was hat es denn mit dieser Prophezeiung auf sich, die euer Dauerredner von einem Prior von sich gegeben haben soll?«

»Er ist nicht *mein* Prior«, entgegnete Mario unerwartet zornig. »Ich bin Augustiner. Er gehört zu den *domini canes*.«

Von der barschen Antwort eingeschüchtert, fragte Schmitz nicht mehr, doch Richard war aufmerksam geworden. Es sah Mario nicht ähnlich, so zu reagieren, besonders, wo er nun schon ein dreiviertel Jahr Zeit gehabt hatte, sich an Savonarola zu gewöhnen. Am Abend, als sie in einer guten Herberge untergekommen waren und ihre Sachen verstaut hatten, forderte Richard den Priester daher zu einem Spaziergang auf. Mit einem Aufflackern seines alten Humors fragte Mario: »Du hast doch nicht etwa vor, dich zu erkundigen, wann ich zum letzten Mal zur Beichte gegangen bin, Riccardo?«

Richard schüttelte den Kopf. »Nein. Ich wollte mich nach Savonarolas Prophezeiung erkundigen.«

Ergeben ließ Mario die Schultern sinken. »Also gut. Gehen wir.«

Es war Neumond, und die Umrisse der kleinen Häuser, die ihre Herberge umgaben, ließen sich kaum erkennen. Marios schwarzes Haar, das sich so widerspenstig der Tonsur widersetzte, verschwamm mit der Nacht, und Richard konnte in der Dunkelheit nur das weiße Oval seines Gesichtes ausmachen.

Im Gegensatz zu der Unruhe, die er vorher gezeigt hatte, klang Marios Stimme jedoch völlig ebenmäßig, während er erzählte.

»Es war in seiner letzten Sonntagspredigt. Er prophezeite den Tod dreier Tyrannen, nämlich Lorenzos, des Papstes und Ferrantes von Neapel, und eine ausländische Invasion, die Italien mit Feuer und Schwert von seinen Sünden reinigen würde.«

»Das ist billig«, sagte Richard. »Der Papst und Ferrante sind alte Männer, und jeder weiß, wie krank Lorenzo ist. Und wenn Ferrante stirbt, dann wird Charles von Frankreich Anspruch auf den Thron von Neapel erheben, das kann sich ein Kind ausrechnen. Savonarola geht wahrhaftig kein großes Risiko bei seinen Voraussagen ein! Das ist das erste Mal, daß ich höre, wie er zu Jahrmarkttricks greift.«

»Lorenzo ist nicht so krank«, sagte Mario überraschenderweise. »Sicher, die Gicht setzt ihm zu, aber wenn es so schlimm wäre wie bei seinem Vater, dann würde er im Bett liegen und nicht imstande sein, die Geschicke der Stadt weiter zu lenken und nebenbei auch noch Verhandlungen mit Neapel, Mailand, Caterina Sforza und Gott weiß wem noch alles zu führen.«

In seiner Stimme schwang eine verzweifelte Hoffnung mit, die Richard tief berührte. Er hielt Lorenzo für einen großen Mann, doch er hatte nie die absolute Anhänglichkeit für ihn empfunden, die Leute wie Mario aufbrachten und die fast an Liebe grenzte.

»Nun, er wird ganz bestimmt nicht sterben, nur weil Fra

Savonarola es prophezeit«, meinte er tröstend. Mario zog seine Kapuze über den Kopf. Seine Worte schienen aus dem Nichts zu kommen.

»Du glaubst nicht an Prophezeiungen?«

Von seiner Antwort schien viel abzuhängen, also unterdrückte Richard die instinktive Verneinung, die ihm auf der Zunge lag, und überlegte lange. Endlich sagte er: »Nein. Wenn es Prophezeiungen gibt, dann heißt das, die Zukunft ist vorbestimmt, und nichts kann sie ändern, was immer man auch tut. Und das kann ich nicht hinnehmen.«

»Gott hat uns den freien Willen gegeben«, sagte Mario, doch ob das zustimmend oder ablehnend gemeint war, wußte Richard nicht; nichts schien sicher zu sein in dieser Nacht. Sie schwiegen beide, bis Mario plötzlich lachte.

»Der freie Wille! So sei es. Gehen wir hinein, Riccardo. Weißt du, es ist geradezu unflorentinisch, soviel zu grübeln. Wen kümmert schon das Morgen?«

Die Straße nach Ferrara, ihr erstes Ziel, war gleichzeitig auch der Weg, den die Handelszüge aus und von Venedig gewöhnlich nahmen und die Richard mittlerweile sehr vertraut war. Dennoch bot das von Olivenbäumen, Kornfeldern und Weinstöcken überzogene Land jedesmal einen leicht veränderten Anblick, und er fand schnell zu der beschwingten Unbekümmertheit zurück. Wolfgang Schmitz erklärte freimütig, er sähe diese Reise als ein Geschenk des Unternehmens an, »selbst wenn niemand den Trödel kauft«, und Mario überraschte sie beide, als er eines von Lorenzos Karnevalsliedern anstimmte:

> *Quant è bella giovinezza,*
> *Che si fugge tuttavia;*
> *Chi vuol' esser lieto sia,*
> *Di doman non c'è certezza!*

Er hatte eine reine, schöne Stimme, und der Klang der Melodie, vermischt mit der grünen, flirrenden Sommerhitze, sollte Richard noch jahrelang im Gedächtnis bleiben. Auf dem Weg nach Ferrara allerdings dachte er nichts weiter, als daß es richtig gewesen war, Mario mitzunehmen, und spürte höchstens einen Anflug von schlechtem Gewissen, wenn er an Saviya dachte.

Allerdings war auch die Landstraße nicht frei von düsteren Seiten. Kurz vor Ferrara ritt ein Trupp Soldaten in scharfem Galopp an ihnen vorbei. Mario hob die Hand über die Augen, um sich vor der Sonne zu schützen, schaute ihnen nach und seufzte. »Das dachte ich mir. Die Este sind durch Heirat mit Guidobaldo da Montefeltro verbunden, und der bekriegt sich zur Zeit wieder mit einem anderen Fürsten der Romagna. Falls der Heilige Vater den Kirchenstaat je wieder unter seine Oberherrschaft bekommen wollte, bräuchte er eine Armee. Aber woher sollte er die nehmen? Von den italienischen Fürsten bestimmt nicht.«

In diesem Augenblick fügte sich ein weiteres Muster in Richards Kopf zusammen; Bruchteile einer lange zurückliegenden Unterhaltung beim Schachspiel tauchten in ihm auf, er fügte sie mit dem eben Gehörten zusammen und rief wie vom Donner gerührt: »Jakob! Die Schweizer, natürlich!«

»Wie? Was?« fragte Wolfgang Schmitz neugierig. Richard schüttelte den Kopf und lächelte. »Ach, nichts weiter. Ich mußte nur gerade an einen alten Scherz denken.«

Er hatte nichts gegen Schmitz, doch das hieß nicht, daß man ihm Vermutungen über Jakob Fuggers Pläne anvertrauen konnte. Während er sich die Witze anhörte, die Schmitz nun zum besten gab, und gelegentlich an den angebrachten Stellen lachte, versuchte er, seine Erkenntnis in Gedanken zu formulieren.

Schweizer Söldner waren kostspielig, sehr kostspielig; selbst der kriegsbegeisterte Maximilian hatte selten mehr als ein paar Hauptmänner anwerben können. Außerdem ließen sich Fremde nie sehr gut in einheimischen Armeen

eingliedern; zu häufig kam es zu zersetzenden Eifersüchte-
leien.

»Wer kann sich Schweizer Söldner schon leisten?« hörte er
sich über ein Schachbrett gebeugt Jakob fragen. Nun hatte er
die Antwort. Der Papst konnte es. Nicht mehr der gegenwär-
tige Papst; der war nach allem, was man sich erzählte, kaum
noch fähig, Audienzen zu geben. Aber sein Nachfolger. Ausländische Söldner waren sogar die einzige Möglichkeit, um
gegen die kriegerischen Herren der Romagna vorzugehen;
und nur die Kirche konnte sich eine ganze Armee davon
leisten. Notfalls mit der gütigen Mithilfe von Jakob Fugger.
Die Schweizer sind ein unternehmungslustiges Völkchen.
Aber was bekam Jakob dafür? Mit Vermittlergebühren für
eine gute Idee würde er sich kaum zufriedengeben. Was
konnte die Kirche dem Unternehmen Fugger geben?

»Sieh, Riccardo«, sagte Mario und riß ihn aus seinen beunruhigenden Überlegungen. »Ferrara.«

Ercole d'Este, der Herzog von Ferrara, hatte seinen Ruf als
begeisterter Sammler antiker Stücke nicht zu Unrecht. Die
Statuen, die seinen weitläufigen Palast schmückten, konnten sich mit denen des Palazzo Medici in Florenz durchaus
messen, doch anders als Lorenzo de'Medici hielt es der Herzog für unter seiner Würde, selbst über Neuerwerbungen zu
verhandeln. Statt dessen hatten Richard, Wolfgang Schmitz
und Mario es mit seinem Verwalter zu tun.

Richard war kein schlechter Kaufmann, doch am besten
kam er mit Kunden und Käufern zurecht, die wie er in die
Schönheit seiner Handelsobjekte verliebt waren. Dann
konnte er seine ansteckende Freude über das Schöne voll
zur Geltung bringen, er konnte Gespräche unter Gleichge-
sinnten führen, und in dieser Atmosphäre dachten die we-
nigsten Käufer daran, noch allzusehr zu feilschen. Der Verwalter dachte daran; mehr noch, er mußte davon überzeugt
werden, daß die angebotenen Stücke überhaupt sein näheres Interesse verdienten.

»Und woher soll ich wissen, daß diese Beschreibungen zutreffen?« fragte er zum hundertsten Mal schlechtgelaunt, als sich das Gespräch bereits endlos lange hinzog.

»Weil sie von drei ehrenwerten Vertretern der Gilden in Florenz unterschrieben und bestätigt sind«, erwiderte Richard geduldig, »und weil ich hier Briefe der bisherigen Eigentümer habe, die...«

Mario unterbrach ihn und fixierte den Verwalter streng. »Guter Mann«, sagte er herablassend, »für wie dumm haltet Ihr uns eigentlich? Die Tochter des Herzogs heiratet im nächsten Monat seine Exzellenz Francesco Gonzaga, und in Florenz weiß jeder, in welchen Schwierigkeiten Ihr steckt, weil die Prinzessin unbedingt so viele antike Stücke wie möglich als Mitgift mitnehmen und der Herzog sich von keinem trennen will. Wir erweisen Euch also einen großen Gefallen, und wenn Ihr dies nicht bald entsprechend würdigt, dann werden wir in dem Herzog von Urbino zweifellos einen verständnisvolleren Käufer finden.«

Der Verwalter schaute nur einen Moment betroffen drein, doch Richard hatte es registriert und handelte demgemäß. Er hätte sich ohrfeigen können, nicht selbst auf die Idee gekommen zu sein. Es war natürlich reine Spekulation; alles, was man sich in Florenz erzählte, war, daß die Prinzessin Isabella d'Este eine ebenso leidenschaftliche Verehrerin antiker Kunst war wie ihr Vater. Und eine standesgemäße Mitgift war in diesem Land, das wußte er, so wichtig, daß sie große Familien oft fast ruiniert hatte. Die Wahrscheinlichkeit, daß Mario sich irrte, war daher ziemlich gering.

»Ich hatte daran gedacht, Euch eine der wenigen Gemmen zu zeigen, die ich bei mir habe, eine Darstellung von Psyche und Amor«, sage Richard nun betont gelangweilt, »aber ich sehe schon, es hat keinen Zweck. Kommt, meine Freunde, wir wollen den edlen Herrn nicht länger aufhalten.«

Sie hatten noch nicht das Ende des Raumes erreicht, als der Verwalter sie zurückrief. Von da an verliefen die Verhandlungen zu Richards Gunsten, und als sie Ferrara verließen, hatten sie zu ihrer eigenen Verwunderung nicht nur einige, sondern alle für den sofortigen Wiederverkauf vorgesehenen Kostbarkeiten losgebracht.

»Eigentlich schade«, meinte Wolfgang Schmitz bedauernd. »So müssen wir gleich nach Florenz zurückkehren.«

»Vielleicht auch nicht.« Mario schnalzte mit der Zunge, um sein Maultier dazu zu bewegen, schneller zu traben. »Riccardo, hast du dir schon einmal überlegt, diese Reise etwas länger auszudehnen? Ich meine, du könntest deinen Verwandten in Venedig besuchen, oder... nun, du hast die Ewige Stadt noch nicht gesehen...?«

»Wer hat mich denn einmal gewarnt, nie einen Fuß nach Rom zu setzen, solange Vittorio de'Pazzi sich dort aufhält?« gab Richard ein wenig spöttisch zurück. »Und Venedig kenne ich bereits. Außerdem – erstens kann ich es kaum erwarten, Meister Eberding die guten Neuigkeiten mitzuteilen, und zweitens gibt er mir dann vielleicht ein paar Tage frei, so daß ich Saviya dafür entschädigen kann, daß sie sich in Florenz langweilen mußte, während wir hier durch die Gegend ziehen. Saviya und ich brauchen wenig Geld, wenn wir zu zweit reisen – und in Pisa sollen ein paar alte Etruskergräber gefunden worden sein.«

Mario schwieg dazu; er kam auch später nicht mehr auf das Thema zu sprechen. Sie brauchten nur zwei Tage für die Rückreise nach Florenz; kurz bevor sie die Porta alla Croce erreichten, trafen sie auf einen weiteren Angestellten des Fondaco, der für Eberding in der näheren Umgebung unterwegs gewesen war, einen der florentinischen Gehilfen namens Matteo Balducci.

Er erkannte sie und begrüßte sie erfreut. »Ah, Messer Riccardo, Messer Wuolfgan'! Ihr ahnt nicht, was hier inzwischen alles geschehen ist!«

»Wir werden's ja gleich erfahren«, murmelte Wolfgang Schmitz gottergeben, denn Balducci galt als der Redseligsten einer. »Caterina Sforza hat versprochen, Gianni de'Medici zu heiraten«, teilte der Florentiner ihnen vergnügt mit, »und das, obwohl es heißt, daß Vittorio de'Pazzi ihr ebenfalls einen Antrag gemacht hat. Il Magnifico richtet schon die Verlobung aus. Fra Savonarola bereitet eine Predigt über entartete Mannsweiber vor, so heißt es, und in Fiesole hat eine Frau ein Kind mit zwei Köpfen zur Welt gebracht. Doch die beste Neuigkeit ist und bleibt immer noch, daß wir jetzt keine Angst mehr vor unerwarteten Überraschungen zu haben brauchen – jetzt, wo wir in Florenz eine Hexe haben, die in die Zukunft sieht wie durch ein Glas.«

»Wahrhaftig?« erkundigte sich Wolfgang Schmitz neugierig. Doch Balducci achtete nicht auf ihn; die plötzliche Wandlung des umgänglichen Messer Riccardo in einen feindseligen Steinbock verwunderte ihn. Richards Lippen bildeten nur noch zwei schmale Striche.

»Ihr solltet nicht soviel dummes Zeug nachplappern«, sagte er ungehalten.

Nun fühlte sich Balducci in seiner Ehre gekränkt. »Ich rede nur von dem, was ich selbst gesehen habe«, protestierte der Florentiner und fügte beleidigt hinzu: »Ihr solltet es doch am besten wissen, schließlich wohnt sie bei Euch.«

Die Hände, in denen die Zügel seines Pferdes ruhten, verkrampften und öffneten sich wieder. »Bei Gott, Balducci«, stieß Richard mühsam beherrscht hervor, »wenn Ihr nicht so dumm wärt, daß es eigentlich fast alles entschuldigt, würdet Ihr dafür bezahlen. So kann ich Euch nur raten, diese Verleumdung nie zu wiederholen, wenn Euch Eure Stellung im Fondaco lieb ist.«

»Er wird es nicht wiederholen«, sagte Mario beruhigend. »Es ist nur Geschwätz, Riccardo, nicht weiter wichtig. Laß uns weiterreiten, wir vertun hier nur kostbare Zeit.«

»Genau«, stimmte Schmitz erleichtert zu, dem die Wendung, welche die Unterhaltung genommen hatte, mehr als unangenehm war. »Reiten wir weiter und zeigen dem alten Eberding die Kreditbriefe der Este, er wird sicher Augen und Nase...«

Möglicherweise lag es an dem ein wenig übereifrigen

Drängen seiner Gefährten, vielleicht war es auch der heiße Tag und die Überzeugung, daß ein derartiges Gerede, einmal in Umlauf gesetzt, zu gefährlich war, um es zu dulden: Richard jedenfalls war nicht gesonnen, den Zwischenfall einfach zu übergehen.

»Ich verlange eine Entschuldigung wegen Eurer Behauptung über Madonna Saviya und Euer Versprechen, daß Ihr so etwas nie wiederholen werdet«, beharrte er.

Doch die sommerliche Hitze hatte auch auf Balducci ihre Wirkung; er arbeitete vielleicht für die Tedeschi, aber als freier Florentiner war er nicht bereit, sich eine derart ungerechte Behandlung bieten zu lassen.

»Eine Entschuldigung steht höchstens mir zu«, entrüstete er sich, »und ich werde sie bekommen, o ja. Gehen wir doch zu Messer Salviati – er hat mir erst vorgestern erzählt, daß Eure Hexe ihm heute nachmittag die Zukunft lesen wird!«

Bisher hatte die Empörung über Richards unerwartete Reaktion die ganze Aufmerksamkeit des Gehilfen in Anspruch genommen, doch nun wurde er gewahr, daß ihm auch der Priester mörderische Blicke zuwarf.

»Verschwindet, Balducci«, sagte Mario kalt, »ehe ich auf die Idee komme, mit dem Bischof über Euren Umgang mit Hexen zu sprechen.«

Von dieser Seite hatte es Balducci noch gar nicht betrachtet. Vor einem Jahr noch mochte Florenz eher heidnisch als christlich gewesen sein, doch Savonarola hatte die religiöse Inbrunst der Bürger neu entfacht, und von einem Mitglied des Klerus angezeigt zu werden, war nicht gerade das, was er sich in diesen Zeiten wünschte.

»Nun, Padre«, begann er unbehaglich, »wenn Ihr es wünscht...«

»Aber ich wünsche es nicht!« Richards Stimme klang scharf und befehlend. Ihn irritierte, daß es Mario offenkundig eiliger hatte, Balducci loszuwerden, ohne den Verleumdungen gegen Saviya auf den Grund zu gehen.

»Wir gehen jetzt zu Messer Salviati, und Ihr begleitet uns.«

»Tu das nicht, Riccardo«, sagte Mario ruhig.

Richard starrte ihn überrascht an. »Wie meinst du das?«
»Geh nicht.«

Das war Verrat von einer Seite, wo er es nicht erwartet hatte, und das brachte ihn nur noch mehr auf. »Anscheinend«, sagte er durch zusammengebissene Zähne hindurch, »hängst du doch immer noch an deinem mönchischen Aberglauben. Wir gehen – Padre!«

Jacobo Salviati erwartete an diesem Nachmittag keine Gäste, und als man ihm vier Besucher meldete, war er unangenehm berührt. Nicht, daß er etwas zu verbergen gehabt hätte; schließlich war die kleine Zigeunerhexe in ganz Florenz Mode geworden, doch für einen gediegenen Geschäftsmann mochte es doch ein wenig anrüchig sein, derartige Methoden zu benutzen. Immerhin besser, man galt als anrüchig denn als altmodisch und überholt. Seine Verstimmung hob sich jedoch, als er seine Besucher erkannte.

»Ah, unsere jungen Tedeschi vom Fondaco«, sagte er und ging lächelnd auf sie zu. »Hört, Riccardo, ich müßte es Euch eigentlich übelnehmen, daß Ihr mir die Talente Eurer Schönen so lange verheimlicht habt. Das war kein Freundschaftsdienst, eh?«

Die Zigeunerin hatte beim Eintritt der vier Männer zunächst eine instinktive Fluchtbewegung gemacht, war dann aber stehengeblieben, ruhig, mit gekreuzten Armen; nur die Tatsache, daß sie reglos auf den Boden schaute, war ungewöhnlich. Sie hatte ihm gegenüber bisher nicht den Eindruck von Bescheidenheit oder Schüchternheit gemacht. Doch es verwunderte ihn noch mehr, daß der sonst so höfliche Riccardo auf seinen Gruß überhaupt nicht antwortete, sondern seinerseits auf die Zigeunerin starrte. Auch seine Begleiter schienen Salviati kaum zu beachten. Der andere Tedesco mit dem unaussprechlichen Namen schaute entsetzlich verlegen drein, Balducci triumphierend, und der junge Mario Volterra, mit dem Salviati fast einmal seine

Tochter verlobt hätte, bis der Sohn seines alten Freundes es sich in den Kopf gesetzt hatte, Priester zu werden, wirkte regelrecht verzweifelt.

»Saviya«, sagte Richard endlich, und seine Stimme war für alle Anwesenden kaum wiederzuerkennen, »hast du Messer Salviati und anderen erzählt, du wärest eine Hexe?«

Die Zigeunerin hob die Augen, und ihr kühler, fast unbeteiligter Blick traf ihn wie ein Eissplitter ins Herz. »Ja, das habe ich. Und ich habe es getan, weil es stimmt. Frag deinen Freund Mario.«

Richard drehte sich zu Mario um. »Du wußtest es«, sagte er bitter, »du wußtest es die ganze Zeit.«

Mario wollte zu einer Rechtfertigung ansetzen, doch Richard machte eine abwehrende Handbewegung. »Oh, schon gut, ich weiß. Du warst dir ja nie ganz sicher, ob es Hexen gibt oder nicht. Daß sie sich durch ihren Aberglauben in Lebensgefahr begibt, ist nichts neben dem Umstand, daß du endlich die Bestätigung für die Lehren der Kirche hast, nicht wahr?«

Er wandte sich an Saviya. »Komm mit«, sagte er ausdruckslos, packte sie am Arm und drehte ihn ihr auf den Rücken, so daß sie keine andere Wahl hatte, als ihm zu gehorchen.

Wolfgang Schmitz, der noch nie erlebt hatte, daß Richard Hand an irgend jemanden gelegt hatte, starrte ihn fassungslos an. Das war der geradezu unheimlich selbstbeherrschte, im Grunde ein wenig langweilige Richard Artzt, der einer anständigen Rauferei ebenso aus dem Weg ging wie dem Rausch, den ein Mann hin und wieder brauchte?

Kurz bevor sie den Raum verließen, schien sich Richard endlich wieder an den Hausherrn zu erinnern. »Verzeiht, Messer Salviati«, sagte er in einem bloßen Echo auf seine gewohnte Höflichkeit, »wenn wir uns jetzt verabschieden, doch es gibt dringend etwas zu erledigen.«

Jacobo Salviati blinzelte ein wenig, nickte und schaute den beiden nach. Es blieb dem peinlich berührten Wolfgang Schmitz überlassen, unterstützt von einem erleichterten

Balducci, die Situation zu klären, denn auch Fra Mario war keine große Hilfe.

Bis zu ihrer Ankunft in der Herberge hatte sich die eisige Zurückhaltung auf beiden Seiten zu glühendem Zorn gewandelt. Richard begann noch verhältnismäßig gelassen, als er erklärte: »Du wirst nie – *nie wieder* irgend jemandem gegenüber behaupten, daß du eine Hexe bist. Falls dir noch nicht klar ist, wie verdammt gefährlich das werden kann, dann stell dir eine Frau vor, der die Knie zerquetscht wurden, die mit Feuer und Eisen gefoltert wurde, immer wieder, stell dir diese Frau dann auf dem Scheiterhaufen vor, und stell dir vor, das wärst du! Das ist *meine* Prophezeiung für die Zukunft!«

»Was weißt du schon von Gefahr – Gorgio!« gab Saviya zornig zurück. Ihre Hand zitterte über ihrer Taille, und erst jetzt registrierte er, daß sie dort ihren Dolch trug. »Was weißt du schon davon! Hast ein Leben zwischen Daunendecken und Palästen! Hast du jemals nicht gewußt, wo du am nächsten Tag sein wirst, ob du überhaupt etwas zu essen bekommst, ob du überhaupt noch einen Sonnenaufgang sehen wirst? Du weißt ja noch nicht einmal, was Gefahr ist. Wenn mich irgend jemand anderer so behandelt hätte wie du heute, läge er jetzt schon tot zu meinen Füßen. *Ich* weiß, wie man kämpft.«

»Du weißt überhaupt nichts, wenn du dir einbildest, dich mit einem Messer und ein paar abergläubischen Sprüchen gegen die Inquisition schützen zu können!«

Saviya holte tief Atem, und als sie weitersprach, hatte sie sich in einen Mantel von trügerischer Sanftheit gehüllt, der unter seinem Samt den tödlichen Stahl verbarg.

»Armer Riccardo. Der Priester hatte recht, du kannst es einfach nicht aushalten, wenn es etwas gibt, was du nicht in deine Welt der Zahlen und Worte einordnen kannst. Du glaubst nicht, daß ich eine Hexe bin, Gorgio? Soll ich dir sagen, was ich von dir weiß? Soll ich dir von deiner Mutter erzählen, die von den Schwarzkutten verbrannt wurde?«

»Mario hat dir das gesagt!« unterbrach Richard sie wütend. Er mußte sie zum Schweigen bringen; er mußte sie dazu bringen, einzusehen, wie sehr sie sich irrte, damit endlich wieder alles wie vorher war, damit sie sich wieder in das Mädchen zurückverwandelte, mit dem er glücklich gewesen war.

»Mario, bah!« Etwas veränderte sich in Saviyas Gesicht; es war, als habe sie in diesem Moment etwas begriffen, das ihr vorher verschlossen geblieben war. Sie biß sich auf die Lippen, und ihr Zorn verlor sich ein wenig.

»Riccardo, kannst du denn nicht begreifen, was ich bin? Es hat nichts mit dem Teufel zu tun, wie ihr Gorgios glaubt. Ein paar von meinem Volk haben diese besondere Gabe, schon immer; jeder von uns kann den Mond singen hören, aber ich kann auch mit den Schatten in der Nacht sprechen, mit Flamme, Wasser, Reisig und den Geistern der Luft, und sie sagen mir die Wahrheit. Deswegen weiß ich, daß du fort mußt aus Florenz, und du wirst gehen. Du hast mein Blut in dir. Du mußt mir vertrauen . . .«

Richard erkannte nicht die Möglichkeit zur Versöhnung, die sie ihm bot. Er sah nur, daß sie all das verkörperte, was er als Aberglauben bekämpfte; daß sie in der Tat den Tod heraufbeschwor, den Tod für sich und Hunderte von unschuldigen Frauen, die sterben mußten, weil es Gläubige wie sie gab.

»Du wirst dich nie wieder als Hexe bezeichnen«, wiederholte er hartnäckig, »und du wirst mit diesem Unsinn aufhören.«

Saviyas Arme, die sie ihm entgegengestreckt hatte, sanken herab. Ihre grünen Augen verloren ihren Glanz und wurden grau und kalt wie Flußkiesel.

»Der Woiwode hatte recht«, sagte sie dumpf. »Wir können nicht mit euch zusammenleben. Was willst du tun, mich einsperren, während du fort bist, wie ihr Stadtmenschen es mit euren Frauen haltet? O nein, Riccardo. Nein.«

Zu spät erkannte Richard, daß er einen Fehler gemacht

hatte, doch er war zu aufgewühlt, um jetzt nachzugeben. »Wenn es nötig ist, um dich vor deiner eigenen Dummheit zu bewahren – ja«, erwiderte er barsch. Saviya zog ihren Dolch, richtete die Klinge jedoch auf sich selbst, nicht auf ihn.

»Wenn dir an meinem Leben etwas liegt, dann bewege dich nicht«, sagte sie warnend. »Ich weiß, wo mein Herz ist, und ich stoße eher zu, als daß ich mich einsperren lasse.«

Mit ihrer gewohnten unglaublichen Behendigkeit glitt sie, den Dolch immer gegen ihre Brust gerichtet, zu ihrer Truhe und zerrte einige Beutel heraus, ohne ihn aus den Augen zu lassen. Erst als sie sich rückwärts zur Tür bewegte, fand Richard seine Sprache wieder.

»Geh jetzt«, sagte er mit der ganzen anklagenden Verbitterung, die sich in ihm aufgestaut hatte, seit er ihr bei Salviati gegenübergestanden war, »und wir werden uns nie mehr wiedersehen. Ich werde dich nicht noch einmal suchen, Saviya, und wenn du über diese Schwelle dort gehst, dann ist es mir gleich, was aus dir wird.«

Sie antwortete nicht, bis er nur noch ihre Schritte vernahm. Dann hörte er sie leise sagen, so leise, daß er sie kaum verstand: »Gut.«

Unter anderen Umständen hätte Anton Eberding es genossen, dem allzu selbstsicheren und allzu vollkommenen Richard Artzt berechtigte Vorwürfe zu machen, denn Salviati war schließlich ein wichtiger Partner, den man nicht brüskieren durfte, doch die Neuigkeiten aus Augsburg ließen seinen Groll hinfällig werden.

»Herr Fugger hat uns einen Eilboten gesandt«, sagte er, nachdem Richard seinen Rechenschaftsbericht über den Besuch in Ferrara beendet hatte, und bemühte sich, nicht allzu gutgelaunt zu wirken. »Schon wieder?« fragte Richard teilnahmslos. Eberding trommelte mit den Fingern auf seinem Schreibtisch.

»Ja, in der Tat, schon wieder. Familiennachrichten, die Euch betreffen, und... aber seht selbst.«

Er drückte ihm zwei Briefe in die Hand. Der eine stammte von Jakob, war unverschlüsselt und bestand nur aus einem Satz; der andere war über und über mit Sybilles hohen, geschwungenen Schriftzügen bedeckt.

»Man darf Euch wohl Glück wünschen... oder ist Euch Beileid lieber?« kommentierte Eberding, während Richard Sybilles Brief überflog. Der Leiter des Fondaco war enttäuscht, als sich Richards Miene nicht veränderte, denn man hatte ihn in einem Begleitbrief über die Neuigkeiten informiert. Der Vater der Frau Fugger, Wilhelm Artzt, war gestorben und hatte neben dem Anteil für seine Frau und Tochter auch einen erheblichen Teil seines Vermögens an den Enkel vererbt.

»Nun«, sagte Richard, immer noch ohne erkennbare Empfindung, ließ den Brief seiner Tante sinken und schaute wieder auf das kurze Schreiben von Jakob, »das heißt wohl, daß ich mich dem nächsten Zug über die Alpen anschließen werde. Ich nehme an, Ihr gebt mir noch die Zeit, vorher den Transport der Waren nach Ferrara zu regeln?«

»Selbstverständlich«, gab Eberding zurück und fühlte sich einmal mehr in seiner ursprünglichen Einschätzung von Richard Artzt bestätigt: Der Junge mußte Fischblut in den Adern haben. Allerdings konnte man auch nicht behaupten, daß Jakob Fugger in dieser Angelegenheit viele Worte verschwendet hatte. Eberding hatte es sich nicht versagen können, einen Blick auf den Brief an Richard zu werfen. Dort standen, unterzeichnet mit seinem Namen und geschrieben in der italienischen Schmuckschrift, die Jakob Fugger sich in seinen Jahren in Venedig angeeignet hatte, nur zwei Worte: »Komm zurück.«

IV

Feuer der Eitelkeiten

29

DUNKELHEIT HING NOCH IN der Kammer, als Sybille Fugger spürte, wie sich ihr Mann erhob und sich fast geräuschlos ankleidete. Jakob begann seinen Tag gewöhnlich mit der Dämmerung, und meistens bemühte er sich erfolgreich, sie dabei nicht aufzuwecken. Doch in dieser Nacht hatte sie kaum geschlafen. Sybille überlegte, ob sie nicht etwas sagen sollte, dann verwarf sie den Gedanken wieder. Sie hatte geweint, und sie wollte nicht, daß Jakob das sah. So ließ sie ihn weiter in dem Glauben, sie schliefe, und versuchte, noch etwas Wärme in den Falten der Decke zu finden.

Es war nicht nur der Tod ihres Vaters, obwohl sie ihn geliebt hatte und aufrichtig betrauerte; Wilhelm Artzt war ein alter Mann gewesen, der auf ein langes und erfolgreiches Leben zurückblicken konnte. Nein, es sind nicht die Toten, dachte sie, und preßte unbewußt die Lippen zusammen; es sind die, die nie gelebt haben.

Zu ihrer eigenen Überraschung und zu Ulrichs prahlerischer Freude hatte Veronika Fugger am letzten Sonnabend noch einem Kind das Leben geschenkt. Neid, das wußte Sybille, war eine Todsünde, und sie hätte sich nie träumen lassen, einmal auf Veronika neidisch zu sein, auf die zanksüchtige, ewig unzufriedene Veronika mit ihrem mittelmäßigen Aussehen und neureichen Manieren. Doch Veronika, die kein Kind mehr gewollt hatte und es als entwürdigend empfand, nach der Hochzeit der eigenen Tochter noch einmal schwanger zu werden, hatte nun einen weiteren Sohn. Und Sybille wartete immer noch vergeblich auf Anzeichen einer Schwangerschaft.

Sie versuchte an andere Dinge zu denken, versuchte noch

einmal, den Schlaf zu finden, der sich ihr so beharrlich verweigerte, doch es war vergebens. Schließlich, als sie merkte, daß die Sonne inzwischen aufgegangen war, stand sie ebenfalls auf. Während sie ihr Haar bürstete und es ebenso rasch wie behende einflocht, schalt sie sich wegen ihrer eigenen Schwäche. Sie war noch immer jung. Eigentlich hätte sie ihre Magd rufen sollen, damit sie ihr mit dem Ankleiden zur Hand ging, doch sie wollte niemanden die Spuren der Betrübnis auf ihrem Gesicht ablesen lassen. Sie biß die Zähne zusammen, dann tauchte sie es in die Schüssel mit kaltem Wasser.

Das schien zu helfen; der Sybille, die ihr nun aus dem Spiegel entgegensah, lagen zwar immer noch Schatten um die Augen, doch ihre Lider wirkten nicht mehr verquollen. Zögernd griff sie nach dem Wangenrot, das aus Italien stammte; sie kam sich immer noch ein wenig verrucht vor, wenn sie es benutzte, doch erstens schminkten sich mehr und mehr Frauen, und zweitens war sie nicht gesonnen, wie ein übernächtiges, bleiches Gespenst durchs Haus zu laufen.

Endlich stellte ihre Erscheinung sie zufrieden. Sie entschloß sich, die Feuerprobe gleich am Morgen zu wagen und der bettlägrigen Veronika ihren täglichen Besuch abzustatten; dann konnte der Tag nichts Schlimmes mehr für sie bereithalten. Sie frühstückte nichts, denn schon zu Beginn ihrer Ehe hatte sie es sich zur Gewohnheit gemacht, Jakob, der am Morgen ebenfalls nichts zu sich nahm, am späten Vormittag eine kleine Mahlzeit in das Kontor zu bringen und dort mit ihm zu teilen. Anfangs war es Angestellten und Familie wie eine Ketzerei vorgekommen, doch Jakob begrüßte die Neuerung; es war auch eine Gelegenheit für sie beide, sich zu sehen und miteinander zu plaudern, denn ansonsten blieb nur das große abendliche Mahl im Kreise der Familie und die Nacht.

»Guten Morgen, Veronika«, begrüßte Sybille ihre Schwägerin mit fester Stimme und zauberte sogar ein kleines Lächeln hervor. »Wie geht es dir heute?« Um der Wahrheit die

Ehre zu geben, fügte sie schweigend hinzu, ich verstehe nicht, warum du noch länger hier liegst.

Veronika hatte selten ausgeruhter und besser ausgesehen. Andererseits, dachte Sybille, während sie Veronikas gleichgültige Antwort zur Kenntnis nahm, konnte man es einer Frau in ihrem Alter kaum verdenken, wenn sie es genoß, ihre Pflichten gegenüber Kindern und Ehemann endlich einmal hinter sich lassen zu können. Ulrich schlief, seit Veronika festgestellt hatte, daß sie erneut schwanger war, in einem anderen Zimmer, und, so flüsterte ein boshafter kleiner Geist in Sybilles Kopf, ich wette, dort bleibt er auch.

»Du scheinst mir etwas mager und abgehetzt zu sein, Sybille«, bemerkte Veronika betont freundlich. »Ist es zuviel für dich, allein alle Pflichten in diesem riesigen Haus übernehmen zu müssen?«

»Nein«, gab Sybille zurück, entschlossen, sich nicht provozieren zu lassen. Vielleicht hatte es Veronika auch wirklich nur gut gemeint.

»Aber du bist so... unruhig«, stellte ihre Schwägerin fest.

Sybille zuckte mit den Achseln. »Ach, Veronika, du weißt doch, wir erwarten jeden Tag Richards Ankunft.«

Einige weitere Kissen hinter sich legend, stützte Veronika sich auf. »Ich verstehe nicht«, sagte sie mürrisch, »warum dein Neffe unbedingt zurückkehren mußte und mein Sohn in Venedig gelassen wird, bis die Welschen ihn völlig eingewickelt haben.«

»Aber, Veronika, daß Hänsle in Venedig bleibt, ist doch ein Vertrauensbeweis von Ulrich und Jakob, auf den du stolz sein kannst. Und Richard kehrt vor allem zurück, um sein Erbe entgegenzunehmen.«

»Ach ja«, sagte Veronika langsam, »das Erbe.« Sie musterte ihre Schwägerin. Widerwillig gestand sie ein, daß Sybilles übermäßige Schlankheit sich nur zu ihrem Vorteil auswirkte; ihr Gesicht hatte alles Weiche und Kindliche verloren, und was man vorher als den reizvollen Zauber der Jugend abgetan hatte, war jetzt die klare Schönheit einer erwachsenen Frau. Veronika wußte selbst nicht, warum, aber Sybilles Anblick verleitete sie jedesmal dazu, diese Makellosigkeit zerstören zu wollen.

»Dein Vater muß schon sehr überzeugt davon gewesen sein, daß er von dir keine Enkel mehr zu erwarten hat, um die Hälfte seines Vermögens dem Sohn seines verstoßenen Sohnes zu hinterlassen. Gab es da seinerzeit nicht einen Skandal?«

Nur die Hände, die bisher ruhig in ihrem Schoß zusammengefaltet gelegen hatten und sich nun zusammenballten, verrieten, daß Sybille sich getroffen fühlte. Ihre gelassene, höfliche Miene blieb unverändert, als sie entgegnete: »Meine Eltern billigten die Heirat meines Bruders damals nicht, doch inzwischen konnten sie sich, wie alle anderen auch, überzeugen, daß Richard der Stolz jeder Familie wäre. Er ist fleißig, klug und war dem Unternehmen in Florenz sehr nützlich.«

»So scheint es«, stimmte Veronika lauernd zu. Sie hatte ihre eigene Meinung über Richard Artzt – ein hinterlistiger Erbschleicher, genau wie seine Tante –, doch sie hatte nicht die Absicht, sich von einer einmal gefundenen Fährte wieder abbringen zu lassen.

»Aber du, Schwägerin Sybille ... weißt du, ich meine es nur gut mit dir. Eigentlich ist es für jeden offensichtlich, warum du keine Kinder bekommst.«

Sybille erhob sich von dem Schemel neben Veronikas Bett, auf den sie sich gesetzt hatte. »Ich habe noch sehr viel zu tun, da ich zur Zeit, wie du mich sehr richtig erinnert hast, die alleinige Herrin des Hauses bin. Bitte entschuldige mich, Schwägerin Veronika.«

»Ulrich und ich haben Kinder, weiß Gott«, fuhr Veronika unbeirrt fort, »Georg und Regina können sich ebenfalls nicht beklagen – jeder Fugger hat immer reichen Nachwuchs gehabt. Trotzdem, ich glaube nicht, daß es an dir liegt.«

Sybille hatte ihr bereits den Rücken zugewandt, doch der

letzte Satz ließ sie innehalten; sie hatte erwartet, daß Veronika ihr wie üblich Vorwürfe machte.

»Es liegt an Jakob«, sagte Veronika fast schnurrend. »Einen Mann zu heiraten, der einmal ein Mönch war, kann kein Glück bringen – es verstößt gegen die Gebote Gottes und seiner Kirche. Ein derart schuldiger Mann kann keine Kinder haben.«

Sie wartete, bis Sybille schon auf der Türschwelle stand, bevor sie ihr den letzten Hieb versetzte. »Aber es heißt in Augsburg, daß er es noch nicht einmal versucht. Verzeih, wenn ich das sage, meine Liebe, aber es heißt, das Geheimnis eurer Kinderlosigkeit liege darin, daß er immer ein Mönch geblieben ist.«

Sybille drehte sich um, und Veronika, die erwartet hatte, Tränen zu sehen, war überrascht und erschrocken über den leidenschaftslosen Haß, der sich auf dem jungen Gesicht von Jakobs Gemahlin zeigte.

»Veronika«, sagte Sybille leise, und ihre Stimme war seidig wie ein Band, das sie um den Hals ihrer Schwägerin legte und langsam immer fester zog, »du tust mir leid. In deinem ganzen Leben hast du an nichts anderem Freude gefunden als daran, über andere zu lästern wie eine Elster. Wenn du stirbst, dann wird man sich an dich nur erinnern, weil du Kinder hattest, und die hat eine Katze auch. Kannst du mir verraten, was dich überhaupt zu einem Menschen macht?«

Damit verließ sie die Kammer, und Veronika blieb nichts anderes übrig, als ihr nachzustarren. Eigentlich hätte sie sich als Siegerin in diesem Streit fühlen sollen, doch der Triumph, auf den sie so lange gewartet hatte, wollte sich nicht einstellen. Schließlich stellte sie zu ihrem Entsetzen fest, daß sie weinte.

Sybille weinte nicht. Statt dessen stürzte sie sich auf ihre Aufgaben im Anwesen am Rindermarkt; sie hatte Veronika nicht belogen, es gab wirklich sehr viel zu tun. Doch um die gewohnte Zeit ging sie ins Kontor. Ludwig Schweriz, Jakobs

Hauptbuchhalter, hieß sie mit einer knappen Verbeugung willkommen und entfernte sich dann, wofür sie ihn mit einem dankbaren Lächeln belohnte.

»War die Küche heute überfüllt?« fragte Jakob gutgelaunt, doch die Heiterkeit in seinen Augen erstarb, als er sie über das Tablett hinweg prüfend anblickte. »Was ist geschehen, Sybille?«

An und für sich hatte sie sich sehr gut in der Gewalt, aber Jakob blieben die Stimmungen seiner Mitmenschen nie verborgen. Es war ein Teil des Geheimnisses seines Erfolges. Also versuchte sie gar nicht erst, ihm etwas vorzumachen; außerdem fehlte ihr im Moment die Lust, für Veronika zu lügen.

»Eigentlich etwas ganz Alltägliches«, erwiderte sie deshalb und setzte sich mit ihrer vertrauten Respektlosigkeit seiner Arbeit gegenüber auf den wuchtigen Marmorschreibtisch mit den vier Löwen, nachdem sie einige Papiere zur Seite geschoben hatte. »Ein Streit mit Veronika. Ihr war heute einfach wieder danach, mich auf... meine Kinderlosigkeit anzusprechen.«

Sie wußte, daß Freunde wie Feinde ihren Gemahl für ein gefühlloses Wunder an Skrupellosigkeit und Geschäftskunst hielten, die einen mit Achtung, die anderen voll Haß, und daß kaum jemand auf den Gedanken kam, er könne Empfindungen wie jeder andere Mensch entwickeln. Daher erfüllte es sie gewöhnlich mit Stolz, daß Jakob ihr und ihr allein auch seine andere Seite zeigte, sich selbst verwundbar machte, indem er ihr zeigte, daß er sie liebte. Im Augenblick allerdings konnte sie verstehen, warum die meisten Leute es für zu gefährlich hielten, Jakob Fugger zum Feind zu haben.

»Ich werde mich um Veronika kümmern«, sagte er knapp, dann stand er auf, ging um den Tisch herum, umfaßte mit einem Arm ihre Taille und hob mit der anderen Hand ihr Kinn. »Aber versprich mir, daß du nicht mehr daran denkst – willst du das für mich tun?«

Jetzt hatte er erreicht, was Veronika und ihren Sticheleien

nicht gelungen war; Tränen stiegen ihr in die Augen, und sie konnte nicht antworten. Wütend versuchte sie, sie wegzublinzeln. Er küßte sie und murmelte gegen ihren Hals: »Sybille, es macht mir nichts aus, keine Kinder zu haben – in vieler Hinsicht ist das sogar besser. Was meinst du, warum ich damals darauf bestanden habe, daß der Gesellschaftsvertrag die normale Erbfolge ausschließt? Wir sind keine adlige Dynastie, und es wäre besser, wir fingen gar nicht erst an, uns wie eine zu verhalten.«

Sie erwiderte seinen Kuß, doch sie konnte ihm nicht recht glauben. Und was noch schlimmer war, sie konnte ihm nicht sagen, was sie dachte. Jakob mochte sich tatsächlich keine Kinder wünschen, keine Kinder brauchen; aber sie wünschte sich Kinder, wünschte sie sich verzweifelt.

Da ihr nur zu schnell wieder bewußt wurde, wie wenig Zeit er hatte, beendete sie die Angelegenheit jedoch mit einem Scherz über König Maximilians Schwierigkeiten, all seine ehelichen und unehelichen Nachkommen standesgemäß zu verheiraten. Bald plauderten sie so unbeschwert wie immer. Als Schweriz wieder hereinkam, sprang Sybille auf.

»Bei allen Heiligen, Schweriz, Ihr braucht nicht so grimmig dreinschauen. Ich werde unser aller Meister nicht länger von seiner Pflicht abhalten.«

Schweriz errötete ein wenig; nach all den Jahren war er gegenüber Sybilles Neckereien noch immer empfindlich. »Das, nun, war nicht der Grund, warum ich gekommen bin, Frau Fugger. Bitte gütigst zu entschuldigen, Frau Fugger, aber die Gruppe aus Italien ist eingetroffen, mit Eurem Neffen.«

Es erfüllte Sybille mit einer gewissen Verwirrung, daß sie im ersten Moment nicht in der Lage gewesen war, unter den Männern, die dabei waren, Pferde, Wagen und Waren in die Ställe zu bringen, Richard ausfindig zu machen. Dann wandte er den Kopf, und sie streckte ihm erleichtert die Arme entgegen. Er war noch gewachsen, seit sie ihn das letzte Mal gesehen hatte, doch das allein machte die Veränderung nicht aus; sie konnte es sich selbst nicht erklären.

»Tante!« Er ergriff ihre Hände und hielt sie mit aufrichtiger Freude fest, und Sybille dachte resignierend, eines zumindest hatte sich nicht verändert – Richard scheute nach wie vor Umarmungen.

»Willkommen daheim«, sagte sie und erwiderte seinen Händedruck.

»Daheim«, wiederholte Richard mit einem seltsam fernen Gesichtsausdruck. »Ja, das ist wohl mein Zuhause. Ich habe nicht darüber nachgedacht, bis ich Euch vorhin sah, aber dann...«

Sybille lachte. »Kann es sein, daß man dir in Italien endlich die Kunst beigebracht hat, die Frauen mit Schmeicheleien zu umgarnen?« zog sie ihn auf und war erleichtert, als die starre Miene verschwand und einem kleinen Lächeln Platz machte. Auch damals, als Richard aus Wandlingen gekommen war, hatte sie nicht lange gebraucht, um zu entdecken, daß in dem zurückhaltenden Jungen derselbe irrlichternde Sinn für Humor ruhte wie in ihr.

»Jedenfalls habe ich in Italien niemand getroffen, der sich so gut wie Ihr darauf versteht, anderen Leuten Schmeicheleien zu entlocken«, gab er rasch zurück.

Sybille blinzelte ihm zu. »Das muß ich, Richard, das muß ich. Wie soll ich sonst in diesem Haushalt voller sparsamer Fugger auf meine Kosten kommen?«

Ich habe vergessen, wie entwaffnend sie ist, dachte Richard, während er seiner Tante von den Büchern erzählte, die er als Geschenk für sie mitgebracht hatte. Oder wie sehr allein schon das Anwesen am Rindermarkt, das nun, nachdem er die italienischen Handelshöfe erlebt hatte, auf ihn nur noch mittelgroß wirkte, an seinem festentschlossenen Gleichmut rüttelte. Und dann...

»Weil wir gerade davon sprechen«, warf er ein, bemüht, nicht zu drängend zu klingen, »ich hoffe doch, es geht... allen in der Familie gut?«

Sybille wußte sehr wohl, nach wem er eigentlich fragen wollte, und entgegnete mit tiefernster Stimme: »Wenn du von Ulrichs Magenbeschwerden absiehst, von Ursulas Liebeskummer, von Veronikas Bettlägrigkeit – Richard, er wartet im Kontor auf dich.«

Belustigt, weil seine verlegene Haltung sie mit einem Mal wieder an einen unsicheren Jungen erinnerte, fügte sie hinzu: »Und wenn du versprichst, mich nicht zu verraten, dann laß dir sagen, daß er beinahe so ungeduldig ist wie ich es war.«

Skeptisch zog ihr Neffe eine Braue hoch. »Ungeduldig? Er?«

»In der Tat, nur kann er es wesentlich besser verbergen als ich... oder du.«

Richard errötete. Er fühlte sich durchschaut, aber er wollte Sybille nicht den Eindruck vermitteln, als habe er es eilig, sie zu verlassen, und außerdem fiel ihm mit einem Mal siedendheiß ein, daß er völlig vergessen hatte, ihr sein Beileid wegen ihres Vaters auszusprechen. Daß er bei der einen Gelegenheit, bei der er seinen Großeltern vorgestellt worden war, keinen Anlaß gehabt hatte, seine Meinung über die Familie Artzt, mit Ausnahme von Sybille, zu ändern, und sich beim besten Willen nicht erklären konnte, warum der alte Mann ihn in sein Testament eingesetzt hatte, tat in diesem Zusammenhang nichts zur Sache.

»Wegen der Familie«, begann er vorsichtig, »ich – also – es tut mir leid, daß Ihr Euren Vater verloren habt.«

Sybille machte eine abwehrende Handbewegung und schaute an ihm vorbei. »Reden wir später darüber, Richard. Ich muß dir noch viel erzählen, nur glaube ich, daß es dafür angenehmere Orte gibt als einen staubigen Innenhof voller Menschen. Außerdem muß ich mich ohnehin darum kümmern, daß ihr, du und deine Reisegefährten, angemessen untergebracht werdet.«

»Einverstanden«, stimmte Richard erleichtert zu. Dann fiel ihm noch etwas ein. »Oh – wie war das noch einmal mit

Ursulas Liebeskummer und Veronikas Bettlägrigkeit? Das hängt doch nicht etwa miteinander zusammen?«

»Nein. Veronika – Veronika hat vor sechs Tagen ein Kind zur Welt gebracht.«

»Was ist es geworden?« erkundigte sich Richard mit dem Ausdruck äußerster Spannung. »Skylla oder Charybdis?«

Alles, was sich an Kummer, Zorn und Eifersucht in Sybille aufgestaut hatte, entlud sich in einem befreiendem, schallenden Gelächter. Sie wischte sich die Tränen aus den Augen und umarmte ihren Neffen, der mit einer solchen Reaktion nun doch nicht gerechnet hatte, fest.

»O Richard«, sagte sie, während sie ihn an sich drückte, »ich habe dich wirklich vermißt!«

Seine italienische Traumwelt um ihn war zerbrochen wie ein gläserner Palast, aber die dämmrigen Gänge des Nordflügels, wo sich der zarte Duft des Ahornholzes mit dem nach Papier und vergossener Tinte mengte, wo alle Fäden in dem goldenen, unerbittlichen Herzen des Unternehmens zusammenliefen, hielten noch eine weitere Welt für ihn bereit, und Richard, der ihre Verlockung deutlicher als je zuvor spürte, hatte auch das dringende Bedürfnis, auf der Hut zu sein.

Jakobs »Komm zurück« und Sybilles Brief, die ihn in genau dem Moment trafen, als er selbst die Bande zu den beiden Menschen, die ihm Italien zum Geschenk gemacht hatte, zerschnitten hatte, als selbst Florenz mit all seiner Gelehrsamkeit für ihn an Zauber verloren hatte, waren ihm wie zwei Strohhalme erschienen, nach denen er griff. Doch er war sich nur zu bewußt, daß es nichts umsonst gab. Jakob, der bei den italienischen Banken fast uneingeschränkte Kreditwürdigkeit genoß, hätte das unerwartete Erbe problemlos auch nach Italien transferieren können, statt Richard über die Alpen zu holen; das Erbe allein machte seine Reise nicht notwendig. Jakob mußte etwas von ihm wollen, und Richard versuchte, daran zu denken, als er das Kontor betrat.

Wie immer standen zwei Schreiber an den Pulten am Fenster, und Schweriz war an den Karteischränken beschäftigt. Jakob stand neben ihm und erteilte ihm in leisem, gedämpftem Tonfall seine Anordnungen.

Das Aufwallen heftiger Freude, welches er bei Jakobs Anblick spürte, verwirrte Richard. Es war verständlich, daß er glücklich darüber gewesen war, Sybille wiederzusehen; sie war nicht nur die einzige Verwandte, die er hatte, sondern auch einer der liebenswertesten und warmherzigsten Menschen, die ihm je begegnet waren. Aber die Tatsache, daß er an Jakob nicht nur durch materielle Abhängigkeiten, sondern auch durch Gefühle gebunden war, beunruhigte Richard und rief gleichzeitig mit der Freude auch Widerstand in ihm wach. Er war kein Junge mehr, dachte er, den Jakob, wie er es einmal selbst ausgedrückt hatte, durch das Ziehen einiger Fäden bewegen konnte wie eine Puppe.

Jakob wandte sich zu ihm und sagte in seiner gemessenen Stimme: »Ich bin froh, daß du hier bist. Setz dich, wir haben einiges zu besprechen.«

Richard entschloß sich, für diesmal den Vorteil des Angriffs wahrzunehmen und nicht auf Jakobs Eröffnungszug zu warten – eine Taktik, die ihm beim Schachspiel manchmal geholfen hatte.

»Was, wenn Ihr dem falschen Kardinal Schweizer Söldner vermittelt?« fragte er betont unbekümmert. »Wäre das für das Unternehmen nicht ein Verlustgeschäft?«

In den bernsteingelben Augen, die ihn beobachteten, blitzte Belustigung auf. »Nicht schlecht«, sagte Jakob Fugger anerkennend. »Aber in diesem besonderen Fall spielt es für mich gar keine Rolle, welcher Kardinal Papst wird. Sowohl Borgia als auch della Rovere haben den Ehrgeiz, sich der mächtigen Adelsfamilien in ihrer Umgebung zu entledigen, und das geht nicht ohne Soldaten.«

»Mit Waffen aus den ungarischen Erzbergwerken«, ergänzte Richard.

Jakob nickte unmerklich. »Aber wenden wir uns lieber der unmittelbaren Zukunft zu. Ich weiß nicht, ob du dir über den

Umfang deines Erbes im klaren bist. Sybilles Mutter selbst erhält den üblichen Witwenteil und allen Grundbesitz. Sybille selbst erhält meiner Vereinbarung mit ihrem Vater gemäß ein Viertel, da ihre Mitgift bei unserer Heirat bereits ein Teil ihres Erbes mit einschloß. Abzüglich einer Stiftung für die Sankt-Anna-Kirche fällt das gesamte restliche Vermögen an dich. Und das macht dich«, endete Jakob, während er sich langsam hinter seinem Tisch niederließ, »vollkommen unabhängig. Du bist nicht länger darauf angewiesen, für das Unternehmen zu arbeiten. Falls du noch immer studieren willst, so steht dir das jetzt frei.«

In Richard stritten Bewunderung und Groll. Er hatte nicht erwartet, daß Jakob sofort auf diesen Umstand zu sprechen kommen würde; was er hingegen erwartet hatte, war ein Hinweis, mehr oder weniger versteckt, auf den Vertrag bei den Augsburger Gilden, den er vor seiner Abreise nach Italien unterzeichnet hatte, und auf die unbestreitbare Tatsache, daß er, hätte ihn Jakob Fugger nicht aus Wandlingen geholt und ihm die Erziehung eines wohlhabenden Kaufmannssohns ermöglicht, wahrscheinlich nie die Gelegenheit zum Studium gehabt hätte, von einem eigenen Vermögen ganz zu schweigen. Doch derartiger Methoden bediente sich Jakob nicht. Man verlasse sich nie auf Jakob Fugger, dachte Richard. Wenn es zwei Möglichkeiten gibt, jemanden unter Druck zu setzen, findet er garantiert eine dritte.

Laut sagte er: »Ich hatte in Florenz bereits die Gelegenheit zum Studium.« Er fügte nichts hinzu und fragte nichts; sollte Jakob doch aus seiner Deckung hervorkommen.

»Ich weiß.« Ein leichtes Zucken der Mundwinkel verriet, daß Jakob Richards Taktik durchschaute. »Das erwies sich als sehr nützlich für das Unternehmen.« Ein leichtes, anerkennendes Neigen des Kopfes. »*Du* warst sehr nützlich – für das Unternehmen. Wir konnten viele deiner Hinweise verwenden, und der Rest war hervorragend geeignet für die Augsburger Nachrichten.«

Nun sag es schon, dachte Richard. Aber Jakob wechselte

plötzlich das Thema. »Ich nehme an«, bemerkte er beiläufig, »du bist dir der Jahreszahl bewußt.«

»Der Jahreszahl?«

»Wir nähern uns der Jahrhundertwende«, sagte Jakob und beließ es dabei. Richard war klar, daß er schon wieder einer von Jakobs kleinen Prüfungen unterzogen wurde. Er hatte soeben einen Hinweis bekommen, aber er verstand ihn nicht. Die Jahrhundertwende? Sie war noch mehr als acht Jahre entfernt.

»Wie ich schon sagte«, meinte Jakob abschließend, »ich bin froh über deine Rückkehr. In Augsburg mangelt es entschieden an Leuten, die das Schachspiel beherrschen.«

Damit war er entlassen, und Richard erhob sich. Der Teufel soll ihn holen, dachte er aufgebracht. Jahrhundertwende? Eines Tages werde ich ihn im Schach besiegen, und dann werden wir sehen, wie *er* damit fertig wird. Wir werden sehen.

Doch so sehr er sich bemühte, es zu leugnen – auch er war froh über seine Rückkehr.

Sybille hatte ihm sein altes Zimmer herrichten lassen, und es verwunderte ihn, daß es im Gegensatz zu früher fast nicht genügend Raum für seine Habseligkeiten zu bieten schien. Er hatte nicht geglaubt, soviel Gepäck mitgebracht zu haben.

Auf einmal hielt er Saviyas Goldreif und ihre Haarlocke in den Händen, und der zornige Schmerz, den er so lange zurückgedrängt hatte, überfiel ihn mit einer beinahe körperlichen Intensität. Sie hatte ihre Wahl getroffen, stellte er erbittert fest und versuchte sich Saviya nur vorzustellen, wie er sie zuletzt gesehen hatte, nicht als die Frau, die er in den Armen gehalten, das Kind, dem er das Leben gerettet hatte. Es ist mir gleich, dachte Richard. Sie ist mir gleich.

Dennoch brachte er es nicht fertig, das wenige, das er von ihr hatte, wegzuwerfen oder zu verbrennen. Er verstaute beides wieder sorgfältig in der kleinen Schatulle, die er seit Wandlingen mit sich führte, und holte etwas anderes hervor, ein weiteres Bündel von Erinnerungen: das Buch über die Hexenprozesse, das er mit Marios Hilfe erst kurz vor ihrer Reise nach Ferrara beendet hatte.

Seit ihrem verhängnisvollen Besuch bei Salviati hatte er nicht mehr mit Mario gesprochen. Das Manuskript hatte ihm der Mönch durch einen Boten aus Santo Spirito schicken lassen, wo es durch Marios Hand die letzten Korrekturen erfahren hatte.

Daß Mario ihm nichts von Saviyas Schattenleben erzählt hatte, war ihm zuerst als ein unverzeihlicher Verrat erschienen. Später wäre Richard zwar bereit gewesen, sich Marios Gründe anzuhören, doch er konnte sich nicht dazu überwinden, den ersten Schritt zu tun. Warum hatte Mario nicht versucht, ihm alles zu erklären, brieflich oder mündlich? Sein Schweigen wirkte wie ein Schuldbekenntnis oder wie ein Vorwurf, und beide Möglichkeiten riefen in Richard nur neue Feindseligkeit wach.

Doch er hatte das Manuskript nicht der Erinnerungen wegen über die Alpen gebracht. Nachdem er sich in seinem Zimmer eingerichtet hatte, machte er sich auf den Weg zu dem Drucker, der regelmäßig für Jakob arbeitete.

Seit Gutenbergs bewegliche Lettern jedermann zugänglich waren, blühte das Geschäft mit kurzen Schriften, Pamphleten und Aufrufen, die häufig nur aus einer Seite bestanden und für alle erschwinglich waren, doch Jakob Fugger war der erste gewesen, der auf die Idee kam, mit Neuigkeiten, auf deren Geheimhaltung er keinen Wert mehr legte, auch Geld zu verdienen. Damit hatte er sich den Drukker, einen biederen Schwaben, der vorher hauptsächlich an allegorischen Holzschnitten und Predigten verdient hatte, auf ewig verpflichtet, und der Meister hatte seine Werkstatt nicht zufällig in der Nähe des Rindermarktes eingerichtet. Viele Neugierige umlagerten regelmäßig die Druckerei, doch deren Besitzer lieferte all seine Erzeugnisse zuerst an das Unternehmen, das ihn schließlich auch mit den Nachrichten versorgte.

Richard hatte keine Schwierigkeiten, die Druckerei, an die er sich noch gut erinnerte, zu finden; der Drucker erkannte ihn nach einigen einleitenden Worten sogar wieder.

»Ei der Daus, wenn das nicht der Neffe der Frau Fugger ist, der hier immer herumgelungert hat! Hört, junger Mann, Ihr seid zur Zeit wirklich das Stadtgespräch von Augsburg, wißt Ihr das? Niemand wäre auch nur im Traum darauf gekommen, daß der alte Wilhelm... Nichts für ungut. Es war eben eine Überraschung. Was führt Euch denn hierher?«

»Ich habe ein Buch geschrieben«, begann Richard, »zusammen mit einem Freund, und ich wollte mich bei Euch nach den Kosten für eine Veröffentlichung erkundigen.«

Der Meister wiegte nachdenklich den Kopf hin und her. »Nun, das kommt darauf an – auf den Umfang, und vor allem, wie gut sich Euer Buch verkauft. Ich möchte Euch nicht enttäuschen, aber philosophische Abhandlungen finden zur Zeit wenig Absatz.«

»Es handelt sich nicht um eine philosophische Abhandlung. Es geht um Hexen –«

»Das ist etwas anderes!« Der kleine Mann strahlte. Es war ihm angenehm, einem Verwandten seines wichtigsten Kunden behilflich sein zu können, der überdies dank seines neuen Reichtums selbst zu einem guten Kunden werden mochte.

»Seit die guten Patres von der Inquisition den ›Malleus Maleficarum‹ veröffentlicht haben, reißen sich die Leute um Bücher über Hexen. Da sehe ich überhaupt keine Schwierigkeiten.«

In Richard kämpfte der Ehrgeiz, sein Buch gedruckt zu sehen, mit dem schlechten Gewissen. Er konnte jetzt darauf verzichten, den Drucker über den wahren Charakter seines Werkes aufzuklären, doch erstens würde es der Mann, der wie jeder seines Handwerks etwas Latein verstand, spätestens beim Setzen herausfinden, und zweitens wollte er niemanden ohne Warnung in Schwierigkeiten mit der Kirche verwickeln.

Der Drucker griff bereits nach dem Papierbündel, das Richard unter dem Arm trug. »Ricardus Medicus et Marius Volterra, Processus Inquisitorii contra Maleficas, hm... Wie wäre es mit einem deutlicheren Titel? Ihr müßt wissen, der Titel ist sehr wichtig. Etwa ›De Crimene Sagarum‹ oder ›De Crimene Magiae‹. Wie wäre es damit?«

Verlegen gab Richard vor, die Gehilfen des Druckers zu beobachten, während er antwortete: »Das ist unmöglich, Meister Eginhard, und zwar deswegen, weil es nicht eigentlich um das Verbrechen der Zauberei, sondern eben um die Prozesse gegen Hexen geht. Ich vertrete in diesem Buch die These, daß es bei der von der Inquisition angewandten Prozeßform nicht nur möglich, sondern auch sehr wahrscheinlich ist, daß Unschuldige verurteilt werden.«

Er hatte es mit Absicht so vorsichtig wie möglich formuliert – in der Tat endete das Buch mit der Feststellung, daß bisher wohl nur Unschuldige verurteilt worden waren –, doch es genügte, um den Drucker bleich werden zu lassen. »Aber... aber der Heilige Vater selbst hatte verboten, an der Existenz von Hexen zu zweifeln!« stieß der Mann entsetzt hervor.

»Ich weiß, und das tue ich in dem Buch auch nicht«, sagte Richard beruhigend. Ursprünglich war eben dies seine Ausgangsthese gewesen, doch Mario hatte ihn immer wieder darauf aufmerksam gemacht, daß er, wenn er das Buch veröffentlicht sehen wollte, nur die Prozeßpraktiken angreifen durfte, nicht die Existenz von Hexen an sich.

Seine Versicherung überzeugte den Drucker jedoch nicht. »Wollt Ihr mich bei der heiligen Inquisition in Verruf bringen? Nein, Herr Artzt, diese Art von Drucker bin ich nicht.«

»Es handelt sich doch nur um einige theoretische Überlegungen, die...«

»Nein!« Kleine Schweißperlen bildeten sich auf der Stirn des Mannes. »Niemals. Ich bin doch nicht wahnsinnig geworden!«

Veronika Fugger gestand es sich nur ungern ein, doch wenn sie darüber nachdachte, dann mußte sie es zugeben, daß sie Angst vor ihrem Schwager Jakob hatte. Umsonst sagte sie sich immer wieder, daß es keinen Grund dafür gab. Nicht nur war sie die Frau seines Bruders, sondern noch dazu die Frau seines ältesten Bruders, und er war dazu verpflichtet, ihr stets mit Ehrerbietung zu begegnen; sollte Ulrich vor ihm sterben, würde Jakob bis an sein Lebensende für Veronika sorgen müssen, so war es in Ulrichs Testament festgelegt. Außerdem würde es Ulrich, der schließlich laut Gesellschaftsvertrag das Oberhaupt des Unternehmens war, gewiß nicht zulassen, daß Jakob Veronika je in irgendeiner Form etwas zuleide tat.

Nein, es gab keinen Grund, Jakob zu fürchten, und daher hatte sie sich auch all die Jahre Sybille gegenüber sicher gefühlt; doch sie dachte nicht sehr gerne an Annas Verlobung zurück, als Jakob sie so sehr eingeschüchtert hatte, daß sie sich noch wochenlang bemühte, ihm auszuweichen. Das war nun lange her, aber als Jakob sie jetzt am frühen Abend besuchte, bemühte sie sich, nicht zusammenzuzucken.

»Ich nehme an«, sagte sie, und das heimliche Beben machte ihre Stimme schrill, »du kommst, weil sich deine Gemahlin über mich beschwert hat. Wirklich, Jakob, du hättest kein so junges Ding heiraten dürfen. Sie benimmt sich wie ein kleines Mädchen, das an den Zöpfen gezogen wurde.«

»Teuerste Veronika, du irrst dich«, entgegnete ihr Schwager freundlich. »Ich wollte nicht über Sybille mit dir sprechen, sondern über deinen Sohn Hans Ulrich.«

»Hänsle?« fragte sie verwirrt. »Was ist mit ihm?«

»Dein Sohn Hans Ulrich«, fuhr Jakob fort, als habe er ihre Frage nicht gehört, und schon allein der Umstand, daß er Hänsles vollen Namen verwendete, bereitete ihr Unbehagen, »scheint bedauerlicherweise die Ansicht zu sein, sein Aufenthalt in Venedig diene weniger dem Unternehmen als dem Zweck, ein möglichst angenehmes Leben zu führen.

Hat dich sein Vater je über die Summen informiert, die er für Bestechung, Frauen, Feste und Kleider aufwendet?«

Veronika zerknäulte die Bettdecke unter ihren Fingern. Plötzlich wurde ihr bewußt, daß es eigentlich höchst unziemlich von Jakob war, sie unter den gegebenen Umständen zu besuchen; krank oder nicht, eine bettlägrige Frau ihres Standes durfte außer von ihrem Gemahl nur von Frauen gesehen werden. Doch nichts in Jakobs regloser Miene ließ darauf schließen, daß er auch nur einen Gedanken an ihre peinliche Lage verschwendete.

»Das«, gab sie erbost zurück, »liegt nur an den Welschen. Stimmt es nicht, daß man mit ihnen nur Geschäfte machen kann, wenn man sie fürstlich bewirtet?«

Jakob lehnte sich gegen die Tür des Schlafgemachs. »Das ist, wie so vieles, eine Frage der Verhältnisse. Die Einnahmen müssen die Ausgaben rechtfertigen. Leider rechtfertigen die Einnahmen, die das Unternehmen deinem Sohn verdankt, überhaupt nichts, und inzwischen hat er reichlich Zeit gehabt, sich den örtlichen Gepflogenheiten anzupassen. Es könnte sein, daß wir ihn eher als geplant aus Venedig zurückholen müssen. Es könnte sein, daß wir ihn nie wieder innerhalb des Unternehmens beschäftigen werden. Und da seine Brüder ihm nachzueifern scheinen, könnte es auch sein, daß keiner deiner Söhne je in Augsburg etwas darstellen... oder erben wird.«

Obwohl es nicht kalt im Zimmer war und eine Magd ihr erst vor einer halben Stunde eine Bettpfanne gebracht hatte, fröstelte Veronika. Insgeheim häufte sie Flüche auf das Haupt ihres Ehemannes. Warum hatte er sich nur von Georg beschwatzen lassen und Jakob aus Herrieden zurückgeholt? Warum hatte er seinen jüngsten Bruder nicht als Mönch dort vermodern lassen, wo er nie jemandem hätte gefährlich werden können? Er hat uns den Teufel ins Haus geholt, dachte Veronika und widerstand dem Drang, sich zu bekreuzigen, Gott helfe uns.

Die Worte, die sie schließlich hervorbrachte, kamen nur

noch als ein leises Krächzen über ihre Lippen. »Was willst du?«

»Höflichkeit, Veronika«, sagte Jakob und beobachtete sie wie die Katze die Maus, »nur etwas Höflichkeit.«

Er brauchte nicht mehr zu sagen. Veronika senkte ihr Haupt und wünschte sich, nie etwas von den Gebrüdern Fugger gehört zu haben. Schließlich hätte sie einen Welser heiraten können. Zumindest bestand einmal die Aussicht darauf.

»Ich verspreche es«, flüsterte sie. Jakob blieb gerade lange genug, um sie das Ausmaß ihrer Abhängigkeit von ihm fühlen zu lassen, dann verabschiedete er sich mit besten Wünschen für ihre Gesundheit und ging. Ihr war wieder kalt, und sie rief nach ihrer Magd, um eine weitere Bettpfanne zu bekommen.

Abgesehen von Veronika waren alle in Augsburg lebenden Fugger vollzählig beim Abendmahl versammelt; Richard wollte sich gerade einen Platz suchen, als ein hübsches rothaariges Mädchen, das ihm vage vertraut vorkam, aufsprang und ihm um den Hals fiel. »Richard, du meine Güte! Warum hast du Hänsle nicht mitgebracht? Oder ist er inzwischen zu venezianisch für uns geworden?«

»Ursula?« fragte er, immer noch leicht verwundert, um dann wesentlich begeisterter fortzufahren: »Wo sind deine Sommersprossen geblieben? Du siehst aus wie eine Hofdame, weißt du das? Aber es ist schön, dich wiederzusehen.«

»Das will ich hoffen«, lachte sie.

Er hatte Hänsles zweite Schwester immer gerne gemocht und konnte sich nicht erklären, daß er sie nicht sofort erkannt hatte. Allerdings hatte sie sich in der Tat verändert. Sie war von einem Kind zu einer jungen Frau geworden. Plötzlich wurde er sich bewußt, daß er sie noch immer in den Armen hielt, spürte den leichten Druck ihrer Brüste und die Wärme ihrer Haut. Abrupt ließ er sie los.

Ursula schien nichts zu bemerken; sie erzählte ihm atemlos den neuesten Familienklatsch, während sie ihn an den Tisch zog, und überhäufte ihn mit Fragen nach Italien. Erst später fiel ihm ein, daß Sybille etwas von »Ursulas Liebeskummer« erwähnt hatte, und es kam Richard in den Sinn, daß für Ursula ihre übersprudelnde Fröhlichkeit vielleicht nur das war, was für ihn seine eigene Zurückhaltung bedeutete – ein guter Deckmantel.

Dennoch verwirrte sie ihn. Er fragte sich, ob es wohl ein rein weibliches Geheimnis war, das die Frauen in die Lage versetzte, sich binnen kurzer Zeit so schnell zu verwandeln, und das Bild von Saviyas kindlichem Körper, wie er sie zuerst im Schnee gefunden hatte, tauchte in ihm auf. Ärgerlich drängte er es zurück. Er wollte nicht an Saviya denken, und ganz besonders nicht im Zusammenhang mit Ursula.

In den deutschen Landen war der Sommer schon sehr bald in einen kühlen Herbst übergegangen, und als Richard sich nach Aufhebung der Tafel zu Sybille gesellte, stellte er fest, daß er das wärmende Kaminfeuer als angenehm empfand. Seine Jahre in Florenz hatten ihn einen kühlen, feuchten Herbst vergessen lassen. Sybille kam ziemlich bald auf das zu sprechen, was sie schon lange bewegte.

»Richard, ich werde morgen meine Mutter besuchen, und ich würde mich freuen, wenn du mich begleitest. Gewiß, sie wird ohnehin bald hier wohnen, wenn die Auflösung ihres Haushalts geregelt ist, aber...«

Er verstand, was sie sagen wollte, doch er fand es unerwartet schwer, ihr die gewünschte Antwort zu geben. Als er von seiner unerwarteten Erbschaft las, hatte er aus einem ersten Impuls das Geld zurückweisen wollen; die Familie hatte von seiner Mutter nichts wissen wollen, und er war nicht auf ihre Almosen angewiesen. Dann hatte ihm der gesunde Menschenverstand die Vorteile eines solchen Erbes gezeigt; dazu kam die überraschend starke Sehnsucht, Augsburg, Sybille und Jakob wiederzusehen. Dabei war ihm klar gewesen, daß einige Höflichkeitsbesuche bei der alten Frau, die er nicht als seine Großmutter betrachten konnte, unumgänglich waren. Doch um was Sybille ihn bat, wenn sie es auch nicht direkt aussprach, war mehr als hohle Freundlichkeit, war verwandtschaftliche Wärme.

Ursula erlöste ihn von der Notwendigkeit, sofort zu antworten, als sie sich auf einen Fußschemel neben Sybille setzte und neckend zu Richard sagte: »Also weißt du, wenn ich daran denke, daß du uns jahrelang eine so wunderbare Geschichte verheimlicht hast – fast jeder in Augsburg wußte eher als wir, daß wir den verstoßenen Sohn beherbergten, dessen Mutter eine sarazenische Prinzessin war. Die Leute sprechen im Moment von nichts anderem.«

»Eben darum haben Richard und ich uns darauf geeinigt, nichts zu erzählen«, meinte Sybille trocken. »Nicht jeder ist gerne der Gesprächsstoff der Stadtklatschbasen.«

Ursula war nicht im geringsten verlegen, doch Richard, der gerade etwas Wasser getrunken hatte, verschluckte sich und fing an zu husten.

»Entschuldige«, brachte er schließlich hervor, »aber das erinnert mich an ein florentinisches Sprichwort: ›Das einzige, was schlimmer ist, als Gegenstand aller Gespräche zu sein, ist, wenn überhaupt nicht über einen geredet wird.‹«

»Eben«, meinte Ursula zufrieden. »Nun sag schon, Tante Sybille, wie war das damals mit deinem Bruder und Richards Mutter? Ich stelle es mir wie in einem Lied vor.«

Ein Schatten zog über Sybilles Gesicht. »So habe ich es mir auch vorgestellt, aber das hatte wenig mit der Wirklichkeit zu tun. Meine Eltern«, dabei schaute sie Richard direkt an, »haben ihren Sohn geliebt, doch sie waren sehr stolz, und seine Heirat brach ihnen das Herz. Es war falsch von ihnen, Markus zu verstoßen, doch ich finde, man sollte es ihnen verzeihen.«

»Bestimmt sollte man das«, sagte Ursula und fügte nicht ganz überzeugend heiter hinzu: »Ich verzeihe meinen Eltern auch andauernd – sogar das mit Philipp.«

Aber, dachte Richard, niemand hätte es je gewagt, Zobeida Artzt als Hexe anzuzeigen, wenn sie in Augsburg als geachtetes Mitglied einer so mächtigen Familie gelebt hätte – oder doch? Mario hatte ihm Beispiele genannt, wo die Inquisition auch vor den Mächtigen nicht haltgemacht hatte. Erst jetzt wurde ihm bewußt, daß Mario eigentlich von Anfang an, noch bevor sie sich gemeinsam auf die Suche nach einschlägigen Werken gemacht hatten, ausnehmend gut über alles informiert gewesen war, was mit Hexen zusammenhing, so als hätte er sich selbst schon lange damit beschäftigt.

Doch das spielte jetzt eigentlich keine Rolle mehr. Sybille blickte ihn erwartungsvoll an, und in Richard keimte mit einem Mal Beschämung. Dies war das erste Mal, daß er etwas für seine Tante, die ihn nie wie einen lästigen armen Verwandten behandelt hatte, tun konnte, und er benahm sich, als verlange sie ein ungeheures Opfer von ihm.

»Ich werde Euch sehr gerne morgen begleiten – zu meiner Großmutter«, versprach er.

30

DIE WOCHEN GINGEN schnell ins Land, und Richard hatte sich mehr und mehr wieder in den Lebensrhythmus der Familie und des Unternehmens eingefunden. Er versuchte weiterhin, einen Drucker zu finden. Doch er mußte feststellen, daß keiner von ihnen dazu zu bewegen war, ein Buch dieses Inhalts zu verlegen.

Bei einer Schachpartie mit Jakob entschloß er sich schließlich, seinen Stolz hinunterzuschlucken und den einflußreichsten Mann der Stadt um Unterstützung zu bitten. Das Buch war wichtiger als persönliche Eitelkeiten, und er konnte sich nicht vorstellen, daß der Drucker auf Jakobs direkte Anweisung hin immer noch nein sagte. Die Schwierigkeit lag darin, Jakob überhaupt für ein derartiges Werk zu interessieren.

Die Gelegenheit bot sich, als Jakob ihn fragte, ob er sich schon entschieden hätte, was er mit seinem neuen Vermögen anfangen würde.

»Den größten Teil werde ich zweifellos bei einem schwäbischen Kaufmann anlegen«, erwiderte Richard und schlug mit seinem Läufer einen von Jakobs Bauern, der seinen Turm gefährdete. »Man sagte mir, sein Unternehmen habe Zukunft.«

Ein winziges Lächeln verriet, daß Jakob das sarkastische Kompliment durchaus zu würdigen verstand, doch seine Stimme blieb gleichmütig. »Und der Rest?«

»Ich habe ein Buch geschrieben, das ich gerne drucken lassen würde«, sagte Richard und überlegte, ob er es sich leisten konnte, seinen König ein Feld weiter zu bewegen, um so der möglichen Bedrohung durch Jakobs Dame auszuweichen, oder ob ihn ein derartiges Manöver verwundbar für einen Angriff von Jakobs Läufer machte. »Und außerdem werde ich nicht ewig in Augsburg bleiben.«

»In der Tat.« Jakob musterte nachdenklich den elfenbeinernen Pferdekopf, den er in der Hand hielt. »Ich dachte mir schon, daß du deine Reisen wieder aufnehmen willst. Wenn ich dir einen Ratschlag geben darf – es würde sich empfehlen, dein Buch über die Hexenprozesse erst kurz vor deiner Abreise drucken zu lassen.«

Mit diesen Worten schlug er einen von Richards Türmen. Ärgerlich sagte Richard: »Gibt es etwas, das Ihr nicht wißt?« Gleich darauf hätte er sich auf die Zunge beißen mögen. Durch die Frage hatte er sich eine Blöße gegeben.

»Nicht sehr viel«, entgegnete Jakob ungerührt, »und nicht, wenn schon einen Tag nach deiner Ankunft ein völlig verängstigter Drucker bei mir auftaucht und um meinen Rat bittet. Nicht, daß ich überrascht gewesen wäre.«

»Wärt Ihr bereit, dafür zu sorgen, daß dieses Buch gedruckt wird?« fragte Richard direkt. Jakob verblüffte ihn durch eine ebenso direkte Antwort.

»Wenn es anonym erscheint. Das wird zwar nur eine Zeitlang etwas nützen, aber ich war schon öfter in der Lage, Ablässe für derartige Vergehen zu erwirken. Allerdings nur, wenn der Betreffende sich außer Landes aufhält.«

»Und wohin«, erkundigte sich Richard, der versuchte, sich seine Erleichterung nicht anmerken zu lassen, »werde ich reisen?«

Jakob ließ sich mit der Antwort Zeit, und Richard, der auf das Schachbrett blickte, stellte resignierend fest, daß er wieder einmal verlieren würde.

»Nach den guten Erfahrungen, die du in Italien gemacht hast«, entgegnete Jakob schließlich, »würde ich annehmen, daß du dorthin zurückkehrst.«

»Nach Florenz? Aber warum habt Ihr dann ...«

»Nicht nach Florenz. Es tut mir leid, aber die Stellung des Fondacos dort, unsere Verbindungen zu den Zünften, das hängt alles zum größten Teil von Lorenzo de'Medici ab, und wenn er stirbt, dann sehe ich keine Zukunft für unseren Handel, solange dieser Mönch sich dort aufhält. In der Zwischenzeit kann Schmitz nach deinen Anweisungen weiterarbeiten.«

»Ihr haltet Fra Savonarola nicht für ein zeitweiliges Phänomen?« fragte Richard und starrte grübelnd auf seinen bedrängten König.

»Doch. Nur dauert mir die Zeit, die er weilen wird, zu lange, um dadurch mein Geld in Gefahr zu bringen.«

Ursula war zu alt, um noch alleine auf die Jahrmärkte gehen zu können, und als sie Richard um seine Begleitung bat, willigte er gerne ein. Der Wind wehte ihnen buntes Laub entgegen, und als sich ein Blatt in Ursulas Haar verfing, blieb sie stehen, und er löste es vorsichtig aus den widerspenstigen Locken.

»Dabei wäre es kaum aufgefallen«, sagte er mit einem Augenzwinkern, »schließlich hat es dieselbe Farbe wie deine Haare.«

Ursula lachte und versetzte ihm wie früher spielerisch einen Rippenstoß. Er ertappte sich bei dem Gedanken, daß es schade war, daß seine Mutter nur ein Kind zur Welt gebracht hatte. Er hätte gern eine Schwester wie sie gehabt.

»Du weißt nicht, wie froh ich bin, etwas aus dem Haus zu kommen«, sagte Ursula, ernst geworden. »Ich glaube, Mama denkt, wenn sie mich damit beauftragt, auf den kleinen Hieronymus aufzupassen, dann fällt es nicht so auf, daß sie als Großmutter noch einmal Mutter geworden ist – habe ich dir schon von Annas Kleinem erzählt? Jedenfalls, sie hat mir das Kind aufgehalst, aber ich denke nicht dran, ständig auf den kleinen Schreihals aufzupassen. Und wenn ich Papa nur sehe, muß ich mich zusammennehmen. Er war einfach abscheulich zu Philipp.«

Sie schlenderten an den Buden vorbei, die allerlei Tand verkauften, den Richard auf den ersten Blick als unecht erkannte; dennoch fehlte es den Verkäufern nicht an gutgläubigen Abnehmern.

»Was ist überhaupt geschehen?« erkundigte er sich. »Seit Wochen höre ich nur Andeutungen.«

Ursula zuckte mit den Schultern und meinte etwas zu unbekümmert: »Ach, Philipp hat endlich um meine Hand angehalten, aber Papa hat inzwischen einen Grafen von Eck im Auge, und eine solche Partie ist natürlich bedeutender als ein Freiherr von Stain. Also hat er Philipp gesagt, ein Ulrich Fugger von der Lilie würde seine behütete Tochter niemals dem leichtsinnigsten Verschwender von ganz Schwaben geben. Es hat ihm nicht genügt, Philipp abzuweisen, nein, er mußte ihn mit seiner Antwort auch noch beleidigen, und jetzt hat er mich schon seit Wochen nicht mehr besucht oder mir geschrieben – Philipp, meine ich.«

Richard berührte tröstend ihre Hand. »Vielleicht überlegt dein Vater es sich noch anders.«

»Selbst wenn er es tut«, sagte Ursula ärgerlich, »ich bin genauso wütend auf Philipp. Er verhält sich, als ob *ich* ihn beleidigt hätte. Aber reden wir nicht mehr darüber. Schau mal, Richard«, damit wies sie auf einen Winkel des Jahrmarktes, »da ist eine Zigeunertruppe! Oh, ich habe noch nie Zigeuner gesehen. Komm schon!«

Da ihm kein einleuchtender Grund einfiel, um abzulehnen, folgte er ihr. Es waren nur drei Zigeuner, die mit Fakkeln jonglierten, und einen Moment lang war er so enttäuscht, als habe er wider alle Vernunft gehofft, Saviya auf diese Weise wiederzufinden. Die flammenden Stöcke, die durch die Luft glitten, erinnerten ihn an Saviya, und er hatte Mühe, gelassen neben Ursula auszuharren, bis sie genügend gesehen hatte und zu einem anderen Stand wanderte.

Aber auf dem Rückweg zeigte sich, daß er Ursulas Einfühlungsvermögen unterschätzt hatte. »Was war mit den Zigeunern, Richard?« fragte sie prüfend und ließ sich auch durch einige schnell vorgebrachte Ausreden nicht ablenken. Schließlich gab er nach.

»In Italien... kannte ich eine Zigeunerin«, sagte er ziemlich unwillig. Ursula zog eine Grimasse.

»Das dachte ich mir. Die Anzeichen sind unverkennbar. Oh, Richard, wir sollten uns zusammentun und ein Buch schreiben über die Schwierigkeiten, von der Liebe geheilt zu werden.«

»Das gibt es schon – Ovids ›Remedia‹«, antwortete er automatisch, und das Mädchen an seiner Seite kicherte. »Richard, das wandelnde Bücherwissen und der Schrecken aller Scholaren. Weißt du, Hänsle hat einmal behauptet, selbst wenn man sich über Rinderbraten unterhielte, fiele dir bestimmt noch etwas ein, das du darüber gelesen hast.«

Er konnte nicht widerstehen. »Plinius, De rerum naturae, glaube ich«, sagte er verschmitzt, und Ursula brach in Gelächter aus.

Wieder ruhig geworden, umarmte sie ihn. »Ganz im Ernst, Richard«, flüsterte sie, »es tut mir leid.«

Inzwischen standen sie kurz vor dem Anwesen am Rindermarkt, und Veronika Fugger, die gerade dabei war, in Begleitung ihres Gemahls zur Abendmesse zu gehen, sah zu ihrem Entsetzen ihre Tochter in den Armen des Erbschleichers Richard Artzt liegen.

»Ursula!« rief sie scharf. »Ursula! Komm sofort hierher!«

Ursula sah aus, als hätte sie gute Lust, sich zu weigern, doch die elterliche Gewalt war stärker, und sie gehorchte, nicht ahnend, daß Richard fast erleichtert darüber war. Zum zweiten Mal seit seiner Ankunft hatte er Ursula nicht als Verwandte, sondern als Frau wahrgenommen, und ein Hunger war in ihm wachgeworden, den er sich nicht erklären konnte.

Er hatte Ursula immer gern gehabt, gewiß, und hatte sie auch jetzt sehr gerne, aber er liebte sie nicht. Trotzdem war er eben nahe daran gewesen, sie zu küssen; ja, mehr noch, er hatte sich gewünscht, mit ihr das Bett zu teilen. Stundenlang wanderte er ruhelos durch Augsburg. Er hoffte, daß ihm der kühle Herbstabend bald derartig absurde Vorstellungen aus dem Kopf vertreiben würde, und mußte feststellen, daß er sich im Gegenteil immer mehr mit Ursulas wohlgeformtem Körper beschäftigte, mit Erinnerungen an seine glücklosen Begegnungen mit der üppigen Magd Barbara, und als er sogar Saviya nicht mehr zurückdrängen konnte, nicht Saviya als Person, sondern als Frau, die er geliebt und begehrt hatte, entschloß er sich, in der nächsten Schenke einzukehren.

Wo die Kälte nicht half, würde vielleicht ein Rausch Ablenkung schaffen. Er hatte sich noch nie absichtlich betrunken, doch dieser Abend war so gut wie jeder andere, um es einmal zu versuchen.

Der Wirt, sehr viel erfahrener als Richard, erkannte bald, was ihm fehlte, und gab einem der Mädchen, die bei ihm arbeiteten, ein Zeichen. Sie nickte und setzte sich rasch zu Richard, der verschlossen in seinen abgegriffenen Holzbecher mit Wein starrte. Er merkte erst, daß jemand neben ihm saß, als sie sich räusperte und fragte: »Gebt Ihr mir auch etwas davon ab? Es ist so kalt heute!«

Es war mitnichten kalt in der dunstigen Schenke mit ihren Gerüchen nach Gebratenem, nach verspritztem Fett und verbranntem Holz, nach Wein und Bier und den Besuchern, die mit dem fortschreitenden Abend immer zahlreicher wurden, doch Richard schob ihr bereitwillig seinen Becher hinüber. Während sie trank, sah er sie sich an.

Ihr Mund war etwas zu rot und ihr Busen etwas zu hochgeschnürt, aber ansonsten ließ nichts an ihr darauf schließen, daß sie in einer Taverne arbeitete. Das sanft gerundete Gesicht mit den blaugrünen Augen war noch unverbraucht, das flachsfarbene Haar fühlte sich weich an, als er zögernd darüber strich. Der Krug auf dem Tisch war bereits zur Hälfte geleert; auf diese Weise war er gelöst genug, um seine gewöhnliche Zurückhaltung zu verlieren, aber noch nicht betrunken genug, um nicht zu begreifen, warum sie sich neben ihn gesetzt hatte.

Er sagte ihr, sie sei sehr hübsch, und sie meinte, er sei sehr freundlich. Viele Männer hielten sie ihrer Augen wegen für gefährlich, denn Grün gelte als Unglücksfarbe, leider. Aber ihm mache es doch nichts aus, oder?

»Nein«, entgegnete Richard und goß sich noch etwas Wein ein, den er sofort auf einen Zug hinunterkippte, »es macht mir nichts aus.«

Sie merkte sofort, daß sie etwas falsch gemacht hatte, und wechselte das Thema. Er wirkte so fremdländisch mit seinem dunken Haar, den Augen und der gebräunten Haut, meinte sie; gehöre er vielleicht zu den vielen reisenden Kaufleuten, die nach Augsburg kämen?

»Genau das bin ich. Ein Reisender.« Er stellte fest, daß der Krug leer war, und rief nach einem neuen. Woher er denn komme, wollte sie wissen. »Italien. Florenz«, murmelte Richard, »die Blume der Hölle.«

»Dann vergiß Italien«, sagte sie energisch und fügte ein wenig heiser hinzu, wenn er vergessen wolle, könne sie ihm mehr bieten als der Wein. Er versicherte ihr mit dem tiefen Ernst eines Betrunkenen, das glaube er ihr, doch er suche nicht nur Vergessen, sondern Absolution.

»Dieser Wein ist mein Blut«, sagte er, und sie kicherte ein wenig unsicher. Sie sei ja an Gotteslästerungen gewöhnt in dieser Schenke, aber ihm wäre doch die ungewöhnlichste gelungen, die sie je…«

»Absolution«, sagte Richard und stellte fest, daß er Schwierigkeiten hatte, das Wort noch klar auszusprechen. »Ich habe… habe alles falsch gemacht. Meine Schuld. In Wandlingen. Bei Saviya. Bei Mario. Meine Schuld.«

Nun war sie doch ein wenig ungehalten; er sah nicht nur gut, sondern auch zahlungskräftig aus, aber sie wollte nicht die ganze Nacht an diesem Tisch verschwenden.

»Wenn du Absolution willst, dann geh zu einem Priester oder, noch besser, kauf dir einen Ablaß«, riet sie ihm ungnädig. Zu ihrem Erstaunen setzte er sich plötzlich aufrecht hin. Einige Sekunden lang rührte er sich nicht, dann zog er sie an sich und küßte sie hungrig.

»Was hast du denn auf einmal?« fragte sie atemlos, als er sie wieder losließ. »Mir ist eine Erleuchtung gekommen«, sagte Richard und stand auf. Ihm war etwas schwindlig, aber er fühlte sich mit einem Mal glücklich, überlegen und in der Lage, die ganze Welt zu überblicken. »Jetzt ist mir alles klar. Ablässe. Die Söldner. Jakob. Der Papst. Einfach alles.«

Sie lächelte etwas unsicher. »Ich verstehe nicht.«

»Aber ich«, sagte Richard, sah sie an und spürte, daß sein quälender Hunger keineswegs vergangen war, »aber ich. Gibt es... gibt es in dieser Schenke oben Zimmer?«

Es hatte Sybille immer beruhigt zu sticken; während ihre geschickten Finger Faden um Faden durch den Stoff zogen, konnte sie ihre Gedanken sammeln und wieder treiben lassen, konnte die Ereignisse des Tages ordnen.

Deswegen hätte sie beinahe unwillig die Stirn gerunzelt, als Veronika ihr Zimmer betrat. Veronika war ihr seit Richards Ankunft aus dem Weg gegangen. Vor zwei Tagen war Jakob abgereist zum Hof des Königs. Bedeutete das für sie heute eine Fortsetzung von Veronikas Sticheleien? Sybille wappnete sich innerlich für einen neuen Streit.

Aber Veronika überraschte sie. Ulrichs Gemahlin ließ sich sehr vorsichtig und bemüht, keine überflüssige Geste zu machen, neben ihr nieder, faltete die Hände in ihrem Schoß und schwieg ein paar Minuten, bevor sie zögernd sagte: »Sybille, ich muß mit dir über deinen Neffen reden.«

Eine derart ruhige, zurückhaltende Formulierung sah Veronika so wenig ähnlich, daß Sybille aufblickte und ihre Stickerei beiseite legte. Hastig fuhr Veronika fort: »Versteh mich recht, es hat überhaupt nichts mit dir zu tun, es ist nur... Es gefällt mir nicht, daß er so engen Umgang mit meiner Tochter hat.«

Sybille gestattete sich ein Achselzucken: »Sie sind doch zusammen aufgewachsen.«

»Aber Ursula ist kein Kind mehr, und es schickt sich für

ein unverheiratetes junges Mädchen nicht ... Es schickt sich eben nicht.«

Mittlerweile waren Veronikas Versuche, so taktvoll wie möglich zu sein, Sybille fast unheimlich, und so spürte sie beinahe Erleichterung, als ihre Schwägerin mit einem Anflug ihrer gewohnt spitzen Zunge meinte: »Außerdem kann ich mich noch gut erinnern, wie ich deinen Neffen im Bett mit dieser Magd gefunden habe. Er ist wohl kaum der richtige Begleiter für meine Tochter.«

»Veronika«, sagte Sybille entschieden, »ich bin sicher, daß Richard und Ursula nur so miteinander umgehen, wie es sich zwischen Vetter und Base ziemt. Im übrigen darf ich dich daran erinnern, daß Ursula längst mit Philipp von Stain verlobt wäre, wenn ihr beide, dein Gemahl und du, es nicht verboten hättet. Was erwartest du denn von Ursula? Soll sie vor dem Feuer sitzen und Trübsal blasen, in ihrem Alter?«

»Zweifellos hast *du* das nie getan«, begann Veronika aufgebracht, dann hielt sie jäh inne, als schnüre ihr jemand den Atem ab. »Nun gut«, brachte sie schließlich heraus, um Worte ringend, »nun gut. Ich möchte dich nur darum bitten, ein Auge auf deinen Neffen zu haben.«

Damit ging sie, und Sybille schaute ihr verwundert nach. Entweder jagte der Gedanke an Richard und Ursula Veronika tatsächlich Furcht ein, oder Jakob tat es. Sybille hatte keine Ahnung, was er zu Veronika gesagt haben könnte, doch wenn sie, die sonst nie eine Gelegenheit für ein paar Seitenhiebe ungenutzt ließ, sich bei einem derartigen Anliegen solche Zurückhaltung auferlegte, mußte die Drohung wahrhaftig gewaltig gewesen sein.

Nachdenklich strich sie ein paar widerspenstige Haare zurück, die sich aus ihrer Haube gestohlen hatten. Sie hatte kein Mitleid mit Veronika, doch ihr gefiel die Vorstellung nicht, daß Jakob ihretwegen jemanden derartig bedrohte. Und vielleicht konnte es tatsächlich nicht schaden, Richard und Ursula im Auge zu behalten.

Richard hatte noch nicht die Gelegenheit gehabt, Jakob die Schlußfolgerungen, zu denen er in der Schenke gelangt war, darzulegen, und je mehr er darüber nachgrübelte, desto mehr beunruhigten sie ihn.

In jener Nacht war ihm auch etwas anderes klar geworden. Er erinnerte sich daran, daß Mario ihm einmal vorgeworfen hatte, sich nur deshalb in Saviya verliebt zu haben, weil sie die erste Frau gewesen sei, die entgegenkommend genug gewesen wäre, um ihn von der Vorstellung zu befreien, er sei zum Zölibat verurteilt.

In dieser Beziehung hatte Mario unrecht. Die Sehnsucht nach Saviya war durch die Nacht in der Schenke eher noch schlimmer geworden, nicht schwächer. Aber Saviya hatte ihn offensichtlich auch frei gemacht für jede Art von Begierde. Zu seiner Erleichterung war immerhin durch die Nacht mit dem Schankmädchen der quälende Reiz verschwunden, den Ursula unabsichtlich auf ihn ausgeübt hatte, und er konnte ihr wieder mit ruhigem Gewissen als ein Freund und Verwandter begegnen.

Als Jakob Anfang Dezember immer noch nicht zurückgekehrt war, begann sich nicht nur Richard, sondern ganz Augsburg zu fragen, was genau der Fugger für den König wohl zu tun hatte. Richard bemerkte immer mehr Angehörige des Welser-Unternehmens, die »zufällig« etwas am Rindermarkt zu tun hatten. Ulrich Fugger verlor zusehends an Gewicht und erschien bei jeder Abendmahlzeit blasser und gehetzter. Als sein Bruder Georg aus Nürnberg einige Wochen früher als gewöhnlich eintraf, um die Weihnachtsfeiertage mit seiner Familie in Augsburg zu verbringen, begrüßte er ihn sichtbar erleichtert wie einen rettenden Erzengel. Georg war der einzige, auf den er einen Teil der Leitung des Unternehmens abwälzen konnte, ohne sich Jakob gegenüber schuldig fühlen zu müssen.

Da es in Augsburg keine platonische Akademie und keine jedermann zugänglichen Bibliotheken gab, arbeitete Richard wieder im Kontor und war daher anwesend, als Georg einigermaßen gereizt zu Ulrich sagte: »Ich hoffe nur, daß mir Ziegler und Kather in Nürnberg die Angelegenheit mit der Waffenschmiede richtig in die Wege leiten.«

Ulrich blies die Backen auf. »So wichtig ist das nicht – glaub mir, du wirst hier dringender gebraucht. Selbst wenn der gute Max herausfindet, daß seine neue Waffenschmiede auch zu unserem Unternehmen gehört und nicht irgendeinem Herrn Gotthardt – was weiter? Er müßte doch bei uns kaufen, er hat gar keine andere Wahl.«

»Sei dir nicht so sicher«, mahnte Georg. »Jakob meint, wir sollten den Bogen nicht überspannen und dem König das Gefühl lassen, er wäre zumindest teilweise unabhängig. Das macht ihn zugänglicher. Außerdem kann ich über die Gotthardt-Schmiede auch an Fürsten und Länder verkaufen, wo man uns Fugger sonst haßt wie die Pest.«

»Mag sein«, gestand Ulrich ihm zu.

Richard wußte nicht, ob den Brüdern seine Anwesenheit nicht bewußt gewesen war, oder ob sie ihn nun zum inneren Kreis zählten. Wie auch immer, das Gespräch über Waffen erinnerte ihn an Savonarola und seine Prophezeiungen von Feuer und Blut, und er fragte sich plötzlich, ob dieses Blut auf allen Seiten mit Waffen aus Georgs Nürnberger Schmiede oder weiteren fuggereigenen Werkstätten vergossen werden würde, Waffen, mit denen das Unternehmen Unsummen verdiente.

Am Abend, als er Ulrich und Georg dabei beobachtete, wie sie als wohlwollende Patriarchen über ihre Familien residierten, kam Richard diese Überlegung wieder in den Sinn. Die Brüder Fugger hielten sich gewiß für fromme Christen, aber sie wären entsetzt, wenn jemand vorschlagen würde, das Bibelwort von den Schwertern, die zu Pflugscharen umgeschmiedet werden sollten, zu verwirklichen. Und warum auch? An Schwertern verdiente man viel mehr.

Er war froh, als Ursula seine Gedanken in eine andere Richtung lenkte, lächelnd auf Georgs Gemahlin wies, die den kleinen Hieronymus im Arm hielt und bemerkte: »Ein

Glück, daß Tante Regina hier ist. Sie kümmert sich gern um Kinder.«

»Und was willst du tun, wenn du einmal verheiratet bist?« neckte er sie. »Zumindest zur Welt bringen mußt du sie schon selber.«

Kopfschüttelnd gab sie zurück: »Ach was, muß ich nicht. Ich werde es so machen wie Tante Sybille. Ich erspare mir die Schwangerschaft und die Zeit, in der sie klein sind und nur schreien, und dann nehme ich einen netten, klugen Neffen als Kind an.«

Sie scherzte natürlich, doch Richard protestierte, ehe er es sich versah, gegen das, was sie da andeutete. »Sybille sieht mich nicht als Sohn an«, sagte er stirnrunzelnd und war überrascht, als Ursula nicht antwortete, sondern ihn aufmerksam ansah.

»Du bist dir tatsächlich nicht im klaren darüber, oder?« fragte sie prüfend.

»Im klaren über was?«

»Über Sybille und Jakob natürlich.«

»Ich verstehe nicht, was du meinst«, sagte Richard irritiert. Ursula blickte zum Himmel und faltete in gespielter Verzweiflung die Hände.

»O Herr, warum hast du die Männer so blind geschaffen? Es ist doch offensichtlich. Sybille und Jakob haben keine Kinder. Was glaubst du, warum Jakob dich zurückgeholt hat, statt dir das Geld nach Italien zu schicken? Sybille sah während Mamas Schwangerschaft mehr und mehr wie ein Gespenst aus, und seit du wieder hier bist, sprüht sie nur so vor guter Laune.«

»Jakob«, konterte Richard, der selbst nicht wußte, warum ihn Ursulas Behauptung so störte, »hat mich einzig und allein aus geschäftlichen Gründen zurückgeholt.«

»Und das konnte er dir nicht schreiben?« fragte Ursula spöttisch. »Himmel, Richard, ist es denn so schwer zu schlukken, daß sie dich alle beide gerne wiedersehen wollten, Jakob ebenso wie Sybille, obwohl er es nie zugeben würde? In dieser Beziehung seid Ihr Euch ziemlich ähnlich, weißt du das?«

Richard verschränkte abwehrend die Arme. »Wir sind uns keineswegs ähnlich. Wenn man Jakob alle sieben Weltwunder auf einmal anbieten würde, unversehrt und in voller Schönheit, soll ich dir sagen, was er dann tun würde? Er würde fragen: Was bringt mir das für mein Geschäft, und wieviel kostet es?«

Er fand das nicht im geringsten komisch und konnte nicht verstehen, warum Ursula sich die Hand auf den Mund preßte, um mit allen Kräften einen Lachanfall zu ersticken. Ihr Gesicht rötete sich ein wenig, und schließlich gab sie den Kampf auf und prustete los.

»Du hast deinen Vater nie gekannt, oder?« erkundigte sie sich dann, halbwegs gefaßt.

»Was hat das denn damit zu tun?«

»Oh, nichts, gar nichts«, wehrte Ursula ab, die ihr Leben lang die Gelegenheit gehabt hatte, Väter und Söhne zu beobachten, aber genügend für Richard empfand, um nicht länger auf einem Thema beharren zu wollen, das ihm offenbar unangenehm war. »Überhaupt nichts«, schloß sie und küßte ihn flüchtig auf die Wange. »Vergessen wir es.«

Er war sehr dafür, es zu vergessen, zumal der Umgang mit seinen wirklichen Verwandten schon heikel genug für ihn war. Sybilles Mutter hatte sich bei näherer Bekanntschaft als eine ziemlich redselige alte Frau entpuppt, die bevorzugt in der Vergangenheit schwelgte. Doch damit konnte er fertig werden, schwieriger war, daß jeder Besuch in den Zimmern, die Sybille für sie eingerichtet hatte, ihr zu kurz erschien, und jeder Abschied ihr Anlaß zu Beschwerden bot.

»Dabei hättest du sie erleben sollen, als ich noch klein war«, sagte Sybille einmal traurig zu Richard. »Sie war die beliebteste Gastgeberin in Augsburg, brachte die Leute ständig zum Lachen und ließ sich immer etwas Neues einfallen. Ich kann mich noch an Anton Welsers Hochzeit erinnern, als sie den Einfall hatten, einen Weinkrug mit Münzen zu füllen und alle Anwesenden raten zu lassen, wie viele es waren. Du wirst es nicht glauben, keiner von all diesen reichen Kaufleuten, die zu den Welsern geladen waren, riet richtig, nur Emil Keutner, der Gelehrte, der damals noch ein dünner Scholar war.«

Sie seufzte und fügte abwesend hinzu: »Ich möchte nicht so alt werden, zumindest nicht auf diese Weise.«

Um Sybille seine Dankbarkeit für jahrelange unaufdringliche Fürsorge zu beweisen, besuchte Richard die alte Frau, die seine Großmutter war, also weiter. Sie hielt sich selten außerhalb ihrer Räume auf und zog es vor, dort ein Netz von verlorenen Träumen um sich zu spinnen. Einmal ertappte sich Richard dabei, daß er Sybille fragte: »War Euer Vater wirklich einmal der wichtigste Mann im Stadtrat nach dem Welser?«

»Um die Wahrheit zu sagen – nein«, erwiderte sie belustigt. »Aber mein Onkel saß ein paarmal auf dem Bürgermeisterstuhl, und glaube mir, der hat nie jemandem gestattet, das je zu vergessen!«

»Und... mein Vater?« hakte er zögernd nach. »Wie war er?« Dieses Bedürfnis, seine Wurzeln kennenzulernen, erstaunte ihn selbst, doch seit er Florenz verlassen hatte, begleitete es ihn. Sybille lag es auf der Zunge, ihn zu fragen, ob seine Mutter ihm nicht von Markus erzählt hatte. Doch wenn man es recht bedachte, hatte Markus noch nicht einmal die Gelegenheit gehabt, viel Zeit mit der Frau zu verbringen, für die er seine sichere Herkunft in Augsburg aufgegeben hatte.

»Als kleines Mädchen hielt ich ihn für einen großen Helden«, sagte sie daher versonnen, »mein großer Bruder, der ab und zu nach Hause kam und mir wunderbare Geschenke mitbrachte. Er war... ruhig, gelassen und sehr, sehr hilfsbereit.« Sie warf ihm einen verschmitzten Blick zu. »Nicht so fragedurstig und neugierig, aber es hat ihn wohl ebenso in die Ferne gezogen wie dich.«

»Ich bin wieder hier«, sagte Richard.

Sybille schüttelte den Kopf. »Und du möchtest wieder nach Italien zurück, stimmt das nicht?«

»Doch«, sagte Richard langsam. »Doch. Ich möchte wieder zurück.«

Ein paar Tage später traf Jakob in Augsburg ein. Er war jedoch nicht bereit, irgendwelche öffentlichen Erklärungen abzugeben außer der, daß er König Maximilian ein neues Darlehen gewährt habe, kaum eine unerwartete Neuigkeit. Zwei Tage brauchte er, um sich über die Geschäftsabläufe in den vergangenen Wochen zu informieren, dann bat er seine Brüder sowie einige der wichtigsten Angestellten zu einer Zusammenkunft in die goldene Stube.

»Wir werden«, begann er übergangslos, »unseren Seehandel von nun an nicht mehr nur über Venedig abwickeln müssen. Uns steht die gesamte spanische Küste zur Verfügung. Das Unternehmen wird daher verstärkt...«

»Aber dort herrscht Krieg«, unterbrach Ulrich ihn verblüfft. Unter den Angestellten brach erregtes Gemurmel aus. Jakob hob die Hand. »Ich weiß aus sicherer Quelle«, sagte er mit seiner leisen, präzisen Stimme, die jeden sofort zum Schweigen brachte, »daß die Kapitulation der Mauren in Granada unmittelbar bevorsteht. Damit haben die spanischen Könige freie Hand, um ihre Handelsflotte auszubauen, und der Weg nach Afrika ist frei. Das allein wäre schon ein guter Investitionsgrund, aber ich habe außerdem die Garantie, daß das Unternehmen frei über die spanischen Häfen liefern kann – ohne Zollgebühren.«

Diesmal starrten sie ihn alle nur stumm an. Jedem war klar, was das bedeutete, und auch, daß diese Unterredung absolut geheim bleiben mußte. Wieder war es Ulrich, der aussprach, was alle dachten.

»Jesus, wenn das einer von den verdammten Welsern erfährt, die hier in der letzten Zeit herumgelungert sind, ist der Teufel los. Aber wie bei allen Heiligen hast du das geschafft, Jakob?«

Georg, der bisher stumm geblieben war und seinen jüngsten Bruder beobachtete, wünschte plötzlich, Jakob wäre ein wenig mehr wie Ulrich mit seinen polternden Launen. Dann könnte man ihm auf den Rücken schlagen, ihn zu diesem außergewöhnlichen Geschäft beglückwünschen und sich anschließend einen kleinen Bierrausch gestatten. Statt dessen standen sie alle wie Lehrlinge, die auf das Wort des Meisters warteten, um den marmornen Schreibtisch herum.

»Der König«, sagte Jakob knapp, »hat für seinen Sohn um die Hand der Infantin angehalten. Da Ferdinand und Isabella durch den Krieg zur Zeit hohe Ausgaben haben, waren sie dankbar, zu hören, daß Maximilian keine Mitgift erwartet, sondern im Gegenteil eine zur Verfügung stellt. In Höhe von zehntausend Dukaten. Daher wäre ich dankbar für eine Überprüfung, wo uns eine solche Summe in Silber zur Verfügung steht, und zwar möglichst nahe dem Königreich Aragon. Ich möchte die Kosten für die Söldner, die den Transport bewachen müssen, nicht ins Unermeßliche wachsen lassen, aber die spanischen Könige bestehen nun einmal auf Silber.«

Georg Fugger fand seine Stimme wieder. »Also deswegen warst du so lange fort«, stellte er überflüssigerweise fest. »Um die Heirat zu vermitteln.«

»Beide Seiten hatten gewisse Vorurteile gegeneinander, die behoben werden mußten«, sagte Jakob.

Richard hatte ausreichend Zeit gehabt, sich auf seine Unterredung mit Jakob vorzubereiten, doch er war nicht darauf gefaßt gewesen, daß ihn Sybille vorher noch inmitten der Weihnachtsfeiern beiseite zog und ihm einen erstaunlichen Vorschlag unterbreitete. Er hatte gerade einen Tanz mit Ursula beendet, die wieder einmal von ihrer Mutter zu sich gerufen wurde, und meinte mit einer kleinen Grimasse zu Sybille: »Ist das nicht schade – und ich dachte schon, Frau Veronika hätte mich endlich in ihr Herz geschlossen!«

Statt zu lachen, wie er es erwartet hatte, musterte ihn Sybille ernst und fragte plötzlich: »Warum heiratest du sie nicht?«

»Wen – Veronika?« gab der völlig überrumpelte Richard zurück, was ihm doch noch ein Lächeln einbrachte.

»Du weißt genau, wen ich meine«, sagte Sybille dann. »Warum heiratest du nicht Ursula? Sie ist hübsch, klug, und ihr habt euch doch offensichtlich sehr gerne. Es kann dich auch niemand mehr als mittellosen Freier bezeichnen, im Gegenteil, die Männer, die Ulrich bisher für sie in Aussicht hatte, hatten außer klingenden Namen weit weniger zu bieten als du. Wenn du um ihre Hand anhieltest, ich glaube, du würdest sie bekommen.«

Zuerst wollte er Sybille fragen, ob das ein weiterer Weihnachtsscherz wäre, den er unmöglich ernst nehmen konnte. Selbst wenn er um Ursula anhielte, Veronika würde eher sterben, als ihm ihre Tochter zu geben. Doch dann wurde ihm klar, daß es keinesfalls so absurd war. Veronika hin oder her, letztendlich lag die Entscheidung bei Ulrich, und es war sehr gut möglich, daß Ulrich ihn nicht mehr als mittellosen Habenichts sah, sondern als begüterten Freier, der seine Nützlichkeit für das Unternehmen bewiesen hatte.

Es war möglich, daß Ursula ihn gerne heiraten würde, trotz ihres Philipp von Stain. Wie Sybille richtig bemerkt hatte, mochten sie einander, und er hatte mitnichten vergessen, wie er sie noch vor ein paar Wochen begehrt hatte.

Was Sybille ihm vorschlug, schloß er einigermaßen fassungslos, war nicht mehr und nicht weniger als die endgültige Aufnahme in die einzige Familie, die er je kennengelernt hatte. Als Ulrichs Schwiegersohn hätte er sogar eine vage Aussicht auf die Leitung des Unternehmens, ganz gewiß ebenso oder sogar eher als der sorglose Hänsle in Venedig. Es war im wahrsten Sinne des Wortes eine goldene Zukunft, dargeboten in Gestalt eines begehrenswerten jungen Mädchens. Daß er Ursula nicht liebte, spielte dabei kaum eine Rolle.

Aber in allen Fasern seines Wesens spürte er, daß eine solche Entscheidung falsch wäre. Es wäre eine Lüge, eine verführerische Lüge zwar, aber immer noch eine Lüge, die ihn binden würde, wo er sich Freiheit wünschte. Schlimmer noch, er würde sich selbst damit verkaufen. Er suchte nach Worten, um bei Sybille Verständnis zu finden, und endete schließlich mit dem, was er dachte: »Es wäre falsch. Für sie und für mich. Das wäre grundfalsch.«

Sie wirkte nicht gekränkt, nur betroffen und nachdenklich. »Denk noch einmal darüber nach«, sagte sie verhalten. »Die Entscheidung liegt bei dir. Ich möchte nur, daß du weißt, daß ich dich unterstützen werde.«

»Tante«, sagte Richard zögernd, »da ist noch etwas.«

Da er Sybilles hohes Einfühlungsvermögen kannte, wunderte es ihn kaum, als sie feststellte: »Du liebst eine andere.«

Richard nickte, doch es fiel ihm schwer, seine Gedanken in Worte zu fassen. »Das spielt keine Rolle, soweit es Ursula betrifft, und außerdem ist es ohnehin vorbei. Ich werde sie nie wiedersehen. Aber ich kann sie einfach nicht aus meinen Gedanken verbannen... Sagt mir, wenn ich nun ein Mädchen geheiratet hätte, das keine Familie hat, kein Vermögen, meint Ihr, wir hätten hier glücklich werden können?«

»Das werde ich dir sagen, wenn du mir mehr von ihr erzählst«, erwiderte Sybille, die sich hütete, Richards Frage sofort zu verneinen. Sie hatte ein Geständnis dieser Art mehr oder weniger erwartet. Doch was sie zu hören bekam, waren, wie sie zu Recht vermutete, nur Bruchstücke der Geschichte.

Als Richard geendet hatte, seufzte Sybille und musterte ihren Neffen, der nun so alt war wie sie bei ihrer Heirat. »Es wäre auf keinen Fall gutgegangen, Richard. Hier nicht und dort in Italien vermutlich auch nicht. Ich will nicht von unpassend reden, aber denke doch nur«, sie schöpfte kurz Atem, denn nun mußte sie auf etwas zu sprechen kommen, an dem sie bisher nie gerührt hatte, »an deine Mutter. Man hat sie immer als Fremde gesehen und ihre Ehe nie anerkannt.«

»Was Ihr meint, ist, daß ein Artzt keine Araberin heiratet, und eine Zigeunerin erst recht nicht«, unterbrach Richard schärfer als er beabsichtigt hatte. Sybille schüttelte den Kopf.

»Was ich meine ist, daß sie unglücklich geworden wäre. Solange der junge Thurzo hier war, lief er herum wie ein Gefangener, und seit Anna mit ihm nach Ungarn ging, ist sie es, um die wir uns Sorgen machen. Im letzten Jahr hat Jakob mich an den Hof mitgenommen, und die Königin dort hat noch kein einziges Wort unserer Sprache gelernt, sie sitzt nur stumm neben König Max und sehnt sich wahrscheinlich ständig nach Mailand.«

»Saviya«, sagte Richard mit einer Mischung aus Sehnsucht und Zorn, »wäre bestimmt nicht damit zufrieden, stumm zu leiden. Sie ist so verdammt eigensinnig, daß sie sich lieber umbringen lassen würde, als nicht ihren Willen zu bekommen.« Mit einer gespielten Achtlosigkeit, die sie sofort durchschaute, setzte er hinzu: »Aber was soll's, das ist ohnehin vorbei, und ich bin froh darüber.«

»Wenn dem so ist«, gab Sybille, die der Versuchung nicht widerstehen konnte, ihn ein wenig zu necken, zurück, »dann wird es dir ja nicht weiter schwerfallen, noch einmal über Ursula nachzudenken.«

Als er sich später mit Jakob in einen ruhigen Winkel zurückzog, wo das Schachbrett schon auf sie wartete, war Richard noch immer etwas durcheinander. Wider Willen kehrten seine Gedanken bald zu Saviya zurück, bald zu der Vorstellung, Ursula zu heiraten, und er erkannte, wie stark diese Versuchung war. Während er sich vorbeugte, um die Figuren in Augenschein zu nehmen, umklammerte er mit den Händen die Tischkanten. Das feste, schneidende Holz gab ihm Halt und erinnerte ihn daran, daß er seine gesamte Aufmerksamkeit für Jakob Fugger brauchte.

Er drehte das Schachbrett herum, und Jakob hob fragend eine Augenbraue. »Ich werde diesmal mit Schwarz spielen«, sagte Richard. Bisher hatte ihm Jakob immer den Vorteil des Eröffnungszuges eingeräumt, doch er war entschlossen, diese Partie zu gewinnen, und zwar ohne jede Hilfe.

»Wieviel Gewinn erwartet Ihr denn«, erkundigte er sich, während er auf Jakobs ersten Zug wartete, »wenn der nächste Papst, wer auch immer er sein sollte, Euch den Ablaßhandel zur nächsten Jahrhundertwende im Heiligen Römischen Reich überträgt?«

Jakob setzte seinen Bauern. Als Richard zog, kommentierte er anerkennend: »Sehr gut«, und Richard wußte nicht, ob sich das auf das Spiel oder auf seine Erkenntnis bezüglich des Ablaßgeschäfts bezog. Im Grunde war das auch gleichgültig.

»Ich kann mir nicht vorstellen«, sagte Richard, »daß Ihr noch acht Jahre warten werdet.«

»Nein.« Der weiße Läufer in Jakobs Hand fing das Licht des Kaminfeuers ein. »Das Jubeljahr ist ein nützliches Datum, aber Ablässe kann ein Papst, und zumal ein Papst, der Geld, Kanonen und Söldner braucht, auch zu anderen Gelegenheiten erlassen. Zu einem Kreuzzug gegen die Türken beispielsweise. Seine Majestät der König wäre sehr bereit, einen solchen Kreuzzug zu führen.«

»Und deswegen braucht Ihr mich dazu?«

»Rom«, entgegnete Jakob, ohne seinen Blick von den Schachfiguren abzuwenden, »ist von allen Städten dieser Welt nicht nur die reichste, sondern auch die gefährlichste, und deshalb brauche ich dort mehr als sonst irgendwo – einen Übermittler von Wissen.«

Richard schloß kurz die Augen. Jetzt war der Zeitpunkt gekommen, den er halb gefürchtet, halb herbeigewünscht hatte; der Zeitpunkt für seine erste Auseinandersetzung mit Jakob seit jenem Sommerabend in seinem zweiten Jahr in Augsburg. Er machte erst seinen Zug, dann sagte er: »Das ist zwar sehr schmeichelhaft für mich, aber ich werde nicht gehen.«

Scheinbar bedenkenlos schlug Jakob mit einem seiner Läufer Richards Springer und lehnte sich in seinem Stuhl zurück. Sein Gesicht lag im Halbdunkel, und die Flammen zeichneten unregelmäßige Schatten darauf. Richard wartete darauf, daß Jakob ihn nach dem Grund fragte, doch er wartete vergeblich. Das Schweigen machte ihn nervös, obwohl er erkannte, daß Jakob genau dies beabsichtigte; die nächsten Züge wurden nur von ihrem Atem begleitet, und als Richard zum zweiten Mal hintereinander eine von Jakobs Figuren vom Spielfeld entfernen konnte, glaubte er mit aufsteigender ungläubiger Freude, tatsächlich gewinnen zu können. Das veranlaßte ihn, als erster die Stille zu durchbrechen und seine sorgsam vorbereitete Erklärung vorzubringen.

»Ich bin durchaus bereit, weiter für das Unternehmen tätig zu sein, aber nicht in Rom und nicht, wenn es um Geschäfte wie den Ablaßhandel geht. Denn Ihr sollt wissen, daß ich den Verkauf von Ablässen zutiefst mißbillige.«

Einmal ausgesprochen, klang es unerwartet selbstgerecht. Jakob nickte nur und sagte: »Sprich weiter.«

Die Gestalt von Fra Savonarola, wie er von der Kanzel des Duomo predigte, kam Richard überraschend zu Hilfe, und er wiederholte, was er den Mönch hatte sagen hören: »Das Geschäft mit Seelen ist ein Grundübel der Kirche, wie überhaupt die Verbindung zwischen Kirche und Handel. Und wenn ich mich daran beteilige, mache ich mich mitschuldig an dem, was ich verurteile.«

»Sprich weiter.«

»Und daher kann ich nicht nach Rom gehen«, schloß Richard so heftig wie möglich und bemerkte, daß Jakob ihm mit dem nächsten Zug seine Dame nehmen konnte. Er biß die Zähne zusammen und wartete auf das Fallbeil.

»Ohne die Aufrichtigkeit deiner Beweggründe anzuzweifeln«, sagte Jakob, zog, griff nach Richards Dame und hielt sie hoch, als betrachte er sie prüfend, »würde ich sie kaum als logisch bezeichnen. Fangen wir mit dem schwerwiegendsten an. Du mißbilligst also den Ablaßhandel, den Verkauf von Absolution gegen Geld, wenn ich dich richtig verstehe. Tatsache ist, daß hier eine große Nachfrage besteht. Die Menschen brauchen Vergebung und Erlösung, fürchten sich aber häufig davor, beides durch Beichte und Buße zu erlangen.«

Er blickte Richard durchdringend an: »Du solltest das am besten wissen, nicht wahr? Wie auch immer, wenn das Unternehmen sich am Verkauf von Ablässen beteiligt, bietet es Glück und Hoffnung gegen Geld, für die meisten Leute eine realere Ware als der Tand, für den sie oft Unsummen auf Jahrmärkten bezahlen.«

Beim Klang der aufschlagenden Dame, die Jakob achtlos auf den Tisch fallen ließ, zuckte Richard zusammen. Er wollte protestieren, entschied sich dann aber zu warten, bis Jakob seine Ausführungen beendet hatte. Hatte ihm Jakob nicht selbst einmal gesagt, wer protestiere, statt darzulegen, sei schon in der schwächeren Position?

»Und nun kommen wir zu dir. Ich habe keineswegs vor, dich als Vermittler von Pfründen, Ablässen oder Reliquien einzusetzen. Das macht Johannes Zink, und du wärest dafür auch gar nicht geeignet.«

»Warum nicht?« Obwohl es absurd war, fühlte sich Richard durch die Unterstellung, er sei für einen Ablaßhändler nicht kompetent genug, brüskiert. Er entschied, sich nun vor allem auf das Spiel zu konzentrieren und zu versuchen, Jakob mit seinem Läufer und dem verbliebenen Springer anzugreifen.

»Ablässe«, sagte Jakob, der Richards widerstreitende Gefühle sehr wohl durchschaute, »sind nach Gesichtspunkten der Ästhetik betrachtet kaum sehr reizvoll. Du kannst nur handeln, wo du dich begeisterst, und du kannst dich nur begeistern, wo du liebst. Und ich kann mir nicht vorstellen, daß du dich in einen Haufen kirchlicher Dokumente verlieben könntest.«

Da er eine Chance für einen seiner Bauern erkannte, entschloß sich Richard, im Gespräch etwas nachzugeben, um Jakobs Aufmerksamkeit vom Schach abzulenken.

»Ich sage nicht, daß ich gehe – aber was soll ich denn dann in Rom für Euch tun?«

»Was du auch in Florenz getan hast.«

»Genau das?«

»Genau das.«

»Unmöglich«, entgegnete Richard und achtete darauf, während der folgenden Züge nicht zu schnell zu sprechen, damit die Absicht, abzulenken, nicht allzu deutlich wurde. »Zunächst einmal kenne ich dort niemanden. In Florenz bin ich durch einen Glücksfall in der Lage gewesen, zu den Medici und den übrigen wichtigen Familien Zugang zu finden, aber so etwas wiederholt sich nicht.«

»Ich glaube«, meinte Jakob gedehnt, »du unterschätzt dich. Du hast ein Talent, nützliche Bekanntschaften zu machen.«

»Aber ich habe kein Talent zur Bestechung in wirklich wichtigen Fällen, und das ist doch sicher in Rom unumgänglich.«

Diesmal mußte Richard darauf achten, nicht selbst von der Falle, die er aufbaute, abgelenkt zu werden, denn die Trauer, die ihn plötzlich überfiel, war unvermutet heftig.

»Ich meine nicht alltägliche Gefälligkeiten, sondern gefährliche Auskünfte. Das einzige Mal, als ich so etwas versuchte, starb dabei jemand durch meine Schuld.«

Der Tag, an dem Lauretta sich umgebracht hatte, lag nun schon mehr als zwei Jahre zurück, aber das Bild des Massengrabs außerhalb der Stadtmauern stand in unverminderter Deutlichkeit vor Richard, und er preßte die Lippen zusammen.

»Dann sorge dafür«, entgegnete Jakob unbeeindruckt, »daß so etwas nicht mehr geschieht.«

»Schach«, stieß Richard etwas benommen hervor. Es war ihm gelungen, den weißen König einzukreisen, ohne daß Jakob eine entsprechende Gegenwehr aufgebaut hatte. Er konnte es selbst kaum fassen, aber da stand sein Läufer, da sein Springer und dort Jakobs König. Zum ersten Mal während des Spiels gestattete er sich, Jakob direkt anzusehen, und wurde mit einem winzigen Aufflackern der Verblüffung belohnt. Gleich darauf schaute Jakob jedoch so merkwürdig zufrieden drein, daß Richard sofort wieder auf der Hut war.

»Ehe ich es vergesse«, meinte Jakob lächelnd, »es gibt

natürlich noch einen weiteren Grund, warum du nach Rom gehen solltest. Als redlicher Kaufmann kann ich nicht zulassen, daß jemand Ablässe fälscht, und mir ist zu Ohren gekommen, daß ein hoher Würdenträger der Kirche genau das tut.«

Richard zuckte die Achseln. »Das beeinträchtigt selbstverständlich Euer Geschäft, aber inwiefern betrifft das mich?«

Jakob legte seinen König um, zum Zeichen, daß er sich geschlagen gab. »Es ist mein Weihnachtsgeschenk für dich. Der Name des Mannes lautet Heinrich Institoris. Ich glaube, du kennst ihn?«

Er stand auf, und Richard, der ihn anstarrte, ohne ihn wirklich wahrzunehmen, spürte flüchtig, wie er ihm die Hand auf die Schulter legte. »Es freut mich wirklich, daß du das Spiel gewonnen hast«, sagte Jakob Fugger.

31

DER FRÜHLING IN FLORENZ wollte sich in diesem Jahr einfach nicht einstellen; es war, dachte Mario Volterra und rieb sich die kalten Hände, als trauerte selbst die Natur. Niemand in der Villa der Medici in Careggi machte sich noch Illusionen über Lorenzos Gesundheitszustand; Il Magnifico lag im Sterben, und als er sich im März in das alte Landhaus seiner Familie zurückzog, folgten ihm seine Freunde dorthin. Mario selbst war von Pico della Mirandola um seine Anwesenheit gebeten worden. Pico hatte sich Savonarolas wegen endgültig mit den übrigen drei Platonikern zerstritten und hatte auf Marios Vorschlag hin einige Wochen in Santo Spirito verbracht, wo ihn die Nachricht von Lorenzos Aufbruch nach Careggi erreichte. Nun lag über dem alten Haus eine drückende Stille, die Mario mit der Zeit immer unerträglicher schien. Erst gestern hatte Lorenzo, der immer noch bei vollem Bewußtsein war, mit seinem gewohnt scharfen Witz gesagt: »Ihr seht, meine Herren, ein Fremder ist in mein Haus getreten, doch er hält es nicht für nötig, mich aufzusuchen.«

Mario blinzelte unwillkürlich und versuchte, das Brennen der aufsteigenden Tränen zu ignorieren. Nur Lorenzo de' Medici war imstande, sich noch über sein Warten auf den Tod lustig zu machen, und es war eine Gnade Gottes, daß er so sterben konnte, wie er gelebt hatte. Die zusammengefallene Gestalt des alten Marsilio Ficino drängte sich plötzlich an Mario vorbei, und der Mönch lehnte sich gegen die Wand des Zimmers, in dem sie alle warteten, um Ficino nicht den Weg zu versperren. Er spürte die rauhen Backsteine unter seinen Händen, und dachte plötzlich, wie seltsam es war, daß

Lorenzo nicht nach Poggio a Caiano gegangen war, der Villa, die er selbst entworfen und die immer sein Lieblingsaufenthalt außerhalb von Florenz gewesen war. Das Haus in Careggi dagegen war verhältnismäßig klein und schon lange im Besitz der Medici – die Villa einer erfolgreichen Kaufmannsfamilie, die vor etwa hundert Jahren zu Geld gekommen war.

Oder doch nicht so seltsam. Der alte Cosimo de'Medici war hier gestorben, in Anwesenheit von Marsilio Ficino, wie sich Mario nun erinnerte. Wahrscheinlich war der alte Philosoph deswegen hinausgestürzt, weil er es nicht mehr ertragen konnte, noch einen geliebten Gönner zu verlieren. Vielleicht hatte Lorenzo am Ende zu seinen Ursprüngen zurückkehren wollen; Mario warf einen Seitenblick auf Piero de'Medici, der mit seinen Geschwistern neben Lorenzos Lager kniete. Am Vormittag hatte Lorenzo alle Anwesenden hinausgeschickt, um zwei Stunden lang alleine mit Piero zu sprechen, und danach hatte der junge Mann sich für einige Zeit entschuldigt. Er war erst vor ein paar Minuten zurückgekehrt und sah immer noch ein wenig mürrisch aus, was allerdings, wie Mario zugeben mußte, bei Piero keine Seltenheit war.

Neben ihm zuckte Pico della Mirandola zusammen, als Poliziano sich ihnen näherte. »Pico«, sagte der Dichter sehr ernst, »wäre es nicht Zeit, sich zu versöhnen – jetzt? Lorenzo hat mir gerade gesagt, er möchte uns beide wieder zusammen sehen.«

Im letzten halben Jahr hatte sich Pico in einen hageren Asketen nach Art Savonarolas mit fast kahlgeschorenem Haupt verwandelt. Mario konnte beobachten, wie der Gelehrte errötete und vernehmlich schluckte. Im Moment fehlte ihm allerdings das Mitleid mit Picos Seelenqualen. Wenn er sich noch nicht einmal an Lorenzos Totenbett zu einer Versöhnung überwinden konnte, dann war sein Ringen um wahres Christentum ohnehin umsonst. Mario bat Poliziano, sie kurz zu entschuldigen, zog Pico beiseite und sagte in beschwörendem Flüsterton zu ihm: »Weise jetzt Polizianos Hand zurück, und du wirst es dir dein Leben lang nicht verzeihen können!«

»Er hat Fra Savonarola einen machthungrigen Scharlatan genannt!«

Mario erwiderte nichts, sondern schaute Pico nur unverwandt an, bis seinem ehemaligen Mentor und Freund abermals das Blut in die Wangen stieg. Pico wandte sich ab, holte kurz Luft und trat dann auf Poliziano zu.

»Angelo«, sagte das ehemals jüngste Mitglied der Universität von Florenz, »verzeih mir.«

Poliziano umschloß seine Hand, und gemeinsam traten sie vor Lorenzo hin. Der Herr von Florenz schaute mit einem schwachen Lächeln zu ihnen auf.

»Es geschehen noch Zeichen und Wunder«, wisperte er mühsam. »Die beiden stursten Köpfe von Florenz. Zu schade, daß ich nicht öfter als einmal sterben kann. Ich wollte nur, der Tod hätte mich verschont, bis ich eure Bibliotheken vervollständigt hätte.«

Nun weinte Poliziano offen, und Mario biß sich auf die Lippen. Das ist nicht gerecht, dachte er und haderte mit seinem Gott wie ein rebellisches Kind. Das ist nicht gerecht. Lorenzo ist erst dreiundvierzig, und wir brauchen ihn. Wir brauchen ihn.

Aus dem benachbarten Raum drang Lärm und erregtes Gemurmel. Mario blickte zur Tür und erstarrte, als Fra Girolamo Savonarola hereinrauschte, unbekümmert um den Aufruhr, den er verursachte. Er faßte sich schnell und trat der schwarzen Gestalt in den Weg, als wolle er sie aufhalten. Er wußte nicht, wie oder warum Savonarola hierher gekommen war, und es war ihm auch gleichgültig.

»Bruder«, sagte er so höflich wie möglich zu dem Dominikaner, »dies ist nicht der Zeitpunkt für eine weitere Predigt über Tyrannei.« Dann brach seine mühsame Zurückhaltung zusammen, und er setzte erbittert hinzu: »Habt Ihr nicht schon genug angerichtet?«

Die Augen des Priors von San Marco verengten sich, als er Mario wiedererkannte. Mit einer hochmütigen Kopfbewegung wies er auf das Bett. »*Er*«, sagte Savonarola, »hat um meine Anwesenheit gebeten, und wie Ihr wißt, *Bruder*, haben wir nicht das Recht, einem Sterbenden unseren geistlichen Beistand zu verweigern, selbst wenn es sich um einen verbrecherischen Tyrannen handelt.«

Mario wollte gerade aufgebracht antworten, daß Lorenzos Beichtvater ihm bereits die Absolution und die letzte Ölung erteilt hatte, doch das Oberhaupt der Familie Medici selbst unterbrach ihn. »Fra Girolamo, seid Ihr das?«

Mit einer einzigen Handbewegung schob der Dominikaner Mario beiseite und trat an das Bett. Aus den Mienen der Medici-Kinder sprach Abneigung, bei Piero sogar Haß, doch sie machten ihm Platz. Er kniete nicht nieder, sondern blieb vor dem liegenden Lorenzo stehen, streifte langsam seine Kapuze herunter.

»Ihr habt mich gerufen.«

»Ich möchte in Frieden mit allen Menschen sterben, Padre, auch mit meinen Feinden.«

Savonarola mußte sich ein wenig vorbeugen, um Lorenzos geflüsterte Worte zu verstehen, und in Mario, der wußte, daß Il Magnifico zwar nicht nachtragend war, aber durchaus über einen etwas boshaften Sinn für Humor verfügte, tauchte plötzlich der Verdacht auf, daß Lorenzo absichtlich so leise sprach. Es sähe ihm ähnlich. Doch er schob den Gedanken schnell wieder beiseite. Lorenzo war in seinem Zustand gewiß jenseits aller Ironie, auch wenn Savonarola sich von Satz zu Satz ein wenig tiefer beugen mußte.

»Ich bin nicht Euer Feind, Lorenzo de'Medici«, entgegnete der Mönch mit einem Unterton von Empörung, »das wäre unchristlich. Ich mißbillige nur Eure Taten.«

»Dann gewährt mir Euren Beistand vor Gott, Padre.«

»Haltet fest am Glauben.«

»Das tue ich.«

»Bessert Euch.«

»Ich will es versuchen.«

»Begegnet Eurem Tod, wenn es soweit ist, mit Mut.«

»Ich bin bereit, wenn es Gottes Wille ist, daß ich sterben soll.«

»Dann werden Euch Eure Sünden vergeben.«

»Gebt mir Euren Segen, Vater.«

Die schwarze Gestalt, die sich über Lorenzo de'Medici beugte und das Kreuz schlug, erinnerte Mario an einen düsteren Unglücksvogel, doch er spürte auch, wie seine Achtung vor Savonarola wieder stieg. Ganz gleich, wie erbittert der Dominikaner Lorenzo bekämpft haben mochte, er hatte davon abgesehen, diesen Kampf bis an die Schwelle des Todes zu tragen, und sich auf die wichtigste Aufgabe eines Priesters besonnen: Mittler zu sein zwischen Gott und den Menschen und den Leidenden *caritas* zu zeigen, Nächstenliebe.

Mario hatte sich während der Tage in Careggi bemüht, die allgegenwärtige Trauer nicht an sich heranzulassen; er war hier, um zu trösten, nicht, um selbst in Klagen zu versinken. Aber als er Savonarola schließlich gehen sah und Lorenzos immer kürzer werdenden Atemzügen lauschte, wünschte er sich nichts so sehr wie die Freiheit, wie Angelo Poliziano, Pico oder die übrigen Medici um Lorenzo weinen zu können. Und nicht nur um Lorenzo, sondern um das Florenz seiner Jugend, das mit ihm starb, denn Mario wußte, daß nun nichts mehr so sein würde wie früher.

Es dauerte nicht mehr lange. Als Lorenzo aufhörte zu atmen, knieten alle Anwesenden nieder, um zu beten. Danach zogen sich die Platoniker, Mario und die Diener, die sich im Raum befunden hatten, zurück. Pico fragte nach Fra Savonarola, erfolglos. Der Mönch hatte Careggi bereits wieder verlassen.

Auch Mario wollte sich am nächsten Tag wieder nach Florenz begeben, als er zu seiner Überraschung von Giovanni de'Medici aufgesucht wurde. Da Lorenzos zweiter Sohn mit sechzehn Jahren sein Kardinaliat angetreten hatte, kniete er ein wenig widerstrebend nieder, doch Giovanni winkte ab.

»Laßt nur, Fra Mario, ich weiß doch, wie lächerlich das wirkt. Ihr braucht auch nicht Eminenz zu mir zu sagen.«

»Jedenfalls fühle ich mich geehrt durch Euren Besuch«, sagte Mario freundlich und erhob sich wieder. Giovanni gehörte zu den liebenswerteren unter den Medici-Sprößlingen; trotz seiner frühen kirchlichen Würden hatte er nichts von der Arroganz seines Bruders Piero. Er war umgänglich und gebildet wie alle Medici, liebte Feste und Jagdausflüge, aber gemessen an den Extravaganzen mancher älterer und verdienterer Kirchenfürsten war diese Neigung durchaus harmlos.

»Ich habe gesehen, wie Ihr Euch gestern Fra Savonarola in den Weg gestellt habt«, erklärte Giovanni de'Medici, »und ich wollte Euch dafür danken. Und Euch ein Angebot machen. Es sieht nicht so aus, als ob Pico noch bei uns bleibt, und ich glaube nicht, daß er weiter mit Euch verkehren wird, wenn Ihr Euch nicht bedingungslos für Savonarola entscheidet.«

Damit hatte Mario nicht gerechnet. Hinter der Fassade des dicklichen, gutmütigen Jungen verbarg sich offensichtlich ein scharfer Beobachter. Mario seufzte.

»Ich wünschte, ich könnte Euch da widersprechen«, sagte er niedergeschlagen, »aber ich kann es nicht. Für Pico gibt es jetzt nur noch eine Autorität: Savonarola.«

Giovanni scharrte mit dem Fuß auf dem Boden, dann blickte er auf und sah Mario direkt ins Gesicht. »Und Ihr? Zu wem werdet Ihr halten?«

»Ich dachte«, erwiderte Mario mit leisem Vorwurf, »die Zeit der Vendetta sei in Florenz vorbei.«

Schlagartig wirkte Giovanni wieder so jung, wie er war. »Tut mir leid«, sagte er verlegen. »Ich wollte das ganze nicht wie einen Krieg darstellen. Es ist nur – Piero hat uns heute morgen zusammengerufen, und es kam beinahe zum Streit, als er uns sagte, was jeder von uns zu tun hätte. Nun, ich gehe nach Rom. Ihr wißt, daß der Heilige Vater ebenfalls im Sterben liegt, und Piero will unbedingt, daß ich dort bin, um meine Stimme abzugeben, bei der Konklave, meine ich. Und ich würde mich freuen, wenn Ihr mich begleitet.«

Mario setzte sich auf die einzige Truhe im Zimmer und versuchte seine Gedanken zu sammeln. »Warum ich?« fragte er schließlich. Giovanni setzte sich neben ihn, und der Anblick des Jungen, der die Füße von der Truhe baumeln ließ, erinnerte Mario wieder daran, wie jung dieser Kardinal doch war.

»Aus mehreren Gründen«, antwortete Giovanni offen. »Zum einen hat mein Vater viel von Euch gehalten, das weiß ich. Zum anderen werden mir in Rom zwar genügend römische Geistliche zugeteilt werden, aber ich brauche jemanden aus Florenz, einen Berater, dem ich vertrauen kann. Und«, schloß er mit einem kleinen Lächeln, »ich brauche einen gestrengen Beichtvater, der mich an meine priesterlichen Pflichten erinnert. Deswegen glaube ich, Ihr seid mein Mann.«

Giovanni, stellte Mario für sich fest, hatte von seinem Vater auf alle Fälle die Kunst geerbt, Menschen für sich einzunehmen. Je länger er darüber nachdachte, desto mehr kam er zu der Überzeugung, daß es richtig war, Giovannis Angebot anzunehmen. Schließlich handelte es sich um keinen endgültigen Abschied von Florenz, im Gegenteil, Giovanni würde die Stadt regelmäßig besuchen, und der Junge hatte recht: Er brauchte vertrauenswürdige Leute um sich, besonders in Rom. Vielleicht bot sich hier die Gelegenheit, etwas Gutes für Gott und die Kirche zu bewirken.

»Nun, falls es sich nur um eine edle Geste Eurer Eminenz handeln sollte«, meinte er, »dann seid gewarnt, ich habe nämlich die Absicht, Euer Angebot anzunehmen.«

»Gut!« Giovanni sprang von der Truhe herunter. »Dann habe ich gleich eine Aufgabe für Euch – als ich wegging, stritt Piero nämlich gerade fürchterlich mit Contessina, weil er will, daß sie den jungen Ridolfi heiratet, sowie die Trauerzeit vorbei ist. Ich finde es gemein von ihm, heute schon damit anzufangen, kaum daß Vater... Aber könnt Ihr mir verraten, wie ich ihm das sagen soll, ohne selbst einen Streit mit ihm zu beginnen?«

Richard konnte sich nicht entscheiden, ob er Rom nun ausnehmend schön oder ausnehmend scheußlich finden sollte. Allein die ungeheure Größe der Stadt machte ihm zu schaffen; Florenz war dagegen ein überschaubares Nest gewesen. Dann schien Rom auch viele Städte in sich zu vereinigen, und alle waren widerspruchsvoll – inmitten eines Straßenzugs armseliger, zum Teil schon verfallener Häuser konnte ein prunkvoller Palazzo auftauchen, und neben einer Kirche standen unbeachtet die Überreste eines antiken Tempels. Wenn etwas Rom kennzeichnete, dann war es wohl das Wort »Überreste«; er hatte noch nie so viele Ruinen gesehen, soviel Schutt, und beileibe nicht nur von antiken Bauwerken, sondern auch von Häusern, die wegen ihrer Baufälligkeit längst verlassen, jedoch nie abgerissen worden waren. Man ließ sie einfach einstürzen, und die Nachbarn holten sich, was sie an Steinen und Holz gebrauchen konnten.

Auch der ganz gewöhnliche Straßendreck ließ sich mit Florenz nicht vergleichen, noch nicht einmal mit Augsburg: Richard vermutete, daß der Abfall, den die Römer ohne jede Vorsichtsmaßnahme vor ihren Häusern auf die Straße kippten, eine ideale Brutstätte für allerlei Ungeziefer darstellte. Wenn er jemals eine schmutzige und vom Verfall gekennzeichnete Stadt erlebt hatte, dann war es Rom.

Und doch...

Das Kolosseum, die Triumphbögen, die Säulen mit ihren ionischen, dorischen oder korinthischen Kapitellen, der ägyptische Obelisk, der plötzlich vor ihm auftauchte – er konnte nicht anders, als dem Zauber der Vergangenheit erliegen, der hier so stark war wie in keiner anderen Stadt.

Nur daß er nicht hier war, um ehrfürchtig römische Bauwerke zu bewundern, dachte Richard und empfand erneut die Mischung aus Groll und Zuneigung, die Jakob stets in ihm auslöste. Er war hier, weil Jakob ihn halb überredet, halb bestochen hatte, in Rom für das Unternehmen zu arbeiten. Natürlich hatte er sofort nach seiner Ankunft versucht, im Vatikan Jakobs Brief über Heinrich Institoris loszuwerden, mußte aber die Erfahrung machen, daß dergleichen zur Zeit unmöglich war. Eine Anzeige gegen einen Inquisitor konnte nur vom Papst entgegengenommen werden, und der Papst lag im Sterben. Man erzählte sich, und in seinem ersten Brief nach Augsburg gab Richard diese Gerüchte in verärgerter Ausführlichkeit weiter, daß er nur noch von menschlicher Muttermilch ernährt werden konnte, daß sein jüdischer Leibarzt ihn mit dem Blut dreier zehnjähriger Kinder behandele, daß ihn nur noch ein Horn vom Einhorn heilen könne – kurz, das Geschwätz in der Stadt kannte keine Grenzen. Und der gesamte kirchliche Verwaltungsapparat stand so gut wie still, wartete, wartete auf seinen neuen Gebieter.

Richard wußte nicht, ob Heinrich Institoris tatsächlich Ablässe gefälscht hatte, und traute Jakob durchaus zu, eine derartige Anschuldigung fingiert zu haben, aber das war ihm gleichgültig. Es zählte nur, daß man dem Inquisitor die Fälschungen nachweisen konnte. Richard hätte sich nie träumen lassen, einmal in der Lage zu sein, dem Mann, der seine Mutter verbrannt hatte, durch etwas anderes als durch ein Buch einen Schlag zu versetzen, aber nachdem ihm Jakob einmal das Instrument dazu in die Hand gegeben hatte, saß der Wunsch nach Rache wie ein Stachel in seinem Fleisch.

Während er also auf den Tod des Papstes wartete, blieb ihm nichts anderes übrig, als sich mit den römischen Gegebenheiten vertraut zu machen. Johannes Zink war anders als der bärbeißige Eberding, ein wendiger, listiger kleiner Mann, für Richards Geschmack fast zu geschmeidig. Da Zinks eigentliche Aufgabe die Pfründenvermittlung und das Ablaßgeschäft war, fühlte er sich durch Richards Interesse für Goldschmiede, Bildhauer, Maler, Bücher und antike

Kunstgegenstände nicht im geringsten gestört. Im Gegenteil, er begrüßte es, daß ihm jemand neue Möglichkeiten eröffnete, ohne ihm weitere Arbeit aufzuhalsen.

»Es stimmt schon, die Kardinäle legen in der letzten Zeit immer mehr Wert darauf, ein paar Statuen und Gemälde ihr eigen nennen zu können«, sagte er, nachdem er Richards Erörterungen aufmerksam gelauscht hatte, »seit Kardinal Piccolomini damit angefangen hat, ist es in Mode gekommen, und schließlich will sich keiner vom anderen ausstechen lassen. Doch ich fand einfach nicht die Zeit, um mich damit zu beschäftigen. Und um ehrlich zu sein, mir fehlt auch der Blick, um unter diesem ganzen Gerümpel etwas Reizvolles auswählen zu können.«

Die Schwierigkeit für Nichtrömer in Rom, insbesondere aber für Neuankömmlinge, lag darin, daß die Mächtigen und Reichen, wie auch die Kirchenfürsten, anders als in Florenz, keine Kaufleute waren, sondern samt und sonders Angehörige der alteingesessenen Adelsfamilien, die sich zwar untereinander befehdeten, die jedoch allesamt jedem Fremden grundsätzlich zutiefst mißtrauisch gegenüberstanden.

»Um in Rom dazuzugehören«, erklärte Zink, der sich damit abgefunden hatte, sich nur in kirchlichen Verwaltungskreisen bewegen zu können, »muß man entweder ein Colonna oder ein Orsini sein, oder zumindest einen von ihnen kennen. Was so gut wie unmöglich ist. Die Colonna sprechen nur mit den Orsini, wenn sie einander nicht gerade umbringen, und die Orsini sprechen nur mit Gott.«

Da er aber ohne Verbindung zu Roms herrschenden Kreisen weder genügend Kunden für Kunstwerke noch die für Jakob wichtigen Informationen finden konnte, zerbrach sich Richard tagelang den Kopf nach einer Möglichkeit, von den Colonna oder den Orsini empfangen zu werden. Dann begegnete er in der Nähe des Vatikans einem Pagen mit einem Medici-Wappen, und ihm kam der rettende Einfall. Er erinnerte sich dunkel, daß die Medici durch Heirat mit den Orsini verwandt waren. Von dem Pagen erfuhr er, daß Giovanni de'Medici, der junge Kardinal, sich in der Stadt aufhielt.

Mit Zinks Hilfe fand er heraus, daß Giovanni beim florentinischen Botschafter in Rom untergebracht war, und Richard spürte, als er dessen Palazzo betrat und von allen Seiten den vertrauten toskanischen Akzent statt des schärferen römischen Tonfalls hörte, eine unerwartete Welle der Wehmut in sich aufsteigen.

Als er in den belebten Innenhof des Palazzo trat und eine vertraute Mönchsgestalt wahrnahm, glaubte er zuerst, einer momentanen Sinnestäuschung zu erliegen, einer Halluzination, die seine Erinnerung an Florenz heraufbeschworen hatte. Doch der schwarzhaarige Priester drehte sich um, und Richard mußte sich zusammennehmen, um nicht laut seinen Namen zu rufen. Das Bild von Marios Verhalten im Zusammenhang mit Saviya war noch frisch genug, um zu schmerzen, doch mittlerweile war Richard zu der Überzeugung gelangt, Mario habe zumindest versucht, es ihm zu sagen. Warum sonst alle diese Anspielungen und Doppeldeutigkeiten, besonders auf ihrer Reise nach Ferrara? Er mußte sich eingestehen, daß er Mario gar nicht die Chance gegeben hatte, sich zu erklären. Und nun war Richard in seinen widerstreitenden Gefühlen gefangen und wußte nicht, was er tun sollte.

Mario dagegen war Florentiner und kein zurückhaltender Deutscher. Als er Richard sah, kam er unverzüglich auf ihn zu und umarmte ihn kurz und heftig.

»Riccardo, du teutonisches Ungeheuer, was machst du hier?«

Richard hatte sich zunächst etwas gesperrt, doch dann sprang er über seinen Schatten. »Das gleiche könnte ich dich fragen«, gab er so unbekümmert wie möglich zurück. »Gibt es in Santo Spirito keine Arbeit mehr für Übersetzer?«

»Vom Standpunkt des Gelehrten aus«, sagte Mario mit gewichtiger Stimme, »ist keine Bibliothek reizvoller als die des

Vatikans – und keine erfordert mehr Fleißarbeit, allein wegen der Katalogisierung.« Er grinste. »Aber ganz im Ernst, Riccardo, ich bin natürlich noch aus einem anderen Grund hier. Seine Eminenz, der Kardinal, hat mir die Ehre erwiesen, mich als seinen Beichtvater auszuwählen.«

»Wer?«

»Seine ehrwürdige Eminenz, Kardinal Giovanni de'Medici«, sagte Mario mit undurchdringlicher Miene, die noch einige Sekunden anhielt, bis die Heiterkeit in seinem Gesicht durchbrach. Er legte Richard einen Arm um die Schulter und zog ihn mit sich.

»Nun komm schon, Riccardo. Wir haben eine Menge zu besprechen, und außerdem hast du mir immer noch nicht verraten, was du hier in Rom tust.«

»Dasselbe wie in Florenz«, erwiderte Richard mit schiefem Lächeln. »Ich mache mich für das Unternehmen Fugger nützlich.«

Mario blieb stehen, was in dem dichten Gedränge einige Leute fluchend auf ihn prallen ließ. Man konnte beinahe spüren, wie die freudige Beschwingtheit ihn verließ.

»Das Unternehmen Fugger«, sagte er leise, »beschäftigt sich in Rom, soweit ich weiß, hauptsächlich mit den übelsten Auswüchsen des kirchlichen Handelns.«

Bei aller Erleichterung darüber, Mario als Freund doch nicht verloren zu haben, war Richard noch nicht bereit, sich von ihm Vorwürfe machen zu lassen, und schon gar nicht in einem Punkt, der ihm selbst auf der Seele lastete.

»Gewiß«, entgegnete er kühl. »Unter anderem mit der Vermittlung von Pfründen, Bistümern und Kardinalshüten an Sprößlinge aus wohlhabendem Haus, die von ihren neuen Einkünften gewiß all ihre Angestellten bezahlen können. Was sollten wir darüber sagen oder doch lieber nicht sagen, Mario?«

Der Priester schwieg, obwohl es so aussah, als ob ihm eine Erwiderung auf der Zunge lag. Etwas versöhnlicher setzte Richard hinzu: »Im übrigen tue ich hier tatsächlich dasselbe wie in Florenz – ich beschäftige mich mit dem Goldschmiedehandel und versuche außerdem noch den Handel mit Kunstwerken zu beleben. Deswegen bin ich auch hier, weil nämlich...«

»Und das Wissen, Riccardo?« unterbrach ihn Mario bestimmt. »Was ist aus deinem Wissensdurst geworden?«

Richard schaute an ihm vorbei auf die Säulen der Loggia. »Vor meiner Abreise aus Augsburg«, sagte er langsam, als sei jedes einzelne Wort für ihn neu und müsse zuerst geprüft werden, »habe ich unser Buch veröffentlicht, Mario. Anonym, und es war nicht leicht, aber Jakob Fugger hat es mir ermöglicht, und deswegen...«

Mario schüttelte den Kopf. »Das Buch. Ist das denn alles, was Wissen dir bedeutet hat – Waffen gegen die Inquisition zu finden?« Er spürte sofort, daß er einen Fehler gemacht hatte, denn Richard machte sich mit einem Ruck los.

»Besser, Wissen zu erlangen, um Menschen zu retten«, sagte Richard, schneidend und unerbittlich wie eine Klinge, »als Wissen um des Wissens willen und sicher in seinem Skriptorium hocken und zulassen, daß andere durch ihre eigene Torheit verbrannt werden.«

Damit war es ausgesprochen, und Mario wußte, daß diesmal kein Weg an einem völligen Geständnis vorbeiführte, wenn er das empfindliche Freundschaftsband nicht erneut zerstören wollte.

»Also gut«, sagte er steinern. »Ich weiß, ich muß dir einiges erklären, aber nicht hier. Gehen wir hinein.«

Marios Zimmer in der überfüllten florentinischen Botschaft war zwar sehr klein, doch gemessen an seiner Mönchszelle in Santo Spirito ausgesprochen bequem eingerichtet, und er hatte auch Platz für die wenigen Bücher gefunden, die er mitgebracht hatte. Er forderte Richard auf, sich auf den einzigen Schemel im Raum zu setzen, und nahm selbst auf dem Bett Platz, dessen weiche Fülle ihm nachts ein gewisses schuldbewußtes Vergnügen bereitete.

Doch ehe er sich noch geräuspert und seine Erklärung

begonnen hatte, flog die Tür auf, und ein erhitzter Giovanni de'Medici stürmte atemlos herein. Er mußte trotz seiner Körperfülle die Treppen hinaufgerannt sein und kam anscheinend direkt aus dem Vatikan, denn er hatte sich nicht einmal die Mühe gemacht, seine rote Kardinalsrobe abzulegen, obwohl er gewöhnlich weltliche Kleidung bevorzugte.

»Fra Mario, Ihr glaubt nicht, was eben... oh.«

Richard stand auf, und erst als Giovanni abwinkte, wurde ihm klar, daß er eigentlich niederknien und den Ring hätte küssen müssen.

»Ich kenne Euch doch«, sagte Giovanni, der ihn neugierig musterte. »Ihr seid der Tedesco, der meinem Vater das Leben gerettet... und diesen Streit mit Piero gehabt hat. Ich kann mich noch gut erinnern, Piero war noch tagelang wütend auf Euch.«

»Das tut mir leid... Euer Eminenz.«

»Mir nicht«, erklärte Giovanni gutgelaunt. »Wir fanden es ziemlich komisch, Giulio, Giuliano und ich. Aber was führt Euch nach Rom?«

»Der Handel, Euer Eminenz, und deswegen komme ich auch zu Euch. Die römischen Adeligen scheinen mir Fremdem gegenüber ein wenig... voreingenommen.«

Giovanni grinste breit. »Sagt lieber gleich, sie hassen alle Nichtrömer. Ich weiß es, glaubt mir – Florentiner sind hier nämlich fast so unbeliebt wie Katalanen. Ach, richtig!« Er wandte sich an Mario. »Das wollte ich Euch erzählen, Padre. Der Gesandte aus Mantua war dabei, also wird es in einer Stunde ohnehin in der ganzen Stadt herum sein, und so macht es nichts, wenn Euer Freund auch davon erfährt. Wir besuchten also heute alle den Heiligen Vater an seinem Krankenlager, und Kardinal Borgia bat ihn, die Schlüssel zur Engelsburg dem Kardinalskollegium zur sicheren Aufbewahrung zu übergeben. Ich finde das ziemlich vernünftig, denn was soll der Heilige Vater jetzt noch mit den Schlüsseln?«

Insgeheim fragte sich Mario, ob es Zufall oder Fügung

war, daß Gott ihm noch einmal einen Aufschub gewährt hatte, aber er war in jedem Fall dafür dankbar und lauschte wie Richard aufmerksam dem immer noch ein wenig atemlosen Giovanni.

»Jedenfalls, der Borgia hatte noch nicht einmal ganz zu Ende gesprochen, als Kardinal della Rovere schon lauthals sagte: ›Heiliger Vater, Ihr werdet die Sicherheit unserer Stadt doch nicht einem Fremden anvertrauen, einem Katalanen, einem Marrano?‹«

Es schien, dachte Richard, als ob es für die Italiener immer noch die beliebteste Beschimpfung darstellte, jeden Abkömmling der Iberischen Halbinsel einen Marrano, einen getauften Juden, zu nennen. Abgestoßen und fasziniert zugleich hörte er Giovanni den Streit der Kardinäle vor dem sterbenden Papst beschreiben. Kardinal Borgia, berichtete Giovanni, habe erwidert, wenn sie nicht in der Gegenwart ihres Herrn, des Papstes, wären, würde er della Rovere zeigen, wer Vizekanzler der Kirche sei, worauf Kardinal della Rovere zurückgab, wäre nicht Seine Heiligkeit zugegen, dann würde er Borgia zeigen, daß er keine Angst vor ihm habe.

»Ich dachte wirklich, sie würden sich noch zum Zweikampf fordern«, schloß Giovanni fast enttäuscht, »aber dann griff Kardinal Sforza ein und erinnerte sie daran, daß sich derartig unwürdige Zänkereien für ihren Stand nicht schickten, und an diesem Ort schon gar nicht. Und das war es dann.«

Einmal mehr fiel Mario auf, daß Giovanni de'Medici bei aller Spontaneität sehr wohl darauf achtete, was er sagte. Der Streit zwischen den beiden Kardinälen war eine Sache, der Umstand, daß alle beide mittlerweile bei jedem Treffen des Kardinalkollegiums versuchten, durch Schmeicheleien, Versprechungen oder gar Drohungen so viele Stimmen wie möglich auf ihre Seite zu bekommen, eine andere, was Giovanni wohlweislich nicht erwähnte.

Richard legte eine ähnliche Mischung aus Unbekümmertheit und Selbstkontrolle an den Tag; er hatte sich bald mit

Giovanni in eine Unterhaltung über die Kunstschätze des Vatikans und die Fremdenfeindlichkeit der Römer vertieft, steuerte auch einige Anekdoten über sein eigenes Ungeschick mit römischen Sitten bei, doch inmitten des Gelächters war das Ziel des Gespräches auch für Mario klar zu erkennen, und Richard verlor es nicht einen Moment lang aus den Augen. Schließlich erhielt er seine Einladung zu einem Abendessen, an dem auch einige Mitglieder der Familie Orsini teilnehmen würden. Bevor er sich in aller Form verabschieden konnte, sagte Mario hastig: »Euer Eminenz« – vor anderen gab er Giovanni stets seinen vollen Titel –, »ich habe Messer Riccardo lange nicht gesehen und hatte vor...«

»Schon gut«, sagte Giovanni nachgiebig, »schon gut. Ihr könnt ihn begleiten. Ich muß ohnehin noch meinen wöchentlichen Bericht an Piero schreiben.«

Während sie beide die enge, gewundene Treppe des römischen Palazzo hinuntereilten, warf Richard Mario einen nachdenklichen Seitenblick zu. Mario hätte jetzt die beste Gelegenheit gehabt, Pflichten vorzuschützen, um keine unangenehmen Erklärungen abgeben zu müssen, doch er hatte sie nicht ergriffen, im Gegenteil, hatte sie zurückgewiesen. Es mußte ihm wirklich an einer Aussprache gelegen sein. Dieser Eindruck vertiefte sich noch, als Mario zielstrebig den Weg zum Kolosseum einschlug und verbissen wie ein Soldat durch die belebten Straßen Roms marschierte, ohne einen Ton von sich zu geben. Auch Richard schwieg, und die Erinnerungen des letzten Jahres tauchten wie Treibhölzer eines untergegangenen Schiffs in ihm auf; einige drängten sich widerspenstig immer wieder zur Oberfläche, andere waren zu beschwert mit Schlamm und Algen, um emporgezogen zu werden.

Vor den Überresten des gewaltigen Amphitheaters kam Mario zum Stehen. »Die Römer«, sagte er zu Richard, »kommen kaum hierher – es heißt, daß es hier spukt. Also werden wir hier wohl ungestört sein.«

Richard erinnerte sich an die Nacht, in der er Mario gebeichtet hatte, auf der alten Bergfeste über dem Arno. *Wenn Ihr es nicht über Euch bringt, Eure Geschichte einem Menschen zu erzählen, dann könnt Ihr sie dort der Stadt erzählen, Riccardo.*

»Geister, Unsinn«, erwiderte er mit einem halben Lächeln. »Du hast einfach eine Vorliebe für dramatische Orte, Mario.«

Der Mönch entgegnete nichts, und sie betraten das Innere der Ruine. Warum auch noch andere Dinge außer Geistern die Römer von ihr abhielten, war sofort zu erkennen; die Fuhrleute, die Rom täglich mit frischem Gemüse und Obst belieferten, kippten hier ihre unbrauchbare und überschüssige Ware ab. Der süße, würgende Geruch von Fäulnis hing in der Luft und wirkte fast lähmend, während die beiden jungen Männer auf eine der übriggebliebenen Stützmauern der verschwundenen Sitzbänke kletterten.

»Du hast den Prozeß deiner Mutter nicht miterlebt, daher kennst du den Ablauf nur aus Beschreibungen«, sagte Mario unvermittelt. »Ich kenne ihn aus der Wirklichkeit. Bei einem solchen Prozeß war ich der Adlatus des Inquisitors, in Pisa, während meines Noviziats. Die Hexe war Saviyas Mutter. Ich weiß nicht, warum sie es dir nicht erzählt hat, am Schluß, als ich es nicht geschafft, noch nicht einmal richtig versucht hatte, dich aus der Stadt fernzuhalten. Sie hatte keinen Grund mehr, mich zu decken, außer vielleicht den, daß sie es deinetwegen tat.«

Einmal ausgesprochen, schienen sich die Worte zwischen ihnen aufzubauen wie eine Mauer; er konnte Richards Gesicht kaum mehr erkennen, es war, als hätten die vertrauten Züge sich in die Maske eines Fremden verwandelt. Mario spürte nichts, noch nicht einmal Schmerz, nur dumpfe Erleichterung, weil die Axt endlich gefallen war. Monoton fuhr er mit seiner Rede fort, berichtete von dem einen Jahr mit Bernardo di Pisa, der es sich in den Kopf gesetzt hatte, eine Zigeunerin zu verbrennen, erzählte auch von dem, was Saviya über Richards Zukunft gesagt hatte.

»Sie liebt dich, Riccardo«, schloß er. »Was auch immer

zwischen euch vorgefallen sein mag, ich bin sicher, daß sie dich liebt.«

»Vielleicht hat sie das einmal getan«, sagte Richard ausdruckslos.

»Vielleicht war es auch nur eine Schwärmerei, die sich ein Kind in den Kopf gesetzt hatte. Wie auch immer, ich habe nur noch eine Frage an dich: Glaubst du, daß Saviya eine Hexe ist?«

Eine Ratte huschte zwischen ihnen vorbei, doch keiner der beiden beachtete sie. Mario lauschte in sich hinein, suchte vergebens nach einer Offenbarung, einer Inspiration. Er war sich nur zu bewußt, daß mit dieser Frage das in der Waagschale lag, was von ihrer Freundschaft noch geblieben war. Aber er konnte nicht lügen, nicht mehr: Halbwahrheiten hatten schon genug Schaden zwischen ihnen angerichtet.

»Ich glaube nicht«, zwang er sich schließlich zu sagen, »daß sie einen Bund mit dem Teufel geschlossen hat. Aber ich glaube, daß sie über mehr Kräfte verfügt, als dem Verstand, der Ratio, zugänglich sind. Wie man das nennen soll, wenn nicht eine Hexe, weiß ich nicht.«

Richard schwieg und starrte auf den langsam verrottenden Abfall unter ihnen. Er dachte an die Verachtung, die er seinerzeit in Wandlingen für Bruder Albert und den Abt empfunden hatte, wohlmeinende Männer, die es nicht verstehen konnten, daß man ihnen ihre Schwäche zum Vorwurf machte. Vielleicht hätte er damals über Mario genauso gedacht, doch inzwischen war zuviel geschehen. Er war kein Kind mehr, er hatte selbst gelernt, wie schwer ein unerbittlicher gerader Weg einzuhalten war, er hatte selbst Zugeständnisse an die Wirklichkeit machen müssen. Und verminderte das, was ihm Mario erzählt hatte, die Hilfe und Freundschaft, die ihm der Priester fast vom Tag seiner Ankunft in Florenz an entgegengebracht hatte? Saviya war natürlich keine Hexe, ebensowenig wie ihre Mutter, doch wenn Mario das eingestände, dann erklärte er damit seinen verehrten Bernardo und sich selbst zu kaltblütigen Mördern, und dazu war er einfach nicht fähig. Richard verstand das mittlerweile nur zu gut. Es gab auch für ihn Dinge, über die er nicht nachdenken und die er sich selbst nicht eingestehen wollte. Sein Aufenthalt in Augsburg und das Zusammentreffen mit Mario, der noch immer beunruhigend scharfsichtig in dieser Beziehung war, hatten ihm das erneut klar gemacht.

»Mario«, sagte er beinahe heftig, und der Priester zuckte unwillkürlich zusammen, »mir ist gerade der beste Einfall seit langem gekommen.«

»Welcher?« fragte Mario mit gerunzelter Stirn.

»Gehen wir in die nächste Schenke und betrinken uns«, sagte Richard.

32

Rom erlahmte unter der drückenden Hitze des Sommers, und als am fünfundzwanzigsten Juli die Glocken zu läuten begannen, um den Tod des Papstes zu verkünden, glich die allgemeine Reaktion fast einem erleichterten Aufatmen. Man hatte so lange darauf gewartet. Nun würde zumindest eine klare Entscheidung getroffen werden, die Rom und der Christenheit einen handlungsfähigen Papst geben würde.

Johannes Zink jedoch meinte warnend zu Richard: »Erhofft Euch nur nicht zu bald eine Audienz, und geht in den nächsten Tagen nicht so oft auf die Straße. Man weiß nicht, wie lange das Konklave dauern wird bei zwei so starken Kandidaten, und in der Zwischenzeit werden die alten Familien ihren Vendettafehden nachgehen, da die Administration jetzt völlig gelähmt und keinerlei Ahndung zu befürchten ist.«

Das Mahl, bei dem Richard vielleicht die Gelegenheit gehabt hätte, ein paar Mitglieder der Familie Orsini kennenzulernen, wurde ebenfalls verschoben, denn Giovanni de'Medici begab sich zusammen mit den anderen Kardinälen ins Konklave. Richard war folglich weiterhin auf Gerüchte beschränkt, die er in Roms eng begrenzten Handelskreisen aufschnappte. Es hieß, der französische König habe zweihunderttausend, die Regierung von Genua hunderttausend Dukaten zur Verfügung gestellt, falls Kardinal della Rovere gewählt würde; Lodovico Sforza stand angeblich mit seinem gesamten Vermögen hinter seinem Bruder, Kardinal Ascanio Sforza; andere wollten gesehen haben, wie vier mit Silber beladene Maultiere vom Palazzo der Borgia zu dem der Sforza geführt wurden.

Noch immer stand das Vertrauen zwischen Mario und Richard auf einem empfindlichen Fundament. In ihren Gesprächen vermieden sie allzu persönliche Themen und beschränkten sich lieber auf das sichere Gebiet der Wissenschaften. Dabei kam Richard immer deutlicher zu Bewußtsein, daß er mit seiner Entscheidung für das Unternehmen Fugger die Dinge, die ihm wirklich von Bedeutung waren, zurückgestellt hatte. Mario war taktvoll genug, nicht mehr davon zu sprechen, bis Richard einmal beiläufig die Größe seines ererbten Vermögens erwähnte.

»Dann verstehe ich nicht«, sagte der Mönch mit hochgezogenen Brauen, »warum du das Kaufmannsleben nicht sein läßt und studierst.«

»Weil du Jakob Fugger nicht kennst«, entgegnete Richard und starrte in seinen Weinbecher. »Oder diese Geschichte aus Hameln, von dem Rattenfänger. Jakob fängt Seelen, und darin ist er der Beste. Dein Gewerbe, Mario.«

»Ich glaube, du trinkst in der letzten Zeit zuviel.«

Richard erwiderte nichts, doch er rührte das anheimelnde Getränk auch nicht an – noch nicht. Er hatte Mario bisher nichts von Heinrich Institoris erzählt, von seinem ganz persönlichen Grund, einen neuen Papst herbeizuwünschen. Was er jetzt nicht gebrauchen konnte, war eine Predigt über Rache.

Also sprachen sie wieder über etwas anderes, und wieder kehrte Richard mit einem Gefühl nagender Unzufriedenheit in das Gebäude, das Zink für das Unternehmen gekauft hatte, zurück. Ursprünglich hatte Richard sich eigene Zimmer in einer Herberge nehmen wollen, doch jeder, der davon hörte, riet ab.

»Außerhalb der Handelshäuser«, hieß es, »sterben Fremde leichter als sonst irgend jemand in Rom, und kaum einer macht sich die Mühe, die Leichen, die aus dem Tiber gefischt werden, zu bestatten, wenn nicht zufällig jemand dabei ist, der sie erkennt. Wollt Ihr unbedingt im Massengrab enden?«

So wohnte er wieder in einer Niederlassung des Unternehmens. In seinen schlaflosen Nächten griff er nach langer Zeit erstmals wieder nach einem Kohlestift. Er war entsetzt über das Ergebnis seiner Zeichenkünste. Als Kind hatte er sich immer für einen begabten Zeichner gehalten, doch inzwischen hatte er die Fresken in den italienischen Kirchen, die Gemälde in den Palazzi gesehen, und er konnte sich auch noch an einige der Skizzen erinnern, die ihm Lorenzos Schützling, Michelangelo Buonarroti, gezeigt hatte.

Dagegen verhielten sich seine Versuche wie grob behauene Steinblöcke zu einem fein gedrechselten Stuhl. Die Herausforderung, doch noch etwas Annehmbares zu Papier zu bringen, ließ ihn nicht mehr los, und er zeichnete bis zum Morgengrauen. Eigentlich überraschte es ihn kaum, daß das, was ihm schließlich entgegenschaute, ein beinahe schmerzhaft genaues Porträt Savijas war.

Er legte die Zeichnung zur Seite, wusch sich und spürte erleichtert die Wirkung des Wassers auf seinen brennenden Augen. Dann kleidete er sich rasch an; denn er hatte es sich zur Gewohnheit gemacht, allmorgendlich den Platz vor der Peterskirche aufzusuchen, um zu erfahren, ob die Kardinäle sich endlich geeinigt hatten.

Diesmal hatte er Glück. Schon aus der Ferne sah er den weißen Rauch, und während er sich durch die Menge drängte, hörte er, wie ein Prälat über den Platz hinweg lauthals verkündete: »*Habemus papam!*«

Der neue Papst nannte sich Alexander VI. Diese Namenswahl, so kommentierten seine Feinde, zeigte bereits den Hochmut, zu dem ihn sein neues Amt verleitete. Aber sehr bescheiden war Rodrigo Borgia ohnehin nie gewesen.

Seine Eminenz Kardinal de'Medici saß ärgerlich in dem privaten Speisezimmer, das ihm der florentinische Botschafter zur Verfügung gestellt hatte, und war abwechselnd damit beschäftigt, auf seinen Beichtvater einzureden und hungrig den gebratenen Kapaun in sich hineinzustopfen, den man ihm gerade aufgetischt hatte. Das Konklave lag bereits einige Tage zurück, aber er hatte, wie Giovanni erklärte, durch die erzwungene Fastenzeit immer noch einiges nachzuholen. Nachdem er die Diener fortgeschickt hatte, brach die aufgestaute Erbitterung in ihm los.

»Ich wünschte bei Gott, Piero wäre nicht mein älterer Bruder, dann würde ich ihm zeigen, was ich von ihm halte! Erst überhäuft er mich hier mit Befehlen, wen ich wählen soll, als ob das nicht meine Sache wäre. Wer ist denn Kardinal, ich oder er? Und ich wollte nun einmal weder Borgia noch della Rovere als Papst, also habe ich für Sforza gestimmt. Das ist mein Recht. Wenn er sich della Rovere und Ferrante von Neapel verpflichtet fühlt, dann ist das seine Angelegenheit. Und jetzt, wo der Borgia Papst geworden ist, weil Ascanio Sforza ihm schließlich seine Stimmen überlassen hat, führt Piero sich so auf, als wäre das einzig und allein meine Schuld. Wißt Ihr, was er getan hat?«

Ein Kapaunschlegel erwies sich als zu saftig, um weitere Reden zuzulassen, und Giovanni sah sich einige Zeit zum Schweigen verurteilt. Doch selbst seine heftigen Kaubewegungen verrieten seine Entrüstung, und Mario wußte nicht, ob er wegen eines normalen brüderlichen Streits belustigt oder wegen der Sache, um die sie stritten, traurig sein sollte.

Nachdem er mit einem genüßlichen Schluck Wein den letzten Bissen hinuntergespült hatte, fuhr Giovanni fort: »Er hat unserem Botschafter geschrieben, er solle künftig ein Auge auf mich haben, damit ich ihn nicht noch einmal zum Narren mache! Stellt Euch das vor, Fra Mario – er gibt mir einen Vormund, als wäre ich ein Kind! Aber nicht mit mir. Er soll mich gefälligst mit etwas Respekt behandeln, schließlich bin *ich* Kardinal, und wer ist er? Und überhaupt wünschte ich, ich hätte an dieser verfluchten Wahl nie teilgenommen. Es hätte ohnehin keinen Unterschied gemacht.«

»Es macht einen Unterschied für Euch«, sagte Mario beschwichtigend. »Ihr seid Eurem Gewissen gefolgt, Giovanni, was das Richtige war und für Euch spricht.«

Der junge Kardinal schnitt eine Grimasse. »Nicht für Piero.«

»Das finde ich sehr bedauerlich – für Piero«, erwiderte Mario mit einem Augenzwinkern. »Ihr solltet Eure geistige Überlegenheit beweisen, indem Ihr seine Vorwürfe ignoriert und weiter das tut, was Euer Gewissen Euch befiehlt.«

»Zu spät«, sagte Giovanni erheblich besser gelaunt und schenkte sich noch etwas Wein ein. »Ich habe Piero bereits geschrieben, was ich von ihm halte. Aber das macht nichts. Ich bleibe ohnehin nur noch bis zur Krönung in Rom, dann reise ich zurück nach Florenz und werde mich im Umgang mit Piero in christlicher Demut üben, das verspreche ich Euch.«

»Hoffentlich«, meinte Mario trocken und stellte dann die Frage, die ihm am meisten am Herzen lag: »Und was haltet *Ihr* von unserem neuen Heiligen Vater?«

Schlagartig verlor Giovannis Antlitz jede Heiterkeit. »Er ist zweifellos ein kluger Mann und ein sehr angenehmer Gesellschafter«, antwortete er langsam, »und er hat mir bereits versprochen, die Exkommunikation von Pico della Mirandola aufzuheben. Aber ich kann Cesare nicht vergessen, Ihr wißt schon, seinen Sohn, der mit mir studiert hat. Nachdem wir Fra Savonarola predigen gehört hatten, fragte Cesare meinen Vater, warum er ihn nicht umbringen ließe, und das war kein Scherz, glaubt mir. Das war sein voller Ernst. Und ich denke, auch Kardinal Bor... – der Heilige Vater wäre dazu imstande, wenn man ihm nur genügend Grund gibt.«

Richard hatte einiges an Festlichkeiten in Florenz miterlebt und hatte auch Maximilians Einzug in Augsburg noch in guter Erinnerung, aber die Vorbereitungen für die Krönung des Papstes übertrafen alles, was er bisher kennengelernt oder sich hatte vorstellen können. Angefangen hatte es schon damit, daß die Menge auf dem Petersplatz nach Bekanntgabe des Namens des Erwählten wie von Hunden gehetzt davongeeilt war, nicht etwa in verschiedene Richtungen, sondern alle in dieselbe. Sie liefen nicht nur, sie rannten. Ein atemloser Römer klärte Richard keuchend darüber auf, daß nach altem Brauch der Palazzo eines gewählten Papstes vom Volk geplündert werden darf.

Er hatte es nicht sofort glauben können und ließ sich von der Menge lange genug mitreißen, um mitzuerleben, wie die begeisterten Römer den Palazzo des Kardinals Borgia stürmten, während seine Diener, die sich über die Bedeutung des Aufruhrs im klaren waren, die Tore weit aufrissen und einander freudestrahlend in die Arme fielen.

In den folgenden Tagen ebbte die übermütige Stimmung des Volkes nicht etwa ab, sondern steigerte sich weiter. Die Girlanden, Blumengebinde und Spruchbänder, die in den Straßen aufgehängt wurden, waren bald nicht mehr zu zählen; wer sich nichts dergleichen leisten konnte, hängte einfach ein farbiges Tuch zum Fenster hinaus. Bald konnte man nicht mehr durch die Straßen zwischen Vatikan und Lateransbasilika gehen, ohne an allen Ecken und Enden auf Zimmerleute zu stoßen, die an Triumphbögen bauten, durch die der Papst bei seiner Krönung ziehen würde. Die Inschriften ließen Richard manchesmal daran zweifeln, daß Rom je wirklich christianisiert worden war.

»Rom war groß unter Caesar. Nun ist es noch größer. Caesar war ein Mensch, Alexander ist ein Gott«, las er auf einer der hölzernen Nachahmungen des Kostantinbogens. Überhaupt waren Darstellungen Alexanders des Großen oder Alexanders III., jenes Papstes, der sich gegen Friedrich Barbarossa hatte durchsetzen können, jetzt überall gefragt, die Kosten schienen auf einmal keine Rolle mehr zu spielen. Richard hatte längst aufgegeben, sich zu wundern, allerdings fragte er sich manchmal, ob niemand in Rom über das nachdachte, was der Krönung folgen würde.

Er selbst hatte keinen Grund, Rodrigo Borgia, den neuen Alexander VI., für einen schlechteren Papst zu halten als einen seiner Vorgänger. Nur die Erinnerung an den offensichtlichen Gefallen, den der Sohn dieses Mannes damals an

Saviya gefunden hatte, rief noch immer eine gewisse Feindseligkeit in ihm wach. Doch ganz abgesehen von jenem kurzen Aufwallen mörderischer Eifersucht löste die Hybris, mit der hier eine Papstkrönung inszeniert wurde, Unbehagen in ihm aus.

Am Abend der Krönung war Richard zu einem Bankett in der florentinischen Botschaft geladen und hatte eigentlich kein Bedürfnis, sich vorher den Umzug anzusehen, aber es war zweifellos eines der wichtigsten Ereignisse in Rom.

Mario mußte als Angehöriger eines Kardinalshaushalts an der Prozession teilnehmen, also stand Richard allein unter den Tausenden von Zuschauern, die sich wie er entschlossen hatten, den Zug von San Marco zu beobachten. Die Piazza Venezia bot besonders gute Sichtmöglichkeiten, und zudem war dort ein riesiger Stier errichtet worden, aus dessen Maul und Nüstern Wasser und Wein sprudelten. Als die Prozession sich unter Kanonendonner vom Vatikan her näherte, war selbst der verdrossenste Römer bereit, lauthals sein »*Viva il Papa*« zu rufen.

Tatsächlich dauerte es noch eine ganze Weile, bis der Papst zu sehen war. Dreizehn Schwadronen schwerbewaffneter Reiter eröffneten den Zug. Richard, der selbst bei Maximilians Besuch in Augsburg nicht so viele Bewaffnete auf einem Haufen erlebt hatte, überlegte, ob das wohl auch »üblich« war oder ob Alexander VI. bereits Stärke gegenüber dem einheimischen Adel demonstrieren wollte. Nach der endlosen Reihe von Rittern folgten die Gesandtschaften der verschiedenen Stadtstaaten Italiens. Die Florentiner Gesellschaft befand sich mit an der Spitze, doch zu Richards Verblüffung wurde sie nicht vom Botschafter angeführt, den er inzwischen kannte, sondern von einem verbissen wirkenden Piero de'Medici. Was tat Piero hier? Man sollte meinen, dachte Richard, Florenz zu regieren, besonders mit Savonarola im Rücken, wäre zu zeitraubend, um sich noch den Luxus zu gestatten, bei der päpstlichen Krönung mitzumarschieren.

Eine gewaltige Welle von Purpur und Weiß kündigte das Erscheinen der Bischöfe und Kardinäle an, die jeweils von zwölf Männern aus ihrem Gefolge begleitet wurden. Richard reckte den Hals, um Mario ausfindig zu machen, und suchte deswegen zuerst nach Giovanni de'Medici. Der kleine Kardinal ging zwischen den wuchtigen Gestalten um ihn herum fast unter, aber schießlich fand Richard ihn und stellte fest, daß Giovanni nur wenig besser gelaunt aussah als sein Bruder. Mario kam direkt hinter ihm, starr geradeaus schauend.

Doch sowohl die Brüder Medici als auch Mario Volterra gaben noch ein Bild der Freude ab, verglichen mit der Miene des Generalkapitäns der Kirche, Virginio Orsini, der das neue Kirchenbanner trug, das Wappen der Borgias: ein riesiger roter Stier. Richard hörte ein paar Leute in seiner Umgebung lachen, andere schimpfen, doch die meisten schrien sich vor Begeisterung die Kehle aus dem Hals, denn nach der Monstranz folgte der Papst selber, gegen die Tradition nicht in einer Sänfte, sondern auf einem Zelter. Die Prälaten hinter ihm warfen freigebig Silbermünzen in die Menge, und der Papst, der sein Pferd anscheinend mühelos im Griff hatte, grüßte lächelnd nach allen Seiten und erteilte seinen Segen.

Richard, der eine gewisse Familienähnlichkeit mit dem athletischen Cesare erwartet hatte, war zunächst überrascht von der wohlgerundeten, behäbigen Gestalt auf der braunen Stute, die Freundlichkeit und Wohlwollen ausstrahlte. Dann erkannte er andere, verräterische Züge: die hervorspringende Adlernase, die durchdringenden schwarzen Augen, die ständig irgend jemanden in der Menge zu fixieren schienen, und die Hände, die, wenn sie nicht gerade winkten oder segneten, sich fest, fast zusammengeballt, um die Zügel schlossen.

»Viva il Papa!«

Er hatte genug gesehen. Richard ließ sich zurückdrängen und verpaßte so die nächste Station des Krönungszuges, die Begegnung des Papstes mit dem Vertreter der jüdischen Gemeinde in Rom, der ihm gemäß der Tradition die Thora entgegenhielt. Der Wortwechsel war dabei ebenso vorgeschrieben wie die Gesten – »Hier geben wir Euch das Gesetz Gottes« – »Ich nehme das Gesetz an, verurteile aber Eure fehlgeleitete Auslegung; doch lebt weiterhin unter den Christen.«

»Es gibt Gerüchte«, erzählte der florentinische Gesandte beim abendlichen Bankett, »daß die Könige von Kastilien und Aragon gegen diesen Teil der Zeremonie Protest eingelegt haben, weil sie erst vor kurzem durch ein Edikt ihre Juden des Landes verwiesen.«

Virginio Orsini, der mit einigen Mitgliedern seiner Familie der Einladung Pieros gefolgt war und bisher schweigsam zwischen den Brüdern Medici gesessen hatte, stieß verächtlich hervor: »Die spanischen Juden werden schon noch alle hierher kommen, wir werden es erleben. Jetzt, wo ein Marrano auf dem Heiligen Stuhl sitzt.«

Seine Anhänger lachten etwas nervös, ebenso einige der Florentiner, doch bei den übrigen Gästen machte sich verlegene Stille breit, bis Giovanni de'Medici ungehalten meinte: »Mag sein, daß Ihr die Borgia nicht mögt, Virginio, aber Ihr wißt genau, daß sie nicht einen Tropfen jüdischen Bluts in sich haben, und etwas anderes zu behaupten ist unsinnig. Ihr solltet lieber auf die wirklichen Fehler...«

»Basta!« unterbrach ihn sein Bruder scharf. Piero de'Medici hatte sich eigentlich vorgenommen, wenigstens während seines Aufenthaltes in Rom gute Miene zum bösen Spiel zu machen. Wenn der Borgia Papst war, dann mußte man ihn als Freund gewinnen, das gebot der gesunde Menschenverstand. Aber er hatte Giovannis Unbotmäßigkeit noch nicht vergessen. In Florenz häuften sich die Schwierigkeiten, und jetzt schien ihm eine willkommene Gelegenheit gekommen zu sein, um seinem aufgestauten Zorn Luft zu machen.

»Wirklich, Giovanni, es wäre besser, du schweigst, wenn Leute reden, die älter und klüger sind als du. Was dabei herauskommt, wenn du ihrem Rat nicht folgst, haben wir ja alle gesehen.«

Der jüngere Medici errötete und öffnete den Mund für eine ebenso heftige Entgegnung, doch sein Begleiter legte ihm beruhigend eine Hand auf den Arm und sprach leise auf ihn ein. Giovanni schloß den Mund wieder, starrte auf seinen Teller und schwieg. Piero fühlte fast ein Gefühl der Dankbarkeit in sich aufsteigen; denn inzwischen war ihm der Gedanke gekommen, daß es sich schlecht mit seiner Würde vertrug, der halben florentinischen Kolonie in Rom das Schauspiel eines Familienstreits zu bieten, und er entschloß sich, bei Gelegenheit ein paar freundliche Worte an Giovannis Nebenmann zu richten. Wie war noch sein Name? Ah, richtig, es handelte sich um Fra Mario Volterra, einen von Mirandolas geistlichen Bekannten, der sie in den alten Tagen öfter besucht hatte. War er nicht auch in Careggi gewesen?

Piero war ganz in der Stimmung, wehmütig zu werden. Die Welt aus Kunst, Macht und Geld, die ihm sein Vater hinterlassen hatte, zerbrach unter seinen Händen. Mit der Bank konnte er überhaupt nichts anfangen, die platonische Akademie löste sich auf, und die Florentiner Signoria bildete sich offensichtlich ein, mit ihm wie mit einem grünen Jungen umspringen zu können. Damit nicht genug, bereitete ihm seine eigene Familie Schwierigkeiten. Vetter Gianni schien zu glauben, seine Hochzeit mit der adeligen Catarina Sforza erhebe ihn über Piero, Giovanni spielte den Eigensinnigen beim Konklave, und Contessina ließ die Vorbereitungen zu ihrer Heirat mit einer Leichenbittermine über sich ergehen, als handele es sich um ihr Begräbnis. Ach, alles war so einfach gewesen, als der Vater noch am Leben und ...

Ein zerstreuter Seitenblick auf den Mann, der neben Fra Mario saß, riß Piero abrupt aus seiner Nostalgie. Er mochte hin und wieder Schwierigkeiten haben, sich an unauffällige Freunde der Familie wie Mario Volterra zu erinnern, aber jemand, den er einmal als Feind eingestuft hatte, erkannte er sofort. Dort saß, an *seiner* Tafel, der unverschämte Tedesco, der es gewagt hatte, eine Bemerkung über die Ausgaben seiner Gemahlin zu machen, und unterhielt sich in aller Ruhe mit Fabio Orsini über die Vorzüge von Saphiren gegenüber Amethysten.

»Saphire«, sagte Richard gerade heiter, »stehen schließlich für die Hoffnung, während Amethysten unter anderem auf die Treulosigkeit in der Liebe hinweisen.«

»Was«, herrschte Piero ihn an, »tut *Ihr* hier?«

Anders als Giovanni vorhin ließ sich der Tedesco nicht aus der Ruhe bringen. »Ich hatte das Glück, von Seiner Eminenz dem Kardinal eingeladen zu werden«, entgegnete er mit ausgesuchter Höflichkeit, und Piero wandte sich erbost an seinen Bruder, der nur mit Mühe sein Grinsen verbergen konnte. Das sah Giovanni ähnlich, dachte Piero, und setzte zu einem erneuten Tadel an, als der Jüngere unbekümmert sagte: »Ach, Piero, habe ich vergessen, dir zu erzählen, daß Messer Riccardo hier in Rom für sein Unternehmen tätig ist? Das Fondaco in Florenz wird ihn sicher vermissen, und die Römer haben den Gewinn – wie meistens!«

Das brachte ihm wohlwollendes Gelächter aus den Reihen der Orsini ein. Piero schluckte seinen Groll hinunter. Es schien ihm nicht der Mühe wert zu sein, mit und über einen unverschämten Tedesco zu streiten, und außerdem hatte er Giovannis Hinweis auf das Fondaco sehr wohl verstanden. Die Bank befand sich in enormen Schwierigkeiten, und wenn sie überleben wollte, dann brauchte sie die Handelseinkünfte aus dem Fondaco – und es sah so aus, als ob der Krämer in Schwaben, mit dem sein Vater damals das Handelsabkommen getroffen hatte, ernsthaft erwog, es schließen zu lassen. Zumindest zog er mehr und mehr Tedeschi aus Florenz ab. Und so bitter es auch war, auf sein Geld konnte man im Moment noch nicht verzichten. Also entschloß sich Piero, den Tedesco unbehelligt zu lassen und für den Rest des Abends zu ignorieren.

Sein Vetter Fabio indessen hatte aufgehorcht, als Giovanni das Fondaco erwähnte. »Ihr habt für das Unternehmen Fugger in Florenz gearbeitet?« fragte er Richard und sprach es beinahe richtig aus. »Darf ich mich nach Eurem Namen erkundigen?«

»Richard Artzt«, antwortete Richard und fügte hinzu: »Riccardo Medico in Eurer Sprache – leider nur ein *medico* und nicht viele *medici*.«

Sein Wortspiel fand bei Römern und Florentinern gleichermaßen Anklang. Der Botschafter rief lachend zu Giovanni hinüber: »O ja, wir wären alle dankbar, wenn wir zur Familie der *medici* gehören würden.« Und Giovanni entgegnete gutgelaunt: »Dann macht bei Piero Euren Heiratsantrag – noch ist unsere jüngste Schwester unverheiratet, oder, Piero?«

Sein Bruder versuchte ein wenig gequält, sich ein Lächeln abzuringen, und die Unterhaltung wandte sich wieder der heutigen Krönung zu. Dabei fiel Richard weder auf, daß Fabio Orsini eine Zeitlang nachdenklich dreinsah, bis er sich wieder dem allgemeinen Gespräch anschloß, noch daß Virginio Orsini die Stirn runzelte, als Fabio Richard später zu sich einlud. Er war lediglich dankbar, endlich eine Verbindung zum römischen Adel hergestellt zu haben.

33

JETZT, DA ES WIEDER EINEN PAPST gab, mit dem man reden konnte, war der rührige Johannes Zink in seinem Element. Ein neuer Papst ließ auch neue Pfründe erwarten, und niemand war so geschickt darin wie Zink, die Abgaben, die eine bestimmte Gemeinde ihrem Prior, dieser dem Bischof und dieser wiederum seinem Kardinal schuldete, so zu vermitteln, daß sie bei Klerikern landeten, die dem Unternehmen Fugger verpflichtet waren und diesem Unternehmen ihrerseits ihr Geld zur Verfügung stellen würden. Und keine der vielen Banken und auch keines der Handelshäuser verstand es, die Gelder der Kirche aus den entlegensten Winkeln der Bistümer der Welt so rasch nach Rom zu transferieren wie Jakob. Zink ging wieder im Vatikan ein und aus; Richard binnen kurzem eine Audienz beim Papst zu verschaffen, war ihm ein leichtes.

Die äußeren Bezirke des Vatikans waren der Öffentlichkeit zugänglich, und Richard hatte sie auch schon oft besucht, doch nun sollte er erstmals die päpstlichen Gemächer zu sehen bekommen. Überall waren Maler und Zimmerleute zugange. Inmitten der Betriebsamkeit tauchten auch immer wieder antike Statuen auf, und Richard blieb so oft stehen, um sie zu bewundern, daß selbst der nicht leicht zu verärgernde Zink ungeduldig sagte:

»Der Heilige Vater wartet! Wenn wir uns nicht beeilen, können wir erst am Dienstag wiederkommen, wenn die öffentlichen Audienzen stattfinden – zusammen mit tausend weiteren Bittstellern!«

Tatsächlich war der Papst nicht der Mann, der ruhig auf

jemanden wartete; als sein Kämmerer Richard und Zink meldete, war er gerade dabei, einen Erlaß zu diktieren.

»...angesichts der über zweihundert Toten infolge der Exzesse der Vendetta während des Interregnums befehlen wir, daß künftig die Träger von Dolchen und Degen durch Ordnungskräfte streng auf ihre Absichten geprüft werden, und darauf, ob ihre Klingen vergiftet sind...«

Alexander VI. unterbrach sich und bedeutete seinem Sekretär, zu warten. »Zu den neuen Friedensrichtern für Familienfehden kommen wir später, Niccolo. Wie ich sehe«, er wandte sich an die beiden Neuankömmlinge, die niederknieten, »sind unsere deutschen Freunde eingetroffen.«

Zink hatte Richard schon kurz nach der Wahl voll Freude anvertraut, daß er mit Kardinal Borgia, dem Vizekanzler der Kirche, bereits des öfteren zu tun gehabt habe und nun darauf hoffen könne, von dem neuen Papst als vertrauter Handelspartner erst recht bevorzugt behandelt zu werden. Nun strahlte er, als ihm Alexander huldvoll die Hand zum Kuß reichte und dabei bemerkte: »Giovanni, alter Freund, wie schön, Euch hier zu sehen.«

Der Papst brauchte Geld, konstatierte Richard nüchtern. Besonders nach dem, was er vermutlich für die Wahl ausgegeben hatte, nicht zu vergessen die Krönungsfeierlichkeiten. Zweifellos würde Jakobs Kalkulation aufgehen – eine prozentuale Beteiligung am Ablaßhandel gegen Kredite und die Vermittlung der Schweizer Söldner. Plötzlich wünschte Richard sich, das alles könnte ihm gleichgültig sein, aber in seinem Inneren mahnte ihn ständig eine Stimme, die verdächtig wie die Marios klang, daß der Mann, dessen Ring er soeben küßte, der sich bei Zink mit deutlichem Interesse nach der Gesundheit des werten Messer Fugger in Suavia erkundigte, eigentlich der Stellvertreter Gottes auf Erden war.

»Messer Riccardo hat für Euch eine Botschaft von ihm, Euer Heiligkeit«, sagte Zink und lenkte Richards Aufmerksamkeit damit wieder zurück auf sein eigentliches Anliegen, »in einer höchst bedenklichen Angelegenheit.«

Richard griff das Stichwort auf. »Mein Onkel hat festgestellt«, sagte er, seine Worte sorgfältig wählend, »daß der oberste Inquisitor der deutschen Lande, Bruder Heinrich Institoris von den Dominikanern, sich Nebeneinkünfte in Form von gefälschten Ablässen verschafft, zu Lasten des Heiligen Stuhls.«

Damit überreichte er dem Papst Jakobs Brief und beobachtete, wie das Wohlwollen aus den Zügen Alexanders schwand und einer kalten Wut Platz machte. Die sinnlichen, üppigen Lippen wurden schmal, während der Papst den Brief überflog, und als er sprach, kam sein spanischer Akzent, den er während seiner über dreißig Jahre in Italien nie ganz verloren hatte, deutlich hervor und ließ seine Worte scharf wie ein Schwert klingen.

»Fra Institoris«, murmelte Alexander gefährlich leise. »Wurde er nicht seinerzeit von Kardinal della Rovere empfohlen? O ja, wir erinnern uns.«

Er richtete seinen Blick auf den vor ihm knienden Richard. »Warum habt Ihr uns nicht schon früher benachrichtigt? Auch als Vizekanzler hätten wir in dieser Angelegenheit einiges unternehmen können.«

Zink machte ein alarmiertes Gesicht, doch Richard begegnete den Augen, in denen die gleiche Dunkelheit ruhte wie in seinen eigenen, ohne Furcht oder geheuchelte Demut.

»Man teilte mir mit«, gab er ruhig zurück, »daß nur der Heilige Vater persönlich über Belange entscheiden könnte, die einen Inquisitor betreffen, und der Heilige Vater war kaum in der Verfassung dazu. Auch das Kardinalskollegium schien mir mit... anderen Dingen beschäftigt.«

Einige Sekunden lang fürchtete er, er sei zu weit gegangen. Die dichten Augenbrauen des Papstes zogen sich zusammen, Zink schaute starr auf den Boden, und Richard spürte den harten Marmor unter seinen Knien sehr deutlich. Dennoch rührte er sich nicht vom Fleck.

Plötzlich lachte Alexander, und aus dem bedrohlichen Herrscher wurde wieder ein gutmütiger Kirchenfürst. »*San-*

tiago, wir *waren* mit anderen Dingen beschäftigt! Aber wie dem auch sein mag, wir werden uns um diesen irregeleiteten Dominikaner kümmern, und die Verluste, die durch ihn entstanden sind, werden sich schon irgendwie wettmachen lassen. Wir rechnen dabei auf Eure Mithilfe, Messer Giovanni«, fügte er mit einem für Zink bestimmten Kopfnicken hinzu. Dann wandte er sich wieder an Richard.

»Und Ihr – Riccardo war doch Euer Name? Nun, Messer Riccardo, es scheint Euch wahrhaftig nicht an Mut zu fehlen. Wir erwarten, auch von Euch noch öfters zu hören. Grüßt Euren Onkel und versichert ihn unseres Wohlwollens.«

Damit waren sie entlassen, und der Papst fuhr fort, seinem Sekretär zu diktieren, als befänden sie sich schon nicht mehr im Raum. Erst als er den Vatikan verlassen hatte, wo Zink noch mit mehreren Beamten verabredet war, gestattete sich Richard ein erleichtertes Aufatmen.

Somit sollte er eigentlich in der Lage sein, die Vergangenheit endgültig zu begraben – in diesem Fall, dachte er mit einem aufflackernden Zynismus, wohl kaum die passende Wortwahl. Immerhin sah es so aus, als ob sich die Zukunft gut gestalten würde – ihm war es schließlich gelungen, von einem Orsini, der angeblich nur mit Gott sprach, für den heutigen Abend eingeladen zu werden. Wenn man bedachte, wie leicht ihm das gefallen war, dann hatten Zink und die anderen entweder absichtlich maßlos übertrieben, oder der Pfründenvermittler war als Kaufmann doch nicht so gut, wie Jakob glaubte.

Er verbrachte den Rest des Tages damit, die hiesigen Goldschmiede zu überzeugen, daß ein Fremder ebensogut feilschen konnte wie sie und außerdem etwas von Steinen und Gold verstand, und verabschiedete sich von Mario, der mit Giovanni de'Medici für einige Zeit nach Florenz zurückkreiste.

Am Abend machte er sich, von dem Fackelträger begleitet, der in Rom nach Sonnenuntergang unabdingbar war, auf den Weg zum Palazzo der Orsini. Niemand wagte es, allein durch die dunklen Gassen zu wandern, und außerdem war ein Fackelträger auch ein Statussymbol, auf das man bei einem Besuch von möglichen Kunden nicht verzichten konnte.

Wenn man bedachte, daß Fabio Orsini einer der beiden mächtigsten Adelsfamilien Roms angehörte, war das Bankett, das er gab, überraschend klein; außer Richard fanden sich nur noch vier oder fünf andere Gäste ein, zum größten Teil ebenfalls Orsinis, wie es schien. Zu Richards Erstaunen kam keiner in Frauenbegleitung, obwohl bis auf einen etwa fünfundvierzigjährigen Mann, den Fabio Orsini als »mein Freund Vito« vorstellte, alle Gäste jung waren.

Ein rotblonder Mann neben Fabio hatte offenbar schon eine ganze Menge getrunken, und die Folgen waren von Becher zu Becher mehr zu erkennen. Mit einem Mal schlug er mit seiner Faust auf den Tisch und schrie: »Gott verdamme alle Katalanen!«

»Amen«, entgegnete Fabio mit boshafter Sanftmütigkeit, »aber schließt das dich nicht ein, Orso? Immerhin ist deine Mutter die Base unseres verehrten Heiligen Vaters, und das macht dich zu einem halben Borgia.«

Der mit »Orso« Angesprochene legte die Arme auf den Tisch und schluchzte: »Ich weiß. Ich muß ihn auch noch als Verwandten empfangen. *Dio*, wißt Ihr, wie Ercole Colonna, dieser Bastard, Giulia öffentlich genannt hat? ›Die Braut Christi‹! Und das mir!«

»Ihr müßt wissen«, sagte Fabio mit keineswegs gesenkter Stimme zu Richard, »mein Vetter Orso trägt schwer daran, daß seine junge, hübsche Gemahlin, Giulia Farnese, in einem Haus mit der Base und der Tochter des Papstes lebt – als die Geliebte des Papstes.«

»Es ist eine Schande für die Familienehre!« stieß Fabios Nebenmann hervor. »Keiner kann mir einreden, daß der katalanische Hurenbock das nicht von Anfang an beabsichtigt hat, als er Orso die kleine Farnese als Braut anbot. Aber so etwas macht man nicht mit einem Orsini!«

»Sie ist erst neunzehn«, schluchzte Orso Orsini, wurde von

einem weiteren Verwandten jedoch barsch abgefertigt: »Das ist doch Nebensache. Es zählt nur, daß der Borgia, statt uns für unsere Unterstützung während des Konklaves zu danken, uns seit seiner Wahl unausgesetzt beleidigt.«

»Warum habt Ihr ihn überhaupt unterstützt?« ergriff Fabio Orsinis Freund Vito liebenswürdig zum ersten Mal das Wort. In Richard rief seine Stimme ein fast vergessenes Echo wach. Er war sich sicher, diesem Vito noch nie begegnet zu sein, doch irgend etwas an seiner Haltung, etwas in seinem Tonfall kam ihm merkwürdig vertraut vor. Er nahm sich vor, später darüber nachzugrübeln, denn die beinahe erschreckende Offenheit, mit der hier gerade geredet wurde, erforderte seine ganze Aufmerksamkeit.

Fabio zuckte die Achseln. »Die Colonna unterstützten della Rovere, und wir tun immer das Gegenteil. Aber Santino hat recht. Der Borgia wird noch unerträglich werden, wenn man ihm nicht zeigt, wer hier in Rom das Sagen hat. Ich zumindest denke nicht daran, mich von einem päpstlichen Ordnungshüter entwaffnen zu lassen. Und wenn er es wagen sollte, unserer Familie das Amt des Gonfaloniere der Kirche zu entziehen, nur um einen seiner Bastarde damit zu betrauen…«

»Er wird es wagen, verlaß dich darauf«, unterbrach ihn Santino Orsini. »Onkel Niccolo hat mir erzählt, daß er dem Kardinalskollegium bereits seine Kandidaten für Neuernennungen unterbreitet hat. Unter den neuen Kardinälen sind: Juan Borgia, sein Neffe, Cesare Borgia, sein Sohn, und Alessandro Farnese, Giulias Bruder. Seinen jüngeren Bastard, der auch Juan heißt, hat er vom König von Aragon bereits zum Herzog von Gandia machen lassen. Und wie lange glaubst du, wird es dauern, bis einer von seinen Söhnen auf das Amt des Gonfaloniere schielt?«

Richard hätte nicht genau sagen können, warum, aber er konnte die schwüle Atmosphäre von Gefahr fast körperlich spüren. Vor allem störte ihn, daß die Orsini vor einem Fremden gar nicht so offen hätten reden *dürfen*. Oder verließen sie sich darauf, daß das Wort eines Fremden nichts galt? Er bemerkte, daß Vito ihn beobachtete, und zerbrach sich wieder den Kopf, woher er diesen Mann kennen konnte. Nachdenklich nippte er an dem Wein, dem der unglückliche Orso Orsini so reichlich zusprach.

»Sagt uns, Riccardo«, unterbrach Fabio Orsini seine Gedanken, »wie rächt in Eurem Land eine Familie ihre Schmach?«

»Bei uns sind die Gesetze der Vendetta weniger blutig«, entgegnete Richard mit einem leichten Lächeln. »Man bringt sich nicht gegenseitig um, sondern ruiniert einander das Geschäft.«

Die jungen Orsini ließen spöttische Ausrufe hören, bis auf Fabio und seinen Freund, die beide schwiegen. »Bah! Nur Fische können mit so etwas zufrieden sein«, sagte Santino Orsini. »Für uns gibt es keine Befriedigung... außer durch den Tod.«

Richards unbestimmtes Mißtrauen verdichtete sich zu quälendem Argwohn. Aber Fabio lachte, und er versuchte sich etwas zu entspannen. Welche Gefahr sollte ihm hier schon drohen? Schließlich hatte er die Orsini noch nie beleidigt.

»Genug davon«, sagte Fabio gutgelaunt. »Und auch genug von den Borgia und anderen unerquicklichen Dingen. Ich habe eine kleine Unterhaltung für uns alle vorbereitet.«

Er klatschte in die Hände, und seine Diener löschten fast alle Fackeln, die den Raum bisher erhellt hatten. Eine Trommel begann zu schlagen, und in Richard krampfte sich alles zusammen, als drei buntgekleidete Zigeunermädchen hereinliefen, brennende Holzstäbe in ihren Händen. Keine von ihnen sah auch nur entfernt so aus wie Saviya, aber das flackernde Licht, die fliegenden schwarzen Haare und der quälende, lockende Tanz, all das setzte mehr Erinnerungen in ihm frei, als er ertragen konnte. Vielleicht war etwas mehr von dem süffigen Frascati doch keine schlechte Idee. Sofern Orso Orsini etwas übriggelassen hatte.

Er versuchte, den Rhythmus der Trommeln aus seinem Kopf zu vertreiben. Schon nach erstaunlich kurzer Zeit vernahm er nur noch ein gedämpftes, gleichmäßiges Dröhnen, und die Mädchen schienen zu vielfarbigen Flecken in der Dunkelheit zu verschmelzen. Der Wein in seinem Mund schmeckte plötzlich schal. Irritiert kniff Richard die Augen zusammen und sah dabei zufällig zum anderen Tischende, wo Fabios Freund Vito saß. Das Licht einer Fackel erhellte flüchtig das Gesicht des Mannes, nur ganz kurz, zeichnete Schatten, die wie eine Maske wirkten, und Richard erstarrte.

Plötzlich war ihm wieder eingefallen, wo er Vito begegnet sein könnte.

Du bist es doch, ich habe mich nicht geirrt, Vittorio de'Pa –.

Er versuchte aufzustehen und merkte, daß seine Beine ihm den Dienst versagten. War es möglich, daß er schon so viel getrunken hatte? Von hinten ergriffen ihn plötzlich zwei Hände, und er hörte Fabio Orsini fast zärtlich in sein Ohr flüstern: »Es ist Zeit für Euch zu gehen, Riccardo.«

Richard versuchte sich zu wehren, aber er konnte kaum mehr die Arme heben, geschweige denn, jemanden zurückstoßen. Mindestens zwei Leute hoben ihn auf und trugen ihn aus dem Raum, immer weiter, bis ihm der kühle Luftzug sagte, daß er sich außerhalb des Palazzos befinden mußte. Man ließ ihn fallen, und der Schlamm, in dem er sich wiederfand, bewies, daß man ihn an den Tiber gebracht hatte, nicht auf die Straße. Eine Fackel erhellte auf einmal seinen immer enger werdenden Blickwinkel. Er erkannte die beiden Gesichter, die sich über ihn beugten.

»Einerseits«, sagte Fabio Orsini spöttisch, »möchte ich mich für dieses Vergehen gegen die Gastfreundschaft entschuldigen, andererseits hätte ich Euch kaum zu mir eingeladen, wenn mich nicht mein Freund Vittorio darum gebeten hätte. Es ist mir schon peinlich genug, mit Krämern wie den Medici verwandt zu sein, und ich verkehre nur mit ihnen,wenn es sich nicht vermeiden läßt. Obwohl ich zugeben muß, daß Ihr nicht schlecht ausseht – für einen Krämer.«

»Ihr fragt Euch vielleicht, warum Ihr nicht schon längst tot seid, Tedesco«, sagte Vittorio de'Pazzi im selben Plauderton. »Die Antwort ist, ich möchte Euch an demselben Gift sterben sehen, das ich Euretwegen nicht diesem Dreckskerl Lorenzo verabreichen konnte, und es wirkt langsam. Sehr langsam. Ihr werdet genügend Zeit haben, zu bereuen, daß Ihr mich daran gehindert habt, meine Familie an den Medici zu rächen, und rechnet nicht damit, daß Euch jemand zu Hilfe kommt. Eurem Fackelträger ist mitgeteilt worden, daß Ihr Euch mit einer der Zigeunerinnen vergnügt, und sollte es überhaupt jemand kümmern, was aus einem Fremden wird, dann werden sie glauben, sie hätte Euch ausgeraubt und umgebracht.«

Bisher hatte er offensichtlich neben seinem Opfer gekniet, denn jetzt entfernte sich sein Gesicht wieder. Er stand auf und versetzte Richard einen heftigen Tritt. »Um das Gesagte etwas glaubhafter zu machen.«

»Richtig. Was täte ich nur ohne dich, Vittorio«, stimmte Fabio Orsini zu und räumte Richard nicht eben sanft die Taschen aus. Seine Stimme verschwand irgendwohin in die Nacht, als er dem Beispiel seines Freundes gefolgt war und sich mit einem Tritt verabschiedet hatte.

»Ich fürchte, das war's dann. *Addio, bello.*«

Richard blieb zurück, das Gesicht in den feuchten Schlamm des Flußufers gepreßt. Er atmete unregelmäßig, sog die Nachtluft tief ein, obwohl es ihm Schmerzen bereitete, aber das feurige Glühen in seinem Hals bewies ihm zumindest, daß noch Leben in ihm war.

Das Entsetzen wollte und wollte ihn nicht übermannen. Statt dessen mußte er gegen die Versuchung ankämpfen, zu lachen. Unter allen Todesarten konnte er sich keine absurdere ausmalen, als hier in Rom an Gift zu sterben, einer alten Fehde wegen, mit der er nicht das geringste zu tun hatte. Wie unsinnig die Prophezeiungen von allen Seiten doch gewesen waren. Nicht die Inquisition, nicht das Feuer hatte ihn schließlich eingeholt, sondern einer dieser sinnlosen italienischen Vendetta-Feldzüge. Ob die Toten auf ihn warteten? Er versuchte sich vorzustellen, bald seine Mutter wiederzusehen, und konnte es nicht. Statt dessen drängten sich ihm andere Bilder auf: Saviya mit dem Messer in der Hand, Mario, der auf der Straße nach Ferrara ein Lied sang, Sybille und Ursula vor dem Kaminfeuer, Jakob über das Schachbrett gebeugt, immer einen Zug voraus.

Es tut mir leid, sagte er zu ihnen allen, während sich seine Lippen tonlos bewegten. Er versuchte noch einmal, eine Erinnerung an seine Kindheit zu finden, und stieß statt dessen auf das Feuer, das brannte, brannte... Er blinzelte. Licht näherte sich ihm, wirkliches Licht, das auf einige bunte Kleider und braune Haut fiel. Saviya hatte ihm ein paar Ausdrücke ihrer Sprache beigebracht, nicht sehr viele, aber mit der letzten Kraft seines schwindenden Bewußtseins stieß er krächzend hervor: »Helft mir!«

Dann umgab ihn die Dunkelheit, und er spürte nichts mehr.

34

ES WAR DER SCHMERZ, der ihm bewies, daß er noch lebte. Kein Teil seines Körpers, der nicht von unerträglichen Qualen gepeinigt wurde. Er konnte weder Zunge noch Kiefer bewegen und versuchte mühsam, um Atem zu ringen. Er erbrach sich. Plötzlich konnte er sich den Ort vorstellen, an dem er sich befinden mußte: eine der Folterkammern, deren sich die heilige Inquisition bediente. Er hatte mit einer der Hexen die Rollen vertauscht, um Studien für sein Buch zu schreiben, sein Buch... Aber war es nicht schon veröffentlicht?

Der widerliche Geschmack von Erbrochenem wurde von einer kaum weniger widerlichen, bitteren Flüssigkeit verdrängt, die er eingeflößt bekam. Er versuchte, auszuspukken, aber jemand hielt ihm den Mund zu. Irgendwo spürte er auch die Klinge eines Messers in seinem Fleisch und fragte sich, ob dies alles zu einer peinlichen Befragung gehörte. Doch es wurden keine Fragen gestellt, und er versank erneut für kurze Zeit in der erlösenden Dämmerung. Dann brachte ein andauerndes Gewitter von Schlägen in sein Gesicht ihn wieder zu sich.

»Verdammt sollst du sein, Riccardo«, rief eine Stimme, die er gut kannte, »du wirst leben! Erinnerst du dich? Du wirst leben!«

Aber er konnte die Eindrücke nicht sinnvoll zusammenfügen. Er wußte auch nicht, wer Riccardo war. Er war Richard Artzt, soeben aus Wandlingen in Augsburg angekommen, und er versuchte verzweifelt, sich in dem riesigen Gebäude am Rindermarkt zurechtzufinden. Irgend jemand erwartete ihn dort dringend. Er suchte nach der richtigen Tür, aber er stieß nur auf Gänge und endlose Reihen von Pforten, hinter denen weitere Gänge lauerten.

Es kam noch mehr von der bitteren Flüssigkeit. Diesmal schluckte er sie widerspruchslos, dann nahm ihn das schwarze Nichts wieder auf, und auch die immer schwächer werdenden Schläge konnten ihn nicht zurückholen.

Das erste, was Richard auffiel, als er mühsam ein Auge öffnete, war schmerzendes Licht, das von oben auf ihn herabfiel. Sofort ließ er das Augenlid wieder sinken. Seine Hände ertasteten einen weichen, üppigen Stoff, der ihn bedeckte. Warum eigentlich? War es nicht Sommer?

Dann wurde ihm bewußt, daß es trotz des flackernden Lichts, das sein Gesicht erwärmte, recht kühl war. Vorsichtig öffnete er noch einmal die Augen, alle beide, und erkannte, daß das Licht von einigen Fackeln herrührte, die mit Eisenringen nahe der Decke angebracht waren. Die Decke kam ihm seltsam unregelmäßig vor, und als er die Hand zur Seite ausstreckte, stieß er auf eine ähnlich rauhe Fläche.

Er versuchte sich aufzusetzen, und erst, als ihm das nicht gelang, wurde ihm bewußt, was geschehen war. Er war noch am Leben. Doch wo befand er sich? In einem Gefängnis?

Als er den Kopf zur Seite drehte, langsam, weil jeder Muskel in ihm verletzt zu sein schien, sah er sie. Sie schlief, in einen breitlehnigen Stuhl gekauert, der viel zu groß für sie war und ebensowenig in diese merkwürdige Umgebung zu passen schien wie sie selbst. Ihr Haar war wieder kurz geschnitten, und soweit er dies unter der Decke erkennen konnte, in die sie sich eingehüllt hatte, trug sie auch wieder Hosen.

Lange Zeit sagte er nichts, denn die ungläubige Freude, sie wiedergefunden zu haben, machte ihn sprachlos. Er blieb ganz in ihren Anblick versunken, und erst als sie selbst die Augen öffnete und sich ein wenig reckte, sprach er, flüsterte ihren Namen.

»Saviya.«

Er befand sich in den alten römischen Katakomben, in einem Gewirr aus Höhlen, Kellern und Gruften, welche angeblich schon lange nicht mehr begehbar waren. Noch immer war er nicht fähig, länger als etwa zwei Stunden wach zu bleiben. Saviya war meistens bei ihm, hin und wieder auch einige andere Zigeuner, und sie sprachen mit ihm, um ihn bei Bewußtsein zu halten.

»Du bist hier sicher«, sagte Saviya, »dies ist ein Königreich für sich, und niemand von dort oben wagt sich hierher.« Ärgerlich fügte sie hinzu: »Das sieht dir ähnlich, Riccardo, ohne Vorsichtsmaßnahmen bei einer der mörderischsten Familien in Rom zu speisen. Ich möchte wissen, wozu du deinen Verstand hast!«

Gelegentlich sah er auch hellhäutige, blonde oder braunhaarige Menschen, die ebenso wie die Zigeuner entweder völlig verkommen oder in prunkvoller, aber schlecht zusammenpassender Kleidung auftauchten. Offensichtlich nutzten die lichtscheuen Bewohner Roms die Katakomben als Versteck. Er selbst blieb nicht in der Höhle, in der er zuerst aufgewacht war; als er das nächste Mal zu Bewußtsein kam, lag er in einem kleinen, fast viereckigen Raum, der zum Teil noch mit verblaßten Mosaiken ausgekleidet war.

»Ich dachte, das gefällt dir besser, und außerdem ist es ruhiger und abgelegener«, erklärte Saviya. Er fragte sie, wie sie ihn gefunden habe, und sie entgegnete ein wenig scharf, das sei unvermeidlich gewesen. Seit Florenz hatte sie offensichtlich nicht unter Entsagung gelitten, denn ihre schlanke Gestalt hatte nichts mehr von ihrer ehemaligen Magerkeit, und die Kleider, die sie trug, wirkten keineswegs alt und gebraucht.

»Saviya«, flüsterte Richard, »ich wollte dir nur sagen, daß...«

Sie hielt ihm den Mund zu. »Entschuldige dich nicht, Riccardo, das ist nicht notwendig. Aber mach auch keinen Fehler. Ich helfe dir, weil du mir geholfen hast und weil du durch unser gemeinsames Blut Teil meines Stammes bist. Nicht mehr, verstehst du?«

Er verstand. Und er war nicht in der Lage, etwas daran zu ändern, selbst wenn er es gewollt hätte. Vielleicht, dachte er, war es auch am besten so; die Schwierigkeiten zwischen ihnen hatten schließlich angefangen, als sie Liebende wurden.

»Wolltest du nicht von den Städten fernbleiben?« fragte er sie, und sie schüttelte energisch den Kopf.

»Von Florenz und nur von Florenz, und ich wollte kein Stadtleben führen. Und das tue ich auch nicht. Ich bin frei hier, in Rom, und gleichzeitig bin ich sicher vor den Leuten, die mit der einen Hand um unseren Zauber bitten und mit der anderen Steine nach uns werfen.«

»Du hältst dich also noch immer für eine Hexe«, stellte er resignierend fest, und sofort stahlen sich Mißtrauen und Feindseligkeit in ihre grünen Augen.

»Ich *bin* eine Hexe, Riccardo.«

Er entgegnete nichts, auch nicht, als sie tatsächlich Worte des Zaubers für seine Heilung über ihn sprach.

Als er sich dann das erste Mal über eine Waschschüssel beugen konnte, um sich selbst zu reinigen, schaute ihm ein Fremder aus dem Wasser entgegen. Daß er an Gewicht verloren hatte, daß seine Wangenknochen hervortraten, und seine Augen in tiefen, dunklen Höhlen lagen, überraschte ihn nicht sonderlich, aber der dichte dunkelbraune Bart, der in seinem Gesicht stand, machte ihm abrupt klar, daß mehr Zeit vergangen sein mußte, als er angenommen hatte.

»Saviya, wie lange bin ich hier?«

»Oh, ein paar Wochen«, antwortete sie gleichgültig.

Zuerst war er entsetzt. Zink mußte ihn für tot halten und sein Verschwinden inzwischen schon Jakob und der Familie gemeldet haben; denn wer mochte wissen, wieviele von Steinen beschwerte Körper nie wieder aus dem Tiber auftauchten?

Dann, als er weiter darüber nachdachte, sah er mit einem Mal die Verlockung der Freiheit, die in. ieser Möglichkeit lag. Natürlich würde sein Tod einigen Leuten Kummer bereiten, aber Mario hatte seinen Glauben und seine Bücher, Sybille hatte Jakob, Hänsle und Ursula ihre eigene große Familie. Er wäre nie in der Lage gewesen, das Gemisch aus Dankbarkeit, Schuldgefühlen und Zuneigung, das ihn an Jakob band, hinter sich zu lassen und nicht mehr für das Unternehmen zu arbeiten, aber wenn Jakob glaubte, er sei tot, dann wäre er wahrhaftig frei. Frei von der Vergangenheit, frei von der Familie, frei von seinen Schulden, zwar auch frei von allem, was ihm je etwas bedeutet hatte, aber ebenfalls frei von allen fesselnden Bindungen. Was die Herren Orsini und Pazzi ihm tatsächlich geschenkt hatten, war die Möglichkeit, ein völlig neues Leben zu beginnen.

Der Gedanke an die Männer, die ihn beinahe ermordet hatten, brachte ihn der Wirklichkeit wieder etwas näher. Nun fühlte er den Wunsch in sich aufsteigen, die beiden zahlen zu lassen, und zwar in ihrer eigenen Münze. Eine Anzeige gegen einen Orsini? Lächerlich. Er dachte an das Leben der beiden, an die Tritte, an das Gift und stellte sich ihre Gesichter vor, verzerrt in Todesangst. Langsam begriff er die Gesetze der Vendetta, und er war immer ein guter Schüler gewesen.

Die Phasen der Bewußtlosigkeit wurden abgelöst von Tagen und Nächten, in denen Richard nicht mehr schlafen konnte und ruhelos auf die Mosaiken starrte, die er inzwischen in allen Details kannte. Am schlimmsten war es, wenn sie sich zu Gesichtern formten. Er konnte sich nichts vormachen, er wußte, wer alles um ihn trauern würde. Doch der Wunsch nach Freiheit gewann immer wieder die Oberhand.

Anfangs ließ Richard sich in der trägen Unwirklichkeit des Höhlenlebens treiben. Dann festigte sich in ihm der Entschluß, wieder zu Kräften kommen zu wollen, um nicht darüber nachdenken zu müssen. Er begann, seinen abgemagerten, ausgelaugten Körper wieder zu ertüchtigen. Schon bald kam er sich in seiner Kammer wie ein eingesperrtes Tier vor und fragte Saviya, ob er seine Spaziergänge auf die Katakomben ausdehnen könne.

»Nicht alleine«, entgegnete sie kopfschüttelnd. »Du bist noch zu schwach, Riccardo.«

»Ich wollte nur wissen«, gab Richard mit einem Hauch von verletzter Eitelkeit zurück, denn langsam begann es ihn zu stören, von Saviya ständig wie ein krankes Kind behandelt zu werden, »ob die anderen Bewohner etwas dagegen hätten.«

»Nein, gewiß nicht – sie wissen, daß du einer von uns bist, und auch die Königin ist einverstanden. Ohne ihre Erlaubnis hätte ich dich gar nicht hierherbringen dürfen.«

Es war das erste Mal, daß Richard von der Frau hörte, die Saviya und die übrigen Nachtgeschöpfe, die hier im unterirdischen Reich von Rom ihre Bleibe hatten, nur »die Königin« nannten. Im Moment allerdings sehnte er sich nur danach, möglichst bald wieder stark genug zu sein, um ans Tageslicht zurückzukehren. Er versuchte, sich an die Waffenübungen zu erinnern, die der alte Soldat in Augsburg ihm und Hänsle damals abverlangt hatte, und bat Saviya, einen Freund zu suchen, der bereit wäre, mit ihm zu üben.

»Ich wäre es«, sagte sie gespielt großmütig und wehrte seine Einwände ab, bis Richard schließlich erschöpft meinte: »Selbst wenn wir nur Stöcke benutzen – ich könnte nicht auf dich einschlagen, Saviya.«

»Selbstverständlich kannst du. Denk nur an all die Gelegenheiten, wo du wütend auf mich warst.«

Es erwies sich, daß sie recht hatte. Und mehr noch, in Richard stieg der unangenehme Verdacht auf, daß sie sich unter anderem deswegen zur Verfügung stellte, weil sie ihn schonen wollte und glaubte, daß er einer Begegnung mit einem männlichen Kämpfer, ob Zigeuner oder nicht, nicht gewachsen wäre.

Er machte bald die Erfahrung, daß Saviya mit der Behauptung, sie könne sich sehr gut selbst verteidigen, nicht übertrieben hatte. Wenn sie kämpfte, dann nicht mit den gelangweilten Bewegungen altgedienter Soldaten, sondern mit dem rücksichtslosen, leidenschaftlichen Ehrgeiz zu gewinnen. Daß sie ihn besiegte, krank oder nicht, spornte ihn fast so sehr an wie sein Zorn auf Fabio Orsini und Vittorio de' Pazzi. Langsam wurde er besser.

»Du willst wirklich lernen, wie man einen Menschen umbringt, nicht wahr«, stieß Saviya einmal keuchend hervor, nachdem es Richard ein paarmal gelungen war, ihre Deckung zu durchbrechen.

Erst später, als sie versöhnt und erschöpft auf dem Boden saßen und sich die schmerzenden Knöchel rieben, antwortete er: »Ja und nein. Eigentlich wollte ich jemanden umbringen, doch inzwischen ist mir etwas viel Besseres eingefallen. Aber dann darf ich mich nicht noch einmal überrumpeln lassen.«

Sobald er wieder mehr Ausdauer hatte, führte Saviya ihn durch die endlosen Gänge zu den Kellergewölben, in denen die gemeinsamen Mahlzeiten stattfanden. Nicht selten handelte es sich dabei um das Untergeschoß eines Palazzo, und gelegentlich erlebte es Richard auch, daß sie in den Palazzo selbst eindrangen.

»Woher wißt ihr, welches Gebäude leer ist?«

Saviya warf ihm einen etwas spöttischen Blick zu. »Das sind unsere Kunden. Fast jeder Reiche in Rom braucht einmal eine Hexe – oder einen Dieb – oder einen Mörder. Wir kennen sie, aber sie kennen uns nicht.«

Jetzt, da es ihm besser ging, verschwand Saviya manchmal tagelang, und so lernte Richard auch die finsteren Seiten seines seltsamen Asyls kennen. Hin und wieder begegnete er Männern, die eine Leiche trugen, ohne daß er je Zeuge eines Mordes wurde. Als er einen der Zigeuner danach fragte, bekreuzigte sich der Mann und spuckte auf den Boden.

»Niemand würde je *hier* töten. Unsere Gesetze verbieten es, und *sie* würde jeden sofort strafen, der dagegen verstößt.«

Je weiter seine Genesung fortschritt, desto mehr drängte es Richard, seinen Racheplan umzusetzen. Dabei wußte er genau, daß ihm kein Fehler unterlaufen durfte. Zunächst mußte er so viel wie möglich über die Lebensgewohnheiten seiner Feinde in Erfahrung bringen. Einmal mehr bewährte sich die dunkle Welt Roms, denn jeder hier kannte die Orsini, und auch Vittorio de'Pazzi. Aus dem, was man ihm erzählte, setzte Richard allmählich ein immer klarer werdendes Bild zusammen. Vittorio de'Pazzi war es seinerzeit offenbar gelungen, sich mit einem Großteil des Vermögens nach Rom abzusetzen, als die Verschwörung seiner Familie in Florenz mißlang. Das war auch der Grund, warum ihn einige der Orsini, ihren Verbindungen zu den Medici zum Trotz, so schätzten. Hinzu kam, daß der mißtrauische und vorsichtige Vittorio sein Vermögen in Rom stetig vergrößern konnte, manchmal auch durch das gewaltsame Ausschalten mißliebiger Konkurrenten. Gerade die jungen Orsini, vor allem Fabio, befanden sich häufig in Geldnot, und ein reicher Freund war daher sehr wichtig für sie.

Eines Abends begann Saviya sehr nachdenklich: »Wenn du dich wirklich rächen willst, dann sprich mit der Königin.«

Richard war schon seit längerem neugierig auf »die Königin«; er hatte Saviya einmal gefragt, warum er ihr auf ihren endlosen Wegen durch dieses unterirdische Reich noch niemals begegnet war, doch Saviya war ihm die Antwort schuldig geblieben.

Nun führte sie ihn schweigend zu einem Palazzo. Zu seiner Überraschung verließ sie das Kellergewölbe. Er folgte ihr zögernd. Dieser Palazzo unterschied sich völlig von denen, die er bisher gesehen hatte. Er war so prächtig ausgestattet, daß er einem Kardinal hätte gehören können, doch alle Fenster waren mit Tüchern verhängt, wie in einem Haus, in dem die Pest Einzug gehalten hatte. Die Diener, denen sie begegneten, hielten Saviya nicht etwa an, sondern nickten ihr nur zu, und er begriff, daß der ganze Palazzo von »der Königin« bewohnt wurde.

In dem gedämpften Licht war es fast unmöglich, etwas zu erkennen, und erst als Saviya stehenblieb und in die Knie sank, erkannte er, daß sie am Ziel angelangt waren. Von irgendwoher hörte er Harfenklänge. Es war das erste Mal, daß er Saviya sich vor jemandem verbeugen sah, und als er die Augen hob, erblickte er die große, schlanke Gestalt einer Frau, die vor ihnen auf einem mächtigen Eichenstuhl saß. Sie hielt ein Buch in den Händen, das sie niederlegte, als Saviya sich wieder erhob. Ihr Gesicht war von einem Schleier verhüllt. Ihre Stimme, gleichmäßig und sanft, klang erstaunlich jung.

»Ihr also«, sagte sie, »seid der Mann, der durch seine eigene Dummheit in eine Falle geriet und damit eine meiner besten Hexen zwei Monate lang von der Arbeit abhielt?«

Gerade der Umstand, daß sie ohne jede Schärfe sprach, machte den Sarkasmus ihrer Worte um so verletzender. Früher wäre Richard aufgebraust und hätte ihr als erstes seine Meinung über Hexen, Aberglauben und solche, die ihn unterstützten, gesagt, doch nun beherrschte er sich. Er wollte etwas von ihr, und das war wichtiger.

»Ich bin der Mann, der aus seinen Fehlern gelernt hat«, entgegnete er daher, »und der Mann, der Fabio Orsini und Vittorio de'Pazzi etwas über Rache beibringen wird, das sie noch nicht wissen.«

Die verschleierte Frau ignorierte ihn und wandte sich an Saviya. »Du hast mir erzählt, daß er ein Narr ist, aber ist er es auch in dieser Beziehung?«

»Ich glaube nicht«, antwortete Saviya, und Richard spürte plötzlich, wie sie ihm kurz die Hand drückte.

»Dann laßt mich Euch etwas über Rache lehren, Riccardo Artzt, und daß sie kalt oft am besten genossen wird.«

Er hörte ihr gelbliches Seidenkleid rascheln, sah sie ihre Röcke heben und bemerkte jetzt erst mit Entsetzen, daß sie keine Beine mehr hatte. Mit einer anmutigen Bewegung löste sie für einen Augenblick ihren Schleier. Richard würde nie vergessen, was sie ihm da gezeigt hatte.

Die linke Gesichtshälfte war die einer schönen Frau unbestimmbaren Alters, mit glatter, reiner Haut und einem großen, dunklen Auge. Doch die rechte Hälfte war bis zur Unkenntlichkeit entstellt. Über der Augenhöhle hingen die

Reste eines eingezogenen Lids, und er fragte sich voll Grauen, ob Feuer die entsetzlich vernarbte Masse erzeugt hatte.

»Würdet Ihr glauben, daß ich einmal die begehrteste Kurtisane in Rom war?« hörte er ihre gleichbleibend klangvolle Stimme. »Bis ich den Fehler machte, Vittorio de'Pazzi abzuweisen und mich gleichzeitig bei den hohen Kirchenfürsten, die mich besuchten, für eine Aufhebung der Exkommunikation von Lorenzo de'Medici einzusetzen. Ich kannte Lorenzo aus meiner Kindheit in Florenz, aber solche Rührseligkeiten sollte sich eine Kurtisane nicht leisten. Eine Hexe übrigens auch nicht. Vittorio de'Pazzi brachte mir das bei. Er stellte mich bei Kardinal Orsini wegen Zauberei bloß, und als die Inquisition mit mir fertig war und ich immer noch nicht gestanden hatte, war das von mir übrig. Das!«

Für einen Moment geriet ihre Haltung ins Schwanken, doch sie fing sich rasch wieder. »Glaubt Ihr nicht, Tedesco, wenn es so einfach wäre, Vittorio umbringen zu lassen, daß ich es nicht schon längst getan hätte? Nicht nur, daß er zu vorsichtig ist, er hat auch zu mächtige Freunde. Das Geheimnis eines erfolgreichen Mörders besteht darin, sich keine falschen Leichen zuzulegen.«

»Ich will ihn nicht umbringen«, sagte Richard. »Weder ihn noch Fabio Orsini. Aber wenn Ihr meinen Plan unterstützt, dann werden wir beide unsere Genugtuung bekommen.«

»Und wie«, erkundigte sie sich, »sieht Euer Plan aus?«

Unwillkürlich trat Richard einige Schritte näher. »Ich bin bereits im Vorteil, weil mich die beiden für tot halten, und das soll auch so bleiben. Ich werde Pazzi über Orsini angreifen, weil ich glaube, daß Fabio Orsini eine schwache Stelle hat. Pazzi mag der Argwohn in Person sein, aber Orsini nicht.«

Die Königin lachte, ein seltsam freudloses, unruhiges Geräusch, das kaum zu ihrer melodischen Stimme paßte. »Ah, Fabio Orsini mit seinen verschwiegenen kleinen Lastern! Sprecht weiter, Tedesco. Ich denke, ich ahne schon, worauf Ihr hinauswollt.«

35

DIE NACHT WAR NOCH NICHT ALT, als Fabio Orsini sich auf den Weg machte, eher unfreiwillig, denn er konnte sich Angenehmeres vorstellen als einen großen Familienrat. Allerdings machten die Ereignisse der letzten Tage ein derartiges Treffen notwendig. Der Sohn des vergangenen Papstes, Franceschetto Cibo, der sich ausrechnen konnte, daß ihm der jetzige Papst die beiden mächtigsten Festungen vor Rom nicht als Lehen lassen würde, hatte sie auf Vermittlung von Kardinal della Rovere an Virginio Orsini verkauft. Hätte Onkel Virginio, überlegte Fabio ärgerlich, nicht in seiner Eitelkeit noch gleichzeitig das Amt des obersten Befehlshabers der neapolitanischen Truppen akzeptiert, hätten die Orsini wohl nicht so schnell das Mißtrauen des Papstes geweckt. Aber Alexander VI. war nicht bereit, die Truppen des machthungrigen Ferrante von Neapel unmittelbar vor den Toren der Heiligen Stadt untergebracht zu akzeptieren. Eine Kriegserklärung gegen Ferrante und die Orsini wurde daher mit jedem Tag wahrscheinlicher, zumal Giuliano della Rovere, gewiß kein Feigling, sich in Rom so unsicher fühlte, daß er sich in seine Burg nach Ostia zurückgezogen hatte.

Kein Wunder, dachte Fabio. Wenn man es genau besah, waren die Rovere fast solche Emporkömmlinge wie die Borgia – Giuliano war ebenso wie Rodrigo Borgia von einem päpstlichen Onkel nach Rom geholt worden –, obwohl man ihnen zugute halten mußte, daß sie zumindest keine Spanier waren. Aber auch ein arroganter Katalane wie Rodrigo Borgia – Alexander, wahrhaftig! – würde es nicht wagen, ernsthaft gegen die Orsini vorzugehen. Die Orsini und die Colonna hatten bereits früher Päpste und Kardinäle mit Gewalt gezwungen, ihren Wünschen zu folgen, und sie würden es wieder tun. Also beeilte sich Fabio nicht sonderlich auf dem Weg. Er hatte im Grunde nichts zu befürchten, außer von den Colonna, und seine Leibwächter waren bestens ausgebildet und hatten ihm schon mehrmals das Leben gerettet.

Als er an seiner bevorzugten Taverne vorbeikam, begann er zusehends in seinem Entschluß zu wanken. Zum Teufel, so ein Familienrat war eine langweilige Angelegenheit. Warum mußte er von Anfang an dabei sein? In diesen Tagen verbrachte er seine Zeit ohnehin viel öfter in Gesellschaft seines Vaters und der Verwandten, als ihm lieb war.

Der warme Dunst der Taverne hatte ihn noch nicht ganz eingehüllt, als der Wirt ihn schon erkannte, sich verbeugte und ihm und seinen Begleitern einen Tisch zuwies. Für Fabio war die eifrige Dienstbarkeit, mit der man ihn empfing, so selbstverständlich wie der morgendliche Sonnenaufgang. Er zog es im allgemeinen vor, bei Freunden in einem Palazzo zu speisen, doch hin und wieder, wenn er mehr als nur kulinarische Genüsse im Sinn hatte, kam er an Orte wie diesen. Sich mit dem ungehobelten Volk abzugeben, verlieh seinen Ausflügen einen zusätzlichen Reiz.

Es dauerte denn auch nicht lange, bis sich ein hübscher junger Bursche zu ihm gesellte. Normalerweise war er wählerischer, brauchte länger, um sich zu entscheiden, aber ein Rest von schlechtem Gewissen der Familie gegenüber hinderte ihn daran, seinen Aufenthalt in der Taverne allzusehr auszudehnen.

»*Allora*, gehen wir, *bello*«, sagte er, legte seinen Arm um die Schulter des Jungen und deutete nach oben. Er hatte sich schon lange angewöhnt, nicht als erster eine unbekannte Treppe hinaufzusteigen oder fremde Räume zu betreten. Aber er dachte nicht daran, sich auch den Rücken zu sichern, und erst in der Sekunde, als ihn ein gewaltiger Schlag auf den Hinterkopf traf, erkannte Fabio Orsini, daß es ein Fehler gewesen war, sich dem Familienrat durch einen Zwischenaufenthalt in dieser Taverne zu entziehen.

Das erste, was er feststellte, als er wieder aufwachte, war, daß man ihm die Augen verbunden hatte und daß es um seine Füße feucht war. Seine Hände waren über dem Kopf gefesselt, vermutlich mit der Decke verknüpft, und ihm war kalt.

»Falls ihr auf Lösegeld aus seid«, rief er mehr erzürnt als erschrocken in die Dunkelheit hinein, »dann laßt euch gesagt sein, Diebesgesindel, daß es sehr töricht ist, einen Orsini zu entführen.«

Von mehreren Stellen hallte Gelächter wider. »Nein, durchlauchtigster Herr, wir wollen kein Lösegeld«, antwortete eine weibliche Stimme, »nur einen Brief.«

»Einen Brief?« fragte Fabio Orsini verdutzt.

»Einen Brief von Eurer Hand an Euren teuren Freund Vittorio de'Pazzi, in dem Ihr ihn auffordert, so schnell wie möglich in das Haus der Fiammetta zu kommen.«

Fiammetta war die derzeit teuerste Kurtisane der Stadt, und zu ihren Liebhabern zählte gerüchtehalber sowohl der Papst als auch Kardinal Colonna. Fabio war sich nun sicher, in ein Netz der Borgia oder der Colonna gestolpert zu sein, und er schwor sich, die Schuldigen für diese demütigende Gefangennahme bezahlen zu lassen. Wütend zerrte er an seinen Stricken.

»Ich werde nichts dergleichen tun!«

»Überlegt es Euch«, erwiderte die junge weibliche Stimme spöttisch. »Das Wasser, in dem Ihr steht, kommt aus dem Tiber, und es steigt. In einer Stunde wird diese Höhle so weit gefüllt sein, daß es Euch bis zu den Armen reicht. In zwei Stunden seid Ihr tot.«

Bis dahin, dachte Fabio grimmig, sollten seine beiden Leibwächter längst die Familie alarmiert und ihn gefunden haben. Dann erinnerte er sich wieder, daß er ihnen befohlen hatte, sich zu trollen, bis er sein Vergnügen gehabt hatte, und das dauerte ihrer Erfahrung nach gut und gerne zwei bis drei Stunden. Dennoch, ein Orsini ließ sich nicht erpressen. Er schwieg und ignorierte das steigende kalte Naß. Schritte entfernten sich, und mit einem ersten Hauch von Entsetzen wurde ihm bewußt, daß er allein war.

»Ich verstehe nicht, warum du nicht selbst mit ihm sprechen willst«, wandte sich Saviya an Richard, während sie durch die Katakomben gingen. »Schließlich ist er dir jetzt doch ausgeliefert.«

»Aber das bleibt er nicht. Wenn er wieder frei ist, würde er sich rächen, und ich habe keine Lust, noch einmal vergiftet zu werden. Und ein Fremder bringt keinen Orsini um. Nur... ein Pazzi könnte es tun.«

»Du hast dich verändert, Riccardo«, sagte Saviya und sah ihn an. Seit er wieder gesund geworden war, hatte sie den Reisig befragt. Aber die Zeichen für Richards Zukunft waren nicht klar zu lesen. Früher wäre er nicht imstande gewesen, einen Plan auszuhecken, wie er ihn der Königin und ihr erläutert hatte. Saviya konnte seine Gedanken und Gefühle nachvollziehen, aber sie wußte nicht, ob sie sich freuen oder es ablehnen sollte, daß er ihrer eigenen Welt ein Stück nähergerückt war.

»Wenn man zwei tollwütige Hunde hat, dann hetzt man sie aufeinander, so einfach ist das«, sagte Richard sachlich. »Jetzt kommt es nur noch darauf an, daß Fiammetta mitspielt. Sie selbst ist in keiner großen Gefahr. Sie hat allerdings auch keinen Grund, uns zu helfen.«

»Sie ist immer noch mit der Königin befreundet. Sie wird sich an die Abmachung halten. Aber bist du sicher, daß dieser Puttano da unten schreiben wird?«

Die Kerze, die Richard hielt, warf seltsam gezackte Schatten an die Wand. »Ganz sicher.«

Er hatte recht. Fabio Orsinis Entschlossenheit, nicht nachzugeben, schmolz mit der steigenden Flut. Überdies hatte Fabio bemerkt, daß in dem Wasser ein guter Teil des römischen Abfalls mitschwamm. Der Gestank wurde immer unerträglicher. Schließlich schrie er um Hilfe. Als dieselbe

Stimme ihn noch einmal aufforderte, den Brief zu schreiben, hieß er sie beinahe als Retterin willkommen.

Doch nachdem man ihn aus der Kloake gezogen hatte, kehrte ein Teil seiner Arroganz zurück. »Mit einer Binde vor den Augen kann ich nicht schreiben«, erklärte er mürrisch. »Außerdem wird Vittorio sowieso nicht darauf hereinfallen. Warum sollte er Fiammetta besuchen? Oder ich? Was das angeht...«

»Weil sie Euch eine wichtige Information verkaufen will. Doch nur gegen sofortige Bezahlung, und wie Messer Vittorio weiß, habt Ihr nie genügend Geld.«

Man führte ihn in ein anderes Gewölbe und nahm die Binde ab; er schaute auf ein paar maskierte, bewaffnete Gestalten und einen überraschend edlen, feingeschnittenen Tisch nebst Schreibzeug. Fabio versuchte, sich an seinen Entführern Merkmale einzuprägen. Das unverschämte Mädchen, das ihm den Brief diktierte, hatte grüne Augen. Selbst im Völkergemisch von Rom war dies eine Seltenheit. Wir werden sehen, dachte er, während er zähneknirschend an Vittorio schrieb. Wir werden sehen.

Als er fertig war, teilte man ihm mit, daß man ihn erst freilassen könne, wenn Messer Pazzi der Einladung gefolgt sei und ihnen seinerseits einen kleinen Gefallen erwiesen habe.

»Ich hoffe, ihr laßt mich bis dahin nicht in diesen stinkenden Lumpen stecken«, sagte Fabio säuerlich. Seine Angst war fast völlig verschwunden.

Zum ersten Mal sprach der Mann, der neben dem Mädchen mit den grünen Augen stand, und seine Stimme kam Fabio Orsini bekannt vor. »Ich fürchte doch. Wir haben leider keine angemessene fürstliche Kleidung für Euch.«

Vittorio de'Pazzi hielt im allgemeinen nichts von plötzlichen Entschlüssen, doch Fabios Bitte haftete nichts Außergewöhnliches an. Der Junge befand sich einmal wieder in Geldschwierigkeiten, und daß es diesmal um eine politische

Angelegenheit und nicht wie üblich um Spielschulden ging, bewies nur, wie sehr sich die Orsini in die Angst vor dem Emporkömmling Borgia schon hineingesteigert hatten. Jetzt griffen sie sogar auf Klatsch zurück, den Kurtisanen anboten!

Dennoch, erstens waren Fabio und die Orsini nützlich, und zweitens konnte es nie schaden, etwas über den Papst zu erfahren. Wer weiß, vielleicht erwies es sich eines Tages als nützlich. Vittorio war nicht der Mann, derartige Möglichkeiten ungenutzt verstreichen zu lassen. Außerdem lockte ihn die Aussicht, die begehrte Fiammetta kennenzulernen.

Sein Mannesstolz war noch immer gekränkt, weil es dem sterbenden Lorenzo noch gelungen war, Caterina Sforza dazu zu bringen, einem Medici vor Vittorio de'Pazzi den Vorzug zu geben. Mit Caterina hatte er auch noch eine Rechnung zu begleichen, o ja. Aber keine Kurtisane in Rom würde ihn abweisen. Sie wußten, wo ihre Vorteile lagen.

Also kam er mit einer kleinen Leibwache zu Fiammettas Haus, und in der Tat, die Schönheit aus Venedig empfing ihn wirklich sehr zuvorkommend.

»Leider müssen wir noch auf den Cavaliere Orsini warten«, erklärte sie, anmutig lächeld. »Er befindet sich zur Zeit in einem der oberen Gemächer, um mit meinem Pagen Rinaldo die Aussicht zu bewundern. Man sieht von hier bis zum Kapitol, müßt Ihr wissen.«

Das sah Fabio ähnlich, dachte Vittorio de'Pazzi weit weniger ärgerlich, als er gewesen wäre, hätte ihm Fiammetta nicht wie zufällig einen tiefen Blick in ihr weit ausgeschnittenes Kleid gewährt. Fabio hatte nie Prioritäten zu setzen gewußt.

Fiammetta kredenzte ihm einen köstlichen Wein (den sie, wie es in Rom als Geste der Höflichkeit üblich war, zuerst kostete), und schließlich schickte er seine Leibwache in den nächsten Raum. Der Himmel mochte wissen, wie lange Fabio noch brauchte, und es gab angenehmere Dinge als Konversation, um die Wartezeit zu verkürzen.

»Ihr wißt nicht, was es für mich bedeutet«, flüsterte ihm

Fiammetta mit heiserer Stimme ins Ohr, »nach all den weichlichen Priestern wieder einen richtigen Mann zu spüren.«

Beim Anblick des einladenden Bettes hatte er ohne langes Zögern Kleidung und Waffen abgelegt. Er wollte den Unterschied zwischen einem Kardinal und einem Pazzi unter Beweis stellen. Doch da spürte er kaltes Eisen an seiner Kehle.

»Das ist ein Scherz«, zischte Vittorio de'Pazzi ungläubig.

»Das ist mein Ernst«, erwiderte Fiammetta kalt, und alles Verführerische fiel plötzlich von ihr ab. »Ich würde dir mit Vergnügen die Kehle durchschneiden, du Schwein, wenn du nicht genau tust, was ich dir sage. Ein Hilferuf, und ich stoße zu. Und jetzt steh auf.«

Während Vittorio von Fiammetta über eine Geheimtreppe in den Keller geführt wurde, loderte in ihm nur eiskalter Zorn. Bei Gott, das würde die kleine Hure büßen!

Er überlegte, ob er nicht dennoch versuchen sollte, zu schreien und Fiammetta dabei den Dolch aus der Hand zu schlagen, doch im Keller erwarteten ihn eine Reihe maskierter und bewaffneter Gestalten.

»Unser Auftraggeber war so zuvorkommend, Eure Leibwächter fortzuschicken«, meinte ein Mann mit gefährlich sanfter Stimme. »Es klingt doch recht plausibel, daß Ihr mit Eurem Freund nach Hause gehen werdet, oder?«

»Wollt Ihr damit behaupten«, stieß Vittorio hervor, »Fabio Orsini wäre...«

»Das habt Ihr gesagt, nicht ich«, schnitt der andere ihm das Wort ab. »Denkt besser darüber nach, falls Euch Euer Leben lieb ist. Alles, was wir von Euch wollen, ist Geld. Nicht das wenige, was Ihr da bei Euch habt. Schuldscheine über Euer gesamtes Vermögen sollten es schon sein.«

Vittorio fiel es wie Schuppen von den Augen. Er dachte an Fabios gehetztes Auftreten in der letzten Zeit. Das war genau die Art von hinterlistiger Intrige, die Fabio ähnlich sah, und der Orsini hielt es vermutlich auch noch für einen guten

Witz. Aber nicht mit mir, schwor sich Vittorio. Nicht mit Vittorio de'Pazzi.

»Ihr glaubt doch nicht«, sagte er höhnisch, »daß ich Euch auch nur einen einzigen Dukaten überschreiben werde.«

»Das liegt bei Euch«, meinte der Maskierte trocken. »Wir verlangen das Geld natürlich nicht ohne Gegenleistung. Von jetzt an werdet Ihr für jede Mahlzeit, die Ihr erhaltet, bezahlen.«

Man band ihm die Augen zu und brachte ihn in ein dreckiges Loch. Den Geräuschen nach zu urteilen, teilte er sein Gefängnis mit Ratten.

»Kann ich jetzt gehen?« fragte Fabio Orsini mürrisch. Er fröstelte ein wenig, obwohl es warm war in Fiammettas Haus; man hatte ihm lediglich ein neues Hemd gegeben, damit er Pazzis Diener wegschicken konnte.

»Aber gewiß doch, Cavaliere«, erwiderte das Mädchen mit den grünen Augen. »Wir bringen Euch gleich an einen Ort, von dem aus Ihr Euch frei bewegen könnt. Nur würde ich Euch nicht raten, sofort eine Suchtruppe für Messer de'Pazzi zusammenzustellen oder sonst etwas Unüberlegtes zu tun. Nachdem Ihr allein seine Leibwächter fortgeschickt habt, werdet Ihr es nämlich sehr schwer haben, Messer de'Pazzi und seinen Leuten weiszumachen, daß Ihr nicht gerne mit uns zusammengearbeitet habt – wo Eure Schulden doch jetzt von seinem Vermögen bezahlt werden.«

Fabios Gesicht verzerrte sich zu einer bemerkenswerten Mischung aus Zorn, Überraschung, Zweifeln und plötzlich auftauchenden Einsichten.

»Meine Schulden?« wiederholte er lauernd. »Für jeden Tag, an dem Messer de'Pazzi in unserer Obhut weilt... erhaltet Ihr einen Schuldschein seiner Bank.«

Saviya beobachtete, wie seine Augen gierig aufleuchteten. Es war, wie Riccardo gesagt hatte – dieser stolze Orsini, der vorgab, Handelsleute fast so sehr zu verachten wie das dumme Vieh, schnappte nach einer prallen Börse, die man ihm vor die Nase hielt, wie ein Fisch nach dem Köder und war durchaus bereit, dafür einen Freund im Stich zu lassen. Ihr war selbst daran gelegen, sich mit Geld vor Verfolgung und Armut zu schützen, aber wenn sie sah, was Reichtum aus den Gorgios machte, dann fragte sie sich, ob der Woiwode und die Weisen nicht recht hatten, ob Besitz nicht etwas war, von dem man sich nicht abhängig machen sollte.

Sie übergab Orsini zwei Leuten der Königin, die ihm erneut die Augen verbanden und fortführten, und machte sich auf die Suche nach Richard, den sie schließlich im Garten des Palazzo fand. Er stand in Gedanken versunken vor einer Statue. Sachte berührte Saviya ihn an der Schulter.

»Wir müssen jetzt gehen, Riccardo. Fiammetta erwartet zwar heute niemanden, aber einige ihrer... Freunde kommen manchmal unerwartet, und...«

»Gewiß«, antwortete Richard abwesend und musterte grübelnd das marmorne Profil – eine Kopie, soweit er feststellen konnte, doch sehr gut gemacht. Pallas Athene, die Göttin der Weisheit. Eine seltsame Wahl für eine Kurtisane – oder auch nicht. Diese Statue hier zeigte den Schild mit dem Gorgonenhaupt bis in die kleinste Einzelheit ausgeführt, und in den Schlangen, die sich ihm entgegenzustrecken schienen, sah Richard plötzlich ein Symbol für die Stadt Rom, wie er sie kennengelernt hatte. Die Schönheit der Antike vermengt mit einem Vipernnest. Er war noch am Leben, aber manchmal kam ihm jeder Atemzug wie ein Wunder vor.

»Saviya«, sagte er unvermittelt, »weißt du, daß du mir nicht nur das Leben gerettet hast, sondern mir auch die Möglichkeit eröffnet hast, es völlig anders zu führen? Wenn das hier vorbei ist, könnten wir die Stadt verlassen, frei...«

Jäh trat sie einen Schritt von ihm zurück. »Du könntest es«, sagte sie leise. Die Versonnenheit wich aus Richards Zügen und machte einer leblosen Nüchternheit Platz. »Richtig. Ich könnte es.«

Irgendwo in der Nähe mußte sich eine Küche befinden. Vittorio de'Pazzi hätte nie geglaubt, daß ihn allein der Duft nach gesottenem Huhn oder gebratenem Fisch fast wahnsinnig machen könnte. Er hatte sich schon öfter in seinem Leben auf die Folter vorbereitet, war sicher gewesen, sich dem Streckbett und den spanischen Stiefeln widersetzen zu können, wie es sich für einen Pazzi gehörte. Aber normaler Hunger war ihm in seinem bisherigen Dasein unbekannt geblieben.

Hinzu kam, daß man von ihm nicht etwa Geheimnisse oder dergleichen verlangte, sondern Geld. Vittorio de'Pazzi hing an seinem Geld. Doch man verlangte ja nicht alles von ihm. Nur eine kleine Summe, um etwas im Magen zu haben, dann würde er weitersehen. Mit gefülltem Bauch würde er einen Ausweg aus dieser Falle finden und sich mit neuen Kräften der Ratten erwehren können, die immer kecker wurden und bereits nach ihm schnappten.

Beim Anblick des Kapauns, den man ihm brachte, hätte er in die Knie gehen können, wenn er nicht schon gesessen wäre. Doch der geforderte Preis ließ ihn schlagartig alle Schwäche vergessen.

»Zehntausend Dukaten? Seid ihr wahnsinnig, ihr Räubergesindel?«

»Der Wein dazu, das macht noch hunderttausend drauf«, endete der Mann, der ihn bediente, geschäftsmäßig und zog sich unter Pazzis Flüchen wieder zurück.

Keine Frage, daß Fabio dies für einen guten Witz hielt. Also unterschrieb Vittorio zähneknirschend den Schuldschein und stellte fest, daß der Kapaun, aus der Nähe betrachtet, längst nicht mehr so groß erschien und nur notdürftig seinen Hunger stillte. Dennoch, als sich die Tür das nächste Mal öffnete, hatte er mehrere Rattenbisse an Armen und Händen – die Narben seines Kampfes um Selbstachtung –, und es fiel ihm bereits etwas leichter, weitere hunderttausend Dukaten für eine Stange Brot auszugeben. Sein Protest klang eher schwach.

»Aber das Huhn allein hat doch viel weniger gekostet!«

»Die Preise steigen, Exzellenz.«

Als sich Vittorio de'Pazzi eine Woche später vor einem Armenhospital ausgesetzt wiederfand, war er ein ruinierter Mann, dreckig, flohverseucht, mit entzündeten Wunden am ganzen Körper und nur von dem glühenden Wunsch getrieben, Rache an Fabio Orsini zu nehmen, der, wie Vittorio nach Rückfragen bei seinen entsetzten und ungläubigen Bankangestellten schnell in Erfahrung bringen konnte, seine Schuldscheine sofort eingelöst hatte.

Mit Grazie strich die Königin ihre Seidenröcke glatt. »Ich hoffe, Ihr seid Euch Eurer Vergünstigungen bewußt, Riccardo. Es gibt wenige Außenseiter, die ich zweimal empfange. Aber nun seid *Ihr* ja einer von uns, nicht wahr?«

Richard erkannte eine Drohung. Doch nichts wäre falscher gewesen, als sich jetzt eingeschüchtert zu zeigen.

»Das Volk meiner Mutter«, antwortete er, »hat ein Sprichwort. Nichts verbindet so sehr wie ein geteiltes Geheimnis, aber nur ein Mann, der ganz sich selbst gehört, kann es bewahren.«

Die Königin lachte leise. Richard schaute auf die verschleierte Gestalt im Halbdunkel und erinnerte sich plötzlich an einen anderen Menschen, der ebenfalls eine Vorliebe für das Halbdunkel hatte und sich gerne durch die Schatten schützte. Er fragte sich, ob die Königin auch Jakobs Passion für das Schachspiel teilte.

»Gewiß«, sagte die Königin spöttisch. »Abgesehen von meiner Überzeugung, daß es Männern äußerst selten gelingt, ein Geheimnis zu bewahren, ganz gleich, wem ihre Loyalität gilt. Aber wir haben uns wahrhaftig gegenseitig einen Gefallen erwiesen. Ich habe Neuigkeiten für Euch, Tedesco. Vittorio de'Pazzi ist tot, niedergeschlagen von den Leibwächtern Fabio Orsinis, als er ihn ermorden wollte. Unser Heiliger Vater hatte sich vorher mit den Orsini darauf geeinigt, daß sie ihm statt Franceschetto Cibo den Kaufpreis für die Lehen zahlen. Aber nach diesem Skandal stellte er fest, wie wenig ein Orsini für das Amt des Gonfaloniere der Kirche geeignet ist, und übertrug es Fabrizio Colonna. Das bedeutet Krieg, Riccardo, und Ihr solltet daran denken, wenn Ihr wieder in die Welt dort draußen zurückkehrt. Aber vielleicht wollt Ihr gar nicht zurückkehren? Ihr habt Eure Nützlichkeit bewiesen, Ihr könnt bleiben, solange Ihr wollt.«

Richard schwieg. Ein Hauch von Parfüm zog an ihm vorbei, als die Königin die Hand hob. »Oh, ich weiß, die Katakomben sind nicht sehr reizvoll für einen jungen Mann. Es bleibt Eure Entscheidung. Ich würde Euch auch helfen, Rom zu verlassen und zu gehen, wohin Ihr wünscht.«

Freiheit. Ein neues Leben, dachte Richard, entwickelte sich immer so, wie man es zu nutzen wußte, gut oder schlecht. Bisher hatte er nichts anderes getan, als sich zu rächen. Das war befriedigend gewesen, gewiß, aber auch anekelnd. Er dachte an Vittorio de'Pazzi, an Fabio Orsini, und hörte Mario noch einmal von den vielen Toten erzählen, welche die Fehde der Medici und der Pazzi in Florenz gefordert hatte.

Freiheit. Aber Freiheit wozu? Niemand konnte sich frei von Erinnerungen und Schuldgefühlen machen. »Ich kehre zurück«, sagte Richard.

Die Königin neigte den Kopf. »Es ist Eure Wahl.«

36

DURCH DIE STRASSEN von Rom zu laufen, ohne Maske, zu spüren, wie der kühle Herbstwind ihm ins Gesicht blies, das Gewirr unzähliger Stimmen zu hören ließ ihn sich wie ein Fremder aus einer anderen Welt vorkommen und machte ihm erst klar, wie lange er in den Katakomben gelebt hatte. Es war, als ob er Rom ein zweites Mal entdecken würde, und diesmal nahm er auch die Bettler an den Ecken wahr, erkannte einige Kinder, die sich geschickt an Passanten heranschlichen, um dann mit einer Börse davonzurennen, sah die Frauen, die nicht wie Fiammetta das Glück gehabt hatten, einige reiche Gönner zu finden. Statt römischer Ruinen sah er mit einem Mal das römische Leben.

Und am seltsamsten war, daß ihm das alles viel vertrauter erschien als der überfüllte Handelshof, den er schließlich betrat. Er berührte einen der herumliegenden Stoffballen, wie um sich zu vergewissern, daß dieser tatsächlich vorhanden war.

»Richard! Aber das ist doch... Richard!«

Eine deutsche Stimme mit schwäbischem Akzent beendete seine Gedanken. Es war nicht Johannes Zinks Stimme, es war überhaupt kein Angestellter des Unternehmens. Als Richard sich umdrehte, lief Ulrich Fugger der Jüngere, der freudestrahlende Hänsle, ihm entgegen. Einen Moment lang erschien es Richard, als hole ihn mit Hänsle seine Vergangenheit wieder ein. In der nächsten halben Stunde brauchte er kaum ein Wort zu sagen, während Hänsle darauflosschwatzte.

»Zum Teufel, Richard, du weißt gar nicht, was du angerichtet hat. Als ich in Venedig den Brief von Onkel Jakob bekam, noch dazu per Eilkurier, na, da dachte ich, jetzt bin ich fällig. Zurück nach Augsburg. Ich habe da nämlich einige kleinere Schulden – ist ja gleichgültig. Jedenfalls wäre mir ein Donnerwetter von Onkel Jakob lieber gewesen als die Nachricht, daß Zink dich für tot hielt, er aber nicht, Onkel Jakob, meine ich. Er befahl mir, sofort nach Rom zu reisen, um dich zu suchen und auf alle Fälle die Umstände deines Verschwindens zu klären, ›um mich endlich nützlich zu machen‹, wie er schrieb. Im übrigen finde ich diesen Ausdruck schon ein bißchen beleidigend. Was heißt hier endlich? Also, los ging's nach Rom, und ich muß dir sagen, Richard, diese Leute, mit denen du hier verkehrst, die sind noch schlimmer als die elenden Welser bei uns daheim. Es hat Ewigkeiten gedauert, bis mich der Kerl, bei dem du zuletzt gesehen wurdest, überhaupt empfing. Seine Diener tischten mir eine unmögliche Geschichte auf von wegen Entführung, aber er war noch schlimmer. Zog eine Miene, als hätte ich irgendeinen üblen Gestank an mir, und behauptete, du hättest dich mit irgendeiner Schlampe verdrückt. ›Es scheint, daß ihr Tedeschi eure barbarischen Instinkte nicht sehr gut zügeln könnt‹, sagte er doch tatsächlich zu mir, ›und so etwas kann in Rom natürlich gefährlich werden.‹ Also, da ist mir endgültig der Kragen geplatzt. Ich sagte ihm, das sei die dümmste Lüge, die ich je gehört hätte. Mein Vetter Richard? Mit einem leichten Mädchen? Da ist es schon wahrscheinlicher, daß der Papst heiratet, mein Herr, habe ich gesagt, und dann fing er an zu lachen und ließ mich doch glatt von seinen Dienern hinauswerfen. Und das schlimmste war, daß diese Wichte noch nicht einmal Geld für Informationen über dich von mir annehmen wollten. Warte, bis ich das nach Hause schreibe. So kann man mit einem Fugger nicht umspringen!«

Hänsle hielt ein wenig atemlos inne und musterte Richard mißtrauisch. Sein Freund sah aus, als wollte er lachen; Richards Mundwinkel zuckten, aber er beherrschte sich. Mit einer für Richard mehr als ungewöhnlichen Geste legte er Hänsle beide Hände auf die Schultern und sagte mit unverkennbarer Aufrichtigkeit: »Hänsle, ich habe dich vermißt!«

»Nun ja«, meinte der angenehm berührte Hänsle ein wenig verlegen, »längst nicht so sehr, wie wir dich vermißt haben. Wo hast du nun eigentlich gesteckt?«

Was Richard ihm erzählte, war im wesentlichen das, was jeder, außer Jakob, von seinem Verschwinden erfahren würde und was er sich schon lange zurechtgelegt hatte; er sei auf dem Weg von Fabio Orsini zum Handelsviertel niedergeschlagen und seines gesamten Hab und Guts beraubt worden, die Räuber hätten ihn als tot zurückgelassen, einige ehrliche Leute jedoch hätten ihn ins Armenhospital gebracht, wo er, da er sein Gedächtnis verloren hatte, einige Wochen – »Es waren Monate«, meinte Hänsle – dahindämmernd verbracht habe, bis die Erinnerung stückweise zurückgekehrt sei. Dann sei es recht schwierig gewesen, den Bruder Vorsteher von seiner geistigen Gesundheit und davon zu überzeugen, ihm einige Kleider zu leihen.

»Das Zeug, das du trägst, sieht auch reichlich abgenutzt aus«, meinte Hänsle kritisch. »Du meine Güte, Richard, hast du ein Glück gehabt. Einen Raubüberfall überlebt sonst in Venedig schon niemand, und hier soll es noch schlimmer sein. Ich dachte, dieser schmierige Orsini steckte hinter allem. Hätte mir gefallen. Hätte mir wirklich gefallen. Dann hätte ihm Onkel Jakob nämlich die Hölle heißgemacht«, schloß er betrübt.

»Kaum«, sagte Richard. »Jakob hätte keine Lust, sich seine römischen Geschäfte zu verscherzen, indem er einen Angehörigen des römischen Hochadels beleidigt, und schon gar nicht einen Orsini. In dieser Beziehung würde ich dir im übrigen auch Zurückhaltung empfehlen, aber ganz ehrlich«, er konnte sein Grinsen nicht länger verbergen, »ich bin nicht besonders empört, weil du Fabio Orsini einen Dummkopf genannt hast.«

Zur Feier von Richards Rückkehr ließ Hänsle ein riesiges

Mahl auftischen, um ihn, wie er sagte, für die Zeit im Armenhaus zu entschädigen. Johannes Zink hörte sich zwar die Geschichte ein wenig mißtrauischer an, aber auch ihm war die Erleichterung anzumerken, und er beschnitt Hänsles Anordnungen in keiner Weise.

»Nur aus Neugier«, sagte Richard, während Hänsle seine Fegattelli genoß, »warum hat Jakob nicht geglaubt, daß ich tot wäre, obwohl ich nicht mehr auftauchte?«

Kauend zuckte Hänsle die Achseln. »Keine Ahnung. Wie er solche Sachen eben weiß. Er hat ja auch recht gehabt, nicht wahr? Übrigens ist bei uns in Venedig die Hölle los, weil er einen Teil der Angestellten in neue Kontore verlegen will. Jeder der spanischen Häfen, die uns durch die Heirat des Erzherzogs jetzt offenstehen, soll besetzt werden. Wer will schon vom größten Handelsumschlagsplatz der Welt in ein Nest an der granadischen Küste? Aber ich setze mein Geld im Zweifelsfall auf Jakob. Würde mich nicht wundern, wenn er auch da etwas weiß, was wir nicht wissen.«

In den vergangenen Wochen hatte sich Richard so ausschließlich auf Fabio Orsini und Vittorio de'Pazzi konzentriert, daß er verdrängt hatte, was an dem Tag des Gastmahls noch alles geschehen war, doch nun, da Hänsle von Jakob und dem Unternehmen sprach, fiel es ihm wieder ein und ließ ihm keine Ruhe. Schließlich fragte er: »Hat Jakob dir sonst eigentlich irgend etwas aufgetragen, für den Fall, daß ich lebe?«

Hänsle ließ den Becher, aus dem er gerade getrunken hatte, sinken und musterte Richard verblüfft. »In der Tat«, erwiderte er langsam. »Bei der Aufregung hätte ich es fast vergessen, und ich möchte wissen, wie du darauf kommst. Er hat mir geschrieben, ich solle dir sagen, dein Freund bei den Dominikanern wäre seines Amtes enthoben, und ihm stünde ein Prozeß bevor. Das klingt kaum nach guten Neuigkeiten, ich weiß, aber du hast mich gefragt.«

»Das kommt ganz darauf an, wie man es sieht.«

Seine Rachegelüste befriedigt zu haben, hinterließ ein seltsam hohles Gefühl. Wieder dachte Richard, ein neues Leben ist nur so gut oder schlecht, wie man es nutzt. Heinrich Institoris würde wohl keine Hexen mehr verbrennen. Aber es gab genügend andere, die an seine Stelle treten würden. Nein, wenn er, Richard, wirklich Leben retten wollte, als Wiedergutmachung für die, die er zerstört hatte, mußte er mehr tun. Auch mit einem Buch war dies nicht getan.

Noch in derselben Nacht machte Richard sich daran, die Briefe zu schreiben, die ihm wichtig waren. Vorher hatte er sich einen Überblick über den in seiner Abwesenheit mehr oder weniger eingeschlafenen Kunsthandel verschafft; aus Florenz schickte Wolfgang Schmitz immer noch vereinzelt Stücke, doch die Zahl der Angestellten im dortigen Fondaco waren verringert worden, und Schmitz konnte immer weniger Zeit auf den Kunsthandel verwenden. Richard entschloß sich, um ein höheres Gehalt für Schmitz zu bitten. Das würde den Mann motivieren.

Mario, dem er wie immer unverschlüsselt schrieb, teilte er nichts über die Orsini oder Pazzi mit, sondern nur, daß er am Leben sei und fügte hinzu, er habe Saviya wiedergefunden. Es ginge ihr gut, sie sei im Moment wohl nicht in Gefahr, obwohl sie sich nicht geändert habe.

Jakob gegenüber erwähnte er Saviya nicht, schrieb aber ansonsten die Wahrheit über seinen Aufenthalt in den Katakomben: »Es könnte sein, daß der Papst bald mehr von Euren Schweizern benötigt, wenn sich die Orsini tatsächlich mit Waffengewalt gegen den Entzug des Generalkapitänsamtes wehren werden.

Beurteilung der Orsini: Ich glaube, sie werden kämpfen. Alle Orsini, die ich bisher kennengelernt habe, verfügen über einen an Wahnsinn grenzenden Stolz, der sich mit ungeheurer Selbstgefälligkeit mischt. Daß sich die Familie so lange halten konnte, erklärt sich sicher nicht nur mit Tradition; zweifellos sind einige von ihnen sehr intelligent, doch meiner Meinung nach sind das die Älteren.

Die jüngeren Orsini könnten, übernähmen sie die Führung, die Familienmacht verlieren, zumal Gerüchten zufolge Ferrante von Neapel sehr krank ist, und es sich fragt, ob sein Nachfolger die Orsini ebenfalls unterstützen wird.

Beurteilung des Papstes: Mein erster persönlicher Eindruck steht nicht im Widerspruch zu dem, was Ihr vor Jahren von Magister Pantinger gehört habt. Sehr skrupellos und sehr fähig. Allenfalls könnte ihm, wie den Orsini, sein Familienstolz zum Verhängnis werden. Nach dem, was ich von den hiesigen Adelsfamilien gesehen habe, werden sie lieber alle Zwistigkeiten begraben und sich gegen ihn verbünden, als zuzulassen, daß eine Außenseiterfamilie alle wichtigen Ämter erhält.«

Er zögerte noch etwas und ließ die Feder, die er hielt, von einer Hand in die andere gleiten, dann setzte er impulsiv hinzu: »Falls Ihr durch meinen Ausfall Schwierigkeiten hattet, tut es mir leid. Aber ich hatte und ich habe nicht die Absicht, das Spiel abzubrechen.«

Es war nicht ganz leicht, an alle abgerissenen Kontakte wieder anzuknüpfen, und in den nächsten Tagen war Richard ständig unterwegs. Dabei mied er bewußt alles, was mit den Orsini zu tun hatte, war sich aber im klaren darüber, daß seine »Auferstehung« sich irgendwann bis zu ihnen herumsprechen würde. Schon bald teilte ihm Zink vergnügt mit, daß Richard zu dem Bankett, welches der Papst zu Ehren der spanischen Könige gab, eingeladen war. Bei dieser Gelegenheit wurde, um den jüngsten Sieg über die Mauren zu würdigen, den Spaniern der Titel »katholische Könige« verliehen.

»Und der Heilige Vater hat sich persönlich nach Euch erkundigt, als er mich empfing! Fürwahr, mein lieber Richard, das ist ein gutes Omen.«

Richard war sich dessen nicht so sicher. Doch er mußte zugeben, daß die Neugier in ihm immer noch zu stark war, um eine solche Einladung auszuschlagen oder Krankheit vorzuschützen, ganz abgesehen davon, daß eine Absage für jemanden, der sich gerade entschieden hatte, wieder geschäftlich in Rom tätig zu werden, eine unverzeihliche Dummheit gewesen wäre. Also begab er sich, in Begleitung Hänsles, der es überhaupt nicht eilig hatte, nach Venedig oder gar Augsburg zurückzukehren, und von ein paar gutbezahlten Leibwächtern gefolgt, an dem bewußten Abend in den Vatikan.

Die von Alexander bestellten Zimmerleute und Maler schienen ihre Arbeiten zum größten Teil beendet zu haben, denn in dem Bankettsaal, in den Richard geführt wurde, war ein neues Deckenfresko zu bewundern. Es zeigte, anders als die Gemälde, die er bisher in Rom gesehen hatte, keine christlichen Motive oder Heiligenlegenden. Hänsle war Richards prüfendem Blick gefolgt und runzelte verwirrt die Stirn.

»Was soll denn das sein? Irgendein Märtyrer, der gerade zerstückelt wird?«

»Es ist die Geschichte von Isis und Osiris«, antwortete Richard nachdenklich. »Ich hätte nicht gedacht, daß der Heilige Vater sich für ägyptische Mythen interessiert.«

Widerstrebend riß er sich von dem wirklich exzellent ausgeführten Deckengemälde los und wandte seine Aufmerksamkeit dem bunten Gewirr vor ihm zu. Er schätzte die Zahl der Gäste, die zur Feier der neuen »katholischen Könige« geladen worden war, vorsichtig auf dreihundert.

»Sollten wir nicht jetzt seine Heiligkeit…« begann Hänsle zögernd, und Richard schüttelte den Kopf. Sie seien keine Ehrengäste, mahnte er seinen Vetter, hätten somit auch nicht Anspruch auf einen Platz bei Tisch und eine offizielle Begrüßung durch ihren Gastgeber.

»Am besten, wir suchen uns unauffällig eine Ecke, von der aus wir alles beobachten können«, schloß er und fügte hinzu: »Es wäre wirklich besser, wenn wir zusammenblieben, Hänsle.«

Er hatte die anerkennenden Blicke bemerkt, mit denen Hänsle den weiblichen Gästen folgte. Hänsle seufzte theatralisch. »Der Rat eines Mannes, der uns einige Monate in Angst und Schrecken versetzt hat, weil er angeblich einem leichten Mädchen in die Nacht gefolgt ist. Na schön, ich nehme an, du weißt, wovon du sprichst. Aber Blicke sind doch nicht verboten, oder?«

Hänsle, dachte Richard ein wenig zerstreut, hatte nicht ganz unrecht. Die hier anwesenden Damen waren eine Augenweide. Er suchte nach der fülligen Gestalt des Papstes und fand ihn nicht nur von einer, sondern gleich von drei Frauen umringt, die alle auffallendes, blondes Haar hatten – in Rom eine begehrte Seltenheit. Richard erkannte eine von ihnen, weil man ihn schon öfter auf sie aufmerksam gemacht hatte, wenn ihre Sänfte durch die Stadt getragen wurde: »La bella Giulia«, wie die Römer sie bewundernd nannten, Giulia Farnese, die neunzehnjährige offizielle Geliebte des Papstes und verheiratet, wie er sich erinnerte, mit jenem betrunkenen jungen Mann, den Fabio Orsini als »mein Vetter Orso«, bezeichnet hatte.

Alexander VI. hatte den Arm um ihre Taille gelegt und sagte gerade etwas, das sie zum Lachen brachte. Sie bog den Kopf zurück, und der Anblick der langen silberblonden Pracht rief in Richard plötzlich und ungewollt die Erinnerung an seine Mutter wach. Schnell wandte er seine Aufmerksamkeit den anderen beiden Frauen zu. Sie hätten Mutter und Tochter sein können. Die Ältere von beiden schien kaum zehn Jahre jünger zu sein als der Papst, hatte längst nicht so ebenmäßige Züge wie la bella Giulia oder gar deren jugendlichen Liebreiz, aber sie strahlte Würde aus und bewegte sich völlig ungezwungen in der Umgebung des Papstes, gab ihm sogar einmal einen leichten Schlag auf die Hand, als er sich noch etwas von einer der zahlreichen Silberplatten mit den Süßigkeiten nehmen wollte. Die Jüngere war wohl kaum älter als dreizehn, und wieder bemühte sich Richard, eine ungewollte Erinnerung zu verdrängen, denn dieses Mädchen strahlte dieselbe irritierende, ständig wechselnde Mischung aus Kind und Frau aus wie Saviya, als er ihr zum ersten Mal begegnet war.

Ihre kühlen Hände auf seinem fieberbrennenden Gesicht. Der leichte, fast unmerkliche Druck ihrer Brüste, als sie sich über ihn beugte, um ihn zuzudecken.

Nein.

»Das ist unerhört«, murmelte jemand neben ihm, und Richard stellte fest, daß er und Hänsle neben einigen Mitgliedern des römischen Adels, die er zumindest vom Sehen her kannte, zu stehen gekommen waren. »Jetzt bringt der Katalane nicht nur seine Dirnen, sonden auch noch seine Bastarde mit in den Vatikan.«

»Aber mein Lieber, was ist daran neu? Und warum auch nicht? Ich habe gehört, daß Lodovico Il Moro eingewilligt hat, seinen Neffen mit der kleinen Lucrezia dort zu verheiraten, und wenn die Sforza sich mit den Borgia verbinden, dann...«

»Il Moro hat die Hilfe des Papstes dringend nötig, um von Neapel nicht geschluckt zu werden, da Piero de'Medici sich ganz auf die Seite Ferrantes gestellt hat. Und außerdem ist er selbst nicht gerade einwandfreier Herkunft. Glaubst du, sonst würde er die Verbindung mit...«

»*Basta!*« Man schien sich gewahr zu werden, daß auch das geräuschvollste Fest Platz für Lauscher bot, und in der Tat stieß Hänsle, sowie die jungen Römer sich entfernt hatten, Richard übermütig in die Seite.

»Hast du das gehört?«

Richard nickte abwesend. Auf jeden Fall nicht uninteressant. Er nahm sich vor, sich in den nächsten Tagen wieder zur florentinischen Botschaft zu begeben, um zu erfahren, ob Piero wirklich die zwischen den mächtigen Stadtstaaten ausgleichende Politik seines Vaters aufgegeben hatte, um sich ganz und gar mit einem von ihnen zu verbünden. Und warum Ferrante von Neapel, alt und krank, und nicht Lodovico von Mailand? Zugegebenermaßen galt Ferrante, alt oder nicht, immer noch als der unerbittlichste und furchtbarste Feind, den man sich machen konnte.

Er schaute wieder zum Papst, der inzwischen einen Mann in Kardinalsrobe, der mit seinem wettergegerbten Gesicht und dem muskulösen Körper eher wie ein Krieger wirkte, die Frauen an seiner Seite sowie zwei Jungen, beide jünger als Richard, vorstellte.

»Seine Eminenz, Kardinal Mendoza«, flüsterte Zink Richard und Hänsle zu, »der die katholischen Könige hier vertritt.«

»Und wer sind diese beiden jungen Burschen?« fragte Hänsle neugierig.

Zink senkte seine Stimme noch etwas. »Die beiden jüngeren Söhne seiner Heiligkeit, Juan und Joffre.«

Richard sah mit einem Mal wieder Savonarola vor sich, wie er gegen die Sünden der Kirche wetterte. Er versuchte, sich Savonarola in Rom vorzustellen, mit Alexander VI. statt Lorenzo de'Medici als Angriffsziel. Die Blume der Hölle? dachte er und musterte das festliche Treiben, das ihn umgab. Gewiß, aber es ist nicht Florenz, Frater. Nicht Florenz. Warum seid Ihr nie nach Rom gegangen?

Aber im Duomo zur Buße aufzurufen und gegen die Medici zu predigen, war eine Sache; es in Rom zu tun, eine andere. Richard hatte den Skandal nicht vergessen, den die laut und offen gestellte Frage von Cesare Borgia an Lorenzo hervorgerufen hatte: »Warum laßt Ihr ihn nicht umbringen?«

Als ihn im Gedränge zwischen den Tischen jemand ansprach, schrak er zusammen, denn es war genau dieselbe Stimme, die er aus der Vergangenheit widerhallen gehört hatte, und einen Augenblick glaubte er, seine Phantasie spiele ihm einen Streich. Vor ihm stand der älteste Sohn des Papstes.

»Verzeiht, aber Ihr seid doch Riccardo Artzt... vom Unternehmen Fugger?« wiederholte Cesare Borgia freundlich, mit einer leicht gehobenen Augenbraue. Er trug keine

Kardinals- oder Bischofsrobe, und nur die Andeutung einer Tonsur war in seinem dichten braunen Haar zu entdecken. Lediglich der Ring an seiner Hand ließ erkennen, daß der Papst seinen Sohn vom Bischof von Pamplona zum Kardinal von Valencia gemacht hatte. Richard fiel auf, daß der Mann im Vergleich zu seinem Besuch in Florenz sehr schlicht gekleidet war. Während die beiden Jungen neben dem Papst in bunten, goldbestickten Stoffen geradezu wie Paradiesvögel wirkten, trug Cesare Borgia Schwarz.

Während Richard höflich die Begrüßung erwiderte, wallte in ihm wieder die Feindseligkeit auf, die der junge Kardinal damals, ohne es zu wissen, in ihm erweckt hatte. Zynisch dachte er, daß sein Gegenüber sich wohl sehr genau bewußt war, wie eindrucksvoll seine Schlichtheit gerade in dieser prächtigen Umgebung wirkte. Die Leute drehten sich nach dem ältesten Sohn Rodrigo Borgias um und beobachteten ihn, während er mit Richard sprach.

»Ich habe von Eurer wundersamen Rückkehr gehört«, sagte Cesare Borgia, nachdem er auch Zink und Hänsle eines kurzen Kopfnickens gewürdigt hatte. »Nun kommt es in Rom gewiß oft vor, daß Leute überraschend verschwinden, aber daß sie dann wieder auftauchen... und zwar nicht aus dem Tiber, ist selten. Könnt Ihr mir Näheres darüber berichten?«

Richard entgegnete achselzuckend: »Es war ein Wunder, und für Wunder gibt es keine Erklärung. Ist die Ewige Stadt nicht der rechte Ort... für Wunder?«

Einen Moment lang war er sich nicht sicher, wie der Kardinal von Valencia seine Antwort aufnehmen würde.

Die Brauen zogen sich zusammen. Dann lachte Cesare Borgia. »In der Tat, dies ist der Ort für Wunder. Schließlich haben sich in den letzten Wochen gleich mehrere ereignet. Der allseits beliebte Vittorio de'Pazzi wird verrückt, so daß sich unsere guten Freunde, die Orsinis, gezwungen sehen, sich von ihm zu trennen, und mein besonders guter Freund Fabio kann endlich seine Schulden bezahlen. Wir sollten uns weiter darüber unterhalten. Kommt doch mit an meinen Tisch... mit Euren Begleitern«, fügte er rasch hinzu.

Hänsle hatte von all dem kein Wort verstanden, er wußte auch nicht, wer der schwarzgekleidete Mann war. Er war nur froh, endlich einen Platz zu finden, und außerdem zeigte sich, daß der Tisch, auf den sie zusteuerten, in der Nähe des päpstlichen Tisches lag, und einige der Schönheiten, die er schon den ganzen Abend bewundert hatte, somit in seine Nähe rückten. Zink, der sehr wohl wußte, worum es sich handelte, unterdrückte mühsam das Bedürfnis, sich die Hände zu reiben. Richard fühlte sich hin und her gerissen. Einerseits legte er nicht den geringsten Wert darauf, ausgerechnet mit diesem Mann näher bekannt zu werden, andererseits sah er die Möglichkeiten, die sich ihm hier boten.

»Cesare, wo warst du?« rief das Mädchen, das Richard vorhin, als sie neben dem Papst und seiner Geliebten gestanden hatte, flüchtig an Saviya erinnert hatte. »Juan will mir nicht glauben, daß es in Kastilien keine Palios gibt.«

Cesare lächelte ihr zu und erklärte dann: »Sie hat recht, Juan. Du wirst deine Rennpferde hierlassen müssen.«

»Bei dir?« gab der andere schlechtgelaunt zurück. »Damit es in Siena wieder einen Skandal gibt, so wie dieses Jahr, nur weil du nicht verlieren kannst?«

Das Lächeln blieb in Cesare Borgias Gesicht, aber es verlor jede Wärme. »Mein Bruder«, sagte er zu Richard, »der Herzog von Gandia. Seine Durchlaucht wird mit Kardinal Mendoza nach Kastilien reisen, um dort zu heiraten. Die Aussicht macht ihn verständlicherweise ein wenig launisch, nicht wahr, Juan? Und meine Schwester Lucrezia. Darf ich euch Messer Riccardo vorstellen – ein Freund unserer Freunde, der Orsini. Messer Ulrico, Messer Giovanni, beide vom Unternehmen Fugger.«

»Ach ja«, murmelte Juan Borgia, »ich erinnere mich. Der zweite Lazarus. Ich hoffe, Ihr versteht Euch darauf, noch öfter von den Toten aufzuerstehen, Messer, wenn Ihr in Cesares Nähe bleiben wollt.«

»Er hat zuviel getrunken«, sage Lucrezia verlegen, »entschuldige ihn bitte, Cesare.«

»Aber nicht doch. *Wir* sind doch daran gewöhnt, *Querida.* Doch du solltest dich bei Messer Riccardo und seinen Freunden für dein Geschwätz entschuldigen, Juan, sie könnten es sonst ernst nehmen.«

Da Juan Borgia, anders als sein Bruder, sehr hellhäutig war, sah man, wie ihm das Blut in die Wangen stieg. Sein fast mädchenhaftes Gesicht verzerrte sich, als er hitzig begann: »Den Teufel werde ich tun, und...«

Zu Richards Überraschung stand die Tochter des Papstes abrupt auf. Bisher hatte er geglaubt, sich die Ähnlichkeit mit Saviya nur eingebildet zu haben, denn aus der Nähe schien sie wenig mehr als nur ein verwöhntes hübsches Kind zu sein, aber nun straffte sich der weiche, nachgiebige Mund, die grauen Augen strahlten Kälte und Entschlossenheit aus, und die Hand, die sie auf Juans Arm legte, war nicht bittend, sondern griff schmerzhaft fest zu.

»Mir ist nicht gut, Juan. Ich glaube, ich ziehe mich zurück. Würdest du mich bitte begleiten?«

Sie verabschiedete sich höflich von ihrem älteren Bruder und seinen Gästen, und Juan Borgia blieb nichts anderes übrig, als sich mit ihr durch den überfüllten Saal zu drängen. Cesare sah ihnen nach, bis sie außer Sichtweite waren, dann wandte er sich wieder an Richard.

»Vielleicht habt Ihr schon davon gehört«, sagte er abrupt, »daß gestern einer geschätzten Freundin, Madonna Fiammetta, fast ein bedauernswerter Unfall zugestoßen wäre. Wie es der Zufall wollte, befand sich ein Diener unserer gemeinsamen Freunde in der Nähe, und da ich ein, nun sagen wir, gewisses familiäres Interesse an Madonna Fiammetta hege, befragte ich diesen Augenzeugen über den Unfall. Der arme Mann schien selbst etwas gelitten zu haben, denn er hat mir eine ziemlich wirre Geschichte erzählt. Könnt Ihr Euch vorstellen, warum Fabio Orsini glauben sollte, meine Familie hätten ihm Schaden zufügen wollen?«

Richard stellte fest, daß Zink zwar deutlich irritiert und alarmiert dreinschaute, Hänsle jedoch in ein Gespräch mit der rothaarigen Dame, die ihm gegenübersaß, verwickelt war. Er trank ein wenig von dem dargebotenen Velletri, der wie fast alle in Rom beliebten Weine aus den nahen Albaner Bergen stammte, und war sich dabei bewußt, daß Cesare Borgia ihn keinen Moment lang aus den Augen ließ.

»Nein«, entgegnete er ruhig, obwohl er spürte, wie sein Puls sich beschleunigte. »Es muß sich wohl um Wahnvorstellungen handeln... Euer Eminenz. Wie man hört, sind solche Phantasiegebilde bei den Orsini nicht gerade selten.«

Cesare nippte ebenfalls an seinem Becher. »Gewiß. Sie haben einen beklagenswerten Hang dazu. Nur könnte es natürlich auch sein, daß jemand sie ihnen absichtlich in den Kopf gesetzt hat. Aber das wäre doch sehr töricht – eine Fehde zwischen den Orsini und den Borgia auslösen zu wollen, stimmt Ihr mir da nicht zu, Messer Riccardo? Schließlich weiß man nie, wer den Gesetzen der Vendetta zum Opfer fallen kann.«

Starre mich an, solange du willst, dachte Richard und gab Cesare Borgias Blick unverwandt zurück. Jemand, der mit Jakob Fugger Schach gespielt hat, läßt sich ganz bestimmt nicht vom Bastard eines größenwahnsinnigen Priesters einschüchtern.

»Ganz gewiß wäre das töricht«, versetzte er, »und überflüssig zugleich. Schließlich hat der Heilige Vater in seiner grenzenlosen Weisheit alle Fehden in Rom untersagt, und die Stadt ist ihm sehr dankbar dafür. Ich schätze mich glücklich, in einer Zeit leben zu dürfen, in der willkürliche Morde nicht mehr vorkommen, Ihr nicht auch... Euer Eminenz?«

Einen Augenblick lang fürchtete er, den Bogen überspannt zu haben. Cesares Augen verengten sich, und Richard fühlte sich an den Ausdruck des Räubers erinnert, der ihn damals in den Alpen beinahe umgebracht hatte. Plötzlich war er sich sicher, daß auch dieser Mann, ohne zu zögern, kaltblütig töten konnte, wenn jemand sich ihm in den Weg stellte oder wenn er dies für notwendig hielt.

Dann entspannten sich die Züge seines Gegenübers, und Richard erkannte echte Heiterkeit, als Cesare Borgia den Kopf schüttelte und lächelnd erwiderte: »Wißt Ihr, Riccardo, ich habe Euch unterschätzt. Wie es scheint, verfügt Ihr nicht nur über Verstand, sondern auch über Mut. Beides kann ich gebrauchen. Falls Ihr je in Schwierigkeiten mit unseren gemeinsamen Freunden kommt oder das Bedürfnis habt, nicht mehr für Euer Unternehmen zu arbeiten, dann wendet Euch an mich.«

37

MARIO WAR NICHT UNGLÜCKLICH darüber, daß Giovanni de'-Medici sich entschieden hatte, das Weihnachtsfest nicht in Florenz, sondern in Rom zu verbringen. Für Giovanni allerdings bedeutete der Entschluß für Rom eine Flucht. Die Atmosphäre im Palazzo in der Via Larga war unerträglich geworden. »Wenn Piero mir noch einmal befiehlt, was ich zu tun habe, schreie ich! Selbst Giuliano kommandiert er nicht so herum! Und von mir will er sich keinen einzigen Ratschlag anhören, dabei könnte er dringend welche gebrauchen. Wir haben Glück, daß Vetter Gianni Catarina Sforza schon geheiratet hat, sonst hätten wir nämlich, so wie Piero sich aufführt, überhaupt keine Verbindung mehr zu den Sforza. Demnächst stellt er Ferrante noch Soldaten zur Verfügung. Das muß man sich einmal vorstellen! Warum um alles in der Welt kann er sich nicht an das halten, was unser Vater gemacht hat?«

Die letzte Bemerkung rief in Mario eine gewisse unerwartete Sympathie für Piero wach. Es war nicht leicht, Lorenzo de'Medicis Sohn zu sein, und man konnte verstehen, wenn Piero sich von seinem Vater absetzen wollte. Aber unglücklicherweise wählte das neue Oberhaupt der Familie Medici dazu grundsätzlich den falschen Weg. Die Hinwendung zu Neapel war nur ein Beispiel, die Sache mit den Orsini ein anderes.

Piero hatte Virginio Orsini einen ungeheuren Kredit vorgestreckt, damit dieser von Franceschetto Cibo die umstrittenen päpstlichen Lehen erwerben konnte. Cibo, dachte Piero, war schließlich durch Heirat mit den Medici verwandt und konnte es sich gar nicht leisten, das Geld von ihnen einzutreiben, bei der Summe, die er der Bank noch schuldete. Doch als der Papst kurzfristig mit den Orsini zu einem Kompromiß gekommen war und die Kreditbriefe übernommen hatte, stand mit einem Mal ein Gläubiger vor der Tür, der auf Barzahlung bestand. Und die Bank steckte ohnehin schon in Schwierigkeiten. Deshalb war Piero, auch wenn er es nie zugegeben hätte, erleichtert gewesen, als Giovanni vorschlug, nach Rom zu gehen und mit dem Heiligen Vater zu verhandeln.

»Er hat natürlich ein Gesicht gemacht, als erwiese er mir einen Riesengefallen«, berichtete Giovanni Fra Mario. »Und um ehrlich zu sein, das tut er sogar. Wenn ich für uns hier die Kohlen aus dem Feuer hole, kann Piero mich nie mehr einen grünen Jungen nennen, und er schuldet mir so etwas wie eine Entschuldigung.«

Mario hatte seine Zweifel, ob sich Piero de'Medici je dazu durchringen würde, und es war mitnichten sicher, ob Giovanni mit seiner Mission Erfolg haben würde. Doch als sie schließlich in Rom ankamen, war Mario vor allem glücklich, Richard wiederzusehen.

Er brauchte nicht lange, um festzustellen, daß Richard sich schon wieder in Schwierigkeiten befand. Es war wie ein dunkler Mantel, ähnlich der Finsternis, die ihn umhüllt hatte, als Mario ihm zum ersten Mal begegnet war. Zunächst glaubte Mario, es hinge nur mit Saviya zusammen.

Richard gab zu, sie hin und wieder zu sehen, aber nicht sehr oft, wie er hinzufügte. »Jedesmal, wenn wir miteinander sprechen, läßt sie mich spüren, daß ich sie verloren habe, daß sie nichts anderes mehr von mir will als Freundschaft. Das sollte mir genug sein, schließlich ist es meine Schuld, daß... Aber es *ist* mir nicht genug.«

»Riccardo«, fragte Mario unvermittelt, »hast du ihr je gesagt, daß du sie heiraten wolltest?«

Wenn es nicht so ernst gemeint wäre, hätte ihn die verdutzte Miene seines Freundes belustigt. »Nein. Es – ich meine, es war selbstverständlich – wir waren ja schon so gut wie verheiratet.«

Mario seufzte. »Du bist hoffnungslos.«

Aber die Geschichte mit Saviya war nur ein Teil der Last, die er bei Richard spürte. Mario brauchte einige Zeit, um ihm die Wahrheit über Vittorio de'Pazzi und die Orsini zu entlocken, über die geheime Welt der Katakomben, und ahnte nicht, daß Richard ihm immer noch einiges verschwieg, wie zum Beispiel die Angelegenheit mit Heinrich Institoris. Doch was er hörte, entsetzte ihn. Man sah es ihm an, und Richard fühlte sich sofort zu einer angriffslustigen Verteidigung getrieben.

»Es ist gut und schön, entsetzt zu sein, wenn man sicher in einer Klosterzelle sitzt, aber was hätte ich denn tun sollen? Die beiden anzeigen? Mich von ihnen beim nächsten Versuch erwischen lassen, und vielen Dank auch? Ich hatte keine andere Wahl, Mario. Schlag zu oder werde geschlagen.«

»Ich bin nicht ganz der wirklichkeitsfremde Träumer, für den du mich offenbar hältst«, gab Mario scharf zurück. »Also erzähl mir nicht, du hättest keine Wahl gehabt. Selbstverständlich hattest du eine. Du hättest aus Rom verschwinden können, meinetwegen zurück nach Augsburg gehen, wenn du unbedingt weiter für deinen persönlichen Luzifer dort tätig sein willst, oder nach Florenz, wo ich dir sicher geholfen hätte. Statt dessen hast du dich dafür entschieden, einen Mord zu begehen, der eine weitere Kette von Morden auslösen kann und wird, und behaupte nicht, daß du das nicht gewußt hättest! Mord ist Mord, ganz gleich, ob du dabei selbst die Klinge geführt oder andere dazu getrieben hast. Was ist aus dem Riccardo geworden, der Menschen retten wollte? Glaubst du denn, Vittorio de'Pazzi, ja, Vittorio de' Pazzi in seiner ganzen Bösartigkeit oder irgendeiner der Orsini hätte weniger Recht auf Leben als einige von denen, die auf dem Scheiterhaufen verbrannt werden?«

Richard wollte etwas entgegnen, aber Mario hob die Hand

und sagte eindringlich: »Mein Gott, Riccardo! Das sind nicht nur unschuldige Opfer. Du warst doch selbst bei einer schwarzen Messe dabei. Erinnerst du dich nicht mehr, damals hast du mich gebeten, Il Magnifico nichts von ihnen zu erzählen, und doch wußtest du, daß es sich bei diesem Haufen abergläubischer Narren auch um gefährliche Möchtegernmörder handelte. Verdienen solche Leute also nur Schonung, wenn sie Anschläge auf das Leben von Lorenzo de'Medici planen, aber nicht, wenn es um Riccardo Artzt geht?«

Dieser Hieb traf, und Richard lag eine schnelle, verletzende Antwort auf der Zunge, etwas über Marios unterschiedliche Maßstäbe, denn hatte Lorenzo nach dem Mord an Giuliano nicht auch zugelassen, daß ein Großteil der Pazzi von den wütenden Florentinern erschlagen wurde? Aber ihm war nur allzu klar, daß es darauf nicht ankam, daß er am springenden Punkt vorbeiargumentieren würde. Also nahm er sich zusammen.

»Mario, ich möchte nicht mit dir darüber streiten. Du hast recht, es war Mord, aber ich kann nicht sagen, daß es mir leid tut, daß ich es bereue. Es ist meine Schuld, das erkenne ich an, du hast sie mir vor Augen geführt, aber ich nehme sie auf mich, verstehst du? Ich will nicht, daß sie mir irgend jemand verzeiht. Also laß es dabei bewenden.«

Eine lange Zeit sagte Mario nichts. Richard, der ihn beobachtete, erschien es, als ob der Freund gealtert wäre. In das dichte schwarze Haar schlichen sich bereits graue Strähnen, und die Linien um Augen und Mund vertieften sich deutlich. Dennoch war sein Profil, das er Richard zuwandte, so ebenmäßig wie das einer der vielen alten Statuen in Rom, und Richard dachte plötzlich, daß Mario ein gutaussehender Mann war. Er blinzelte überrascht. Mario war immer Mario gewesen, zuerst ein Ärgernis, dann eine Herausforderung und schließlich ein Freund, aber Richard konnte sich nicht erinnern, jemals bewußt Marios äußere Erscheinung wahrgenommen zu haben. Es irritierte ihn, daß er es jetzt tat. Er war auf absurde Weise erleichtert, als Mario endlich sprach und seine Gedanken wieder auf etwas lenkte, über das sie streiten konnten.

»Mag sein, daß du dich in der Lage fühlst, deine Schuld zu tragen, Riccardo. Aber ich fühle mich ganz gewiß nicht in der Lage, sie dich tragen zu lassen!«

Richard hätte Mario gerne Hänsle vorgestellt; doch Hänsle hatte Rom verlassen, nicht nur Rom, sondern Italien; ein Brief von Jakob und seinem Vater hatte ihn zurück nach Augsburg beordert. Richard konnte sich zwar nicht vorstellen, daß Hänsle und Mario viel gemeinsamen Gesprächsstoff gefunden hätten. Aber sie waren beide seine Freunde, und Hänsle verkörperte auf eine höchst lebendige Weise Augsburg, die Fugger und seine Vergangenheit, die er Mario in Erzählungen nie ganz hatte vermitteln können.

In diesen Tagen beschäftigte sie aber vor allem die Gegenwart und die Zukunft.

Richard war sich durchaus bewußt, daß Mario mit jedem Angriff auf die Moral des Unternehmens und auf Richards Leben in Rom sein Gewissen treffen wollte, doch er war entschlossen, Mario zu beweisen, daß dieses Schwert zwei Schneiden hatte.

»Gut, mag sein, daß ich für jemanden arbeite, der skrupellos und geldgierig ist«, sagte er einmal, »aber das ist schließlich sein Beruf. Er ist Kaufmann, er hat das Recht dazu. Wie ist das mit deinem Herrn? Oh, ich meine nicht den kleinen Kardinal Giovanni, der ist harmlos, noch jedenfalls. Ich meine, wie ist das mit«, er betonte jede Silbe, »dem Heiligen Vater? Seine Heiligkeit der Papst? Der Mann, dem du dienst, und ein großer Teil des Kardinalskollegiums dazu, das sind alles Leute, die mindestens so skrupellos und geldgierig sind wie Jakob Fugger, und es würde mich auch nicht wundern, wenn sie dabei gelegentlich über Leichen gingen. Und verläßt du deswegen etwa die Kirche?«

»Die Kirche ist mehr als nur ein Papst oder auch ein paar

Kardinäle«, antwortete Mario unerschütterlich. »Erinnere dich an den ursprünglichen Sinn des Wortes. *Ecclesia*, Gemeinschaft. Die Gemeinschaft der Gläubigen. Natürlich braucht sie Reformen. Aber sie wird noch leben, wenn die Gebeine von Rodrigo Borgia längst in der Erde vermodern, weil sie das Wort Gottes weitergibt. Du wirst kaum behaupten, daß Euer Unternehmen das tut!«

»Das Wort Gottes vielleicht nicht«, konterte Richard, »aber wohl das der Kirche. Ablässe, um genauer zu werden. Mit der gütigen Genehmigung des Papstes.«

Zu seiner Überraschung lachte Mario. »Damit wären wir wieder am Ausgangspunkt, nicht wahr, Riccardo? Wer ist schuldig – derjenige, der besticht, oder derjenige, der sich bestechen läßt? Die Henne oder das Ei?« Seine blauen Augen glänzten spöttisch, als er hinzufügte: »Du hattest natürlich nie das Bedürfnis nach Absolution, wie?«

»O nein«, sagte Richard. »Nicht noch einmal, Mario. Ich weiß genau, worauf du hinauswillst. Aber diesmal klappt es nicht. Ich werde nicht noch einmal beichten.«

Er war froh darüber, Mario in seiner Nähe zu haben. Anders wäre der Kontrast zum vergangenen Jahr, als die Zeit zwischen Weihnachten und Neujahr der Familie noch einmal die Gelegenheit geboten hatte, ihre ganze Anziehungskraft auf ihn auszuüben, wohl unerträglich kraß ausgefallen. Er hatte sich überlegt, ob er Saviya bitten sollte, sich in diesen Tagen aus ihrer Welt zwischen Katakomben und Palazzi, zwischen Aberglauben und höchst realen Gefahren zu lösen und zu ihm zu kommen, eine Woche nur, aber sein Stolz hinderte ihn daran. Er brachte es nicht über die Lippen. Statt dessen fragte er sie, ob sie sich mit ihm und Mario die Neujahrsfeier auf dem Petersplatz ansehen wolle.

»O ja«, sagte Saviya bester Laune. »Ich weiß schließlich, was wir dort erleben werden.«

Das verwunderte ihn, denn obwohl Gerüchte umgingen, daß der päpstliche Hof dieses Jahr eine Überraschung plante, mußten die genaueren Einzelheiten das bestgehütete Geheimnis von Rom sein. Aber, dachte er mit Erbitterung, wer als Hexe bei einem guten Teil des zaubersüchtigen römischen Adels aus- und einging, hörte wohl viele sogenannte strenge Geheimnisse.

»Mario«, sage er, Saviya im Sinn, bevor sie sich am Neujahrstag auf den Weg machten, »ich habe in den letzten Wochen sehr viel über etwas nachgedacht. Ein Buch gegen die Hexenprozesse zu schreiben, wie wir es getan haben, genügt nicht. Glaubst du, man könnte den Papst davon überzeugen, die Bulle seines Vorgängers zu widerrufen?«

Richard war enttäuscht, als Mario noch nicht einmal zögerte, sondern sofort den Kopf schüttelte. »Und was ist mit deinem Gerede über Reformen?« fragte er herausfordernd.

»Ich habe nicht gesagt, daß man es nicht versuchen sollte, aber du hast mich nach den Erfolgsaussichten gefragt«, gab Mario zurück. »Riccardo, ist dir bei all den Büchern, den Abhandlungen, den Protokollen, die wir zusammen studiert haben, nie der Gedanke gekommen, daß die Hexenprozesse gar nicht das eigentliche Problem sind?«

»Nein«, sagte Richard schnell, zu schnell, und Mario lächelte schwach, ein bitteres Lächeln.

»Das dachte ich mir. Ich habe mich auch lange gegen diese Schlußfolgerung gewehrt, aber seit Fra Savonarola nach Florenz gekommen ist, wird es mir immer klarer. Fra Savonarola war nicht der erste Prediger in unserer Stadt, der die Menschen begeistern konnte, Riccardo. Ein Jahr vor deiner Ankunft in Florenz predigte Fra Bernardino da Feltre im Duomo, aber er predigte nicht gegen Korruption, Luxus oder die Medici, wie Fra Savonarola, nicht gegen die Hexen, wie dein Inquisitor. Fra Bernardino predigte gegen die Juden. Genau siebzig Juden dürfen laut den Gesetzen der Republik Florenz in der Stadt leben, aber Fra Bernardino hatte kaum zu Ende gepredigt, da stürmten auf sein Geheiß hin bestimmt dreitausend Kinder und junge Leute los, um die Juden aus Florenz zu vertreiben.«

Richard begriff, worauf Mario hinauswollte, aber er wehrte sich dagegen. »Und was geschah dann?« fragte er bemüht sachlich.

»Die Signoria schickte die Stadtwache, und Lorenzo gab bekannt, daß die Bürger für jeden Schaden an jüdischem Leben oder Eigentum, den ihre Kinder anrichteten, bezahlen würden, notfalls mit dem Gefängnis. Das brachte die Eltern sehr schnell dazu, ihre Kinder wieder in die Häuser zu holen. Dann ließ Lorenzo Fra Bernardino von der Wache vor die Stadtmauern bringen und verbot ihm, Florenz je wieder zu betreten.«

»Ein glückliches Ende, und was weiter?« kommentierte Richard. Zum ersten Mal während ihres Gesprächs verlor Mario die Geduld.

»Es ist alles dasselbe, begreifst du das nicht? Die Hexen. Die Juden. Savonarola. Die Menschen brauchen einen Sündenbock. Gib ihnen jemand, der mit dem Finger auf etwas weist, ein Laster, ein Volk, ein paar unangenehme Frauen, und sie werden sich darauf stürzen!«

»Nein«, sagte Richard, »nein. Ich weigere mich, das zu glauben. Oder es hinzunehmen, wenn es so ist. Sündenböcke werden geschaffen, weil sie jemandem nützen. Deswegen kann sich dieser Prozeß auch umkehren.«

Er spürte, daß Mario ein wenig von seiner düsteren Sicherheit aufgab. »Vielleicht«, erwiderte Mario nach längerem Schweigen, »vielleicht. Aber nicht dieser Papst. Er hat ohnehin den größten Teil des Kardinalskollegiums gegen sich. Das Volk ist im Moment noch von ihm begeistert, aber das kann jederzeit umkippen. Ein solcher Papst führt keine Reformen durch, die den Klerus erschüttern würden. Und jetzt laß uns gehen, sonst sind wir heute abend noch nicht da.«

Als sie am frühen Nachmittag auf dem Petersplatz eintrafen, sah Richard sich vergeblich nach besonderen Vorbereitungen um. Es waren kreisförmige Tribünen für die Zuschauer aufgestellt worden, gewiß, aber er hatte so etwas wie einen gewaltigen Mummenschanz erwartet. Statt dessen war auf dem Platz lediglich Sand ausgestreut worden. Sollte die geheimnisvolle Veranstaltung sich letztendlich nur als simples Turnier entpuppen, als eines von den ritterlichen Spielen, wie sie König Maximilian so liebte? Er konnte sich vorstellen, daß der Papst es für sinnvoll hielt, den Römern die Stärke seiner neuen Schweizer Söldner vorzuführen, doch ein Turnier war kaum der geeignete Weg dafür. Oder war vielleicht geplant, die Orsini und die Colonna gegeneinander antreten zu lassen?

Die Menschen, die sich lachend und miteinander schwatzend auf die Tribünen drängten, wirkten auf alle Fälle entschlossen, das bevorstehende Volksfest zu genießen. Richard erinnerte sich an die ehrfürchtigen Zuschauermengen bei Maximilians Turnier in Augsburg und hielt Ausschau nach Lanzen, Knappen, nach dem Blinken einer Rüstung.

Doch in dem riesigen Stallwagen, der nun herbeigerollt wurde, befanden sich keine Pferde. Dort drinnen stand, schnaubend und sich wiederholt gegen die Gitterstäbe werfend, ein Stier. Kurz darauf zog der Papst samt Gefolge ein, und ein Herold verkündete, seine Eminenz der Kardinal von Valencia würde den päpstlichen Hof und die Bürger von Rom mit der Darbietung einer Corrida erfreuen.

Richard hatte noch nie einen Stierkampf gesehen, und die Römer, so schien es, auch nicht, denn die Ankündigung löste aufgeregtes Raunen aus, in dem die Ermahnung des Herolds unterging, auf keinen Fall die hölzernen Absperrungen zu mißachten. Mario runzelte die Stirn, und Richard konnte es sich nicht verkneifen zu wispern: »Keine Sorge, ich werde *nicht* fragen, ob das für einen Kardinal die angemessene Beschäftigung ist. Vergiß nicht, ich habe ihn kennengelernt.«

Cesare Borgia, wie er jetzt den Ring betrat, hatte in der Tat wenig Kirchliches an sich. Wieder war er in Schwarz gehüllt, mit Ausnahme des prächtigen purpurroten Mantelfutters. Der Winter war bisher sehr mild gewesen, doch heute fegte ein Wind durch die Straßen, der Cesares Umhang hob und senkte wie die Schwingen eines erregten Vogels. Er verbeugte sich in Richtung der päpstlichen Tribüne, dann gab er mit der Hand ein Zeichen. Das Gitter des Käfigs wurde von zwei Jungen gelöst, die hastig zur Seite und hinter die Absperrung sprangen, und Cesara Borgia stand allein dem Gebirge aus Fell und Muskeln gegenüber, das jetzt aus dem Käfig herausbrach. Selbst Richard, dessen Abneigung gegen den Sohn des Papstes noch lange nicht gänzlich verflogen war, mußte zugeben, daß der Anblick etwas Eindrucksvolles an sich hatte.

Langsam löste Cesare den Umhang von seinen Schultern, breitete ihn aus und wendete ihn dem Stier zu. Erst als das Tier dem schreienden Rot entgegenlief, fragte sich Richard, mit was der Borgia eigentlich bewaffnet war. Schließlich entdeckte er einen der neumodischen Degen an der Seite des Mannes.

Die Römer stöhnten, während Cesare wieder und wieder in letzter Sekunde den Hörnern auswich, die in den flatternden Mantel hineinstießen, den er nur wenige Handbreit von seinem Körper entfernt bewegte. Als er merkte, daß er selbst den Atem anhielt, fragte Richard ärgerlich laut, nur um den Zauber zu brechen: »Was macht er da eigentlich?«

Saviya legte einen Finger auf die Lippen. »Er reizt den Stier. Weißt du, ich habe so ein Spiel schon einmal erlebt, als mein Stamm in Kastilien war. Meistens machen es aber mehrere Männer.«

Inzwischen hatte Cesare seinen Degen gezogen und verwundete den Stier, doch zu Richards Verblüffung zielte er dabei nicht auf das Herz oder die Schlagader, sondern nur auf Stellen, die dem Tier kaum gefährlich werden konnten. Nur einige dunkle Flecken auf dem Fell, das Brüllen und die

Wut des Stieres verrieten, daß dieser unbezwinglich scheinende Koloß langsam Blut verlor.

Richard sah zur päpstlichen Tribüne hinüber. Einige der Kardinäle wirkten abgestoßen und empört. Die Mehrzahl jedoch schaute ebenso gebannt wie das Volk auf den Platz, und der Papst machte sich keine Mühe, sein Entzücken zu verbergen. Mit vornübergebeugtem Oberkörper saß er da und feuerte seinen Sohn an. Cesares Stöße veränderten sich; nun benutzte er seinen Degen wie einen Speer, und Richard entging nicht, daß die Gereiztheit des Stieres mit jedem Stoß zunahm. Mehr als einmal hätte Richard schwören können, daß die dunkle, auf dem riesigen Platz fast schmal wirkende Gestalt des Mannes im nächsten Augenblick von den gewaltigen Hörnern aufgespießt werden würde.

Während der Stier sich zu einem neuen Anlauf zurückzog, blickte Cesare zur päpstlichen Tribüne hinüber. Der Papst nickte. Noch einmal entfaltete der junge Mann das Purpur seines Mantels zu voller Weite. Dann hob er die Klinge langsam, sehr langsam in die Waagrechte. Der Stier stürmte heran, doch noch einmal schaute Cesare in den Kreis der Zuschauer. Richard erstarrte. Es war natürlich unmöglich, doch es schien, als nicke der Papstsohn ihm zu. Nein, nicht ihm. Aber jemandem, der unmittelbar neben ihm stand.

Richard wandte sich an Saviya, und was er sah, ließ ihn eins werden mit dem Stier, der mit seinem letzten Sprung sein Herz der Spitze des Degens aussetzte. Saviya beobachtete Cesare Borgia mit einem Ausdruck, der Richard nur allzu bekannt war. Es war nicht die Aufregung eines Zuschauers, auch nicht die Schwärmerei eines Mädchens, die ihn zwar in Wut versetzt hätte, die er aber hätte billigen können. Es war das halb spöttische, halb zärtliche Lächeln, das eine Frau ihrem Liebhaber schenkt, wissend und sehr vertraut.

Er hatte vorgehabt, diesmal völlig gelassen und sachlich mit ihr zu sprechen, aber er fühlte mit jeder Sekunde mehr das Bedürfnis, sie anzuschreien und ihr die Hände um den Hals zu legen. Das hatte schon angefangen, als er Mario gebeten hatte, sie beide allein zu lassen.

»Aber warum denn«, hatte Saviya, die außer einer kühlen Begrüßung noch keine fünf Worte mit Mario gewechselt hatte, sarkastisch gesagt. »Unser verehrter Priester hier ist doch wohl an das Beichtgeheimnis gebunden. Er wird schon nichts verraten, falls du unbedingt vorhast, hier über die Welt dort unten zu reden.«

»Nein, das habe ich nicht«, hatte er mühsam beherrscht erwidert; Mario, Gott segne ihn, war taktvoll genug gewesen, trotzdem sofort zu verschwinden. Jetzt standen sie sich schweigend in dem kleinen Raum gegenüber, der Richards römische Schreibstube darstellte. Ihm fielen hundert Kleinigkeiten an ihr auf, die er vorher ignoriert hatte; der Umstand, daß sie ein Kleid trug, und zwar nicht nur irgendein Kleid aus Samt, sondern eines, das aussah, als wäre es für sie geschneidert worden, mit einem Grün, das genau ihren Augen entsprach. Kein fremdes, geschenktes oder gestohlenes Kleid. Jemand mußte es für sie in Auftrag gegeben haben. Die Kette um ihren Hals sah auch nicht wie der zugegebenermaßen oft wertvolle, aber grobe Schmuck aus, den er bei den Zigeunern beobachtet hatte. Ihre Schuhe – gewiß, es war Winter, aber früher hatte sie es gehaßt, Schuhe zu tragen, nur die bitterste Kälte hatte sie dazu zwingen können, und auch dann nur die nächstbesten klobigen Stiefel. Jetzt trug sie Schuhe, die wie für sie gemacht wirkten.

»Er scheint sehr großzügig zu sein«, sagte Richard schließlich, bemüht, nicht zu höhnisch oder zu bitter zu klingen und keine Schwäche zu verraten. Saviya schaute ihn verwundert an, ohne mit der Wimper zu zucken.

»Wen meinst du, Riccardo?«

Er verschränkte seine Hände hinter dem Rücken, um ihr nicht zu zeigen, wie sie sich langsam öffneten und schlossen. »Laß uns mit diesem Spiel aufhören, Saviya. Du weißt genau, wen ich meine. Mißversteh mich nicht, ich bin nicht eifersüchtig. Wir haben einander klar gemacht, daß *das* zwischen uns vorbei ist. Aber du hast gesagt, wir sind immer noch Freunde, und als dein Freund... Saviya, um Himmels willen! Du bist doch keine Kurtisane, du brauchst dich doch nicht als Geliebte dieses... dieses«, er suchte nach einer adäquaten Bezeichnung für Cesare Borgia und endete schließlich ziemlich lahm mit, »dieses Kardinals aushalten lassen!«

Er hatte einen Wutausbruch erwartet, Ableugnen oder Beschuldigungen, aber ganz gewiß nicht die unheimliche Gelassenheit, die sie an den Tag legte und die ihn tiefer traf als jede Beschimpfung.

»Weiter«, sagte Saviya.

Er durfte sich das Gespräch nicht aus der Hand gleiten lassen. Richard atmete einmal tief durch und fuhr dann so ruhig wie möglich fort: »Es ist nicht nur sein, nun, sein geistlicher Stand, wenn man das bei ihm überhaupt so bezeichnen kann. Ich habe ihn kennengelernt, Saviya. Der Mann ist gefährlich. Er würde einen Menschen mit ebensowenig Skrupel erledigen wie diesen Stier heute, und ich meine nicht nur Gegner, sondern auch Menschen, die ihm einfach lästig sind. Und wenn er dich einmal satt hat, wird er dich fallenlassen wie eine tote Fliege oder dich vielleicht sogar an seine Kumpane weiterreichen. Möchtest du das?«

»Weiter.«

Diese Aufforderung, weiterzusprechen, irritierte ihn mehr und mehr; außerdem erinnerte sie ihn an sein weihnachtliches Gespräch mit Jakob, und das war kein gutes Omen. »Mach, was du willst«, sagte er daher knapp, »und liebe, wen du willst, aber nicht Cesare Borgia. Ich kann dir nur raten, die Verbindung mit ihm sofort abzubrechen, und das meine ich ehrlich, als dein Freund.«

Saviya trat näher, bis er den Duft ihrer Haut riechen konnte. Farn und Thymian. Zumindest hatte sie sich von ihrem neuen Liebhaber nicht eines dieser moschusartigen Parfüms aufdrängen lassen, die in Rom gerade so beliebt waren.

»Also schön, Riccardo. Erstens, um das klarzustellen, er hält mich nicht aus. *Du* hast mich ausgehalten und versucht, mich in dieser Herberge einzuschließen, bis du geruht hast, aus dem Fondaco zu kommen, aber hier kann ich gehen, wann und wohin ich will, und ich verdiene mein eigenes Geld, und niemand nimmt mir das übel und sagt, es wäre falsch. Zweitens wird er mich nicht ›fallenlassen‹ und ›weiterreichen‹, weil ich mich nicht weiterreichen lasse. Ich bin frei, aber das hast *du* ja nie verstanden. Drittens...«

»Und was«, unterbrach er sie zornig, »fängst du mit deiner Freiheit an? Ich wette, du hast sofort nach deiner Ankunft in Rom nichts Besseres zu tun gehabt, als nach dem freigebigen Herrn zu suchen, der dir damals eine Goldkette um den Hals gehängt hat!«

Er sah den Schlag kommen, aber er wehrte ihn nicht ab. In gewissem Sinn war er froh, sie so in Wut gebracht zu haben, froh, sie aus ihrer Reserve gelockt zu haben. Sie stieß einen Wortschwall in ihrer eigenen Sprache hervor und wechselte mitten im Satz in die toskanische Mundart über.

»... was du dir vorstellen kannst! Du und dieser Mönch, mit dem du befreundet bist, ihr tut so, als wäret ihr die letzten Gerechten auf Erden! Und mit wem warst du im Bett, seit wir uns getrennt haben, Riccardo? Aber natürlich, *du* hast wie ein Heiliger gelebt, nicht wahr? Gorgio, laß mich dir eines sagen – dieser Mann ist vielleicht alles, was du gesagt hast, aber er ist zumindest kein Heuchler!«

Mit einem Mal war das Bedürfnis, sie anzuschreien, völlig verschwunden. Es machte einer tiefen Traurigkeit Platz, und in diesem Moment hätte er alles darum gegeben, damals in Florenz, als sie mit ihm aus der Stadt fliehen wollte, mit ihr fortgeritten zu sein.

»Es tut mir leid, Saviya«, sagte er leise und sah sie dabei nicht an, »aber ich meine es wirklich ernst. Nicht dieser

Mann. Es wäre am besten, du würdest ganz aus Rom fortgehen. Du hattest solche Angst vor Florenz, fühlst du nicht, daß diese Stadt hier hundertmal gefährlicher ist als Florenz?«

Sie schwieg, aber er spürte ihre Hand nach der seinen greifen. Als er ihre Finger umschloß, immer noch fest, fast rauh, nicht die weichen, sanften Finger einer Dame, bemerkte er, daß sie seinen Ring noch trug. Doch er sagte nichts; es war, als ob jedes falsche Wort jetzt den dünnen Faden, der sie beide noch zusammenhielt, zerreißen könnte. So standen sie beieinander, verbunden nur durch diesen Händedruck, bis Saviya ihn schließlich auf die Wange küßte und flüsterte: »Danke, Riccardo.«

Dann löste sie sich von ihm und verließ den Raum. Richard blieb zurück, nicht sicher, ob er gewonnen oder verloren hatte.

38

Es WURDE FRÜHLING und die Situation in Rom immer ange-
spannter. Mehrere Bedienstete der Orsini und der Borgia
waren schon »Unfällen« zum Opfer gefallen, doch noch war
kein Familienangehöriger getötet worden, auch keiner der
zahlreichen Borgia-Vettern, die von der iberischen Halbinsel nach Rom strömten. »Zehn Pontifikate«, schrieb der florentinische Gesandte einmal ärgerlich an Piero de'Medici,
»würden nicht genügen, um diese Verwandtschaft zufriedenzustellen.«

Piero war den Zahlungsforderungen des Papstes fürs erste
nur durch ein geheimes Versprechen entkommen, das sein
Bruder geleistet hatte und das Giovanni zu der Bemerkung
veranlaßte, er sei froh, in einiger Entfernung von der Via
Larga zu leben. »Piero ist so stolz darauf, mit einer Orsini
verheiratet zu sein«, sagte der junge Kardinal zu seinem
Beichtvater. »Schon das unbedingte Treuegelübde, das der
Heilige Vater ihm abverlangt hat, war für ihn schwer zu
schlucken. Aber daß ich auch noch versprochen habe, die
Medici würden eine Heirat zwischen Ferrantes Enkelin und
dem jüngsten Sohn seiner Heiligkeit vermitteln – ich kann
Piero auf diese Entfernung hören. ›Eine Prinzessin aus dem
Haus Aragon und der Bastard der Borgia‹, ›die Medici zu
Kupplern herabgesunken‹, *et cetera et cetera.* Aber immerhin
– wir müssen jetzt nicht mehr zahlen, oder?«

Mario war also einer der wenigen, die wußten, daß Alexander VI. sich nach zwei Richtungen hin absicherte – er
verheiratete seine Tochter mit einem Sforza und seinen
Sohn Joffre mit einer Vertreterin des Königshauses Neapel.
Aber nur wenige Tage nach der Hochzeit von Giovanni

Sforza mit der dreizehnjährigen Lucrezia Borgia erfuhr auch der Rest der Welt davon, denn der Onkel des Bräutigams, Kardinal Ascanio Sforza, durch seinen wohlmeinenden Kollegen Giuliano della Rovere auf die Heiratspläne aus Neapel aufmerksam gemacht, verursachte einen öffentlichen Skandal im Vatikan, als er türschlagend aus den päpstlichen Gemächern gestürmt kam und lauthals etwas von einem hinterlistigen Katalanen murmelte, der seine Bastarde an alles verhökere, was nur nach Adel rieche.

In Rom verbreitete sich ziemlich schnell die Nachricht, Kardinal della Rovere ließe seine Festung in Ostia weiter ausbauen, als deutliche Geste der Herausforderung dem Papst gegenüber. An sich war diese Neuigkeit längst nicht so interessant gewesen wie ein Streit zwischen den Borgia und den Sforza, doch Richard brachte sie auf eine Idee.

Ostia hatte auch heute noch einen kleinen Hafen, doch zu Zeiten des Römischen Reiches war diese Stadt der wichtigste und bedeutendste Stützpunkt der römischen Seemacht gewesen. Nicht nur die Getreidezufuhr, sondern der gesamte Handel, der nun, viele Jahrhunderte später, Venedig seine Bedeutung verlieh, war damals über Ostia gelaufen. Bestimmt gab es in Ostia noch Überreste der alten Hafenmetropole, und wer konnte wissen, worauf die Männer des Kardinals bei ihrem Festungsbau stießen?

Entschlossen machte er sich mit ein paar Begleitern auf den Weg. Es war nicht schwer, ein kleineres Schiff für die Fahrt den Tiber hinunter zu mieten; Zink ließ ihm bei den Ausgaben wesentlich mehr Freiraum als Eberding, zumal der Leiter der römischen Faktorei wußte, daß Richard die Mittel besaß, um im Zweifelsfall für einen Verlust selbst geradezustehen.

Es erwies sich als glückliche Idee, in Begleitung gekommen zu sein, denn der Kardinal hatte den Hafen von Ostia von seinen Soldaten besetzen lassen und ihnen offenbar die Anweisung gegeben, unliebsame Eindringlinge fernzuhalten.

»Was wollt Ihr hier?« herrschte der Hauptmann der Wache, die Richard in Empfang nahm, ihn an. In seinem höflichsten Tonfall erwiderte Richard, er sei Kaufmann, Angestellter des Unternehmens Fugger und auf der Suche nach brauchbaren Überresten der altrömischen Hafenstadt. Einen anderen Grund anzugeben wäre sinnlos gewesen, da sie auf dem Rückweg gewiß noch einmal kontrolliert wurden.

»Überreste? Jeder Schatz, der hier gefunden wird, gehört seiner Eminenz!« knurrte der Hauptmann.

Gewiß, versetzte Richard; man sei auch nicht auf der Suche nach Gold oder Juwelen, sondern nach brauchbaren Steinen zur Verschönerung des Fondaco in Rom. Er setzte darauf, daß der Hauptmann die Meinung der meisten Römer, die in den antiken Ruinen einen besseren Steinbruch sahen, teilte. Wenn Giuliano della Rovere einen Mann mit Sinn für Kunst hier postiert hatte, wäre das allerdings Pech; doch Richard nahm an, daß der Kardinal weniger die Entwendung von Steinen und Skulpturen als Spione des Papstes fürchtete.

Mit einiger Überredungskunst und verhältnismäßig geringem Aufwand an Bestechungsgeldern gelang es ihm schließlich, die Genehmigung für die Ausfuhr von »Steinen« zu erhalten, vorausgesetzt, er bezahle dafür eine gewisse Entschädigung.

Die Burg, die sich der Kardinal erst vor ein paar Jahren hier hatte bauen lassen, überragte die kleine Ortschaft. Richard erkundigte sich bei den Bewohnern, die allesamt an den Erweiterungsbauten arbeiteten, ob sie bei den Grabungen irgend etwas gefunden hatten, das nicht mehr zu verwenden gewesen sei.

Im Prinzip, beschied man ihm, sei alles, außer den Amphoren, die man habe zerschlagen müssen, zu verwenden, und Richard erfaßten böse Ahnungen.

Nach stundenlangem vergeblichen Wühlen in den Ruinen war er völlig verzweifelt. Doch dann stand sein gewohntes Glück ihm wieder bei. Als er einige spielende Kinder beobachtete, kamen ihm seine Streifzüge in Wandlingen wieder in den Sinn. Für ein Kind – das wußte er noch aus eigener Erfahrung – war ein gewöhnlicher Fund noch aufregend genug, um ihn als Schatz zu behandeln und nicht als Baumaterial zu sehen.

»Schwört Ihr, daß ihr nichts geschieht«, verlangte das kleine Mädchen, das schließlich, nachdem er seine letzten Melonen mit ihr geteilt hatte, bereit war, ihm Auskunft zu geben, sehr ernst.

»Ich schwöre es.«

Sie führte ihn – ohne seine Begleiter – schließlich zu einem kleinen Wäldchen bis zu einer Stelle, wo eine kleine Grube von Ästen und Zweigen abgedeckt war. Mehrere in Säcke gehüllte Gegenstände lagen dort, und Richard ertappte sich dabei, wie er die Hände hinter dem Rücken ineinander verschränkte, um nicht in Versuchung zu geraten. Das kleine Mädchen warf ihm einen listigen Blick zu.

»Denk daran, das ist alles meins«, sagte sie mahnend, bevor sie einen der grobgeflickten Säcke, die früher mit Getreide gefüllt gewesen sein mochten, öffnete und mühsam einen länglichen Gegenstand herausholte. Richard hielt den Atem an. Jetzt verstand er, wen das Mädchen mit »sie« meinte. Zum Vorschein kam, immer noch mit Erdspuren bedeckt, ein makelloses Relief von einer weiblichen, seitwärts gewandten Gestalt.

Seine Gedanken überschlugen sich. Handelte es sich um eine Darstellung der Göttin Roma, deren Kult Augustus hier in Ostia erst eingeführt hatte? Um eine andere Göttin, eine der zwölf olympischen? Oder war es ein Teil einer Grabplatte?

»Darf ich sie einmal halten?« bat er das Kind mit mühsam beherrschter Stimme.

Das Mädchen schüttelte den Kopf. »Du nimmst sie mir weg.«

»Ich würde sie in der Tat gerne haben, aber ich stehle nicht. Hier, so lange, wie ich sie halte, kannst du meine Börse als Pfand haben.«

Das schien sie zu überzeugen. Doch Richard war nicht so hingerissen von dem Fund, als daß er das Kind nicht aus den Augenwinkeln beobachtet hätte, während seine Hände andächtig über die klaren Linien des Reliefs strichen. Er entdeckte keine Inschrift, nur diese Frauengestalt mit ihrem leicht geneigten Kopf und dem strengen Profil, die Arme in einer seltsam verwundbaren Geste über der Brust gekreuzt. Mit Sicherheit war dies keine Göttin; seine Phantasie spiegelte ihm eine römische Senatorentochter vor, die einem Bildhauer kurz vor ihrer Vermählung für dieses Relief Modell saß, um es ihrem zukünftigen Mann zu schenken.

Widerwillig gab Richard das Stück zurück und erhielt seine Börse; grübelnd betrachtete er das Mädchen, dessen Oberkörper hinter dem Relief, welches sie umfangen hielt, fast verschwand.

»Du wirst sie nicht lange behalten können, weißt du... Wenn deine Eltern das herausfinden, bringen sie sie bestimmt zu den Leuten des Kardinals.«

Sie machte ein störrisches Gesicht. »Du hast versprochen, daß du nichts verrätst.«

»Ich will auch gar nichts verraten. Aber so etwas kommt immer irgendwann heraus. Zum Beispiel könnte dich jemand beobachten, wenn du hierherkommst.« Er ließ einige Zeit schweigend verrinnen, bis er hinzufügte: »Wenn du sie mir gibst, dann bekommst du auch etwas dafür.«

Es war ihm klar, daß der Reiz des Geldes für ein Kind nicht genügen würde; schon die ganze Zeit hatte er überlegt, was er ihr wohl außerdem anbieten könnte. Richard nahm einige Münzen aus seiner Börse und ließ sie im Licht der Nachmittagssonne glitzern.

»Die hier... und eine Reise.«

»Eine Reise?« fragte das kleine Mädchen überrascht.

»Du warst doch noch nie in Rom, oder? Ich könnte dich auf dem Schiff, mit dem ich gekommen bin, mitnehmen, und dann fährt es wieder mit dir zurück, ganz allein, nur für dich.«

Das war es; ihre Miene hellte sich auf, und schon bald war Richard nicht nur im Besitz des Reliefs, sondern das Mädchen wollte ihm auch, wenn er sein Versprechen wirklich eingelöst habe, noch verschiedene Stellen zeigen, wo, wie sie sich ausdrückte, »zu große Sachen in der Erde liegen, um sie mitzunehmen«.

Da Richard nicht wußte, ob und wann er wiederkommen würde, und vor Aufregung kaum noch still sitzen konnte, begann nun ein zähes Verhandeln mit dem Kind, dessen Fähigkeiten sich auch in Augsburg durchaus hätten sehen lassen können.

Die Rückfahrt nach Rom trat er mit einem Halbrelief, zwei Statuen und einem riesigen Flachrelief, das seine Männer ächzend unter den interessierten, aber verständnislosen Blicken der Ortsbewohner zum Hafen getragen hatte, an Bord an – begleitete von einem kleinen, sehr aufgeregten Mädchen.

Eigentlich hatte Richard mit Schwierigkeiten gerechnet, zumindest mit einigem Befremden der Eltern des Mädchens oder im Handelshaus, wo sie schließlich übernachten mußte, bevor das Schiff sie am nächsten Tag wieder nach Ostia brachte. Doch weder dort noch bei Zink, wo gleichzeitig mit ihm ein völlig abgehetzter Kurier aus Spanien eintraf, mußte er sich rechtfertigen.

»Wir haben natürlich das Lichtzeichensystem in Anspruch genommen und die Nachricht sofort übermittelt«, berichtete der Bote, »und die Kuriere ihrer Majestäten sind direkt hinter mir. Gewiß will Herr Fugger baldmöglichst wissen, wie der Heilige Vater entscheidet.«

»Was um alles in der Welt ist denn geschehen, Mann?«

»Erinnert Ihr Euch noch an diesen Genueser, den ihre Majestäten letztes Jahr mit drei Schiffen losgeschickt hatten? Er ist wieder da! Er hat tatsächlich den westlichen Seeweg nach Indien gefunden!«

Niemand dachte nach dieser Nachricht daran, sich an Richards kleinem Gast zu stören, und auch ihm selbst fiel es nicht ganz leicht, sich auf das Mädchen zu konzentrieren, bis es am nächsten Morgen glücklich und zufrieden wieder auf dem Weg nach Ostia war.

Er fragte sich, ob Jakob von der Expedition nach Westen gewußt hatte, als er die Heirat zwischen Maximilians Sohn und der Infantin arrangierte und sich nebenbei die Rechte in spanischen Häfen sicherte. Hatte Jakob auf den Erfolg dieses Unbekannten gesetzt? Es schwindelte Richard, wenn er an die Konsequenzen dachte. Wenn man tatsächlich von Spanien aus, nach Indien gelangen konnte, dann würde ein großer Teil des Handels, der bisher über Venedig lief, uninteressant werden; um von den portugiesischen Stützpunken in Afrika ganz zu schweigen.

Die portugiesische Gesandtschaft traf einen Tag nach der spanischen in Rom ein. Der König von Portugal nannte es schlichtweg unverschämt, daß Ferdinand und Isabella ganz Indien für sich beanspruchten, nur weil einer ihrer Kapitäne ein paar obskure Inseln, von denen noch kein Mensch vorher gehört hatte, entdeckt hatte, und verwies auf seine viel älteren Rechte durch die Ostroute. Immerhin hatten seine Kapitäne bereits die Südspitze von Afrika umrundet, auch wenn noch niemand gewagt hatte, den gesamten Weg zurückzulegen.

»Wem, glaubst du, wird der Papst wohl recht geben?« fragte Richard Mario, als sie wieder einmal in ihrer Lieblingstaverne saßen. Es bestand nicht die geringste Notwendigkeit, leise zu reden. Niemand in Rom sprach über etwas anderes. »Oder besser gesagt – was wird sich durchsetzen? Die spanische Herkunft oder das portugiesische Geld?«

Mario gestattete sich ein Schulterzucken. »Ich weiß es nicht. Die Portugiesen sind als Handelsmacht viel reicher, das stimmt, aber Ferdinand und Isabella haben eine hervorragende Armee, die sich zehn Jahre lang im Kampf gegen die Mauren bewährt hat.«

»Und was«, erkundigte sich Richard gedehnt, »hält Seine Eminenz, dein Kardinal, für das Wahrscheinlichere?«

»Das soll doch wohl hoffentlich kein Versuch sein, mich dazu zu verleiten, das Beichtgeheimnis zu brechen, Riccardo.«

Richard hob beide Arme. »Schon gut, schon gut, ich ergebe mich, San Mario. Natürlich wollte ich nichts aus der Beichte wissen. Glaubst du, mich interessieren die Seelennöte eines Siebzehnjährigen?«

»Selbstverständlich nicht, vor allem, weil du so viel älter bist.«

Mühsam unterdrückte Richard ein Grinsen, dann fuhr er fort: »Aber der eine oder andere Hinweis auf das, was im Haushalt des ehrwürdigen Kardinals so geredet... im Haushalt, Mario... ganz allgemein... kann doch nicht schaden, oder?«

»Das hat die Schlange zu Eva auch gesagt«, stellte Mario fest, und diesmal prusteten sie beide los. Es war eine Erleichterung, einmal nicht alles so ernst nehmen zu müssen und scherzen zu können wie früher in Florenz.

»Nein, wirklich«, sagte Mario, nachdem er wieder zu Atem gekommen war, »ich kann dir nichts verraten, Riccardo. Du wirst wie alle anderen warten müssen. Auf das eine oder andere. Oder beides.«

»Beides?«

Die Lösung, die Seine Heiligkeit, Papst Alexander, nach einer erstaunlich kurzen Zeit schließlich fand, war in der Tat salomonisch, auch wenn sie der portugiesische Gesandte als »einen Kuhhandel zwischen zwei Katalanen« bezeichnete. Er entschied, daß Indiens und Asiens neuentdeckte Territorien entlang einer Linie zweihundertsiebzig Meilen westlich der kapverdischen Inseln, von der südlichen Arktis zu der nördlichen Arktis zwischen Spanien und Portugal aufgeteilt werden sollten.

Richard hatte ursprünglich zumindest den Versuch unternehmen wollen, den Papst von der Notwendigkeit zu überzeugen, die Hexenbulle zu widerrufen. Es wäre nicht allzu schwer gewesen, eine weitere Audienz zu erwirken. Doch seit dem Neujahrstag brachte er es nicht über sich, noch einmal in den Vatikan zu gehen. Er war sich nicht sicher, ob er sich würde beherrschen können, wenn er zufällig dem Sohn des Papstes begegnen sollte, und auch dessen Vater gegenüber traute er seiner Selbstbeherrschung nicht. Besser also, ein Gesuch zu verfassen.

Er entschloß sich, seine Bekanntschaft mit den Kirchenfürsten, denen er Skulpturen, Malerei oder Geschmeide vermittelte, weiter zu vertiefen, bis er einen von ihnen um den Gefallen bitten konnte, sein Gesuch zu überbringen. Giovanni de'Medici wäre wahrscheinlich schon jetzt dazu bereit gewesen, doch Richard war sich darüber im klaren, daß er einen einflußreicheren und gewichtigeren Fürsprecher als den kleinen Kardinal aus Florenz brauchte. Außerdem wollte er warten, bis ein Exemplar seines Buches aus Augsburg angekommen war, das er dem Gesuch beilegen konnte.

Inzwischen bemühten sich Richard und Saviya, wirklich Freunde zu sein, und da keiner von beiden krank oder abhängig vom anderen war, bewegten sie sich dabei auf einem neuen, wenn auch ständig gefährdeten Territorium. Aber langsam gewannen sie sicheren Boden, obwohl es Themen gab, die sie vermieden.

Richard stellte fest, daß Saviyas Neugier auf Bücher nicht nachgelassen hatte. Er machte sich auf die Suche nach anderen Bibliotheken neben der vatikanischen, die er bei aller Neugier nicht betreten konnte und wollte. Mario verwies ihn an die Klöster der Umgebung, die Richard eine Möglichkeit boten, immer wieder Zugang zur Welt des Wissens zu finden. Er schrieb sich viel mehr Stellen als vorher ab, um Saviya auch daran teilhaben zu lassen, und war überrascht, wieviel Zeit sie auf diese Weise harmonisch miteinander verbringen konnten.

Der Frühling ging fast schon in den Sommer über, als Richard bei einem Ausflug, den er mit Saviya machte, von der

Vergangenheit wieder eingeholt wurde. Er hatte vorgeschlagen, einen Tag außerhalb von Rom zu verbringen, und Saviya, die zugab, sich mittlerweile oft von der Stadt bedrückt und eingesperrt zu fühlen, hatte begeistert zugestimmt.

Es war seltsam friedlich in dem kleinen Wäldchen, das sie schließlich fanden, und als Saviya ihre Schuhe auszog und über eine Lichtung auf den kleinen Bach zulief, der im Vergleich zu dem schlammigen, trägen Wasser des Tibers kristallklar wirkte, ließ sich Richard von ihr mitreißen, machte sich keine Gedanken mehr über Politik und Handel, spürte nichts als die reine Freude am Leben.

Sie sprachen nicht sehr viel, genossen einfach nur den Tag, und als Saviya anfing, mit der hohlen Hand Wasser zu schöpfen und Richard naßzuspritzen, waren sie bald wie Kinder in eine Wasserschlacht verwickelt, bis sie beide völlig durchnäßt im Bach landeten. Die Sonne stand in Saviyas Rücken und zeichnete ihre Linien mit der Schärfe eines Messers nach. Richard, der eben noch mit ihr gelacht hatte, sah sie an. In SaviyasAugen stand dieselbe staunende Gewißheit, daß dies wie durch ein Wunder ein neuer Anfang war. Sie öffnete ihre Lippen, streckte ihre Arme aus, doch noch ehe Richard sie berühren konnte, hörte er Hufgetrappel und eine wohlbekannte Stimme höhnisch sagen:

»Was für ein rührender Anblick! Ist das die Auferstehung *alla tedesca*?«

Beide schraken zusammen und blickten zum Ufer. Vor ihnen stand, hoch zu Roß und in Jagdkleidung, Fabio Orsini mit einigen Begleitern. Saviyas Hand fuhr unwillkürlich an ihre Taille, zu dem Dolch, den sie dort trug. Richard hatte im ersten Impuls dieselbe Bewegung machen wollen, doch er hatte sie unterdrückt. Fabio Orsini und seine Leute wären leicht mit einem Dutzend Männer fertig geworden. Innerlich verfluchte Richard den Zufall, der Orsini hierher geführt hatte – oder war es kein Zufall gewesen? Wie dem auch sein mochte, nichts hinderte Fabio Orsini, nun seinen vereitelten Mordversuch zu wiederholen.

»Man könnte meinen, ich sei Äkteon«, sagte Fabio zu seinen Gefährten. »Reite nichtsahnend durch den Wald, und dann ein so reizender Anblick. Wie wär's, Messer Riccardo, wollt Ihr mir Eure kleine Begleiterin nicht vorstellen?«

»Ich sehe keinen Grund«, erwiderte Richard kühl und hoffte, daß Saviya ihn verstand. Orsini durfte sie nicht sprechen hören. Er mußte versuchen, Orsinis Aufmerksamkeit ganz und gar von ihr abzulenken. Richard entschied in plötzlicher Resignation, daß er diesen Tag wahrscheinlich nicht überleben würde, aber er konnte wenigstens versuchen, die Vorliebe des anderen für ein Katz-und-Maus-Spiel auszunutzen, um Saviya zu retten.

»Sie ist unwichtig, nur die Unterhaltung eines vielbeschäftigten Mannes«, sagte er laut.

Fabio Orsini schnalzte mißbilligend mit der Zunge. »Aber nicht doch, nicht doch, wie unritterlich. Wie barbarisch. Doch Ihr seid kein Mann von Stand, Ihr könnt nicht wissen, wie man bei uns eine Dame behandelt.«

Er schwang sich aus seinem Sattel und ging auf Saviya zu. Der Bach war nicht sehr tief, und mit ein paar Schritten hatte er sie erreicht. Richard machte eine Bewegung, und schon war ein halbes Dutzend Armbrüste auf ihn gerichtet. Die Begleiter Orsinis ließen ihn nicht aus den Augen.

»Ihr befindet Euch da in schlechter Gesellschaft, Madonna«, begann Fabio Orsini, dann stutzte er. Langsam hob er eine Hand, griff grob unter Saviyas Kinn und drehte es der Sonne entgegen. »Ich kenne Euch«, murmelte er, »und...«

Er schaute zurück zu Richard, und allmähliches Begreifen flackerte in seinen Augen auf. In diesem Moment zog Saviya ihren Dolch und hielt ihn Fabio Orsini an die Kehle. »Befehlt Euren Männern, sofort von hier zu verschwinden«, stieß sie zwischen den Zähnen hervor, »oder Euer wohledles Blut verfärbt hier den Bach!«

»Das würdet Ihr nicht wagen!«

Richard trat zu ihr. »Ich würde nicht darauf rechnen«, sagte er knapp, »wenn ich Ihr wäre.«

Zum zweiten Mal in seinem Leben von Niedriggeborenen gedemütigt, befahl Fabio Orsini seinen Begleitern mit vor Wut erstickter Stimme, sich zurückzuziehen. Dann sagte er mit etwas mehr Selbstbeherrschung:

»Es ist Euch doch klar, daß Ihr niemals damit durchkommen werdet. Ich habe Euch einmal unterschätzt, zugegeben, aber jetzt weiß ich Bescheid, und für diese Beleidigung werde ich Euch beide tot sehen – und wenn es das letzte ist, was ich vollbringe!«

»Es könnte das letzte sein, was Euch droht«, gab Richard kalt zurück, »denn wer sagt Euch, daß wir der Welt nicht einen Gefallen tun und sie von Menschen wie Euch befreien werden?«

Das brachte Fabio Orsini zum Schweigen. Er ließ sich mit Saviyas Gürtelband die Hände fesseln und sagte kein Wort, bis sie mit ihm als Geisel wieder an den Stadtgrenzen angelangt waren.

»Nun?« fragte Saviya Richard sachlich. »Warum bringen wir ihn nicht um?«

»Weil wir uns damit auf seine Stufe begeben würden«, antwortete Richard. »Laß ihn laufen.« Etwas leiser setzte er hinzu: »Wir sind keine Mörder.«

»Das hat dir keine Sorgen gemacht, als du dieses Spiel angefangen hast, mit unserem Leben als Einsatz«, flüsterte sie wütend zurück. »Jetzt muß er sterben, und er verdient zu sterben.«

Richard schüttelte den Kopf, und sie verzog den Mundwinkel. »Oh, ich verstehe. *Mario*, stimmt's?«

Fabio Orsini blickte, soweit es ihm Saviyas Dolch gestattete, von einem zum anderen und entschied sich, seinen Appell an Richard zu richten.

»Bringt mich um«, sagte er nicht ganz so gelassen, wie er es sich gewünscht hätte, »und meine Familie wird dafür sorgen, daß Ihr noch vor Morgengrauen tot seid, Ihr und die Euren, wie die Gesetze der Vendetta es verlangen. Meine Begleiter kennen Euch jetzt beide. Euer jämmerliches Krämerloch wird sich nicht gegen unsere Leute verteidigen lassen, und was *sie* angeht...«

»An Eurer Stelle würde ich den Mund halten, Orsini«, schnitt ihm Richard das Wort ab. »Ich kann sonst nämlich Saviya nicht zurückhalten, und ich hätte auch nicht die geringste Lust dazu. Was Eure Vendetta angeht, Ihr scheint zu vergessen, daß ich auch eine Familie habe. Tötet mich und Saviya, und mein Onkel wird jeden Wechsel aufkaufen, den je ein Orsini unterschrieben hat, bis Ihr alle ruiniert seid.«

Diese Drohung war zwar völlig aus der Luft gegriffen, doch Fabio Orsini, von der römischen Gesetzeswelt der Familie und Vendetta geprägt, gab sich wortlos geschlagen, Schweißperlen standen ihm auf der Stirn.

Richard sagte absichtlich gleichgültig: »Laß ihn gehen, Saviya.«

Einen Augenblick lang zitterte ihre Klinge noch über Fabio Orsinis Haut, dann zog sie ihren Arm zurück und gab ihm gleichzeitig einen erbitterten Stoß. »Also schön. Wie du willst, Riccardo.«

Fabio Orsini war von Richards guten Absichten offensichtlich weniger überzeugt als sie, aber er brauchte nicht lange, um sich aufzurappeln und wenig würdevoll davonzulaufen.

»Großartig, Gorgio. Jetzt kennt er auch noch meinen Namen. Wenn ich du wäre«, sagte Saviya zornig, während sie ihm nachschaute, »würde ich von jetzt an eure Handelshöfe nicht mehr verlassen. Und rechne nicht damit, daß ich dich dort besuche. Ich will nämlich überleben!«

Zu Richards Überraschung wartete Mario auf ihn, als er schlechtgelaunt zurückkehrte. »Ich bin gekommen, um mich zu verabschieden«, sagte der Mönch. »Giovanni will so schnell wie möglich nach Florenz zurück.«

»Was ist denn geschehen?« erkundigte sich Richard ohne allzuviel Anteilnahme, so daß Mario die Stirn runzelte. »Hast du noch nichts davon gehört? Ferrante ist tot.«

Normalerweise wäre Richard sofort klar gewesen, was das bedeutete, aber in Gedanken bei Saviya und der Möglichkeit, demnächst doch noch von den Orsinis ertränkt zu werden, fragte er nur: »Und?«

Diese Reaktion ließ Mario aufhorchen. Irritiert erwiderte er: »Das bedeutet beinahe sicher Krieg. Piero unterstützt den Anspruch von Ferrantes Sohn Alfonso, ebenso der König von Aragon, der schließlich Ferrantes Vetter war, und Lodovico Sforza hat bereits deutlichgemacht, daß er den französischen König für den rechtmäßigen Erben hält. Diesmal wird der Heilige Vater sich zwischen ihnen entscheiden müssen. Aber ganz gleich, wen er wählt, der andere wird versuchen, sich mit Waffengewalt sein Recht zu verschaffen.«

Richard sagte nichts, bis Mario fragte: »Was hast du, Riccardo?«

Dies war ganz gewiß nicht der Moment, um von einem Streit mit Saviya und vagen Befürchtungen wegen dieses Schurken Fabio Orsini anzufangen, dachte Richard, und wollte den Freund mit einem Achselzucken beschwichtigen.

»Du wirst es nicht glauben, ich dachte an Fra Girolamo Savonarola und seine Prophezeiungen. Er hat auf die Wahrscheinlichkeit gesetzt und gewonnen, nicht wahr? Der dritte Tyrann ist nun tot. Wie wird Piero eigentlich mit Savonarola fertig?«

Er war sich nicht sicher, ob Mario ihm diese Antwort abnahm. Die vertrauten blauen Augen, die viel zu gut und zu tief sahen, blieben grübelnd auf Richard gerichtet, während Mario sagte: »Das ist der zweite Grund, warum Giovanni sofort zurück will. Savonarola hat auf die Nachricht von Ferrantes Tod seine alte Prophezeiung erneuert. Er gemahnt, daß nicht nur Florenz, sondern ganz Italien durch einen Strom von Feuer und Blut gereinigt werden wird, und als den rächenden Engel, der diesen Feuerstrom bringen wird, nannte er den König von Frankreich. Daraufhin hat Piero ihn nach Bologna verbannt, und...«

»Savonarola ist nicht gegangen«, vollendete Richard.

Selbstverständlich beschränkte er sich nicht auf den engen, verhältnismäßig sicheren Bezirk der Handelshöfe. Dort war er nicht nützlicher als ein besserer Schreiber, und er hatte auch nicht die Absicht, sich von Fabio Orsini seine mühsam erworbenen römischen Geschäftsbeziehungen ruinieren zu lassen. Im übrigen waren die Orsini im Moment selbst zu sehr in Bedrängnis, um sich mit einem unwichtigen Kaufmann zu beschäftigen. Bei einem der geschwätzigeren päpstlichen Hofmeister mit einer Vorliebe für teures Geschmeide erfuhr Richard die neuesten Gerüchte.

»Gestern haben Kardinal Orsini, Virginio Orsini und einige der Jungen doch tatsächlich um eine Audienz ersucht. Ersucht, man beachte! Gewöhnlich kommen sie nur in den Vatikan, um Forderungen zu stellen.«

Der Hofmeister stammte wie sein Herr aus Aragon, war daher oft genug von dem römischen Adel herablassend behandelt worden und hegte keine übergroßen Sympathien für die Grafen Orsini, Colonna oder auch für die anderen einflußreichen Familien des Appennin. Folglich genoß er es sichtlich, ein wenig Klatsch über sie zu verbreiten.

»Der alte Virginio machte nach der Audienz ein Gesicht wie ein Feinschmecker, dem jemand einen alten Hering verkauft hat. Überhaupt laufen derzeit viele Leute mit unzufriedenem Gesicht in Rom herum, wie zum Beispiel unser verehrter Giovanni Sforza. Seid Ihr dem Grafen Pesaro schon einmal begegnet, junger Freund? Nein? Also, als Giovanni Sforza war er vielleicht eine erstrebenswerte Partie für Madonna Lucrezia, aber seit der Heirat hat sich einiges geändert, könnte man sagen. Einiges.«

»Es ist meine feste Überzeugung«, schrieb Richard in dieser Nacht an Jakob, »daß der Papst die Ansprüche von Ferrantes Sohn Alfonso bestätigen wird und daß einer der Gefallen, die ihm Alfonso dafür erweist, darin besteht, Virginio Orsini das Kommando über das neapolitanische Heer und den Orsini insgesamt seine Unterstützung zu entziehen, was diese ohne militärischen Rückhalt läßt und dazu zwingen dürfte, sich vorerst den Borgia zu beugen.

Ob Charles von Frankreich tatsächlich Krieg führen wird, um Neapel zu bekommen, dürftet Ihr besser wissen als ich, aber die Beziehungen zwischen den Sforza und dem Papst verschlechtern sich zusehends. Kardinal Ascanio Sforza ist aus dem Palazzo ausgezogen, den ihm der Papst nach seiner Wahl überlassen hat, und der Graf von Pesaro, Giovanni Sforza, wird dem Klatsch zufolge von seiner angeheirateten Familie mehr und mehr als überflüssig betrachtet.«

Es dauerte nicht lange, und seine Vermutung erwies sich als richtig. Als der Sommer mit seiner drückenden Hitze in Rom Einzug hielt, wies Alexander den Anspruch des französischen Königs, begründet auf seine Verwandtschaft mit Charles von Anjou, der vor fast zweihundert Jahren das Königreich Neapel als päpstliches Lehen empfing, als längst überholt zurück.

Richard fragte sich, wie sich wohl König Max zu der ganzen Entwicklung stellen würde. Einerseits haßte Maximilian Charles von Frankreich wie die Pest, andererseits war er mit einer Sforza verheiratet und hatte gewisse Bündnisverpflichtungen Mailand gegenüber. Es war genau die Art von verwickelter Situation, bei der der König fluchend den Rat seines wichtigsten Geldgebers in Augsburg einholen würde. Und was läge im Interesse des Unternehmens? Ganz bestimmt keine Konfrontation mit dem Papst. Es sei denn, der König von Frankreich würde Sieger auf ganzer Linie.

39

VIRGINIO ORSINI WAR KEIN hitzköpfiger junger Mann mehr,
doch die Flut von Flüchen, die aus seinem Mund drang, ließ
selbst seine Neffen vor Neid erblassen. »Von allen Drecks-
kerlen, die sich je die Tiara erkauft haben, ist dieser katalanische Hundesohn...«

»Ja, Tio Virginio, wir wissen es inzwischen«, sagte Fabio
ein wenig spöttisch und handelte sich dafür einen tadelnden
Blick seines Vaters Paolo ein. Dennoch ergriff Paolo, der
unauffälligste und jüngste der Orsini-Brüder, die Gelegenheit beim Schopf, um Virginios kurze Atempause für eine
Frage zu nutzen.

»Was genau wollte er denn, Virginio?«

»Was glaubst du wohl?« entgegnete der ehemalige Gonfaloniere erbittert. »Er hat mir kurzerhand mitgeteilt, daß jetzt,
da ich nicht mehr für die neapolitanischen Truppen zuständig bin, er mir auch nicht länger die Last der beiden Cibo-
Festungen zumuten möchte. Ich kann von Glück sagen, daß
er mir wenigstens eine gelassen hat, und für die verlangt er
noch einmal die doppelte Summe wie damals als Lehens-
zahlung!«

»Vielleicht könnte Piero uns wieder etwas vorstrecken,
und Fabio ist in der letzten Zeit doch auch zu Geld gekommen«, warf einer der jüngeren Orsini schüchtern ein. Virginio machte eine wegwerfende Handbewegung.

»Oh, vergiß diesen Narren Piero. Der kann von Glück sagen, wenn seine Florentiner weiterhin Steuern zahlen. Und
Fabio«, er schaute streng in die Richtung des Erwähnten,
»hat hohe Schulden. Das meiste ist längst wieder ausgegeben und verspielt, wie immer. Ich sage euch, ich bin nicht

gewillt, mich weiterhin von diesem ausländischen Hurenbock so behandeln zu lassen. Die Ehre der Orsinis verlangt, daß wir jetzt zurückschlagen.«

Mit einem Mal wurde es sehr still im Raum. Man hätte beinahe die einzelnen Atemzüge unterscheiden können. »Du meinst – Vendetta?« fragte Piero Orsini schließlich, und Virginio nickte grimmig.

»Und zwar keine Bediensteten mehr. Wir müssen einen Schritt weitergehen. Am liebsten würde ich gleich einem seiner Bastarde die Kehle durchschneiden, aber erstens gebietet es die Ehre, daß wir ihm vorher eine Warnung zukommen lassen, eine weniger wichtige Person nehmen, damit er die Möglichkeit hat, sich die Sache noch einmal zu überlegen, und zweitens – um ganz offen zu sein, wir können jetzt, ohne die Neapolitaner, keine Auseinandersetzungen dieser Größenordnung wagen. Wir werden wieder an Truppen kommen, vertraut mir, ich sorge dafür.«

»Warum nicht bis dahin warten?« schlug Paolo vor.

Virginios Gesicht rötete sich, und er spie jedes einzelne Wort aus.

»Weil – er – mich – beleidigt – hat und weil ich mich nicht länger demütigen lassen werde von diesem…«

»Schon gut«, sagte Paolo hastig. Dann ergriff zu seinem Erstaunen sein Sohn Fabio das Wort. Vielleicht hatte er den Hinweis seines Vetters doch nicht überhört. Fabio zeigte sonst kein rechtes Gespür oder Interesse für Angelegenheiten der Ehre, soweit es nicht ihn selbst betraf, deswegen war Paolo angenehm überrascht, seinen Sohn jetzt sehr ernst sagen zu hören:

»Tio Virginio hat recht. Wir müssen zurückschlagen. Und ich weiß auch schon das geeignete Mittel, in der geeigneten Größenordnung.«

Fabio machte eine kleine Pause, um sicher zu sein, daß ihm die Aufmerksamkeit aller Anwesenden gewiß war. »Eine Borgia-Hure«, schloß er schließlich mit einem winzigen Lächeln.

»Unmöglich«, erklärte Virginio enttäuscht. »Das hast du schon einmal versucht, wenn ich auch nicht weiß, weswegen. Fiammetta ist zu gut bewacht. Was Giulia angeht, diese Metze hätte es zwar doppelt und dreifach verdient, dafür, daß sie einen Orsini betrügt, aber da könnten wir gleich den Borgia selbst erledigen. Sie ist ja ständig bei ihm.«

Das sardonische Lächeln wich nicht von Fabios Lippen. »An Giulia oder Fiammetta hatte ich auch nicht gedacht, lieber Onkel. Ich hatte jemand anderen im Sinn. Habt Ihr vergessen, daß der Bastard dieses Bastards genau dieselbe Moral wie sein Vater hat?«

»Ja, aber«, begann einer seiner Vettern, und Fabio hob die Hand.

»Laßt mich ausreden. Natürlich wird es auf den alten Schuft nicht dieselbe Wirkung haben, wenn man die Geliebte seines Sohnes umbringt – auf gewöhnliche Weise umbringt, sagen wir, mit einem Dolch in den Rücken. Aber mir schwebt eine ganz andere Methode vor. Ein öffentliches, demütigendes Vorgehen, Onkel Virginio, um Eure öffentliche Demütigung zu rächen.«

Er erläuterte nun in aller Ausführlichkeit seinen Plan. Als er geendet hatte, musterte ihn sein Onkel mit wachsendem Respekt und meinte nachdenklich: »Alle Achtung, Fabio. Wirklich, du erstaunst mich. Verrat mir nur noch eines – wie bist du ausgerechnet auf dieses Mädchen gekommen?«

»Sagen wir«, antwortete Fabio Orsini, »ich habe noch ein zweites Motiv.«

Der Krieg hatte die Menschen, wie Richard feststellte, verändert. Wo die Absichten dieses oder jenes Königs vorher unterhaltsamen Gesprächsstoff abgegeben hatten, begann sich nun Furcht breitzumachen, als bekannt wurde, daß der französische König sich mit einem Heer auf dem Weg über die Alpen befand; der deutsche König hätte ihn aufhalten oder ihm beistehen können, doch er hatte sich entschieden, nichts von beidem zu tun. Die italienischen Stadtstaaten hatten diese Wahl nicht. Die Römer wurden sich mit einem Mal bewußt, daß auch die ausländischen Söldner, die der Papst neuerdings angeheuert hatte, nicht ausreichten, um ihre Stadt vor einer wirklichen Armee zu schützen, und es beruhigte sie immer weniger, daß es noch nicht sicher war, ob Charles überhaupt nach Rom marschieren würde. Sein eigentliches Ziel war wohl Neapel. Und Neapel hatte ein eigenes Heer. Aber, und das wußten die Menschen, ein Papst, der sich selbst den Namen »Alexander« gegeben hatte, würde schon um seiner eigenen Glaubwürdigkeit willen keinem fremden Herrscher gestatten können, quer durch den Kirchenstaat zu ziehen.

Richard bemerkte, wie die Nahrungsmittel in Rom immer teurer wurden. Auch die Bevölkerung schien von Tag zu Tag zuzunehmen, da sich die Bewohner der umliegenden Dörfer und Gemeinden innerhalb der Mauern der Ewigen Stadt sicherer fühlten. Und es wunderte ihn auch nicht mehr, daß sie Flugblätter mit Aussprüchen Savonarolas mitbrachten, die schnell die Runde machten.

»Die Geißel Gottes wird auf uns niederfahren, unserer Sünden wegen«, sagte ein Buchhändler, den Richard besuchte, düster. »Ihr werdet schon sehen. Es ist, wie es hier steht – die Kirche hat den Gipfel ihrer Verderbtheit erreicht, und nun kommt die Strafe.«

Es fiel schwer, sich von der allgemeinen Stimmung nicht anstecken zu lassen, aber Richard konnte und wollte in einem ehrgeizigen König nicht das Werkzeug Gottes sehen. Schließlich wäre Charles nur zu glücklich gewesen, den päpstlichen Schiedsspruch zu akzeptieren, wenn der Papst, den er jetzt als Antichristen bezeichnete, ihn statt Alfonso zum Erben von Neapel gemacht hätte. Doch er spürte, wie auch die Menschen in Rom sich von Alexander, der sich außerhalb der Adelskreise bisher eigentlich einer großen Beliebtheit erfreute, abzuwenden begann. Die Gerüchte um ihn und seine Familie wurden immer bösartiger.

»Habt Ihr schon vom Grafen Pesaro gehört?« fragte ein

Goldschmied, der in den Handelshof kam, Richard geheimnisvoll.

»Nur, daß er Rom verlassen hat, aber das war zu erwarten«, erwiderte Richard, »jetzt, da die Sforza sich offen gegen den Papst gestellt haben.«

»Rom verlassen? Pah, er ist geflohen«, sagte der Goldschmied und senkte die Stimme. »Und wißt Ihr, weswegen? Er hatte Angst, sein Schwager, der Kardinal von Valencia, könnte ihn umbringen.«

»Und warum?« Nicht, daß ihm die Vorstellung von Cesare Borgia als potentieller Mörder von Giovanni Sforza unwahrscheinlich erschien; aber der Graf Pesaro verfügte über keine nennenswerte eigene Macht, die ihn zu einem gefährlichen Feind gemacht hätte. Sein einziger Vorzug in den Augen der Borgia bestand darin, daß er ein Sforza war.

»Wer weiß. Wer weiß«, sagte der Goldschmied, dem offensichtlich auch kein guter Grund einfiel, etwas lahm.

Was die Römer bald wußten und was die Kriegsvorbereitungen kurzfristig fast völlig aus dem öffentlichen Bewußtsein vertrieb, war, daß sich die Angelegenheit um Giovanni Sforza, Graf von Pesaro, zum größten Skandal der letzten zwanzig Jahre entwickelte.

»Ihr macht Euch keine Vorstellung davon, wie entsetzt ich war, als mich der Heilige Vater der Kommission zuteilte, welche die Aufgabe hatte, die Ehe seiner Tochter für nicht vollzogen zu erklären und aufzulösen«, erzählte Kardinal Piccolomini, dessen Leidenschaft für antike Statuen ihn zu Richards bestem Kunden in Rom gemacht hatte, einer wohlig erschauernden Tischrunde. Richard stellte fest, daß jeder der Anwesenden, obwohl keiner sonderlich mit Giovanni Sforza sympathisierte, nichts lieber hörte als Skandalgeschichten über den Papst und seine Familie.

»Eine unerfreuliche Angelegenheit, und sie mußte ja leider in aller Öffentlichkeit verhandelt werden«, fuhr Kardinal Piccolomini fort, »aber keiner von uns hatte mit dem Protest des Grafen Pesaro gerechnet. Er ließ eine Erklärung vorlesen, in der es hieß, für seine Manneskraft zeugten all seine Bastarde aus Mailand und Pesaro, und«, der Kardinal legte eine dramatische Pause ein, »der Heilige Vater und der Kardinal von Valencia seien nur deswegen um eine Auflösung von Lucrezias Ehe bemüht, damit sie ungestört mit ihr Blutschande treiben könnten!«

»Nein!« rief die Tischgesellschaft erschüttert. Das Gesprächsthema für die nächsten Wochen war gesichert.

Richard war wohl einer der wenigen Menschen in Rom, die sich danach dennoch mehr mit dem Nahen der französischen Armee beschäftigten als mit den Anschuldigungen des rachsüchtigen Giovanni Sforza. Erst jetzt wurde ihm bewußt, wie viel Florenz ihm immer noch bedeutete – der Ort, an dem er glücklich gewesen war. Die Vorstellung eines belagerten oder gar niedergebrannten Florenz, das seine Lebensfreude gegen Blut und Tod eintauschte, quälte ihn jede Nacht. Er war nur froh, daß Mario als Priester niemals an einer Schlacht teilnehmen mußte.

Für sich selbst fürchtete er nicht. Wenn etwas in Kriegszeiten noch dringender benötigt wurden als Waffen, dann war es der Handel, aufrechterhalten von Kaufleuten, die aus einem Land kamen, das nicht in die Auseinandersetzung verwickelt war.

Für Boten wurde es allerdings immer schwieriger, von Augsburg nach Rom durchzukommen, wenngleich Richard vermutete, daß das Unternehmen Fugger wohl das einzige nichtkirchliche Nachrichtensystem unterhielt, welches überhaupt noch arbeitete.

Er war auf dem Weg zur florentinischen Botschaft, als er schon von weitem merkte, daß etwas nicht stimmte. Es war zu ruhig, viel zu ruhig, und die Angehörigen der kleinen Florentiner Kolonie in Rom, soweit sie sich überhaupt auf den Straßen zeigten, liefen mit betretenen Gesichtern herum. Schließlich hielt er einen Mann auf der Straße an und fragte, was geschehen sei.

»Die Medici sind aus Florenz vertrieben und verbannt worden«, sagte dieser kurzangebunden und ging weiter.

Richard glaubte zunächst, nicht richtig gehört zu haben, dann beschleunigte er seine Schritte und rannte zu dem Palazzo, der als florentinische Botschaft diente. Der Innenhof war wie immer angefüllt mit Menschen, doch die Menge war von derselben Stille gelähmt, die auch in den Straßen herrschte. Inmitten der Menge machte Richard ungläubig Piero de'Medici aus, der sich offenbar mit dem Botschafter in einen Streit eingelassen hatte.

»Und ich sage Euch«, stieß Piero, für seine Verhältnisse maßvoll, hervor, »selbstverständlich habe ich das Recht, diesen Palazzo in Anspruch zu nehmen. Was die Signoria getan hat, ist nur unter dem Einfluß dieses Mönchs geschehen, und sobald ich...«

Sein jüngerer Bruder, der neben ihm stand, legte ihm die Hand auf den Arm. »Geduld, Piero, bleib ruhig. Messer Roberto«, wandte sich Giovanni de'Medici ernst an den Botschafter, »glaubt nicht, daß ich blind für Eure Schwierigkeiten bin. Die Signoria hat uns aus Florenz verbannt, das ist richtig, aber Ihr werdet keinem Bürger von Florenz schaden, wenn Ihr uns gestattet, hierzubleiben, bis wir ein geeignetes Quartier gefunden haben. Wir wären ja zu unseren Vettern Orsini gegangen, aber es scheint, daß sie im Augenblick...«

Er ließ das Ende seines Satzes in der Luft verklingen, und Richard, eingedenk der Bemerkung Fabio Orsinis, wie peinlich es sei, mit Krämern wie den Medici verwandt zu sein, fragte sich flüchtig, wie die Orsini diese Neuigkeiten wohl aufgenommen hatten. Es schien, daß Giovanni den Botschafter inzwischen überzeugt hatte, denn nach einer leisen Bemerkung Messer Robertos löste sich das kleine Grüppchen auf. Richard drängte sich durch den Hof, um Giovanni zu erreichen.

»Eminenz«, rief er, »Eminenz, wartet einen Augenblick!«

Der junge Kardinal zögerte; offensichtlich lag ihm nicht viel daran, angesprochen zu werden. Sein Bruder dagegen sah in Richard genau das richtige Ziel, um einen Teil seines aufgestauten Zorns loszuwerden.

»Was wollt Ihr? Bei Gott, ich hätte nie gedacht, daß ich einmal den Tag erleben werde, an dem das gemeine Volk auf der Straße über mich grinst. Deswegen seid Ihr doch gekommen, nicht wahr? Weidet Euch nur am...«

»Piero«, unterbrach Giovanni ihn wieder, »bitte! Niemand macht sich über dich lustig. Du hast es doch gesehen, die Menschen hier sind genauso erschrocken wie...«

»Wie wer? Der undankbare Mob, der unseren Palazzo gestürmt und ausgeraubt hat?«

»Entschuldigt uns, Riccardo«, sagte Giovanni de'Medici müde zu Richard. »Ich weiß, Ihr seid ein Freund, aber es ist einfach nicht die Zeit für Höflichkeitsbesuche.«

»Oh, nimm dir die Zeit, Giovanni«, warf sein Bruder erbittert ein. »Nimm dir die Zeit. Höflichkeitsbesuche und Geschwätz mit aufdringlichen Fremden ist wohl alles, was wir in den nächsten Wochen tun werden.«

Damit wandte sich Piero ab und verließ mit schnellen, heftigen Schritten den Hof. In die Umstehenden kam Bewegung; sie blickten ihm nach und begannen miteinander zu tuscheln. Verlegenheit machte sich in Richard breit und ließ ihn die Fragen unterdrücken, die ihm auf der Zunge brannten.

»Es tut mir leid, Euer Eminenz.«

»Mir tut es leid. Aber Ihr müßt verstehen, für Piero war es am schlimmsten. Er hat tatsächlich einen Triumphzug erwartet, als er nach Florenz zurückkehrte.«

»Nehmt es mir nicht übel«, sagte Richard, sich vorsichtig herantastend, »aber was ist eigentlich geschehen?«

Ein Hauch von Verblüffung machte sich in Giovannis Zügen breit. »Hat sich das noch nicht bis Rom herumgesprochen? Nein, vermutlich nicht. Ich dachte... Es kommt mir so vor, als wäre es Ewigkeiten her, aber tatsächlich geschah es erst... Also, um mit dem Anfang anzufangen, Piero hatte sich in den Kopf gesetzt, den Friedensschluß unseres Vaters mit Ferrante von Neapel zu übertrumpfen, und er ritt direkt ins französische Lager.«

Flüchtig schlich sich Zorn in seine Erzählung ein. »Man sagte ihm natürlich, daß die beiden Fälle nicht im entferntesten vergleichbar wären, aber... Nun, tut nichts zur Sache.«

Richard konnte sich vorstellen, wen Giovanni mit »man« meinte.

»Jedenfalls, Piero kam auch mit einem Friedensschluß zurück – oder, besser gesagt, einer Kapitulation. Er hatte Charles die gesamten florentinischen Festungen an der ligurischen Küste überlassen, außerdem noch zehntausend Dukaten, und das, bevor das französische Heer überhaupt in Sichtweite der Stadtmauern war. Er war überrascht, daß die Leute wütend waren – ich nicht, um ehrlich zu sein, aber ich hätte mir nicht träumen lassen, wie wütend sie waren. Fra Savonarola hielt eine weitere Predigt, und dann... Um es kurz zu machen, sie stürmten unseren Palazzo, und wir hatten Glück, daß Piero immer noch genügend Anhänger blieben, um lebend aus der Stadt herauszukommen. Ihr würdet die Via Larga nicht mehr wiedererkennen, Riccardo. Was nicht geraubt ist, wurde kurz und klein geschlagen, und ich fürchte sehr, daß Fra Savonarola nichts Gutes mit den erbeuteten Manuskripten und Kunstwerken vorhat. Er ist jetzt der wahre Herr der Stadt, auch wenn offiziell die Signoria unsere Verbannung ausgesprochen hat. Immerhin«, sein Gesicht hellte sich auf, »konnte ich ein paar von Vaters Manuskripten retten, diejenigen, welche er am meisten liebte.«

Richard wußte nicht, was er sagen sollte. Endlich meinte er: »Fra Mario hat mir einmal erzählt, daß auch Euer Urgroßvater aus der Stadt verbannt wurde, nur um im Triumph zurückzukehren.«

Giovanni scharrte mit den Füßen auf dem Boden, eine Bewegung, die Richard wieder einmal in Erinnerung rief, wie jung dieser Kardinal doch war. Als Giovanni antwortete, schaute er Richard nicht an.

»Ja. Aber seien wir ehrlich – Piero ist nicht Cosimo.«

Nach Richards Meinung war Piero das größte Unglück, das der Stadt Florenz und dem Haus Medici widerfahren konnte, und wenn es nur um Pieros Verbannung gegangen wäre, hätte er die Florentiner durchaus verstanden. Aber was Giovanni beschrieb, deutete auf weit mehr als den Zorn des Volkes gegen einen einzelnen Mann. Er war plötzlich froh, mit Schmitz so viele schöne Stücke außerhalb von Florenz verkauft zu haben.

»Dennoch wünsche ich Euch das Beste, Euer Eminenz«, entgegnete er aufrichtig. »Doch ich will Euch nicht weiter aufhalten – könnt Ihr mir sagen, wo ich Fra Mario finde?«

Giovanni blickte nach wie vor zu Boden. Ohne aufzuschauen, erklärte er: »Er ist nicht hier. Als wir das erste Mal Rast machten, erzählte der Dorfpriester, daß Fra Savonarola ein großes ›Feuer der Eitelkeiten‹ geplant hätte. Mario meinte, er könnte sich gut vorstellen, was das bedeute, und er bat mich um Geld, damit er...«

Es ziemte sich nicht, einen Kardinal zu unterbrechen, auch nicht einen, der gerade aus seiner Heimat verjagt worden war, aber die Furcht, die Richard plötzlich gepackt hatte, ließ ihn solche Überlegungen vergessen.

»Ihr habt ihn doch nicht etwa zurück in die Stadt gehen lassen?« unterbrach Richard den Kardinal ungeduldig.

»Was hätte ich denn machen sollen? Außerdem ist es eine gute Idee. Von uns kann ja keiner zurück. Die Signoria hat sogar einen Preis auf Pieros Kopf ausgesetzt! Aber Mario ist ein unbekannter Priester, er kann...«

Richard hörte nicht länger zu. Er wirbelte herum und rannte aus dem Hof hinaus. Er hätte selbst nicht sagen können, was genau er befürchtete, aber er sah Savonarolas ausgemergeltes, fanatisches Gesicht vor sich, und panische Angst ergriff ihn. Als er die Tür zu Zinks Kontor öffnete, fühlte er sich immer noch von einer unbestimmten Drohung getrieben.

»Meister Zink, Ihr müßt mir unbedingt einen Passierschein nach Florenz verschaffen, möglichst noch heute.«

Es sprach für Zinks diplomatische Fähigkeiten, daß er sich über Richards Überfall nicht einmal leise empört zeigte.

»Aber, mein lieber Richard, das ist unmöglich. Heute erreichte mich die Nachricht, daß Florenz und die Toskana...«

»Sich den Franzosen ergeben haben, ich weiß. Aber das spielt doch keine Rolle, nicht für das Unternehmen.«

»Ich fürchte doch. Denn seht Ihr, wiewohl der Heilige Vater uns Passierscheine für unsere Handelswege zur Verfügung stellt, würde er es gar nicht gerne sehen, wenn jemand ohne triftigen Grund hinter die feindlichen Linien geht. Im übrigen kann er zur Zeit gar keine Passierscheine genehmigen, weil er die Festung...«

»Es ist mir gleich, wo er sich befindet«, erwiderte Richard ungeduldig, »ich weiß, daß Ihr Passierscheine für Notfälle habt, in die nur der Name eingesetzt werden muß.«

Schlagartig machte die glatte Höflichkeit in Zinks Miene einer entschlossenen Kühle Platz. »Das mag sein, mein lieber Richard, aber Ihr habt mir noch immer nicht erklärt, um was für ein Notfall es sich handelt. Und Herr Fugger sähe es ebenfalls nicht gern, wenn Ihr den Namen des Unternehmens in irgendwelche Schwierigkeiten verwickelt.«

Jetzt, da Richard irgendeinen überzeugenden geschäftlichen Grund hätte erfinden müssen, der seine sofortige Anwesenheit in Florenz erforderte, ließ ihn seine Phantasie im Stich.

»Ich fürchte«, sagte er deswegen ehrlich, »ein Freund von mir, dem ich sehr viel schulde, hat sich dort in Gefahr gebracht.«

Zink erhob sich. »Es tut mir leid, aber das ist kein Grund, im Gegenteil, er beweist mir, daß ich Euch den Passierschein auf keinen Fall geben sollte. Ich habe nicht die Absicht, Herrn Fugger noch einmal von Eurem Tod unterrichten zu müssen.«

»Wer spricht denn hier von Tod?« gab Richard ungehalten zurück. »Gefängnisaufenthalt vielleicht, mehr befürchte ich nicht. Ihr könnt mich nicht zurückhalten, nur ohne Passierschein wächst die Gefahr, daß Ihr Herrn Fugger unangenehme Neuigkeiten überbringen müßt, um ein Beträchtliches.«

Er dachte, damit hätte er gewonnen. Doch Johannes Zink war in der Tat nicht umsonst von Jakob in Rom eingesetzt worden. Der Leiter der Faktorei konnte, wenn er es für nötig hielt, unnachgiebig wie Stein sein.

»In diesem Fall«, sagte Zink kühl, »wäre das Euer Fehler, nicht meiner. Und Ihr wäret es auch, der Herrn Fugger Erklärungen abzugeben hätte... falls Ihr überlebt. Und eines kann ich Euch versichern – Ihr mögt mit ihm verwandt sein, aber einen Angestellten, der sich so närrisch benimmt, hat er bisher noch immer entlassen.«

»Zum Teufel damit«, sagte Richard sehr leise, dann drehte er sich um und schloß die Tür hinter sich. Er war noch dabei, das Notwendigste zusammenzupacken, als es klopfte. In der Erwartung, daß Zink sich schließlich doch eines Besseren besonnen hatte, achtete er darauf, den Besucher nicht zu schnell hereinzubitten.

Doch es war nicht Zink. Vor Richard standen ein ungehaltener Schreiber und ein sehr dreckiger kleiner Junge, der von der gediegenen Umgebung des Handelshofes nicht im geringsten beeindruckt schien. »Dieses... Wesen behauptet, es hätte eine Botschaft für Euch«, verkündete der Schreiber, der an jedem Tag mehr bereute, daß er den Posten bei barbarischen Fremden angenommen hatte. Seine vorherigen Herren zahlten zwar weniger, aber sie wußten wenigstens, was sich gehörte. Umgang mit Pöbel zählte nicht dazu.

Der kleine Junge zwinkerte Richard zu und drückte ihm einen ziemlich zerknitterten Zettel in die Hand, dann stahl er sich plötzlich unter dem Arm des Schreibers davon und rannte fort. Der Schreiber war zu verblüfft und Richard zu sehr von der Botschaft gefangen, als daß sie ihn aufgehalten hätten. In eleganten Schriftzügen, die so gar nicht zu dem zerknitterten Papier paßten, stand dort:

»Wenn Euch an Eurer S. etwas liegt, dann kommt schleunigst zu mir. Sie haben sie eingesperrt, und alleine kann ich nichts dagegen tun. Vernichtet diesen Brief.«

Überraschend leicht fand er den Weg durch die Katakomben. Er nahm an, daß es auch einen oberirdischen Weg zum Palazzo der Königin gab, doch kurz hinter dem Zugang zur Unterwelt wartete der Junge auf ihn, um ihn zu führen. Der Kleine ließ sich lachend über die Entrüstung des Schreibers aus, aber Richard hörte nicht darauf. Er war zu sehr damit beschäftigt, abwechselnd Saviya, Mario und die unbekannte Parze zu verfluchen, die seine beiden meistgeliebten Freunde gleichzeitig in Bedrängnis gebracht hatte.

Der dämmrige Raum war genauso, wie er ihn in Erinnerung hatte, doch die Königin war unverändert. Das flammende Rot, das sie trug, schien ihrer Stimmung zu entsprechen, und sie begrüßte Richard nicht mit spöttischer Zurückhaltung, sondern voll ungeduldiger Sorge.

»Höchste Zeit, daß Ihr kommt, Messer Riccardo. Ich dachte schon, der Junge habe Euch nicht gefunden, oder meine kleine Hexe hätte sich in Euch geirrt.«

»Was ist geschehen?«

»Ich hätte es wissen müssen«, sagte die Königin. »Es kann nichts Gutes dabei herauskommen, wenn man die Orsini herausfordert. Eure Schuld, aber noch mehr meine, denn Ihr seid nur ein junger Narr, ich aber hätte es besser wissen müssen.«

»Was«, wiederholte Richard aufgebracht, »ist geschehen?«

»Habt Ihr nicht auch den Eindruck gehabt, daß die Orsini in den letzten Wochen viel friedlicher waren? Sie taten alles, was Seine Heiligkeit von ihnen verlangte. Ich dachte, sie würden es noch einmal bei Fiammetta versuchen, und Ihr könnt mir glauben, unsere Leute haben Fiammetta bewacht wie eine Reliquie. Aber wir alle haben Fabio Orsini unterschätzt. Ich weiß nicht, wie er herausgefunden hat, wer Saviya ist, aber er hat es. Und die Umstände sind denkbar ungünstig. Erstens befindet sich der Papst zur Zeit nicht in

Rom. Zweitens obliegen damit einige unwichtige Aufgaben, wie zum Beispiel die Keuschheitskommission, einzig und allein Kardinal Orsini.«

»Die was?«

»Die Kommission für Keuschheit, o ja, die gibt es hier, Riccardo. Ein ziemlich bedeutungsloses Amt, wie Ihr Euch vorstellen könnt, und meistens Leuten übertragen, die man nicht besonders schätzt. Die Überwachung des Lebenswandels der höheren Prälaten. Doch in dieser Woche bekam die Kommission tatsächlich etwas zu tun. Es ging eine Anzeige ein gegen eine junge Frau, der man eine unlautere Beziehung zu einem sehr hochrangigen Prälaten nachsagt.«

Langsam erkannte Richard das feingesponnene Intrigennetz. Wie hatte er nur so töricht sein können, anzunehmen, die Angst um sein Vermögen würde einen dieser rachebesessenen Orsinis zurückhalten? O ja, er hatte auch in Erwägung gezogen, daß Fabio Orsini vielleicht doch den völligen Ruin in Kauf nehmen würde, nur hatte Richard mit einem neuen Giftschlag oder einem Dolchstoß gerechnet. Statt dessen hatte Orsini Saviya für seine Rache gewählt.

»Leider ist das noch nicht alles«, fuhr die Königin fort. »Man wirft ihr nämlich auch noch vor, diese Beziehung durch zauberische Mittel herbeigeführt zu haben, durch Magie. Man beschuldigt sie der Hexerei. Nun, auf den letzten Vorwurf müssen wir in unserer Welt immer gefaßt sein, und gewöhnlich habe ich genügend Beziehungen, um jeden meiner Leute zu schützen. Aber diesmal hat man mir zu verstehen gegeben, daß man – daß fast alle maßgeblichen Männer in Rom entzückt wären, den Kardinal von Valencia in eine derartige Angelegenheit verwickelt zu wissen.«

40

KARDINAL ORSINI WAR EIN sehr alter Mann, in der Tat der einzige noch lebende Orsini seiner Generation. Doch sein Alter hatte ihn nicht blind dafür gemacht, daß man ihm innerhalb des Kardinalskollegiums nur noch unwichtige Aufgaben übertrug. Die Tatsache, daß der Papst ihm das bedeutende Amt der Pfründenverwaltung für die Romagna entzogen und ihm statt dessen die Kommission für Keuschheit unterstellt hatte, betrachtete er als persönliche Beleidigung. Schon öfter hatte er seiner Familie damit in den Ohren gelegen. Um so begieriger griff er den Vorschlag Fabios, den er bisher für einen eher unnützen, eitlen Jüngling gehalten hatte, auf.

»Könnt Ihr Euch das vorstellen?« fragte er seinen Sekretär schmunzelnd: »Der Katalane kommt zurück, und ich sage ihm: Euer Heiligkeit, ich bedaure, aber mein Amt verlangt von mir, Euch darauf aufmerksam zu machen, daß der Kardinal von Valencia sich einer schweren Verfehlung schuldig gemacht hat. Nein, man kann die Sache nicht mehr vertuschen. Das betreffende Mädchen wurde bereits verbrannt. Ein Skandal, Euer Heiligkeit, da stimme ich zu. Wie wäre es, wenn Ihr den Kardinal für eine Weile fortschickt? Nicht, daß diese spanische Brut vor Skandalen zurückschreckt«, fuhr Kardinal Orsini jetzt fort und bohrte den Finger in die Luft. »Diese Neujahrsfeierlichkeiten – das war das Geschmackloseste, was sich ein Borgia je geleistet hat! Wie fahrendes Gesindel für die Unterhaltung der Massen zu sorgen. Aber daran erkennt man das schlechte Blut, die niedrige Geburt. Nur«, sein Schmunzeln wurde zu einem Kichern, »Geschmacklosigkeiten sind eine Sache. Aber die Verwicklung in Schwarze Magie... Nun, das ist etwas ganz anderes...«

»In der Tat, Euer Eminenz«, kommentierte der Sekretär, der den Eindruck hatte, daß eine Bestätigung von ihm erwartet wurde. Er wünschte sich nur, die ganze Angelegenheit wäre schon vorbei. Für den alten Mann und seine Familie mag es wunderbar gewesen sein, dachte er mit einem Hauch von Rebellion, aber ich bin derjenige, der den ganzen Prozeß protokollieren muß, ich bin derjenige, der sehen muß, wie er die nötigen Juroren und Experten zusammenbekommt.

Als hätte er seine Gedanken erraten, sagte der Kardinal plötzlich: »Wir müssen das natürlich so schnell wie möglich erledigen. Ihr habt doch keine Schwierigkeiten, das zu organisieren, oder?«

»Nein, Euer Eminenz«, versicherte der Sekretär diensteifrig. »Oh, da wäre noch etwas, Euer Eminenz. Ein junger Mann hat darum gebeten, Euch in dieser Angelegenheit sprechen zu dürfen.«

»In dieser Angelegenheit?« Der Kardinal zog die Brauen hoch. »Ich hatte nicht zu hoffen gewagt, daß es sich so schnell herumgesprochen hat. Vielleicht ist das schon unser erster Denunziant. Immer herein mit ihm.«

Während der Sekretär einem der niederen Schreiber den Befehl gab, den jungen Mann zu holen, ging ihm durch den Kopf, daß Kardinal Orsinis Status wahrlich nicht mehr der sein konnte, der er einmal gewesen war. Um einen Kardinal auf der Höhe seiner Macht zu sprechen, mußte man gewöhnlich erheblich mehr Bestechungsgeld bieten, als er von diesem Fremden bekommen hatte, und mächtige Kardinäle ließen sich überhaupt nicht so schnell von Unbekannten sprechen. Sie ließen sich Zeit.

Kardinal Orsini setzte zunächst ein wohlwollendes Lächeln auf, das jedoch bald wieder verschwand, als ihm sein Besucher nach einer ehrfürchtigen und höflichen Begrüßung sein Anliegen darlegte.

»Unschuldig? Was soll das heißen, unschuldig?«

»Da bin ich ganz sicher, Euer Eminenz«, sagte Richard,

bemüht, nicht zu drängend zu klingen. »Wer auch immer sie angezeigt hat, hat es aus reiner Mißgunst getan. Sie ist eine gute Christin, und weder übt sie Schwarze Magie aus, noch würde sie einen Diener Gottes vom rechten Pfad abbringen.«

»Junger Mann«, erwiderte der Kardinal scharf, »ich muß mich doch sehr wundern. Die Person, die das Mädchen angezeigt hat, ist völlig vertrauenswürdig, und wir haben genügend Zeugen, um sowohl die Magie als auch den sündigen Verkehr zu bestätigen. Überdies handelt es sich um eine Zigeunerin. Und Ihr wißt, daß Zigeuner an sich schon Kinder des Teufels sind.«

Richard spürte, wie ihm Schweißtropfen den Rücken herunterrannen, aber er verzog keine Miene. Wenn er jemals Selbstbeherrschung gebraucht hatte, dann jetzt.

»Sind nicht alle Menschen Kinder Gottes, Euer Eminenz?« gab er zurück. »Und als solches hat sie doch zumindest Anspruch auf eine Verteidigung. Das entspricht der Prozeßordnung.«

»Gewiß«, sagte Kardinal Orsini langsam und fragte sich, ob dieser unangenehme Eindringling nicht selbst von den Zigeunern abstammte. Seine Haut war ziemlich dunkel, wenn man es recht betrachtete, und die Augen von einem Schwarz, wie es höchstens in Sizilien vorkam, wo man kaum jemanden fand, der nicht arabische, griechische und normannische Vorfahren zugleich hatte.

»Ihr scheint mir recht beschlagen auf diesem Gebiet. Wollt Ihr am Ende selbst ihre Verteidigung übernehmen?«

»Wenn Euer Eminenz es gestatten. Ich bin zwar kein Kleriker, aber das Recht schreibt nur vor, daß der Verteidiger studiert haben muß, und das habe ich.«

Das Gegenteil zu beweisen würde Kardinal Orsini in der Eile unmöglich sein, dachte Richard. Während er immer noch vor dem alten Mann stand, spürte er voll Entsetzen, wie Erschöpfung sich in ihm breitmachte. Nach seinem Besuch bei der Königin hatte er eine weitere Auseinandersetzung mit Zink gehabt, der sich grundsätzlich geweigert hatte,

Geld und Ansehen des Unternehmens Fugger für einen skandalträchtigen Prozeß freizugeben.

»Um ganz aufrichtig zu sein«, hatte Zink ungewöhnlich grob gesagt, »mir scheint, Ihr seid nicht mehr ganz bei Trost, Richard. Erst verlangt Ihr von mir einen Passierschein nach Florenz, um dort irgend jemanden zu retten, und dann soll ich mich in eine derartig unangenehme Angelegenheit mischen. Wirklich, ich glaube, Ihr reist am besten nach Augsburg zurück.«

Richard versuchte, sich ganz auf den Kardinal zu konzentrieren und nicht an Mario zu denken. Mario mochte in ungeahnten Schwierigkeiten stecken, aber Saviya würde mit Sicherheit sterben, wenn niemand ihr half. Er bemühte sich auch, das zu vergessen, was ihm durch den Kopf geschossen war, als die Königin ihm von Saviya erzählt hatte. Er war erschrocken und entsetzt gewesen, gewiß, auch wütend auf Saviya, weil sie seine Warnungen in den Wind geschlagen und so diese Anzeige erst möglich gemacht hatte, außerdem schuldbewußt, weil er sie in die tödlichen Intrigen der Orsini verwickelt hatte. Doch zugleich erkannte er die unerwartete Gelegenheit, die sich ihm hier bot. Nun konnte er die Vergangenheit noch einmal erleben, durch eigene Kraft umschreiben und dadurch seine Schuld endgültig sühnen: eine Hexe vor dem Scheiterhaufen retten, nicht in Gedanken, nicht durch Bücher, nicht durch Gesuche, sondern in der Tat.

»Nun«, sagte Kardinal Orsini schließlich, »warum eigentlich nicht? Ihr habt recht, selbst eine Hexe hat Anspruch auf einen Verteidiger. Warum nicht Ihr?«

Richard war zu angespannt, um Erleichterung und Dankbarkeit zu spüren, aber er bemühte sich, beides auszudrücken. Er kniete noch einmal vor Kardinal Orsini nieder, küßte den Ring und war sich dabei der Tatsache bewußt, daß der Kardinal ihn offensichtlich entweder für harmlos oder für völlig unfähig halten mußte, denn sonst hätte er der Verteidigung niemals so schnell zugestimmt.

In Rom gab es zwei Gefängnisse. Politische Gefangene setzte man gewöhnlich in der Engelsburg fest, kein besonders angenehmer Aufenthaltsort vielleicht, aber um vieles besser als das überfüllte und verseuchte Stadtgefängnis, in dem die Gefangenen sich häufig gegenseitig umbrachten. Saviya hatte Glück, daß man Hexen grundsätzlich in Einzelzellen sperrte. Dennoch kämpfte Richard mühsam um Fassung, als er zu ihr gelassen wurde.

Um ihm über die ersten Sekunden hinwegzuhelfen, ergriff Saviya das Wort. Mit ihrem leichten, spöttischen Ton, der ihm zeigen sollte, daß sie sich von ihrer Umgebung nicht im geringsten hatte einschüchtern lassen, meinte sie:

»Keine Versuchung ist süßer als die, zu sagen: ›Das habe ich dir ja gleich gesagt‹, nicht wahr, Riccardo?«

»Wenige«, gab er mit einem etwas gezwungen wirkenden Lächeln zu. »Aber mach dir keine Sorgen, ich werde es nicht sagen. Saviya, ich bin hier, weil mir Kardinal Orsini gestattet hat, deine Verteidigung zu übernehmen.«

Sie biß sich auf die Lippen. »Da gibt es nichts zu verteidigen, Riccardo. Ich bin eine Hexe.«

»Ich weiß, daß du für eine ganze Reihe von Leuten gewahrsagt hast, aber hast du je jemand mit Flüchen belegt? Oder Liebeszauber ausgesprochen oder dergleichen?«

Ein Hauch von Belustigung färbte ihre Augen, die im Halbdunkel der Zelle wie zwei grüne Edelsteine glänzten. »Also wirklich, Riccardo. Natürlich nicht. Es wäre ausgesprochen dumm gewesen, sich auf diese Art die Kunden zu verscheuchen, denn dann hätten sie bald geargwöhnt, ich könnte auch sie verfluchen, wenn mir der Sinn danach stünde.«

»Gut«, sagte Richard erleichtert. »Wenn es für nichts als Wahrsagerei Zeugen gibt...«

»Wo liegt der Unterschied?«

»Prophezeiungen können auf Visionen beruhen, und Visionen kommen von Gott. Ich werde behaupten, daß Gott dir die Gabe verliehen hat, die Zukunft zu sehen, weil der Teufel als Fürst der Lüge es gar nicht kann.«

»Glaubst du das?« fragte Saviya sehr ernst. »Daß Gott mir die Gabe verliehen hat, die Zukunft zu sehen?«

Er fand es unerwartet schwierig, zu sprechen, und schüttelte nur den Kopf. Saviya seufzte und griff durch die Gitterstäbe nach seiner Hand. »Ich muß dir noch etwas sagen, Riccardo...«

»Später«, unterbrach Richard sie abrupt. »Erst müssen wir noch etwas klären. Wie lange«, die Worte schienen sich aus seinem Hals herauszuquälen wie kantige Steine, »wie lange kennst du den Kardinal von Valencia... näher? Wie oft warst du bei ihm, und welche Zeugen gibt es dafür?«

Saviya zog ihre Hand zurück. Sie trat etwas weiter in ihre Zelle zurück, und er konnte sie in dem rußigen Licht, das die Fackeln im Gang verbreiteten, kaum mehr erkennen. »Das ist wichtig für meine Verteidigung, Saviya.«

»Wie willst du mich verteidigen?« fragte sie tonlos. »Du hast nie irgend etwas verstanden, Riccardo. Oh, ich war ein paarmal mit dem Raja zusammen, nachdem ich nach Rom kam, aber als ich dich wiedergefunden hatte, war das vorbei. Ihr Gorgios hört immer nur auf die Worte, nie auf die Stimme des Blutes. Ich habe mein Blut mit deinem getauscht, Riccardo, hast du nie begriffen, daß ich dich liebe und immer lieben werde? Du hast mich nicht gebeten, zu dir zurückzukommen. Statt dessen hast du mich am Neujahrstag als Dirne bezeichnet. Natürlich bin ich danach wieder zu ihm gegangen.«

Schweigen lag zwischen ihnen, so schwer lastend wie die verbrauchte Luft dieser Kerkerwelt.

»Welche Zeugen?« fragte Richard schließlich.

»Alle. Niemand«, antwortete sie kühl. »Es war nicht gerade ein Geheimnis, aber eigentlich ließ er mich kommen, um zu tanzen und seinen Gästen wahrzusagen. Er selbst glaubt nicht daran, genau wie du. Aber er sagte mir, er fände es sehr aufschlußreich, was seine Gäste glauben würden.«

»Gut.« Richard zwang sich, nur die Neugier eines Anwalts zu zeigen. Er wollte sich jetzt nicht Saviya und Cesare Borgia zusammen vorstellen. Und noch weniger wollte er an Saviya und sich selbst denken, die eben ausgesprochenen Worte auf sich wirken lassen und sich ausmalen, was hätte sein können, wenn er seinen Stolz überwunden und ein einziges Mal offen mit ihr gesprochen hätte. Jedenfalls war nun auch geklärt, wie Fabio Orsini die Verbindung zwischen dem Kardinal von Valencia und Saviya entdeckt hatte. Er brauchte nur einmal bei Cesare Borgia eingeladen gewesen zu sein.

»Du hattest also einen guten Grund für deine Besuche?«

»Riccardo«, sagte sie unvermittelt, »hör mir diesmal zu. Ich habe in Florenz immer wieder versucht, deine Zukunft im Reisig zu lesen, zuerst mit dem Woiwoden, dann alleine. Der Woiwode glaubte, daß Tod von dir ausgeht, aber ich sah etwas anderes. Ich sah zwei Straßen – die Möglichkeit zum Leben und Tod für jemanden, der dich liebt. Das verwirrte mich, weil ich nicht wußte, welche Deutung die richtige ist, bis ich es verstand, und es erfüllt sich jetzt.«

Der Schutzwall, den er sich mühsam aufgebaut hatte, brach in sich zusammen und wurde hinweggespült. Er umklammerte mit beiden Händen die Gitterstäbe, und es war nicht klar, ob er sie fortschleudern oder sich an ihnen festhalten wollte.

»Du wirst nicht sterben, Saviya«, flüsterte er rauh, »du wirst nicht sterben!«

»Nein«, erwiderte Saviya traurig. »Ich weiß nicht, warum; denn es sieht nun wirklich nicht gut für mich aus. Aber ich werde nicht sterben. Mario wird sterben.«

»Mario?«

»Ich sagte doch schon, Riccardo, du begreifst nie, wann jemand dich liebt. Aber ich habe das sofort begriffen, und deswegen habe ich ihn gehaßt, noch ehe ich ihn wiedererkannt habe. Bis er mir leid tat, weil du blind bist und er gefesselt von seinem Gott und seinem Gewissen. Er hätte nie etwas getan, was über Freundschaft hinausging, aber er liebt dich, und Gott helfe dir, Riccardo, du liebst ihn auch. Nur muß man dir so etwas sagen, von alleine merkst du es nicht, und ich sage es dir jetzt, weil ich gesehen habe, daß er sterben wird, wenn ich lebe. Und ich will seinen Tod nicht auf meinen Schultern tragen.«

Und wenn es wahr ist, und wenn es wahr ist, dachte Richard, während er durch die nächtlichen Straßen von Rom lief, ohne zu merken, daß er seine Eskorte längst verloren hatte. Sie hatte keine Möglichkeit, zu erfahren, was in Florenz geschehen ist. Und wenn sie sehen kann, und wenn es wahr ist...

Eine Gestalt griff ihn aus der Dunkelheit heraus an. Es mußte ein noch ungeübter Straßenräuber sein, denn er stach nicht sofort zu, sondern versuchte zuerst, die Börse zu erreichen, und Richard wandte erstmals die Verteidigungskünste an, die er sich angeeignet hatte. Mit wenigen Handgriffen, getrieben von Haß, der nicht einem unbekannten Dieb galt, entwaffnete er den Mann und schlug auf ihn ein, bis der Angegriffene zu Boden sank und liegenblieb. Und wenn es wahr ist, was tue ich dann?

Der Kampf mit dem Unbekannten hatte seine Gedanken etwas geklärt, und auf dem Weg zum Fondaco hielt er immer wieder inne, weil ihm mehr und mehr seine eigene Rolle bewußt wurde: ein selbstsüchtiger Narr. Richard Artzt, der Retter der Hexen. Hatte er wirklich ernsthaft geglaubt, daß noch so raffinierte Argumente einen Freispruch erwirken würden? Bei Männern, die fest entschlossen waren, Saviya zu verurteilen? Oh, er hatte mit Widerstand gerechnet, doch um so besser, dann würde der Prozeß andauern, bis der Papst wieder zurück war. Und was genau hatte er vom Papst erwartet? Alexander konnte sich keinen weiteren Skandal mehr leisten, nicht nach der Sforza-Affäre. Es war wahrscheinlich, daß man Saviya einfach verschwinden ließ.

Und wenn nicht, wie sollte er Kardinal Orsini davon abhalten, schließlich die Folter zu befehlen? Saviya mochte in ihrem Leben schon manches ertragen haben, aber niemand widerstand auf Dauer der Folter.

Er mußte Saviya das Leben retten, und er mußte Mario das Leben retten. Beiden, irgendwie.

Schließlich suchte er noch einmal die Königin auf. Sie hörte sich seinen verzweifelten Plan eines Gefängnisausbruchs an und schüttelte dann energisch den Kopf.

»Auf gar keinen Fall. Mir liegt an der Kleinen, aber nicht so sehr, daß ich uns alle gefährden würde. Selbst angenommen, es gelingt Euch, mit ihr aus diesem gutbewachten Gefängnis wieder heraus und in die Katakomben zu entkommen – was ich bezweifle –, wißt Ihr, was dann geschehen würde? Die Orsini sind nicht dumm, und Fabio Orsini kann zwei und zwei zusammenzählen. Zahllose Wachen würden die Katakomben durchsuchen, unsere Verstecke wären zum Teufel, und unsere Geheimnisse für die nächsten zehn Jahre auch. Nein, Riccardo. Tut mir leid.«

Er schwieg, musterte die Frau, die über ein Reich von Menschen herrschte, von denen selbst die Kinder sie ohne weiteres umbringen konnten. Er spürte, daß sie genau wußte, woran er eben gedacht hatte.

»Wie weit reichen die unterirdischen Gänge?« fragte er abrupt.

»Warum wollt Ihr das wissen?« fragte sie mit ihrer unwirklich jugendlichen Stimme zurück, in der sich Anmut mit Drohung mischten.

»Ich möchte wissen, ob Ihr mir helfen könnt, unbemerkt die Stadt zu verlassen.«

»Hmmm«, sie summte leise, »möglich. Die Gänge reichen so weit, aber die äußersten Enden sind vielfach eingestürzt und werden eigentlich nie benützt. Dennoch, Ihr könnt es versuchen. Ich gebe Euch einen Führer mit.«

»Danke. Und dazu brauche ich noch einen Doppelgänger.«

»Einen Doppelgänger?« fragte die Königin, zum ersten Mal ein wenig verblüfft.

»Jemand, der sich für mich ausgibt, jeden Tag Saviya besucht und sich im Handelshof blicken läßt. Er braucht sich innerhalb des Fondacos nur für gewisse Leute sehen zu lassen, die den Hof beobachten, ebenso wie das Gefängnis. Dazu müssen wir natürlich die Kleider tauschen. Wenn ich Erfolg habe, bin ich ohnehin bald wieder zurück. Der Prozeß beginnt bereits übermorgen, und dann nützt ein Doppelgänger nichts mehr.«

»Und wenn Ihr keinen Erfolg habt?«

»Dann werde ich wahrscheinlich als Leiche im Tiber verschwinden, und Ihr braucht Euch ebenfalls keine Sorgen mehr zu machen.«

»Wie beruhigend«, sagte die Königin trocken.

41

DER FEUCHTE MODERGERUCH war so beherrschend, daß Richard sich fragte, wie alt der Abschnitt des Ganges wohl war, durch den sie sich kämpften. Mehr als einmal hatten sie Erde und Felsbrocken beiseite räumen müssen; dabei war er sogar auf einen römischen Sesterz gestoßen. Er hatte nicht die Zeit gehabt, sich die Inschrift näher anzusehen, doch er hielt das Silberstück in seiner Hand, während er dem Mann folgte, den die Königin beauftragt hatte, ihn zu führen, und die runde, harte Form, die sich gegen das Innere seiner Hand abzeichnete, gab ihm die Gewißheit, nicht zu träumen.

Sein Gefährte blieb stehen, befeuchtete den Finger und hob die Hand. Da spürte Richard es ebenfalls. Ein leichter, unregelmäßiger Luftzug.

»Gehen wir«, wisperte der andere; er hatte Richard schon zu Beginn angewiesen, in diesem Teil der Gänge besser nicht laut zu sprechen.

Kurz darauf sah Richard den Mondschein durch die brüchige Decke sickern. Es war Vollmond, ausgerechnet in der Nacht, in der schon eine normale italienische Sommernacht viel zu hell gewesen wäre.

»Wird schwer sein, bei dem Licht ein Pferd zu stehlen«, bemerkte der Mann neben ihm skeptisch.

Das letzte Stück des Gangs war eingestürzt, so daß sie mühsam ins Freie kriechen mußten. Der gleißende Mondschein, der sie empfing, bestätigte Richards schlimmste Befürchtungen: Ein aufrecht gehender Mann war auf offenem Gelände gewiß meilenweit zu erkennen.

Doch zumindest befanden sie sich außerhalb der Stadt;

bei meinem Glück in der letzten Zeit, dachte Richard düster, hätten wir auch genau vor dem Tor herauskommen können. Er stellte bald fest, daß niemand sich um sie kümmerte; vor der Stadtmauer hatte sich nämlich einiges Landvolk auf der Flucht niedergelassen. Wahrscheinlich hatte es in Rom keine Aufnahme gefunden, oder die Menschen hofften darauf, ohne große Kriegsverwüstungen bald in ihre Dörfer zurückkehren zu können.

Zwei Männer mehr fielen nicht auf. Aber ein Pferd zu finden war darum nicht leichter. Die meisten Flüchtlinge hatten Esel vor ihre Karren gespannt. Doch schließlich entdeckte Richards Führer einen kräftigen Ackergaul. Als der Untertan der Königin sich davonschlich, um wie verabredet in einiger Entfernung ein Ablenkungmanöver zu beginnen, spürte Richard leise sein schlechtes Gewissen. Dieses Pferd war vermutlich das wertvollste Eigentum seiner Besitzer.

Ein ohrenbetäubendes Klappern drang mit einem Mal durch die stille Nacht, und Richard hörte, wie jemand schrie: »Hilfe, zu Hilfe! Räuber, Mörder, Diebe!«

Ohne lange zu zögern, trat er aus dem Schatten, band das Pferd los, schwang sich auf seinen Rücken und trieb das widerstrebende Tier an.

Bis Mittag hatte das Pferd Schaum vor dem Mund, und er selbst fühlte sich dem Zusammenbruch nahe, aber er hatte es geschafft, das päpstliche Lager zu erreichen. Eine großzügige Spende überzeugte die Wachen, daß der verwegen aussehende Kerl in Dienstbotenkleidern tatsächlich jemand sein könnte, der eine Botschaft für Seine Eminenz, den Kardinal von Valencia, hatte.

»Nun«, sagte Cesare Borgia, nachdem er sich die Zeit genommen hatte, Richard in aller Ruhe zu mustern. »Ihr überrascht mich, Messer Riccardo. Ich erinnere mich zwar, Euch aufgefordert zu haben, Euch bei Schwierigkeiten an mich zu wenden, aber das ist eine Weile her. Der Zeitpunkt ist nicht gerade passend, und um ehrlich zu sein, ich schätze es nicht, wenn man mich warten läßt.«

»Warum habt Ihr mich dann empfangen?« fragte Richard; er wußte, daß er auf keinen Fall zum kniefälligen Bittsteller werden durfte. Der Kardinal nahm sich aus einer Obstschale einen Apfel, und Richard dachte abwesend: Ist denn jetzt schon die Jahreszeit für Äpfel? Das Messer, mit dem Cesare Borgia die Frucht in zwei Hälften teilte, fing die Sonne ein und leitete ihre Strahlen schmerzhaft in Richards Augen.

»Ich bin neugierig«, erwiderte der Sohn des Papstes. »Wie kommt Ihr zu diesem Aufzug?«

»In Rom war ein Kleidertausch erforderlich«, sagte Richard. Das Licht schmerzte in seinen Augen, und plötzlich war er sicher, daß Cesare sich dessen sehr wohl bewußt war.

»Und was«, erkundigte sich Cesare Borgia, »führt Euch nun zu mir?«

»Ich dachte«, entgegnete Richard so beiläufig wie möglich, »es wäre vielleicht wichtig für Euer Eminenz, zu erfahren, daß die Orsini im Moment ihr Möglichstes tun, um Euer Eminenz in Verruf zu bringen. Zu diesem Zweck hat Kardinal Orsini jemanden, der Euch bekannt sein dürfte, sowohl der Hexerei als auch der unlauteren Beziehungen mit Euer Eminenz angeklagt und das Ganze vor die Keuschheitskommission gebracht. Der öffentliche Prozeß ist bereits für morgen angesetzt.«

Das Gesicht, in dem sich, anders als bei seinem Vater, keine Anzeichen von Üppigkeit feststellen ließen, gutaussehend, scharf und erbarmungslos wie ein geschliffenes Schwert, zeigte keine Regung.

»Wen?«

»Eine Zigeunerin namens Saviya, Eminenz.«

Cesare Borgia legte das Messer weg. »Ah«, sagte er leise. Schweigend bot er Richard eine Hälfte des Apfels an. Während Richard dankbar spürte, wie die Säure der Frucht seine Lebensgeister erfrischte, meinte Cesare, ohne zu lächeln: »Ihr seid ein mutiger Mann, Riccardo. Oder habt Ihr noch nichts von den Gerüchten gehört, die mich beschuldigen, ich hätte diesen Narren Giovanni Sforza vergiften wollen?«

Einen Herzschlag lang hielt Richard inne, dann aß er langsam weiter.

Cesare nickte. »Ihr habt recht.« Er biß in seine eigene Apfelhälfte und fuhr fort: »Und hört auf, mich Eminenz zu nennen. In diesen Tagen würde ich mein Gelübde gern loswerden. Wäre ich nicht Kardinal, dann könnte ich die Verteidigung der Romagna selbst übernehmen. Die dortigen Barone sind ja weiß Gott nur dazu fähig, sich gegenseitig zu bekriegen – vor einer richtigen Armee nehmen sie Reißaus wie die Hasen!«

Er winkte einem Diener und befahl ihm mit leiser Stimme, drei Pferde zu satteln, dann wandte er sich wieder an Richard, der noch immer äußerst angespannt war. »Es sieht so aus, als hätten unsere Freunde eine Lektion nötig. Ihr begleitet mich doch – oder seid Ihr zu erschöpft?«

Stumm schüttelte Richard den Kopf. Er konnte es sich nicht leisten, erschöpft zu sein. Seit er sich für diesen Plan entschieden hatten, mußte er ständig mit der Möglichkeit rechnen, Saviya damit zum Tod zu verurteilen, und hielt es für durchaus denkbar, daß der Kardinal von Valencia in Rom nicht nur den Prozeß unterwandern, sondern auch dafür sorgen würde, daß der Stein des Anstoßes unauffällig verschwand. Der Einsatz bei diesem Spiel war hoch. Richard hatte alles auf einen Wurf gesetzt.

Der Ritt mit Cesare Borgia und dessen Untergebenem, den er kurz als »Michelozzo« vorstellte, erschien ihm als ein Alptraum. Er hatte das Gefühl, als habe er seit Tagen ununterbrochen im Sattel gesessen, und er nahm kaum noch etwas wahr außer dem ausgeruhten Pferd und der dunklen Gestalt des Mannes, der Saviya besessen hatte.

Die Ankunft in Rom ging für ihn in einer Flut von beflissenen Soldaten unter, und erst, als sie sich vor dem Palazzo des Kardinals Orsini befanden, bemerkte er wirklich, daß sie nicht mehr nur zu dritt waren. Cesare hatte sich offensichtlich Verstärkung bei der Stadtwache geholt und verteilte die Posten sehr sorgfältig rund um das Gebäude.

Kardinal Orsini hatte als Kirchenfürst Anspruch auf einen eigenen Palazzo. An diesem Tag allerdings bereute er, nicht im selben Haus wie Virginio zu leben. Virginio hatte mehr und bessere Leibwächter.

Der alte Mann war noch dabei, sich protestierend zu erheben, als Cesare den Raum betrat, den entsetzten Sekretär hinter sich. Cesare hielt sich nicht lange mit Begrüßungen auf.

»Ich habe gehört, daß Ihr und Eure Kommission gewisse Vorwürfe gegen meine Person erhebt, Eminenz. Ist das richtig?«

»Ich...«

»Ihr werdet diese Vorwürfe sofort fallenlassen, schriftlich erklären, alles sei ein Irrtum gewesen, und außerdem einen Freilassungsbefehl ausstellen.«

Mittlerweile hatte Kardinal Orsini seine Fassung zurückgewonnen; denn er wußte sich im Recht; Cesare Borgia mochte zwar gewaltsam in sein Haus eindringen, aber er konnte kaum mehr tun, als Drohungen auszustoßen. Kardinal Orsini war vom Papst persönlich mit der entsprechenden Autorität ausgestattet worden – dieser Prozeß war allein seine Sache. Er holte tief Luft und erklärte:

»Mag sein, daß Ihr Euch mir gleichgestellt fühlt, *Eminenz*, aber wenn man vom Titel absieht, dann bin ich ein Orsini, und als ein Orsini bin ich nicht gewillt, mir in meinem Haus die Unverschämtheiten eines Bastards weiter gefallen zu lassen. Hinaus!«

Cesare wies ruckartig mit dem Kinn auf den Sekretär: »Michelozzo!« Ungläubig beobachtete Richard, wie Cesares Freund dem Sekretär blitzartig eine Schlinge um den Hals warf und sie zuzog. Der Kardinal selbst stand wie erstarrt da, doch Richard war selbst zu fassungslos, um auf die Reaktion des alten Mannes zu achten. Er starrte auf das verzweifelte, blaurote Gesicht. Später war er sicher, daß es nicht länger als eine Minute gedauert haben konnte, doch im Augenblick schien es ihm als eine grauenvolle Ewigkeit zu sein. Endlich löste er seinen Blick von dem Körper des Sekretärs, der noch ein letztes Mal zuckte, und sah Cesare an, der seinerseits den Kardinal beobachtete.

Kardinal Orsini rang selbst um Atem, und Richard erkannte, daß Cesare absichtlich das Seil und nicht den schnelleren Dolchstoß gewählt hatte. Es war eine ungeheuer brutale und wirkungsvolle Machtdemonstration.

»Nun, Euer Eminenz?« fragte Cesare Boriga ungerührt.

Kardinal Orsini sank wieder auf seinen Platz. Tränen der Hilflosigkeit begannen dem alten Mann die faltigen Wangen hinunterzurinnen, während Cesare beinahe fürsorglich Feder und Papier bereitstellte. Er diktierte dem Kardinal die gewünschte Erklärung und den Entlassungsbescheid half ihm, die zitternde Hand zu führen, ließ ihn beides unterzeichnen und besiegeln und sagte anschließend, ohne sich zu Richard umzudrehen: »Riccardo, seid so gut und laßt Seiner Eminenz etwas zu trinken holen. Er fühlt sich nicht wohl, und wir wollen doch nicht, daß ihm etwas zustößt, nicht wahr?«

»Nein«, schluchzte der alte Mann. »Bitte nicht, nein!«

»Es geschieht Euch nichts«, erklärte Cesare kalt. »Euch müßte doch inzwischen klar sein, daß die Giftgeschichten nur auf Gerüchten beruhen. Solche Methoden überlasse ich Euren Neffen. Wenn ich euch tot sehen möchte, habe ich andere Waffen, verlaßt Euch drauf.«

Er warf einen vielsagenden Blick auf die Leiche, und die Tränen des alten Mannes hörten schlagartig auf. Er schien noch etwas sagen zu wollen, doch Richard war froh, einen Grund zu haben, den Raum zu verlassen. Draußen lehnte er sich einen Moment lang gegen die Wand und sog die Luft in sich ein wie reinigendes, kaltes Wasser. Er unterdrückte das Bedürfnis, sich zu übergeben. Dann bemerkte er, daß sich im Vorzimmer inzwischen der größte Teil von Kardinal Orsinis Dienerschaft versammelt hatte und ihnen halb wütend, halb ängstlich entgegenschaute.

Richard sammelte sich. »Seine Eminenz ist durstig. Bringt

ihm etwas zu trinken«, sagte er, Cesares Anweisungen aufs Wort gehorchend. Er atmete tief durch. Denn Cesare Borgia war zweifellos der gefährlichste und skrupelloseste Mann, der ihm je begegnet war. Unwillkürlich fragte er sich, wie lange er nach dem, was er gerade gesehen hatte, noch zu leben hatte.

»Gefängnisse«, sagte Cesare, nachdem er den alten Kardinal hatte hinausbringen lassen, »sind nicht gerade die Gebäude, die ich gerne besuchen würde.«

Er setzte sich mit der größten Selbstverständlichkeit auf den Tisch des Kardinals, mitten auf die Papiere, und aus irgendeinem Grund erinnerte dieses achtlose Verhalten Richard daran, daß Cesare nicht älter war als er selbst – noch nicht einundzwanzig Jahre.

»Aber ich nehme an, diesen Teil kann ich Euch überlassen, oder, Riccardo? Zu Eurem Schutz gebe ich Euch ein paar von den Wachen mit.«

Richard versuchte, nicht zu der Leiche des Sekretärs zu sehen, die immer noch wie vergessen auf dem Boden lag. Er entschied sich dafür, offen zu sein. Die Zeit für das Versteckspiel mit Worten war vorbei.

»Falls der nächste Tag mich im Tiber finden sollte, würde ich lieber gleich sterben... Euer Eminenz«, sagte er daher. Er war überrascht über Cesares Gelächter. Der Mann konnte warm und herzlich lachen, ohne jede Andeutung von Hohn.

»Das nenne ich kaltblütig«, sagte Cesare, als er sich wieder beruhigt hatte. »Ihr habt die ganze Zeit geglaubt, daß ich Euch am Ende erledigen werde, wie? Und Ihr seid nicht fortgerannt wie mein Dummkopf von einem Schwager. Ein Grund mehr, Euch nicht zu töten. Beruhigt Euch, Riccardo. Ich lasse niemanden umbringen, der mir noch nützlich sein kann, und ich schätze Mut. Nein, alles, was ich von Euch will, ist, daß Ihr das Mädchen aus dem Kerker holt... wie der Held im Märchen. Ein passendes Ende, nicht wahr?«

Er hat es gewußt, dachte Richard und versuchte, nicht mit der Wimper zu zucken, während der Sohn des Papstes aufstand und sich ihm näherte, er hat die ganze Zeit alles über Saviya und mich gewußt.

»Aber begeht keinen Fehler«, sagte Cesare sehr leise und sehr ernst. »Ein falsches Wort, und Ihr leistet dem Herrn auf dem Fußboden dort möglicherweise doch noch Gesellschaft. Denkt daran, ein kluger Mann weiß, wann er schweigt.«

»Das sicherste Schweigen ist der Tod«, gab Richard zurück, der mittlerweile zu erschöpft war, um sich noch in Vorsicht oder Diplomatie zu üben. »Ich verstehe immer noch nicht, warum Ihr mich nicht einfach umbringen laßt. Oder warum Ihr mir überhaupt geholfen habt.«

»Ich habe nicht Euch geholfen«, stellte Cesare kühl fest, »ich habe mir und meiner Familie geholfen und dabei den Orsinis ihre Grenzen gezeigt. Was Euch und Euer Leben angeht, ich tue nichts umsonst. Ihr schuldet mir gelegentlich einen Gefallen, Riccardo, und eines Tages werdet Ihr ihn mir erweisen, verlaßt Euch darauf.«

Richard hatte den Eindruck, daß die letzten vierundzwanzig Stunden über ihm zusammenschlugen wie die Wellen über einem Ertrinkenden, doch er bemühte sich, den Kopf oben zu behalten. Er brachte mit letzter Kraft einen formvollendeten Abschied zustande, und es gelang ihm auch, nicht zusammenzuzucken, als Cesare Borgia ihn auf dem Weg ins Vorzimmer nochmals anrief.

»Machen wir Nägel mit Köpfen, Riccardo. Ihr habt mir schließlich auch geholfen. Gibt es sonst noch etwas, das ich heute für Euch tun kann?«

Er wollte schon verneinen, als die Erinnerung ihn wieder einholte. »Ja, in der Tat«, erwiderte er und ließ zum ersten Mal echte Erleichterung durchklingen. »Ich brauche einen Passierschein in die Toskana, und ich brauche ihn sehr dringend.«

»Nach Florenz?« fragte Cesare mit gerunzelter Stirn, und Richard hätte sich ohrfeigen können. Natürlich war die

Nachricht von Pieros Kapitulation längst bekannt. »Habt Ihr vor, zu den Franzosen überzulaufen?«

Der Tonfall war scherzhaft, aber die Leiche im Raum ermahnte Richard, keinen Scherz Cesare Borgias als harmlos anzusehen. Er schüttelte vehement den Kopf. »Nein. Ich habe einen Freund in Florenz, der in großen Schwierigkeiten steckt.«

Eine Sekunde lang dachte er, Cesare würde ihm nicht glauben. Doch dann lächelte der Kardinal von Valencia und ging hinter den Schreibtisch zurück.

»Euer Freund hat Glück«, sagte er, während er ein Blatt zu sich zog, die Feder in die Tinte eintauchte und kritzelte, »und dem alten Orsini wird es kaum etwas ausmachen, wenn wir noch mehr von seinem Papier verschwenden. Bitte.«

Kardinal Orsini hatte eine Kerze brennen lassen, um das Siegelwachs zu erhitzen, und Cesare brauchte nicht lange, um es ihm gleichzutun. Er preßte seinen Ring auf die schnell erkaltende Masse und gab den Schein Richard, der ihn zögernd in Empfang nahm. Richard konnte das Bedürfnis nicht unterdrücken, ihn sofort zu lesen. Cesare hatte die Anweisung gegeben, Riccardo Artzt, Kaufmann, und »allen Personen in seiner Begleitung« überall Durchlaß zu gewähren. Unterzeichnet war es mit vollem Namen und Titel des Kardinals von Valencia, aber Richard fiel auf, daß Cesare nicht die italienische Form seines Vornamens verwendet hatte, sondern die lateinische. Er blickte auf und begegnete dem spöttischen Blick seines Gegenübers.

»Kein Hinrichtungsbefehl, wie Ihr seht.«

»Danke«, sagte Richard aus vollem Herzen. »Vielen Dank.«

»*Aut Caesar, aut nihil*«, sagte Cesare Borgia.

Letztendlich entschied er sich dafür, daß es sicherer war, tatsächlich mit ein paar Wachen im Gefängnis aufzukreuzen. Saviya umarmte ihn ungestüm und heftig, und er barg sein Gesicht an ihrem Hals. Sie sprachen nicht miteinander; Worte wären zu schwierig und gleichzeitig zu unwichtig gewesen. Wie lange es dauerte, bis er mit Saviya im Fondaco angelangt war, wußte er nicht; er wußte nur, daß er die ganze Zeit ihre Hand nicht mehr losgelassen hatte.

Eigentlich wollte er noch in der Nacht nach Florenz aufbrechen, aber der gesunde Menschenverstand gewann die Oberhand; es würde niemandem etwas nützen, wenn er unterwegs vor Erschöpfung zusammenbrach. Also verbrachten sie diese Nacht noch in Rom, immer noch unfähig, an das Wunder zu glauben, noch am Leben zu sein, aneinander geschmiegt wie Schmetterlinge in ihrem Kokon.

Am frühen Morgen begann Richard, seine wichtigsten Habseligkeiten zu packen; er fragte Saviya, ob sie nicht auch etwas mitnehmen wollte, und sie verneinte lächelnd. Er hinterließ eine Notiz für Zink, da er ein weiteres Gespräch für überflüssig hielt, und so fand sie die aufgehende Sonne schon auf der alten Römerstraße, die in die Toskana führte.

Es war nicht schwer, eine Stelle für die kommende Nacht zu finden; angesichts der Jahreszeit bot es sich an, im Freien zu übernachten, und außerdem war es billiger. Als Richard seine Börse untersuchte, um festzustellen, wieviel Geld er noch hatte, stieß er dabei auch auf den römischen Sesterz, den er in den unterirdischen Gängen gefunden hatte. Er hielt ihn in das flackernde Licht des Feuers, das Saviya angezündet hatte, um die Inschrift zu lesen. Eine ganze Minute lang sagte er nichts, dann lachte er.

»Was ist damit?« fragte Saviya neugierig. Er zeigte ihr die Prägung. Es handelte sich um eine Münze der späten Republik, umrundet von dem Namen des damaligen Machthabers: Caesar.

Sie blickten einander an, und Richard erkannte, daß die Zeit gekommen war, endlich zu sprechen: Er erzählte Saviya alles und meinte schließlich: »Nur aus Neugier – denn ich glaube immer noch nicht daran –, hast du je versucht, seine Zukunft zu erkennen?«

Saviya nahm sich Zeit mit der Antwort. Sie zog die Knie an

und schlang beide Arme um ihre Beine. »Ja«, erwiderte sie endlich. »Am Ende wartet ein gewaltsamer Tod, aber um das vorauszusehen, braucht man keine besonderen Gaben. Er wird fast alles bekommen, was er sich wünscht, und alles wieder verlieren. Und da ist noch etwas, doch bevor ich dir das erzähle, sag mir, warum wehrst du dich so gegen Prophezeiungen?«

»Aus mehreren Gründen«, begann er und erinnerte sich schwach, daß Mario ihm einmal eine ähnliche Frage gestellt hatte. »Erstens habe ich noch keine Prophezeiung gehört, die nicht eine logische Vermutung gewesen wäre, auf die man durch Nachdenken nicht auch selbst kommen könnte. Wie zum Beispiel Savonarolas Prophezeiungen. Bei dem vorherigen Papst, Lorenzo und Ferrante von Neapel ist er kein großes Risiko eingegangen, und bei dem jetzigen Krieg auch nicht. Und du hast selbst zugegeben, daß man nicht hellzusehen braucht, um zu prophezeien, daß Cesare Borgia nicht friedlich in seinem Bett sterben wird. Aber viel wichtiger ist dies: Wenn es Visionen gibt, dann steht die Zukunft fest, und nichts, was wir tun, kann sie ändern. Ich glaube aber, daß jeder Mensch sein Schicksal selbst in der Hand hat.«

»Und trotzdem«, sagte Saviya, den Blick in die Flammen gewandt, »gehst du nach Florenz.«

»Nicht trotzdem, sondern deswegen«, gab Richard zurück und glaubte es selber. »Mein Verstand sagt mir, daß Mario sich in Schwierigkeiten gebracht hat, und das ist kein Wunder, wenn Savonarola tatsächlich die Stadt beherrscht und Mario versucht haben sollte, einige von den beschlagnahmten Schätzen aus Florenz hinauszuschaffen. Aber das ist kein tödliches Vergehen, und Priester werden nicht hingerichtet. Wahrscheinlich steckt er im Gefängnis der Signoria.«

Sie widersprach nicht, stimmte ihm aber auch nicht zu. Einen Moment lang befürchtete er, sie würde wiederholen, was sie im Gefängnis über Mario und ihn behauptet hatte. Er hatte sich bisher nicht gestattet, viel darüber nachzudenken. Mario war sein Freund. Vielleicht konnte man ihre Freundschaft auch Liebe nennen, aber es war die Liebe zwischen Brüdern, und ganz und gar nicht vergleichbar mit Fabio Orsinis Gelüsten. Er schauderte, als er daran dachte, wie Fabio ihn an den Schultern berührt und zugeflüstert hatte, *es ist Zeit für Euch zu gehen, Riccardo.*

»Vielleicht«, murmelte Saviya, wandte sich vom Feuer ab und wieder ihm zu, »ist beides richtig. Es ist möglich, die Zukunft zu erkennen, aber nur durch unsere eigenen Taten, unsere eigenen Entscheidungen können wir dorthin gelangen.«

»Was«, fragte Richard nun doch noch, »wolltest du mir noch über die Zukunft von...«

Sie legte ihm die Hand auf den Mund, und Heiterkeit stand in ihren Augen, als sie eilig sagte: »Oh, ich werde dir auf keinen Fall etwas erzählen, was deine Handlungsfreiheit beschränken würde. Denn du wirst ihm wiederbegegnen. Und was dann geschieht, wird einzig und allein deine Sache sein.«

Der Torwächter Umbaldo Garibaldi wünschte sich sehnlichst, seinen Dienst hinter sich zu haben. Seit der französische König weitergezogen war, schien es, daß die ganze Toskana nach Florenz strömte, um das kommende große Ereignis nicht zu versäumen. Er hatte es herzlich satt, jeden Bauernhaufen daraufhin zu untersuchen, ob sich ein Medici unter ihm versteckte. Die Vorstellung war ohnehin absurd. Dieser hochmütige Dreckskerl Piero als Bauer verkleidet? Garibaldi unterdrückte mit Mühe ein Kichern.

Daher verwandte er nicht viel Mühe auf das Paar, das sich Pilgern aus Vinci angeschlossen hatte. Er erkundigte sich nur, wo sie unterkommen wollten. In Santo Spirito, nun, warum nicht, wenn er auch bezweifelte, daß sie dort noch Platz fanden. Wie schon hunderte Male an diesem Tag fügte er, um der unausweichlichen nächsten Frage zuvorzukommen, hinzu: »Und der Scheiterhaufen wird heute abend bei Sonnenuntergang entzündet, auf der Piazza della Signoria. Ihr könnt am Umzug vorher teilnehmen, aber ich würde Euch raten, geht lieber gleich zur Piazza, wenn Ihr etwas sehen wollt.«

Der Mann zuckte zusammen, und einen Moment lang erwachte Mißtrauen in Garibaldi, aber dann meinte der andere mit breitem Lächeln: »Habt vielen Dank für Euren Ratschlag. Ein großer Tag für Florenz, fürwahr, und wir können dabei sein – der Scheiterhaufen der Eitelkeiten.«

»Das Fegefeuer«, korrigierte Garibaldi, ohne nachzudenken. Das war der Ausdruck, den Fra Savonarola bei seinen Predigten immer benutzte. Er winkte die nächsten Neuankömmlinge heran, und das Paar zog weiter.

Es dämmerte schon, und es fiel Richard und Saviya schwer, sich den Weg durch die Menge nach Santo Spirito zu bahnen. Einmal gerieten sie tatsächlich in Gefahr, als ihnen eine Horde hemdsärmeliger Jungen über den Weg lief; der älteste mochte etwa vierzehn, der jüngste nicht mehr als sechs Jahre alt sein. Einer von ihnen musterte Saviya und rief plötzlich: »Schande! Sie trägt einen Ohrring! Reißt ihr den Ohrring ab!«

Zweifellos hätten sie ihren Worten Taten folgen lassen, aber die beiden gezogenen Messer, die Richard und Saviya plötzlich in der Hand hielten, wirkten zunächst abschreckend. Sie waren es offenbar nicht gewöhnt, daß ihre Opfer sich wehrten. Doch Richard wußte, daß der Schreck nicht von Dauer sein würde, und die Jungen, selbst wenn es Kinder waren, waren eindeutig in der Überzahl. Mit einem raschen Blick stellte er fest, daß die älteren ebenfalls bewaffnet waren. Er senkte seine Waffe etwas, während die Jungen sie umringten.

»Ich möchte keinen Ärger«, sagte er zu dem Anführer. »Warum willst du ihren Ohrring haben?«

Aufrichtige Verblüffung kennzeichnete die Miene des Jungen. »Weil Fra Savonarola es so gebietet. Wir sind seine Weißhemdengel«, erklärte er stolz, »und wir sorgen dafür, daß niemand in Florenz mehr eitlen Putz trägt.«

»Ich verstehe«, nickte Richard. »Es tut mir leid, aber meine Frau und ich waren schon länger nicht mehr in Florenz. Und was tut ihr dann mit dem eitlen Putz? Ist es eine Spende für die Gottesmutter?«

»Für den Scheiterhaufen zu ihren Ehren«, bestätigte der Junge. Mit dem beeindrucktesten Gesicht, das er aufbringen konnte, sagte Richard ehrfürchtig zu Saviya: »Nun, wenn es für einen so guten Zweck ist, Frau, dann laß den Tand und gib ihn den Jungen hier.«

Wortlos löste Saviya den schmalen, goldenen Ring aus ihrem Ohr, bekreuzigte sich und händigte ihn dem Anführer aus, der nun vollständig versöhnt schien. Die »Weißhemdengel« rannten bald weiter, und der Junge, mit dem Richard gesprochen hatte, rief ihm noch über die Schultern zu: »Beeilt Euch lieber, wenn Ihr noch einen Platz auf der Piazza wollt!«

»Ein Glück«, sage Saviya, die ihnen nachschaute, »daß ich meinen anderen Ohrring schon in Rom weggeben mußte. Der Gefängniswärter dort läßt sich Essen, das nicht völlig madenverseucht ist, gut bezahlen.«

Der Bruder Pförtner verhielt sich nicht so, als sei er von der allgemeinen Feiertagslaune angesteckt worden. »Die Bibliothek ist heute nicht zugänglich«, sagte er abweisend und schlug das kleine Fenster an der Pforte wieder zu.

»Ich will nicht in die Bibliothek, ich möchte nur wissen, ob Ihr Nachrichten über Fra Mario...«

»Santa Maria, seid Ihr das, Messer Riccardo?«

Man hörte den Schlüssel klirren, dann öffnete sich die Pforte ächzend. Der Pförtner warf einen Blick auf Richard und Saviya, dann griff er nach Richards Hand und zerrte ihn hinein. Das war für Augustiner, die es gewöhnlich vermieden, einander zu berühren, so ungewöhnlich, daß Richard ein paar Sekunden lang zu verblüfft war, um etwas zu sagen. Hinter Saviya schloß der Pförtner wieder hastig das Tor und erklärte verlegen:

»Es ist nur ... Wir leben in schlimmen Zeiten, Messer Riccardo.«

»Fra Daniele«, fragte Richard, dem der Name des Mönchs wieder eingefallen war, »habt Ihr etwas von Fra Mario gehört?«

Der Pförtner zog seine Kapuze über, wie um in ihrem Schatten Schutz zu suchen. »Ja«, erwiderte er leise. »Er ist hier.«

»Hier?« Richard fühlte sich benommen vor Erleichterung. Das war besser als alles, was er erwartet hatte; er konnte förmlich spüren, wie die drückende Last der Befürchtungen nachließ. »Dann bringt mich zu ihm. Ich wette, er sitzt im Skriptorium und schreibt in aller Ruhe, während ich mir schon vorgestellt habe, ich müßte ihn aus dem Gefängnis herausholen. Das ist wirklich ...«

Er hielt inne. Fra Danieles Entsetzen war selbst durch die Kutte erkennbar, und es rührte nicht daher, daß er Richards Ton mißbilligte.

»Messer Riccardo«, sagte der Mönch so sanft wie möglich, »er liegt im Hospital, und nur Gott allein weiß, wie lange er noch zu leben hat.«

Es schien Fra Daniele, daß der junge Mann nicht verstanden hatte. Warum hatte der Herr ihn, einen braven Mönch, dazu auserwählt, die ganze grauenvolle Geschichte, die er am liebsten vergessen hätte, zu erzählen?

»Es waren Fra Savonarolas Weißhemden. Fra Mario hat versucht, einige Manuskripte und Gemälde vor dem Scheiterhaufen zu retten; er wollte sie den Besitzern abkaufen oder sie überreden, sie ihm zu überlassen. Er hatte wenig Erfolg damit, und irgend jemand muß ihn auch angezeigt haben. Jedenfalls, als er gerade aus einem Haus kam, wartete eine Horde dieser Jungen auf ihn und beschuldigte ihn, Gott seiner Ehre berauben zu wollen. Sie fanden eine Schrift des Lucretius bei ihm, aber er wehrte sich, als sie ihm das Buch abnehmen wollten. Und dann…«

Der Pförtner hielt inne. Er war nicht in der Lage, das zu beschreiben, was die Stadtwachen dem Prior geschildert hatten, die Stadtwachen, die Mario eigentlich hatten festnehmen wollen, aber ihn statt dessen in Santo Spirito abgeliefert hatten. Ihn, oder besser das, was von ihm noch übrig war.

»Wann ist das geschehen?« fragte der junge Mann, den er als Fra Marios Freund kannte, mit so unmenschlicher Ruhe, daß Fra Daniele zwischen Ablehnung und Bewunderung ob solcher stoischer Selbstbeherrschung schwankte. »Gestern.«

»Gestern«, wiederholte Richard, oder er glaubte, es auszusprechen. Er konnte nicht einmal spüren, wie seine Lippen das Wort formten. Gestern. Wenn er an dem Tag nach Florenz aufgebrochen wäre, an dem Giovanni de'Medici ihm von dem Umsturz erzählt hatte… oder auch noch am Tag, als er Saviya aus dem Gefängnis befreit hatte… gestern.

»Ich werde Euch zu ihm bringen«, sagte Fra Daniele freundlich, »aber Ihr, junge Frau, müßt hierbleiben. Es schickt sich nicht für Frauen, das Innere eines Mönchsklosters zu betreten.«

Mühsam wandte Richard seine Aufmerksamkeit wieder der Gegenwart zu und schaute zu Saviya. In der Tiefe ihrer ruhigen, grünen Augen las er Mitleid, Wissen und eine Spur von Furcht. Also hatte sie recht gehabt. Er hatte die Wahl zwischen Mario und Saviya getroffen, eine Wahl, die er nie hatte treffen wollen, und Saviya fragte sich, ob er diese Wahl bereute und sich gegen sie wenden würde.

»Das ist meine Frau, Padre«, sagte Richard, »meine Gemahlin.«

Fra Daniele runzelte bekümmert die Stirn. »Es tut mir leid, aber die Ordensregel läßt in diesem Punkt keine Ausnahmen zu.«

»Ich warte hier, Riccardo«, sagte Saviya. »Geh zu Mario. Ich werde auf dich warten.«

Richard war noch nie im Hospital von Santo Spirito gewesen, und doch kam es ihm nicht fremd vor; die Krankenräume des Klosters in Wandlingen waren nach demselben Prinzip gebaut gewesen, hatten dieselbe karge Einrichtung gehabt. Während seiner Kindheit hatte ihn natürlich seine Mutter gepflegt, aber in den Tagen nach ihrem Tod hatte der Abt, der fürchtete, Richard hätte den Verstand verloren, ihn in das Hospital legen lassen. Richard erinnerte sich nur zu gut an die Atmosphäre: Stille, das behutsame Schleifen von Kutten auf dem Boden, der ständige Geruch nach Arzneien, nicht immer unangenehm. Während er schweigend Fra Daniele folgte, war ihm, als würde er schließlich nicht Mario in einem Bett vorfinden, sondern sich selbst.

In meinem Ende ruht mein Anfang.

Fra Daniele blieb plötzlich stehen. »Da ist noch etwas, was Ihr wissen solltet«, sagte er mit gesenkter Stimme und näherte seine Lippen Richards Ohr, bis sein Flüstern beinahe unhörbar wurde, »das Schlimmste. Der Prior ist sicher... Wir alle sind sicher... daß die Weißhemdengel nicht so hätten handeln können, wenn sie nicht gewußt hätten, daß sie damit Fra Savonarolas persönlichem Wunsch entsprachen.«

War das das Schlimmste? Es erschien Richard bedeutungslos. Es spielte keine Rolle mehr, nichts war mehr wichtig bis auf die Gestalt, die er unter dem Fenster des Raumes liegen sah, regungslos, so daß er einen Moment lang befürchtete, Mario sei schon tot.

Neben Mario saß auf einem kleinen Hocker ein Pfleger, den Richard nicht kannte. Fra Daniele zog ihn beiseite und flüsterte ihm etwas zu, bevor er wieder verschwand. Richard sank neben Marios Lager auf die Knie. »Mario«, flüsterte er, »Mario, ich bin's, Riccardo.«

Mario konnte ihn nicht sehen. Mario würde nie wieder etwas sehen können, denn die Binde, die um seine Augen gelegt und hinter dem Kopf verknotet war, zeigte blutige Flecken. Aber er war bei Bewußtsein. Als er seinen Arm ausstreckte und nach Richard tastete, fiel Richard die absolute Reglosigkeit des anderen Armes auf; dort, wo er hätte liegen sollen, war keine Falte auf der Decke zu erkennen.

»Riccardo«, sagte Mario, nicht leise oder gebrochen, sondern laut und klar, so daß der Pfleger zusammenschrak. Für einen Moment berührte seine Hand Richards Gesicht, dann sank sie wieder auf das Bett.

»Was tust du hier? Habe ich wieder irgendwelche Bücher ausgeliehen, die du lesen möchtest? Ich bin noch nicht fertig mit Marco Polo, Riccardo, noch nicht fertig. Aber das sieht dir ähnlich, deswegen wider allen gesunden Menschenverstand quer durch Italien zu reisen.«

Seit der Pförtner ihm eröffnet hatte, Mario liege im Sterben, hatte sich Richard in dieselbe hilflose Betäubung zurückgestoßen gefühlt, die ihn als zwölfjährigen Jungen gefangengehalten hatte, und er hatte keine Worte gefunden, um das auszudrücken, was er Mario sagen wollte. Doch jetzt wurde ihm die Sprache zurückgegeben, und mit ihr die Erkenntnis.

»Ich bin gekommen, um zu beichten, Mario«, sagte er einfach. Marios Kopf mit den erloschenen Augen wandte sich ihm zu, und Richard fiel ins Lateinische, fiel in die festgelegte Wortfolge, die für ihn, als er sie gelernt hatte, nur ein leeres Ritual gewesen war.

»Vergib mir, Vater, denn ich habe gesündigt.« Mario streckte erneut die Hand aus, und Richard ergriff sie, fuhr fort, ohne sich um den Pfleger zu kümmern, dessen Gegenwart er sich so wenig bewußt war wie der des Stuhls. »Ich habe gelogen, zu mir selbst und zu anderen. Ich habe gestohlen und betrogen. Ich habe getötet und den Mord an anderen zugelassen.«

»Bereust du?« fragte Mario, und nur der fester werdende Griff seine Hand verriet, daß ihm das Sprechen sehr schwer fiel, »bereust du aufrichtig und von ganzem Herzen?«

»Das tue ich.«

»*Ego te absolvo*«, sagte Mario. Ein Schauder durchlief ihn, und der Pfleger beugte sich besorgt über ihn. »Vergib du

663

auch mir, Riccardo. Denn auch ich habe mich schuldig gemacht.« Ein Aufflackern seiner alten Spottlust veranlaßte ihn, hinzuzufügen: »Mein eigener Beichtvater würde jetzt sagen, meine größte Sünde war die felsenfeste Überzeugung, immer und überall im Recht zu sein.«

»Ihr solltet nicht mehr soviel sprechen, Frater«, sagte der Pfleger mißbilligend.

Mario ignorierte ihn und fuhr fort: »Aber ich hatte immer den Eindruck, Gott... würde das... verstehen.«

»Wenn nicht, wirst du ihn zweifellos überzeugen«, sagte Richard. Die rissigen Lippen verzogen sich zu einem Lächeln. »*Ricardus haereticus*. Wirst du mir dabei helfen, Riccardo? Wirst du ihn mit mir zusammen darum bitten?«

Und er begann leise das Paternoster. Richard und der Pfleger, der sich nun neben ihn kniete, fielen in das Gebet ein.

»*Pater noster quis es in caelis, sanctificetur nomen tuis, adveniat regnum tuum, fiat voluntas tua...*«

Und der ruhige, ehrfürchtige Klang ihrer Stimmen wob nach und nach ein Netz um Mario, das alle Schmerzen von ihm abhielt und ihn einhüllte, für immer sicher, für immer geborgen.

Saviyas Sympathie für Klöster und Mönche im allgemeinen hatte sich durch ihren Aufenthalt in Rom nicht gerade vergrößert. Sie fühlte sich dort unwohl, sie wollte sich nicht dem Schweigen dieser Mauern überlassen, und während sie mit Fra Daniele auf Richard wartete, ging ihr bald der Gesprächsstoff aus.

»Sind denn seine Freunde von der platonischen Akademie nicht bei Fra Mario?« fragte sie schließlich.

Fra Daniele, der immer noch nicht wußte, wie er diese junge Frau einordnen sollte, schüttelte den Kopf. Sie hatte etwas Merkwürdiges und durch und durch Unchristliches an sich.

»Wißt Ihr es denn nicht, Madonna? Sie sind alle tot. Angelo

Poliziano starb als erster, dann Landino und Ficino, und letzte Woche auch noch Pico della Mirandola... seltsam, nicht wahr. Wenn es nicht alles gottesfürchtige Männer gewesen wären, trotz ihrer manchmal ein wenig seltsamen Ansichten, hätte man meinen mögen, sie hätten Lorenzo nicht überleben wollen.«

»Sie wollten es nicht«, murmelte Saviya wie zu sich selbst. »Das war das Zeichen des Todes über der Stadt, das ich gesehen habe. Eine Welt geht zu Ende, und heute erleben wir ihre letzten Todeszuckungen. Aber«, und sie lächelte mit einem Mal, »eine neue wird geboren, wie Phoenix aus der Asche.«

Fra Daniele hatte nicht die geringste Ahnung, wovon sie sprach, aber er bekreuzigte sich für alle Fälle. Er war sehr erleichtert, Richard kommen zu sehen, bevor ihm wieder einfiel, was das bedeuten konnte. Er räusperte sich.

»Ist es...«

Richard nickte. Die Ruhe in seinem Gesicht, die dem Pförtner vorher so gefühllos und kalt vorgekommen war, hatte nun eine andere Farbe angenommen. Fra Daniele suchte lange vergeblich nach einem Vergleich, bis ihm Fra Mario selbst einfiel. An dem Tag, an dem er das endgültige Gelübde abgelegt hatte, hatte Mario so ausgesehen.

»Es ist vorbei«, sagte Richard.

Der Pförtner bekreuzigte sich ein weiteres Mal. »Gott gebe ihm Frieden.«

Wortlos legte Saviya ihren Arm um Richard, und als die beiden das Kloster wieder verließen, schien es dem Pförtner, als ob der Mann, der doch der größere und kräftigere von beiden war, sich auf das Mädchen stützte.

Auf dem Weg über den Ponte Vecchio wurden sie von der Prozession mitgerissen. Die Menschen strömten aus allen Richtungen auf die Piazza della Signoria, Savonarolas Knabenarmee mitten unter ihnen, die mit Olivenzweigen in der Hand lauthals den Gesang anstimmte, in den die Menge bald einfiel: »Lang lebe Christus, der König von Florenz! Lang lebe Maria, die Königin!«

Auf der Piazza bildeten die Dominikaner von San Marco eine Kette um die riesige Pyramide, die man in der Mitte errichtet hatte. Richard erkannte Spiegel, Schminktöpfe, Ballen von Seide neben Schmuck aller Art, gefolgt von Würfelspielen, Schachbrettern, Schachfiguren, die von den Menschen selbst jetzt noch auf den Scheiterhaufen geworfen wurden.

Doch am schnellsten würden die Bücher Feuer fangen, Hunderte von Büchern, Zeichnungen, Ölbildern, Holzfiguren und Statuen, die klein genug waren, damit sie die Weißhemdengel hatten herbeischleppen können. Er sah, wie die sonst so gelassenen Florentiner Kaufleute ihre kostbarsten Güter auf den Scheiterhaufen warfen, sah, wie das glänzende Holz von Masken, Kostümen und Instrumenten zersplitterte und sich zu den übrigen »Eitelkeiten« gesellte. Mit Entsetzen erkannte er den Maler Botticelli, früher einer von Lorenzo de'Medicis engsten Freunden, der unter den Jubelrufen der Menge Zeichnung um Zeichnung auf die Pyramide warf, gefolgt von anderen, weniger bekannten Florentiner Malern.

Wie auf ein Zeichen hin hoben die Mönche die Arme nun zum Himmel. Savonarola löste sich aus ihrem Kreis und nahm von einem seiner Weißhemden eine lodernde Fackel entgegen. Den Arm mit der Fackel hochgereckt, den anderen zur Menge ausgestreckt, rief er: »Lang lebe Christus! Lang lebe die Jungfrau!« Das Volk gab ihm den Ausruf tausendfach verstärkt wieder zurück: »Lang lebe Christus! Lang lebe die Jungfrau!«

Savonarola verharrte noch einen Moment in seiner Haltung, dann bückte er sich und begann, rund um den Scheiterhaufen Feuer zu legen. Richard hörte Saviya neben sich ruhig sagen: »Er entzündet seinen eigenen Tod.«

Impulsiv preßte er sie enger an sich, ein Symbol des Lebens, während nahezu alles, was ihm Florenz zu einem

Traum gemacht hatte, in Asche versank. Doch seltsamerweise waren es nicht nur Trauer und Entsetzen, die ihn erfüllten, und ganz gewiß keine Haßgefühle gegen Savonarola. Er wußte nun, er war frei. Frei, um zu gehen, wohin er wollte. An Italien band ihn nichts mehr. Jakob und die Familie würden immer einen Anspruch auf ihn haben, doch er würde einen Weg finden, diesem Anspruch gerecht zu werden, ohne sich davon sein Leben bestimmen zu lassen. Es gab noch so vieles in dieser Welt, das auf ihn wartete. Er verstärkte seinen Griff um Saviyas Taille, drehte dem Feuer den Rücken zu und sagte zu ihr: »Gehen wir.«

Schlußbemerkung

Richard Artzt ist meine eigene Erfindung; Sybille Fugger hatte keinen Neffen dieses Namens. Außerdem ließ ich die meisten Ereignisse um die Familie Fugger und König Maximilian (er wurde 1493, in dem Jahr, in dem ich meinen Roman enden lasse, nach dem Tod seines Vaters, der erste nicht in Rom gekrönte Kaiser) etwa fünf bis zehn Jahre früher stattfinden, als sie sich tatsächlich ereignet haben, um sie in Verbindung mit dem Beginn der Hexenverfolgung und dem Geschehen in Italien bringen zu können.

Die Hexenverfolgungen, die im Gegensatz zur allgemeinen Meinung kein Phänomen des Mittelalters, sondern eines der beginnenden Neuzeit waren, finden sich am besten in den Dokumenten dieser Zeit geschildert, vor allem im »Malleus Maleficarum«, besser bekannt als »Der Hexenhammer« von Jakob Sprenger und Heinrich Institoris (der übrigens wirklich wegen Fälschung und Unterschlagung von Ablaßgeldern belangt wurde). Ein Gegengewicht zum »Hexenhammer« bildet Friedrich von Spees »Cautio Criminalis«, jene berühmte Schrift gegen die Hexenprozesse, die etwas mehr als hundert Jahre später entstand.

Der Thronstreit um Neapel, die französische Invasion und der Sturz der Medici fanden nicht innerhalb von einem, sondern von zwei Jahren statt, 1493 und 1494; und Savonarolas berühmter »Scheiterhaufen der Eitelkeiten«, der sichtbare Höhepunkt seiner Macht in Florenz, wurde erst 1497 errichtet, ein Jahr bevor Savonarola selbst auf der gleichen Piazza verbrannt wurde.